FRANCES FYFIELD

NachtAngst
Roter Rausch

NachtAngst

Mr. Logo ist schon ein alter Bekannter für Helen West, die Anwältin der Krone: Wieder einmal ist er ungestraft davongekommen, da er jungen Mädchen zwar nachstellt, es allerdings beim Ansprechen und Berühren ihres Haares bleibt – nichts, wofür er belangt werden könnte. Helen hat jedoch kaum Zeit, sich um diesen Fall zu kümmern: Ärger in ihrer festen Beziehung, die Autoritätsprobleme des Vorgesetzten sowie eine neue Mitarbeiterin, die um nichts in der Welt ihre Adresse preisgeben will. Selbst im Computer der Krone hat sie alle Informationen über sich gelöscht. Und dann ist da noch ein unentdeckter Mord sowie ein Koffer, der eigentlich in Schottland sein müßte ...

Roter Rausch

Ein Klient der jungen Londoner Anwältin Sarah Fortune, der Aristokrat Charles Tysall, ist so besessen von Sarahs flammendroten Haaren, und obendrein auch noch eifersüchtig, daß er sie am Ende seiner Liebesbekundungen übel zurichtet. Wieder genesen, erfährt sie, daß ihr Peiniger im idyllischen Badeort Merton-on-Sea ertrunken sein soll, wie zuvor auch schon seine rothaarige Frau Elisabeth. Unversehens gerät sie ins Zentrum unheilvoller Verwicklungen.

Autorin

Frances Fyfield, geboren 1948 in Derbyshire, arbeitet seit Mitte der siebziger Jahre als Anwältin und Strafrechtlerin in London. In Deutschland wurde sie vor allem mit ihren Kriminalromanen bekannt. 1991 erhielt sie für ihren Roman »Tiefer Schlaf« den angesehenen Silver Dagger Award. Unter ihrem richtigen Namen, Frances Hegarty, schreibt sie psychologisch inspirierte Spannungsromane.

Außerdem von Frances Fyfield im Goldmann Verlag:
Frances Fyfield: Roter Rausch (43032)
Frances Fyfield: NachtAngst (42570)
Frances Fyfield: Die falsche Madonna (42550)

FRANCES FYFIELD

NachtAngst

Roter Rausch

Zwei Romane in einem Band

Aus dem Englischen
von Pociao

GOLDMANN

Umwelthinweis:
Alle bedruckten Materialien dieses Taschenbuches
sind chlorfrei und umweltschonend.
Das Papier enthält Recycling-Anteile.

Der Goldmann Verlag
ist ein Unternehmen der Verlagsgruppe Bertelsmann

Neuausgabe November 97

NachtAngst
Titel der Originalausgabe: Shadow Play

Roter Rausch
Titel der Originalausgabe: Perfectly Pure and Good

Umschlaggestaltung: Design Team München
Umschlagmotiv: Sir E. I. Poynter »Andromeda«
Druck: Elsnerdruck, Berlin
Verlagsnummer: 13183
AA · Herstellung: Heidrun Nawrot
Made in Germany
ISBN 3-442-13183-9

1 3 5 7 9 10 8 6 4 2

NachtAngst

Roman

Aus dem Englischen
von Pociao

Für meine Schwester Susan Styan

1

Es war halb sechs am Nachmittag, doch es kam ihr vor wie Mitternacht. Das erst vor zehn Jahren gebaute Gerichtsgebäude, das in dem vergeblichen Versuch, Autos auf dem Dach, Häftlinge im Keller und Gerichtssäle dazwischen zu beherbergen, bereits aus allen Nähten platzte, war menschenleer. Helen West hatte den ganzen Tag über Handschellen und von ihnen verursachte Verletzungen diskutieren müssen. Bedeutete ihr bloßer Gebrauch bereits körperliche Gewalt? War es eine Verletzung der Menschenwürde, wenn sie einem in die Handgelenke schnitten? Wie hatte Logo sie noch genannt? Das einzige legale Mittel des Polizisten, einen zum Schreien zu bringen? Er hatte diese Bemerkung mit dem üblichen vieldeutigen Lächeln gemacht und dabei ihrer aller Mitgefühl auf die Narben an seinen Handgelenken gezogen, lange bevor er dann später anfing zu singen. »Vielleicht bin ich etwas klein geraten, aber ich habe große Handgelenke«, hatte Logo gesagt. »Hier, sehen Sie, man legt mir die Dinger immer zu eng an.« An dieser Stelle, bei dieser schlichten Feststellung am späten Nachmittag, war sein Verfahren eingestellt worden. Als Helen vor ihrem Wagen stand, zitterte sie vor Kälte. Im Gegensatz zum gelblich-warmen Mief im Inneren des Gebäudes war es oben auf dem Parkdeck naß und dunkel.

Der Wagen stand auf dem einzigen trockenen Teil des Zementdachs, gleich neben der häßlichen, spiralförmigen Auffahrt, die sich an das Gebäude klammerte wie ein dicker Schornstein. Kinder wären begeistert, dachte Helen, aber die wissen nicht einmal etwas von der Existenz dieser Spirale. So stellten sich denn Autofahrer an den Anfang des Tunnels und ließen ihre Wagen nach unten rollen, auch wenn es mit Skateboards besser gegangen wäre. Aus Sparsamkeitsgründen hatte man auf die Beleuchtung verzichtet. Eigentlich hätte sie den Wagen heute gar nicht gebraucht, da sie sich ihren Parkplatz auf dem Dach aber hart hatte erkämpfen müssen, widerstrebte es ihr im allgemeinen, dieses Privileg nicht zu nutzen. Im Moment allerdings wollte sie einfach nur weg, aus dem Regen in den schützenden Kokon des Wagens und erst wieder anhalten, wenn sie zu Hause war, wo der Abend mit den Vorbereitungen für den nächsten Tag und vermutlich einem Streit mit Bailey ausklingen würde. Nein, soweit durfte sie es nicht kommen lassen: Er ging fort, und obwohl das Boot, in dem sie beide saßen, gewaltig schaukelte, wollte sie es vor seiner Abreise nicht noch kentern lassen. Im Wagen selbst schien es noch kälter als draußen, und sie tastete nach dem Zündschloß. Die Dunkelheit war erstickend wie ein Leichentuch.

O Gott, würde sie je so tun können, als hätte sie keine Angst im Dunkeln?

Da war ein Mann, vom Licht der Scheinwerfer angelockt wie eine überdimensionale Motte. Ein kleiner Mann, leicht gebückt, aber flink. Er stand im Regen, das Haar an den Kopf geklatscht, und winkte sie gebieterisch, übertrieben höflich, so als handelte es sich um eine auf königlichen Befehl erfolgte Aufführung, aus der Parklücke. Winkte sie heraus, als sei das notwendig in der trüben Kälte des Parkdachs, und behinderte sie gleichzeitig. Er wich vor dem Wagen zurück, gab ihr Zeichen, setzte einen Fuß hinter den anderen, vornübergebeugt, als wolle er ihr gut zureden. Der nette Mr. Logo mit seinem Talent, andere zu unterhalten, ursprünglich der Beschuldigte an diesem langen Nachmittag, dann aber mittels eines durch eine Prise legaler Spitzfindigkeit gewürzten Sympathievotums freigesprochen, der Mistkerl. Helen verspürte den verzweifelten Wunsch, Gas zu geben, und die Vorstellung, wie das Lächeln sein boshaftes Gesicht verließ, während er unter der Motorhaube verblutete, bereitete ihr eine verrückte und unwiderstehliche Lust. Doch schon kehrte sich die plötzliche Wut, die bei Logos Anblick an die Stelle der Angst getreten war, gegen sich selbst und wurde erneut zu Angst. Dieser Mann war ihr unheimlich, und außerdem hatte er hier oben nichts zu suchen. Die Arme, mit denen er herumfuchtelte, steckten in viel zu kurzen Hemdsärmeln, und seine mächtigen Handgelenke gingen in riesige Hände über. Helen kurbelte die Scheibe herunter, behielt aber den Fuß auf der Kupplung und ließ den Gang eingelegt, war bereit, jeden Augenblick Gas zu geben.

»Würden Sie mir aus dem Weg gehen, Mr. Logo? Was machen Sie eigentlich hier oben?« Ihre Stimme klang laut, und sie war selbst erstaunt über die Autorität, die darin lag. Logo trat neben den Wagen und blieb dann wieder beflissen stehen.

»Oh, bloß 'n bißchen Luft schnappen, Mrs. West, bloß Luft schnappen. Ich hab einfach eine Tür gesehen und bin durchgegangen.«

»Gehen Sie schon aus dem Weg, Mr. Logo«, wiederholte sie.

»Bin ich im Weg? Das bilden Sie sich bloß ein. Überhaupt wollte ich Sie was fragen.« Er kam näher. Plötzlich legten sich seine Hände um die Kante des halb geöffneten Fensters, kam sein Gesicht ganz nahe, und die Handgelenke preßten sich gegen das Glas. Im Dunkeln wirkte Logo beinahe respektabel, allein seine Kleider waren eine glatte Verhöhnung jeder Art von Respektabilität. Helen dachte an die ausgefransten Aufschläge seines verschlissenen Anzugs und die unverwechselbaren Ausdünstungen schmutziger Unterwäsche.

»Sagen Sie mir, saubere Mrs. West, sagen Sie mir eins. Kann ich Anklage erheben wegen dieser Striemen? Kann ich das, kann ich, kann ich?« Die Stimme erhob sich zu einem Singsang, der spöttisch und flehentlich zugleich war, Ende des Vernehmungsverses, Beginn des Refrains. »Sie schienen mir so sauber, Mrs. West. Sauber im Denken, sauber im Handeln...« Die Spuren der alten Handschellennarben waren deutlich zu erkennen gewesen, jetzt lösten sich seine Hände von der Scheibe.

»Wieso darf ich nicht Anklage erheben? Darf ich? Darf ich nicht? Ist doch nicht meine Schuld. Warum hat die Polizei meine Frau nie gefunden? Ich kann nichts dafür, wie ich bin«, flötete er schmeichlerisch.

»Verlassen Sie sich drauf, Sie Scheinheiliger mit Ihren frommen Liedchen, das nächste Mal sind Sie dran. Und jetzt verschwinden Sie«, sagte Helen.

Der Wagen machte einen solchen Satz, daß sie einen Augenblick lang die Kontrolle verlor und erst gefährlich nahe vor der Ausfahrt wieder zum Stehen kam. Sie setzte zurück, legte krachend den ersten Gang ein und schoß auf den dunklen Tunnel zu. Sie konnte ihn hinter sich spüren, wie er dastand und lachte. Dann glitt sie viel zu schnell den kurvigen Tunnel hinab, kaum fähig, den schliddernden Wagen in der Spur zu halten. Am Ende, wo sich das Gitter zur Außenwelt hob, kam sie unsicher zum Stehen. Sie hielt den Atem an, so überwältigend war das Verlangen zu schreien, und dankte Gott für die Lampen, die das Erdgeschoß erhellten. Aus seinem schäbigen Wärterhäuschen, wo ein Fernseher zusätzliches Licht verbreitete, spähte der Wachmann zu ihr hinaus, stand dann ohne großes Zeremoniell, aber widerwillig auf und kam zum Wagen geschlurft.

»Was ist denn mit Ihnen los? Sie fahren doch sonst nicht mit so 'nem Affenzahn!«

»Da ist ein Mann auf dem Dach«, sagte Helen.

»Ach ja?« Seine Gleichgültigkeit war unüberhörbar. Hier unten war es warm. »Ich dachte, die wär'n schon wieder zu Hause, die Verrückten. Ist bestimmt keiner, der abhauen wollte, jede Wette.« Um halb vier waren alle weg, alle, die zum ersten oder zum fünfzehnten Mal ins Gefängnis zurückgeschafft wurden. Die Spezialfahrzeuge hatten Gitter vor den Fenstern. »Wird schon runterkommen, egal, wer's ist. Ist er gefährlich?«

»Ich weiß es nicht«, sagte sie langsam. »Kann ich wirklich nicht sagen.«

Logo? Gefährlich? Nein. Bloß eine arme, verlorene Seele, und es war nicht gerade professionell gewesen, ihn so anzugehen. Juristen im Dienst der Krone sollten das nicht tun.

Diesmal fuhr sie bedächtig an. Lieber Gott, ich habe keine Angst. Die Gleichgültigkeit des Wachmannes gegenüber Logos Anwesenheit auf dem Dach war irgendwie beruhigend, eine Haltung, die die Bedrohung neutralisierte und alles banal erscheinen ließ. Helen starrte auf die Scheibenwischer, deren abgenutzte Blätter einen schmierigen Film vor die Welt legten. Durch das immer noch offene Fenster fiel Regen auf ihre Schulter. Sie zwang sich, langsamer zu fahren, an etwas anderes zu denken und nicht daran, daß sie bereits zum zweiten Mal an diesem Tag auf Logo reingefallen war. Geoffrey würde nichts von alledem hören wollen, sondern mit seinen Gedanken ganz woanders sein, während er seine Sachen packte und sich dabei bereits geistig auf den nächsten Tag einzustellen versuchte. Helen kam zu Bewußtsein, wohin sie fuhr, zu Geoffreys Wohnung, nicht zu ihrer, und der Gedanke ließ den alten, vertrauten Widerwillen in ihr aufkommen, der um so schlimmer war, weil er so unsinnig schien.

Rose Darvey hatte in ihrem Büro gesessen und lange auf Helen Wests Anruf zum Abschluß des Falles gewartet. Das tat sie häufig. Es gehörte zu Roses Aufgaben, am Ende eines Tages die Ergebnisse der aktuellen Fälle festzuhalten und in ihren Kladden laufend zu überwachen, wo sich welche Unterlagen befanden. Sie arbeiteten für den Crown Prosecution Service, City Nord, ha, große Sache. Da man ihr weder zutraute noch offiziell beigebracht hatte, mit dem Computer umzugehen, diesem Gott ihrer aller Existenz, mußte sie ihre Notizen anschließend noch an jemanden weitergeben, der sie dann erfaßte und zurückgab. Rose verachtete den Computer gerade deshalb, weil sie ihn nicht benutzen durfte, obwohl sie es natürlich gekonnt hätte, nichts leichter als das, und weil sie wußte, daß alles viel einfacher wäre, wenn sie die Anrufe entgegennehmen und dann selbst ohne Umwege auf den Bildschirm übertragen könnte, und sie so alle eine Menge Zeit sparen würden. Aber das war den Kapitänen dieses Schiffes zu simpel. Außerdem gehörte es zu Roses Aufgaben zu wissen – und darin war sie extrem pingelig –, wo die Damen und Herren am Ende eines jeden Tages waren, und dafür zu sorgen, daß sie das, was sie für den nächsten Tag brauchten, abholten oder sonstwie erhielten. Das erledigte sie mit kaum verhohlener Geringschätzung für die meisten von ihnen. Die anderen Kanzleikräfte, ihre Kolleginnen, konnten mit unbedingter Loyalität rechnen, die Anwälte der Krone aber waren durchweg Nieten. Über Dinsdale Cotton zum Beispiel konnte man doch nur lachen, Redwood war ein Idiot, dafür aber der

Boß, John Riley war ganz süß, Amanda Lipton eine eingebildete Zicke... Helen West unterhielt sich zwar mit ihr, aber alle waren sie irgendwie beschränkt. Rose hatte schon lange den Verdacht, daß sie auf die eine oder andere Art gescheiterte Existenzen waren. Als Helen ihr erklärt hatte, sie vergeude ihr Talent, wenn sie als bloße Kanzleikraft arbeite, und solle lieber versuchen, sich selbst zur Anwältin weiterzubilden, hatte Rose nur ungläubig den Kopf geschüttelt. »Hören Sie auf! Sie meinen, ich soll es so machen wie Sie und bis an mein Lebensende hier versauern? Allmächtiger, das ist doch wohl ein Witz.« Helen war in Ordnung, höchstens ein bißchen herablassend, und Rose hatte geschwindelt. Sie liebte die Arbeit in diesem großen alten Kasten, wollte gar nichts anderes, hätte es aber ums Verrecken nicht zugegeben. Jedenfalls nicht vor denen.

Heute hatte Rose gewartet, aber nicht wie sonst, indem sie ihre Nägel lackierte und auf dem dünnen, gefärbten Zöpfchen kaute, das nicht stachelig von ihrem Kopf abstand wie das übrige Haar, sondern sich im Nacken kräuselte, wo sie jederzeit mit ihm herumspielen konnte. Sie hatte einfach nur gewartet, ohne zu zappeln, angespannt, den Blick auf ihre Füße gerichtet, die auf der Armlehne des wackeligen alten Sessels lagen, und sich mit jener Mischung aus Anerkennung und Ekel betrachtet, die ihr zur zweiten Natur geworden war. Anerkennung für ihren Körper und das, was er bei vielen Männern bewirkte. Ekel, weil sie selbst diese Wirkung nicht verstand. Ihr Körper beunruhigte sie, aber andere Sorgen waren wichtiger. Wenn Helen West Sorgen hatte, wurde sie unruhig, kratzbürstig, verschlossen, plötzlich schlagartig witzig und schließlich zerknirscht, niemals aber gleichgültig. Wenn Rose Darvey Sorgen hatte, wurde sie still.

»Ich bin spät dran, Rose«, sagte Helen am Telefon. »Mr. Logo hat's wieder mal geschafft. Warum kommen Sie eigentlich nicht irgendwann mit her und schauen sich die Geschichte an? Täte Ihnen gut, sich den Zirkus hier mal anzusehen.« Miss West klang angeschlagen, schlechtgelaunt. Das häufte sich in letzter Zeit.

»Ach ja?« antwortete Rose bewußt respektlos. »Glauben Sie, ich hätte ums Verrecken nichts Besseres zu tun? Ich meine, als zuzugucken, wie Sie in irgendeinem erzdämlichen Gericht rumstolzieren und sich als Vertreterin der Staatsanwaltschaft verschaukeln lassen?«

»Tja, genauso war's.«

»Wie hat er's denn diesmal angestellt?« Alle wußten Bescheid über Logo. Helen Wests Wutanfälle nach seinen unrühmlichen Freisprüchen waren im ganzen Haus bekannt.

»Er hat behauptet, er hätte nicht unbefugt auf das Schulgelände gewollt. Es wäre bloß ein Versehen gewesen. Er hätte dort fegen wollen. Sich nur ein bißchen umsehen. Hat uns erzählt, wie durcheinander er ist, vom Alleinsein. Daß er ein armes Würstchen wäre und das Ganze sowieso nichts Strafbares, die übliche Leier. Ich mußte das Handtuch werfen. Vergessen Sie alles, was ich Ihnen je über das Dasein als Staatsanwalt erzählt habe. Vergessen Sie auch, was ich über den Anwaltsberuf gesagt habe. Jede Klofrau ist besser dran als wir. Also dann, bis morgen.«

»Alles klar. Machen Sie's gut.«

Rose legte den Hörer auf, aber er rutschte von der Gabel, so sehr zitterte ihre Hand. Sie ließ ihn liegen. Es war ihr egal. Würden sie diesen Mann je hinter Schloß und Riegel bringen? Es war der letzte Anruf an diesem Abend und der schlimmste. Gott segne dich, Helen Dummkopf West, dafür, daß du den Mistkerl schon wieder hast laufenlassen, aber solange ich hier arbeite, weiß ich wenigstens, wo er ist. Rose legte den Hörer richtig auf, fuhr sich mit den Fingern durchs Haar und schob das fünfzehn Zentimeter lange Zöpfchen im Nacken wieder unter die rote Bluse. Der Kragen fühlte sich klamm an, und vorne war der Stoff zerknittert. Na wenn schon. Was konnte der Kerl von heute abend nach einem harten Arbeitstag schon anderes erwarten? Das Telefon klingelte erneut. Rose war nicht gerade begeistert, griff aber trotzdem nach dem Hörer, der noch feucht war von der letzten Berührung ihrer Hand.

»Ich bin unten am Haupteingang, Rose. Hast du Lust auf einen Drink?«

»Okay. Und einen Hamburger? Ich sterbe vor Hunger.«

»Tatsächlich? Sieh mal an, ich auch. Trifft sich gut.« Er gluckste vielsagend.

»Ich bin in zwei Minuten unten.«

Sie wußte genau, wie der Rest des Abends verlaufen würde. Ein paar Drinks, sozusagen als Entgelt für die Gesellschaft, und später würde er sie nach Hause fahren. Es war ihr egal. Hauptsache, sie verließ das Gebäude mit einem Mann. Irgendeinem Mann.

Während sie das Büro durchquerte, den Mantel überstreifte, ihr Haar zurechtzupfte und am Schreibtisch stehenblieb, um ihre Strumpfhose glattzustreichen, dachte Rose nach. Warum zum Teufel muß das eigentlich sein? Warum? Ihre Strumpfhose war dick, dem Wetter entsprechend, und beulte sich an den Knien aus. Abwesend zog sie den kurzen Rock hoch und strich sie sorgfältig glatt, von den Knöcheln aufwärts bis zur Taille. Dann stopfte sie die zerknitterte Bluse in den Rock, schlang sich die Tasche über die Schulter und schloß den Mantel. Ihr Blick fiel auf die Tür. Dort stand Dinsdale Cotton und beobachtete sie lachend. Rose war wütend.

»Haben Sie genug gesehen? Toller Anblick, was?«

»Tut mir leid«, sagte er. »Tut mir schrecklich leid. Ich wollte nicht zusehen ... wirklich nicht.«

»Ich dachte, Sie wären schon längst weg.«

»War ich auch. Aber ich hatte wie immer die Hälfte von meinem Zeug im Büro liegenlassen und mußte noch mal zurück. Hören Sie, es war wirklich nicht so gemeint. Darf ich Sie wenigstens zu einem Drink einladen? Nicht für den Anblick, sondern weil ich Sie in Verlegenheit gebracht habe. Und damit ich mir nicht länger wie ein Trottel vorkomme. Ich hatte einfach nicht damit gerechnet, daß sich hier gerade jemand umzieht. Es tut mir leid.«

Er brach ab. Schien ihm tatsächlich ernst zu sein, jedenfalls war seine Belustigung angesichts der Wut in ihrem Gesicht verflogen. Armer Irrer, dachte sie, aber nicht übel. Kein Wunder, daß er ein Auge auf Helen West geworfen hatte und sie offensichtlich auch auf ihn. Abgesehen von seinem dämlichen Namen, dem weichen, hellblonden Haar und der Tatsache, daß er überall fehl am Platz wirken würde, außer in einer stattlichen Villa, war er ganz nett – neugierig, aber nett, und der bestaussehende Mann im Büro, was nicht viel besagte. Rose lenkte ein.

»Schon gut«, murmelte sie. »Aber machen Sie sich keine Mühe wegen des Drinks. Ein andermal.«

Er verbeugte sich, verflucht noch mal, er verbeugte sich tatsächlich vor ihr. Das würde sie später John erzählen – um ihn abzulenken, als hätte das je bei ihm funktioniert. Zu Roses eigener Überraschung ertappte sie sich ebenfalls bei einer Verbeugung, und plötzlich kicherten und alberten die beiden herum. Aber das war immer so bei Dinsdale.

»Passen Sie auf Ihre Stumpfhose auf«, grinste er. Diesmal lächelte sie zurück, sogar ihre Augen lächelten. Hätte er nicht gegrinst, hätte sie ihm in die Eier gebissen.

Letzte Woche hatten sie so einen Fall gehabt, eine Frau, die einem Kerl im Streit sein Wertvollstes abgebissen hatte. Rose war die einzige gewesen, die sich nicht darüber gewundert hatte.

Sie stapfte den Gang entlang, schob zwei erledigte Akten in den Lastenaufzug, der sie in den Keller transportieren würde, und schlang die Tasche erneut über die Schulter. Es gab etliche Möglichkeiten, zum Haupteingang zu gelangen. Wenn man rechts abbog, stieß man auf einen Gang, so breit, daß ein Bus drin Platz gefunden hätte. Dann ging es links eine schmale Treppe hinunter, aber fünfzehn Meter weiter gab es eine breitere Treppe, die vor einer kleinen und vollkommen nutzlosen Tür endete. Diese Treppe hatte keinen anderen Zweck mehr, als ein Stockwerk tiefer zu führen, statt nach wie vor Teil der ganzen Treppenflucht zu sein, die früher sicher einmal grandios gewirkt hatte. Das wiederholte sich mit ähnlichen Türen bis zum zwei Stockwerke tiefer gelegenen Haupteingang. Was auch für die Hintertür und die schmale Treppe galt, die Rose jetzt durch knarrende Schwingtüren hinunterpolterte. Tiefer und tiefer, mit ordentlich Krach, denn sie machte nun mal gern Krach. Diese Leere konnte sie genießen, ohne sich je zu fürchten, und das Gebäude war so groß, daß sich überall Verstecke boten. Die Zimmernummern ergaben nicht den geringsten Sinn. Früher hatte das Gebäude ein Krankenhaus beherbergt, eine viktorianische Irrenanstalt. Helen West hatte ihr das irgendwann im Interesse ihrer Weiterbildung anvertraut. Miss West hatte jede Menge unnötiger Informationen auf Lager. Der Umbau zu einem Bürogebäude war ohne große Veränderungen vonstatten gegangen, daher die breiten Gänge und die extrabreiten Türen, die einmal für Patientenbetten und Zwangsjacken samt Begleitmannschaft gedacht gewesen waren. Sie hatte Helens Vortrag ungläubig gelauscht, geblinzelt und gewartet, daß sie dran war. Und dann hatte sie gesagt: »Nee, das glaub ich Ihnen nicht. Der Kasten ist nie umgebaut worden... Iss genau das, was er immer war, 'ne Klapsmühle, finden Sie nicht?« Rose trottete am Videoraum, wo pornographisches Filmmaterial begutachtet wurde, am Betrugsdezernat und der Bibliothek vorbei, wo alle offiziellen Entscheidungssammlungen unvollständig waren, dafür aber sämtliche Zeitungen von letzter Woche auslagen, und stolperte vor dem Personenlift, an dem ein Schild mit der Aufschrift »Außer Betrieb« hing, über eine Falte im Teppich. Miss West hatte auch gesagt, man würde besser im Lastenaufzug rauf- und runterfahren, der sei zuverlässiger, sehr witzig, und könnte mindestens einen Zwerg pro Fahrt transportieren. Rose vermutete, daß einfach kein Geld für ein anderes Gebäude da war. Um so blöder die Typen, die sich hier abrackerten.

Einen Augenblick war sie unsicher, wie sie den bevorstehenden Abend hinter sich bringen sollte, doch bei der zweiten Biegung der Treppe hatte sie sich auch schon wieder gefangen. Nicht umsonst hatte sie ihren Ruf als »Loose Rose« weg. Neunzehn Jahre und verließ das Büro keinen Abend ohne Mann.

Detective Sergeant Ryan und Detective Superintendent Bailey saßen in der Unfallstation des Hackney-Krankenhauses.

»Ein einziges Irrenhaus, verdammter Mist«, fluchte Ryan. »Und die Ärzte selbst ein Haufen von Schwachsinnigen, wenn Sie mich fragen.«

»Ziehen Sie nicht über die Ärzte her. Wir brauchen sie noch.«

»Ich zieh nicht über sie her. Hab nur meine Meinung gesagt.«

»Würden Sie die dann bitte zurückhalten? Was glauben Sie, wie lange es noch dauern kann?«

»Oh, zehn Minuten. Dann ist es fünf, und sie schicken uns nach Hause.«

Bailey sah auf seine kaputte Uhr und stöhnte. Sein linkes Auge war mächtig geschwollen, blutunterlaufen und halb geschlossen. Hämatom würde im Bericht stehen. Für Ryan war es nichts weiter als ein blaues Auge, ein Betriebsunfall, mit dem Männer von Baileys Rang normalerweise nicht mehr zu rechnen hatten. Ryan war beunruhigt über das Stöhnen, das war neu. Darüber hinaus hatte Bailey nur eine endlose Leier von Flüchen und wüsten Beschimpfungen von sich gegeben, was auch nicht gerade typisch für ihn war. Ryan fragte sich, was mit dem Liebesleben des Herrn wohl los war, er wirkte nicht allzu glücklich in letzter Zeit. Aber wie war er auch darauf gekommen, sich mit einer Anwältin zusammenzutun.

»Was ist los, Sir? Tut es weh?«

»Kaum«, sagte Bailey sarkastisch. »Aber mir ist gerade eingefallen, daß ich noch hatte einkaufen sollen. Und längst beim Kochen sein müßte. Verdammt. Sie wird sich mit einer Suppe abfinden müssen.« Ryan war fassungslos. Er dachte an seine eigene Ehe, die weit davon entfernt war, unglücklich zu sein, trotz ihrer ewigen Streitereien. Es war eine unendliche Geschichte angebrannten Essens, das im Backofen auf ihn wartete, aber wenigstens hatte sie es reingestellt.

»Helen? Mit einer Suppe abfinden... Wieso kocht sie denn nicht selbst? Kann sie überhaupt kochen?« Genausogut hätte er fragen können, ob sie Wäsche waschen konnte.

Bailey richtete sein gesundes Auge auf Ryan. Es wirkte

ein bißchen traurig, wenn nicht gar unheimlich, wie es ihn so anstarrte.

»Wir wechseln uns ab. Bei ihr zu Hause kocht sie, bei mir ist es meine Sache. Nur scheinen wir irgendwie aus dem Tritt gekommen zu sein. In letzter Zeit ist jedenfalls kaum noch die Rede vom Abwechseln.« Mehr als das würde nicht aus ihm rauszuholen sein, und Ryan verstand es als Zeichen, das Thema zu wechseln. Im übrigen hatte er angesichts der Nachweihnachtszeit und dieses gräßlichen Januartags keine Lust, sich die Aussicht auf ein paar Wochen Ferien vermiesen zu lassen. Er rieb sich die Hände.

»Machen Sie sich nichts draus. Übermorgen geht's nach Bramshill. Endlich mal weg von allem hier. Haben wir uns das nicht verdient? Keine schlechte Aussicht.«

Beide fuhren sie zu einem längeren Lehrgang im Police Training College. Ryan, so behauptete er selbst, um lesen und schreiben zu lernen, Bailey, um einen Kurs für Führungskräfte zu besuchen. Als nächstes würden sie ihn dazu bringen, mit Geiselnehmern zu verhandeln.

»Und so schlecht war's heute schließlich auch nicht«, fuhr Ryan fort und rieb sich auch weiter die Hände, auf eine Art, die Bailey irritierte. »Letzter Tag im Dienst und fünf Verhaftungen. Übrigens haben Sie da einen sauberen Sprint hingelegt, Sir. Ganz im Ernst. Ich hab gar nicht gewußt, daß Sie so schnell sind.« Er meint, nicht übel für einen Mann in meinem Alter, dachte Bailey.

»Nein, natürlich nicht, Sie haben nicht gewußt, wie schnell ich bin, und Sie haben auch nicht gewußt, daß dieser Kerl mit geballten Fäusten an der Ecke stand und auf mich wartete, oder? Warum haben Sie mich nicht gewarnt? So hätte ich auch einfach vor die Wand laufen können, und die Sache wäre erledigt gewesen.«

Sie prusteten vor Lachen. Ryan musterte die Krankenschwester, die auf sie zukam. Eins stand fest: In Bramshill gab es Frauen. Höchste Zeit, daß man den Alten ein bißchen aus der Reserve lockte.

»Hören Sie«, sagte er zu der Krankenschwester. »Wenn Sie mit Mr. Bailey fertig sind, könnten Sie ihm dann eine Augenklappe geben, damit es schlimmer aussieht? Nur weil zu Hause eine Frau auf ihn wartet. Er braucht ein bißchen Mitgefühl.«

Warten. Helen spürte die Leere in Baileys Wohnung, als sie den Schlüssel ins Schloß steckte. Zu spät, mal wieder, er kam immer zu spät, aber nicht einmal das konnte sie ihm vorwerfen, denn sie war selbst mehr als einmal zu spät gekommen. Nach schwereren Fällen schaffte sie es meist, sich zu rächen, indem sie irgendwann gar nicht auftauchte. Diese Spielchen zwischen ihnen, wirklich kindisch. Das Lämpchen auf dem Anrufbeantworter blinkte. Durchaus möglich, daß er gerade eine Nachricht für sie hinterließ, denn er hielt auf gute Umgangsformen. Doch da sie seine Privatsphäre respektierte, damit er es umgekehrt auch tat, blieb sie nicht stehen, um zuzuhören. Es gab so etwas wie ein ungeschriebenes Gesetz zwischen ihnen: Auch wenn jeder den Schlüssel zur Wohnung des anderen besaß, bedeutete das nicht, daß er sich dort wie zu Hause fühlen konnte. Helen sehnte sich nach dem Gefühl gerechten Zorns und wußte genau, daß sie keinen Anlaß dazu hatte. Geoffrey war Polizist, er kannte keine festen Arbeitszeiten wie andere Männer. Und sie hatten beschlossen, eine Beziehung zu führen, die sie verpflichtete, ihnen aber trotzdem alle Freiheit ließ. Damit hatte zwar festgestanden, daß es Probleme geben würde, doch war sie diejenige gewesen, die stets auf dieser merkwürdigen Abmachung beharrt hatte. Ihr Zusammenleben hatte eigentlich von Anfang an alles andere als funktioniert. Helen wußte nie genau, ob Baileys erklärte Bereitschaft, es noch einmal zu versuchen oder sie gar zu heiraten, nur als Trostpflaster für ihr unbeständiges Zusammensein gemeint war oder als Stachel im Fleisch. Vielleicht wurden sie auch einfach alt. Wie das Brot in seinem Brotkorb. Bestimmt hatte er das Essen vergessen. Es gab lediglich Reis, Shrimps in Dosen, Fertigsuppen und mehr als genug Wein, um den Tag zu vergessen. Nicht gerade ein Festmahl. Sie hätte losgehen können, dieses Dachgeschoß eines umgewandelten Lagerhauses, das um einiges kühler war als ihre eigene unordentliche Souterrainwohnung, verlassen können, um im Krämerladen an der Ecke ein paar Dinge zu besorgen, aber sie tat es nicht. Statt dessen wartete sie noch eine Viertelstunde und ging dann nach Hause.

Es war dunkel in der Straße, wo Logo wohnte, und noch dunkler in der schmalen Hofeinfahrt zwischen seinem Haus und dem von Granny. Keiner von beiden hatte sein kleines Haus gekauft, unmöglich bei ihrem Einkommen, selbst in einer Straße wie dieser, wo niemand mit einem Funken Verstand im Hirn sich ein Haus kaufen würde. Jedenfalls glaubte Logo das, während die Makler möglicherweise ganz anderer Meinung waren, denn bereits fünf der Häuser wurden von den entsprechenden Schildern geziert. Man hatte mehrere Versuche unternommen, die Legard Street zu yuppiesieren, aber die paar, die sich mit dem Mut und dem Optimismus der Jugend hertrauten, zogen spätestens nach einem Jahr wieder weg. Dennoch waren die ehemaligen Handwerkerhäuser fast alle längst in Privatbesitz übergegangen, bis auf wenige Ausnahmen wie die von Granny und Logo. Mieter waren eine vom Aussterben bedrohte und aufsässige Spezies, die sich zwar nicht zusammenrottete, dafür aber über die Neueigentümer mit ihren neuen Türen herzog. Alle zusammen jedoch litten sie unter einer gemeinsamen Bedrohung: dem in unmittelbarer Nähe gelegenen Fußballstadion. In der Saison wurde die Straße jedes zweite Wochenende und auch sonst häufig von Autos blokkiert, und die Gärten wurden von den Füßen unzähliger Zuschauer zertrampelt. Je erfolgreicher die Mannschaften waren, um so schlimmer für die Straße. Die junge Mrs. Jones in Nummer siebzehn war nach ihrem ersten Baby ausgezogen, weil sie den Gedanken an den Spielplan nicht ertragen hatte, der in der Küche hing und verriet, an welchem Samstag sie das Haus verlassen und ins Krankenhaus fahren konnte, um das nächste zu kriegen. Im Vergleich zur Bedrohung durch den Fußball war Logos Singerei nur ein unbedeutendes Ärgernis.

Er hatte einen weichen Tenor, der mit dem unaufhörlichen Regen verschmolz, was die unheimliche Atmosphäre noch verstärkte, ohne allerdings den triumphierenden Klang zu schmälern.

»Heil'ges Kreuz, so hochbegnadet,
Letzte Ruh dem Herrn zu sein.
Seinen Leib hast du gebettet,
Du mit Blut geweihter Schrein.«

»Ta-ta-tah!« schloß er, denn er hatte vergessen, wie es weiterging. Eine Tür knallte. Man hörte das Geräusch von eiligen Schritten auf dem nassen Pflaster, und wieder knallte eine Tür, irgendwer brachte seinen Müll heraus. Logo sah sich nicht um. Dies war keine Straße, in der man sich viel umeinander kümmerte. Er tauchte in die Hofeinfahrt und tastete nach seinem Haustürschlüssel. Als wäre ein Schlüssel nötig. Man brauchte nur gegen die Tür zu treten, und schon war man drinnen, wenn man wollte, aber irgendwie schien niemand zu wollen.

»Mutter!« schrie er und stieß die Tür auf. Auf der anderen Seite des kaputten Zauns, knapp vor der Stelle, wo die Einfahrt in einen moosbewachsenen Hinterhof überging, fiel Licht durch die Küchentüre. Logo trat über den Zaun und klopfte an die Scheibe. Möglich, daß der Regen seine Stimme verschluckt hatte, aber das hier würde sie hören, und er brauchte jemanden zum Reden. Zwar mochte sie das nicht, genauso wie sie es haßte, Mutter oder Granny von ihm genannt zu werden, ohne eines von beiden zu sein, trotzdem dauerte es gewöhnlich keine drei Minuten, bis sie vor seiner Tür stand. Die alte Mrs. Mellors unterlag jedesmal neu ihrem eigenen Verlangen nach Gesellschaft. Logo war ihre Lebensader. Im übrigen war sie die einzige in der Straße, der seine Singerei nicht auf die Nerven ging, obwohl sie die Lieder schon tausendmal gehört hatte.

»Ich könnte tatsächlich deine verdammte Mutter sein«, brummte sie, als sie sich durch die lädierte Tür zwängte, die er für sie offengelassen hatte. »Was willst du jetzt schon wieder?«

»Nichts«, antwortete er entrüstet. »Wann habe ich je was von dir gewollt? Aber es ist naß und dunkel draußen, und ich dachte, vielleicht hast du Lust auf einen Drink.«

Sie seufzte. »Na ja, du kennst mich. Aber du hättest mir das Dreckswetter ersparen und ihn zu mir rüberbringen können. Schließlich warst du sowieso schon naß, und ich hab mit meinem Strickzeug am Kamin gesessen.«

»Wer sagt, daß ich naß bin?« Er nahm die Pose eines Boxers ein und pflanzte sich vor ihr auf, doch das lächelnde Gesicht strafte seine Haltung Lügen. Margaret fiel schwer auf einen Stuhl.

»Ich weiß«, sagte sie. »Offensichtlich hast du heute einen

guten Tag gehabt. Kein Wunder, daß dir nach Feiern zumute ist. Oh, ich wünschte, die Polizei würde endlich aufhören, dich zu schikanieren. Das ist nicht gerecht. Wobei dir ein paar Wochen Knast gar nicht schaden könnten. Da hättest du dein Essen und würdest was auf die Rippen kriegen.« Sie gluckste in sich hinein.

»Das wünschst du mir also, du undankbare alte Schachtel?« Aus einer ausgebeulten Jackentasche zog er eine Halbliterflasche Whisky und aus der anderen eine Flasche Ginger Ale. Nicht übel. Margaret Mellors merkte, wie ihr beim Anblick des Whiskys das Wasser im Mund zusammenlief. Sie sah auf den schäbigen Linoleumboden und die parallel zu ihrem Gehstock ausgestreckten Beine hinab. Margaret wartete auf eine neue Hüfte. Sie hatte das Gefühl, schon seit Ewigkeiten zu warten. Sie war noch ganz beweglich mit der alten, aber um diese Tageszeit spürte sie jeden einzelnen Knochen im Leib.

»Nein«, räumte sie ein. »Das wünsche ich dir natürlich nicht, und das weißt du auch. Ich wünschte nur, du würdest dich etwas mehr zurückhalten. Zu mir bist du doch auch immer gut, Logo... Brauchst du eigentlich die halbe Nacht, um mir diesen Drink einzuschenken?«

Er zog eine Packung Zigaretten aus einer seiner unerschöpflichen Taschen und warf sie ihr zu. Sie fing sie geschickt auf. Margarets Händen und ihrem Geist merkte man die mehr als siebzig Jahre harter Arbeit nicht an, die nie von großen Erwartungen an das Leben geprägt gewesen waren. Selig sind die, die nichts erwarten, pflegte sie zu sagen, denn sie werden auch nicht enttäuscht. Logo und Logos Familie hatten ihr die meiste Freude im Leben geschenkt. Er betrachtete sie mit diesem Lächeln, durch das sich selbst Richter erweichen ließen, und sagte leise: »Ich gut zu dir, Mutter? Eher doch umgekehrt, meinst du nicht?

Ich weiß nicht, was ich ohne dich gemacht hätte, aber dafür können wir uns auch nichts kaufen, oder?« Sie schüttelte den Kopf, denn sie hatte keine Lust, diesen Gesprächsfaden weiterzuverfolgen, aber er ließ sich nicht davon abbringen.

»Was hätte ich mit einer Frau wie meiner angefangen? Und einer Tochter, die ich mit einer solchen Frau hätte großziehen sollen? Keine Ahnung. Du warst uns allen eine Mutter. Du und Jack, Gott hab ihn selig. Und was passiert trotz all der Liebe und Zuneigung? Die Frau brennt mit 'nem anderen durch, und die Tochter denkt nicht dran, sich um ihren Vater zu kümmern. Ganz zu schweigen von dir, Granny.« Margaret zuckte die Achseln und hoffte, daß er das Thema endlich ruhen ließ. Sie zweifelte nicht daran, daß sie sein Lob verdiente, das bedeutete aber nicht, daß sie es auch unbedingt hören wollte, und der Gedanke an die verschwundene Tochter und die hübsche junge Frau erfüllte sie noch immer mit einer Qual, die schärfer war als körperlicher Schmerz. Sie war das alles gewöhnt und sagte sich, daß Logo über sein eigen Fleisch und Blut sprach und sie seine Besessenheit wahrscheinlich nie verstehen würde, weil sie selbst nie Kinder gehabt hatte. Sie hatte Logos Tochter wie ihre eigene behandelt, und doch war ihr klar, daß das etwas anderes war.

»Du hast sie nicht zufällig gesehen?« fragte er gedankenvoll. Einen Augenblick lang glaubte sie, er meine die Nachbarn, die ihn am meisten haßten, den Besitzer ihrer beiden identischen Häuser und seine Frau, doch er dachte an jemand anders.

»Wen gesehen? Oh, jetzt weiß ich, wen du meinst. Nein, du dummer Kerl, natürlich habe ich sie nicht gesehen. Seit vier Jahren nicht. Sei nicht albern. Warum mußt du mich das immer fragen?« Der Whisky, den sie sparsam, aber genüßlich schlürfte, war bereits in ihren Kreislauf gedrungen und dämpfte die Schmerzen, nicht aber Trauer und Schuldbewußtsein. »Ich habe getan, was ich konnte. Das war alles«, sagte sie. »Ich wünschte, du würdest mich nicht immer und immer wieder danach fragen. Ich hab deine Tochter und deine Frau seit kurz nach Jacks Tod nicht mehr gesehen, und du wärst der erste, dem ich's erzählen würde, wenn es anders wäre. Wirst du jetzt endlich Ruhe geben, du verrückter Kerl?«

Logo warf den Kopf in den Nacken und lachte so unbekümmert, wie er sonst nur sang. Die düstere Stimmung, die flüchtig und oberflächlich war wie er selbst flink und lebhaft, schien verflogen. Man mußte ihn einfach gernhaben, obwohl er ein so komischer Kauz war. Er tanzte wie ein Korken auf den Wellen seiner Niederlagen und tat obendrein eine Arbeit, die niemand sonst haben wollte. Dafür bewunderte sie ihn. Wer sonst hätte als Straßenfeger den ganzen Tag diesen großen alten Karren durch die Gegend schieben und Müll aufsammeln wollen? Sie fühlte Logo gegenüber dieselbe Loyalität wie immer, einen Beschützerinstinkt wie bei einem eigenen Kind, und machte sich auch dieselben Sorgen um ihn. Keine dieser guten alten Seelen in ihrer Straße hatte einen Sohn, der nur halb so aufmerksam war wie der hier.

»Ich hab eine schöne heiße Suppe, falls du welche möchtest«, sagte Margaret. »Aber ob ja oder nein, ich glaube, ich nehme noch einen von dem hier«, und der Schmerz in ihrer Brust, dieses unverwechselbare Vorzeichen sich ankündigender Tränen, ließ beim Geräusch des Einschenkens nach.

»Nein, danke, für mich nicht mehr. Zwei sind mehr als genug.«

»Sie machen wohl Witze. Wir haben doch noch nicht mal angefangen. Nicht doch noch einen?«

»Nein wirklich, danke. Hören Sie, macht es Ihnen was aus, wenn ich mich aus dem Staub mache? Ich glaube, ich fahr besser rüber zu ihr und sehe nach, ob sie zu Hause ist. Das sieht ihr so gar nicht ähnlich...«

»Aber Sir, Geoff, das ist nun mal typisch Frau!« Ryan war aufgebracht, genauer gesagt, wütend. Er hatte Sir Geoff nach Hause gebracht, und die Wohnung war leer gewesen, nicht mal ein verbranntes Abendessen oder ein Teller Suppe, nur ein Schal auf dem Stuhl, um zu zeigen, daß sie dagewesen war. Und in der Luft schwebte noch der süße Hauch ihres Parfums. Als könnte ein Mann von Luft und Liebe leben. Der Anrufbeantworter blinkte und flimmerte wie ein Wesen aus der Geisterbahn, und keine Spur von einem Feuer im Kamin oder dem Regiment einer Frau. Willkommen zu Hause, o siegreicher Held. Amen. Ryan, der nicht mit ansehen konnte, wenn ein Mann unter seiner Frau zu leiden hatte, hatte den Helden mitsamt seinem blauen Auge und der Augenklappe wieder in seinen Wagen gesetzt und fortgeschafft. Seine Erfahrung hatte ihn eins gelehrt: Wenn man schon zu spät kam, dann konnte man auch sehr spät und sehr blau kommen. Je später, um so erleichterter waren sie, einen wiederzusehen, und die Wut war nach zwei Stunden Warten auch nicht größer als nach sechs.

»Na schön. Wenn Sie wollen, bring ich Sie hin, aber dann muß ich los, okay?«

»Ja, sicher. Wirklich nett von Ihnen.« Es lag eine seltsame Kühle in dieser Rückkehr zur Formalität. Bailey verlor nie die Beherrschung, ganz gleich, ob angeschlagen oder sternhagelvoll. Er konnte kälter und gefährlicher sein als Glatteis, und mit einemmal regte sich Mitgefühl in Ryan für Helen West, die er durchaus mochte. Wenn sie doch nur lernen könnte, sich wie eine richtige Frau zu verhalten.

Sie hielten vor dem großen alten Haus, in dem sie

wohnte. Ryan wußte den Weg vom Pub, wie üblich. Obwohl er selbst außerhalb der Stadt wohnte, kannte er sich in London aus wie in seiner Westentasche. Du kommst aus dem Pub, biegst rechts ab, nimmst die Abkürzung durch die Legard Street, am Fußballstadion vorbei, dann beim Park links, über die Ampel, und schon beginnt die ehrbare Gegend. Nicht unbedingt Ryans Terrain, aber Bailey war sie vertraut, weil diese Frau hier wohnte. Der arme Kerl.

Ryan winkte und ließ den Motor aufheulen, während Sir Geoff ausstieg. Zwei Häuser weiter fuhr er links ran, stieg aus und ging wieder zurück. Helen West hatte eine hübsche Haustür in ihrer Souterrainwohnung, und die Lampen brannten. Ryan hielt sich im Schatten und beobachtete, wie Bailey klingelte. »Wo warst du, Helen?« hörte er ihn fragen, als die Tür aufging. »Wo warst du? Konntest du nicht warten?« Er sah, wie sich sein älterer Kollege hineindrängte, und hörte sie antworten. »Tut mir leid, oh, es tut mir so leid. Was hast du gemacht? Nicht schon wieder...«

Schon besser. Ryan war froh, daß Bailey die Augenklappe trug. Auf die Weise wirkte er verwundet, aber gleichzeitig wie ein Pirat.

Auch jetzt, auf dem Weg zum Motorway, nahm er die Abkürzung durch die Legard Street. Was hieß eigentlich spät, für seine Begriffe war es überhaupt nicht spät. Er dachte daran, unterwegs noch irgendwo anzuhalten. Sachte, alter Junge, sachte, mahnte er sich. Bramshill, übermorgen. Sei ein braver Kerl und gegen zehn zu Hause. Seine Frau würde sich hüten, das als spät zu bezeichnen. Er scherte nach rechts aus, und während er die Geschwindigkeit genoß und jenes Gefühl von Rechtschaffenheit, das der Nüchternheit entsprang, erkannte Ryan undeutlich ein bekanntes Gesicht in einem Wagen, den er gerade überholte und der sich durch die auf beiden Seiten völlig zugeparkten

Straßen dieser zwielichtigen Gegend beim Stadion schlängelte. Da hab ich doch tatsächlich geglaubt, dachte er bei sich, ich könnte voraussehen, wie der Abend laufen würde. Hab gedacht, ich könnte ihn betrunken machen. Aber das kommt auch noch. Darauf konnte er wetten.

Rose Darvey hatte gewußt, wie der Abend verlaufen würde, trotzdem war sie enttäuscht, als es dann auch haargenau so kam. Jede Eskorte aus dem Büro hatte ihren Preis. Zahlbar sofort, und alles für eine Fahrt in einem schäbigen Ford Cortina, dem Besten, was sich ein frischgebackener Constable leisten konnte. Er hatte ihr im Pub drei Drinks und drei Portionen Kartoffelchips ausgegeben und war dann mit ihr, ein bißchen zögerlich, zu einem McDonalds gefahren, wo sie schweigend nebeneinander gesessen und sich die Mägen gefüllt hatten, unter einem Licht, in dem sie wie versteinert war und kein Wort herausbrachte – und das alles als Vorauszahlung aufs Dessert. Rose Darvey: Das Höschen war ihr am Fuß hängengeblieben, und die Strumpfhose, die nicht lange zuvor noch Falten geworfen hatte, unter das Bett im Police Section House geflogen. Constable Williams machte sich zwischen ihren Schenkeln zu schaffen, bevor er zur Nachtschicht mußte, und veranstaltete dabei einen ziemlichen Lärm. »Oh, Rose, Rose, Rose«, als spielte der Name eine Rolle, während er sich, ohne das Hemd auszuziehen, mit zuckendem Gesicht abmühte. Teilnahmslos beobachtete sie, wie er über ihr aufragte. Ihre Hände lagen auf seinen flachen Hinterbacken und kneteten sie, wie sie sonst Teig geknetet hätten. Männer waren gefährlich, wenn sie erregt waren, man mußte so tun, als gefiele es einem. Rose war nervös und gereizt. Er ließ sich Zeit und horchte auf den Klang ihres gekünstelten Stöhnens und das schmatzende Geräusch ihrer Körper, während ihr Blick sich starr auf die hohe Decke richtete. Sie glaubte schon, daß er nie fertig würde, doch dann kam er und wälzte sich von ihr herunter. »Rose, Rose, oh, Rose.« Halt die Klappe, dachte sie und hörte nicht auf, ihn zu streicheln. Zehn Minuten später saßen sie wieder im Cortina, er auf dem Weg zur Arbeit und sie ins Bett. Sie fuhren die Northchurch Street runter, wo Miss West wohnte, wie Rose wußte, denn sie wußte lauter solche Sachen. Da unten brannte Licht, vermutlich trank sie gerade ihren Kakao. Rose starrte einfach vor sich hin, wie meistens. John mißtraute dieser Schweigsamkeit allmählich, doch er wollte sein Glück nicht in Frage stellen.

»Welche Nummer war es noch?« fragte er, als sie nur noch zwei Meilen vom Stadion entfernt waren.

»Das wüßtest du wohl gerne«, antwortete Rose schnippisch. Die Strumpfhose saß jetzt wieder mehr oder weniger da, wo sie hingehörte, doch zwischen ihren Beinen spürte sie eine unangenehme Klebrigkeit. »Laß mich drüben an der Ecke raus, das ist einfacher. Mach's gut.«

Er bremste, in Gedanken schon woanders, versuchte sich auf die Nachtschicht zu konzentrieren und wünschte, er hätte tagsüber mehr geschlafen. Sie ging langsam die Straße entlang, bis er außer Sichtweite war, dann rannte sie los. Lieber Gott, laß mich nicht zugeben, daß ich Angst vor der Dunkelheit habe.

2

Das Amtsgebäude des Crown Prosecution Service, der staatlichen Anklagebehörde, wirkte am frühen Nachmittag nicht ehrwürdiger als nach Einbruch der Dunkelheit, doch Brian Redwood, Herr über alles, was er überblickte, tröstete sich mit dem Gedanken, daß die visuellen Reize zumindest ungewöhnlich waren. Er hatte sich immer ein riesiges Büro gewünscht, um so seinen Status demonstrieren zu können. Jetzt sah er ein, daß das Ganze ein Mythos war, denn in Wirklichkeit war er ein König ohne Untertanen. Früher war sein Dienstzimmer so groß gewesen, daß an einem Ende ein Machthaber wie eine Erbse auf einem Thron hätte sitzen können, doch die Pracht wies Ähnlichkeit mit der eines zerfallenen russischen Palastes auf, und alles in allem war es etwa so gemütlich wie in einer Höhle. Als sie vor einem Jahr dann im Zuge diverser Sparmaßnahmen gezwungen gewesen waren, diese Räumlichkeiten zu übernehmen, hatte Redwood zunächst seinen Augen nicht getraut. Die Fassungslosigkeit hatte sich mittlerweile gelegt, dennoch fühlte er sich nach wie vor tief getroffen. Er sah das alles als Teil des Erniedrigungsprozesses, von dem er nie mit Sicherheit würde sagen können, ob er bewußt gesteuert wurde oder nicht. Das einzige, was ihm an dem Gebäude gefiel, waren die herrlichen schmiedeeisernen Gitter, die es auf drei Seiten umgaben. Sie waren hoch, und jede der sie krönenden eleganten Lilien war mit gefährlich scharfen Spitzen bewehrt, sozusagen als Barriere gegen die Welt. Redwood empfand die Gitter als Mittel, seine Leute festzuhalten, und nicht als Schutz gegen Eindringlinge. Alles andere an dem Kasten haßte er. Er war ein unauffälliger Mann, einer aus der grauen Masse, ohne jeden Funken Humor, dabei jedoch alles andere als dumm. Mit dem Buchstaben des Gesetzes hatte er noch nie Probleme gehabt und sich deshalb auch für die Jurisprudenz entschieden. Aber Menschen – das war etwas anderes.

An diesem Nachmittag hielt er mit seinem Stab eine Übung zur Verbesserung der internen Kommunikation ab. Einer dieser gräßlichen Kurse für Führungskräfte hatte ihn darüber aufgeklärt, daß so etwas nicht nur längst überfällig, sondern geradezu unerläßlich war, denn selbst die Stimmung des Stabs fiel in seine Verantwortung. Vergeblich hatte er zu erklären versucht, daß man als ganz auf sich gestellter, in ein solches Gebäude abgeschobener Behördenchef nicht einfach den Staub von Jahrhunderten abschütteln und seine Truppen zufriedenstellen konnte, ohne ihnen zumindest den Sold zu erhöhen. Die Antwort von oben war geradezu lachhaft gewesen: Er solle ihre Herzen gewinnen und dafür sorgen, daß sie das Unerträgliche ertrügen. Ergebnis: monatliche, für die Rechtskundigen reservierte und zur Teezeit abgehaltene Sitzungen. Sie hockten auf einer bunten Mischung von Stühlen in seinem Büro und taten sich an Doughnuts gütlich, die er aus eigener Tasche bezahlte. Redwood hatte ziemlich angestaubte Vorstellungen von dem, was man Gästen anbot, und sah nicht ein, warum Zeitverschwendung auch noch sündhaft teuer sein sollte.

Ziel war es, vertraulich über Fälle sprechen zu können, die Kopfzerbrechen bereiteten, und genau das taten sie auch mehr oder weniger – aber nur untereinander, das heißt, sie ignorierten Redwood, dessen Blick derweil durch das Büro wanderte. Hohe Decken, von denen der Putz blätterte, große getäfelte Türen, deren Paneele unter einem Dutzend glänzender Farbschichten kaum noch zu erkennen waren. Ein häßlicher offener Kamin vom Ende des neunzehnten Jahrhunderts, verdeckt durch ein elektrisches Äquivalent aus der Mitte des zwanzigsten, das nicht mehr funktionierte. Gasleitungen zogen sich über die Wände, ebenfalls überflüssig, seit man gleich neben den alten Heizkörpern neue installiert hatte. Es war ein Raum mit vielen Neuerungen, ohne daß das Alte je entfernt oder etwas Neues zur Verschönerung hinzugefügt worden wäre. Er brach sich jedesmal fast die Finger, wenn er versuchte, eines der riesigen Schiebefenster zu öffnen, die vom Fußboden bis über den Kopf reichten, und ihm war durchaus und schmerzlich bewußt, daß es in diesem kolossalen Labyrinth Räume gab, unter ihm und über ihm, die er noch nie gesehen hatte. Nach dem Einzug hatte er drei Tage gebraucht, um die Toiletten auf seinem Stockwerk zu finden, und selbst heute nahm er noch jeden Tag einen anderen Weg dorthin.

Rauchen war in seinem Büro strengstens verboten, und Redwood bemerkte mit finsterer Genugtuung, daß Helen West nicht nur unruhig auf ihrem Stuhl hin und her rutschte, sondern auch so aussah, als hätte sie dem schwachen Tee einen starken Gin vorgezogen. Er beobachtete sie mit der üblichen Mischung aus zähneknirschendem Respekt und Hilflosigkeit. Sie hatte sich in letzter Zeit verändert. Früher hatte man den Eindruck gehabt, daß sie keine Gelegenheit ausließ, um auf die mögliche Unschuld der Angeklagten hinzuweisen, mittlerweile aber schien sie geradezu besessen von der allgemein zunehmenden Unfähigkeit, sie zu überführen. Im Moment unterhielt sie die Leute mit der Geschichte eines gewissen Logo.

»Also er kam rein, Anzug, Krawatte, alles mehr oder

minder tipptopp, sah aus wie der Inbegriff des notleidenden, ehrbaren Bürgers, und, ach ja, das hätte ich fast vergessen, mit einer Bibel in der Hand. ›Ich hab meine eigene mitgebracht‹, erklärte er scheinheilig und verbeugte sich vor dem Gericht. Hat sich die Zeugenaussagen angehört und immer genau die richtigen Fragen gestellt, als hätte er sein Leben lang nichts anderes getan...«

»Hat er vermutlich auch nicht«, lachte Dinsdale. Helen redete immer mit Händen und Füßen. Auch Dinsdale war Logo schon begegnet und amüsierte sich köstlich über Helens Parodierkunst.

»›Entschuldigen Sie‹, sagt er zu der Mutter der ersten Zeugin, ›aber Ihre kleine Tochter hat doch nicht zu Protokoll gegeben, daß ich sie angefaßt hätte, oder?‹ ›Nein, das nicht‹, räumt die Mutter ein. ›Ich hab ihr nur Süßigkeiten angeboten, wie den anderen auch, stimmt's?‹ ›Genau‹, antwortet die Zeugin. ›Mein Angebot war doch nicht von exhibitionistischen Handlungen begleitet?‹ Die Zeugin ist perplex. ›Was soll denn das sein?‹ ›Weiß ich nicht, Madam, ich kann doch nicht was erklären, was ich niemals tun würde, aber ich habe geglaubt, so lautet die Anklage gegen mich.‹ Himmel, er kann sich so verflucht gut ausdrücken. ›Ich fürchte, ich bin Ihrer Tochter nur vom Schultor aus gefolgt, Madam‹, sagt er schließlich, ›weil sie allein war und weinte und ich mir Sorgen um sie machte und weil sie solche Ähnlichkeit mit meiner eigenen Tochter hat, die ich so plötzlich verloren habe.‹ Daraufhin schwimmt die Zeugin in Tränen, so schuldbewußt ist sie. Und dem Gericht geht es nicht anders. Er tut so unschuldig, aber in Wirklichkeit ist er mit allen Wassern gewaschen. Dann erzählt er uns, wie die Polizisten mit ihm umgesprungen sind, zeigt Striemen von Handschellen herum, und nicht einer im Saal hat den Mumm zu sagen, daß sie uralt sein müssen. Im Gegenteil, sie haben sich fast die Beine ausgerissen, um nett zu ihm zu sein, und wissen Sie, was er gemacht hat, als er dann freigesprochen wurde?«

»Ja«, antwortete Dinsdale. »Er hat angefangen zu singen.«

»Genau«, sagte Helen. »›Herr, gib Frieden dieser Seele, nimm sie auf zum ew'gen Licht; gib Erbarmen ihr und zähle, Vater, ihre Mängel nicht...‹ Er hat eine prachtvolle Stimme, aber er weiß, wann Schluß sein muß, deshalb hat er nach der zweiten Strophe aufgehört.«

»Kenn ich«, sagte John Riley, der einzige Kirchgänger unter ihnen.

»Gib ihr, was Dein Sohn erworben,
Durch sein schweres Kreuz und Leid,
Durch den Tod, den er gestorben:
Gnade für Gerechtigkeit.«

Sein durchdringender Baß klang in peinlichem Schweigen aus, und verlegen blickte er zu Boden. Man hätte eine Stecknadel fallen hören können, so still war es. Redwood zappelte nervös. Das war zuviel für einen Mann, der diskrete Zurückhaltung über alles stellte.

»Sehen Sie, was ich meine?« brach Helen schließlich das Eis. »Man kann doch einen Mann, der solche Kirchenlieder singt, nicht ins Kreuzverhör nehmen. Oder der Jury klarmachen, daß es bereits das fünfte Mal ist, daß man ihn erwischt hat. Erinnern Sie sich noch an seine erste Spezialität, vor Jahren? Plötzliches, unbefugtes Auftauchen. In irgendwelchen Bürogebäuden zum Beispiel, wo er sonst saubermachte. Man drehte sich um, und da stand er. Mittlerweile ist er Straßenkehrer. Versucht, dunkelhaarige kleine Mädchen dazu zu bringen, mit ihm auf dem Friedhof spazierenzugehen. Und er weiß genau, wie ohnmächtig wir sind. Er tut ihnen nie was. Bin ich denn die einzige, die ihn unheimlich findet?«

»Man hätte ihn überhaupt nicht vorladen dürfen!« polterte Redwood dazwischen. »Nicht, wo die Beweise so dürftig waren, wie Sie sagen. Was haben Sie sich nur dabei gedacht, Helen? Was ist denn los mit Ihnen? Sie klagen nicht an – Sie legen sich an!«

Das sollte ein Witz sein. Das Beste, was ihm einfiel, um so zu tun, als hätte er mehr mitgekriegt als die Singerei, doch Helen ging nicht darauf ein.

»Natürlich gab es Beweise!« Sie hielt inne und wurde rot. »Es kam zumindest zu einer halben sexuellen Nötigung. Ich meine, er war ziemlich hartnäckig.« Dann stahl sich der Anflug eines Lächelns um ihre Mundwinkel. »In Ordnung, eins zu null für Sie. Er hat sie nicht wirklich angefaßt. Im übrigen behauptet er, der Fußball macht ihn verrückt. Wie einen Werwolf bei Vollmond.«

»Was ist eine halbe sexuelle Nötigung?« erkundigte sich Dinsdale.

»Gar keine«, antwortete Redwood. »Und wenn Sie nichts dagegen haben, ich meine, wenn nichts weiter anliegt...« Er hatte seine Pflicht getan. Sie nahmen es als Signal, um erleichtert aufzustehen. Diese Sitzungen zerrten an den Nerven, der Raum war erstickend.

»Helen, würden Sie bitte noch einen Augenblick bleiben?«

Dinsdale drehte sich um, bereit zurückzukommen, während Helen stehenblieb, wo sie war. »Oh, schon gut, Mann«, fauchte Redwood zu ihm hinüber. »Ich habe nicht vor, sie zusammenzustauchen, es geht um etwas völlig anderes. Kein Grund, den starken Mann zu spielen, sie braucht keinen Zeugen.« Er fragte sich, und nicht zum erstenmal, wie Helen es bloß immer schaffte, ständig Verbündete um sich zu scharen. Doch kaum war Dinsdale gegangen, wünschte Redwood bereits, er wäre geblieben. Sein Husten klang hohl, wie das eines Mannes, der sich zu verteidigen suchte. Einerseits war er nicht fähig, das Schweigen zu ertragen, schob jedoch andererseits das Sprechen hinaus. Er wartete, bis die Tür ins Schloß fiel. Zumindest schlossen die Türen hier mit gewichtiger Stille, im Gegensatz zu den Fenstern, die wie verrückt klapperten.

»Helen, ich brauche Ihre Hilfe. Es geht um eine ziemlich delikate Angelegenheit, und ich weiß nicht, wie ich damit umgehen soll.«

Sie musterte ihn scharf, wartete auf den Witz, doch dann fiel ihr ein, daß Redwood niemals Leute auf den Arm nahm, sondern ihnen höchstens ein Bein stellte, wenn sie gerade einmal nicht auf der Hut waren. Vielleicht war es ja eine ernstgemeinte Bitte von diesem Mann, der so hilflos war, wenn er sich mit Menschlichem konfrontiert sah, und sie um ihre Unbekümmertheit in den grellen Gefängnisfluren des Lebens beneidete. Im Zweifel für den Angeklagten, beschloß sie. Redwood hustete erneut und suchte nach einem Taschentuch, gab es jedoch gleich wieder auf. Er wollte die Sache endlich hinter sich bringen. Daß er Helen seine Probleme unterbreiten mußte, war ihm peinlich.

»Rose«, sagte er unbeholfen, »Rose Darvey.«

Sofort ging Helen in die Defensive. »Ein großartiges Mädchen. Intelligent. Sollte mehr Verantwortung bekommen. Schuftet sich zu Tode, egal ob frühmorgens oder spätabends ...«

»Gerade über dieses Spätabends möchte ich mit Ihnen sprechen«, unterbrach er sie.

»Wieso? Wir sollten heilfroh sein, jemanden wie sie zu haben. Sie selbst haben doch gesagt, sie könnte mit zu Gericht kommen, Verhandlungen beobachten, etwas lernen. Ich weiß, sie ist nicht gerade die Höflichste. Hat sich jemand beschwert? Sie ist ruppig, aber eifrig...«

»Genau: ruppig und eifrig. Ich bin froh, daß Sie es so sehen. Das sagt auch der Chief Inspector vom örtlichen Revier, der eine besondere Verantwortung für seine jungen Constables im Police Section House hat. Er hat mich aufgesucht.« Noch ein Husten. Diesmal fand er sein Taschentuch, betrachtete es, unschlüssig, ob er sich die Nase putzen sollte oder nicht, doch zunehmend sicher in bezug auf das, was gesagt werden mußte. »Rose wird bei der Truppe herumgereicht wie das Salz beim Essen. Sie ist jeden Abend mit einem anderen unterwegs. Natürlich hat sie ihre Favoriten, aber hauptsächlich kommt es darauf an, welcher Schicht sie zugeteilt sind, mit anderen Worten, wer gerade zur Verfügung steht. Ansonsten scheint für sie einer so gut wie der andere zu sein. Ich habe den Pförtner unten befragt, und er hat mir bestätigt, daß jeden Abend, wenn sie geht, irgendein Polizist in Uniform auf sie wartet. Was aber noch schlimmer ist, ich weiß zufällig, daß sie in dem Jahr, das sie jetzt bei uns ist, ihre Adresse gewechselt hat, und wir haben nur die alte in unseren Unterlagen. Der Chief Inspector ist besorgt. Er sagt, in seiner Unterkunft ist die Hölle los. Jugendliche Eifersucht und so weiter. Könnte man nicht mit ihr reden? Herrgott, was machen wir bloß?«

Er sprach mit dem Überdruß eines Mannes, der die Lust und Leidenschaft der Jugend lange aus den Augen verloren hatte, und schon allein deswegen hatte Helen Mitleid mit ihm. Sie schwieg.

»Der CI. ist beunruhigt. Er sagt, er hat sechs junge Hitzköpfe in seiner Abteilung, die sich gegenseitig die Schädel einschlagen, weiß der Himmel, warum, denn offenbar brauchen sie um Roses Gunst nicht gerade zu wetteifern.

Sie dürfte nicht mehr als drei Drinks und eine Tüte Chips kosten...«

»Sie wollen sagen, das ist alles, was sie ihr bieten?« fiel Helen ihm wütend ins Wort. »Schweinehunde! So schlecht werden sie auch wieder nicht bezahlt.«

»Ich will sagen, daß sie nicht mehr verlangt«, antwortete Redwood. »Der Chief Inspector meint, die Situation an sich sei natürlich nicht neu, Mädchen sind Mädchen, und Jungs bleiben nun mal Jungs, aber bisher ist noch niemals ein solch männermordendes Wesen ausgerechnet aus dem Crown Prosecution Service gekommen. Sorgt bei den Constables bestimmt nicht gerade für Respekt vor unserer Behörde, wie?« schloß er lahm.

»Und was haben Sie dem Chief geantwortet?«

»Daß ich nicht verantwortlich für das Privatleben unserer Kanzleikräfte oder auch Anwälte bin.« Er warf ihr einen bedeutsamen Blick zu. Helens anhaltende Affäre mit diesem Polizeibeamten sorgte nach wie vor für Gesprächsstoff. »Ich hab ihn gefragt, ob er schon mit seinen Jungs gesprochen hätte, denn immerhin gehörten jeweils zwei zu der Sache.«

Helen nickte anerkennend.

»Aber er hat nicht lockergelassen«, fuhr Redwood fort. »Ob sich nicht einer von uns auch Rose mal vornehmen könnte? Also, ich kann das nicht machen. Sie würde mir mit Sicherheit ins Gesicht spucken.«

»Mir genauso«, sagte Helen.

»Sie scheinen sich aber immer noch am besten mit ihr zu verstehen.«

»Was noch lange nicht heißt, daß ich tatsächlich gut mit ihr auskomme. Wie soll ich sie davon abbringen, falls sie es wirklich so toll treibt? Und vielleicht will ich es gar nicht, vielleicht hat sie Spaß...«

»Das bezweifle ich«, antwortete Redwood überraschend einsichtig. »Das bezweifle ich sogar sehr. Ich war schon immer der Ansicht, daß wahre sexuelle Lust nur in einer monogamen Beziehung möglich ist.« Helen warf ihm einen Blick zu. Es war einer jener seltenen Augenblicke, in denen sie einander verstanden. Er war also doch nicht der Mann, dem es an jeglichem Mitgefühl mangelte, außerdem hatte er selbst Töchter. »Ich werde darüber nachdenken«, sagte sie. »Wenn Sie nichts dagegen haben, daß ich sie stärker als gewohnt unter meine Fittiche nehme. Vielleicht sollten wir ihr alternative Anregungen bieten? Einen besseren Job? Die Aussicht auf Beförderung?« Redwood zuckte zusammen und lächelte matt. Bei Helen hatte alles seinen Preis.

Er betrachtete sie, als sie aufstand und im Rausgehen nach ihren Einkaufstüten griff. Nur Helen West, die es immer eilig hatte, war dreist genug, zu spät zu einer Sitzung zu kommen und obendrein noch mit Einkaufstüten beladen, als wollte sie damit irgend etwas beweisen. Daß sie einen Termin außer Haus gehabt hatte und es ein weiter Weg bis zu ihrem Büro war, kam ihm nicht in den Sinn.

»Sie sehen aus, als wollten Sie eine Speisung der Fünftausend veranstalten«, brummte er.

»Nein«, sagte Helen. Plötzlich war es ihr peinlich, soviel Zeug mit sich herumzuschleppen. »Nur einen. Aber ich könnte eine Ehefrau gebrauchen.«

Die Tüten schlugen ihr gegen die Beine, als sie den endlosen Flur zum Zimmer 251 entlanghastete. Was um Himmels willen hatte sie bloß dazu gebracht, an einem Wochenmarkt anzuhalten und kiloweise Obst und Gemüse zu kaufen, obwohl auf dem Heimweg sowieso noch ein Besuch im Supermarkt anstand. Oh, ja richtig, ich muß wiedergutmachen, daß ich gestern abend so gemein war: Bin mit Kochen dran und hasse Kochen. Warum habe ich nicht einfach vorgeschlagen auszugehen? Aber der Arme, ich glaube, es ist ihm peinlich, sich mit einem blauen Auge in der Öffentlichkeit zu zeigen, und ich durfte nicht mal pusten. Während sie mit raschelnden Tüten über den zerschlissenen Teppich im Flur eilte, vergaß sie Rose Darvey. Rose konnte warten. Warten wie alles andere, bis Geoffrey Bailey mitsamt seinem blauen Auge (heute morgen noch schlimmer als gestern abend) endlich weg war.

Das Büro der Kanzleikräfte befand sich ebenfalls auf demselben Flur wie Redwoods Allerheiligstes, doch er ließ sich so gut wie nie dort blicken. Das rote Licht für den lächerlichen Lastenaufzug blinkte über den düsteren Gang. Helen kam an dem Büro vorbei, in dem Dinsdale und John einander Gesellschaft leisteten, der eine so extrovertiert und charmant wie der andere schüchtern und unbeholfen. Ein paar der Kanzleikräfte, darunter Rose, standen in der Tür, angelockt von John, der erneut angefangen hatte zu singen. Helen blieb stehen, genauso fasziniert wie sie, nicht allein von dem Klang, sondern vor allem vom attraktiven Dinsdale, der so ganz anders als die anderen war. Dinsdale wirkte nicht gerade wie vom Schicksal geschlagen, trug alle Insignien privilegierten Standes, verfügte über eigenes Vermögen, Charme, Bescheidenheit und Wortgewandtheit. Jeder mochte ihn. Selbst Rose, was bedeutete, daß er die Feuerprobe bestanden hatte. Für Helen stellte Dinsdale ein verlockendes Problem dar: Bei dem Gedanken an ihn errötete sie, dann fiel ihr sein Alter ein (fünf Jahre jünger als sie), und schließlich rief sie sich Redwoods Bemerkung über die Freuden der Monogamie ins Gedächtnis. Während Helen noch zusah und daran dachte, sich der Fangemeinde anzuschließen, löste sich Rose aus der Gruppe und rannte mit wippendem Stachelhaar und im Nacken baumelndem

Zöpfchen zu ihrem Büro hinüber. Helen schleppte sich vage beschämt mit ihren Einkaufstüten weiter. Die Tüten voller Kartoffeln und Obst vermittelten ihr das Gefühl, daß sie die Warteschleife zwischen Jugend und Alter bereits hinter sich hatte. Diese Tüten ließen sie zusammenschrumpfen, und sie beschleunigte ihren Schritt, eilte im Schatten des Mädchens den endlosen Gang entlang. Und dann stand sie plötzlich in einer Tür und lauschte einem Telefongespräch, als suche sie nach Bestätigung für das, was sie gerade über Rose und die jungen Constables gehört hatte. Dabei war ihr durchaus und unangenehm bewußt, daß sie nichts von dem, was Redwood gesagt hatte, in Zweifel gezogen, nicht nach Beweisen geschrien hatte dafür, daß es ihre vielversprechendste Nachwuchskraft wie ein Karnickel trieb. Allerdings war klar, daß sie nur deshalb keine Szene gemacht hatte, weil sie nicht überrascht gewesen war. Helen arbeitete oft bis spätabends, und sie wußte, daß Rose das Büro niemals allein verließ.

Roses Stimme bebte vor Ärger und wurde mit dem Luftzug aus einem der großen Fenster nach draußen auf den Flur getragen. Helens Glaube an die Unempfindlichkeit der Jugend schmolz dahin. »Hör zu«, sagte Rose. »Jetzt hör mir mal gut zu. Entweder du kreuzt hier auf oder nicht. Wenn nicht, dann mach, was du willst, verflucht!« Das war deutlich milder, als es hätte sein können. Rose sprach mit zusammengebissenen Zähnen, beherrscht. »Was soll das heißen, später?« fauchte sie. »Was hab ich von scheißspäter? Oh, vielleicht bin ich ja in einem Pub, Crown and Anchor, was in der Art. Und du wirst mich schon finden, natürlich. Mistkerl!« Sie legte auf. »Mistkerl, Mistkerl, Mistkerl!«

Es war bereits dunkel draußen, dunkler als schwarzer Samt, dunkler als die Kohle, mit der Helen ihre bizarren, aber dennoch meist ziemlich präzisen Porträts zeichnete, und das war alles, was sie erkennen konnte, als Rose aufsah und ihr Spiegelbild auf der Glasscheibe entdeckte. Auf ihrem Gesicht brachen sich die Wogen einer kindlichen und nicht besonders anziehenden Wut, doch als sie jetzt herumwirbelte, wirkte ihr Blick eher verschlagen.

»Ach, Sie sind es. Macht mir rein gar nichts, wenn die Leute hören, wie weit ich das Maul aufreiße.«

»Das ist Ihr gutes Recht«, sagte Helen. »Solange Sie nicht gerade den Oberstaatsanwalt an der Strippe haben. Das würde Ihrer Karriere nicht besonders guttun.«

Rose lachte los, einen Moment lang strahlte ihr scharfes kleines Gesicht auf und verwandelte sich in das eines anderen, weicheren Wesens, bis sie wieder verstummte und Helen abschätzig musterte. Helen konnte die Verachtung für ihre jämmerlichen Tüten voller Obst und Gemüse förmlich spüren. Eine solche Last würde Rose Darvey nie tragen, und bestimmt käme sie nie auf die Idee, daß es auch in Helens Leben eine Zeit gegeben hatte, als sie von Gin, Tonic und Kartoffelchips gelebt hatte – ein Modus vivendi, nach dem sie sich oft zurücksehnte.

»Sie sehen müde aus, Miss West. Warum kommen Sie nicht mit auf einen Drink, wenn Sie hier fertig sind?«

Helen war überrascht, irgendwie sogar erfreut. Was immer sich dahinter verbarg, es mußte auch ein Ausdruck von Anerkennung darin liegen, die sie in ihrer augenblicklichen Gemütsverfassung dringend brauchte. Doch noch ehe sie darüber nachdenken konnte, stotterte sie schon irgendeine Entschuldigung und hob mit einer hilflosen Gebärde die Plastiktüten an, was ihr gleich das Gefühl verschaffte, noch älter zu sein, als sie ohnehin schon war. Äpfel, Orangen und Kartoffeln, bei Gott!

»Würde ich furchtbar gern machen, Rose, aber es geht nicht. Muß nach Hause, noch fürs Abendessen einkaufen,

Sie verstehen...« Rose verstand nicht, und Helen ertappte sich zu spät dabei, daß sie sich für ihre Absage entschuldigte: Was warm und freundlich hätte klingen können, war eine lahme Ausflucht. Der Augenblick, in dem sie so etwas wie Vertrauen hätte schaffen können, war verflogen, noch während sie sprach. Rose wandte sich wieder dem Schreibtisch zu, fummelte am Telefon herum und zuckte mit den Achseln, allerdings ohne Anzeichen von Enttäuschung.

»Macht nichts. Vergessen Sie's!«

»Ein andermal...«

»Nein, vergessen Sie's. Es war nur so eine Idee. Aber wenn Sie schon mal hier sind – kann ich Sie was fragen?«

Vielleicht war die Chance doch noch nicht verspielt, aber Rose gab sich rein geschäftsmäßig. »Sie wissen doch, wie ich in meinen Kladden den Gang aller zu einem Fall gehörenden Akten verfolge, nicht? Und die ganze Schose wird dann täglich neu im Computer gespeichert, inklusive aller Haftprüfungstermine, damit wir wissen, wo alles ist, und wer an welchem Tag zu Gericht muß.« Helen war zu beschämt, um zu gestehen, daß sie das nicht so genau wußte und absichtlich nicht hatte erfahren wollen, wie das Büro funktionierte. »Also«, fuhr Rose fort, »irgendwer klaut mir meine Kladden. Sie haben doch das bei weitem unordentlichste Büro hier im Hause. Meine verdammten Notizen sind wohl nicht zufällig bei Ihnen mit reingerutscht, wie?«

Es klang wie eine Anklage und so grundlos aggressiv, daß Helen einen Augenblick vermutete, Rose hätte instinktiv gespürt, daß man sie kritisiert hatte, und ging vorsichtshalber schon mal in Angriffsstellung. Vielleicht war es aber auch nur die Reaktion auf ihre lauwarme Absage.

»Glaube ich nicht. Was könnte ich schon damit anstellen? Spielt es denn überhaupt eine Rolle, solange alles im Computer gespeichert ist? Das ist doch der einzige Nachweis, den wir brauchen, oder?«

»Ach, Sie haben eben keine Ahnung«, antwortete Rose. Man hörte die anderen Mädchen lachend und durcheinanderredend zurückkommen, dann waren sie da, gähnten, griffen nach Hüten und Mänteln und grinsten Helen zu. Sie sind alle soviel netter als Rose und soviel weniger kompliziert, dachte sie, während sich eine vertraute Gereiztheit in ihr ausbreitete. Rose hatte ihr den Rücken zugewandt und unterhielt sich übertrieben munter mit ihren Kolleginnen; es schien gleichbedeutend mit einer Entlassung, und Helen verstand den Wink. Rose verfügte über enorme Energie und ein starkes Charisma, das so gar nicht zu ihrem ruppigen Auftreten paßte: Sie würde schon noch jemanden finden, der mit ihr in den Pub ging. »'n Abend!« rief sie schroff, drehte sich wieder um und setzte mit einem letzten, mitleidsvollen Blick auf Helens profane Plastiktüten hinzu: »Auch Ihnen einen schönen Abend.« Plötzlich flog ein Grinsen über ihr hübsches Gesicht. »Hören Sie, mit Kartoffeln kriegt man jeden Mann rum . . .«

Ich wünschte, ich könnte so sein wie sie, dachte Helen später. Noch immer fragte sie sich, welcher merkwürdige und schuldbewußte Anfall von Häuslichkeit sie dazu getrieben hatte, Gemüse einzukaufen. Es gab Tage, an denen sie wie von einer schlaffen Stumpfheit geleitet schien und sich im Handumdrehen von einem Gemüsegeschäft oder -stand verzaubern ließ. Ich wünschte, ich wäre neunzehn, sorglos, voller Energie, bereit, mich zu verlieben, eine neue Karriere zu beginnen, zu kichern, auszugehen und jede Nacht einen anderen Mann aufzureißen, wenn auch nicht unbedingt die Polizeianwärter aus dem Police Section House mit ihren pickeligen Kindergesichtern. Geoffrey Bailey ist auch mal einer von denen gewesen, dachte sie, und der Gedanke ließ sie auf ihrem Weg aus dem Bus und in den Supermarkt abrupt stehenbleiben. Der Gedanke an Bailey brachte ihr keine Freude, nur den Druck ängstlicher Anspannung und das dumpfe Gefühl von Schuld.

Geoffrey Bailey war alles andere als eitel, und dennoch war es ihm tatsächlich peinlich, sein angeschlagenes Gesicht in der Öffentlichkeit zu zeigen: Er fühlte sich einfach unbehaglich. Eigentlich war er zu alt, um sich darüber den Kopf zu zerbrechen, und Ryan hatte mit Recht gesagt: »Sie sind doch nun mal kein Ölgemälde, oder, Sir? Was glauben Sie, wer das überhaupt bemerken wird?« Damit wurde Ryan ihm aber nicht ganz gerecht. Bailey lief stets wie aus dem Ei gepellt herum. Er war groß und schlank, und sein Gesicht wirkte erstaunlich asketisch für einen Mann, der sich aufs Kämpfen verstand, obgleich die Falten verrieten, daß er weit über vierzig war und wohl keine allzu rosige Jugend gehabt hatte. Ryan hatte einmal gehört, daß Bailey nur deshalb befördert worden war, weil er im Anzug so gut aussah, und auch das war nicht ganz fair. Ryan begriff einfach nicht, warum sein Vorgesetzter so von Fairneß und Gewissenhaftigkeit besessen war, und das in einer Welt, in der beides nicht besonders gefragt schien. Im Anzug wirkte Bailey untadelig, ja autoritär, auf manche Leute sogar erschreckend, allerdings nicht, wenn das Veilchen darüber die ganze Wirkung ins Lächerliche zog. Das Auge pochte, so idiotisch fand es seine eigene Existenz, und Bailey hatte für heute die Nase voll von dummen Bemerkungen. Der Rest seines Körpers schmerzte aus den unterschiedlichsten Gründen. Helen West war seine Freundin (er haßte das Wort Geliebte, das finanzielle Anhängigkeit zu implizieren schien, und davon konnte nun wahrlich nicht die Rede sein), und er hatte sie letzte Nacht unnötig vor den Kopf gestoßen. Dabei spielte es keine Rolle, daß das Vor-den-Kopf-Stoßen beiderseitig gewesen war, jedenfalls hatte er sie als unzuverlässig, selbstsüchtig und egozentrisch beschimpft. Es hatte andere Attribute gegeben, weit extremere, die er für sich behalten hatte, und die Ironie lag darin, daß er sich letztlich besonders schlecht fühlte, weil soviel ungesagt geblieben war, wegen seiner erbärmlichen Unfähigkeit, einen richtigen Streit vom Zaun zu brechen, bei dem Töpfe und Pfannen flogen. Der Abend hatte mit wechselseitigen Entschuldigungen geendet, und dann hatte Helen sein Auge mit Zaubernuß eingerieben und war dabei so freundlich und distanziert geblieben wie eine Krankenschwester.

Der heutige Tag hatte mit dem Versprechen begonnen, seine Abreise, der sie, so sein Verdacht, ebenso erleichtert wie besorgt entgegensah, mit einem Abendessen zu begehen. Das Schuldbewußtsein hatte ihn den ganzen Tag nicht verlassen und schließlich hierher in den Supermarkt geführt, wo sie, das wußte er eher instinktiv, als daß sie es gesagt hätte, auf dem Heimweg einkaufen würde. Sie war dran mit Kochen.

Er gähnte. Deine Wohnung, meine Wohnung, und nirgends war man zu Hause. Er war nie da, wo er das Hemd hätte finden können, das zu seiner Krawatte paßte. Genausogut könnte er in einem Wohnwagen in der Wildnis hausen – das zum Beispiel hatte er letzte Nacht eigentlich sagen wollen. All das macht mir nichts aus, Helen, aber könntest du bitte ein paar Kompromisse mehr eingehen als bisher. Ich gebe zu, daß ich vor fünfundvierzig Jahren mit der Vorstellung zur Welt gekommen bin, irgendein weibliches Wesen müßte mir bis ans Ende meiner Tage das Abendessen auf den Tisch stellen. Diese Hoffnung habe ich aber längst aufgegeben und es nicht mal zu schätzen gewußt, als sie sich zu erfüllen drohte. Trotzdem würde es mich wirklich freuen, wenn du es gelegentlich versuchen würdest, obwohl ich viel besser kochen kann als du. Das wird ja allmählich zum Maßstab all unseren Denkens, dieses Einkaufen und Kochen. Und es fällt mir auch schwer, mich ganz von einer Idee zu lösen, die du als absurd bezeichnest, nämlich daß eine Frau mit fünfunddreißig sanft sein und sich für Babys interessieren sollte. Du erfüllst einfach keine meiner Erwartungen. Ich liebe dich aufrichtig, aber es gibt Augenblicke, besonders in letzter Zeit, in denen ich es sagen muß, um es zu spüren, und du sagst es nie. Du bist hart geworden, mein Liebling, der Zuckerguß ist erstarrt, aber vielleicht sollte ich den Mund nicht allzu voll nehmen, denn vor zehn Jahren, bevor ich meine Gefühle wiederentdeckt habe, ganz zu schweigen von meinem Verstand, war ich selber hart wie Stahl.

Ein schlechtes Gewissen für all das, was nicht ausgesprochen worden war, deshalb stand er hier im Schein des Supermarkts vor Dutzenden von unverfrorenen Werbeversprechungen. »Nescafé! 10 Pennies billiger! Jaffa-Orangen! 20 Pennies!« Geistesabwesend, denn er mochte Orangen und noch lieber Mandarinen, die ihn an das gerade vergangene Weihnachten erinnerten, ging er ins Geschäft und füllte seinen Einkaufswagen mit Orangen, Grapefruits, Äpfeln und Kartoffeln. Zumindest ein paar Vorräte wollte er ihr dalassen.

Dann entdeckte er sie hinter dem ersten Gang (Seife, Waschmittel, Weichspüler und Toilettenpapier), beladen mit einer Aktentasche und drei vollgestopften weißen Plastiktüten. Selbst in diesem grausamen Licht fiel sie auf. Er sah sie zuerst auf dem Fernsehmonitor, der über der Tür hing; bei seiner Größe war es eine Leichtigkeit, über die mit Waren gefüllten Regale zu blicken, und er dachte: Liebling, du könntest wirklich nie eine Bank überfallen, du bist einfach unverwechselbar. Eine hohe, breite Stirn mit einer blassen Narbe, halb verdeckt von Sorgenfalten, das dichte schwarze Haar in eine Spange gezwängt, die es kaum zu halten vermochte, und ein Gesicht, das ihn an eine exotische Tänzerin erinnerte, gesegnet mit einer bizarren, unvollkommenen Schönheit und riesigen Augen. Bei diesem Äußeren konnte man nicht mal auf ihre Nationalität schließen, und trotzdem, hier und jetzt wäre trotz der Eleganz ihres feinen, weiten Mantels kein Mensch auf die Idee gekommen, welche Autorität sie besaß. Sie wirkte verloren. Gelähmt vor lauter Unschlüssigkeit stand sie an der Fischtheke. Das war immer so in Supermärkten. Auf dem Markt ging es noch, aber hier funktionierte sie einfach nicht mehr. Innerhalb von einem Augenblick verstand er sie wieder besser und liebte sie um so mehr, doch war ihm nicht ganz klar, auf welche Art. Er sah, daß sie bereits reichlich Gemüse gekauft hatte.

Die Leute starrten sie immer an, was sie nie bemerkte, wie er wußte, aber sie achteten nicht auf den Mann mit dem blauen Auge, der jetzt mechanisch in den Gang mit Obst und Gemüse ging und alles zurücklegte, was er zuvor eingepackt hatte. Er sah aus wie ein Dieb, der sein Vorhaben aufgegeben hatte, ein Penner, der nicht zahlen konnte, und obendrein kam er sich vor wie ein Idiot, denn er ging geradezu lächerlich sorgfältig vor, als er zurücklegte, was sie, wie er jetzt wußte, bereits gekauft hatte, die Kartoffeln zu den Kartoffeln, das Obst zur jeweils gleichen Sorte und auch die Plastikbeutel, wo sie hingehörten. Bailey, der jede Wette eingegangen wäre, daß sie an ihrem Marktstand schlechtere Ware für mehr Geld kaufen würde, legte seine

Einkäufe mit einem Gefühl des Bedauerns zurück. Dann ging er zu ihr. Sie stand noch immer da. Der rote Mantel knautschte, als er sie um die Taille faßte und ihr ins Ohr flüsterte: »Wie wär's statt dessen mit einem Abend in der Stadt? Der dich von all dem hier erlöste? Der Mann mit dem blauen Auge verlangt nach dir.«

Sie rührte sich nicht, lehnte sich nur leicht an ihn.

»Ich geh nie mit fremden Männern mit«, antwortete sie. »Ich bleibe brav zu Hause. Möchtest du lieber Kabeljau oder Scholle? Die anderen könnte ich nicht mal buchstabieren.«

Schon möglich, daß sie auf ihren Namen hörten, aber er bezweifelte, daß sie ihn buchstabieren konnten. Um zehn nach zehn inspizierte Sergeant Morgan die Einheit für die Nachtschicht, Abteilung E, Kings Cross. Sie traten an, wie sie wollten, in jeder nur denkbaren Ordnung und allein, weil er sie zählen mußte. Man gab da heutzutage keine besonderen Anweisungen mehr. Auch wenn der Sergeant es lieber anders gehabt hätte, bestand die Hälfte seiner Einheit aus Neulingen, die zunächst auf Probe da waren, Grünschnäbeln aus dem ganzen Land, mit harten Akzenten, und soweit er sah, war kaum einer mit Grips darunter. Er war dankbar, daß er nicht auch noch ihr Gewissen erforschen mußte, das Abzählen war einfach: Von zehn fehlten drei. Die Anwesenden, die auf unterschiedlichste Art zur Arbeit gekommen waren, hatten keinerlei Erklärung für die Abwesenheit der anderen aus dem Section House.

Sergeant Morgan schickte den ältesten Constable hin, Police Constable Michael, ganze vierundzwanzig, einen gutaussehenden Boxer mit gebrochener Nase und einem überraschend sanften Temperament, jedenfalls solange er nicht kämpfte, und selbst dann schien er seine riesigen Fäuste im Zaum halten zu können. Michael war so groß, daß er in jedem Kleinwagen eine ziemlich lächerliche Figur machte, und der Eingang zum Section House wirkte im Vergleich zu seiner massigen Statur geradezu winzig.

PC. Michael witterte Unheil, kaum daß er das Gebäude betreten hatte, obwohl es so verlassen dalag wie ein geschlossenes Kaufhaus. Die Spätschicht, zwei bis zehn, würde jetzt nach und nach eintrudeln, während die Männer aus der Frühschicht, die von acht bis zwei ging, sich noch in der Stadt vergnügten. Michael folgte seiner Nase und lief die Treppe hinauf, von wo er mit einemmal die unverkennbaren Geräusche eines Kampfes hörte. Heiseres Gebrüll, Keuchen, das Krachen umstürzender Möbel, der lauernde Tanz von Heimtücke erfüllter Schritte, das dumpfe Dröhnen auf Körper treffender Fäuste und ein wütender Schmerzensschrei wiesen ihm den Weg. Eine Zimmertür stand halb offen, hinter der das Licht einer wild hin- und herpendelnden Lampe das Schlachtfeld wie eine flackernde Fackel beleuchtete. Er erkannte eine zertrümmerte Stereoanlage und die Scherben einer billigen Nachttischlampe. Als die Lampe zurückschwang, beleuchtete sie eine halb aus den Angeln gerissene Schranktür. Sie wurde allein noch vom Körper eines schmächtigen Jungen gehalten, der zusammengekauert davorhockte, die linke Hand über den Augen, den rechten Arm über die Kante eines zerwühlten Bettes gestreckt. Ganz an die Wand gedrückt saß dort ein Mädchen mit stacheligem Haar. Sie hatte die Knie bis zur Brust hochgezogen und die Hände über die Ohren gelegt, eine Haltung, die sowohl Furcht als auch Teilnahmslosigkeit verriet. Im Mittelpunkt des Geschehens waren zwei junge Männer in Polizeiuniform, marineblauen Drillichhosen und zerrissenen blauen Hemden wütend wie zwei Kampfhunde ineinander verkeilt. »Arschloch! Scheißkerl!« Geknurrte Beleidigungen ohne jeden Sinn, die ebenso ungeschickt ausgeteilt wurden wie die Faustschläge, die trotzdem gefährlich dumpf klangen. Die Kampfhähne waren in etwa gleich schwer, gleich groß und vom gleichen Haß erfüllt, doch keiner von beiden besaß auch nur annähernd Michaels Masse oder Disziplin. Er stürzte sich auf sie, zertrat dabei knirschend ein Stück Glas und packte mit jeder Hand einen der beiden liebestollen Burschen am Kragen. Er spürte den steifen Uniformstoff und schlang ihn sich fest um die Fäuste, bis er den beiden fast die Kehle abgeschnürt hatte, hob sie langsam hoch und schleuderte sie zu Boden. Einer stolperte rückwärts gegen die Wand, wo sein Kopf mit einem gräßlichen dröhnenden Knall aufschlug, der andere stürzte gegen die Schranktür und fiel dann halb über den zusammengekauerten Jungen und das Mädchen, das sich noch tiefer in die Ecke verkrochen hatte. In der nun folgenden Stille, in der nur heftiges Atmen zu hören war, sah Michael, daß sie ihre Blöße mit einem Rock bedeckte, und als die Lampe zurückschwang, blitzte ein Stück spitzenbesetzte Unterwäsche am Boden auf. Das Zimmer stank nach Schweiß, Fisch und gekochtem Fleisch, einem üblen Gemisch, bis er beim letzten Geruch, Blut, plötzlich den Geschmack von Eisen im Mund hatte. Allmählich verlangsamte die Lampe ihren wilden Tanz über die niedrige Decke, und die Gesichter wurden klar.

»Parkin? John! Williams! Ihr Vollidioten! Jetzt wascht euch das Gesicht und meldet euch zum Dienst, oder ihr könnt was erleben!« Das Funkgerät an Michaels Gürtel knisterte, und plötzlich fiel allen wieder ein, wer und wo sie waren, und wie in Trance befolgten sie Michaels Befehle. Bevor sie aus dem Zimmer stolperten, bis auf den einen, der am Boden lag, warfen sie dem Mädchen auf dem Bett noch einen haßerfüllten Blick zu. PC. Michael musterte sie voller Abscheu und wandte sich ab. Erst später tat ihm sein Verhalten leid. Um halb elf ließ Sergeant Morgan die Nachtschicht erneut antreten und stauchte alle zusammen, egal ob schuldig oder unschuldig, einschließlich PC. Michael, weil er den Bären, den sie ihm aufgebunden hatten, um sich zu entlasten, vor ihm wiederholt hatte. Michael starrte mit sanftem Blick vor sich hin, die übrigen schwiegen und grollten. PC. Williams, der drittletzte und kleinste in der Reihe, präsentierte ein rasch anschwellendes Auge, das noch gerötet war, sich bald aber schon violett verfärben würde. Er preßte die Lippen aufeinander, um den Schmerz eines ausgeschlagenen Zahns zu betäuben, konnte jedoch nicht verhindern, daß ihm Tränen in den Augen standen. Er hob die Faust an seinen geschwollenen Mund, um das beschämende Wimmern eines kleinen Jungen zu unterdrücken.

»Ich hab mir schon gedacht, daß du lieber ein Steak gehabt hättest. Das hättest du dann auf dein Auge legen können, und es hätte sich von selbst gebraten.«

»Klingt wie ein Hund, der seinen Knochen im Garten vergräbt, um ihn weichzukriegen. Du kommst auf Ideen, die einen zum Vegetarier machen könnten. Hast du das irgendwo mal gelesen?«

»Fisch ist gut für dich. Oder etwa nicht? Protein ohne Fett. Aber wenn man bedenkt, wie er gefangen wird, dieses schreckliche Gezappel...«

»Dir könnte ein bißchen Fett nicht schaden. Schlank ist eine Sache, aber mager...«

»Du hast es gerade nötig, Reden zu schwingen. Siehst selbst aus, als könnte man dich in der Mitte durchbrechen.«

»Versuch's nur, wenn du willst«, sagte Bailey. »Ich stehe dir zur Verfügung. Aber tu's vorsichtig. Ich bin nicht ganz auf der Höhe.«

Helen lachte wie in alten Zeiten, als sie die ersten Male auf seinem verschlissenen, aber kräftig gemusterten Sofa gesessen und die kahlen Wände bewundert hatte.

Damals hatte sie auch nie einen Gedanken an die Fahrt nach Hause verschwendet, an die Kälte draußen, an die Katze, die auf ihrer frischen Bluse hockte und sie mit schwarzbraunen Haaren bedeckte, ohne daß einer von ihnen ein Wort darüber verloren hätte. Schon damals hatte ihn die Vorstellung verfolgt, sie so zu bewahren, als festen Bestandteil seines Lebens, nicht als ewig lockendes, ewig schwankendes Ziel. Aber vermutlich konnte eine Frau, die so hübsch war wie Helen, so sanft und doch so entschlossen, gar nicht anders sein. Bailey vermochte nicht länger zwischen den behebbaren und den nicht behebbaren Mängeln ihrer gemeinsamen Existenz zu unterscheiden, sah nicht mehr, wohin sie steuerten, wußte nur, woher sie kamen. Er fühlte sich erniedrigt von dem Schluß, der sich in den letzten vierundzwanzig Stunden herauskristallisiert hatte, und fand es schwierig, ihn zu artikulieren: Möglich, daß Helen erleichtert war von der Aussicht auf seine erzwungene Abwesenheit, mittlerweile aber begriff er, daß es ihm genauso ging. Auch er war erleichtert, obwohl sie jetzt in seinen Armen lag, in einen leichten Schal gehüllt, die festen schmalen Glieder darunter nackt, genug, um einen Mann seinen Schmerz, einen fehlenden Nachtisch und einen absolut trockenen Fisch vergessen zu lassen. Sie schmiegte sich an ihn, doch so zaghaft, daß die Berührung ihrer Hände leicht wie eine Feder schien.

»Fast hätte ich es vergessen«, murmelte sie bewußt

schläfrig. »Lassen sie euch jedes Wochenende von Bramshill weg oder nur alle vierzehn Tage?«

»Weiß ich nicht«, antwortete er, beunruhigt über seine Lüge. »Das kann ich erst sagen, wenn ich morgen da bin.«

»Ich werde dich vermissen«, sagte sie nur. Mehr nicht. Er war nicht sicher, worauf er gehofft hatte. Er erinnerte sich an ein Kirchenlied aus seiner Kindheit: Und zähle, Vater, ihre Mängel nicht.

Rose Darvey rannte den Hügel hinab, weit über das freie Feld hinaus, das sich bis hinter das Fußballstadion erstreckte. Noch immer lag es vom Schein des Flutlichts erhellt da, obgleich sich die Menge längst zerstreut hatte. Nur der kurze Rock, die fürchterlichen Schuhe, ein gewisses Quantum an Wodka und die schwindelerregende Wirkung einer Glühbirne, die vor ihren Augen pendelte, behinderten sie beim Laufen. Sie wußte, daß sie verfolgt wurde, wußte, daß sie nicht ein einziges Mal anhalten und leise weinen durfte, daß sie sich davor hüten mußte, ihrer Angst vor dem Dunkeln nachzugeben. Dann aber konnte sie einfach nicht mehr. Die Scheinwerfer eines Autos streiften über ihr Versteck – der Mann, der sie verfolgte –, und sie duckte sich tiefer in eine der Hecken, die die winzigen Vorgärten säumten. Wartete. Eine Wagentür wurde bedächtig zugeschlagen, mit der entschlossenen Bewegung eines Mannes, der in Gedanken schon ganz woanders war. Sie atmete leichter. Schritte näherten sich, zögerten, bewegten sich mit gleichmäßiger Geschwindigkeit an ihr vorbei, brachen ab, kamen zurück. Hätte er die Wagentür zugeknallt, hätte sie ihre Hoffnung bewahrt – an solche Geräusche war sie gewöhnt –, angesichts seiner gelassenen Präzision aber hätte sie am liebsten geschrien.

»Komm raus, hörst du?« Eine ebenso bedächtige

Stimme, aber rauh. »Ich weiß, wo du bist. Also los, komm schon. Sei nicht albern.«

Doch als sie sich regte und ihm zögernd gehorchte, hielt er den Atem an. Er hatte ein abgestumpftes Gesicht erwartet. Statt dessen blickte er in die betörenden Augen eines verschreckten Kindes.

3

Mrs. Mellors streckte die Hand aus und strich über die Haare des blonden Kindes, das vor ihr an der Bushaltestelle stand. Sie konnte nicht anders. Die Kleine schüttelte den Kopf, wie um eine lästige Fliege abzuwehren, fuhr sich dann, als das Streicheln nicht aufhörte, mit der Hand durch die goldenen Locken und drehte sich unwillig um. Doch als sie sah, wer da stand, grinste sie das zahnlose Lächeln einer Sechsjährigen, die die oberen Milchzähne bereits verloren hat und nun wartet, daß neue nachkommen. Sie war ein häßliches kleines Ding, abgesehen von ihrem Haar, ein Schreihals, so wie Margaret Mellors sie am liebsten hatte, denn tief in ihrem Inneren gab es etwas, das diese Gabe hysterischer Lautstärke beklatschte. Sie selbst würde ihren Unmut nie laut herausschreien können, und außerdem war es ohnehin zu spät, die festgefahrenen Gewohnheiten eines ganzen Lebens zu ändern. Ihr einziges Laster waren die zwei Drinks am Abend – wenn sich die Gelegenheit ergab. Trotzdem hegte sie eine rückhaltlose Bewunderung für Menschen, die schon als Rabauken zur Welt kamen, und ihre unvergleichliche Geduld mit schwierigen Kindern war einer der vielen Gründe, warum sie bei den jungen Eltern in der Legard Street so beliebt war. Yuppies verirrten sich, wie gesagt, nicht hierher. Die Jungverheirateten, die hier in den winzigen Häusern ihre Familien gründeten, konnten sich keine Kindermädchen leisten und mußten andere Möglichkeiten finden, für Sprößlinge und Hypotheken zu sorgen. Gelegentlich tauchte ein Vater am

Tor der Volksschule auf, zumeist aber waren es die von Erschöpfung gezeichneten Mütter mit den grauen Gesichtern, die die Kleinen erwarteten.

Margaret Mellors hatte nie die Werbetrommel dafür gerührt, daß sie bereit war, auf all diese Kinder aufzupassen, und das obendrein noch mit der ganzen Erfahrung jener rotbäckigen Großmütter, die zwar in deren Kinderbüchern, nicht aber in ihrem Alltag vorkamen. Derartige Nachrichten sprachen sich aber auch so herum. Die letzten vier Jahre hatten zwar ein Vakuum in ihrem Leben und ein wechselhaftes Geschick für die Straße mit sich gebracht, die Kunde von ihrem Talent als Großmutter hatte sich aber dennoch wie ein Lauffeuer verbreitet. Margarets Haus hatte sich in einen Tummelplatz für Kinder verwandelt, und diesen unwiderstehlichen Blondschopf streichelte sie jetzt nur deshalb so vorsichtig, weil sie in letzter Zeit eine leichte Veränderung im Verhalten der Mütter festgestellt hatte. Es war ein deutliches, wenn auch kaum nachvollziehbares Zögern, die Kinder zu ihr nach Hause zu bringen. Zuerst hatte Margaret noch geglaubt, es liege am anbrechenden Winter oder vielleicht auch dem unauslöschlichen Mißtrauen, das all diese jungen Leute ihrer schäbigen, aber blitzblanken Wohnung entgegenbrachten, doch dann hatte sie einsehen müssen, daß mehr dahintersteckte. Die Kanäle böswilligen Klatsches waren durch die unterschiedliche Lebensweise ihrer Nachbarn zwar mehr oder weniger verstopft, dennoch wurde Mrs. Mellors in letzter Zeit gerade von denen geschnitten, die sie am meisten brauchten.

»Hallo, Margaret! Wie geht's Ihnen? Sag guten Tag, Sylvie, na, wird's bald? Mit dem schönen Händchen.« Die herzliche Begrüßung der Mutter wirkte entspannend auf Margaret, und daß das Kind sie akzeptierte, verschaffte ihr ein Gefühl von Autorität. Was immer den guten Ruf ihres

Hauses zerstört hatte, es hatte nicht mit ihr selbst zu tun. Niemand verachtete ihren zierlichen Körper und den sauberen Geruch nach Talkumpuder, den er verströmte. Jedenfalls wollte sie das nicht hoffen, wenn sie es in gewisser Weise auch wieder vorgezogen hätte. Wenn nur nicht alle den armen kleinen Logo so haßten, wenn sie nur einsehen könnten, wie unfair die Verleumdungen waren, die sie ihm anhängten. Übrigens war auch er ein Krakeeler, aber im Grunde ein braver Junge, trotz der Bibel und seiner Singerei; die meisten merkten das nur eben nicht. Das Problem in dieser Gegend war, daß kaum einer Zeit für den anderen hatte.

»Hallo und guten Tag. Wo wollen Sie hin? Einkaufen? Lieber Himmel, das wird was geben, wie?« Margarets Hand ruhte noch immer auf dem Haar des Kindes, spürte die köstliche Wärme des Halses. Sie wußte, wann sie nicht allzu sehr drängen durfte, und das Kind sträubte sich nicht, sondern drehte sich um und umklammerte das Bein der alten Frau. Dann lehnte es sich zufrieden gegen sie und ihren Stock und wartete auf den rechten Augenblick, um die Aufmerksamkeit auf sich zu lenken.

»Du hast mich schon lange nicht mehr besucht, Kindchen«, sagte Margaret munter. »Gehst du jetzt in den Kindergarten?«

»Ja«, sagte Sylvie.

Die Mutter trat verlegen von einem Bein aufs andere.

»Nun, Margaret, die Wahrheit ist, daß sie hingehen soll, die Hälfte der Zeit aber kein Platz für sie da ist. Es klappt eigentlich nur an zwei Vormittagen in der Woche, und den Rest der Zeit bringt sie mich auf die Palme. Ich muß mir andauernd freinehmen, dabei arbeite ich sowieso nur halbtags...«

»Warum bringen Sie sie dann nicht einfach wieder zu

mir?« fragte Margaret freundlich, ohne die Frau anzusehen. Sie spähte die Straße hinunter, als habe sie gerade etwas entdeckt, das genaueres Hinsehen lohnte. Das Kind fing an, laut zu summen, umkreiste dann die beiden Frauen und imitierte dabei das gefährliche Brummen einer Wespe.

»Oh, sei schon ruhig, Schätzchen«, sagte Margaret. Das Kind verstummte und kam zurück, um geräuschvoll und angestrengt in Margarets halbvoller Einkaufstasche zu wühlen. Margaret protestierte nicht, während die Mutter mit einem fast schon hungrigen Blick ihr großes, friedliches Gesicht betrachtete, das so gar nicht zu dem kleinen Körper passen wollte.

»Schauen Sie, Margaret, ich würde sie auf der Stelle zu Ihnen bringen, aber Sie müssen verstehen, daß ich nicht kann – nicht solange dieser Mann da neben Ihnen wohnt. Sie wissen, wen ich meine. Ist er wirklich Ihr Sohn? Die Leute sagen, er wäre Ihr Sohn, Sie sind beide so ... zierlich, aber er sieht Ihnen trotzdem überhaupt nicht ähnlich. Na ja, auf alle Fälle, wenn es stimmt, und ich habe gehört, daß es nicht stimmt, also, ich möchte nicht unhöflich sein, aber ich kann Sylvie unmöglich bei Ihnen lassen, wenn er in Ihrem Haus ständig ein und aus geht.«

»Warum denn nicht?« fragte Margaret verständnislos.

»Das wissen Sie nicht? Aber das müssen Sie doch wissen!«

Ein Blick in Margarets Gesicht bestätigte jedoch, daß sie wirklich nicht die geringste Ahnung hatte, was über Logo getuschelt wurde. Sie verstand ganz einfach nicht, daß es um mehr ging als nur ein vage unbehagliches Gefühl, das er bei seinen Nachbarn auslöste: Weil er den alten Spaten aus einem Garten geklaut hatte, weil er wie ein Aasgeier in ihren Mülltüten herumschnüffelte. Er war nur ein kleines bißchen verrückt, der arme Logo, und wer verstand schon jemanden, der die ganze Zeit mit einer schwarzen Bibel unter dem Arm herumlief? Es war keine schlechte Gegend, aber man hatte hier nun mal nichts übrig für den lieben Gott. Margaret holte tief Luft. Wenn er aussah wie ihr Sohn, den es nie gegeben hatte, dann war Logo eben ihr Problem. Jedenfalls wollte sie nicht, daß sich irgendwer anders mit ihm herumschlug.

»Nein, er ist nicht mein Sohn, aber ich habe an die zwanzig Jahre neben ihm und seiner Familie gewohnt, als er noch eine Familie hatte, deshalb kenne ich ihn besser als irgend jemand sonst in der Gegend. Ein oder zwei Jahre, nachdem seine Frau und seine Tochter verschwunden sind, ist er einfach ein bißchen übergeschnappt, verstehen Sie. Sie dürfen es ihm nicht übelnehmen, im großen und ganzen ist er in Ordnung. So sanft, daß er keiner Fliege etwas zuleide tun würde, und zu mir war er immer gut, wirklich gut.« Der argwöhnische Blick der jüngeren Frau war so stechend, daß Margaret einen Augenblick lang dachte, er würde die Puderschicht in ihrem Gesicht durchlöchern. Sie legte immer Puder auf, nur ganz wenig, passend zum Talkum auf ihrem Körper. Sie zog sich jeden Tag in einer Wolke süß duftenden Puders an und aus – das war ihr Versuch, anständig auszusehen. Ihre Entschädigung für Alter, Gebrechlichkeit und die schlimme Hüfte, deren Behandlung bisher erfolglos geblieben war. Margaret Mellors mit den gepuderten Wangen, der zerbrechlichen Figur und dem freundlichen Wesen war stets ein angenehmer Anblick.

»Ich habe gehört«, sagte die Frau und versuchte, die Aggressivität in ihrer Stimme zu unterdrücken, »daß er schon soundsooft verhaftet worden ist. Aber er kommt immer wieder davon.«

Margaret nahm sich zusammen, doch sie erhob ohnehin nie die Stimme, weil sie die Notwendigkeit nicht einsah.

»Nun, das liegt allein daran, daß er nie etwas verbrochen hat. Er ist einfach ständig auf der Suche nach einem Kind, das so aussieht wie seine Tochter. Keine Ahnung, wie sie heute aussieht, aber das ist alles, was er im Kopf hat. Albern, ja, aber so ist es.«

Ihre Stimme erstarb. Schon während sie sprach, wobei das Kind an den Einkaufstaschen zerrte und sie zur Seite drängte, wußte sie, daß jeder Versuch, das Geheimnis um Logo zu erklären oder zu rechtfertigen, sinnlos war. Sie mußte es auf andere Art versuchen.

»Zerbrechen Sie sich nicht den Kopf darüber, es spielt sowieso keine Rolle«, sagte sie. »Aber wie kommen Sie auf die Idee, daß er tagsüber in meinem Haus ein und aus geht? Er arbeitet, wissen Sie, auf seine Art, und kommt nie bei mir rein. Nie. Er ist den ganzen Tag mit seinem Karren unterwegs.«

Das war beinahe die Wahrheit, und sie wollte, daß es die Wahrheit war. Sie hielt inne, um ihren Worten die richtige Wirkung zu verleihen. »Nie«, sagte sie ruhig und nachdrücklich. Dabei hatte sie das Gefühl, illoyal zu sein, aber das störte sie nicht. Die Kleine wurde unruhig und fing wieder an zu summen, nur lauter als vorher, bis das Summen Ähnlichkeit mit einem Knurren bekam. Die Mutter warf ihr einen nervösen Blick zu.

»In Wirklichkeit bin ich ein Hund«, erklärte das Kind.

»Sicher bist du das«, murmelte Margaret beruhigend. »Ein großer oder ein kleiner? Die machen nämlich unterschiedliche Geräusche. Wärst du nicht besser eine Katze?«

Die letzten Barrieren der Mutter waren gefallen. Ein bißchen Überredung war nötig gewesen, aber nicht viel.

»Hören Sie, würde es Ihnen... ich habe nämlich schrecklich viel zu besorgen, und es ist jedesmal ein Alptraum, mit ihr einkaufen zu gehen...«

»Natürlich nehme ich sie, wenn es Ihnen hilft. Beruhigen Sie sich, Sie sehen ein bißchen erschöpft aus. Das kommt davon, wenn man noch so spät durch die Geschäfte hetzen muß. Aber Sie werden eine Menge geschafft kriegen. Kein Grund zur Eile.«

So verbrachte Margaret Mellors die letzten Stunden dieses Nachmittags in Gesellschaft der quicklebendigen Sylvie. Es war keine wirkliche Lüge gewesen, was sie über Logo gesagt hatte. Immerhin hatten sie ein ungeschriebenes Gesetz, nach dem sie nie unaufgefordert das Haus des anderen betraten – nie –, und dennoch hatte das Gespräch sie nervös gemacht: Es hatte sie an zu vieles erinnert, das unter den Teppich gekehrt worden war und am besten nie wieder hervorgeholt würde. Logos Tür ließ sich mit einem Fußtritt öffnen, aber ein Blick durch das Fenster hinderte jedermann an dem Versuch. Und er hatte zu tun, auch das war keine Lüge gewesen, Straßenreinigungsbeamter sagten die Leute, und sie war stolz darauf, ja, so nannte man ihn. Die Ratsversammlung wollte ihn loswerden, alle hackten auf ihm herum, sagte Logo immer, aber er würde seinen Job schon wegen des Arbeitsförderungsprogramms behalten, komme, was wolle, und zwar aus unterschiedlichen Gründen. Zum einen gefiel es ihnen, einen so exzentrischen Mann zu beschäftigen, zum anderen gab es nicht viele Freiwillige, die Lust hatten, sich mit den Geistern auf dem Friedhof herumzuschlagen, geschweige denn nach den Fußballspielen den Müll zusammenzukehren. Im übrigen zeigte kaum einer so viel Eigeninitiative bei bestimmten Sonderaufgaben wie er. Man konnte ihn jederzeit aus den Pubs holen, wo er als singendes und tanzendes Maskottchen galt, doch nirgends als richtiger Säufer. Er wurde mit geplatzten Wasserleitungen, Abflüssen in schimmelnden Souterrainwohnungen und der Entsorgung von jahrzehntealtem Unrat fertig. Er berührte das Unantastbare mit bloßer Hand, beförderte tote Hunde und Katzen aus Kellern, und obendrein sang er noch bei der Arbeit. Man warf einen drahtigen kleinen Kerl wie ihn nicht einfach raus, ganz gleich, wie er die Arbeitszeiten einhielt.

»O Gott, du unser Schirmherr bist...«, rief Logo und schob seinen Karren vor sich her. Ein großes, altes Ding, nicht zu vergleichen mit den neumodischen Plastikkarren, die zwei Behälter auf einmal faßten und ergonomisch und ökonomisch durchdacht waren – davon wollte er nichts wissen, er hatte seine gute alte Tonne auf Rädern, jawohl, und sie war genau das Richtige für ihn. Aber er hatte dafür kämpfen müssen. Trotz der Erinnerung an diesen Kampf hatte er heute nachmittag nicht viel Energie, und die Füße in den Turnschuhen waren eiskalt.

Logo nahm etliche der Gelegenheiten zum Nichtstun wahr, die ihm seine Arbeit bot, dennoch entging ihm kein Stück Abfall. In der Gosse, durch die er gerade ging, lagen immer noch ein paar im morgendlichen Frost erstarrte, mittlerweile aber aufgeweichte Herbstblätter. Das war der raffinierteste Abfall überhaupt, nicht recyclebar, man wußte einfach nicht, wohin damit, hübsch in der Morgendämmerung, doch jetzt nichts weiter als ein Haufen Matsch, bis der nächste Nachtfrost sie wieder knusprig wie Toast machen würde. Käfer und Schnecken konnten darin nächtigen, bis die Blätter zerfielen und anfingen zu stinken. Logo mochte den Geruch. Er mochte Erde, wenn sie feucht war und an seinen Schuhen klebte. Er hatte seine Arbeitszeiten. Einmal war viel zu tun, dafür ließ er es ein andermal etwas langsamer angehen. Heute hatte er den Friedhof gesäubert und eigentlich hätte er nach Hause gehen können, aber er hatte keine Lust dazu, er wollte lieber hier auf der

Mauer sitzen und in seiner abgegriffenen Bibel lesen. Er liebte die Geschichten darin.

»Haben wir nicht auch die Macht, eine Schwester zum Weibe mit umherzuführen wie die andern Apostel und des Herrn Brüder, oder haben allein ich und Barnabas keine Macht, nicht zu arbeiten?« rezitierte er, als er dann schließlich auf seine Straße zusteuerte, und seine Stimme war eine einzige Anklage.

Als er um die Ecke bog, erkannte Logo weit vor sich die Gestalt von Margaret Mellors, ihren schmalen Rücken in ihrem immer gleichen mausgrauen Mantel, der Jahr um Jahr ohne jeden modischen Firlefanz durchhielt. Sie holte gerade eine Orange aus ihrer Tasche, die sie die Straße entlangrollen ließ wie die Kugel auf einer Kegelbahn. Ein kleines Kind lief knurrend, schreiend und bellend hinter ihr her, bis es die Frucht mit seiner kleinen Faust einfing und danach schnappte wie ein Terrier.

»Du brauchst nicht unbedingt gleich reinzubeißen«, rief Margaret ihr zu. Logo sah den blonden Kopf im immer wieder durch Dunkelheit unterbrochenen Schein der Laternen. Es war einer jener trüben Tage, an denen es nie richtig hell zu werden schien und der Übergang zum Abend kaum auffiel. Schweigend und angespannt beobachtete er, wie Margaret die Orange noch einmal warf. Nur langsam wurde er sich des störenden Lärms bewußt. Zuschauer, die zum Stadion gingen. Trotz der Distanz konnte er förmlich spüren, wie der Verkehr von jenseits ihrer Straße auf sie zudrängte und sich die ersten Horden zusammenrotteten. Sie erinnerten ihn immer an Fliegen, die sich auf einen Kadaver stürzten, aber Margaret schien sie heute nicht zu bemerken. Er versuchte dahinterzukommen, warum sie die Orange auf die Straße warf, vermutlich wollte sie das Kind müde machen, einem Hund warf man einen Stock hin und einem Kind eben was zu essen, aber sein Interesse verflog rasch. Die Kleine hatte keine Ähnlichkeit mit seiner eigenen Tochter, die dunkel war wie ein Zigeunermädchen, genau wie er, und vor langer Zeit weggelaufen war. Wahrscheinlich war sie heute eine Frau.

Margaret rief nach dem Kind, und als es zu ihr zurückrannte, nahm sie es fest bei der Hand, und die beiden gingen die Straße hinunter zu Margarets Haus. Traurig erinnerte sich Logo wieder an seine eiskalten Füße und stampfte von einem Bein aufs andere. Ihm gefiel die Kälte, er hatte eigentlich nichts gegen sie, und das Stampfen war mehr ein Ritual als wirkliche Notwendigkeit. Er wartete, bis Margaret außer Sicht war, dann atmete er tief durch und begann zu singen.

»Gelobt seist du, Herr Jesu Christ,
Ein König aller Ehren.
Dein Reich ohn' alle Grenzen ist,
Ohn' Ende muß es währen.«

An die Mauer gedrückt, den schwerfälligen Karren wie einen großen alten Kinderwagen vor sich herschiebend, ließ er die Legard Street hinter sich und hielt auf die Menge zu, die die Durchgangsstraße weiter hinten verstopfen würde. Auf der Suche nach einem kleinen dunklen Mädchen mit schwarzen Locken, die bis zur Taille hinabfielen und sich hinter ihr ausbreiteten wie die wirre Mähne eines Vollblutfohlens, wenn sie weglief. Weglief vor ihm.

Für Dinsdale Cotton war Helen West eine schöne Frau. Er sprach es nicht aus, aber es war ihm bereits durch den Kopf geschossen, als er sie das erste Mal sah, und er konnte der gegenwärtigen Diskussion um so leichter folgen, da sie ihm

Gelegenheit bot, Helens Augen, Hände, ihre Haare und Beine zu betrachten, egal, in welcher Pose sie sich präsentierten, ohne den Anschein zu erwecken, sie mit den Augen zu verschlingen. Er wußte, daß es noch viel zu früh war, um etwas zu unternehmen – er durfte sich nicht blamieren. Er hatte Pläne, doch im Augenblick genoß er, was sich ihm bot. Außerdem war eine Unterhaltung mit ihr immer lohnend, auch wenn keiner von beiden darauf anspielte, was zwischen ihnen längst im Gange war.

»Beweisführung«, sagte sie gerade. »Also wirklich, Dinsdale, warum zum Teufel machen denn Sie das nicht? Warum muß ausgerechnet ich einen Vortrag über Beweisführung halten? Wo Sie doch reden können, bis einem die Ohren abfallen? Zudem habe ich keine Ahnung von Recht und Gesetz, wie alle Welt weiß, ich wende es nur an. Was soll ich denen bloß erzählen?«

Er warf einen verstohlenen Blick auf ihre schlanken, gekreuzten Fesseln, während sie sich auf das gräßliche Sofa im Swan and Mitre zurücklehnte, und beschloß, nicht weiter hinzusehen.

»Was Sie sagen, richtet sich ganz nach Ihrem Publikum«, antwortete er. »Und es gibt kein Publikum, abgesehen von einem Symposium von Wissenschaftlern, das seine Informationen nicht so einfach wie möglich haben wollte.«

»Trotzdem. Kommen Sie schon, überraschen Sie mich. Zehn Minuten habe ich abzuliefern, Thema: Was ist ein Beweis? Das Publikum besteht aus Friedensrichtern ohne das geringste juristische Vorwissen. Also schießen Sie los.«

Dinsdale nippte an seinem Glas, Wodka mit Tomatensaft, an dem er sich keineswegs festzuhalten schien. Er nahm eine imaginäre Brille ab und blätterte in einer imaginären Akte auf dem verschmutzten Tisch vor sich. »Beweise, meine Liebe, sind Fakten. Sie präsentieren sich in

Form von Ziegelsteinen oder Zement. Im allgemeinen sprechen wir von drei verschiedenen Arten von Beweisen. Der erste ist der direkteste, er stammt von Augen- oder Ohrenzeugen eines bestimmten Ereignisses, ist sozusagen aus erster Hand. Dann gibt es den weniger direkten Beweis von denen, die danach kommen, Leuten, die Stücke eines zu Schrott gefahrenen Autos einsammeln, Blutspuren und Spermaflecken untersuchen und dann sagen können, dies und das ist passiert. Das sind Indizienbeweise. Es sind zwar recyclete Ziegelsteine, aber die haltbarsten überhaupt. Beweise kann man aber auch aus einer Reihe von nicht miteinander verwandten Fakten destillieren, die Opfer und Angeklagte betreffen, ohne etwas mit ihnen zu tun haben zu müssen – das ist der Zement. Kleine Fakten, positive und negative, die auf ein und dieselbe Schlußfolgerung hindeuten. So hört ein Zeuge morgens um drei eine Tür knallen, ein anderer sieht wenig später einen Mann auf der Straße, eine dritte Person erwähnt, daß sie am selben Abend in einem Lokal jemanden gesehen hat, auf den die Beschreibung zutrifft, eine vierte liefert durch Zufall ein mögliches Motiv. Mit der kleinsten und unscheinbarsten Anspielung kann ein Bruder den anderen verraten. Ein Netz von Fakten, jedes für sich vollkommen unbedeutend. Man braucht diesen Zement, wenn man nicht genug Steine hat. Wie Blutflecken und Fingerabdrücke.«

»Und wie steht's mit Geständnissen?« fragte Helen amüsiert. »Sind das Beweise, die direkt genug sind, um als Ziegelsteine zu fungieren?«

»Oh, ja, durchaus«, sagte Dinsdale lässig. »Das sind die besten Ziegelsteine überhaupt, nur zerbröckeln sie heutzutage viel zu leicht. Selbstverständlich dürfen Sie Ihrem Publikum auch nicht vorenthalten, daß nur auf korrekte Art erworbene Beweise beim Aufbau eines Falles Verwendung finden dürfen. Wer den Angeklagten zwingt, den Ziegelstein auszukotzen, darf ihn nicht dazu benutzen, die Mauer um ihn herumzubauen. Reicht das?«

»Bestimmt. Aber Ihr Vortrag hat nur genau zwei Minuten gedauert. Was mache ich mit den restlichen acht?«

»Erzählen Sie ihnen Geschichten. Je ausgefallener, um so besser. Noch einen Drink?«

Helen wollte schon ablehnen. Kurz vor acht war der Autopilot in ihrem Kopf angesprungen, um sie daran zu erinnern, daß es Zeit zum Nachhausegehen war. Doch dann fiel ihr ein, daß es keinen Geoffrey in seiner oder ihrer Wohnung gab, und das schon seit einer Woche nicht. Sie hatte nicht mehr im Supermarkt herumirren müssen, auf der erfolglosen Suche nach irgendwas, das sie gerade brauchten. Der Gedanke an ihre Erleichterung erzeugte jedoch einen unverdaulichen Klumpen Schuldgefühl in ihrer Kehle. Tapfer beschloß sie, ihn herunterzuschlucken. Schon möglich, daß sie Geoffrey Bailey liebte, dessen war sie sich völlig bewußt, aber die Befreiung von der Routine ihrer Beziehung kam ihr dennoch vor wie eine Auszeichnung, auf die sie monatelang hingearbeitet hatte. Besonders wenn diese Freiheit das Privileg einschloß, mit einem Mann von Dinsdales Format zusammenzusitzen und sich von seiner Bewunderung und Wortgewandtheit einlullen zu lassen. Das war schon ein Unterschied zu dem Geknurr und Gebell des täglichen Zusammenlebens mit Geoffrey.

»Ja, warum eigentlich nicht? Müssen Sie denn nicht irgendwann nach Hause?«

Dinsdale zuckte unbekümmert die Achseln. Helen konnte sich kaum vorstellen, daß sein Leben ohne die Gesellschaft eines ausgesuchten Harems verlief, aber seine häuslichen Pflichten waren seine Sache, darüber brauchte sie sich nicht den Kopf zu zerbrechen. Es gab in diesem Moment nichts und niemanden, über das oder den sie sich den Kopf hätte zerbrechen müssen, abgesehen von ihrer Verdauung.

»Apropos Beweise«, sagte Dinsdale, als er von der Bar zurückkam und sich daranmachte, mit einer Serviette rasch und fachmännisch den Tisch abzuwischen. »Könnte das, was ich da drüben sehe, einer sein? Oder ist es nur ein Produkt meiner blühenden Phantasie?« Helen blickte auf und pfiff leise durch die Zähne.

Der Swan and Mitre war ein Pub wie jeder andere, abgesehen davon, daß er in unmittelbarer Nachbarschaft von zahllosen Büros lag und ihm die Sherryfässer über der Bar die Patina ehrwürdigen Alters verliehen. Die dicke Schmutzschicht war echt, die Düsterkeit, in der sich die Gäste durch ein Gewirr von heiserem Klatsch und Tratsch kämpfen mußten, dagegen künstlich. Rauch war obligatorisch. Zahllose Angestellte kamen direkt vom Büro hierher, um ihren diversen schlechten Gewohnheiten zu frönen, bevor sie in die strenge Zucht ihres Zuhauses zurückkehrten. Allein die holzverkleideten Nischen entlang der Wände boten die Möglichkeit, sich ungestört nahezukommen, ansonsten waren hier alle heimlichen Treffen etwa so öffentlich wie eine Verabredung am Zeitungskiosk. In einer der Nischen saß Rose neben einem jungen Mann. Ungeniert hatten sie ihre Mäntel neben sich ausgebreitet, so daß es aussah, als erwarteten sie noch jemanden, und verhinderten damit, daß sich Fremde zu ihnen setzten. Seine Größe, das Uniformhemd und der kurze Haarschnitt verrieten ihn als Polizisten, Sicherheitsbeamten oder etwas ähnliches, aber eigentlich gab es da nichts zu rätseln.

»Sehen Sie nicht so auffällig hin, Helen, Ihr Blick ist schon ganz starr. Ist das nicht PC. Michael? Der Boxer?«

»Ich glaube ja. Warum soll ich denn nicht hinsehen? Mein Gott, sie reden ja tatsächlich miteinander...«

»Nun, das tun wir auch, das ist eine natürliche Folge menschlicher Nähe.«

»Eine von vielen«, antwortete Helen leichthin. »Worin Rose angeblich so etwas wie eine Spezialistin ist. Seit ein paar Tagen ist sie wirklich auffallend hübsch, ist Ihnen das aufgefallen? Etwas zahmer und weniger stachelig.«

»Das hab ich Ihrem guten Einfluß zugeschrieben. Ich hab gedacht, Sie hätten sich vielleicht ein bißchen mit ihr unterhalten, Sie wissen schon, von Frau zu Frau. Hat Redwood Sie nicht darum gebeten?«

»Immer wieder, seit sich die Beschwerden häufen und es im Section House sogar zu einer Prügelei gekommen ist. Ja, ich habe tatsächlich versucht, mit ihr zu reden, so in der Art, Rose, gibt es irgendwas, das Sie bedrückt, kann ich Ihnen helfen? Aber es hat nichts genützt. Im Gegenteil, vielleicht habe ich ihr Vertrauen mittlerweile endgültig verspielt. In meinem ganzen Leben habe ich noch nicht so eine Flut von Beleidigungen gehört. Nein, falsch, habe ich doch, aber noch nie so druckreif. Der Kern der Botschaft war: Verschwinde, laß mich in Ruhe, blöde Kuh, wie kannst du das in deinem Alter verstehen, und wenn Redwood mich feuern will, soll er's doch versuchen. Worauf ich mich für taktischen Rückzug entschieden habe.«

»Mit einem blauen Auge davongekommen?« fragte Dinsdale und lächelte, um seine bewundernswert weißen Zähne zu zeigen.

»Mit zweien. Ich wünschte, es gäbe nicht diesen Altersunterschied zwischen uns. Ich mag Rose, auch wenn ich diese dumpfe Wut nicht ertragen kann. Man kann sie einfach nicht davon überzeugen, daß man möglicherweise versteht, was sie meint.«

»Es war die Mühe wert«, sagte Dinsdale ernst, denn er spürte, daß sie aufrichtig verletzt war. Seine Hand rückte näher an die ihre heran. Bei ihrem Anblick – blaß, mit sauber geschnittenen Fingernägeln – fühlte Helen sich plötzlich unerklärlich einsam. Die Finger trommelten einen hübschen Rhythmus, als folgten sie einer verborgenen Musik, die sie nicht hören durfte. Wie die Musik, die zwischen Rose und ihrem Freund vibrierte, unsichtbar, harmonisch, und über den Smog im Raum hinwegschwebte bis hierher, wo sie saßen, die beiden Erwachsenen. Helen meinte, sich noch erinnern zu können, wie die Musik des Verliebtseins klang, und fühlte sich älter als Noah. Älter als die Sherryfässer und ebenso taub.

Der Pub in der Legard Street, direkt an der Ecke zur Durchgangsstraße, die zum Fußballstadion führte, schenkte ebenfalls Sherry aus, allerdings nur auf mehrmals wiederholte Anfrage. Spezialität des Hauses war jene Art von Pie, die, selbst wenn sie in der Mikrowelle fast zu Tode gestrahlt wird, immer noch so schwer verdaulich ist, daß man einen Ziegenmagen braucht, um damit fertigzuwerden. Man hält ihn an den Zipfeln der Zellophanverpackung, und es ist wirklich nicht empfehlenswert, den Inhalt näher zu untersuchen. Logo war es egal, was er aß, und der Pub war leer.

Er mampfte seinen Pie, der außen verkohlt und innen noch halb gefroren war und nichts dazu beitrug, seinen Hunger zu stillen. Allerdings gab er ihm das Gefühl, sich mit jedem Bissen auszudehnen. Sein flacher Bauch, in der Mitte zusammengehalten durch eine Narbe, die aussah, als sei er von einem Hai attackiert worden, entspannte sich unter der von einem Gürtel gehaltenen Hose. Logo rülpste leise und sah sich nach Publikum um. Der Barkeeper beobachtete ihn uninteressiert und weniger langmütig als sonst. Er war damit beschäftigt, die Regale für die Fußballfans aufzufüllen, die sich in wenigen Minuten aus dem Stadion ergießen würden. An einem Abend wie diesem, in der Ruhe zwischen zwei Stürmen, konnte er auf Logo verzichten, und wenn der Mistkerl wieder anfing zu singen, würde er ihn auf die Straße setzen, zwischen die überall geparkten Wagen und das donnernde Geschrei, das jedesmal, wenn ein Tor fiel, bis in den Pub herüberklang.

»Alles klar?« fragte er freundlich, doch mit drohendem Unterton.

»Alles klar«, antwortete Logo. »Und bei dir?«

»Bei mir auch. Zeit, nach Hause zu gehen, meinst du nicht?« Er beugte sich vor und wischte mit hektischer Betriebsamkeit, die wachsames Nichtstun und Anspannung verriet, die Oberfläche des Tisches vor Logo sauber. Logo stand immer leicht nach vorn gebeugt da, ohne sich hinzusetzen. Wahrscheinlich, um seine Brust auf das nächste Kirchenlied einzustimmen, dachte der Barmann, aber nur Logo wußte wirklich, warum. Er fand es unbequem zu sitzen. Die alte Narbe zeugte von einer Wunde, die niemand kannte außer ihm und einem Arzt, der die Gegend schon lange verlassen und alle Unterlagen darüber mitgenommen hatte. Die Narbe war lästig, aber sie war das Ergebnis einer nächtlichen Flickaktion auf der Unfallstation, als keiner einen Gedanken an künftige Eitelkeiten verschwendet hatte. Jetzt war sie alt und weise, und gelegentlich machte sie sich bemerkbar, um ihn daran zu erinnern, sich nicht hinzusetzen und das wenige Bauchfleisch einzuklemmen, sondern strammzustehen wie ein Zinnsoldat, der sich nicht bewegen kann.

In diesem Augenblick machte der Barkeeper eine Bewegung, als wollte er ihm einen Schlag auf die alte Wunde versetzen. Es war nicht böse gemeint, nur eine spielerische Geste, um seine Worte zu unterstreichen und die Leere zu füllen, in aller Freundschaft.

Die Reaktion allerdings war absurd. Logo krümmte sich zusammen, als sei der vorgetäuschte Schlag echt gewesen, schrie vor Schmerz auf und torkelte gegen die Wand hinter dem saubergescheuerten Tisch. Seine Arme schlangen sich um den Unterleib, und er wimmerte wie ein Kind: »Aaah, aah, aah, bitte, bitte nicht. AAH!«

Der Barkeeper blieb ungerührt. Die Geschwüre der Leute, die seine Pies aßen, gingen ihn nichts an, und im übrigen hatte er es nicht nötig, sich die hysterischen Anfälle dieses bibellesenden kleinen Arschlochs anzuhören.

»Geh nach Hause, na los, hau schon ab! Ich hab dich ja nicht mal angerührt. Raus mit dir, verschwinde, raus, raus, raus!«

Logo hielt seinen Bauch umklammert und trat hinaus ins Dunkel, ohne sich noch einmal umzusehen. Drinnen war es warm gewesen, auch der Pie in seinem Inneren war warm, und er hatte genug Geld für einen zweiten Drink, aber er ging trotzdem. Er griff nach seinem Müllkarren und dem Besen, die er vor der Tür abgestellt hatte. Sie gaben ihm nicht nur Halt, sondern machten auch Musik, als sie jetzt zusammen durch die dunklen Straßen gingen. Rumpel, rumpel, abgenutzte Gummireifen, die sich drehten, als seien sie von ihrer mißlungenen Gestalt genauso angetan wie er. Um nichts in der Welt hätte er sie gegen andere eingetauscht: Der große Karren war genau das richtige für einen Aasgeier wie ihn.

Heimwärts, Kutscher, und schone die Pferde nicht.

»Von unten werden verdorren seine Wurzeln, und von oben abgeschnitten seine Zweige«, murmelte Logo vor sich hin und dachte zuerst an den Barkeeper und dann voller

Selbstmitleid an sich. »Sein Gedächtnis wird vergehen in dem Lande, und er wird keinen Namen haben auf der Gasse.«

Eine mächtige, heisere Eruption glückseligen Lärms erhob sich aus dem Stadion, als er daran vorbeikam. Die Straßen waren voller verlassener Autos. Logo horchte auf das rhythmische Grölen unzähliger singender Fans: *»Walk on! Walk on! You'll Never Walk Alone!«* Er spürte, wie die Bibel seine Jackentasche ausbeulte und seine Füße mit der Bewegung warm wurden. Er ging jetzt schneller, die Türen seines Hauses lockten. Kein Lied, keine Beschimpfung kam ihm über die Lippen, nichts dergleichen. Er war ein braver Junge, ein wirklich braver Junge. Es war noch früh, also würde er nicht rübergehen und die gute alte Mutter besuchen, vielleicht war sie gerade dabei, die blonde Göre müde zu machen, indem sie mit ihr Verstecken spielte. Dann hielt er inne, plötzlich ernüchtert und wieder kalt.

Verstecken spielte in Granny Mellors' Haus und in seinem obendrein. So sah es aus. Im Erdgeschoß brannten die Lampen, das Licht strömte durch die überfrorenen Scheiben seiner Küche hinaus in den Durchgang. Er wollte nicht glauben, daß Margaret das Kind, diesen blonden, ungezogenen Balg, zum Spielen in sein Haus geschickt hatte, aber das war die einzige Erklärung, die ihm einfiel. Es sei denn, das Kind war von sich aus bei ihm eingedrungen, hatte die Tür aufgedrückt und war reinspaziert, um überall herumzustöbern. Er wußte, daß man nicht vor acht mit ihm rechnete, er kam selten früher, aber daß Margaret, besonders aber das Kind, seine Abwesenheit ausgenutzt hatten, kam ihm wie ein Vertrauensbruch vor. Leise stellte er den Karren ab und schlich auf Zehenspitzen zu seiner Haustür.

Die Mutter der kleinen Sylvie hatte noch ein gutes Stück Straße vor sich und schlängelte sich mühsam durch die geschlossene Front der geparkten Autos, die in Dreierreihen und so dicht gedrängt standen, daß zwischen ihnen kaum Platz für ein Bein blieb. Sie war spät dran, weil der Bus wegen des Fußballspiels im Verkehr steckengeblieben war, und dann hatte auch noch die Underground Verspätung gehabt. Sich in dieser Gegend von einem Ort zum anderen zu bewegen, wenn gerade ein Match ausgetragen wurde, war ein Problem. Allmählich geriet sie in Panik. Sie wußte, daß Sylvie bei Margaret in guten Händen war, bloß schien sich alles immer mehr in die Länge zu ziehen, und das Kind war in *diesem* Haus. Sie hatte anrufen wollen, doch vor der einzigen Zelle hatte eine Schlange gestanden, also hatte sie es gar nicht erst versucht, und jetzt war es bereits halb neun. Egal. Auf hohen Absätzen trippelte sie die Straße entlang, es war ein weiter Weg von der U-Bahn-Station. Sie fragte sich, wann ihr Mann wohl nach Hause käme, freute sich auf ihn, und dann, fast schon am Ziel, hörte sie in ihrem Hinterkopf ein Kind schreien, wie nur ihr eigenes Kind schreien konnte. Es ging ihr durch Mark und Bein. In ihrer Brust machte sich ein Schmerz wie von verschluckten Rasierklingen breit, als sie losrannte und unter ihren schweren Einkaufstüten fast zusammenbrach. Sie lief den ganzen Weg. Sie war vollkommen sicher, daß da ihr Kind geschrien hatte, sie hatte es deutlich gespürt. Sie stolperte über einen Besen, der aus einem Müllkarren in der dunklen Hofeinfahrt ragte, prallte mit der Hüfte und den Tüten gegen die Backsteinmauer und stürzte ohne Vorwarnung in Margarets Haus, die Schreie noch im Ohr. *Wo bist du? Wo bist du?* mein Engel, keuchend vor Anstrengung, und dann entdeckte sie Sylvie, ihre kleine Tyrannin, auf Margarets Schoß vor dem Fernseher.

Sie wirkte beinahe ohnmächtig, wie sie so dalag, die Arme um Margarets Hals geschlungen, nur ein Fuß zuckte leicht. Auf dem Boden vor ihnen verheddertes Strickzeug, und der Ärmel eines Pullovers lugte aus dem Korb. Ja, das Kind klammerte sich an Margaret, statt einfach dazuliegen, und einen Augenblick empfand ihre Mutter Eifersucht. Da bemerkte sie eine winzige Träne im Augenwinkel der guten Alten. Oh, Gott, sie mußte todmüde sein, das war der unvermeidliche Preis dafür, daß man Sylvie beruhigte. Doch trotz des Friedens, der von der Szene ausging, trotz des warmen Lichts und des tröstlichen Dufts nach Puder, Orangen und Kakao spürte die Mutter, daß noch immer etwas durch ihr Blut jagte. Sie warf ein paar Ein-Pfund-Münzen auf die Spüle, bedankte sich überschwenglich und zerrte ihr Kind eilig zur Tür. Sylvie war mürrisch, unansprechbar, und ihre kleinen Füße schlurften bleiern über das Linoleum des Küchenbodens und Flurs nach draußen. Erst als sie in ihren eigenen vier Wänden waren, fiel der Mutter ein, daß der Karren, gegen den sie auf dem Hinweg geprallt war, später nicht mehr dagewesen war. Er hatte ausgesehen wie ein Kinderwagen. Doch das war eine Erinnerung, die nur kurz und folgenlos durch ihren Kopf flackerte.

»Komm rein, Margaret, was ist los? Jeder Scheißer kommt hier schließlich rein. Genau wie deine Gören.«

Auf dem Tisch stand der Whisky, staubig von der Fahrt im Karren, der mittlerweile hinten im Hof verschwunden war. Logos Haut war so aschfahl wie der Schmutz an seinen Schuhen. Er hatte die Jacke ausgezogen und saß in seinen düsteren, abgetragenen Kleidern aus dem Secondhand-Laden da. Margaret hatte reichlich Zeit, sich zu fragen, wie er es bloß schaffte, immer den Eindruck von Sauberkeit zu vermitteln, obwohl seine Kleider vor Dreck nur so starrten.

»Hör zu, Logo, es tut mir leid, wirklich sehr leid. Oh, das ist ein Quälgeist, dieses Kind, ja wirklich, aber ich dachte, sie wäre müde, und dann habe ich ihr was zu essen gemacht und mich hingesetzt. Dabei muß ich kurz eingenickt sein, und eine Sekunde später war sie weg. Ich hab sie gerufen, dachte, sie wär im Schlafzimmer, dabei war sie schon bei dir hier. Ach, komm, du weißt genau, daß man die Tür bloß aufzustoßen braucht. Also, es tut mir leid, aber das hättest du wirklich nicht machen dürfen. Es war nicht ihre Schuld.«

Er wandte ihr seine großen Augen zu.

»Was machen?« fragte er. »Was genau? *Sie* hat zwar nichts getan. *Du* dafür aber um so mehr.«

Sie ließ sich in einen Sessel fallen und wirbelte dabei eine Wolke duftenden Puder auf. Dazu hörte man ein merkwürdiges Seufzen, halb war es der Sessel, halb sie vor Erschöpfung. Sie rückte ein wenig hin und her und legte die Finger um die Enden der schmierigen, stoffbespannten Lehnen. Sie wirkte nicht angespannt, nur wie eine alte Frau, die sich des Eindrucks zu erwehren versuchte, man hätte sie gerade bei einem Schläfchen ertappt. Oder mit Angst im Nacken.

»Ach, sei nicht albern«, sagte sie munter. »Das arme Ding ist doch bloß von mir zu dir rübergerannt, als ich gerade mal eingenickt war. Die Tür kann sie genauso aufstoßen wie jeder andere. Sie hat das Licht angemacht, denn sie ist gerade groß genug, um an den Schalter zu kommen, und hat sich umgesehen. Und da bin ich ihr schon nachgelaufen und hab sie gefunden, aber mittlerweile hattest du sie zu Tode erschreckt, du dummer Kerl. Warum mußtest du das tun? Diese Sache mit den Händen – soll das ein Spiel sein?« Sie sprach genauso wie immer, ohne die Stimme zu heben oder den Tonfall zu wechseln. In diesem Augenblick hätte sie eine Herde von wilden Pferden besänftigen können, und aus dem Augenwinkel sah sie, wie er sich beruhigte und ihr ein schmuddeliges Glas reichte, das zur Hälfte mit kostbarem Nektar gefüllt war.

»Ich weiß nicht«, fuhr sie fort, immer noch im gleichen, besänftigenden Ton. »In all den Jahren, die ich dich kenne, war ich noch nie oben bei dir im Haus. Würde es auch gar nicht wollen, wenn ich mir das hier ansehe. Hatte nie einen Grund, weiter zu gehen als bis zur Küche. Die besten Feste sind sowieso die in der Küche. Das ist so ungefähr der einzig wichtige Raum im Haus. Deine könnte übrigens mal geputzt werden.« Sie streckte die Beine aus, um ihre Worte zu unterstreichen. »Oh, das ist nett«, sagte sie, hob ihr Glas und zwinkerte ihm scheinbar unbekümmert zu. »Wirklich nett von dir.« Sie beschloß, nicht darauf zu achten, wie schmutzig das Glas war, der Whisky würde die Bazillen schon zerstören. Wenn man im übrigen als Kind genug davon geschluckt hatte, blieb man über sechs Generationen lang immun. Scheuerpulver und Desinfektionsmittel waren fester Bestandteil ihrer Wohnung, trotzdem hatte sie sich nie eingebildet, daß sie für andere Leute genauso wichtig waren. Wenn sie Angst hatte, und das hatte sie, große Angst sogar, ließ sie es sich nicht anmerken. Margaret hatte ihrem Mann zwei Jahre lang verheimlicht, daß er an einer unheilbaren Krankheit litt, und sie hatte sich ihr Leben lang mit Kindern beschäftigt, daher wußte sie, wie man sich verstellte. Sie erzählte Logo nicht, daß sie Sylvie in sein Haus gefolgt war, nicht nur ein-, sondern zweimal, beim erstenmal die Treppe hinaufgestiegen und durch alle Zimmer gelaufen war, bis sie die Kleine in ihrem Versteck gefunden hatte. In der scheinbaren Zwanglosigkeit, in der sie im Moment zusammensaßen, erschien es ihr besser, nichts davon zu erwähnen. Es war kalt, also trank sie. Zwei Drinks am Tag, und sie liebte ihn genauso wie vorher, aber mittlerweile begriff sie, was die Nachbarn meinten. Das Kind hatte sich zu Tode erschreckt. Es war nicht fair, einem Kind so was anzutun, und sie schämte sich für ihn.

Geoffrey Bailey fand sein Zimmer im dritten Stock und im Spind seine eigene Flasche Scotch, aus der er sich ein halbes Zahnputzglas voll eingoß. Natürlich gehörte ihm hier nichts wirklich, die Verwaltung stellte ihnen das alles lediglich zur Verfügung, und als Gast besaß er die Freiheit, es nach Belieben zu mißbrauchen. Er sah in den Badezimmerspiegel und fuhr sich übers lichte Haar. Hier hätte er es dunkelrot färben können, ohne daß es jemandem aufgefallen wäre. Das Lächeln verschwand. Das Essen war überraschend gut gewesen für ein Kantinenessen, genau wie am Abend zuvor. Später würde er mit Ryan auf einen Drink in den Pub gehen, um zu sehen, wie sein blaues Auge allmählich verblaßte. Die Schwellung schien abzunehmen, wenn er lächelte, und das tat er häufig.

Es war noch nicht spät, halb neun, Donnerstag abend, und er war angenehm müde. Das Lernen stimulierte ihn.

Am nächsten Abend bestand die Möglichkeit, übers Wochenende nach Hause zu fahren. Aber wenn er es recht bedachte, würde er es wohl nicht tun.

Zwar war er in keinem Erholungsheim, aber es war dennoch eine Erholung. Und Ryan gab die nächste Runde aus.

4

Der Panda fuhr etwas schneller als sonst die Legard Street hinunter. Am Ende bog er rechts ab und begann dann eine wirre Zickzackfahrt, links, links, rechts, rechts, eine Fahrt, die nichts von der militärischen Präzision einer vorgeschriebenen Route hatte. Dann schoß er die Seven Sisters entlang, ohne nach rechts oder links zu blicken, auf der Suche nach der nächsten Abzweigung, die ihn wieder zum Ausgangspunkt zurückführen würde. Es gab keinen Grund, hier anzuhalten, jedenfalls nicht in einem Wagen mit Streifen auf der Seite. Wer die Schönen der Nacht kontrollieren wollte, mußte es verdeckt tun oder gar nicht. Die Freier würden es nicht mal mitkriegen, wenn ein Zug direkt auf sie zukäme, doch die Mädchen duckten sich rasch und verschmolzen mit den schwarzen Schatten der Straße. Und die Gesichter der Kerle, die eine Runde nach der anderen drehten, wurden immer länger.

Die beiden Polizeibeamten im Panda sahen starr geradeaus. Es war eine unausgesprochene Tatsache, daß sie beide keine Lust hatten, jemanden auf frischer Tat zu ertappen und verhaften zu müssen. Und selbst nach anderthalb Stunden war auch immer noch unausgesprochen, was so drängend zwischen ihnen stand. Das Gespräch darüber würde schwierig sein, sich aber keinesfalls ganz vermeiden lassen. Beide hofften, daß es zumindest kurz ausfiel. Nach Seven Sisters, wo die Nutten trotz Stöckelschuhen davonrannten wie Sprinterinnen, bogen sie scharf rechts ab und hielten dann hinter dem nach wie vor in Licht getauchten Stadion an. Die Fans hatten sich längst zerstreut, und das Funkgerät schwieg zu ihrem beiderseitigen Erstaunen. Der Augenblick zum Reden schien gekommen, obgleich normalerweise keiner von beiden viel sagte.

»Scheiße, hier ist nichts los, gar nichts. Das Spiel ist aus, die Leute zu Hause, Sense. Ist das immer so?«

»Nein.« Police Constable Michael war weniger schweigsam als die meisten, aber immer noch, vor allem in Gefühlsdingen, schweigsam genug. »Normalerweise nicht, aber es ist ja noch früh. Wir machen erst um zwölf Pause, und die Pubs haben noch auf, da kann man nie wissen.« Plötzlich kurbelte er das Fenster herunter und griff in die Tasche, auf der Suche nach Zigaretten. Der Wagen schaukelte hin und her, so heftig waren seine Bewegungen. »Himmel«, murmelte er, tastete mit dem Fuß nach der Bremse und suchte weiter. Der massige Körper zwängte sich gegen das Lenkrad, während er versuchte, an die Gesäßtasche der Uniform zu kommen. »Ich habe welche, irgendwo hier drin müssen sie sein, aber bei diesen Hosen ist immer alles da, wo es nicht hingehört.« Der Junge neben ihm fing an zu lachen, und das Eis des gegenseitigen Mißtrauens begann zu schmelzen. Als PC. Michael die Packung endlich gefunden hatte, war sie völlig verkrumpelt, und die wenigen flachen Stengel darin sahen so erbärmlich aus, daß man sich nicht vorstellen konnte, wie sie noch brennen sollten. Probezeitler Williams, ein junger Kerl aus Wales, rauchte eigentlich nicht, »höchstens einmal im Jahr, Mum,« aber diesmal würde er eine Ausnahme machen. Sein Mund schmerzte noch immer, vor allem beim Lachen.

»Sieht aus wie mein Schwanz nach ’nem guten Tag«, sagte Michael und starrte auf eine der Zigaretten, die in der Mitte abgeknickt war und einen ziemlich jämmerlichen Anblick bot. Er hielt sie am Filter, während sich von der

Spitze träger Rauch emporkräuselte. »Braucht 'ne Krücke. Und was ist mit dir?«

Der Junge neben ihm nahm einen Zug und fing an zu zittern. Sah nicht schlecht aus, der Bursche, aber im Ring wäre er zu nichts zu gebrauchen, da ließ man sich seine Nervosität nicht anmerken. Konnte übel werden, wenn sie aussteigen und vor einer Horde Jugendlicher auf der anderen Seite des Stadions die Muskeln spielen lassen mußten, vor allem wenn die gerade ihr Spiel gesehen hatten, vor einem Pub rumgrölten und auf Randale aus waren.

»Hör mal«, sagte der Junge und verschluckte sich dabei fast an dem Rauch, von dem es ihm sicher schlecht werden würde wie von einer dicken Zigarre. »Hör mal, was ich noch sagen wollte wegen neulich abend...«

»Welcher Abend?«

»Neulich abend, du weißt schon, was ich meine. Diese Geschichte... Lieber Himmel, ist schon 'ne Ewigkeit her, mindestens 'ne Woche. Also, ich wollte sagen, daß ich das gut von dir fand. Echt gut.«

»Ach das. Mach dir deswegen keine Gedanken. Das hätte ich sowieso nicht erzählt. Warum auch?« Michael wirkte jetzt beinahe kämpferisch und kaute mehr auf seiner Zigarette herum, als daß er sie tatsächlich rauchte. »Wär was anderes gewesen, wenn du sie geschlagen hättest. Außerdem will ich nichts davon hören.«

Williams war verwirrt. Er hatte gedacht, daß Michael wissen wollte, wie alles angefangen hatte, und jetzt saß er da und dachte nur an das Mädchen. Michael schnippte die halbgerauchte Zigarette aus dem Fenster. Sie fiel auf ein paar gefrorene Blätter, ohne auszugehen. Er beugte sich vor und beobachtete sie. Feuer und Eis, Eis und Feuer, und beide nicht imstande, ihren Widerpart zu besiegen. Von den schönen und schrecklichen Augenblicken der letzten paar Tage sensibilisiert, beobachtete er seine Umgebung mit ungewohntem Seelenschmerz. Bäume, Blätter, Müll, Strandgut des Lebens und der Natur, und alles erschien ihm irgendwie poetisch, nur er war immer noch derselbe. Ein freundlicher, loyaler Mann, klüger und einfühlsamer als die meisten seiner Kollegen, aber trotzdem ein Polizist, für den seine Kumpel durchs Feuer gehen würden. Und jetzt fragte er doch.

»Bißchen blöd von euch, nicht?« begann er vorsichtig. »Sich wegen so was zu prügeln. Du hast ja mächtig was einstecken müssen. Wie hat das alles überhaupt angefangen?«

»Kannst du dir doch wohl vorstellen, oder? Dieses verdammte Luder. Ich konnte sie hören, im Nebenzimmer. Brian hat sie gevögelt. Gott, er macht immer solchen Lärm dabei, ist ein richtiges Schwein. Ich hab zuerst nur ihre Stimme gehört und alles andere, und na ja, dann hab ich plötzlich rot gesehen, weil sie's am Abend zuvor mit mir getrieben hat. Und mit den anderen auch, aber das wußte ich da noch nicht. Schlampe.«

»Ich hoffe, ihr denkt an eure Gummis«, sagte Michael väterlich, war jedoch innerlich zusammengezuckt, trotz seiner gelassenen Stimme, und wünschte, er hätte die Zigarette nicht weggeworfen. Es stimmte, er hätte gar nicht erst nach dem Grund für die Schlägerei im Section House fragen müssen, um rauszukriegen, was geschehen war, aber er hatte diese Bestätigung gebraucht. Plötzlich fiel die Spannung von ihm ab.

»Dann hast du sie ja wohl auch schon nach Hause gebracht?«

»Ein-, zweimal, ja«, brummte der Junge.

»Okay, dann zeig mir, wo sie wohnt.«

»Wie?«

»Wo sie wohnt. Welche Straße, welche Nummer?«

»Das kann ich nicht«, antwortete Williams überrascht. »Das geht nicht, denn sie wollte nie, daß ich sie bis zur Tür bringe, verstehst du? Sie sagte immer, laß mich hier an der Ecke raus, und ich war in der Regel sowieso schon spät dran, und... ach so, jetzt kapier ich!«

Respekt und Dankbarkeit, die vorher sein Gesicht erhellt hatten, verschwanden, und er warf seinem Kollegen einen durchtriebenen Blick zu. Er versuchte zu lachen, doch es klang wie ein Jaulen. »Verstehe. Jetzt bist du also scharf auf sie. Sammelst die Scherben auf, wie? Gott, bist du...«

»... ein Scheißer«, beendete Michael den Satz hilfsbereit und ließ den Motor an. »Ja, vielleicht bin ich das, aber nicht auf die Art, wie du denkst. Es gibt einen großen Unterschied, verstehst du? Ich bumse sie nicht. So, und jetzt zeig mir die Ecke, wo du sie rausgelassen hast. Dann weiß ich wenigstens, ob es dieselbe ist wie meine.« Er änderte seine Pläne so lässig, wie er den Gang einlegte. Williams hockte schweigend und geschafft neben ihm, in der Hoffnung, daß der Funk ihnen etwas zu tun gab und den Anflug dumpfer Eifersucht verscheuchte.

Rose saß am Fenster ihrer Wohnung im zweiten Stock, die sie mit zwei anderen Mädchen teilte. Sie hatte den ganzen Abend gewartet, daß der Wagen vorbeikam. Nicht irgendeiner, sondern dieser bestimmte Wagen, der mit der weißen Verzierung, die im Mondschein schimmerte, vollgestopft mit Körpern. *Sieh zur Wand, mein Liebling, fahren die Männer vorbei...* So etwa hatte es in einem Gedicht geheißen, das sie in der Schule gelernt hatte. Ihr Lehrer war ein seniler alter Knüppel gewesen, der versucht hatte, ihnen einzutrichtern, daß jede Sprache ihren eigenen Rhythmus hatte, dabei hätte niemand aus ihrem Bekanntenkreis je so geredet. Sie schlug die Zeit tot, indem sie zum Spiegel schlenderte und im Licht der einzigen Lampe, die sie sich gestattete, ihr Gesicht studierte. Selbst als Schatten hinter halb geschlossenen Vorhängen wollte sie nicht gesehen werden. Die Straße draußen war ungewohnt still, denn die Kälte hatte alle Nachtschwärmer und potentiellen Besucher vertrieben. Im Fenster gegenüber flackerte das unheimliche Neonlicht eines Bildschirms.

Immer wenn sie den Motor eines Wagens hörte, lief Rose ans Fenster und dann wieder zurück zum Spiegel, wo sie ohne die geringste Eitelkeit ihr Gesicht betrachtete und ihre Gedanken wandern ließ. Manchmal spielte sie mit den Schatten und zauberte mit Hilfe ihrer Finger und des schmucklosen Strahlers die Umrisse eines Hasen auf die gegenüberliegende Wand. Er hatte einen riesigen Schwanz und wackelte mit den Ohren. Die Konturen verschwammen ein wenig, aber das Tier schien sich ganz von allein zu bewegen. Möglicherweise war sie krankhaft, diese nervöse Angewohnheit, lustige kleine Figuren erstehen zu lassen, sobald das Licht dafür geeignet war. Und plötzlich irritierte sie das Zucken der verzerrten Schatten, erschreckte sie das Leben, das sie doch nur zu ihrer eigenen Zerstreuung schuf. Langsam streckte sie die Finger aus, umschloß, einer Handschelle gleich, spielerisch ihr Handgelenk und winkte sich zum Abschied noch einmal zu. Jetzt ähnelte der Schatten einem großen Vogel, der vor der Sonne vorbeiflog. Sie ließ die Flügel auf- und niederklappen, bis das düstere, fremdartige Ding das Licht vollständig verdeckte und ihr Angst einflößte.

Wieder hörte sie einen Wagen; es war ein vertrautes und tröstliches Geräusch. Vorsichtig schlich sie zum Fenster, kniete sich hin, legte das Kinn aufs Fensterbrett und schob den dünnen Vorhang nach hinten. Sie wurde durch den Anblick eines Panda belohnt, der im Gegensatz zu den meisten anderen Wagen ziemlich langsam die Straße entlangfuhr. Auf der Beifahrerseite entdeckte sie ein Gesicht, das aus dem Wagen starrte und dann zu den Fenstern aufsah, wie eine Mutter, die in einem Kaufhaus nach ihrem verlorenen Kind sucht. Vage erinnerte sie sich an dieses Gesicht und zog das Kinn zurück, bis die Nase auf einer Höhe mit dem Fensterbrett war. Sie kicherte leise. Dann richtete sie sich vorsichtig auf und beobachtete mit verrenktem Hals, wie der Wagen zwei Häuser weiter bremste, die Tür auf der gegenüberliegenden Seite aufging und der Fahrer ausstieg. Sie streifte ihn mit einem langen, verstohlenen Blick. Er stand auf der Straße, und sein Atem stieg wie Nebel in die kalte Luft. Jetzt sah er zu seinem Wagen zurück und dann wieder in ihre Richtung. Amüsiert beobachtete sie, wie er seine Uniform glattstrich, und im nächsten Augenblick war sie verschwunden, kroch im Schutz der Vorhänge über den Fußboden auf den Lichtschalter zu.

Einen Augenblick herrschte Stille, dann schrillte die Klingel durch den leerstehenden ersten Stock. Keine Reaktion. Die beiden Mädchen, mit denen Rose das obere Stockwerk teilte, waren ausgegangen; sie hätten jeden reingelassen, ganz besonders Männer in Uniform. Rose wartete, bis das Klingeln verhallt war, und lauschte den Schritten, die draußen über den gefrorenen Untergrund knirschten, dem großen Körper, der gegen eine Mülltonne geprallt zu sein schien, und dem unterdrückten Fluch.

Sie löschte das Licht und kehrte zum Fenster zurück, sah, wie der Fahrer sein Jackett zurechtzog, bevor er wieder einstieg, und versuchte zu lachen. Ich wette, das machst du immer, du großer Dummkopf, sagte sie, nur um die Lippen zu bewegen, doch als der Wagen langsam anfuhr, wurde die Trauer in ihr so groß, daß sie den Wunsch verspürte, mit bloßer Faust die Fensterscheibe einzuschlagen und »Hier bin ich!« zu schreien. Der Impuls ging vorbei, der Schmerz aber blieb. Sie hatte vom Büro aus ein Taxi genommen und ihr Gesicht geschminkt, für den Fall, daß er sie finden sollte. Tränen würden ihr Make-up ruinieren, deshalb knipste sie das Licht wieder an, kauerte sich in eine Ecke und begann ihr Schattenspiel von vorn.

»Liebt er mich?« fragte sie den Hasen. »Könnte es sein, daß er mich liebt? Kann das so schnell gehen und einfach so? Oh, bitte, bitte...«

Ihr Zimmer war voller Kuscheltiere, die aufmerksam in einer Reihe an der Wandseite ihres schmalen Betts saßen und ihr nur wenig Platz ließen. Sie hatte spitzenbesetzte Bettwäsche und jede Menge Krimskrams. Das Zimmer wirkte wie ein Mittelding zwischen Boudoir und Spielwarenladen.

Jetzt knallte unten eine Tür, und dann hörte man Schritte und Stimmen, die sich ihrem kleinen Appartement näherten. Cheryl bewohnte das größte Zimmer, denn sie hatte die Wohnung gefunden und dann von der Bank, wo sie arbeitete, wichtigtuerisch Geld für die Kaution besorgt. Die anderen hatten kleinere Zimmer, die sämtlich von einem winzigen Flur abgingen, der zu einer noch kleineren Küche führte. Sie hatten entschieden, auf ein gemeinsames Wohnzimmer zu verzichten und dafür jede ihr eigenes Zimmer zu haben, aus Gründen, die auf der Hand lagen, aber nicht ausgesprochen wurden. Für den Fall, daß sie Glück hatten, wie Cheryl es ausdrückte, mit einem Mann, meinte sie. Tatsache war jedoch, daß die beiden anderen noch nie Glück gehabt hatten, weder zu Hause noch sonstwo. Sie arbeiteten hart, waren jung, voller ehrgeiziger, romantischer Träume und hielten nichts vom wahllosen Rumbumsen. Als Wohngemeinschaft hatten sie aus ihrem gemeinsamen Bedürfnis und einer einschlägigen Anzeige im Evening Standard zueinandergefunden, aber das war nicht dasselbe wie Freundschaft, obgleich Mary und Cheryl es glaubten. Sie gingen zusammen in Pubs und Discos und bildeten eine nachbarlich vereinte Front gegen Rose, denn Rose war anders als sie, verschlossen und unergründlich. Zwar räumte sie ohne ein Wort hinter ihnen auf, wenn sie in der Küche wieder mal ein Chaos hinterlassen hatten, doch machte das letztlich keinen Unterschied. Andererseits konnte man auch nicht von gegenseitiger Abneigung sprechen. Alles in allem funktionierte ihr Zusammenleben auf seine Art besser als in den meisten anderen Fällen.

Rose hörte, wie die beiden in die Küche polterten und dann eine ins Badezimmer ging, das eine halbe Treppe tiefer lag. Sie schlossen immer ab, was völlig überflüssig war, denn keine hätte je die Intimsphäre der anderen verletzt, es sei denn, es war dringend. Dann hätte Cheryl wahrscheinlich die Tür eingetreten, Mary geklopft und gebettelt und Rose einfach nur gewartet. Dieser Aspekt ihrer Notgemeinschaft gefiel ihr am wenigsten, und deshalb bewahrte sie Schminksachen, Kulturbeutel und Handtuch zusammen mit dem Rest ihres Lebens in ihrem Zimmer auf, allerdings fiel ihr in diesem Moment ein, daß sie während der Abwesenheit der beiden an diesem Abend ihre selbstauferlegte Regel vergessen hatte, und sie seufzte. Sie hätte den Test am Morgen machen sollen, wie es auf der Packung angegeben war. Seufzer und Erinnerung fielen mit einem Tritt gegen ihre Tür zusammen. Cheryl, freundlich, besorgt und fürchterlich neugierig.

»Wir bestellen uns eine Pizza. Willst du auch eine? Und übrigens, was hat das hier im Bad zu suchen?« Sie schwenkte den auf der Packung deutlich als solchen ausgewiesenen Schwangerschaftstest mit dem dazugehörigen kleinen Röhrchen.

»Hast du uns was zu beichten?«

Rose zuckte mit den Achseln. Jetzt war es zu spät.

»Weiß nicht. Es gibt drei Versionen. Eine sagt, ich bin's, eine andere sagt, ich bin's nicht, und die dritte sagt, es ist nicht sicher: damit man möglichst noch so einen blöden Test kauft. Die hier ist nicht eindeutig, aber ich glaube, ich bin's trotzdem. Ja, ich hätte gern eine Pizza. Mit Thunfisch.«

Sie saßen um einen kleinen Tisch in der Küche, die kaum Platz für alle drei und das Telefon bot. Mary rief den Pizzadienst an und beäugte dabei Rose aus dem Augenwinkel. Sie hatte den gleichen Gesichtsausdruck wie Cheryl. Die Entdeckung des Schwangerschaftstests schloß jede Plauderei über das Wetter oder die Arbeit aus. Sie musterten Rose wie ein fremdartiges Tier im Zoo, mit einer Mischung aus Ehrfurcht, Neugier und einem Hauch von Mißfallen. Als Jungfrauen wider Willen hatten sie irgendwie angenommen, daß es Rose genauso ging, und jetzt wollten sie wissen, wie es war, was genau dabei passierte, in allen Einzelheiten, Schritt für Schritt, wie man sich fühlte. Sie wollten es wissen, und möglichst noch, bevor die Pizza kam und alles wieder ins Lot brachte, mußten jedoch einsehen, daß das unmöglich war. Cheryl, erfahrener als Mary, beschloß, Licht in die Sache zu bringen. Sie nahm eine Dose Bier aus dem Kühlschrank und fragte, ob sonst noch wer eine wolle. Rose schüttelte den Kopf.

»Das Blöde am Sex ist, daß einem kein Mensch was drüber erzählt«, meinte Cheryl düster. »Also, wie man's im einzelnen macht zum Beispiel.« Beide sahen Rose an, halb herausfordernd, halb flehentlich. Sie grinste.

»Jedenfalls nicht so wie ich«, antwortete sie und versuchte, es reumütig klingen zu lassen, als gäbe es da nur diese einzige Geschichte. Na schön, dann würde sie ihnen eben ein paar Dinge auftischen, sie mit irgendwelchen Lügen zum Lachen bringen. Hauptsache, sie waren mitfühlend genug, um ihr zu helfen, mit der glühenden Angst fertigzuwerden, die im Moment anstelle von Blut durch ihre Adern pulste. Hauptsache, der schreckliche Augenblick der Wahrheit wurde hinausgezögert.

»Dann bist du also verliebt?« fragte Mary in ihrer umwerfenden Naivität. Rose kicherte verlegen. Als sie nach unten ging, um die Pizza anzunehmen, wischte sie sich mit dem Ärmel des Pullovers über Augen und Nase und hoffte, sie würden glauben, daß sie sich krumm und dämlich lachte.

»Jetzt erzähl mir bloß nicht, daß du verknallt bist!«

Es war nach Mitternacht, und sie saßen in der Kantine. Der jüngere Constable hatte sich soweit gefangen, daß in seiner Stimme ein höhnischer Unterton lag. Er zuckte zusammen, als der kochendheiße Tee die empfindliche Stelle in seinem Mund berührte, und dachte flüchtig an den bevorstehenden Besuch beim Zahnarzt. PC. Michael machte sich mit seinem gewissenhaften Sinn fürs Detail Notizen zum Fall eines Jugendlichen, den sie gerade hinter einer Spirituosenhandlung festgenommen hatten. Nicht wirklich verdorben, es gab noch Hoffnung für den Burschen. Eine ziemlich ruhige Nacht.

»Verknallt in diese Rose, meine ich«, bohrte der andere weiter. Zu seiner Genugtuung bemerkte er den Anflug eines zarten Errötens, das Michaels ausdruckslose Stirn überzog, als er sich wieder über sein Notizbuch beugte. Genauso war er womöglich im Wagen rot geworden, ohne daß sein jüngerer Kollege es mitgekriegt hatte. Damit hatte Williams wieder Oberwasser.

»Ich glaube nicht«, sagte Michael. »Ehrlich gesagt, weiß ich gar nicht, was Verknalltsein heißt. Aber nach dieser Sache letzte Woche fiel mir auf, daß sich kein einziger drum gekümmert hat, was mit ihr eigentlich war. Sie wurde einfach vor die Tür gesetzt. Also hab ich die Augen offen gehalten und sie auch prompt kurz darauf die Straße langrennen sehen, also ich meine, wirklich rennen, als wäre der Teufel hinter ihr her. Als sie meinen Wagen bemerkte, hat sie sich in einem Garten versteckt. Ich hab sie rausgeholt und später da abgesetzt, wo ich dir gezeigt habe. Ihre Nummer habe ich bei der Arbeit rausbekommen. Sie tat mir leid, das ist alles. Möglich, daß sie ein Flittchen ist, aber doch bloß eine kleine Nummer.«

Der Jüngere kicherte spöttisch, verzog aber nicht mehr das Gesicht. Der Tee war jetzt angenehmer, und die Kälte draußen nicht gerade einladend. Er wollte die Geschichte und sein eigenes Oberwasser noch ein bißchen auskosten. Michael hatte etwas an sich, das andere Männer häufig dazu verleitete, gemein zu werden.

»So leid, daß du sie letzte Woche jeden Abend getroffen hast?« Mit höhnischem Lachen.

»Ja.«

»Muß Liebe schön sein! Und du verrückt! Damit hast du sämtliche Rekorde gebrochen!«

Er mußte irgendwo hier drin sein, zwischen all den anderen Unterlagen und deshalb auch so schwer zu finden. Doch es gab zu viele Ablenkungen in den alten Pralinenschachteln, die sie im großen Schrank in ihrem Wohnzimmer aufbewahrte und jetzt durchstöberte. Jede der fünf Schachteln war so etwas wie eine eigene Schatztruhe. Da gab es ihre Hochzeitsfotos, die sparsame Eleganz der Kriegsjahre, ein geborgter Hut, an den sie sich erinnerte, als sei es gestern gewesen, und ein riesiges Ansteckbukett. Sie hatten damals jeden Penny umdrehen müssen, wie heute jedes Pfund. Nichts hatte sich geändert. Sie hatten erst Jahre später eine Kamera gekauft, und außerdem war da ohnehin wenig gewesen, was das Festhalten gelohnt hätte. Kinder hatte es keine gegeben. Mr. Mellors war Mr. Mellors gewesen, und sie selbst hatte als Kellnerin in einer Schulkantine gearbeitet. Dann waren sie in dieses Haus gezogen, und er hatte den neuen Job bei der Gemeinde bekommen, als Vorarbeiter einer Straßenfegerkolonne, damals, als ein Vorarbeiter noch etwas darstellte, und jawohl, sie war stolz auf ihn gewesen, wenn auch nicht auf seinen ständigen Kampf gegen Dreck und Gestank und die Männer, die sich um keins von beidem scherten. Gelegentlich hatte er ihr Vorwürfe gemacht, weil sie immer noch keine Babys bekam, obwohl er es jede Nacht versuchte, und erst viel später, als sie schon lange darüber hinaus waren, hatte sie erfahren, daß es nicht ihre Schuld gewesen war, sondern seine, und ihm nichts davon gesagt.

All das dauerte mehr als eine Stunde, die zweite Schachtel genauso lange und die dritte noch länger.

Sie hatte Briefe aufgehoben und Einladungen, Geburtstags- und Weihnachtskarten, alte Schlüssel (sie brachte es einfach nicht fertig, einen Schlüssel wegzuwerfen, man wußte nie mit Schlüsseln), Fotos, Rechnungen, Schleifen, Broschen von Woolworth's, Spitzenbesatzstücke, Hutnadeln (autsch, schon hatte sie sich in den Finger gestochen, aber es blutete nicht), Zierknöpfe, die auf einen Regentag warteten, Grußkarten von Kindern, die sie einmal versorgt hatte, und ein Band nur mit Nachrichten, Karten und Briefen, dem kindlichen und erwachsenen Gekritzel der Logos. Denn mit den Logos von nebenan hatte ihr Leben noch einmal von vorn angefangen, ein ganz neues Kapitel von fünfzehn Jahren, das die letzte Zeit von Mrs. Mellors' Arbeitsleben umfaßte, die Krankheit ihres Mannes, seinen Tod und den Niedergang der Familie nebenan, bis nur noch dieser komische kleine Sonderling übriggeblieben war. Die Zeit mit den Logos war ihr aktivster Lebensabschnitt geworden, als sie mit Mitte fünfzig endlich das Gefühl hatte, eine Familie zu haben, die sie in Ehren hielt, und das tat sie, oh, ja, das tat sie. Logo, der Straßenkehrer (Mr. Mellors hatte ihm den Job besorgt, als es mit der Gebäudereinigung nicht geklappt hatte), und seine Frau und seine Tochter, alles Kinder, alle hilflos, die nur auf eine Granny wie sie gewartet hatten. Aber du kennst deine Nachbarn nicht, auch nicht, wenn du es wirklich glaubst, nicht mal, wenn sie in deiner Küche sitzen und mit dir essen und sich die Augen ausweinen über irgendeine Geschichte, die nur die halbe Wahrheit ist, wie du ganz genau weißt, und trotzdem denkst du nicht dran, irgendwelche Fragen zu stellen. Es gibt keine engeren Bande als Blutsbande, dachte Mrs. Mellors und setzte den Teekessel auf, um einen Umschlag zu öffnen, den die Jahre wieder vorgeklebt hatten. Blut ist dicker als Wasser, dicker als Klebstoff, doch zwischen Mann und Frau, was ist da? Eine Art zäher Teig, der auf Dauer nur von Kindern zusammengehalten wird. Ah, da war sie, unter all den Postkarten, all den kindischen Briefen dieses Mädchens, dem sie und nur sie das Lesen und Schreiben beigebracht hatte, wie eine echte Großmutter, denn sonst hätte sich niemand darum gekümmert: die letzte Nachricht von Logos Frau, dieser unseligen, dummen Frau mit dem süßen Lächeln, die weder kochen noch saubermachen konnte und zugelassen hatte, daß ihre Tochter zu Margaret kam, als wär sie ihr eigen Fleisch und Blut. Mrs. Logo hatte jede Menge Zettel geschrieben, immer mit der Bitte um irgendeinen Gefallen, und am Ende den hier, als wäre es keine Sünde, jemandem das Herz zu brechen:

»Liebe Mags, es tut mir so leid, aber ich gehe jetzt. Ich weiß, daß ich Dinge zu Dir gesagt habe, die nicht recht waren, aber ich wußte nicht, *wie* falsch ich lag.«

Die Handschrift war kaum zu entziffern, obwohl Margaret sie wohl tausendmal gelesen hatte, in kürzeren Briefchen als diesem, wo ihre Nachbarin um dies oder das gebeten hatte, immer in schrecklicher Eile.

»Ich verlasse ihn, ich muß es tun, ich kann nicht sagen, warum.«

Wieso nicht, hatte Margaret damals gestöhnt, genau wie jetzt.

»Ich nehme Enid mit, wir gehen zu meiner Cousine in Schottland, wo ich einen Job kriegen kann und alles.«

Einen Job? Dieses Dummchen konnte so wenig für sich und ihre heranwachsende Tochter sorgen wie auf den Mond fliegen.

»Ich schreibe Dir, wenn wir ankommen, wo wir hinwollen. Bitte, erzähl Logo nichts, wenn er zurückkommt, sonst wird er verrückt. Oder besser gesagt, noch verrückter. Stell keine Fragen und misch Dich nicht ein, ich weiß, was ich tue, ehrlich. Ich werde schreiben, versprochen, und Eenie auch.«

Margaret hatte die Anweisung befolgt, sich nicht einzumischen und nichts zu sagen, so wie sie es mit ihrem kranken Mann besprochen hatte und wie sie es ihr ganzes Leben lang gehalten hatten, er, der ehemalige Soldat, sie, die Soldatenbraut. Beide hatten sich nie groß über ihr Schicksal beklagt. Sie hatte gehorcht und zugesehen, wie Mrs. Logo wenig später mit einem Pappkoffer in der Hand aus dem Haus gekommen war und die Tür hinter sich zugezogen hatte. Es hatte etwas Arrogantes in der Haltung dieser kleinen, davonlaufenden Frau gelegen, so daß Mrs. Mellors damals weniger an schlechte Behandlung als an die Existenz eines anderen Mannes geglaubt und daran auch nie gezweifelt hatte. Die Tochter ging hinter ihr, eine Schultasche über der Schulter, und nur sie, die sie Eenie nannten, sah sich noch einmal um und winkte, ohne etwas zu sehen, winkte traurig, verzweifelt und unschlüssig. Damals wäre Margaret ihr am liebsten nachgelaufen oder hätte ihr hinterhergerufen. Der Pappkoffer, den ihre Mutter getragen hatte, war alt und schloß nicht richtig. Doch war es weniger das Gewicht, das ihn so unhandlich machte, als seine Unförmigkeit. So hatten sie Logo verlassen, die beiden.

Und wieder hatte es Tränen in der Küche gegeben und Logos wochenlang wiederholte Frage: »Warum? Warum? Warum?« Margaret hatte zugehört und nicht viel gesagt, während sie an die Decke starrte und sich fragte, ob dies die Nacht war, in der ihr Mann sterben würde oder nicht. Nach ein paar Tagen meldete Logo seine Frau und sein Kind als vermißt. Die Polizei kam und durchsuchte das Haus, alle möglichen Nachforschungen wurden angestellt, aber Margaret hatte nie wieder von ihr gehört, dieser selten dummen Frau, und auch nie erzählt, wie sie sie hatte fortgehen sehen mit dem Pappkoffer, der nicht richtig zuging. Die Szene hatte sich so tief in ihr Gedächtnis gebrannt, daß sie sie mit Worten sowieso kaum hätte beschreiben können, und außerdem hatte die Frau ihr vertraut – und Margaret war durch ihr Versprechen gebunden.

»Warum?« sagte sie vor sich hin. »Warum? Wie konnten die beiden so einfach gehen?«

Du kennst deinen Nachbarn nicht. Ihr Mann war gestorben, sie hatte Ersatztochter und -enkelin verloren, und Logo hatte weitergeheult und jeden Winkel von North London abgesucht, überzeugt, daß er sie finden würde, wenn nicht die Frau, so doch wenigstens seine Tochter. Der arme, arme Mann, und seitdem hatte auch die Polizei ihn nicht mehr in Ruhe gelassen. Sie empfand unendliches Mitleid für ihn, respektierte ihn, glaubte an ihn, bedauerte ihn, drängte sich ihm niemals auf. Und wäre Sylvie nicht gewesen, hätte sie das obere Stockwerk seines Hauses sicher nie betreten, es sei denn, er wäre plötzlich krank geworden, aber das hatte sie noch nie erlebt.

Doch als sie an diesem Abend der Kleinen nachgelaufen war und sich noch auf Logos Treppe zusammennahm, denn eigentlich war sie böse auf das ungezogene Ding, blieb sie oben plötzlich wie vom Donner gerührt stehen. In einer Ecke seines spartanischen, von allem überflüssigen Schnickschnack befreiten Schlafzimmers, in dem es kein Deckchen auf dem Tisch und kein Bild an der Wand gab wie auch sonst in diesem Haus, lag der Pappkoffer. Immer noch genauso ausgebeult. Der Koffer der Frau, die damit weggegangen und, glaubte man ihm oder sonst jemandem auf der Welt, nie zurückgekehrt war.

Margaret nahm Mrs. Logos Brief aus dem Stapel heraus und legte ihn in die Schublade, wo sie ihre Messer aufbewahrte.

Helen West rumorte in der Küche herum. Von Zeit zu Zeit warf sie einen Blick auf das Telefon. Eigentlich wollte sie nicht, daß es klingelte, aber dennoch ging ihr sein Schweigen auf die Nerven. Sie hätte sich gewünscht, daß der Kühlschrank ein paar aufregende Geheimnisse zutage förderte, aber wie es seit jeher seine Art war, enthielt er nichts als ein Glas saure Gurken, eins mit verschimmelter Mayonnaise, steinharte Butter, einen Kopfsalat, der so braun war, daß er sich demnächst verflüssigen würde, und sechs dubiose Eier. Ich kenne eben keine Regeln, sagte sie sich, bin völlig unorganisiert. Ich ernähre mich wie ein Soldat auf dem Rückzug durch irgendeine Eiswüste, und genauso dürr bin ich auch geworden. Aber dieses ungeregelte Dasein gefällt mir. Genauso stöbere ich lieber in Geschäften, als etwas zu kaufen. Ist das mein Leben? Zehn Tage ohne Geoffrey hatte es gedauert (zwei Anrufe, einer zuviel), bis sich die alte Routine wieder eingeschlichen hatte. Hinter der dünnen Fassade ihrer Domestizierung, die sie nur durch den Kontakt mit Männern erworben hatte, so wie diese angeblich auch Gewohnheiten von Frauen übernahmen, war und blieb sie eine streunende Katze.

In Wahrheit allerdings gingen die jämmerlichen Vorräte und der völlige Mangel an warmen Mahlzeiten während der letzten zehn Tage, in denen sie triumphierend am Supermarkt vorbeigefahren war, ohne daß Plastiktüten voller Kartoffeln blaue Flecken auf ihren Beinen hinterließen, nicht nur auf das Konto typisch einsiedlerischer Eßgewohnheiten, sondern waren auch Folge einer unerklärlichen Übelkeit. Die Eier, die sie noch spätabends verschlang, landeten so rasch in der Kanalisation, daß es ihr vorkam, als seien die Minuten in ihrem Verdauungstrakt von vornherein gezählt gewesen. Sie konnten die Miete nicht bezahlen, diese Eier, genausowenig wie alles andere Essen, außer Kartoffelchips aller Geschmacksrichtungen und klebrigsüßem Zeug. Und sie war noch dünner geworden, eindeutig. Der Rockbund war zu weit, und heute morgen, als sie in der Gerichtsverhandlung aufgesprungen war, um eine Antwort zu rufen, hatte sie gemerkt, daß der Rock vollkommen verrutscht, zerknautscht und formlos war. Über diesen kleinen Vorfall hatte sie sich fürchterlich aufgeregt.

Sie stand in der Küche, die die meisten Leute wegen ihrer Wärme und ihres Flairs bewunderten, wie übrigens all ihre

Zimmer – Produkte unzähliger Streifzüge durch Trödelläden, die zu einem interessanten, wenn auch ein wenig unkontrollierten Leben zu gehören schienen. Ich liebe diesen alten Küchenschrank, hatte Geoffrey gesagt. Ich liebe deine alte, gesprungene Emaillespüle, deine Porzellanbecher mit den Bildern von Charles' und Dis Hochzeit, und ich liebe diese antiken Tranchiermesser, zu wessen Jagdausrüstung sie auch einmal gehört haben mögen – nur schneiden sie nicht, mein Schatz. Sie war hungrig und krank, krank und hungrig. Drei, vier Drinks mit Dinsdale und ein paar Häppchen, die aus kaum mehr bestanden als Luft, und wieder rannte sie ins Badezimmer mit den schönen alten Kacheln und den Bildern an den Wänden, um sich zu übergeben. Was ist das, dachte sie, hob den Kopf vom Becken und sah ihr schrecklich blasses Gesicht im Spiegel: Was zum Teufel ist das?

Helen West, die geradezu unverschämt gesund war und um alle Ärzte einen großen Bogen machte, durchwühlte den Spiegelschrank nach irgendwas, womit sie die Meuterei in ihren Eingeweiden niederschlagen konnte. Irgendwas Effektivem – fand Talcid, Rennie, Nurofen, Aspirin, sämtliche Katerkiller unter der Sonne. Sie schob einen uralten Schwangerschaftstest beiseite, vielleicht fand sich dahinter ein Mittelchen, das ihr erlauben würde, zu essen, ohne es später zu bereuen, doch dann zögerte die Hand, wie von selbst, und griff nach der ungeöffneten Schachtel, während sie, erschüttert vom Schock der Erkenntnis, langsam in die Hocke ging. Wann hatte sie das letzte Mal ihre Tage gehabt? Und wann hatten Bailey und sie zum letztenmal das einzige Fest gefeiert, das ihnen immer hundertprozentig zu gelingen schien? Seine Wohnung, ihre Wohnung, und irgendwas fehlte normalerweise immer. Mit fünfunddreißig mochte eine Frau nicht mehr unbedingt auf der Höhe ihrer

Fruchtbarkeit sein, aber für ein normales Ei spielte das Alter letztlich wohl keine Rolle.

Helen schlüpfte in ihren Mantel und trat auf die Straße. Verdammt. Sie hatte Heißhunger auf irgendwas Chinesisches aus der Garküche um die Ecke. Und das würde sie sich jetzt holen – alles war besser, als allein hier rumzusitzen und sich den Kopf zu zerbrechen.

Die Nacht draußen war sonderbar still und steif. Ein eiskalter Wind verwandelte ihren Atem in kleine Dampfwölkchen. Es war so kalt, daß sie am liebsten auf der Stelle umgedreht und ins Warme zurückgekehrt wäre, doch der Hunger trieb sie vorwärts. Der Frost, der mit Einbruch der Dämmerung aufgekommen war, zeichnete wie ein exzentrischer Maler bizarre Muster auf die Windschutzscheiben der Autos. Aus mehr als einer Meile Entfernung hörte sie in der Stille den donnernden Schrei einer riesigen Menschenmenge. Es gab nichts, das sich damit hätte vergleichen können: der Berg, der zu Jehova kam. Helen blieb stehen, bis ins Mark erschreckt von diesem fernen Brüllen des Dschungellöwen, der auf seine Chance wartete. Dann fuhren die Autos wieder an, und die Lampen der Hauptstraße blendeten ihre Augen. Die Übelkeit war verflogen.

Lieber Gott, laß mich keine Angst vor der Dunkelheit haben.

5

Redwood wurde häufig eingeladen, vor Neuanwerbungen, Clubs oder Friedensrichtern Vorträge zu halten. Die Auftritte machten sich gut in seiner Personalakte, also blieb ihm kaum etwas anderes übrig – wenn er sie nicht gerade an irgend jemanden delegieren konnte.

»Die Aufgabe des Crown Prosecution Service«, so pflegte er mit angenehm lauter Stimme zu beginnen, »besteht darin, diejenigen, die gegen Recht und Gesetz verstoßen, der Beweislage entsprechend und ohne Ansehen der Person zu verfolgen. Die Beweise liefert die Polizei. Wir aber entscheiden, was damit passieren soll.«

Das klang so, als handle es sich um einen zivilisierten und in hohem Maße durchorganisierten Prozeß. Was er nicht erwähnte, war die Tatsache, daß sein eigenes Büro in Papier zu ersticken drohte. Sie waren anfälliger für einen Papier- als für einen Herzinfarkt. Das Papier würde sie zuerst schaffen.

»Unser Büro ist natürlich voll computerisiert«, fuhr er fort und mahnte sich, Haltung zu bewahren. Immerhin war es die Wahrheit, gewissermaßen jedenfalls. Der Computer empfing Informationen und schrieb ihnen den jeweils nächsten Zug vor. Alle hatten erbärmliches Vertrauen in ihn, ohne etwas von Computern zu verstehen, doch das verhinderte nicht, daß immer noch jede Menge Papier durch Dutzende von Händen ging, zwischen Gericht, Anwaltskanzleien und seiner Dienststelle hin- und hergeschleppt werden mußte, häufig ohne Duplikat, bis es schließlich in den riesigen Archiven im Keller landete, wo Redwood sich niemals hinverirrte.

»Aufgrund des vertraulichen und belastenden Charakters des Materials, mit dem wir arbeiten, werden selbstverständlich strenge Sicherheitsvorkehrungen getroffen...«

Ohne daß ihm wirklich klar wurde, warum, zuckte er bei diesen Worten zusammen. Unter Sicherheitsvorkehrungen verstand Redwood die hohen Gitter mit den scharfen Spitzen, diensteifrige Sicherheitsleute am Tag und den faulen Kerl, der von sieben Uhr abends bis sieben Uhr morgens und an den Wochenenden in seinem Wachraum saß. Er kam von einem Wachdienst, das war billiger. Da Redwood das Gebäude so haßte, konnte er sich nicht vorstellen, daß irgend jemand gewaltsam dort hineinwollte. Ein furchtloses Kind hätte zwar das Gitter erklimmen können, aber Redwood war nie auf die Idee gekommen, daß strengere Sicherheitsmaßnahmen angebracht sein könnten.

Helen West versuchte, an etwas anderes als ihre ständige Übelkeit zu denken, und durchforstete ihr Gedächtnis nach schöneren Zeiten. Morgens um drei über Fälle nachzudenken, war das gleiche, wie Schäfchen zu zählen und funktionierte auch häufig, aber im Moment genügte es nicht, die bedrohlichen Gedanken zu unterdrücken, die immer rascher aus dem Nichts auftauchten. Zum Beispiel, wo sie inmitten dieses Durcheinanders von zusammengestoppelten Besitztümern ein Baby unterbringen sollte, ganz zu schweigen von einem Kind. Diese Überlegungen, die sich mit dramatischer Geschwindigkeit vollzogen, erzeugten ein Gefühl von Panik, das sich partout nicht dämpfen ließ. Schließlich stand sie auf, stellte sich unter die Dusche und schlüpfte in kühle Kleider, um ihren glühenden Körper zu beruhigen. Normalität, die Fortsetzung des Lebens, wie es einmal gewesen war, tanzte vor ihren Augen wie eine quälende Vision.

Als Helen auf den Bus wartete, erhaschte sie in der Scheibe eines Zeitungskiosks einen Blick auf ihr Gesicht. Es wirkte normal, Augen und Nase waren noch da, wo sie hingehörten. Aber dann fiel ihr auf, daß sie sich ein wenig abseits von den anderen Menschen hielt und jeden Kontakt mit ihnen zu meiden schien, als sei da wirklich etwas, als sei es dieses eine Mal wichtig, sich vor dem Drängeln der Fahrgäste oder möglicher Ansteckung in acht zu nehmen. Sie gefiel sich nicht besonders. Dann stellte sie sich Bailey als Vater vor.

Eine junge Frau quetschte sich auf den Platz neben ihr, blaß und riesig, die Handtasche auf der schützenden Wölbung des Unterleibs balancierend, über den sich ihr Mantel spannte. Helen rückte ein wenig mehr zur Seite und blickte starr geradeaus. Wie jemand, der Schäfchen zählte.

»Rose, sehen Sie irgendeine Chance, daß ich meine Unterlagen für morgen schon vor eins kriegen könnte? Ich hatte Sie ja bereits gestern darum gebeten. Es könnte nämlich sein, daß ich nachmittags nicht noch mal ins Büro komme.« Rose sah gequält von den Akten auf, die sie, nach Datum geordnet, in Stapeln rund um ihren Schreibtisch aufgeschichtet hatte, jeder einzelne wie ein steinernes Monument.

»Keine Ahnung. Glaub nicht«, sagte sie schroff. Helen spürte, wie die Wut in ihr aufstieg. Die Verbindung zwischen ihren Sorgen und ihrem Humor erwies sich als angespannt, der Faden nicht nur dünn, sondern auch ziemlich ausgeleiert. Sie machte einen letzten Versuch.

»Könnten Sie mir dann bitte wenigstens fraglichen Ordner für morgen heraussuchen? Das ist doch wohl nicht zuviel verlangt, oder?«

Rose hatte einen Stapel von sechs Akten auf dem Schoß, ließ sie jetzt ohne Vorwarnung fallen und wandte sich ab. Sie zitterte vor Anspannung, trotzdem wirkte es wie eine trotzige Geste.

»Rose«, sagte Helen, und ihre Stimme hatte einen warnenden Unterton. »Ich muß wirklich um eins weg, und es könnte sein, daß ich nicht mehr zurückkomme. Können Sie mir das Zeug für morgen bitte jetzt gleich raussuchen? Bitte?«

Rose drehte sich zu ihr um, rasend vor Wut. Ihr Haar, das in letzter Zeit ein wenig zahmer als sonst gewirkt hatte, schien sich rund um ihren Kopf aufzurichten wie die Stacheln eines Igels.

»Und was ist, wenn andere Leute auch mal früher weg müssen? Wenn kein anderer da ist, um die beschissene Arbeit zu machen, und der Computer im Arsch ist und verdammte Sklaventreiber wie Sie ständig Unmögliches verlangen? Sie können mich mal! Ihre dämlichen Unterlagen sind irgendwo hier dazwischen. Entweder Sie suchen sie sich selbst raus, oder Sie kommen morgen wieder.« Sie trat mit dem Stiefel gegen einen der Stapel, der gefährlich zu schwanken begann, aber sie war noch nicht fertig. Wie vom Teufel geritten, konnte sie ihrem boshaften Trieb einfach nicht widerstehen.

»Und wo wir schon dabei sind, kommen Sie mir ja nicht noch mal mit dieser Heiligentour. Sie und Mr. Cotton, und beide haben den Nachmittag frei? Prima, nicht? Wo geht's denn hin, in seine Wohnung oder Ihre?«

Helen hätte ihr am liebsten eine runtergehauen, und Rose wartete nur darauf. Doch irgend etwas in ihren Worten erzeugte bei Helen ein peinliches Schuldgefühl. Die Akten fielen und rutschten wie in Zeitlupe durcheinander, während Rose aus dem Raum stapfte. Ihre Kolleginnen saßen in eisigem Schweigen an ihren Schreibtischen und beobachteten sie. Helen holte tief Luft. Sie blickte zum Fenster hinüber, wo sie neulich noch Roses Spiegelbild gesehen hatte, entdeckte aber nur ihr eigenes, blasses, weit älteres Gesicht. Unter den ausdruckslosen Blicken der anderen kniete sie auf dem Fußboden nieder und begann, die Papiere durchzugehen. Schäumend vor Wut und dennoch konzentriert sortierte sie die mit ihrem Namen gekennzeichneten aus. Einen Augenblick lang haßte sie Rose ebenso abgrundtief, wie das Mädchen anscheinend sie verachtete. Vielleicht war das der Grund, warum die anderen ihr nicht halfen, sondern sie gedemütigt auf dem Fußboden rumsuchen ließen. Hätten sie ihre Hilfe angeboten, hätte sie sie allerdings abgelehnt.

Plötzlich betrat Redwood den Raum, unsicher wie immer, wahrscheinlich weil er Angst hatte, die Kanzleikräfte könnten ihn beißen oder merken, daß er Schwierigkeiten hatte, ihre Namen zu behalten.

»Was hat denn dieser Lärm zu bedeuten? Ich verbitte mir... Oh! Helen, was machen Sie denn da?« Sie sah mit einem teuflischen Grinsen zu ihm auf.

»Bin auf der Suche nach einer Kontaktlinse, Sir.« Sir war neu in ihrem Vokabular.

»Ich wußte gar nicht, daß Sie Kontaktlinsen tragen.«

»Dann wissen Sie's jetzt. Wollten Sie etwas Bestimmtes?«

»Dieser Lärm...«

»Das war ich.« Seine Verärgerung war nicht zu übersehen. Er winkte sie heraus und erteilte ihr einen Verweis. Von der anderen Seite der Tür hörte Helen die nicht länger unterdrückten Stimmen gegen ihren Rücken prallen, wie ein eisiger Wind.

Rose Darvey saß auf dem Klo und schluckte krampfhaft. Da sie in den verschiedensten Methoden der Selbstbeherrschung geübt war, hatte sie schon vor langer Zeit gelernt, zu weinen, ohne es sich anmerken zu lassen. Man hielt sich einfach die Nase zu, damit die Anstrengung, durch den Mund zu atmen, die aufsteigenden Schluchzer unterdrückte. Die Hände auf die Ohren zu legen, förderte eine Stille, die ihr beim Weinen schon immer als absolut notwendig erschienen war. So saß sie hinter verriegelter Tür und probierte eine Methode nach der anderen, während ihr große Tränen über das Gesicht rannen und das sorgfältig im Schein ihres Strahlers aufgelegte Make-up ruinierten. Hier auf der Toilette konnte man keine Schatten erzeugen, dazu brauchte man eine Lampe ohne Schirm. Früher hatte sie so lange an den Nägeln gekaut, bis die Fingerspitzen nur noch entzündete Stummel waren, auch das ein Grund, sich mit Schattenspielen davon abzulenken. Granny hatte ihr die Fingernägel immer mit einer bitteren Lösung bestrichen, um sie am Kauen zu hindern, aber das hatte nur vorübergehend gewirkt. Granny, Granny, hilf mir jetzt, bitte, hilf mir, wo bist du nur? Die Vorstellung von Granny ließ den Kloß in ihrem Hals noch anschwellen, und der Versuch, keinen Laut von sich zu geben, wandelte sich in das Gefühl, eine Distel in der Kehle zu haben. Granny, dachte sie. Ich muß versuchen, sie zu treffen. Granny könnte helfen. Ich muß Granny besuchen und irgendwas gegen dieses verdammte Baby tun, bevor ich durchdrehe. Ich kann Michael nichts davon erzählen, kann's einfach nicht. Dann wird er mich nie lieben.

»Rose?« Eine schüchterne Stimme. »Rose? Ist alles in Ordnung mit dir?« Das wehleidige Wimmern einer der anderen, die sie geschickt hatten, um nach ihr zu sehen. Rose war die Heldin ihrer Kolleginnen, sie brachte sie zum Lachen, wußte besser Bescheid als jede andere und ließ sich von niemand was sagen. »Rose, komm da raus, bitte. Es ist nur... wir machen uns nämlich Sorgen um dich. Bitte, komm raus da.«

Der flehende Unterton in der Stimme ließ Rose für einen Augenblick erstarren. *Komm raus, Liebling, und dir wird nie wieder ein Leid geschehen.* Rose stellte ihre Handtasche auf den Boden und kramte nach ihrem Schminktäschchen, dem bewährten Retter in der Not. Sie machte eine Menge Lärm mit der Klopapierrolle, riß ein Stück ab, putzte sich mit grundloser Heftigkeit die Nase und rieb sich die aufgelöste Wimperntusche aus dem Gesicht. Wieder diese Stimme, wenn auch jetzt weniger schmeichelnd und daher weniger vertraut. Vielleicht war es in Ordnung, wenn sie einfach rausspazierte, schließlich hatte sie nur ein paar Kratzer abbekommen.

»Rose, ist alles in Ordnung, sag schon, was ist los?«

Wie sie solche Tragödien auf der Damentoilette verachtete! Warum war sie bloß hergekommen, wenn sie sich genausogut im schönen warmen Schoß des Kellers hätte verstecken können? Sie stieß einen übertrieben lauten Seufzer aus.

»Natürlich ist alles in Ordnung, verdammt noch mal. Ich brauch bloß 'nen Tierarzt, der mich einschläfert.«

Die Stimme hinter der Tür kicherte erleichtert. Dieselbe alte Rose, ihre Anführerin. Und wer von euch, dachte Rose, als sie sich mit den Fingern durchs Haar fuhr, um die Stacheln neu aufzurichten, die sie in letzter Zeit ein wenig gebändigt hatte, weil Michael sich nicht allzuviel daraus machte, obwohl er nie was dazu sagte – wer von euch spielt mit dem Computer rum und klaut die Akten? Also raus damit: wer?

Margaret Mellors saß gegen halb eins im Wartezimmer der Ärztin und fragte sich, wer als nächster reingehen würde. Sie wußte, daß sich ihr eigener Platz in dieser niemals endenden Schlange wegen eines Notfalls verschoben hatte. Sie war gefragt worden, ob es ihr etwas ausmache, was ungewöhnlich höflich gewesen war, und aus reiner Gewohnheit hatte sie gesagt, nein, ganz bestimmt nicht, aber es machte ihr natürlich doch etwas aus. Sie hatte ihren Glauben an die ärztliche Kunst verloren, als Jack starb, und trotzdem niemals aufgehört, alle Ärzte als Götter anzusehen. Selbst wenn sie nicht wußten, was einen kranken Mann krank machte, hatten sie in vielen Dingen doch das letzte Wort: bei Polizei, Feuerwehr und Wahnsinn zum Beispiel. Sie sagten einem, was man tun mußte, und gaben unzähligen Leuten Befehle, und deshalb war sie hier. Margaret dachte nicht an ihre eigene, längst überfällige Behandlung, an die sechs Wochen Wartezeit bei jedem Termin, die vorsätzliche Verlängerung ihrer Behinderung, wegen der sie nun schon ein, zwei Jahre auf eine neue Hüfte wartete. Immer noch lächelte sie, wenn sie einen Arzt sah, so als könnte er die Welt verändern, und immer noch gab sie ihren Platz in der Warteschlange preis und dachte sich gleichzeitig einen ganzen Schwall von Entschuldigungen aus, warum sie überhaupt gekommen war.

»Es tut mir so leid, Sie zu belästigen, nur ...«

»Aber dafür werde ich doch bezahlt. Was kann ich für Sie tun?« Das erschöpfte Lächeln einer jungen Frau, die genug gehört hatte von all den Zipperlein, die der Winter so mit sich brachte. Carmen Soundso hieß sie. Margaret hatte es lieber, wenn die Ärzte Männer mittleren Alters waren, sie paßten besser zu ihrer Vorstellung von Göttern, aber warum sagte sie das nie, und warum fühlte sie sich beim Reden immer so schrecklich gehemmt? Als sei ihre Rente ein Almosen und dieses Waisenkind im weißen Kittel der Großinquisitor.

»Nun ja ... ich würde gern wissen ...«

»Sehen wir mal nach.« Sie sah nach, schüttelte mißbilligend den Kopf und kritzelte etwas auf ihren Block.

»Es ist schon eine ganze Weile her, nicht wahr? Sie sollten lieber noch mal zum Facharzt ...«

»Eigentlich«, sagte Margaret und nahm ihren ganzen Mut zusammen, denn plötzlich wurde ihr voller Panik bewußt, daß sie schon innerhalb von dreißig Sekunden wieder zur Tür hinaus sein würde, wenn sie es nicht tat. »Eigentlich kann ich mit dem Stock durchaus leben. Es geht um etwas ganz anderes.« Die Ärztin lächelte aufmunternd und lehnte sich zurück, keineswegs verstimmt über die umständliche Einführung.

»Es geht um meinen Nachbarn.« Nachdem sie bis dahin gekommen war, blieb Margaret gar nichts anderes übrig, als weiterzureden. »Ich mache mir Sorgen um ihn. Er hört Stimmen. Er singt, und gestern hat er mir erzählt, sein Lieblingsplatz wäre der Friedhof. Er ist verrückt, wissen Sie, na ja, er war schon immer ein bißchen verrückt, aber seit einiger Zeit wird es schlimmer. Er macht Kindern angst.« Das geduldige Lächeln der Ärztin erstarb, und Margarets Mut auch: Sie konnte der Frau unmöglich sagen, daß Logo gefährlich war, genauer gesagt, gefährlich werden konnte.

»Wie macht er den Kindern angst?« Die Stimme der Ärztin wurde schärfer.

»Das weiß ich nicht. Wahrscheinlich lauert er ihnen auf. Er sucht seine Tochter ... Sie stellen ihn immer wieder vor Gericht, aber zu mir kommt ja keiner.«

»Nun, dann weiß die Polizei ja Bescheid. Hat er denn Arbeit?«

Margaret nickte. Der Weißkittel entspannte sich sichtlich. »Dann wird man dort auch Bescheid wissen, nehme ich an. Waren Sie schon bei der Polizei?«

Margaret zuckte zusammen, als hätte die Ärztin einen obszönen Witz gemacht. »Oh, das bringe ich nicht fertig. Ich dachte... ich meine, könnten Sie nicht einmal jemanden zu ihm schicken?«

»Nun, Mrs....«, die Ärztin warf einen raschen Blick auf ihre Notizen, »Mrs. Mellors, das glaube ich nicht. Er würde nicht herkommen und mit mir sprechen wollen, wie? Nein, das habe ich mir gedacht. Sind Sie sicher, daß er mit diesem Verhalten schon mal aufgefallen ist? Also am besten versuchen Sie, ihn dazu zu bringen, daß er einmal hier vorbeikommt. Freiwillig natürlich, sonst hat es gar keinen Zweck. Warten Sie, ich gebe Ihnen noch die Nummer vom Sozialamt, vielleicht fällt denen ja was ein.«

Nein, denen war auch nichts eingefallen, aber es stimmte, Logo wurde immer verrückter. War die letzten drei Nächte im Haus herumgepoltert und hatte in seiner Küche gejammert und geheult. Zum erstenmal hatte Margaret gehofft, daß sie ihn abholen würden. Oder wenigstens auf ihn aufmerksam würden. Man hatte sie geduldig, aber verständnislos angehört, als sie ihre Besorgnis äußerte, andererseits hatte sie nicht die ganze Wahrheit gesagt. Man nahm offenbar an, daß sie die Überspanntheiten, von denen sie sprach, übertrieb, sie aber konnte sie nur herunterspielen. Eins war ihr vollkommen klar: Es gab nicht die geringste Hilfe für Leute, die sich wie Logo in einem Zwischenbereich befanden, die halb verrückt und auf schreckliche Art gleichzeitig auch halb gesund waren. Und dann kam sie, eine Bürgerin zweiter Klasse, eine ältere Frau, teilweise behindert, wenn auch wohlriechend. Sie musterten sie, als sei Wahnsinn ansteckend, bis sie selber anfing, es zu glauben.

Sie hatte niemandem von dem Koffer erzählt, hatte es einfach nicht fertiggebracht.

Margaret Mellors schleppte sich nach Hause. Es war ein grauer Nachmittag, und sie nahm sich vor, ein Feuer im Kamin zu machen. Als sie die Straße herunterkam, wurde es beinahe schon dunkel, und sie fragte sich, wie man diese Kälte bloß ohne Kamin aushalten konnte. Der Vermieter hatte ihren schon vor Jahren zugemauert, doch mit Logos Hilfe hatte sie die Mauer wieder eingerissen, und bei dem Gedanken daran und an all das Holz, das er ihr gebracht hatte, keimten Schuldgefühle in ihr auf. Als sie die Tür aufmachte, lag ein Brief auf der Fußmatte. Erster Klasse, was für eine Verschwendung. Die Handschrift schien ihr irgendwie vertraut: Sie drehte den Umschlag hin und her und zog die Aufregung in die Länge, bis ihre Hände zu zittern begannen und sie ihn zur Seite legte, um das Feuer anzuzünden. Als der Fidibus in den Flammen knisterte, riß sie den Umschlag auf und las die eine Seite darin, während ihr Gesicht im Licht der brennenden Scheite vor Freude glühte. Oh, mein Kleines, murmelte sie vor sich hin. Oh, mein liebes Kleines. Vier Jahre ohne Nachricht, und jetzt endlich hatte sie geschrieben und wollte sich mit ihr treffen! Samstag nachmittag! Margaret fand es schwierig, den Brief wegzulegen: Man konnte ihn nicht einfach in einer der Pralinenschachteln verstecken. Er mußte sichtbar bleiben, als ständige Erinnerung an seine frohe Botschaft. Nach langem Zögern legte sie ihn schließlich zu dem anderen Brief in die Schublade, in der sie ihre Küchenmesser aufbewahrte.

Auf diese Weise konnte sie ihn immer wieder betrachten.

Freitag morgen gegen sechs klingelte es, und dann klopfte jemand an die dicken Türen des ehemaligen Hospitals. Die Klingel hallte im Kabuff des Nachtwächters wider, wo er sich mit seinem Fernseher und seinem Telefon Nacht für Nacht und jedes Wochenende einschloß. Die vorgeschriebenen Rundgänge schenkte er sich, denn in seinen Augen war das Durcheinander von Treppen, Korridoren und lächerlich ungesicherten Ausgängen schrecklich unheimlich. Nicht umsonst munkelte man von einem Gespenst. Gab sowieso nichts anderes zu bewachen als Papier. Ebenso versäumte er es, die Namen der Mitarbeiter zu notieren, die außerhalb der normalen Bürostunden um Einlaß baten. Manchmal kamen sie mitten in der Nacht, besonders die vom Betrugsdezernat im ersten Stock. Meistens allerdings riefen sie vorher an, damit er an der Tür war, wenn sie mit Dutzenden von Akten unter dem Arm, die sie am nächsten Tag brauchten und vergessen hatten, rein- und raushetzten. Daß jemand so früh am Morgen kam, war ungewöhnlich.

Die Gestalt auf der anderen Seite der Tür stampfte vor Kälte mit den Füßen, lächelte, schwenkte einen Dienstausweis und verschwand nach oben. Die Ungezwungenheit, mit der sie sich bewegte, verriet, daß sie sich hier auskannte. Der Nachtwächter zuckte mit den Achseln und träumte weiter vom Frühstück.

Drei Stockwerke höher schaltete eine feminine, gepflegte Hand den Computer ein. Für den Zugang zum Reich der Information gab es keinerlei Code, der von einem Machtgefälle gezeugt hätte. In rascher Folge tippte die Hand die Seriennummer einer Datei, die der Rechner bereits angezeigt hatte. Die Finger blätterten in einem Stapel Papier und löschten dann die letzte Zeile des Bildschirms, die das Datum einer Gerichtsverhandlung enthielt und den Hinweis auf rechtzeitige Benachrichtigung der Zeugen. Statt dessen setzten sie ein: »Nichts weiter veranlassen, Vorladung zurückziehen... Angeklagter verstorben.« In der nächsten Datei löschten sie einfach den gesamten Text. Dann zögerte die Person und rieb sich nachdenklich die Hände, die noch immer kalt waren. Ein wirklich raffiniertes Instrument zur Zerstörung von Daten. Redwood hatte recht: Software machte das Leben einfacher. Schließlich begab sie sich raschen Schritts durch eines der unzähligen Treppenhäuser in den Keller, um einen anderen Ausgang zu benutzen. Leise vor sich hinsummend schob sie neben dem Raum mit dem Heizkessel ein Fenster hoch. Die Chance, wiedererkannt zu werden, war weniger groß, wenn man sich dem Nachtwächter nicht zweimal hintereinander präsentierte.

Der Friedhof wurde nie geschlossen. Es gab keinen Grund, trotz der in den letzten Jahren zunehmenden Zahl gestohlener steinerner Engel. Die spätviktorianische Kirche erhob sich wie ein Mahnmal gegen den Unglauben, und die kleine Gemeinde im Inneren murmelte ihre Litaneien, der Friedhof aber hieß in seiner weichen Erde die Leichen von Gläubigen wie Ungläubigen gleichermaßen willkommen. Menschen ohne religiöse Überzeugung erschien die Beerdigung in geweihter Erde häufiger attraktiver, als im abseits gelegenen Krematorium auf der Warteliste zu stehen. Logo sah in beiden Möglichkeiten Vorzüge und machte sich nicht viel Gedanken darum. Er hätte genausogut irgendwo anders Blätter wegfegen können, doch fand er den Friedhof besonders lohnend, und außerdem gefiel ihm, daß er so viele Namen aus der letzten Zeit kannte. Hinter den Toren lagen verwelkte Blumen und Souvenirs der Kinder aus der Grundschule, und zwischen den ältesten, längst vergessenen Gräbern häuften sich Coca-Cola-Dosen und leere Cider-

Flaschen. Was ihm ebenfalls gefiel. Es verlieh dem Ort ein gewisses Extra und untermauerte darüber hinaus seine eigene Nützlichkeit.

Fünfundfünfzig Jahre, noch immer jung verglichen mit all den Toten und ihren aus Blei gegossenen Namen auf Stein. Logo fühlte sich kerngesund. Er liebte den Friedhof, seit er ihn kannte. Langsam kam eine dunstige Sonne heraus, die unter dem grauen Laken des Himmels mehr glühte als schien und ein diffuses Licht verbreitete, das keine Schatten warf, aber den Boden erwärmte. Logo empfand Bewunderung für die Totengräber und blieb stehen, um ihnen bei der Arbeit zuzusehen. Sie standen hintereinander und hackten die Erde entlang vorgegebener Linien auf, die nur wenig Platz zwischen den einzelnen Gräbern ließen. Der naßkalte Januar, nicht lange nach Weihnachten, war die geschäftigste Zeit des Jahres, und die Methode war immer die gleiche. Ohne Lot, Zollstock oder Wasserwaage hoben sie mit mechanischer Präzision ihre Gruben aus. Alles, was sie brauchten, waren riesige, scharfe Schaufeln, und nur der Frost machte ihnen zu schaffen. Im Sommer ließ sich die Erde leichter bearbeiten. Sie war zwar bereits mehrmals umgegraben und von Steinen befreit, aber trotzdem war es gerade im Winter eine schwere Aufgabe.

Die Totengräber waren an Zuschauer nicht gewöhnt. Meistens mieden die Leute sie, doch hin und wieder kam ein exzentrischer Zeitgenosse, um sie zu beobachten, und Logo war der schlimmste von allen. Sein Interesse grenzte ans Krankhafte, seine Witze waren widerlich, und seine Angewohnheit, die Totenmesse anzustimmen, noch während sie bei der Arbeit waren, ging ihnen auf die Nerven.

»Asche zu Asche, Staub zu Staub, ihr seid des Teufels schnöder Raub«, spottete er und hockte sich neben sie.

»Ach, halt den Mund, Logo«, sagte der Jüngere.

»Also gut«, sagte Logo, »wenn ihr unbedingt wollt. Dann singe ich eben.« Und schon schwebte seine Stimme, gegen den schwachen Verkehrslärm ankämpfend, über sie hinweg.

»Zu Gott erhebt sich meine Seel
Und tut auf Ihn vertrauen.
Wenn ich nur Ihn zum Schirm erwähl,
Mag dann vor nichts mir grauen.«

Der ältere Mann wandte sich zu ihm um und hob eine Hand. Logo verstummte.

»Wenn du nicht auf der Stelle den Mund hältst, Logo, kann ich dir leider keine Zigarette anbieten.« Er war diplomatischer als sein Kumpel.

»Wen hat's denn diesmal erwischt?« fragte Logo munter, während er seine Bestechung entgegennahm.

»Keine Ahnung. Woher soll ich denn das wissen?« fragte der Totengräber. »Ich krieg nur den Auftrag, eins auszuheben. Ein neues, meine ich. Was heißt, kein altes, wo man nur einen drauflegen will. Könnte jeder hier aus der Gegend sein. Aber jede Wette, innerhalb der nächsten vierzehn Tage kommen noch zwei oder drei dazu.«

Sie schienen nie zu wissen, wem sie das Grab schaufelten, oder sich darum zu kümmern, wessen letztes Stündlein geschlagen hatte. Sie blieben so ungerührt wie der Friedhof selbst, wo sich die Grabsteine von einem Jahrzehnt zum nächsten praktisch nicht veränderten. Es gab keine Neuerungen, kein Plastik, nur Steine, die so aussahen wie immer, die gleichen Sprüche, die gleichen Gefühle. Trauernde mit mehr Geld oder einem schlechteren Gewissen nahmen Steine aus Marmor, aber mit der Zeit wurden sie alle grau.

»Warum sagst du das?« fragte Logo mit kindlicher Neugier.

»Sag ich was?« Der Totengräber hatte seine Prophezeiung über die zu erwartenden Todesfälle bereits fast schon wieder vergessen. »Oh, ich weiß es eben. Es liegt an Weihnachten, das bringt sie um. Die Familie wahrscheinlich. Und jetzt tu mir den Gefallen und hau endlich ab, ja?«

Logo gehorchte, nicht weil er Befehle respektierte, sondern weil er es so wollte. Seine Stiefel traten auf den Rand des weichen Erdhaufens, den die Totengräber angelegt hatten, und voller Stolz ließ er seine Fußabdrücke zurück. Sieh nur, wo ich war, murmelte er vor sich hin. Sieh nur.

Seinen Karren vor sich her schiebend, diese unhandliche alte Kiste, machte er sich mit einem vagen Gefühl der Genugtuung auf seine tägliche Wanderschaft. An einem Grab mehrere Reihen weiter blieb er stehen und salutierte vor dem Stein, der an Angela Jones' Tod vor vier Jahren erinnerte. Er hatte Angela gekannt, »eine nette Frau aus der Legard Street, an Krebs gestorben, wissen Sie, wirklich eine Schande, sie war erst vierundneunzig, und ihre Sippschaft hat sich in eine andere Stadt verzogen, um nichts damit zu tun zu haben.« Logo gluckste in sich hinein, oh, er fühlte sich wirklich jung heute morgen. Jenseits der Straße, die am linken Eingang vorbeiführte, hörte man die Kinder zur Schule gehen, ihr Lachen und Kreischen schallte deutlich zu ihm herüber. Logo setzte sich auf das Grab, das dem Tor am nächsten war. Er tastete nach der Bibel in seiner Tasche, ohne sie herauszuziehen. Er wollte abwarten, bis sie alle in der Schule verschwunden waren. Dann zitierte er, völlig zusammenhanglos wie immer, Stellen aus der Heiligen Schrift, die ihm ohne Sinn und Zweck im Kopf geblieben waren. Logo lernte nichts aus der Bibel, das versuchte er sich nur einzureden, und die einzelnen Verse schienen miteinander verschmolzen und in sein Bewußtsein eingebrannt.

»Und will wilde Tiere unter euch senden, die sollen eure Kinder fressen und euer Vieh zerreißen und euer weniger machen, und eure Straßen sollen wüst werden. Das Fleisch eurer Töchter sollt ihr essen. Und denen, die von euch übrigbleiben, will ich ein feiges Herz machen in ihrer Feinde Land, daß sie soll ein rauschend Blatt jagen, und sollen fliehen davor, als jagte sie ein Schwert, und fallen, da sie niemand jagt.«

Während die Sonne weiter stieg, eine kraftlose Sonne, die nur darauf wartete, sich um die Mittagszeit schon anstandslos wieder zurückzuziehen, erhob sich im Inneren des Gebäudes John Riley, ein junger Kronanwalt, der noch neu im Geschäft war. Er war so klein, daß er von dem Stapel Papier vor ihm fast verdeckt wurde. Riley unterstand die tägliche Liste von Verstößen gegen die öffentliche Ordnung, Verkehrssünder, Nutten, die bei Seven Sisters auf Kundschaft gewartet hatten, Einbrecher der letzten Nacht und obendrein sämtliche Zurückverweisungen aus früheren Verhandlungen, um den Beteiligten Gelegenheit zu geben, Unterlagen und Verteidigung für die Hauptverhandlung im Magistrate's Court oder im Crown Court vorzubereiten. John kämpfte sich durch die Stapel, reagierte mal so, mal so, je nachdem, was die Situation erforderte. Mit der Zeit wuchs sein Selbstvertrauen. Der Richter war ein Widerling. Tempo von seiten der Anwälte war die einzige Eigenschaft, die mit einem grimmigen Nicken und jener Art von Lächeln belohnt wurde, das sonst nur Leichenbestatter ihren toten Kunden aufs Gesicht zaubern. Schließlich waren alle Zweiminutenauftritte erledigt. »Betrunken, Euer Ehren, und Ruhestörung, das vierte Vergehen innerhalb von sechs Monaten.« »Irgendwelche Einlassungen?« »Keine, Euer Ehren.« »Zehn Pfund oder ein Tag. Abführen.« »Der nächste?« »Machen Sie schon, Mr. Riley, machen Sie.« Die Protokollführerin, die gleich nach Gott kam, blätterte, um eine Pause anzukündigen.

»Mr. Balchin bitte«, sagte sie liebenswürdig. John griff nach der nächsten Akte. Balchin, der Name kam ihm nicht bekannt vor, nicht im geringsten. Mit zitternden Händen überprüfte er die restlichen vier Akten, kein Balchin. »Wo ist Balchin?« brüllte der Richter, für den jede Verzögerung eine Todsünde war. Balchin, ein smarter Geschäftsmann, stand in der Anklagebank, ein Hemd, das unter dem unauffälligen Anzug hervorblitzte, ein fleischiges, an Erfolg gewöhntes Gesicht. »Die Verhandlung wurde im Dezember auf heute vertagt, der Angeklagte hat bestritten, unter Alkoholeinfluß gefahren zu sein«, half die Protokollführerin nach. Balchin nickte, besorgt, aber mit Haltung. Aller Augen ruhten auf dem Kronanwalt. Man wartete, daß er endlich anfing, als er mit der geballten Standfestigkeit sämtlicher Betrunkenen, die sie soeben abgehakt hatten, aufstand. »Mir scheinen die Unterlagen abhanden gekommen zu sein«, sagte er schwach. »Darf ich um Vertagung bitten? Wir haben keine Zeugen...«

»Einspruch«, sagte der Angeklagte freundlich.

»Ich schließe mich an«, stimmte ihm der Richter zu. »Das ist das dritte Mal, daß Mr. Balchin vor Gericht erscheint, und der Crown Prosecution Service ist immer noch nicht bereit? Wie oft soll er denn noch erscheinen, Mr. Riley? Die Klage wird abgewiesen. Der nächste.« John setzte sich mit flammendem Gesicht hin, blätterte in der nächsten Akte und wartete auf eine Gelegenheit, seinen

Fehler wiedergutzumachen. Der Tag erschien ihm plötzlich unendlich lang. Mr. Balchin, ein Geschäftsmann, verließ das Gerichtsgebäude und hob die Augen in einem stillen Dankgebet zum Himmel. Dann bog er um die Ecke, ging auf seinen dort abgestellten BMW zu, tätschelte liebevoll das spiegelblanke Dach und stieg ein, um zu seiner Firma zurückzufahren. Ohne Führerschein wäre er erledigt gewesen. Gott hatte seine Gebete erhört. Die dreißig Silberlinge, die dafür den Besitzer hatten wechseln müssen, hatten sich gelohnt.

6 »Schwanger und glücklich? Schön...«

Die Werbung, die Helen und Millionen anderer Fahrgäste in der Underground täglich vor Augen hatten, zeigte ein junges Mädchen mit perfekt frisiertem Haar, das halb über ein nachdenkliches, mannequinverdächtiges Gesicht fiel. Um den eleganten Hals lag eine schlichte Perlenkette. Ein manikürter Finger berührte die weißen Zähne – eine Geste schüchterner Unschlüssigkeit, so als ginge es darum, für welche Praline sie sich entscheiden sollte. Das Mädchen erinnerte an eine Prinzessin, die sich mit der Qual der Wahl herumschlug und eine schreckliche Nacht auf der Erbse hinter sich hatte. »Schwanger und glücklich?« lautete der Text. »Wenn nicht...« Darunter stand eine Telefonnummer und die Adresse einer Klinik. Die Urinprobe, die Helen in Ermangelung eines anderen Gefäßes in eine kleine Whiskyflasche gefüllt hatte, brannte ein Loch in ihre Handtasche, und sie wußte nicht, was ihr peinlicher war.

Als sie an diesem betriebsamen Morgen in der Schlange vor dem Aufzug stand, fiel ihr Blick wieder auf das entspannte Gesicht auf dem Plakat, und sie verspürte plötzlich den unbändigen Drang, es abzureißen. Doch dann trug der Aufzug sie nach oben an die frische Luft von Oxford Circus.

Sie traute dem Schwangerschaftstest aus der Apotheke nicht, und Ärzte konnte sie nicht ausstehen. Es war das erste Mal in ihrem Leben, daß sie so spontan auf eine Werbung reagiert hatte, und auch das war irritierend. Obgleich die Übelkeit nach sechsunddreißig Stunden verflogen und einer verbissenen Hochstimmung gewichen war.

Die Kälte wurde gemildert von der Menge, die aus dem stickigen Schacht der Underground schwärmte und sich durch Autos und Busse, die noch mehr Menschen ausspuckten, in die Geschäfte drängte. An einem Tag wie diesem haßte Helen es, die drückende, aber vulkanische Hitze der Underground zu verlassen. Die Frauen, die ihr am meisten auffielen, waren die mit den glattesten Gesichtern. Wahrscheinlich waren sie *en route* zu ihren Kosmetikabteilungen, um mit Hilfe ihrer makellos geschminkten Wangen irgendwelche Versprechungen zu verkaufen. Helens Gesicht war im Vergleich dazu nichtssagend, ihre Kleider dafür um so auffälliger: dunkelrotes Jackett, schwarze enge Hose, rote Schuhe und ein buntgestreifter Schal. Helen West in den Farben ihrer Mannschaft.

Die Familienberatungsstelle befand sich über irgendwelchen anderen Räumlichkeiten hinter den großen Kaufhäusern, da, wo die Ausläufer der Harley Street beginnen, mit Sanitätshäusern, privaten Zahnarztpraxen und riesigen Apotheken, die sich zwischen esoterischen Restaurants und Geschäftszentralen diverser Teppichhändler niedergelassen haben. Die verspiegelten Fenster eines solchen Unternehmens flankierten den unauffälligen Seiteneingang der Beratungsstelle. Eine immer schmaler werdende Treppe führte vorbei an kleinen, verschlossenen Büros nach oben. Die Luft wurde zunehmend kühler, reiner, und als sie auf dem letzten Treppenabsatz stand, war der Flur plötzlich erfüllt vom antiseptischen Geruch diverser Reinigungsmittel. Ein abgetretener Teppich, ein elektrisches Heizgerät und eine bunt zusammengewürfelte Mischung von Stühlen im Wartezimmer sagten alles. Nicht eine der drei Frauen, die auf den unbequemen Stühlen hockten und die Wände anstarrten, hatte Ähnlichkeit mit der Prinzessin auf dem Poster, die sie hergelockt hatte. Am wenigsten Rose Darvey, die etwas abseits saß und trotzig und jämmerlich zugleich auf ihrem Zöpfchen kaute.

Sie war die letzte, der sie auf der Straße hätte begegnen wollen, ganz zu schweigen an einem Ort wie diesem. Rose ging es nicht anders. Den feindseligen Schock des gegenseitigen Erkennens spürten sogar die beiden anderen Frauen, die schicksalsergeben dasaßen und auf ihr Todesurteil warteten. Helen hatte das Gefühl, daß sie alt genug war, um die Mutter von allen dreien zu sein. Rose wandte angewidert den Blick ab. Die Sprechstundenhilfe war weder hilfsbereit noch freundlich und damit denkbar ungeeignet für ihren Job, der eigentlich Liebenswürdigkeit und eine leise, besorgte Stimme erfordert hätte. Helen zahlte die Gebühr und überreichte ihr die Whiskyflasche. Roses Blick fiel auf das Etikett der Flasche, und aller Streß, alle Sorgen und die unzähligen Überlegungen, die ihr mit rasender Geschwindigkeit durch den Kopf geschossen waren, brachen in einem gewaltigen, befreienden Lachen aus ihr heraus, das jäh in einen heftigen Hustenanfall überging. Bei dem Versuch, Luft zu holen, stand sie halb auf, sank dann jedoch auf den Stuhl zurück und rutschte noch tiefer auf den polierten Sitz. Helen setzte sich neben sie. Erklärungen waren überflüssig, die Situation war eindeutig.

»Tut mir leid«, sagte Rose. Sie sah aus, als müßte sie jeden Augenblick wieder losprusten. »Ich muß was in den falschen Hals gekriegt haben. Ich hab mich ganz einfach verschluckt.«

»Verschluckt? Das hätten Sie wohl gern«, murmelte Helen.

Roses Husten klang wie ein Jaulen. Diesmal legte sie die Hand über den Mund und beugte sich vornüber, bis sie den

Anfall unter Kontrolle hatte. Helen klopfte ihr auf den Rükken, mit geballter Faust, um ihrer mehr beiläufigen Hilfestellung jeden Hauch von Intimität zu nehmen, und hörte sofort auf, als Rose sich wieder aufrichtete.

»Wenn Sie so weitermachen, brauchen Sie nichts anderes mehr. Dann werden Sie Ihr Baby gleich hier auf dem Fußboden kriegen. Zwillinge«, sagte Helen hilfsbereit. Plötzlich war die ganze Situation wahnsinnig komisch. Es hätte kaum verrückter sein können, wenn sie neben der Frau eines Liebhabers gesessen hätte.

Rose schüttelte sich von neuem. »Nicht zu fassen«, keuchte sie, nach Atem ringend. »Einfach nicht zu fassen. Eine Whiskyflasche, zum Teufel! Ich bitte Sie, Miss West, eine Whiskyflasche!«

Helens Gesicht wurde ernst. »Also ich hab ihn nicht getrunken. Das war derjenige, welcher. Ein Geschenk aus Malaga, die kleine Flasche. Wofür halten Sie mich? Eine Alkoholikerin?«

Sie prusteten in ihre Schals, lachten und kicherten wie Schulmädchen in der Kirche. »Ms. Darvey!« rief die Sprechstundenhilfe plötzlich geschäftig.

»Himmel«, murmelte Rose. »Oh, Gott, jetzt kommt's. Was soll ich bloß machen?« Sie wirkte verzweifelt, fast wie ein Kind, als sie so dastand und ihren Mantel um sich zog, als verlangte sie noch einen kurzen Aufschub. Dann holte sie tief und schmerzhaft Luft.

»Hören Sie...«, sagte sie und zögerte.

»Hören Sie«, sagte Helen. »Würden Sie auf mich warten, wenn Sie fertig sind? Bitte?« Rose nickte, und ihr Blick glitt über die verglaste Tür zum Nebenraum, zum Zentrum des Wissens, dem Resultat des Tests, zu potentieller Freundlichkeit, einem Ratschlag. Die Tür sah aus, sagte sie später, wie der Eingang zu einem altmodischen Waschraum.

Sie ging, wie eine Verurteilte auf den Galgen zugeht, drehte sich in der Tür noch einmal um, verzog das Gesicht und winkte.

Helen hätte am liebsten losgeheult, für sie beide.

Als sie mit der Ärztin in der kleinen Kabine saß und dem Murmeln der Stimmen rechts und links lauschte, wurde Helens Bedürfnis zu heulen noch verstärkt durch diese Frau, die ihr freundlich und sachlich erklärte, sie sei nicht schwanger, nein, diesmal nicht, und was sie dazu zu sagen habe? Die Zeit gehe weiter, nicht wahr, und wenn sie diese Krise nicht gewollt habe, ob sie dann schon mal an eine effektivere Verhütungsmethode gedacht habe? Helen kam sich vor wie auf der Anklagebank, wo man ihr mangelnde Selbstachtung, ein armseliges Leben, unstete Ziele und chronische Unentschlossenheit vorwarf. Jedenfalls verstand sie es so, nachdem sie sich schon die letzten zwei Tage selbst mit diesen Vorwürfen herumgeschlagen hatte. Vermischt damit spürte sie allerdings auch Erleichterung (jetzt konnte das Leben also doch so weitergehen wie vorher) und eine solch unerklärliche Traurigkeit, daß es ihr die Sprache verschlug. Sie nickte, lächelte und dachte, danke, vielen Dank, Sie waren sehr freundlich, aber jetzt lassen Sie mich hier raus, damit ich irgendwas zerschlagen und mit jemandem reden kann.

In den fünf schrecklichen Minuten, in denen die Ärztin sich mit ihr unterhielt, ihr ein Merkblatt in die Hand drückte und alles Gute wünschte, hatte Helen Rose Darvey völlig vergessen.

Rose wartete mit kaum verhohlener Ungeduld im Foyer. Ihr Gesicht strahlte, als wollte es sich mit der Skyline von New York messen. Sie griff Helen am Arm und schob sie zur Tür.

»Kommen Sie, machen wir, daß wir hier rauskommen. Hier stinkt's.« Rose stürzte voran, die Treppe hinab, veranstaltete dabei einen Höllenlärm und sagte nichts, bis sie auf der Straße standen, wo sie unbändig auf und ab hüpfte, die Arme ausbreitete und »Ja! Ja, ja, ja!« rief.

»Heißt das, Sie sind's?« fragte Helen. Die eigene Reaktion hatte ihre Wahrnehmung dieses Spektakels getrübt. Rose hielt inne und lachte.

»Schwanger? Natürlich nicht. Es heißt, daß ich irgendwas falsch gemacht habe, ich bin's nicht, bin's nicht, bin's NICHT! Herrgott, jetzt geht's mir besser. Sie haben ja keine Ahnung, was das heißt, es ist schrecklich, ich dachte, ich würde sterben, Sie können sich das nicht vorstellen...« Dann verstummte sie und warf Helen einen schüchternen Blick zu, immer noch unfähig, ihr Lächeln oder den Ausdruck allmählichen Begreifens zurückzuhalten. »Aber was rede ich?« sagte sie. »Natürlich können Sie das. Ich meine, Sie wären nicht hier, wenn Sie es nicht könnten. Tut mir leid. Ich hätte bloß nie gedacht...«

»Daß es jemand in meinem Alter noch mit Männern treibt?« Plötzlich konnte Helen wieder lachen. Roses freudige Erleichterung war ansteckend. Etwas merkwürdig Tröstliches lag in ihrer augenblicklichen Verlegenheit und dem übermächtigen Wunsch, sich mitzuteilen.

»Nein, nein, das habe ich nicht gemeint, wirklich nicht...«

»Doch, haben Sie. Gehen Sie zurück ins Büro, oder schwänzen wir alle beide?« fragte Helen. »Ich brauche nur einen halben Liter Kaffee, und schon erzähle ich Ihnen die Geschichte meines Lebens – wenn Sie nicht aufpassen. Los, kommen Sie.«

»Ich lade Sie ein«, sagte Rose großspurig und umarmte sich vor lauter Glück selbst.

»Das tun Sie, so wahr ich Helen West heiße. Sie schulden mir noch was, aber wenn wir irgendwo eine Flasche Wein auftreiben könnten, wär mir das noch lieber.«

»Ich weiß, wo«, sagte Rose und legte nachdenklich den Finger an die Nase. »Verlassen Sie sich ganz auf Rose. Himmel!« rief sie plötzlich. »Himmel, ich fühle mich wunderbar!«

Sie tranken nicht. Trotz Roses angeblicher Kenntnisse, was die einschlägigen Kneipen des West End anging, konnte auch sie nicht sagen, wo man in der Gegend außerhalb der normalen Zeiten Alkohol bekam. Andererseits hatten sie es gar nicht nötig zu trinken, denn sie waren ohnehin in einer seltsamen Hochstimmung. Helen rief im Büro an und entschuldigte sie beide, ohne sich zu irgendwelchen Erklärungen herabzulassen. Dann gingen sie einkaufen. Die Euphorie hielt gleich mehrere Stunden an und hinterließ im Gefolge ihrer langen Gespräche den süßen Duft von Freundschaft und eine saftige Rechnung.

Sie hätten Mutter und Tochter sein können, klein, dunkel und zierlich, als sie so dasaßen und schwatzten wie zwei Spatzen.

»Haben Sie Kinder, Geoff?«

Es war das erste Mal, daß Bailey über die Abkürzung seines Vornamens, eine altbekannte Standardprozedur, nicht verärgert war. Dabei saß er nicht in irgendeiner College-Bar, sondern in einem Pub unweit des Schulungszentrums. Zu seiner Linken Valerie, Detective aus West End Central, und zu seiner Rechten eine Frau aus der Gegend, die mit Valerie befreundet war. Gegenüber von ihm hockte Ryan, breit grinsend wie ein Fuchs, der es geschafft hatte, eine ganze Hühnerschar in seinen Bau zu bugsieren. Früher

Nachmittag, der Unterricht für heute war beendet. »Feierabend«, hatte Ryan gesagt und den Sir zu seinem Wagen geschoben. Zuerst hatte Bailey geglaubt, er wolle ihm eine Mitfahrgelegenheit nach London anbieten, aber dann war dem nicht so gewesen, und jetzt fiel ihm auf, daß er nicht das geringste dagegen hatte. Es war Valeries geschiedene Freundin, die ihn nach möglichen Kindern gefragt und damit einen vorsichtigen Vorstoß in seine Vergangenheit gewagt hatte. Normalerweise hatte er etwas gegen persönliche Fragen, egal, welcher Art, doch eingelullt vom gemütlichen Ambiente des Pubs, den freundlichen Gesichtern und dem angenehmen Gefühl, gemocht zu werden, machte es ihm heute nichts aus.

»Nein. Nicht mehr. Wir hatten eins, meine Frau und ich, aber es ist noch als Baby gestorben. Wir haben nie wirklich erfahren, woran, und unsere Ehe hat das alles dann auch nicht überlebt.« Kaum hatte er es ausgesprochen, hätte er sich am liebsten auf die Zunge gebissen. Eine solche Erklärung forderte Mitleid geradezu heraus, und darauf hatte er es weder angelegt, noch hatte er es verdient. Jedenfalls glaubte er das. Baileys Versagen vor all den Jahren, seine Ahnungslosigkeit angesichts des Kummers seiner jungen Frau, der zum Wahnsinn wurde, seine Unfähigkeit, sie zu halten oder ihr zu helfen, verfolgten ihn nach wie vor. Seine Schuldgefühle hatten bereits mehrere Affären überstanden und dauerten auch trotz seiner fragmentarischen Existenz mit Helen an, die er wirklich liebte, obgleich er ihren Namen in dieser Gesellschaft nicht erwähnte.

Beim ersten Bier erinnerte er sich an die optimistischen Phasen seines Lebens als echter Single, nach dem zweiten fiel ihm sein Alter ein, und er bestellte einen Whisky. Das ekstatische Gefühl der Freiheit kam zurück, verstärkte sich sogar noch. Oh, ja, er wollte an diesem Wochenende nach

Hause fahren, aber eine kleine Verspätung schadete nicht. Und dann gab es ja auch immer noch das nächste Wochenende. Die Frau zu seiner Rechten legte leicht die Hand auf seinen Arm.

»Das tut mir leid«, sagte sie sanft. »Es muß schrecklich gewesen sein. Meine haben die meiste Zeit bei ihrem Vater verbracht, aber ich bin froh, daß sie leben.« Sie zog ihre Hand ebenso unmerklich wieder zurück. Nette Frau, Grace hieß sie. Ryan stand auf, um eine neue Runde zu bestellen. Alle lachten und steckten ihm Geld zu, ein normales Treffen von klassenlosen, erwachsenen Freunden, die das Leben kannten und dieselbe Sprache sprachen. Ryan war froh über den ausbleibenden Widerstand seines Vorgesetzten. Vielleicht ließ er sich ja doch noch bekehren.

Der Nachmittag verblaßte mit dem üblichen Mangel an Glanz, und dann war die Schule aus. Logo hatte seinen Karren auf dem Friedhof abgestellt. Er war so unansehnlich, daß ihn keiner mitnehmen oder auch nur anrühren würde. Vollgestopft mit Papier und Glas, das er eingesammelt hatte, einem alten Stuhl, der Margaret als Brennmaterial dienen würde, seinem Whisky, seiner Bibel und ein paar anderen Sachen, von denen er nicht unbedingt wollte, daß sie ans trübe Tageslicht kamen. Das Schultor lag auf der anderen Straßenseite und zog ihn, ohne daß er es wirklich gewollt hätte, wie magisch an. Und ebenfalls ohne daß er es gewollt hätte, sprach er eins der Mädchen an, das er schon vorher einmal gesehen hatte, dunkel, mit altmodischen, halb gelösten Zöpfen. Das dichte, lockige Haar wollte sich nicht bändigen lassen. Möglich, daß sie Ausländerin war, die meisten hier waren es, aber trotzdem sah sie aus wie seine Tochter. Das machte ihn nervös.

Trotz einer tiefsitzenden Angst fand Logo, daß es ihn gewöhnlich erregte, wenn er festgenommen wurde. Von Drogen verstand er nichts, außer von Whisky, den er im stillen Triumph eines erfolgreichen Schmugglers mit sich herumschleppte, dennoch wußte er, daß der scharfe Kick einer Hetzjagd besser war als das Prickeln des Alkohols in seinen Adern. Er war für seine Größe ungeheuer stark, aber nicht schnell. Er konnte kaum rennen, und trotzdem liebte er seine kurzen, vergeblichen Fluchten in die Freiheit, dieses wilde Glück bei der Konfrontation mit der Polizei, wenn er mit gesenktem Kopf dastand wie ein reuiger Sünder, bis sie einen Augenblick nicht aufpaßten und er Fersengeld gab, wobei es im Grunde einzig darum ging, sich nach wenigen Metern wieder schnappen zu lassen. Logos langes, schmutziges Haar flatterte beim Laufen vor seinen Augen. Manchmal schrie und brüllte er so laut, daß die Verfolger einen Moment stehenblieben, bevor sie ihm erneut nachsetzten, und all das nur, um den endgültigen, köstlichen Augenblick der Kapitulation zu erleben.

So war es immer gewesen, jedes der zahllosen Male, da man ihn verhaftet hatte. Manchmal war es eine weiche, alte Hand, deren Finger sich um seinen Arm schlossen, manchmal die eines einsamen Neulings, was ihm genauso lieb war. Die wurden gelegentlich sogar in ihren eigenen Kleinwagen in den Einsatz geschickt. Erregung öffentlichen Ärgernisses. Wichtigtuerisch kletterten sie aus ihrer Spielzeugkiste und strichen ihre neue Uniform glatt, bevor sie die paar Schritte ihres rituellen Tanzes vollführten, immer vor einem staunenden Publikum, das um ein Haar applaudierte. Beide Parteien mußten sich bei der Jagd ein bißchen erhitzen, das gehörte dazu, dann schnitt Logo eine Grimasse, bis sein Gesicht so panisch und bleich wirkte, als stünde er vor einem Erschießungskommando, und schließlich fuhren sie alle zusammen gemütlich ins Kittchen, wo er sich ausruhte, seine Unschuld beteuerte und am Ende höhnisch fragte: »Warum habt ihr meine Frau und meine Tochter nie gefunden? Da seht ihr, wie tüchtig ihr seid. Was habt ihr je für mich getan?«

Er hätte die Kleine nicht überreden sollen, mit auf den Friedhof zu kommen, und ihr auch nicht weismachen dürfen, daß er in seinem Karren was für sie hätte, oder ihr eine Fahrt darauf versprechen, aber sie war so süß. Das schlaue kleine Luder hatte natürlich sofort Lunte gerochen und erklärt, sie wolle aber zuerst in den Süßwarenladen, also machten sie sich auf, und unterwegs begegneten sie ihrer Mutter. Die Göre kreischte los, als hätte er sie tatsächlich angefaßt, obwohl sie vorher kein bißchen ängstlich gewesen war, und auch die Mutter fing an zu schreien und drängte ihn in den Eingang eines Geschäfts, während irgend jemand die Polizei rief. Mittlerweile war Logo am Ende des Rituals angekommen, und es war kein bißchen sanft gewesen, diesmal nicht, keine Spur von der üblichen geringschätzigen Geduld, die seinen früheren Verhaftungen ihre Würde verliehen hatte.

Der ruppige Bulle hatte Logo am Jackett gepackt, als er losrennen wollte, gleich auch noch ein Stück Hemd erwischt und ihn grob zurückgerissen. Der durchgescheuerte Kragen schnitt Logo in den Hals, und er schnappte nach Luft, während sein Kinn von einem Arm nach oben gedrückt wurde. Es war mehr als genug, um einen Mann zu überwältigen, der zudem noch bereit war, sich überwältigen zu lassen, aber der junge Beamte schien da anderer Meinung. Der Druck auf Logos Hals verstärkte sich, bis er glaubte, Sterne zu sehen, und so begann er, sich ernsthaft zu wehren, trat um sich, hörte das befriedigende Krachen, als sein Stiefel auf dem Schienbein des anderen landete, schlug seine spitzen Ellbogen nach hinten, wand sich wie ein Aal, fast schon in Freiheit, und schrie aus vollem Hals, sobald er wieder Luft bekam. Er wollte sich ergeben und drehte sich um, doch der Anblick des Gesichts vor ihm erschreckte ihn mehr als die Umklammerung. Dann spürte er, wie seine Ellbogen von hinten festgehalten, seinen noch immer wild um sich tretenden Füßen ein Bein gestellt und sein Körper zu Boden geschleudert wurde. Er landete halb auf der Seite, und es tat höllisch weh. Als sie ihm die Arme auf den Rükken drehten, schrie er erneut auf. Die Schulterblätter standen vor wie Hühnerflügel, und er spürte, wie etwas zerriß. Handschellen schnappten zu. Seine Finger spreizten sich in dem vergeblichen Versuch, Widerstand zu leisten. Ein Funkgerät krächzte. Logo wimmerte: »Halt die Fresse, du Schwein.« Sein Wimmern wurde stärker, es mußte doch jemand zusehen. »Helft mir«, murmelte er, aber alles, was passierte, war, daß man ihn bei den Haaren packte, seinen halb auf der Seite liegenden Kopf anhob und dann auf den scharfen Schotter der Straße zurückfallen ließ, der sich in seine Haut bohrte. Der Schock über diese vorsätzliche Grausamkeit ließ ihn verstummen, er preßte die Lippen zusammen und konnte so zwar die Zähne vor weiteren Schlägen schützen, gegen das Gezerre am Hals jedoch war er machtlos. Zuerst war es nur ein taubes Gefühl, der Vorläufer des wirklichen Schmerzes, und als er ein Auge öffnete, sah er seinen Speichel im Schmutz der Gosse. Nur Zentimeter von seinem Gesicht entfernt lagen die Reste aufgeweichter Zigarettenschachteln aus einem umgestürzten Papierkorb. Er hatte das Gefühl, nicht mehr zu sein als ein Haufen großer Hundescheiße, sein eigener Müll, während die frostige Feuchtigkeit der Straße in seine Knochen kroch, in sein Blut drang, und Urin dafür zurückfloß.

Sie waren keine Heiligen, die Jungs in Blau, zogen die Handschellen immer zu fest, aber so waren sie noch nie gewesen. Normalerweise warfen sie ihn nicht in den Lieferwagen und ließen ihn mit dem Gesicht nach unten am Boden liegen wie einen echten Gewaltverbrecher. Später wußte er, daß weder die Tritte in die Rippen, von denen einer, versehentlich, sein Gesicht getroffen hatte, noch der Fuß in seinem Nacken und das Feixen des Beamten, der ihn verhaftet hatte, Einbildung gewesen waren. »Schwein«, sagte die Stimme. Und dann kam erneut ein Tritt. »Laß meine Eier in Ruhe, du Perversling.« Wieder ein Tritt. »Kleine Mädchen betatschen wollen, was?« Wieder ein Tritt. Es saßen noch zwei weitere Polizisten im Wagen, während er nach wie vor zwischen den Sitzen lag. Er spürte ihre jugendliche Mißbilligung, ihr Schweigen. Vermutlich würden sie ihm helfen, wenn es noch schlimmer wurde, im Moment aber taten sie nichts.

Der verantwortliche Vollzugsbeamte hatte Zeit, seine Arbeit zu unterbrechen und den kleinen, vorzeitig gealterten Mann vor sich anzustarren. Er war naß und schmutzig, ein Auge war zugeschwollen, Blut tropfte ihm aus der Nase und von der Stirn und vermischte sich mit dem Dreck und dem Rotz auf seinem zerrissenen Hemd. Ein Mann, dessen Atem ein beunruhigendes, rasselndes Geräusch verursachte, ein kleines, hilfloses Häufchen Elend.

»Nehmen Sie ihm die Handschellen ab, um Gottes willen.«

»Er ist gewalttätig, Sir.«

Der Sergeant musterte das unerklärlich triumphierende Gesicht des jungen PC. Williams mit müdem Widerwillen und konnte auf dessen zerknitterter Uniform weder Schmutz noch Feuchtigkeit entdecken.

»Jede Wette, daß er das ist«, sagte er mit schwerer Stimme. »Nehmen Sie sie schon ab. Und Sie da«, fauchte er in Logos Richtung, »setzen sich da drüben hin.«

Die beiden anderen Beamten hielten sich zurück, sie wollten ihn nicht anfassen, sie wollten nur weg. Logo schlurfte langsam zu der Bank an der Wand und ließ sich mühsam darauf nieder. Es hatte eine Auseinandersetzung gegeben, laute Stimmen, die er hörte, ohne die Worte zu verstehen, und dann war er mit übertriebener Behutsamkeit in die Zelle geleitet worden, in der er jetzt hockte.

»Mein Karren«, krächzte er. »Seht nach meinem Karren. Wegen euch werd ich noch gefeuert.«

»Ja. Irgendwelche Beschwerden?«

Logo sah den Sergeant ruhig an. »Nein.«

Dafür bekam er ein Laken und heißen, süßen Tee. Er saß auf seiner Bank, heulte und litt und wartete auf den Arzt, der ihm auch nicht helfen würde.

Es war ihre Schuld. Alles war ihre Schuld. Sie war von Anfang an seine Nemesis gewesen, der schwarzäugige Engel, den er so geliebt hatte. Finde sie, hol sie zurück, bring sie um. Sie steckte hinter allem, wollte verhindern, daß er sie fand. Die ganze Welt war dagegen, daß er sie fand. Die Zelle stank nach Urin, aber es war nicht sein eigener.

Am Freitag zur Teezeit begann Margaret Mellors zu glauben, daß das Leben tatsächlich eine Wende zum Besseren genommen hatte. Morgen würde sie ihre kleine Eenie wiedersehen, und Logo ließ sie nun auch schon seit einer Weile in Ruhe. Es war einfach leichter, wie sie sich mittlerweile freimütig einzugestehen traute, wenn mehrere Stunden oder gar Tage zwischen ihren Begegnungen mit Logo lagen. Am Morgen hatte sie gehört, wie er mit seinem schrecklichen Rumpelkarren losgezogen war. Besuche um die Mittagszeit waren zwar nicht die Regel, aber trotzdem war ihr Ausbleiben eine Erleichterung. Er hätte sie erwischen können, wie sie den Brief wieder und wieder gelesen hatte, und das war das letzte, was sie wollte. Im Geiste sah sie immer noch den Koffer oben in seinem Haus vor sich. Wenn sie erst ein bißchen mehr Mut gesammelt hatte, würde sie noch einmal nachschauen gehen, aber jetzt noch nicht, bitte, lieber Gott, noch nicht.

Dann hatte es eine weitere Überraschung gegeben. Ein Brief vom Krankenhaus, ausgelöst wahrscheinlich durch ihren Besuch bei der Ärztin. Ja, sie stehe immer noch auf der Warteliste, und es könne nicht mehr lange dauern, las sie, es könne jetzt sogar ziemlich schnell soweit sein. Wenn sie an die Bedeutung dieser Nachricht dachte, wurde ihr ganz schwindlig. Das hieß, daß sie innerhalb von Wochen wieder imstande sein würde zu gehen, wie andere Menschen gingen, das zu tun, was andere in ihrem Alter taten. Endlich mal hier rauszukommen. Vielleicht könnte sie Mabel in Croydon besuchen oder Mary Cruft in Enfield. Sie könnte zu Georges Bruder nach Brighton fahren, dessen Frau vor kurzem gestorben war. »Hilf mir, lieber Gott«, sagte Margaret und richtete vor dem Küchenspiegel ihr Haar. »Hilf mir, das zu überstehen, es gibt noch ein anderes Leben da draußen, das war mir schon immer klar.«

Aber es gab eben auch das hier in ihrem Zimmer. Das Feuer prasselte. All die Aufregung hatte sie so aufgedreht, daß sie bereits am hellen Nachmittag den Kamin zum Leben erweckt hatte. Sie machte es sich mit einer ihrer Schachteln gemütlich, um zu sehen, wen sie in ein, zwei Monaten besuchen würde, wem sie die gute Nachricht erzählen könnte, und auch, um rauszukriegen, ob die neue Hüfte sie Geld kosten würde, wenn sie ihren Behindertenstatus verlor, der im Moment sehr hilfreich war. Ach egal, es würde immer Kinder geben, die man beaufsichtigen, und Häuser, die man putzen konnte, wenn man gesund war. Sie strickte einen Pullover, sie strickte immerzu irgendwas, damit ihre Hände beschäftigt waren. Nur für einen Augenblick befielen sie Zweifel, ob sich die Operation lohnen würde, doch gleich gewann ihr Glaube an die Ärzte als Götter in Weiß wieder die Oberhand. Ihre einzige wirkliche Sorge war, daß ihr Kinderhüten und Logo nicht zusammenpaßten.

Und schließlich kam noch eine freudige Überraschung und ließ sie ihre finanziellen Sorgen für eine Weile vergessen. Wie es mit Überraschungen häufig der Fall ist, kam diese nicht an ihre Vorgänger heran, aber in Anbetracht der Lage war sie nicht schlecht.

Vor der Tür stand der kleine Wildfang Sylvie, schniefend und die Hand ihres Vaters umklammernd, der aussah, als hätte er einen wütenden Hund an der Leine, sie dagegen, als würde sie nicht zum erstenmal Gutes mit Bösem vergelten. Sylvie verzog keine Miene. Als Margaret dann sagte: »Hallo! Schön, dich zu sehen«, blickte die Kleine auf ihre einwärts gebogenen Füße und hob den Arm des Vaters, um sich die feuchte Nase abzuwischen, während sich der Anflug eines Lächelns in ihre Mundwinkel stahl. Der Vater ließ hastig ihre Hand los.

»Ich glaube, ich habe irgendwo noch ein paar Smarties«, sagte Margaret ruhig. »Wenn dein Dad nichts dagegen hat, heißt das. Meine Güte, du siehst ja aus wie ein Räuberhauptmann! Was hast du denn bloß gemacht? In einem Teich gespielt?« Durch einen seltsamen Taschenspielertrick hatte sich die Hand des Kindes in Margarets Schürze geschlichen. Sylvie wollte eigentlich nicht hierher, aber zu Hause war es noch schlimmer. Der Vater stieß einen langen, nervösen Seufzer aus.

»Ich weiß, es ist sehr unhöflich, Sie so zu überfallen, Mrs. Mellors, aber...« Er fuhr sich mit der Hand über die Stirn und versuchte zu grinsen. Doch die Sorgenfalten ließen sich nicht wegwischen, und plötzlich tat er ihr leid. Er war ein gutaussehender Mann und sie noch nicht zu alt, um es zu bemerken.

»Es ist wegen meiner Schwiegermutter, wissen Sie. Sie kam vergangene Woche zu Besuch und ist dann plötzlich krank geworden. Sehr krank. Letztes Jahr hatte sie Krebs, aber wir dachten, es ginge ihr besser. Na ja, jedenfalls mußten wir sie ins Krankenhaus bringen, und gerade haben wir einen Anruf erhalten. Wir sollen kommen, und heute abend ist ein Fußballspiel...«

»Sie wird sterben«, sagte das Kind sachlich, mit einem Hauch von Genugtuung.

»Sei still«, antwortete Margaret, weder schockiert noch böse, »oder es gibt keine Smarties.« Sie wandte dem Vater ihr großes, beruhigendes Gesicht zu und legte ihre Hand in den Nacken des Kindes, wo sie unter der wirren Masse Haar nach der kleinen Einbuchtung suchte, mit deren Berührung sie das Kind kontrollieren konnte. Margaret fühlte sich plötzlich sehr stark. In den letzten vierundzwanzig Stunden war sie ein anderer Mensch geworden, selbstbewußter, entschiedener.

»Natürlich kann sie bei mir bleiben, solange Sie im Krankenhaus sind. Ich hoffe, daß es Ihrer Schwiegermutter bald wieder besser geht.« Beide wußten, daß dies eine reine Höflichkeitsfloskel war, aber die Worte halfen. »Versuchen Sie nur, vor acht zurückzukommen, wenn es geht. Wegen meines Nachbarn, wissen Sie, er kann ein rechter Quälgeist sein.« Es war ihr einfach so rausgerutscht, und da ihr nun keine Wahl mehr blieb, fuhr sie fort: »Aber wenn nicht, machen Sie sich auch dann keine

Sorgen. Ich hab genug zu essen. Darf ich Ihnen eine Tasse Tee anbieten?«

Der Mann schüttelte den Kopf. Statt zu antworten, hob er die Hand zu einem vagen Gruß und verschwand im Schatten der Hofeinfahrt. Er hatte seiner Frau gesagt, daß er dieses Haus verabscheue, doch daran dachte er jetzt nicht. Seine Tochter blieb und marschierte schnurstracks auf die Schublade mit den Messern zu, aber Margaret kam ihr zuvor. Sie zog einfach die ganze Schublade heraus und stellte sie außer Reichweite auf den Herd. »Das ist ungezogen«, sagte Margaret mit einem Unterton von Autorität, den das Kind von ihr nicht gewöhnt war. »Sehr, sehr ungezogen.«

Es war dasselbe Syndrom, dem gelegentlich auch Fremde im Zug erliegen, das alberne Verlangen, eine Beichte abzulegen, das selbst nach der dritten Kaffeepause noch anhielt. Es gab nicht viele Passanten in der Oxford Street, die Weihnachtszeit und der große Umtauschwirbel danach waren vorbei. Gemütlich konnten sie von einem Kaufhaus ins nächste wandern. Beide stanken förmlich nach den diversen Parfümabteilungen, wo sie genüßlich probiert und dann doch nur ein Aftershave gekauft hatten, als Vorbereitung auf den zweiten Kaffee sozusagen, aber allmählich tauten sie auf. Helen meinte, sie seien wie zwei Negative, die zusammen eine Positive ergaben. Rose verstand den Scherz nicht.

»Okay. Für wen ist das Aftershave? Für Ihren Vater?«

Rose zuckte zusammen, fing sich aber gleich wieder, denn es war nur ein Ulk. Sie gewöhnte sich allmählich an Miss Wests Neigung, Witze zu machen, und es gefiel ihr. Es war besser, als immer nur ernst zu sein.

»Meine Mum und mein Dad haben sich getrennt, als ich noch klein war«, sagte sie schnell. »Mum lebt im Norden, und Dad ist gestorben. Nein, dieses Stinkzeug hier ist für meinen... Freund.« Helen rührte in ihrem Kaffee. »Oh, ist das der, mit dem ich Sie neulich gesehen habe? Der große Gutaussehende mit dem freundlichen Gesicht? Ein Bär von einem Mann.«

Rose errötete vor Freude. »Hört sich nach Michael an«, sagte sie. »Ja, das wird er gewesen sein. Hat sowieso seit zwei Wochen keinen anderen gegeben und wird's auch nicht.«

»Ist er so nett, wie er aussieht?« Die Röte auf Roses Wangen verstärkte sich noch.

»Um die Wahrheit zu sagen, Miss West...«

»Oh, um Himmels willen, ich heiße Helen.«

»Also, das bring ich nicht über die Lippen, Mum. Von heute an werd ich Sie Tantchen nennen, aber normalerweise trifft man seine Tante nicht gerade in einer Familienberatungsstelle, was? Oder gar einen seiner Chefs.« Sie kicherte. Im Moment war einfach alles komisch.

»Mein Michael?« fuhr sie fort und betonte das Possessivpronomen, als müsse sie jeden Augenblick vor Stolz platzen. »Er ist umwerfend, einfach umwerfend, jawohl, das ist er. Ich kann's nicht fassen. Mein Glück... Wenn er mich berührt, wird mir ganz schwummrig, aber er macht nichts, ehrlich nicht. Er behandelt mich wie was ganz Besonderes. Sagt, wir sollten erst mal Freunde werden, bevor mehr passiert, und will mit mir ausgehen, mir Sachen zeigen. Mich seiner Mum vorstellen!« Rose prustete vor Lachen, ungläubig und entzückt zugleich. »Dabei weiß er, was früher war«, sagte Rose und schien davon auszugehen, daß auch Helen es wußte. »Immerhin hat er mich im Section House gefunden, aber ihm ist es egal, mit wem ich alles im Bett war, sagt er, Hauptsache, damit ist jetzt Schluß. Ist es ja auch.« Sie warf Helen einen herausfordernden Blick zu.

»Aber soll ich Ihnen was sagen? Ich weiß, daß es ihm genauso geht: Wenn er mich berührt, wenn er nur meine Hand hält oder mich umarmt, dann wird er nämlich auch ganz komisch. Ich kann's spüren, wie er anfängt zu zittern, stellen Sie sich das mal vor. Und manchmal, wenn er mich ansieht, hab ich das Gefühl, gleich sterbe ich.«

So, wie sie es erzählt hatte, glaubte Helen ihr. Sie sehnte sich nach der Stärke solcher Gefühle. Alle Welt mochte Verliebte, und Helen war da keine Ausnahme. Sie hoffte leidenschaftlich, daß all diese Zuversicht nicht enttäuscht wurde. Kein Wunder, daß das Ergebnis des Tests so wichtig gewesen war.

»Hört sich ganz nach guter, alter großer Liebe an, wenn Sie mich fragen«, sagte sie ernst. »Jedenfalls stimmen die Symptome. Und wer war derjenige, der Sie beinahe geschwängert hätte? Einer von den anderen Jungs?« Ihre Neugier war wirklich unerschöpflich.

»Ja, irgendeiner.« Auch Rose wußte, was Verlegenheit war. Eine Spur davon war noch da und eine kaum zu übersehende Zurückhaltung ebenfalls. »Ich weiß nicht, warum ich da durchmußte. Es hat noch nicht mal Spaß gemacht. Warum hab ich das bloß gemacht, Tantchen? Sagen Sie's mir. All diese Macker.«

»Das weiß ich auch nicht. Wir machen alle irgendwann mal blöde Sachen, aber das Dümmste, was Sie tun konnten, war, nicht aufzupassen.«

»Nun hören Sie aber«, sagte Rose plötzlich wieder genauso aggressiv wie früher. »Sie haben verdammt gut reden. Was ist denn mit Ihnen?«

»Ja, okay, aber ich bin eine alte Dame und weiß, wo mein Macker sich rumtreibt. Was ich nicht kapiere, ist, warum Sie Ihre Gunst so völlig umsonst verschenkt haben, wo Sie doch ein Vermögen damit hätten machen können? Aber vielleicht war es ja so was ähnliches wie Angst vorm Dunkeln. Nicht allein nach Haus gehen wollen. Irgend so was.«

Rose sah sie verblüfft an. »Woher wissen Sie das? Woher zum Teufel wissen Sie das?«

»Alles Erfahrung«, antwortete Helen wie aus der Pistole geschossen. »Aber man braucht nicht dafür zu bezahlen, daß einer einen beschützt. Jedenfalls nicht so.«

Rose rutschte verlegen auf ihrem Stuhl hin und her. »Ja, das weiß ich jetzt auch. Oh, ich liebe Michael. Ich liebe ihn wirklich. Alles andere ist jetzt egal. Nichts ist mehr so wie früher.« Ihre Stimme klang heftig. »Komisch, was?«

So überschwenglich habe ich Geoffrey auch mal geliebt, dachte Helen. Es gibt sogar Zeiten, da tue ich es immer noch. Ich hoffe, daß er heute abend nach Hause kommt. Rose spürte ihre Zerstreutheit.

»Aber jetzt mal was anderes, Tantchen... Sie wollten ein Baby, nicht wahr? Ich rede und rede, aber Sie waren ganz anders als ich. Michael, verstehen Sie, er weiß eine Menge über mich, aber ein Baby hätte er im Moment genausowenig verkraftet wie ich... nur für Sie ist das alles ganz anders... Oder?«

Helen zögerte. »Ich hatte mich schon fast an die Vorstellung gewöhnt, und als es dann hieß, nein, Fehlanzeige, hatte ich das Gefühl, man hätte mir was weggenommen. Ich war irgendwie traurig, wütend, verwirrt.«

Rose nickte, obwohl sie nichts verstand. »Wissen Sie, es tut mir leid. Diese Bemerkung gestern über Sie und Dinsdale. Ich wußte, daß Sie nichts mit ihm haben.«

»Nein, aber bei ihm könnte ich schwach werden«, sagte Helen leichthin. »Wer nicht? Sie lagen da gar nicht soweit daneben.«

Beide verloren sich in ihren eigenen Gedanken. Rose freute sich mit einer Sehnsucht, die fast weh tat, auf Michael, aber davon würde sie ihm nichts erzählen. Am liebsten hätte sie geschrien vor Glück. Zum erstenmal, seit sie sich erinnern konnte, spürte sie so etwas wie Hoffnung. Heute Michael, morgen Gran. Sie war dabei, die Schatten hinter sich zu lassen. Helen war nachdenklich.

Es muß am Alter liegen, dachte sie, wenn die Zuversicht nicht mehr über die Erfahrung triumphiert und das Mißtrauen stärker ist als alles andere.

»Noch einen Kaffee?« fragte sie.

»Noch eine kleine Runde?« gab Rose schüchtern zurück. »Ich hätte nämlich wahnsinnig gern ein Jackett in derselben Farbe wie Ihres, übrigens das einzig Vernünftige, was ich je an Ihnen gesehen habe. Es würde Michael gefallen.«

»Wußten Sie, daß Kleiderkaufen, egal, ob für mich oder jemand anders, eins der größten Vergnügen in meinem Leben ist?« antwortete Helen. Rose grinste, breiter als je zuvor.

»Größer als Sex?« fragte sie. Helen zögerte und grinste zurück.

»Nicht immer.«

7 Redwood wartete in seinem Büro, bis alle gegangen waren. Freitags nachmittags hatten es alle eilig. Zwar nahm er seinen Mitarbeitern diesen Treuebruch übel, doch sein eigenes Längerbleiben war eine selbstauferlegte Verpflichtung, für die die Abwesenheit der anderen von entscheidender Bedeutung war. Freitags nachmittags wappnete sich Redwood mit Nerven aus Stahl und wurde zum Spion. Er zwang sich, sein Büro zu verlassen und den Geistern zu folgen, an die er ebenso fest glaubte wie der träge Wachmann. Nur konnte sich Redwood als Mann der Logik diesen Glauben nicht eingestehen, ebenso wenig, wie er sich aus Furcht von seiner Mission abhalten lassen durfte. Wie ein Geist konnte er sich überall frei bewegen, doch wenn er das während der Bürostunden tat, würden alle, vor denen er sich so gern aufspielte, wissen, wie häufig er sich verlief. Wüßten sie andererseits, was er in ihrer Abwesenheit machte, wären sie ziemlich sauer. Er schlich um ihre Schreibtische, inspizierte Schränke und Schubladen, las Briefe, überprüfte Termine, untersuchte sämtliche Aspekte seines Herrschaftsbereichs, über die er auch ohne Schnüffelei Bescheid gewußt hätte, wäre er nicht zu schüchtern gewesen, die dazu nötigen Fragen zu stellen. Nur er allein wußte, wie häufig ein bestimmter Mitarbeiter im Jahr einen Besuch beim Arzt oder Zahnarzt benutzte, um den Nachmittag blauzumachen. Mit Hilfe ihrer Terminkalender überprüfte er, was seine Leute gemacht hatten, wenn das Gericht um zwölf Uhr schloß und sie erst um fünf wieder

im Büro erschienen waren. Am Wochenende analysierte er dann all diese Informationen und überlegte sich, wie er sie nutzen konnte, ohne seine Quelle preiszugeben. Nur so würde er sich bei seinen Vorgesetzten seinen Ruf als effektiver, wenn auch unpopulärer Manager bewahren können. Bei ihm hieß das, den anderen einen Schritt voraus sein. Helen hatte andere Ausdrücke dafür.

Das Durcheinander in Helens Büro (sämtliche Schubladen standen offen – hatte sie noch nie was von Dieben gehört?) widerte ihn an. Alles war sauber, aber es herrschte Chaos. Helen West war die einzige, die ihn bei seinem Spiel je erwischt hatte. Ohne zu zögern, hatte sie ihm daraufhin die Daumenschrauben angesetzt und das Versprechen abgetrotzt, derartige Manöver nicht mehr zu wiederholen, wofür sie ihm versprach, Stillschweigen zu bewahren. Einer von beiden hatte sein Versprechen gehalten, und das war nicht er.

Auf ihrem Schreibtisch stand eine Klavierlampe, die ihm ziemlich gut gefiel, nur paßte sie nicht zu dem etwas ausgefallenen Dekor in seinem Büro. Er entdeckte drei von Dinsdale Cotton liebevoll unterschriebene Comic-Postkarten und in ihrem Terminkalender verschiedene mysteriöse Anspielungen auf irgendwelche Besprechungen mit ihm. Ho, ho, ho... Redwood gluckste in sich hinein wie ein boshafter Weihnachtsmann. Und dann fiel sein Blick auf einige Notizen mit der Überschrift »Beweismaterial«, ah ja, dieser Vortrag. Ziegelsteine und Zement, na so was, und dann ein Abstecher zu den Pflichten des Staatsanwalts: Beweismaterial auszusieben und zu bewerten, dafür zu sorgen, daß jeder noch so unauffällige Stein umgedreht wurde, Ziegelsteine und Zement vorsichtig zu behandeln, Tatsachen weder zu erfinden noch zu leugnen, im Zweifel immer für den Angeklagten zu entscheiden, ohne sich aufs Kreuz legen zu lassen. Blanker Unsinn, dachte er, klang aber gut, könnte vielleicht nützlich sein, wenn er das nächste Mal glänzen mußte. Auf jeden Fall lohnte es eine Kopie, und sie hatte zum Glück eine lesbare Handschrift.

Er knipste das Licht aus und tastete sich schwankend durch den Raum, stolperte über Akten, schlug sich das Bein auf und prallte mit dem Handgelenk gegen die scharfe Kante des Aktenregals, das sie nie benutzte, weil sie den Fußboden bevorzugte. Warum hatten sie bloß immer noch diese primitiven Möbel, gespickt mit tödlichen Fallen und giftigem Metall? Der Schmerz machte ihn unvorsichtig. Er humpelte im trüben roten Licht des Lastenaufzugs, der ihn immer an einen stummen Kellner in einem alten Café erinnerte, durch den endlosen Korridor und befand sich bereits auf Höhe des Fotokopierraums, als er bemerkte, daß der hellerleuchtet war. Irgendwer arbeitete noch, man hörte das Summen des Apparats. Zu spät für einen Rückzieher. Er hustete und betrat mit geschäftiger Miene den Raum. In letzter Minute, bevor sich das Dunkel in blendendes Licht verwandelte, erinnerte er sich noch daran, die Notizen in sein Jackett zu stopfen, doch ragten sie heraus, zu dick für die Tasche und unförmig wie eine Pistole. Heimlichtuerei lag Redwood einfach nicht.

»Ah, Dinsdale! Spät, nicht wahr?«

Dinsdale Cotton lächelte sein geheimnisvolles Patrizierlächeln, das träge Lächeln des Gewinners, das immerzu zu sagen schien: »Ich mag dich«, ob es nun stimmte oder nicht. Er arbeitete zügig, wie ein Mann, der elegante und dennoch knappe Bewegungen gewohnt war, und griff schwungvoll nach seinen Dokumenten, während das Gerät noch Kopien ausspuckte und sich dann automatisch abschaltete.

»Tatsächlich?« fragte er freundlich. »Also wirklich, ich muß die Zeit vergessen haben. Dabei fällt mir ein, ich bin ganz froh, Sie zu erwischen. Sie wissen doch von der Sache mit Riley? Es gab wohl heute ein kleines Debakel bei Gericht. Ich komme schlicht nicht dahinter, wie das passieren konnte. Ich mache mir gerade eine Kopie des Computerausdrucks für nächste Woche, um sicher zu sein, daß uns das Ding nicht übers Ohr haut. Gelegentlich scheint es aus eigenem Antrieb Daten zu löschen. Oder irgend jemand hier im Haus steckt dahinter. Zu welchem Zweck, ist mir allerdings noch nicht klar.«

»Was ist denn passiert?« fragte Redwood, da ihm nichts Besseres einfiel. Der Knubbel Papier in seiner Jackentasche war ihm mehr als peinlich.

»Nun, der Computerbericht über einen seiner Fälle war manipuliert und besagte, daß keine Beweise gegen den Angeklagten vorlägen, das Verfahren eingestellt sei oder so ähnlich, ich weiß nicht genau. Also war die Akte geschlossen worden, und der arme Riley hielt nichts in Händen, der Angeklagte aber war erschienen und erwartete seine Verurteilung. Es endete damit, daß der Richter ihn laufenließ und wir dastanden wie begossene Pudel. Natürlich kräht kein Hahn danach«, beeilte er sich, mit dem gleichen charmanten Lächeln hinzuzufügen, »außer dem Angeklagten, der allerdings von einer Beschwerde absieht. Und die Polizei erfährt erst gar nichts davon, da sie nicht in den Zeugenstand gerufen wurde.«

Redwood wurde schwarz vor Augen. Schon wieder eine Krise. Noch ein Beispiel dafür, wie das Büro arbeitete, ohne ihn zu Rate zu ziehen. Sein Bein schmerzte, aber er konnte unmöglich sagen, warum, also sagte er gar nichts.

»Keine Beschwerden?« fragte er hoffnungsvoll.

»Oh, nein. Außer von Riley.«

»Ist das alles? Keine Presse?«

»Nichts.«

»Guter Mann«, sagte Redwood inbrünstig. »Guter Mann. Kriegen Sie raus, was dahintersteckt. Und berichten Sie mir nächste Woche.« Dinsdale nickte, noch immer lächelnd, so als hätte Redwood seine Billigung für alles, was er zu tun gedachte. Unfähig, ihm in die Augen zu blicken wegen seines eigenen schlechten Gewissens, konzentrierte sich Redwood auf Dinsdales Hände. Sie hatten Ähnlichkeit mit seinen eigenen, waren klein, feminin, glatt wie die einer Frau, merkwürdige, weiche Dinger, die sicher nicht mal imstande waren, einen Golfschläger zu halten. Redwood schlich durch den Korridor zurück in Helens Büro und legte die Notizen wieder dahin, wo er sie gefunden hatte.

Der Sergeant erklärte Logo, daß man ihn wegen Widerstands gegen die Staatsgewalt anklagen würde, falls er nicht bereit sei, sich schuldig zu bekennen und eine Verwarnung für seine Störung der öffentlichen Ruhe und Ordnung zu akzeptieren. Wie vorauszusehen, lehnte Logo ab. Er war genügend wiederhergestellt, um sich erinnern zu können, daß er das Drama der Gerichtsverhandlung bisher immer genauso genossen hatte wie die Festnahmen. Der Sergeant überflog die Gerichtsprotokolle über Logo mit einer gewissen Besorgnis. Da waren sie, all die handgeschriebenen, überall bekannten, dabei aber nur für die Polizei bestimmten Fakten: ein Dutzend Verhaftungen, keine Verurteilung, meistens Hausfriedensbruch. Der Mann hatte ein Talent dafür, überall einzudringen, behauptete immer, auf der Suche nach seiner Tochter zu sein, ansonsten belästigte er Kinder, allerdings ohne daß man ihm je etwas hätte nachweisen können. Nur Fälle aus der letzten Zeit, kaum etwas lag länger als ein paar Jahre zurück, keine Gewalttätigkeiten.

Nichts, was die brutale Behandlung und all das Blut rechtfertigen konnte. Keine gebrochenen Knochen, aber Verletzungen, die eindeutig auf Schläge zurückgingen, wie der Gefängnisarzt festgestellt hatte. Zwei Schmerztabletten und gerade eben haftfähig. Egal, ob der Arzt betrunken oder nüchtern war, für dumm verkaufen ließ er sich nicht. Er hatte Logos Wunden gesäubert und ihm geraten, morgen seinen eigenen Arzt aufzusuchen.

Dann fragte der Sergeant Logo, ob ihm denn recht sei, daß sie seinen Karren in seinen Hinterhof gebracht hätten? Besser, als ihn zum Gemeindedepot zu bringen, wo dann jeder wüßte, daß er eingebuchtet worden war, oder? Logo gab ihm recht. Logo das zu sagen, bereitete dem Sergeant die einzige wirkliche Freude an diesem Abend, zusammen mit der Vorstellung, daß der junge PC. Williams den Karren höchstpersönlich durch die Straßen hatte schieben müssen. Wahrscheinlich war das die einzige Strafe, die der Bursche kriegen würde. Aber es gab mehr als eine Möglichkeit, einer Katze das Fell über die Ohren zu ziehen.

Der Sergeant bot Logo an, ihn nach Hause bringen zu lassen – von anderen Beamten, wie er diskret durchblicken ließ –, doch der Gefangene lehnte ab. Der zehnminütige Spaziergang würde seiner Seele guttun, und so stieg er mit dem Zettel, der ihn unter der Auflage auf freien Fuß setzte, nächste Woche vor Gericht zu erscheinen, die Treppe hinab. Der Sergeant sah ihm nach und fragte sich, ob die Verletzungen bis dahin verschwunden sein würden. Er hielt es für unwahrscheinlich und war nicht unzufrieden bei dem Gedanken, daß er innerhalb der Grenzen unverrückbarer Traditionen getan hatte, was er tun konnte. Er hoffte, daß irgendein Anwalt seine Chance entdecken würde, bezweifelte es aber. Mehr Möglichkeiten hatte er nicht.

Frierend ging Logo die feuchten Straßen entlang. Seine Kleider waren noch nicht ganz trocken, und sein schwächlicher, kranker Körper schmerzte. Auf halbem Weg fiel ihm etwas auf, das ihn zum Lachen brachte: das erleuchtete Fußballstadion und die blockierten Straßen. Freitag abend, ein Freundschaftsspiel, wie? Da hatte also irgendein Arschloch von Bulle seinen klappernden Karren durch die langsam sich heranwälzende Menge schieben müssen. Logo hoffte, daß er ordentlich ausgelacht worden war, auch wenn das Publikum heute abend zurückhaltender schien: nicht so viele Autos und soviel Lärm wie sonst, wenn die anrückenden Horden mit ihrem Kriegsgeschrei eine Spitzenbegegnung der ersten Liga ankündigten. Zu Hause würde er sie kaum hören, nicht wie an anderen Tagen, wenn das kollektive Atemanhalten und Aufstöhnen wie eine Sturmbö gegen seine Fenster anrannte und die Fernseher in zahllosen Wohnzimmern übertönte. Logo versuchte zu singen:

»Es ragt ein hehrer Königsthron,
Von Gottesmacht gegründet...«

Der Fuß auf seinem Hals und der Druck auf die Kehle hatten seine Stimme in ein heiseres Krächzen verwandelt, und das bittere Selbstmitleid, das in der Zelle über ihm geschwebt hatte, schlug jetzt endgültig über ihm zusammen. Er mußte mit jemandem reden, er brauchte Margarets wohlriechende Brust, an der er sich ausweinen konnte, er mußte einen Plan aufstellen, wie sie ihm helfen konnte, seine verlorene Tochter zu finden. Sein Kind. Sie zu finden und nach Hause zu holen, bevor das Krebsgeschwür ihres Verlusts alle Bereiche seines Lebens und seines Körpers infizierte. Liebe oder Rache, beides war ihm recht.

Als er in die Hofeinfahrt schwankte, sah er zuallererst das

Licht in Margarets Tür, dann seinen Karren, der umgestürzt im Hof lag, der Inhalt drumherum verstreut. Er hob den zerbrochenen Stuhl auf und schleuderte ihn kraftlos gegen die Wand, und als er sich hinhockte, um das übrige zu inspizieren, stieg ihm der Geruch der zersplitterten Whiskyflasche in die Nase, und er glaubte, sein Kopf müsse ihm platzen. Er klopfte an Margarets Tür, hörte jemanden heranschlurfen und dann ein verdächtiges Schweigen. Das zweite Klopfen war schon merklich aggressiver. Nach einer langen Pause sah er, wie die Silhouette hinter der geriffelten Scheibe ihrer halb verglasten Tür einen Schritt zurückwich.

»Wer ist da?« Margarets Stimme klang gedämpft und nicht gerade erfreut. Aus der Entfernung hörte er Lärmfetzen des jubelnden Fußballpublikums.

»Ich«, sagte er ungeduldig. »Wer sonst? Kommst du rüber?«

»Ich kann nicht«, antwortete sie. »Ich habe ein schlafendes Kind hier, Logo. Ich kann nicht...«

»Na gut, dann laß mich rein. Mach wenigstens die Tür auf, wenn du mit mir sprichst.«

»Nein, das geht nicht.« Ihre Stimme klang fester. »Heute abend nicht, ein anderes Mal. Oder vielleicht später.«

»Laß mich rein, dumme Alte!« brüllte er plötzlich. »Laß mich doch rein! Ich brauche dich, ich brauche dich...« Er trat mit aller Macht gegen die Tür und stöhnte auf, als der Schmerz durch seinen Knöchel zuckte. Ihre Stimme klang jetzt lauter.

»Du bist nicht der einzige, der mich braucht. Hör auf, Logo, sei nicht albern. Wir sehen uns später.«

Wieder trat er wütend gegen die Tür, diesmal mit dem anderen Fuß.

»Geh weg!« rief sie. »Geh weg!«

Aus lauter Verwunderung über die ungewohnte Zurückweisung gehorchte er. Er torkelte hinüber zu seiner eigenen Haustür, stieß sie auf und knipste das Licht in der schmuddeligen, kalten Küche an. Bittere Enttäuschung fraß sich tief in seine Wunden. Er hatte dieser Frau geholfen, ihren Kamin wieder benutzbar zu machen, obwohl er selbst keinen hatte, er hatte ihr Brennmaterial gebracht und es manchmal sogar geklaut, auch wenn er für sich gar keins brauchte. Dämliche Alte. Logo schaltete den elektrischen Ofen mit den zwei Heizstäben ein und wartete darauf, daß die trostlose Wärme in seine Knochen kroch. Er hockte sich dicht davor. Am liebsten hätte er losgeheult und zugesehen, wie seine Tränen zischend verdampften. Oh, was für treulose Verräterinnen waren doch die Weiber, es war hoffnungslos mit ihnen. Sie verführten einen Mann mit ihrem Körper, fleischlichen Genüssen und freundlichen Worten, und am Ende gaben sie gar nichts, sondern sackten im Gegenteil mit dem Talent von Wucherern ein, was man ihnen gab, bis sie einem auch den letzten Funken Leben ausgesaugt hatten.

»Der Mensch, der vom Weibe geboren, lebt kurze Zeit und ist voll Unruhe, geht auf wie eine Blume und fällt ab, flieht wie ein Schatten und bleibt nicht... Kann wohl ein Reiner kommen von den Unreinen? Auch nicht einer.« Er stöhnte auf. Die Worte strömten wie von selbst aus ihm heraus.

Noch immer zitternd vor Kälte, trat er hinaus in den Hinterhof und sah im Licht seines Eingangs die Bibel auf der Erde liegen. Auch sie stank nach Whisky, was für ein Sakrileg! Dennoch spendete ihm die feuchte Festigkeit des Papiers Trost. Er hatte seine Bibel nie richtig lesen müssen, und die zusammenhanglosen Passagen, die er daraus zitierte, wandelten sich in seiner Erinnerung zu bedeutungslosen Mantra-Formeln.

Er ging nach oben und suchte nach den Schulheften seiner Tochter. Lange betrachtete er die Handschrift in den alten Aufsätzen und Diktaten, Schulsachen, die er zusammen mit dem zerfledderten Rumpf eines Teddybären in einer Kommode in seinem Schlafzimmer aufbewahrte. Sie hatte so wenig zurückgelassen. Die Lampe an der Decke bestand nur aus einer nackten Glühbirne, ebenso das Licht neben seinem Bett, das auf den unverrückbaren Koffer fiel. Logo streckte sich aus, ihm war immer noch kalt. Er hob die Hände, um die roten Striemen zu inspizieren, die die Handschellen hinterlassen hatten, betastete sein übel zugerichtetes Gesicht und staunte über die Schrammen und Schwellungen. Gott steh mir bei, und nicht mal in diesem Elend wollte Margaret mich zu sich reinlassen. Ein schlimmer, dunkler Verdacht breitete sich in ihm aus. Dann betrachtete er wieder seine Hände, sorgfältiger diesmal, ballte sie zu Fäusten und hieb ein paarmal in die Luft. Schließlich hakte er die Daumen ineinander und begann an der gegenüberliegenden Wand ein Schattenspiel.

Was sollte sie als nächstes tun? Was taten Leute, wenn sie warteten, besonders wenn sie es nicht gewohnt waren? Immer wenn Helen darauf wartete, daß die Geschworenen ihr Urteil fällten oder im Gericht endlich ihr Fall an die Reihe kam, hatte sie diese Zeit als nutzlos empfunden, als hochgradig abhängig von der eigenen Erwartung, als Vakuum, in dem nicht selten Wut und Angst an die Stelle von Logik und Konzentration traten. Wartezeit war die einzige Zeit, in der sie Langeweile gelten ließ. Leute, die zusammen warteten, kamen einander nahe, Leute, die aufeinander warteten, wurden sich mit jeder Minute fremder.

Helen wartete auf Bailey. Eine äußerst lakonische Nachricht auf ihrem Anrufbeantworter kündigte seine Ankunft an, die sie für diesen Freitag abend ohnehin mehr als nur halb erwartet hatte. Mit einer Woche kam er davon, nicht aber mit zweien. Sie hatte in den letzten acht Tagen etliche Purzelbäume geschlagen und war heute zusammen mit Rose richtig einkaufen gewesen.

Ein Einkaufsbummel bedeutete für Helen immer eine Mischung aus Erregung und schlechtem Gewissen, aber im Hinblick auf totale Ablenkung war er wirksamer als Yoga. Rose und sie hatten sich mit aufrichtigem Bedauern voneinander verabschiedet. Roses Freund würde sie nicht warten lassen, im Gegenteil, er würde vor lauter Ungeduld schon an der Leine zerren. Wenn Helen je eine Schlinge um Baileys Hals gelegt hätte, wäre jetzt der Zeitpunkt gewesen, daran zu ziehen. Statt dessen putzte sie in der Wohnung herum, denn er war wirklich spät dran, und der Ärger sammelte sich in ihr wie Gas in einem Ballon.

Dann hörte sie draußen auf der Straße das Geräusch seiner schweren, unsicheren Schritte. Ein Motor heulte auf wie in einer überflüssigen Kraftprotzerei. Es war nicht sein Wagen, den kannte Helen, und auch kein Taxi. Jemand hatte ihn nach Hause gebracht. Vielleicht dieser kleine Quälgeist Ryan, der immer an ihr herummäkelte, weil sie ihren weiblichen Pflichten nicht nachkam, und sie dementsprechend verurteilte. Baileys Fingerknöchel klopften einen raschen Wirbel an ihre Terrassentür. Sie ignorierte es. Wer nüchtern war, klingelte und kam durch die Vordertür. Zur Hölle mit seinen ewigen Abkürzungen. Dann klopfte er wieder. Endlich gab sie nach und ließ ihn rein.

»Tut mir leid, daß es so spät geworden ist«, sagte er und strahlte sie an. »Hast du meine Nachricht bekommen? Das Programm ging bis heute nachmittag, und dann haben wir unterwegs noch mal angehalten. Du weißt ja, wie das ist.«

Sie wußte, wie das war, hatte es selbst mehr als einmal so

gemacht. So etwas konnte ihnen beiden passieren, und doch blieb sie merkwürdig steif und unnachgiebig in seiner zärtlichen Umarmung. Bailey, der normalerweise stets korrekt gekleidet war, für Mätzchen wie Eau de Cologne oder messerscharfe Bügelfalten aber nur Hohn und Spott übrighatte, roch leicht nach Schweiß und Bier. Sein Haar war wirr, die Krawatte zerknittert, offenbar hatte er sie gelöst, dann hastig wieder festgezogen und neu gelockert. Die Herkunft der anderen Gerüche, die er verströmte, Nikotin, Parfüm, Hund, wollte sie lieber nicht erfahren. Er sah aus wie ein Mann, der eine Woche im Freien kampiert hatte, dann über den Umweg eines Bordells nach Hause zurückgekehrt war und sich trotzdem freute, sie zu sehen.

»Hast du deinen Schlüssel vergessen?« fragte sie im Bestreben, die Begrüßung so neutral wie möglich zu halten.

»Genau! Hab alles vergessen. Und hätte Ryan auch nicht ans Steuer lassen sollen. Zurück ins College, noch ein paar Kurse nehmen. Lektionen in Unverantwortlichkeit! Ich kann dir nicht sagen, wie angenehm das ist, auf einer bestimmten Ebene jedenfalls. Alles ist organisiert, sogar das Wecken jeden Morgen, und das Essen ist gut. Und keine Entscheidungen darüber, wo man nach dem Unterricht hingeht: Ryan nimmt alles in die Hand. Wie geht's dir? Oh, gut, du warst einkaufen, die da sind neu. Hübsch, ja wirklich, sie gefallen mir.«

Helen hatte geduscht und sich umgezogen und war bereits zwei Gläser Wein von völliger Nüchternheit entfernt. Teil ihrer Einkaufsbeute waren die winzigen Ohrringe, die diskret in ihren Ohren funkelten. Sie war böse, daß er sie sofort entdeckt hatte. Rose hatten sie nicht gefallen – »nehmen Sie große, schwere und nicht solche Winzlinge« –, die Steaks hingegen und der fertig verpackte Salat, den sie im Vorbeigehen mit lässiger Extravaganz für das Bailey/

West-Dinner eingepackt hatte, fanden ihre Billigung. »Gibt uns mehr Zeit zum richtigen Einkaufen«, hatte sie noch hinzugesetzt, eine Feststellung, der Helen nur von Herzen zustimmen konnte.

Helen erwiderte Baileys Umarmung, ohne sich danach zu fühlen, und kam zu dem Schluß, daß er nicht richtig betrunken war, nur ein bißchen angeheitert, und mehr war ohnehin nicht zu erwarten, da sich das Zeug bei ihm eher in die Knochen setzte, als in den Kopf zu steigen.

»Einen Drink?« fragte sie, übertrieben aufgekratzt. »Was zu essen gibt's natürlich auch.«

»Oh, ja, oh, ja. Zuerst einen Drink. Und dann laß uns essen gehen. Ich gehe einfach nicht genug mit dir aus. Oh, mein Gott.« Er setzte sich abrupt und noch im Wintermantel hin und fing an zu lachen.

»Was ist?«

»Ich habe meinen Wagen in Bramshill gelassen. Das schränkt meine Bewegungsmöglichkeiten wohl ein wenig ein, wie?«

»Ich fahre jedenfalls nicht mehr«, erklärte sie, griff nach der Weinflasche, schenkte auch ihm ein Glas ein und dachte an betrunkene Autofahrer.

»Oh«, sagte er, ohne zu grollen oder sie auch nur zu verstehen. »Macht nichts. Wenn ich so drüber nachdenke, habe ich eigentlich gar keinen Hunger.«

Helen dachte an den Berg von Lebensmitteln in der Küche und unterdrückte das Verlangen, ihn anzuschreien. »Ich mache uns trotzdem was«, sagte sie, ohne daß ihrer Stimme etwas anzumerken war.

»Toll«, grinste er.

Sie hielt es nicht aus, mit ihm in einem Zimmer zu sein, also gab sie sich geschäftig. Herumhantieren ist ein gutes Mittel gegen Nervosität, doch als sie nur wenige Minuten später zurückkam, immer noch voller unterdrückter Aggressionen, war Baileys Glas leer und er fest eingeschlafen.

Sein Mantel lag vor ihm auf dem Boden wie ein treuer Hund. Der Anzug war zerdrückt. Helen nahm ihm die lose Krawatte ab, breitete eine Decke über ihn und zog sie bis zum Kinn hoch, so daß er aussah wie ein Baby mit einem überdimensionalen Lätzchen. Mit dieser Vorstellung trank sie den Rest Wein aus und ging allein zu Bett.

Rose Darveys Hand lag warm in Michaels Hand. Er schwieg, was sie nicht störte, denn es war ein warmes Schweigen, und ihrer beider Hände steckten in seiner Tasche, und sie plapperte gern einfach so drauflos. Sie gingen ihre Straße entlang. Zum erstenmal in ihrem Leben hatte ein Mann, den sie anbetete, sie abgeholt, um sie ganz normal zum Essen einzuladen. Die Erleichterung von der Angst dieses Morgens und der sich anschließende Tag hatten unaussprechliche Glücksmomente in ihr ausgelöst, aber das hier war das Tüpfelchen auf dem i. Es war schon spät, denn sie hatten ein bißchen getrödelt bei diesem ersten Mal, daß sie einem Freund erlaubte, bis in ihre Wohnung zu kommen. Ihre beiden Mitbewohnerinnen hatten den Mund nicht mehr zugekriegt und sich ziemlich vor ihm aufgeplustert, er dagegen war genauso gewesen wie immer, locker und freundlich. Er hatte die Küche mit seiner großen männlichen Präsenz erfüllt, und sie hatten Rose hinter seinem Rücken mit nach oben gerichtetem Daumen und rollenden Augen Anerkennung signalisiert.

»Warst du bei diesem Test?« zischelte ihr die eine zu, als sie ihr auf dem Weg zum Klo begegneten.

»Ja«, sagte Rose. »Aber halt den Mund. Er war negativ, falscher Alarm. Wie findest du ihn?«

Die andere legte zum Zeichen ihrer Verschwiegenheit

einen Finger auf die Lippen. Es war keine Spur von Eifersucht in dieser Geste, nur fröhliche Solidarität.

»Ich finde ihn okay«, sagte sie schüchtern.

Das Understatement des Jahres, dachte Rose, als sie jetzt mit Michael die Straße entlangging. Sie spielte die Dame von Welt, ganz wortgewandte Schönheit.

»Also stell dir vor, was mir heute passiert ist...« Es lag ihr auf der Zunge, ihm zu erzählen, wie der Tag begonnen hatte, aber dann siegte doch die Vorsicht. »Ich mußte in die Oxford Street, eine Nachricht überbringen, und was glaubst du, während ich da noch so rumstehe, kommt doch Miss W. rein, du weißt schon, Helen West, die Anwältin aus unserem Büro, von der ich dir erzählt habe. Ich hab dir gesagt, daß sie eine eingebildete Ziege ist, aber das stimmt nicht. Überhaupt nicht. Also erst lädt sie mich zum Kaffee ein, besser gesagt, zu sechs Kaffees und einem Sandwich, und dann ziehen wir beide los, einfach so! Sechs Stunden nur zum Einkaufen, was sagst du dazu? Es war ganz herrlich.«

»Sechs Stunden!« wiederholte er fassungslos. »Sechs Stunden! Frag mich bloß nie, ob ich mit dir ins West End komme. Sechs Stunden! Du mußt völlig verrückt sein, aber ich hab ja schon immer gewußt, daß du nicht alle Tassen im Schrank hast!« Das war nichts als gutmütige Neckerei, und zugleich verstärkte er den Druck auf ihre warme Hand. Sie standen vor seinem Wagen. Tatsächlich gab es nichts, das er sagen konnte oder sagen wollte; er fühlte sich wie jemand aus *My Fair Lady* oder *Singin' in the Rain*. Eigentlich hätte am Ende der Straße ein großes Orchester spielen und er tanzen, singen, sich um alle Straßenlaternen drehen und den Helm in die Luft werfen müssen, so was in der Art. Ein verliebter Polizist. Schon die Vorstellung war lachhaft. Aber ihm war auch mehr nach Lachen als nach Singen zumute. Obwohl er bisher noch nie Schwierigkeiten gehabt hatte, sich Rose gegenüber auszudrücken, fehlten ihm plötzlich die Worte. Michael schwieg, denn er war vollkommen verzaubert. Sie hatte ihn in schwarzen Leggings und einem langen Jackett aus rotem Wollfstoff mit schwarzem Kragen an der Tür empfangen (bis er ihr die Adresse aus der Nase gezogen hatte, waren ungelogen vierzehn Tage vergangen) und war dabei unter ihrem Make-up rot geworden. Sie hatte das Haar glatt zurückgekämmt, und abgesehen von dem absurden Zöpfchen war die Wirkung des Ganzen wirklich erstaunlich. Als er ihr das sagte, war sie noch tiefer errötet. Aber gleichzeitig schien eine übermütige Fröhlichkeit von ihr auszugehen, und als sie ihn mit ihren Zimmergenossinnen bekannt machte, hatte sie unmäßig viel gekichert und ihn mit verlegenem Stolz präsentiert. Zu wissen, daß er der Grund für diese Ausgelassenheit war, diese rasche und stetige Metamorphose des gerade noch traurigen, stacheligen Waisenkinds, das er aus dem feuchten Vorgarten einer feuchten Straße geholt hatte, machte ihn ganz schwindlig. Den ganzen Tag lang hatte er die Minuten gezählt, hatte nicht aufhören können, an sie zu denken, und jetzt konnte er nicht aufhören, sie anzusehen.

Eine Sache aber schoß ihm plötzlich durch den Kopf, als er ihr in den Wagen half wie einer Prinzessin. Ihr peinlich aufgeräumtes Zimmer, das sie ihm schüchtern und stolz zugleich präsentiert hatte, war mit allem möglichen Plunder, mit Puppen, Teddybären, Spitzendeckchen und Spielzeug vollgestopft gewesen und hatte einen starken Gegensatz zu ihrer üblichen Kleidung gebildet. Was Michael da gesehen hatte, war das Zimmer eines Kindes.

»Ich sterbe vor Hunger«, sagte sie begeistert. »Wo gehen wir hin?«

»Oh, es ist nicht weit, in der Nähe von Finsbury Park.

Ich kann verstehen, daß du Hunger hast, nach sechs Stunden Einkaufen...«

»Doch nicht in der Nähe des Stadions?« fragte sie scharf.

»Nein, also... es ist zwar ziemlich in der Nähe, aber Fans gehen dort nicht hin, wenn es das ist, was du meinst. Die essen lieber Hamburger. Warum?«

»Oh, ich hasse Fußball, das ist alles. Und heute abend ist ein Spiel, ich weiß es. Ich sehe immer in der Zeitung nach. Damit ich weiß, wann ich einen großen Bogen um die Gegend machen muß.«

»Gar nicht dumm«, sagte er bewundernd. »Du müßtest mal mit Streife fahren, wenn so ein Spiel beginnt.« Er konnte der Versuchung, ein bißchen zu protzen, einfach nicht widerstehen. »Die Leute drehen vollkommen durch. Ein Krach! Wir bräuchten Kopfhörer, aber dann würden wir nicht mehr mitkriegen, wie sie sich gegenseitig die Köpfe einschlagen. Na ja«, setzte er hinzu, und nun siegte doch die Ehrlichkeit, »so schlimm ist es nicht immer. Es macht mir eigentlich nichts aus, bei Spielen Streife zu fahren.« Sie schwieg, jetzt war er dran mit Reden.

Das griechische Restaurant war dunkel und fröhlich, die Hälfte der Plätze besetzt, überall dicker, alter Velours, der einer genaueren Überprüfung zwar nicht standhielt, dafür aber die Fenster halbwegs vor neugierigen Blicken schützte und dem Ganzen einen Hauch von Luxus verlieh, noch bevor die Kellner sich vor den Gästen in den Staub warfen. Rose war angenehm erhitzt. Nachdem der Tisch dreimal umgestellt und Kerze und Blumen mit einer Effizienz, die die Untertänigkeit der Kellner Lügen strafte, wieder draufgeknallt worden waren, nahmen sie Platz. Michael griff über das geflickte, rosa Tischtuch hinweg nach ihrer Hand.

»Ich bin hier bekannt«, sagte er schlicht, ohne das Feuerwerk der Aufmerksamkeiten damit ganz erklärt zu haben. »Normalerweise komme ich allein oder mit einem Kumpel. Aber heute wollte ich ein bißchen mit dir angeben.«

Sie schmolz dahin. Der Kellner kam mit einer Extrablume und einem Begrüßungsdrink angelaufen, aber sie hatte nur Augen für diesen Mann, der ihre kleine Hand in seiner großen, starken Pranke hielt. Wenn das Liebe war, kein Wunder, daß sie sie nie kennengelernt hatte. Es war kaum auszuhalten.

Ich weiß nicht, was mit mir los ist, wollte Michael sagen. Ich weiß es nicht, aber ich will, daß es so bleibt.

»Hör mal, das ist aber teuer«, murmelte Rose und überflog die Speisekarte. »Ganz schön teuer sogar. Wir teilen die Rechnung.« In ihrer Stimme schwang schon wieder ein Hauch der alten Streitlust mit.

»Nein«, lachte er. »Wenn ich mit dir ausgehe, lade ich dich ein, klar?« Sie wollte protestieren. Nach dem jahrelangen Kampf ums Überleben fiel es ihr nicht leicht, so einfach Geschenke anzunehmen.

»Nein, Liebling«, schnitt er ihr das Wort ab. »Ein andermal. Wenn du nicht gerade unterwegs warst und sechs Stunden lang neue Sachen gekauft hast. Na los, komm schon, ich weiß, wie schlecht ihr bezahlt werdet.«

»Nennst du eigentlich alle Frauen Liebling?« fragte sie spitz.

»Nein«, gab er zurück. »Nur nette alte Damen. Und dich. Weil ich es wirklich so meine.«

»Warum?« fragte sie ernst, sah auf das Tischtuch und spielte mit ihrer Blume. »Warum in aller Welt solltest du es wirklich so meinen?«

»Ich weiß nicht, warum«, sagte er nur. »Ich weiß nicht, ob je einer weiß, warum. Ich weiß auch nicht, warum meine Mum meinen Dad liebt, aber sie tut es. Man kann sich das nicht aussuchen. Ich jedenfalls nicht. Ich habe das Gefühl, daß ich nicht dagegen ankann, aber es ist kein unangenehmes Gefühl.«

Bildete er sich das nur ein, oder füllten sich ihre Augen tatsächlich mit Tränen, vielleicht aus Unmut, vielleicht aus Traurigkeit? Sie kramte ein halb zerfetztes Papiertaschentuch aus ihrer Handtasche und putzte sich die Nase. Beim Innenleben ihrer Handtasche hörte alle Kultiviertheit auf. Mit diesem Mädchen durfte er keine Späße treiben, dachte er, sie war empfindlich wie ein rohes Ei, und anders als alle anderen. Ganz anders.

»So«, sagte er und kehrte zu dem Thema zurück, das all ihre Gespräche beherrschte. »Erzähl mir von deiner Arbeit. Wann haben wir uns das letzte Mal gesehen? Vorgestern? Scheint Urzeiten her zu sein. Nehmen wir den Vorspeisenteller, eine Mischung von allem?«

Rose erzählte gern von der Arbeit. Und ihm gefiel es, wenn jemand ernst nahm, was er tat, und obendrein noch ein bißchen Ahnung von den Aufgaben eines Polizisten hatte – das war ein Bonus.

»Tja, also ich habe da ein Problem. Kann ich es dir erzählen? Versprichst du, daß du's niemandem weitersagst? Ich hätte es beinah Miss W. erzählt, aber irgendwie kam es dann nicht dazu. Im Gegensatz zu allem möglichen anderen.«

»Erzähl schon«, sagte er und schnitt eine Grimasse. »Ich bin ganz Ohr.«

»Irgend jemand macht sich an unseren Unterlagen zu schaffen. Nur weiß ich nicht, wer. Wohl nicht wegen finanzieller Vorteile oder so, er spielt einfach mit dem Computer rum, verstehst du, löscht Fälle. Also wissen die Leute nicht, wann sie zum Gericht müssen, und der Richter macht kurzen Prozeß. Das ist jetzt ungefähr zehnmal passiert, bloß sagt keiner was, und keiner hört auf mich. Scheinbar bin ich die einzige, der da was auffällt...«

Michael schnaubte verächtlich. »Ich hab's dir doch schon mal erzählt«, sagte er. »Bei uns in der Abteilung gibt es einen Witz: Warum sollen wir uns die Mühe machen, zum Gericht zu fahren? Der CPS. hat die Unterlagen sowieso verschludert.«

»Schon gut, schon gut«, sagte sie abwehrend. Ihre Hand lag noch immer in der seinen. Der Kellner strich um ihren Tisch, aber Michael einigte sich rasch mit ihm: der Boß, doch ohne jeden Funken Arroganz, und alle lächelten. Wie einfach es war, sein Herz auszuschütten, wenn man dabei die Hand von jemandem hielt. Vielleicht konnte man auf diese Weise alle Sorgen abschütteln – sie hörte schon den Lockruf der Freiheit. »Das ist der Punkt, verstehst du? Du brauchst nur alles ein bißchen durcheinanderzubringen, und schon denkt jeder, es ist einfach Schlampigkeit, zu wenig Personal, was auch immer...«

»Weil irgend jemand die Situation ausnutzt und vorsätzlich Unordnung anrichtet?«

»Oh, das will ich nicht unbedingt sagen«, erwiderte sie rasch. »Ich glaube nicht, daß jemand bei uns so was tun würde. Es sind immer nur Verkehrsdelikte.«

»Warum nicht?« fiel er ihr ins Wort. »Überleg doch mal, was ein Führerschein wert ist? Hunderte? Tausende, wenn man auch noch ins Gefängnis wandern könnte. Tausende? Noch mehr. Kommt drauf an, wer man ist.«

»Ich glaube nicht, daß es was mit Geld zu tun hat«, antwortete sie dickköpfig. »Ich glaube, daß da Sabotage im Spiel ist. Und vor allem habe ich Angst, sie könnten denken, daß ich es war, wenn sie es rauskriegen.«

»Warum?« fragte er überrascht, obwohl er die Antwort eigentlich schon kannte.

»Weil ich die Kopien der Berichte aufbewahre, und die verschwinden ebenfalls. Und weil ich anders bin, aber dafür kann ich nichts.« Er nickte. Dann kam das Essen, Unmengen von Essen, zahllose kleine Vorspeisen. Die Teller waren teilweise gesprungen, doch es schmeckte köstlich. Sie vergaßen die Probleme der Welt und konzentrierten sich ganz darauf, was sie zuerst in Angriff nehmen sollten. Ein letztes Wort mußte Michael dann aber doch noch loswerden.

»Also, wenn sie dich dafür verantwortlich machen, werden sie bald merken, daß sie auf dem Holzweg sind. Jetzt hast du ja mich, und wir werden die Sache schon aufklären. Hör mal«, sagte er und reichte ihr ein Stück heißes Pitabrot. »Ich hab nächste Woche einen Boxkampf. Wirst du kommen?«

Sie brach ein Stück ab und schüttelte den Kopf.

»Nur wenn du gewinnst. Ich hab keine Lust, mit anzusehen, wie du verprügelt wirst.«

»Versprochen«, sagte er. »Ich hab nämlich auch keine Lust, mich verprügeln zu lassen.«

Im gleichen Augenblick schob sich das Gesicht gegen die Scheibe. Ein aufgedunsenes, rotes Gesicht mit einem halb geschlossenen Auge, das in den Farben eines tropischen Sonnenuntergangs schimmerte, und strähnigem, dünnem Haar. Die seltsame Gestalt trug einen bräunlichschwarzen, feucht aussehenden Beerdigungsanzug, aus dem ein schmuddeliger, blutverschmierter Hemdkragen ragte. Mit einer Hand schützte der Mann die Augen, um die Gäste und ihr Essen besser erkennen zu können. Dann rutschte das Gesicht ein wenig tiefer und drückte sich gegen die Scheibe, was den kummervollen Ausdruck und die Schwellungen im Gesicht noch unterstrich. Rose und Michael saßen in einer Fensterecke, sie mit dem Rücken zur Wand. Als Michael aufblickte, sah er plötzlich in diese Augen, gerade eine Armlänge von ihnen enfernt, während das gräßliche Gesicht aus der Dunkelheit draußen, die allein vom gespenstischen Licht der eingerahmten Speisekarte neben dem Eingang erleuchtet wurde, zu ihnen hereinstarrte. Die Augen glitten nach links, starrten auf Rose. Michael war zuerst nur unangenehm berührt, gleich darauf jedoch rasend wütend. Seine erste Eingebung war, aufzuspringen und gegen die Scheibe zu hämmern, doch dann gewann der Wunsch nach Frieden die Oberhand.

»Sieh mal, Rose, mein Liebling«, sagte er ausdruckslos. »Du scheinst einen Fan zu haben. Ist das ein Freund von dir?«

Sie sah auf. Er wartete auf ihr Lachen und sah, wie alle Farbe aus ihrem Gesicht wich und sie totenbleich dasaß. Michael hatte dieses Phänomen bei Leuten beobachtet, die im nächsten Moment in Ohnmacht gefallen waren, Rose aber ließ nur die Gabel sinken und würgte an dem, was sie gerade im Mund hatte. Er sprang auf und klopfte ihr auf den Rücken. Der Mann vor der Scheibe regte sich nicht. Einen Augenblick lang starrten die beiden ihn von drinnen an, dann, und das war das Schrecklichste von allem, erhellte ein großes, stumpfes Lächeln das Gesicht. Eine Hand erschien, krallte sich an das Glas neben dem Lächeln und zeichnete eine Schlangenlinie auf die vom Atem beschlagene Scheibe. Michael sprang auf und stürzte nach draußen.

Er packte den Mann an der Schulter und spürte den dünnen Stoff über dem knochigen Arm. Ein Gespenst. Der Mann grinste immer noch.

»Was soll das, Mister? Was soll das, verdammt noch mal?« brüllte Michael. »Verschwinden Sie. Gehen Sie nach Hause!«

Logo schien nachzudenken. Er reichte Michael nur ungefähr bis zur Brust, und einen Polizisten erkannte er auf zehn Meter Entfernung, selbst im Nebel. Die Rastlosigkeit hatte ihn wieder nach draußen getrieben, aber er war weder imstande, zu rennen oder zu kämpfen, noch zu betteln oder eine neuerliche Festnahme zu verkraften. Auch Michael hatte keine Lust auf Scherereien.

»Sie sollten nach Hause gehen, Alter, statt sich in einer solchen Nacht in der Kälte rumzutreiben und die Leute zu erschrecken. Gehen Sie, gehen Sie nach Hause.« Die Versuchung war aber dennoch so groß, daß er ihm einen Stoß versetzte, worauf der andere eine paar Schritte zurücktaumelte und das Grinsen für Sekunden aus seinem Gesicht verschwand, bevor der Kerl sein Gleichgewicht wiederfand und damit auch seine Unverfrorenheit.

»Schon gut, schon gut«, sagte er mit schmeichelnder Stimme, die irritierender war als jedes Zeichen von Aggression. »Ich wollte sowieso gerade weiter.« Würdevoll drehte er sich um, und seine Stimme schwebte durch die Nacht: »Sag ihr, daß ich sie finden werde. Sag ihr, daß ich nicht aufhöre, nach ihr zu suchen.«

»Verpiß dich«, murmelte Michael und blickte dem Mann nach, bis er außer Sichtweite war. Logo, genau, er war ihm schon mal begegnet, ein armer alter Spinner. Es war in Ordnung, sobald man jemanden erkannt hatte, war es gut. Michael schüttelte sich wie ein Hund, versuchte, seinen Ärger loszuwerden und ging wieder hinein.

Der Eckplatz, wo Rose gesessen hatte, war leer. Der Kellner stand schon nervös mit dem nächsten Gang bereit.

»Halten Sie es einen Augenblick warm, wenn's geht. Wo ist sie hin?«

Der Kellner zuckte mit den Achseln und deutete nach hinten. Er war an Aufruhr, Streitereien und Damen, die sich nach zuviel Retsina aufs Klo verkrochen, gewöhnt. Rose lehnte an der Tür zur Toilette und preßte dasselbe alte Taschentuch gegen den Mund, das sie vorhin zum Naseputzen benutzt hatte, als könnte allein dieser Talisman ihr Zittern stoppen.

»Komm, Liebling. Ist schon gut. Reg dich nicht auf. Ist doch alles vorbei. Das war nur ein alter Penner, der auf der anderen Seite des Stadions wohnt, ein harmloser, alter Kauz.«

Sie schüttelte den Kopf. Er legte den Arm um ihre Schultern, um sie zum Tisch zurückzuführen, doch sie sträubte sich.

»Komm, es ist nichts passiert. Komm schon, Kleines, wir haben doch gerade erst angefangen.« Sie murmelte etwas in ihr Taschentuch.

»Was? Ich kann dich nicht verstehen. Erzähl mir, was los ist. Sieh mal, der alte Kerl macht sich nur einen Spaß daraus, andere Leute zu erschrecken. Ich könnte dir Geschichten über Logo erzählen...« Sie nahm das Taschentuch vom Mund und stieß einen tiefen Seufzer aus, um das Zittern unter Kontrolle zu bekommen.

»Bemüh dich bitte nicht.«

Michael spürte, wie der Ärger über ihm zusammenschlug. Sein sorgfältig geplanter Abend war dahin.

Bailey erwachte mit einem steifen Hals. Das Feuer war ausgegangen, und eine endlose Minute lang fragte er sich, wo er war. Im Haus dieser Frau, wo er einen Teil des Nachmittags verbracht hatte, nicht ganz unschuldig, aber auch nicht ausgesprochen treulos? In seiner eigenen Wohnung? Er sah auf die Wolldecke, die sorgsam, aber ohne große Wirkung um seine schmerzenden Schultern gezogen war und sich in der Mitte zu einem dicken Wulst verknüllt hatte, nachdem er sie an den Füßen weggestrampelt hatte. Eine zugedeckte Leiche, die es geschafft hatte, zum Leben zu erwachen.

Jetzt, wo er langsam wieder ins Diesseits glitt, gefielen ihm seine Eindrücke noch weniger als die Verwirrung zuvor. Ihm war abwechselnd heiß und kalt, seine Hände schwitzten, doch der Kopf war kühl, und natürlich kannte sie ihn nach drei Jahren gut genug, um ihn nicht aus seinem Stupor zu wecken und ins Bett zu bringen. Vor Schmerz aufstöhnend, schlug er die Wolldecke zurück und betrachtete seinen zerknitterten Anzug im weichen Licht der Lampe, die sie für ihn angelassen hatte. Zweifellos nur, damit er nicht stolperte und sie aufweckte. Er sah auf die Uhr, obgleich er für gewöhnlich ungefähr wußte, wie spät es war. Kurz vor Mitternacht. Kein Laut war zu hören, bis auf das schwache Rumpeln der North London Line.

Er brauchte ein Bett, und er brauchte Schlaf. Unbeholfen stand er auf, zog sich aus und warf die Kleider über den Stuhl. Dann tappte er nackt ins Bad und stellte sich unter die Dusche. Einem warmen Körper vergibt man leichter als einem kalten, dachte er und machte soviel Lärm wie nur möglich bei seiner Säuberungsaktion. Ungeschickt war er sowieso, aus Müdigkeit und wegen der Kopfschmerzen. Immerzu stieß er irgendwas um. Sie hatte Teller und Tassen in ihrem Badezimmer, wo es bei ihm nur geschlossene Schränke und Seife gab, also war es kein Problem, sich bemerkbar zu machen. Beim Zähneputzen, das er mit solcher Vehemenz betrieb, daß die Zahnpastaspritzer auf dem Spiegel landeten, bemerkte er eine neue Zahnbürste neben dem Waschbecken, wunderte sich flüchtig und entschied dann, daß er zu müde war, um sich über irgend etwas zu wundern. Schließlich tappte er ins Schlafzimmer, schlüpfte zu ihr ins Bett und zog sie an sich, ohne auf Widerstand zu stoßen.

»Irgendwie läuft es nicht besonders mit uns, wie?« sagte er. »Ich habe dich vermißt. Und es tut mir leid, daß ich es nicht gesagt habe.«

»Mir auch. Ich ebenfalls. Dich vermißt, meine ich.«

Schweigen. »Sag mir eins«, sagte sie dann etwas klarer. »Wenn wir uns trennten, meinst du, wir könnten gute Freunde bleiben?«

Schweigen.

»Nein«, sagte er. »Können wir uns nicht einfach weiter lieben?«

8

Langsam ging Margaret noch einmal alle Einzelheiten des vergangenen Abends durch. Das war eine gute Möglichkeit, sich die Zeit zu vertreiben und die Zeit im Bus zu überbrücken, der vom Ende der Straße bis zum Oxford Circus fuhr. Vielleicht kann Eenie sich noch an diese Strecke erinnern, dachte Margaret.

Lange nachdem Logo bei ihr geklopft hatte, waren Sylvies Mutter und Vater gekommen, um ihre Kleine abzuholen. Es war fast Mitternacht, als Margaret das schlafende Kind endlich seinen Eltern übergeben konnte. Die Mutter hatte ein verweintes Gesicht: Großmutter liege im Sterben, sagte sie, und Margaret erinnerte sich, daß nichts je so schmerzte wie der Tod der Eltern. Nicht einmal der des eigenen Mannes. Vielleicht war nur das Verschwinden des eigenen Kindes noch schlimmer. Zwar hatte sie sich in bezug auf Sylvies Sicherheit nichts vorzuwerfen, doch gelang es Margaret nicht recht, sich daran zu freuen. Ihr schlechtes Gewissen wurde allmählich chronisch, und außerdem tat es ihr leid, daß sie Logo angeschrien hatte. Schreien nützte nichts, und es war auch nicht ihre Art. Ebensowenig, wie Dinge zu verheimlichen, obwohl das zu den eindeutigen Verpflichtungen im Leben gehörte. Deshalb war sie auch noch einmal zu ihm hinübergehumpelt, als Sylvie weg war.

Sein Haus war dunkel und zeigte keinerlei Anzeichen von Leben. Margaret wußte, daß sie die Tür aufstoßen konnte, aber seit dem Tag, da sie den Koffer entdeckt hatte, war alles anders geworden. Es war nicht Logo, der ihr angst machte, es waren die Geister, und so machte sie kehrt und fragte sich, wie sie es je schaffen sollte, ihre Liebe für ihn neu zu entdecken. Wahrscheinlich blieb ihr nichts anderes übrig, als zu warten, daß sie sich von selbst wieder einstellte.

Dabei war es nicht einmal einsam ohne ihn. Der Tag hatte einfach zu geschäftig und verheißungsvoll begonnen, wegen dieser Verabredung, zu der sie jetzt unterwegs war. Debenhams, Oxford Street. Im Coffee Shop, um halb fünf, Samstag, wenn sich die Menschenmassen langsam verliefen. Sie war sogar in der Nacht noch einmal aufgestanden, um den Brief aus der Schublade mit den Messern zu holen und nachzulesen, ob sie sich die Zeit auch richtig gemerkt hatte. Wenn sie doch nur niemals diesen Koffer gesehen hätte. Wenn es doch nur eine Möglichkeit gäbe, darüber zu reden, ohne irgendwelche Versprechen zu brechen.

Debenhams hatte sich verändert, seit Margaret zum erstenmal hergekommen war, um Wolle oder womöglich auch vernünftige Schuhe zu kaufen. Die gegenwärtige Einrichtung mit den überfüllten Rolltreppen, die an weitläufigen, vollgestopften Stockwerken vorbeiführten, machte sie schwindlig, andererseits war sie froh, daß sie keine Stufen zu erklimmen hatte. Sie hielt sich mit einer Hand fest, jonglierte mit Stock und Handtasche und hatte das Gefühl, daß sie, wie von einem Katapult geschossen, geradewegs in den Himmel sauste und es kein Zurück mehr gab. Sie geriet in Panik. Wie sollte sie die Ausreißerin nach all den Jahren bloß wiedererkennen? In dieser Zeit konnte sich ein junges Mädchen, aber nein, eine junge Frau, bis zur Unkenntlichkeit verändern. Aber dann beruhigte sie sich und schaffte es, die letzte Rolltreppe mit etwas mehr Würde zu verlassen als die ersten beiden. Jetzt brauchte sie sich nur noch hinzusetzen und zu warten, denn sie selbst hatte sich überhaupt nicht verändert, das wußte sie.

»Hallo, Gran.«

Da war sie, ein hübsches junges Ding. Wie alt war sie jetzt? Margaret wußte es natürlich auf den Tag genau: neunzehn Jahre und einen Monat. Immer noch diese Pfirsichhaut unter all dem Make-up, warum benutzten Mädchen so was, wenn sie es doch eigentlich überhaupt nicht brauchten? Komische Frisur, nicht die langen, dunklen Locken, die sich in verschwenderischer Fülle über ihre Schultern ergossen hatten, schade drum. Schmal wie ein Reh, und der Rock zu kurz: Eine Mischung aus Schönheit und wilder kleiner Bestie stand vor Margaret, hochaufgeschossen und nervös.

»Ich kann nicht mehr so leicht aufstehen«, sagte Margaret. »Aber gib mir einen Kuß. Ach, Eenie, mein Kleines.«

Indem die eine sich ungeschickt hinabbeugte und die andere, behindert durch den schweren Wintermantel, die dünnen Arme hob, umarmten sie einander. »Oh, Gran, oh, Gran, wo hast du nur gesteckt?« murmelte Rose, das Gesicht im Hals der alten Frau vergraben. Sie sog den süßen Puderduft ein, der eine ganze Palette von Gefühlen, Trost, Nähe und Disziplin, in ihr wachrief. Nein, sie würde nicht weinen, dazu war keine Zeit. Das Verlangen war groß, aber wie immer machte Grans Hilflosigkeit sie auf unerklärliche Art wütend.

»Paß auf, ich hole uns erst mal einen Tee.«

»Ich bezahle«, sagte Margaret. »Du holst ihn, aber ich bezahle.«

»Daran könnte ich mich gewöhnen«, sagte Rose etwas finster, doch mit dem Anflug eines Lächelns und stürmte davon, während Margaret ihre schlanke Figur bewunderte, über das kurze Haar und den Rock jedoch den Kopf schüttelte. Du lieber Gott, warum konnten die Jungen nicht einfach sie selbst sein, und warum dachte sie das jetzt? Nörgle nicht, Margaret, nörgle nicht, nur weil sie aussieht wie alle anderen. Wie eine Fremde. Aber genau das war sie – eine Fremde.

»Woanders schmeckt der Tee nie so gut wie zu Hause.« Zu ihrem eigenen Schrecken merkte Margaret, was sie da vor sich hinmurmelte, nachdem Rose sich rücksichtslos an die Spitze der kurzen Schlange gedrängt hatte und jetzt mit zwei Tassen vor ihr stand. »Aber trotzdem gut, mein Liebes. Hier, steck das Geld ein.« Rose wollte schon protestieren, zuckte dann jedoch mit den Achseln und nahm das Geld. Jetzt war Margaret eingeschnappt. Vier Jahre ohne ein Wort, und das Kind zuckte mit den Achseln. Ach, was sollte das! Die Gefühle überwältigten sie einfach, sie war wie gelähmt von einer Freude, die unkritisch hätte sein sollen und es doch nicht war.

»Eenie, du siehst wunderbar aus, ja wirklich. Ich hab mich so gesorgt, seit ich deinen Brief erhalten habe, und bin vor Kummer fast gestorben, vier Jahre lang, das muß man sich mal vorstellen. Vier lange Jahre ohne Nachricht. Warum, habe ich mich gefragt. Warum? Hat das Mädchen mich denn nie geliebt? War ich so schlecht zu dir? Was habe ich falsch gemacht, Eenie, was habe ich getan? Kein Wort von dir oder deiner Mutter...«

»Ach, dich also auch?« fragte Rose, und in ihrer Stimme war mehr als nur ein Hauch von Bitterkeit. »Dann hat sie uns also beide einfach sitzenlassen. Ich hasse sie. Sie hat mich einfach irgendwo abgeladen.«

Margaret konnte ihr kaum folgen, es ging alles viel zu schnell. »Wo hat sie dich abgeladen, Kleines?«

»Aber das weißt du doch. Das hat sie dir doch noch gesagt. Bei einer Cousine oben im Norden. Eine, von der Dad angeblich nichts wußte. Eigentlich sollten wir beide dorthin, aber von der Legard Street aus sind wir zuerst in eine Art Heim, und dann hat sie mich in den Zug gesetzt. Sie hat gesagt, Dad würde sie finden, aber mich vielleicht nicht, deshalb wäre es besser so. In Wirklichkeit hat sie es nur nicht fertiggebracht, woanders hinzugehen und sich einen Job zu suchen, das ist alles. Ich wußte, daß sie entweder zu ihm zurückkehren oder mit irgendeinem anderen Kerl durchbrennen würde. Und genauso ist es dann ja auch wohl gekommen, oder? Sie ist abgehauen, stimmt's? Ihre Cousine hat gesagt, sie sei nie nach Hause zurückgegangen.«

Lieber Himmel, was war das? Was hatte das alles zu bedeuten? In ihrer Verwirrung, denn ihr schwirrte der Kopf von Roses plötzlichem Redesturm, erinnerte sich Margaret nur mit gräßlicher Deutlichkeit an den Koffer. O mein Gott, ja, ihre Mum war nach Hause gekommen.

»Hat deine Mutter dir denn nie geschrieben? Kein einziges Mal?«

»Nein, aber sie hat sich schließlich nie viel aus Briefen gemacht und gesagt, es könnte sein, daß ich für eine Weile nichts von ihr hören würde. Dann bin ich von der Cousine abgehauen, denn sie war verrückt und schnappte langsam über. Ich hab einen Job in der Schule gekriegt und durfte da auch wohnen, kannst du dir das vorstellen? Hab die mittlere Reife gemacht und bin obendrein bezahlt worden. Sie waren gut zu mir, es war eine Nonnenschule, aber sie haben mich gerettet.«

Ja, Eenie hatte immer gern gelernt. Margaret erinnerte sich an ein komisches kleines Mädchen, häufig in sich gekehrt, das begierig alles aufnahm, was sie ihm an außerschulischen Lektionen mitgeben konnte, und ihre Eltern hatten keinen Schimmer davon, wie eifrig sie lernte. Aber sie hatte auch eine strenge Hand gebraucht.

»Und warum bist du nicht zurückgekommen, Kleines? Die Polizei hat nach euch gesucht. Dein Dad hat eine Weile gewartet, aber dann hat er euch als vermißt gemeldet.« Rose sah sie absolut ungläubig an, und ihre Augen verdunkelten sich vor Wut über Grans naive Parteinahme. Im jähen Umschwung der Gefühle war plötzlich alle Vorfreude auf dieses Treffen verflogen. Nach all den Jahren fand Gran nur was an ihr auszusetzen.

»Ach, das weißt du nicht, wie?« höhnte sie. »Du weißt überhaupt nichts. Natürlich wußte er, wo Mum war. Wie oft hatte sie schon Witze darüber gemacht, wo sie hingehen würde, wenn sie ihn je verließe, in dieses Heim, wo man umsonst wohnen konnte... Natürlich hätte er sie gefunden, wenn er gewollt hätte, ich vermute nur, daß er... Ach, was soll's. Jedenfalls sieht es nicht so aus, als ob er's gewollt hätte. Er war nur scharf auf mich. Und ich dachte, ich bringe ihn um.«

Wieder kam Margaret kaum mit.

»Das hast du beinahe auch geschafft«, sagte sie streng. »Er macht alle Leute verrückt mit seinem Gerede über dich und seiner Sucherei. Er ist so komisch geworden. Du mußt ihm helfen, Eenie, ihn von seinem Elend erlösen, bevor er noch ganz durchdreht. Komm doch für eine Weile nach Hause. Er ist immerhin dein Vater.«

»Oh, mein Gott! Du hast wirklich keinen Schimmer.« Rose würgte einen Schluck Tee herunter, schüttelte den Kopf und fuhr fort, als rede sie mit sich selbst, während Margaret sich Mühe gab, sie zu verstehen, betäubt von all dem wirren Durcheinander. »Ich bin mindestens zwanzigmal umgezogen. Ich weiß selbst nicht, warum ich jetzt wieder in der Gegend wohne, ich weiß nicht, was es ist, ich hasse es überall, und da ist etwas ... irgend etwas, das einen wieder dahin zurückzieht, wo man sich auskennt.« Sie sah Margaret herausfordernd an. »Ich brauche meine Mum. Ich dachte, vielleicht würde ich ihr hier zufällig begegnen. Ich brauche meine Mum jeden Tag. Ich brauche sie.«

»Hast du mir deshalb nach all der Zeit geschrieben?« fragte Margaret leise. »Weil du jemanden brauchst? Deine Mum? Nicht mich?«

Die Selbstbezogenheit des Mädchens irritierte sie, trotzdem liebte sie sie mehr als alles auf der Welt, fühlte sich verletzt, verwirrt, ungeliebt. Es war besser, vor der Jugend nicht von sich zu sprechen, nur zuzuhören, das wurde schließlich von einem erwartet, als hätte man selbst keine Sorgen. Ihr Treffen hatte nichts mit dem verschwommenen Drehbuch zu tun, das sie viele Dutzend Male im Geist durchgegangen war, mit Tränen und überschwenglichen Umarmungen und Erinnerungen. Alles, was sie wollte, war, dieser fremden, kratzbürstigen Halbwüchsigen über den Kopf streicheln und sich von ihr umarmen lassen, sie an ihren kindlichen Charme und den Abgrund des Verlustes und der Erinnerung dazwischen erinnern. Statt dessen sah sie nur das Schulmädchen, das Eenie einmal gewesen war, und konnte nicht verhindern, daß sich ein vorwurfsvoller Unterton in ihre Stimme schlich.

»Du hast ihm das Herz gebrochen, Eenie. Erst deine Mutter und dann du. Und mir auch. Du hast nichts auf der Welt als deinen Vater. Er liebt dich genauso wie ich.«

Das Wort »Liebe« versetzte Rose anscheinend in Wut.

»Ich heiße nicht mehr Eenie. Und hat Dad dir das alles erzählt, was ich ihm angeblich angetan habe? Ich wette, daß er das getan hat. Du hast schon immer zu ihm gehalten. Ich wette, er hat dir in den Ohren gelegen und dich vollgejammert. Darin war er immer gut. Was glaubst du denn, warum Mum und ich damals davongelaufen sind? Warum wohl, du blöde, du dumme ...!«

»Psst«, sagte Margaret, der dieser Auftritt peinlich war. »Du brauchst doch nicht so zu schreien. Die Leute können dich ja hören.«

»Ist mir scheißegal, ob die verdammten Leute mich hören oder nicht. Die können mich alle mal! Ach, Scheiße.«

Margaret weinte. Große, dicke Tränen bildeten Rinnsale auf den gepuderten Wangen und fielen dann auf den resopalbeschichteten Tisch. Von überall drehten sich die Leute nach ihnen um. Rose starrte sie an, zeigte ihnen den Finger in einer unmißverständlichen Geste und beugte sich dann wieder über den Tisch.

»Oh, paß auf, Gran, ich hab das nicht so gemeint, es tut mir leid, ich bin einfach ausgerastet, weißt du, es tut mir leid. Ach herrje, jetzt fange ich auch noch an.« Sie wühlte in ihrer Tasche nach einem Taschentuch, aber das von gestern war endgültig hinüber, und so nahm sie statt dessen die steife Papierserviette vom Tisch. Dabei fiel ihr etwas ein. »Paß auf, Gran, bitte wein jetzt nicht, ich mach alles wieder gut. Sieh mal, ich hab dir ein Geschenk mitgebracht.«

»Vier Jahre«, murmelte Margaret. »Vier Jahre, und du schreist mich an.« Mit zitternden Händen nahm sie die Plastiktüte und sah hinein. Das alles war ihr peinlich. Talkumpuder in einer Geschenkbox, das Beste vom Besten, ihre relativ teure und für Sonn- und Feiertage reservierte Lieblingssorte. Ein Luxus, den sie sich zu allen Geburtstagen gewünscht hatte und seit zwei Jahrzehnten schon nur sehr sparsam verwendete. »Du hast es nicht vergessen«, sagte sie mit bebender Stimme.

»Ich vergesse nie etwas, glaub das ja nicht. Meinst du, du schaffst es allein zurück nach Hause?«

Sie saßen da und starrten einander fragend an. Die Gespräche an den anderen Tischen wurden wieder aufgenommen; vielleicht glaubten die Leute, daß sie sich über ein Geburtstagsgeschenk gestritten hatten.

»Nach Hause? Warum? Du kannst doch jetzt noch nicht gehen! Das darfst du nicht, wir haben noch so viel zu besprechen, ich muß dir etwas erzählen, bitte, Kleines, bitte... Ich mache mir Sorgen, Eenie, ich bekomme langsam Angst...«

»Nicht jetzt, Gran, okay? Mehr verkrafte ich im Moment einfach nicht. Wir sollten das langsam angehen, verstehst du, und außerdem muß ich jetzt wirklich weg.« Das gepuderte Gesicht zerfiel schon wieder.

»Gran. Bitte. Paß auf, ich sag dir was. Wir treffen uns wieder hier, Donnerstag nachmittag um sechs. Okay?«

»Warum kommst du nicht lieber zu mir?« jammerte Margaret leise. »Ich warte nämlich auf eine neue Hüfte, es ist nicht so einfach für mich, irgendwo hinzufahren...«

»Ich werde nicht in Dads Nähe kommen, Gran, nicht um alles in der Welt. Frag mich bloß nicht, warum, die Antwort würde dir nicht gefallen. Und du darfst ihm nichts von uns erzählen, oder ich spreche nie wieder ein Wort mit dir. Versprochen? Du hast noch nie ein Versprechen gebrochen.«

»Versprochen.«

»Gut, dann komm jetzt, ich bringe dich zum Bus.«

Margaret Mellors war wie gelähmt, so schnell ging alles. Schweigend schwebten sie die Rolltreppe hinab und landeten im Erdgeschoß. Margaret umklammerte abwechselnd ihre Handtasche, die Einkaufstüte mit dem Talkum, ihren Stock und Roses Arm, während sich die Menschen an ihnen vorbei auf den Ausgang zu drängten. Margaret murmelte Entschuldigungen. Der Bus erschien ganz gegen seine sonstige Gewohnheit in dem Moment, als sie in die eisige Kälte hinaustraten. Sie stolperte, fühlte, wie ihr jemand beim Einsteigen half, hielt sich am Geländer fest, unfähig zu winken, da sie keine Hand frei hatte, und das war alles, woran sie sich später erinnerte. Daß sie zusah, wie Rose winkte und lächelte, bis sie in der Menge verschwand, und sie selbst weder gewinkt noch gelächelt hatte. Und nichts verstand.

PC. Michael Michael, Nr. 711749, erschien wie aus dem Ei gepellt zur Spätschicht. Das hatte nichts mit der Tatsache zu tun, daß der Abend zuvor nicht nach Plan verlaufen war oder er in irgendeiner Art von Wohlgefühl schwelgte. Es bedeutete nur, daß ihm mehr Zeit zur Verfügung gestanden hatte, als wenn sich alle Erwartungen erfüllt hätten. Um eins bereits hatte er seine Freundin freiwillig nach Hause gebracht, und das hieß, daß er am Vormittag zum Training hatte gehen können und sogar noch Zeit gefunden hatte, zu Hause aufzuräumen. Seine Mutter wäre stolz auf ihn, wenn sie wüßte, was er in dieser Nacht geschafft hatte, wenn auch vielleicht nicht darauf, was er insgeheim vorgehabt hatte. »Warte, bis du ein gutes Mädchen findest, Michael, mein Junge, bevor du sie zu dir nach Hause einlädst. Warte, bis du dich verliebst, und dann kämpfe«, hatte seine Mutter gesagt. Nun, dem war er nicht immer gefolgt, jedenfalls nicht im strengen Sinne, aber er hatte sich von Frauen und Whisky auch nicht unterkriegen lassen. Er hatte sein Geld auf die hohe Kante gelegt und geboxt, was ihm einiges erspart hatte. Nun glaubte er, bei Rose, diesem anbetungswürdigen, lästermäuligen, verwirrten Kind, das ihm das Schicksal über den Weg hatte laufen lassen, endlich die Liebe gefunden zu haben, von der seine Mutter gesprochen hatte, und nun mußte er lernen, wie empfindlich und kompliziert dieses Pflänzchen Liebe sein konnte. Kein Wunder, daß Ma ihm geraten hatte zu warten. Sie hatte nur versucht, sein Überleben zu sichern.

Seine Mum war ganz schön verrückt gewesen, wie sein Vater, selbst Polizist, ihm mal voll heimlicher Bewunderung gestanden hatte, ja wirklich. Doch das hatte sie nicht davon abgehalten, eine wunderbare Frau zu sein, und alle anderen Männer, und auch deren Söhne, beneideten ihn und Dad um sie. Deswegen dachte Michael, konnte er unterscheiden, ob etwas echt war an einem Mädchen oder nur vorgetäuscht, was ihn jedoch nicht davon abhielt, sich zu fragen, warum alles nur so furchtbar kompliziert war.

Die Spätschichttruppe war träge – träge und gereizt. Samstag nachmittag, kein Fußball, keine größeren Zwischenfälle, kein Verkehrschaos, alles in allem nichts zu lachen. Sogar die Taschendiebe blieben in der Kälte lieber drinnen, obwohl man darauf wetten konnte, daß nach dem samstäglichen Frühschoppen und der aufgezwungenen Enge zu Hause garantiert irgendwer auf die Idee kommen würde, einen kleinen Einbruch zu versuchen oder einen Streit vom Zaun zu brechen. Im Moment aber gab es nichts zu tun. Der Panda sollte heute zur Abwechslung mit drei Männern besetzt werden. Aus Platzgründen oder Gehässigkeit, was immer den Ausschlag gegeben hatte. Das Gerücht über Williams und Logo hatte bereits die Runde gemacht, obwohl die Sache erst gestern passiert war. Als ein Mann, den man kurz zuvor erst beim Appell beinahe hatte heulen sehen, hatte Williams imagemäßig eine Menge nachzuholen. Offensichtlich tat er sein Bestes.

»Habt ihr gestern abend den Kampf gesehen?« fragte Williams im Umkleideraum. »Habt ihr gesehen, wie der Typ in der dritten Runde erledigt war? Peng!« Er tänzelte vor seiner Spindtür hin und her und hieb mit der Faust in die Luft. »Peng! Er geht zu Boden! Aber ist noch nicht k. o., versteht ihr? Also rappelt er sich wieder auf, und der andere Kerl verpaßt ihm eine Gerade zwischen die Augen, die ihm den Rest gibt...« Williams griff in den Spind und nahm seine zerknitterte Uniformjacke heraus. Im Raum herrschte Schweigen, das Schweigen von Männern, die sich über ein verlorenes Wochenende ärgerten oder über einen Jungen, der was zu beweisen hatte. Michael kam zu Williams' Spind. »Macht's dir was aus, wenn ich mir ein Paar Handschuhe von dir ausleihe, Paul? Ich hab meine zu Hause vergessen.«

Es war nur ein Vorwand, um einen Blick in den Spind zu werfen. Williams war so naiv, daß er zuerst gar nicht mitkriegte, wie intensiv Michaels kurze Inspektion war. Dann knallte er ihm die Tür vor der Nase zu. »Tut mir leid, Kumpel, Handschuhe gibt's keine mehr.« Laut summend verließ er den Raum, doch Michael hatte ein furchterregendes Paar Handschellen, ein Bowiemesser und zwei Schlagstöcke gesehen – einen mehr als erlaubt und zwei mehr, als er selbst besaß. Plus jede Menge anderes Zeug. Michael schüttelte den Kopf. Er verspürte plötzlich eine Mischung aus Ekel und Sympathie für den ängstlichen Williams. Letzte Nacht hatte Logo ihn selbst halb zu Tode erschreckt. Er wünschte, er wäre Rose gegenüber netter gewesen, weniger scharf. Liebe schien flüchtig wie Rauch, aber wenigstens war seine Uniform dauerhaft.

Als Williams sich zum Appell aufstellte, die Schultern reckte, herausfordernd salutierte und über das ganze Gesicht grinste, als könne er sich dadurch Anerkennung verschaffen, dachte der Sergeant: Was für eine aufgeblasene kleine Kröte, ein Angeber, wie er im Buche steht. Er sah Michael an, wie um Bestätigung heischend, doch der wich seinem Blick aus.

»Haben Sie was zu melden, Michael?«

»Nein, Sir.«

»Werdet ihr jetzt endlich stillstehen?« Der Ärger über den einen richtete sich gegen alle. Michael spürte einen kurzen Anflug von Bitterkeit. Komische Sitten. Aber er würde Williams eine Chance geben müssen, seine Konterbande loszuwerden, bevor er die nächste Spindinspektion ins Gespräch brachte. Und das, obgleich er keinen Funken Respekt vor dem Dummkopf hatte.

PC. Michaels Geduld schwand, während er mit quietschenden Reifen um die Ecken raste. Dabei hätte es so lustig sein können. Der graue Nachmittag blinzelte faul durch die Scheiben, und weit und breit war nichts in Sicht, was einem den Magen umdrehen oder unbehagliches Schweigen hervorrufen konnte. Sie waren zu dritt: PC. Singh, ein zuverlässiger Constable mit zweijähriger Erfahrung, der immer irgendeinen dummen Spruch auf den Lippen hatte, Michaels mit mehr als fünf Jahren auf dem Buckel, der darüber schallend lachen konnte, und Williams, der ihm gleich die Stimmung vermieste, indem er anfing zu sticheln.

»Gehst du immer noch mit diesem Mädchen aus, Mick?«

Michael konnte es nicht leiden, wenn man ihn Mick nannte. Ein Mick war ein irischer Fußball-Hooligan.

»Welches Mädchen meinst du, Will?«

»Uiiih, jetzt wird er aber wütend! Wer war denn schon vor dir bei ihr dran, abgesehen von der halben Division? Und wen hast du mitgenommen, um rauszukriegen, wo sie wohnt?« Das hatte Michael inzwischen schon mehr als einmal bereut. »Hat sie dich denn inzwischen rangelassen? Willst du uns nicht 'n bißchen was vorplaudern? Ach, mach doch, was du willst.«

Sie bogen mit hoher Geschwindigkeit um eine Ecke. Michael fuhr, als hätte er den Wagen gestohlen, und Williams wurde auf dem Rücksitz hin und her geschleudert. Er rappelte sich auf, beugte sich vor und klopfte dem ungerührten Singh auf die Schulter.

»Hör mal, wußtest du das schon? Unser Mick geht nämlich mit dem größten Flittchen aller Zeiten. Wahrscheinlich hat er's gern, wenn seine Bräute nicht aus der Übung kommen, verstehst du? Damit sie immer gut für ihn geschmiert sind!«

Das Funkgerät knisterte und spuckte irgendeine unbedeutende Meldung aus, verschaffte eine kurze Unterbrechung. Michael war dickfelliger als die meisten, aber mittlerweile schäumte er vor Wut. Williams hatte einen wunden Punkt getroffen, denn gerade hatte er noch gedacht, daß er in seiner kurzen, intensiven und bislang asketischen Beziehung zu Rose schneller hätte merken müssen, daß sich in ihr mindestens soviel Explosivität angestaut hatte wie in einem anonymen Bombenpaket auf einem Bahnsteig kurz vor der Explosion. Diese Angst gestern abend, all das Reden danach. Und die Schwierigkeiten, die vor ihnen lagen, Hindernisse, die er zwar spürte, aber nicht benennen konnte. Gleichzeitig empfand er Scham, da er sich allen Ernstes fragte, ob sich das Ganze überhaupt lohnte und er den Mumm hatte, es mit einem Mädchen aufzunehmen, das so unwiderstehlich und gleichzeitig so verkorkst war.

»Komm schon, Mick, du kannst es uns ruhig erzählen. Wie ist sie?«

»Das müßtest du doch viel besser wissen«, antwortete er unbewegt. Dann trat er heftig auf die Bremse. »Aber ich wette, genau das tust du nicht. Das werd ich dir voraushaben.« Im selben Augenblick, als er die offene Tür zu einem leerstehenden, halb zerfallenen Haus erspähte, in einer Straße, in der es jede Menge von solchen Häusern gab, hatte Michael seinen Entschluß bereits getroffen und spürte, daß er von einer scharfen Erregung gepackt wurde, wie vor einem Kampf. Na klar hatte er den Mumm. Klar würde er heute abend hingehen und Rose wiedersehen. Klar würde er warten, egal, wie lange es dauerte, bis er sie endlich geknackt hatte und alles besser wurde. Wie bei Dad und Mum. Und wenn es nicht ging, dann ging es eben nicht, aber es würde bestimmt nicht daran liegen, daß er es nicht versucht hatte.

»Los, Will, steig aus und sieh nach, was mit dem Gebäude los ist. Gestern stand die Tür noch nicht so auf. Sieht aus, als hätte da jemand eingebrochen. Na los, mach schon, sieh dich mal um.«

»Und was ist mit euch beiden?«

»Nun steig erst mal aus. Ich wende inzwischen den Wagen.« Williams stieg pfeifend aus und schlenderte zu der offenstehenden Tür hinüber. Michael gab Gas und jagte die Straße hinauf.

»Lassen wir ihn sitzen?« fragte Singh hoffnungsvoll. Michael grinste. Die Freude über seinen Entschluß war ansteckend.

»Wie gesagt, ich wende nur. Aber mit Geduld.«

Als sie zurückkamen, stand Williams vor dem Haus und tat sehr geschäftig.

»Wir müssen den Besitzer verständigen, nicht wahr? Keiner drin.«

Michael spähte in den dunklen Flur des kleinen Reihenhauses. Es gehörte der Stadt und wartete darauf, renoviert zu werden, offensichtlich schon seit geraumer Zeit. »Hast du dich drinnen umgesehen?« fragte er. »Hausbesetzer? War irgendwer drin und hat Leitungsrohre oder Kamine geklaut?« Natürlich wußte er, daß die Frage unsinnig war, weil Williams garantiert nicht weiter als ein paar Schritte vorgedrungen war, aus Angst vor dunklen Treppen und lauernden Gefahren, und weil der Dummkopf trotz des Arsenals in seinem Spind nicht mal eine Taschenlampe eingesteckt hatte. Michael nahm seine eigene vom Gürtel und marschierte, ohne eine Antwort abzuwarten, nach drinnen. Singh folgte ihm. Williams kam als letzter. »Da ist keiner«, sagte er lahm. »Ich bin sicher, daß da keiner ist.« Die Eindringlinge waren längst verschwunden. Staub tanzte im trüben Licht, das durch das schmutzige Fenster auf dem oberen Treppenabsatz fiel. Das Geländer war abmontiert worden, so daß nur noch die wackeligen Stufen mit Resten des ehemaligen Teppichs übriggeblieben waren. Michael richtete den Strahl seiner Taschenlampe in das leere Wohnzimmer zu seiner Rechten: die häßliche, zwanzig Jahre alte Kaminkonstruktion war noch intakt. In der dahinterliegenden Küche hat es sicher mal eine Steinspüle gegeben, dachte er. Die Baupläne der Häuser in dieser Gegend kannte er besser als die Linien seiner Hand. Keine Steinspüle und auch keine Kupferleitungen mehr, dafür der Gestank von Katzen und Mäusen. Alles, was man wiederverwenden konnte, war weg. Michael machte kehrt und stieg schwungvoll die Treppe hinauf. Die Stufen ächzten unter seinem Gewicht. Der Eingang zum Badezimmer wurde durch eine Art Pfosten versperrt, den er beiseite schob. Er bildete sich ein, hören zu können, wie der trockene Mörtel herunterrieselte. Bin gespannt, was Rose dazu sagt, wenn ich ihr das erzähle. »Rose«, würde er sagen, »ich hab unser Traumhaus gefunden...«, und dann würden sie wunderbar lachen. Er leuchtete in den Raum, in dem Vorhänge vor dem kleinen Fenster das Tageslicht aussperrten, die Badewanne war weg, das Waschbecken noch da. »Ja, mein Liebling«, würde er sagen, »eine richtige Prachtvilla.« Michael hockte sich hin, um zu sehen, ob die Wanne erst vor kurzem entfernt worden war, suchte im Staub nach irgendwelchen Spuren, wie nach Fußabdrücken in der Wüste, und dann brach plötzlich alles über ihm zusammen.

Ein Ding, so groß wie eine Eisenbahnschwelle, traf ihn am Kopf und schmetterte ihn zu Boden, während der Putz in spitzen und stumpfen Brocken auf seinen Rücken niederprasselte und er kaum mehr spürte als vage Überraschung. Keinerlei Schmerz. Dann hörte er, verblüfft, aber bei Bewußtsein, Schritte auf der Treppe, Rufe, ein Krachen und sah seine Taschenlampe nutzlos in der Ecke liegen. Noch mehr Krach, lauter, und dann eine Stille voller Bilder und rotes Glühen hinter den Augen.

Er dachte vollkommen klar: Jetzt verpasse ich den Boxkampf nächste Woche und die Meisterschaft, ist das eine Erleichterung oder nicht? Und heute abend verpasse ich Rose.

»Ich wünschte, ich wüßte, wo Rose Darvey wohnt«, sagte Helen zu Geoffrey. Sie stand in seiner Küchentür und bewunderte flüchtig die Funktionalität all dessen, was sie sah, ihn selbst eingeschlossen. Sie hatten die Feindseligkeiten nicht wiederaufgenommen, nachdem sie – zugegebenermaßen ziemlich spät am Vormittag – von einem Anruf für Helen aus dem Schlaf gerissen worden waren. Bailey war rangegangen, es war ein Mann mit irgendeinem komischen Namen, Dinsdale oder so ähnlich. »Klingt ziemlich scharf«, sagte er sarkastisch, reichte ihr den Hörer und sah, wie sie errötete. Nur leicht, aber immerhin lag ein roter Schimmer auf dem blassen, ungeschminkten Gesicht, das Dinsdale nie zu sehen bekam. »Ist das seine Zahnbürste?« flüsterte Bailey leise, während sie ihm den Rücken zuwandte und den Hörer zwischen Ohr und Schulter klemmte. Sie ignorierte ihn. »Nein«, sagte sie. »Tut mir leid, ich bin das ganze Wochenende besetzt«, ohne zu spezifizieren, womit. »Ja, das wäre nett gewesen«, sagte sie zu der Stimme am Telefon, die Bailey gerade nachäffte: »Könnte ich möglicherweise mit... reizend, ganz reizend.« In Bramshill würde kein Mensch so reden. Im übrigen fragte er sich, wieviel von ihrer Unterhaltung für ihn bestimmt war und wieviel für den Mann am anderen Ende, der aber offensichtlich ihre ungeteilte Aufmerksamkeit beanspruchte. Sie hatte diesen Dinsdale nie erwähnt, was verdächtig war, da sie ansonsten über jeden, den sie kannte, redete wie ein Wasserfall, besonders wenn er irgendwelche Probleme hatte. Vielleicht war dieser Dinsdale selbst das Problem. Bailey versuchte sich daran zu erinnern, daß Helen keine Spielchen mochte, aber er war Polizist, und so wußte er auch, daß niemand wirklich berechenbar war. Der Anruf wurde nicht wieder erwähnt. Es gehörte zu Baileys Pflichten, beruflicher wie auch privater Art, den Frieden zu wahren.

Dann war es ein bißchen riskant geworden, »kommst du mit rüber zu mir«, Fetzen eines Songs, an den er sich erinnerte und sie nicht, aber im Grunde war sie heute leicht zufriedenzustellen. Der Waffenstillstand, der so ausgesehen hatte, als könnte er halten, war erst gefährdet, als sie sein Gepäck auf die Seite schob und ein paar Akten auf den Rücksitz stapelte, wurde dann um ein Haar gebrochen, als er auf dem Supermarkt und der Reinigung bestand, und drohte schließlich in vielsagendes Schweigen zu münden, als er beobachtete, wie sie fuhr. Aber er war ein Mann von eiserner Zurückhaltung, er hatte schon Schlimmeres erlebt, und ihr war bewußt, wie schlecht sie fuhr. Nachmittags gingen sie wieder ins Bett. Zum Eingewöhnen, wie er sagte. Gegen Abend machte er sich dann in der Küche zu schaffen, und sie las ein paar von ihren verdammten Akten, damit der Sonntag weniger deprimierend würde, wie sie sagte, doch nach einer Weile kam sie und stellte sich in die Küchentür.

»Rose Darvey? Ach, diese Kanzleikraft, von der du mir erzählt hast.« Er vergaß niemals einen Namen oder eine Anekdote. »Wozu willst du ihre Adresse? Sie wird sich bedanken, wenn du sie samstags abends anrufst.«

»Nur so ein Gefühl. Zum einen weiß ich, daß sie einsam ist, es sei denn, sie hat ihren geliebten Michael um sich, und in den wird so viel Hoffnung investiert, daß sich irgendwann rausstellen könnte, daß er gar nicht der heilige Christophorus ist. Aber das kann ich ihr nicht beibringen. Sie ist eine Frau und gleichzeitig auch ein Kind. Beides durcheinander. Keine Eltern. Ich dachte gerade so über sie nach.«

»Du hast gesagt, zum einen. Was war das andere?«

Helen wirkte abwesend, folgte wie gebannt der Bewegung seiner Hände.

»Warum willst du sie noch sprechen?«

»Ach so. Ich hab die falschen Unterlagen. Irgendwas muß schiefgelaufen sein. Ich hab mir in meinem Terminkalender für Montag einen Termin notiert, hab extra drum gebeten, daß ich den Fall übernehmen kann, denn ich will ihn kriegen, den Mistkerl.« Sie beugte sich vor und griff nach einer Olive, die auf der Arbeitsfläche seiner sauberen Küche lag. »Na, na«, sagte er und verscheuchte ihre Hand mit einem furchteinflößenden Messer.

»Aber er findet nicht statt«, fuhr sie fort. »Ich hab dir ja erzählt, daß wir beide am Freitag geschwänzt haben, trotzdem bin ich noch mal ins Büro und hab meine Unterlagen geholt. Diese Akte war nicht dabei, und sie stand auch nicht auf der Liste.«

»Vergiß es. Morgen ist auch noch ein Tag. Und wenn du willst, fahren wir in dein verdammtes Büro und sehen nach. Kannst du den Wein aufmachen? Vielleicht hat der Angeklagte ja das Zeitliche gesegnet.«

»Haha«, sagte sie. »Das glaubst du doch selbst nicht. Betrunkene Autofahrer sterben nie, obwohl ich manchmal wünschte, es wäre anders. Was zum Teufel machst du da eigentlich?«

Er hörte das wohltuende Plop des Korkens, der aus der Flasche gezogen wurde.

»Oh«, sagte sie und warf einen Blick in das aufgeschlagene Kochbuch. Die Seite wies bereits mehrere Flecken auf. Bailey war ein guter Koch, und das wurde man nur, wenn man sich streng ans Rezept hielt und sich die Mühe machte, sämtliche Zutaten zu besorgen, statt sie durch andere zu ersetzen, nur weil man keine hundert Meter weiter gehen wollte.

»Ein Huhn, circa zwei Kilo, zwei große Paprika, 120 Gramm Chorizos, ebensoviel Basmatireis, getrocknete, in Öl eingelegte Tomaten, Weißwein, Knoblauch, 100 Gramm entkernte schwarze Oliven, tut mir leid, jetzt sind's nur noch 80«, setzte sie mit vollem Mund hinzu, »... Cayennepfeffer und dreitausend andere Sachen. Ich meine, ist das alles, ist das wirklich alles? Wie steht's mit etwas Fledermausohr und einem zarten Krötenauge? Und was mußt du sonst noch machen, außer das alles schälen und hacken und brutzeln und schmoren und warten, bis du schwarz wirst?«

»Es essen«, sagte er. »In ungefähr einer Stunde. Und sei nicht so verdammt überheblich, was das Kochen angeht.« Sie stand da, mit der Weinflasche in der einen und dem Olivenkern in der anderen Hand, und nickte.

»Ja, das bin ich wohl, ein bißchen jedenfalls. Ich will es nicht, aber ich bin es, und das muß ziemlich anstrengend sein für die Leute. Obwohl ich weiß, daß mir ein warmes Essen besser schmeckt, würde ich, wenn ich allein wäre, wahrscheinlich zuerst die Oliven essen und dann hinterher das Huhn auf einem Sandwich.«

»Du gibst deine Fehler wenigstens zu«, sagte er und öffnete den Backofen. »Wenn auch nur, um sie so zur Marotte zu erklären und einen Vorwand zu haben, genauso weiterzumachen wie vorher. Erinnert mich ein bißchen an einen Katholiken, der zur Beichte geht. Wie lange muß das jetzt drinbleiben? Wenn du dich bitte überwinden könntest, nachzusehen.«

»Geoffrey«, sagte sie, wieder an den Rahmen der Küchentür gelehnt. Gespräche waren gut, solange man sich nicht gegenübersaß, so zwischen Tür und Angel ging es einfach besser. »Du weißt doch noch, daß ich dir von meinem Einkaufsbummel mit Rose erzählt habe, nicht? Nun, das kam, weil wir uns gestern morgen zufällig getroffen haben. In einer Familienberatungsstelle.« Die Ofentür schloß sich hinter dem *poulet magnifique*.

»Und?« sagte Bailey ruhig.

»Und nichts.«

Er hatte ihr den Rücken zugekehrt und wischte sich sorgfältig die Hände mit einem Küchentuch ab, bevor er sich wieder zu ihr umwandte. Seine Stimme schien aus der Spüle zu ihr zu dringen, undeutlich hörte sie ihn durch einen Schleier aus Elend, Enttäuschung und unterdrücktem Weinen, der trotz aller Selbstkontrolle ihre Woche bestimmt hatte.

»Ich muß morgen abend zurück zu meinem Kurs. Also bleiben uns vierundzwanzig Stunden.«

»So lange?« sagte Helen, immer noch kurz vor einem Tränenausbruch, in der Hoffnung, er würde es merken. »Wirklich so lange?«

Das Gehen fiel Margaret schwerer als sonst. Es war, als hätte sich der psychische Schmerz in die Beine verlagert. Doch als sie dann die Straße entlangging, klingelte sie aus einer angeborenen höflichen Anteilnahme heraus an Sylvies Haustür und fragte nach der Großmutter. Das Gefühl, versagt zu haben, wurde noch verstärkt durch einen jungen Fremden in der Küche, der offenbar dabei war, Sylvie zum Essen zu überreden. Sylvie schrie und trampelte. »Ich will aber zu Mags!« kreischte sie, doch nicht einmal das konnte Margaret trösten, denn es war nur Theater. Die Eltern waren nicht da. Die alte Dame sei gestorben, murmelte der Fremde, da gebe es eine Menge zu erledigen. Margaret drückte ihr Beileid aus, bot ihre Hilfe an und ging.

Keine Spur von Logo, aber sie wußte, daß er da war. Sie wünschte, er würde kommen und an ihre Tür klopfen, aber gleichzeitig wünschte sie auch, daß er es nicht tat. Sie konnte sich einfach keine Lügen mehr ausdenken, dennoch sehnte sie sich nach Gesellschaft, wollte über irgend etwas reden. Auf dem Weg zu ihrer Verabredung mit Eenie war sie noch voller Hoffnung gewesen, ihre Einsamkeit abschütteln zu können, und dann war alles nur schlimmer geworden. Margaret schloß sorgfältig die Tür hinter sich ab. Später meinte sie zu hören, wie Logos Karren durch die Hofeinfahrt rumpelte, aber ob er kam oder ging, hätte sie nicht sagen können. Zu dieser Zeit war sie schon in ihr wärmstes Nachthemd und eine Wolke des luxuriösen Talkums gehüllt. Das war das Beste, das sie tun konnte, um sich zu trösten.

Logo saß in seinem Schlafzimmer und spielte mit den Schatten. Sein Spiegel zeigte ein geschwollenes, rot verfärbtes Gesicht und sagte ihm, daß er krank war. Seine zähe Konstitution dagegen meinte, das sei Unsinn. Er war nicht sicher, wem er glauben sollte. Zu singen war immer noch unmöglich, aber er konnte krächzen und halbwegs triumphierend heulen.

Er hatte sie gesehen und war wie ein Fuchs von den Hühnern verjagt worden. Seine kleine Eenie. Ein ungewöhnlicher Name, den seine Frau zur Erinnerung an die Enid-Harkness-Rose ausgesucht hatte, die sie einmal, wie üblich ohne Erfolg, im Hinterhof hatte züchten wollen. Sie hätten sie einfach Rose nennen sollen. In der Schule hatten sie aus Enid ›Eenie‹ gemacht. Ein häßlicher Name, aber irgendwie war er an ihr hängengeblieben, während sie immer hübscher wurde. Ein geschmeidiges, lebhaftes kleines Ding mit einem Hintern wie ein Pfirsich und Beinen wie ein Fohlen und all dem wunderbaren Haar. Immer wenn die Mutter es kämmte und das Kind stillstand, für Augenblicke gefangen von der Berührung, hatte Logo ebenso fasziniert zugesehen, bevor ihre Energie neu die Oberhand gewann und sie wieder anfing herumzuzappeln. Er sah, wie sich ihr kleiner Körper mit schlangenhafter Anmut der Mutter entwand: »Genug, Mummy, ich hab genug davon stillzuhalten.« Und als Mummy anfing, immer öfter auszugehen, weil sie mit dem Kind nichts anfangen konnte und das Kind nichts mit ihr, spielte Logo mit seiner Tochter. Schattenspiele, wie er sagte, und sie kreischte vor Vergnügen.

Zuerst waren es nur Schattenspiele. Und dann verebbte das Kreischen, bis sie ganz still war.

9 Am Sonntag nachmittag ließ der Wachmann am Eingang von Helens Dienstgebäude Bailey passieren, nachdem dieser seinen Dienstausweis geschwenkt hatte, und winkte Helen mit ihrem kleinen Plastikausweis durch, weil er offenbar die richtige Farbe hatte. »Du hättest ihm auch deine Buskarte zeigen können«, sagte Bailey erstaunt und empört zugleich. »Dieses Gebäude ist so sicher wie ein Fußballfeld.«

»Oder eine Irrenanstalt.«

»Nein, viel schlimmer.«

»Sag's nicht weiter«, sagte Helen. »Zumindest glauben alle, es sei sicher. Allein schon wegen der Gitter.«

Keine Akte und auch keine Datei über eine Akte, als Bailey sich endlich durch das Computerprogramm gekämpft hatte. Keinerlei Anzeichen für eine Sicherheitskopie in Roses sauber geführter Liste. Helen sah in dem offenen Buch nach, in dem alle Mitarbeiter mit Adresse und Telefonnummer verzeichnet waren. Die von Rose waren durchgestrichen, immer ohne Nummer gewesen. »Scheint sich sehr bedeckt zu halten«, bemerkte Bailey obenhin. Helen nahm sie in Schutz.

»So? Na, vielleicht hat sie ihre Gründe, die Arme. Vielleicht hat sie gar kein Telefon.«

»Alle Teenager haben Telefon. Das ist ihre Lebensader.«

Helen hörte nicht zu. »Jetzt muß ich Vertagung beantragen. Es sei denn, das Gericht hätte den Termin verschoben, aber auch das würde noch nicht erklären, warum hier alles verschwunden ist. Ich könnte es im Keller versuchen, nur wüßte ich da wieder nicht, wo anfangen, soviel Papier liegt da rum...«

»Du hast gesagt, es würde eine von vierundzwanzig Stunden kosten«, erinnerte Bailey sie nüchtern. »Bisher haben wir schon zweieinhalb verplempert. Los, komm schon, Akten werden andauernd verloren. Das mußt du doch mittlerweile gewöhnt sein.«

»Nein.«

Da war wieder der harte Ton in ihrer Stimme, den er so haßte. »Sie einfach so zu verlieren, ist eine Sache. Sie zu verschlampen, eine andere. Aber gehen wir. Zu dir oder zu mir?«

»Zu dir. Ryan will später bei dir vorbeikommen, um mich abzuholen.« Er grinste entschuldigend.

»Gut, dann können wir noch was trinken. Und das Steak essen. Nur um ein bißchen Abwechslung in die Sache zu bringen.«

Es lief nicht unbedingt perfekt, dennoch funktionierten sie als Team. Diesmal wollte sie nicht, daß er fuhr. Er auch nicht. Aber keiner von beiden sagte etwas.

Und am Montag hatte sie ihre alte Energie und Wut wiedergefunden. Und da Miss Helen West um einiges überzeugender war als ihr jüngerer Kollege John Riley, schaffte sie es, im Fall des betrunkenen Autofahrers, der ohne Papiere gefahren war, eine Vertagung von zwei Wochen durchzuboxen. Die Art erbosten Gesichtsausdrucks, die der Beschuldigte aufsetzte, als er die Anklagebank verließ, war sie mittlerweile gewöhnt. Sie hätte sogar Verständnis für ihn gehabt, wenn er vorher nicht so verdammt selbstgefällig aufgetreten wäre. Irgendwas war da faul, irgendwas stank da ganz mächtig, sie würde den Geruch nicht vergessen, auch wenn er in dem Wirrwarr unterging, der gleich anschließend kam. Zwei Diebe, vier Einbrecher, eine Vergewaltigung, alles Leute, die dem zuständigen Gericht zur Hauptverhandlung überstellt werden sollten, ein Aufgebot von Fußballrowdys, denen man öffentliche Ruhestörung anlastete, drei Raufereien zwischen Nachbarn, die mit Bewährung rechnen konnten, drei Auseinandersetzungen zwischen der Kronanwältin und dem Gerichtsdiener, eine mit dem Richter, und keine einzige mit der Verteidigung – endlich war Helen fertig und sauste im Eiltempo zum Büro zurück. Als sie die Treppe hinauflief, flatterte der helle Mantel über ihrem trauerschwarzen Kostüm. Sie war unbekümmert elegant und bewußt ungeduldig wegen allem und jedem. An einem guten Tag konnte Miss West Berge versetzen, an einem schlechten legte sie ein geradezu selbstmörderisches Tempo vor.

Keine Spur von Rose. Sie habe sich krank gemeldet, sagte jemand, habe angerufen und nur gehustet. Helen hoffte flüchtig, daß Rose nicht wirklich krank war, sondern sich mit Michael amüsierte. Ihre eigene Arbeitsmoral war in letzter Zeit etwas angeschlagen, und im übrigen hätte sie sie sowieso nicht auf jemanden mit einem weit magereren Gehalt übertragen wollen. Und dann wartete noch eine Überraschung. Eine Nachricht auf dem Schreibtisch. Großes Treffen um vier in Redwoods Büro. Helen machte sich auf die Suche nach Dinsdale, nur um sein Lächeln zu sehen.

»Ein Anfall von Panik«, sagte er träge und schwenkte seine eigene fotokopierte Einladung. »Hat er montags öfter.«

»Um was geht es denn überhaupt? Er haßt Sitzungen doch eigentlich.«

»Tun wir das nicht alle? Ich denke, es geht um die verschwundenen Akten. Irgendwas in der Art jedenfalls. Sie wissen doch von Rileys Debakel letzte Woche? Ach, stimmt. Sie waren ja letzten Freitag nicht da.« Es klang neutral, vermittelte ihr aber trotzdem das Gefühl, eine Verräterin zu sein, die ihre Familie im Stich gelassen hatte. »Wie auch immer, jedenfalls habe ich ihm am Freitag spät noch davon erzählt, und da hätte er am liebsten noch alles ignoriert. Aber am Wochenende gab es wohl Ärger. Nicht von offizieller Seite oder der Polizei, wie ich hinzufügen möchte. Nur von dem Anwalt, der angeheuert war, um Rileys Alkoholsünder zu vertreten, dann aber bereits vor der letzten Anhörung gefeuert wurde. Angeblich hat sein Klient gesagt, und ich zitiere: ›Es ist alles abgemacht.‹ Der Anwalt ist natürlich sauer, weil ihm sein Fisch vom Teller gerutscht ist, und jetzt will er wissen, ob da wirklich was ›abgemacht‹ war. Er ist im gleichen Golfclub wie Redwood. Genau darum geht's.«

»Um Trunkenheit am Steuer?«

»Nein, um Golf.«

»Und wozu dann diese Sitzung? Will er höhere Handicaps?«

»So was in der Art«, murmelte Dinsdale, als sie zusammen in Richtung von Redwoods Büro schlenderten. »Übrigens, tut mir leid wegen des Wochenendes. Ich nehme an, Ihr Freund war da.«

Dinsdale schaffte es immer, sie zum Erröten zu bringen. Wie mit dieser Anspielung auf Bailey.

»Ja, schade«, anwortete sie leichthin. »Vielleicht ein anderes Mal, wenn Ihr Harem Ihnen frei gibt.« Die Tür zu Redwoods Büro stand offen, die Sitzung hatte bereits begonnen. Das ist mein Leben, dachte Helen, falls ich je auf die Idee kommen sollte, Karriere zu machen. Alles wird davon abhängen, wie ich mich in solchen Sitzungen profilieren kann, welche Weiterbildungskurse ich besuche, welche Ausschüsse ich vor den Kopf stoße. Es hat nicht die Bohne damit zu tun, ob man eine gute Anwältin ist oder ein Mensch mit Gefühlen und gesundem Menschenverstand. Nichts damit, ob man im Dienst der Gerechtigkeit zu Boden geht und tagelang auf allen vieren nach irgendwelchen Unterlagen sucht. Sie sah sich im Raum um und hoffte, in den Gesichtern der anderen einen Widerschein ihrer eigenen Frustration zu entdecken. Doch diese Ansammlung von Dünnbrettbohrern war einfach nur lammfromm und erwartungsvoll. Zuversicht erhellte ihre kleinen Gesichter, und nur Dinsdale trug die heitere Miene des respektvollen, immer belustigten, immer distanzierten Zynikers zur Schau. Redwood sah aus, als würde er im nächsten Augenblick das Signal zu einer Hexenjagd geben. Alles wie immer.

»Mir ist zu Ohren gekommen, daß Unterlagen aus dem Büro verschwinden«, begann er unheilvoll.

Diese Einleitung verursachte teils lautes, teils unterdrücktes Gelächter. Verlorene Akten, verlorene Prozesse und blamierte Staatsanwälte – das war nicht unbedingt neu. Vielleicht hatte Redwood es ja ironisch gemeint, aber er sah so finster aus. Das Lachen verebbte. Was bist du doch für ein kleiner Wurm, dachte Helen, die am lautesten gelacht hatte. Redwood hob die Hand wie ein Pfarrer, der während der Predigt einen Punkt besonders unterstreichen will, eine Geste, die Segen und Verdammnis zugleich bedeutete.

»Ruhe bitte. Benehmen Sie sich so etwa bei Gericht?«

Muß lange her sein, daß Sie das letzte Mal bei Gericht waren, Sir – wir lachen da ohne Pause.

»Jemand hat sich am Computer zu schaffen gemacht ...« Wieder dieses unterdrückte Prusten, es klang unanständig. »... und wichtige Informationen zerstört«, fuhr er fort. »Etwa zehn Fälle scheinen einfach gelöscht worden zu sein, und zwar in voller Absicht.«

»Und das Beweismaterial?« Dinsdales Stimme, ruhig und interessiert. »Deutet das Beweismaterial auf einen einzigen Täter hin?«

Redwood warf ihm einen bedeutungsvollen Blick zu, von Mann zu Mann.

»Ja, Mr. Cotton, alles deutet in eine bestimmte Richtung, allerdings sind es bisher nur vorläufige Erkenntnisse, wie ich hinzufügen möchte. Wir haben eine Krankmeldung in unserer Belegschaft, nur eine heute, natürlich sind im Moment nur Juristen anwesend, mit den anderen werden wir eine gesonderte Sitzung abhalten, und ich denke, wir wissen schon, wer... Die Hintergründe sind bislang noch ungeklärt, es sei denn, es handelte sich um eine Art Vendetta. Natürlich können wir die Personen, die auf diese Weise ihrer Strafe entgangen sind, nicht befragen, andererseits wollen wir die Polizei auch nicht mit in die Sache hineinziehen, die unter solchen Umständen auch nicht mehr tun kann, als um freiwillige Unterstützung zu bitten...«

»Aber wir müssen es versuchen. Selbst wenn wir ihnen absolute Vertraulichkeit zusichern müssen, es geht nicht anders. Ich will mich da gerne beteiligen, wenn Sie möchten.« Helens Stimme. Riley nickte. Er dachte an seinen Fall letzte Woche, an die Überheblichkeit dieses Mannes. Helen dachte an den von heute morgen. Bestechung und Korruption? Ein Fehler? Redwood glaubt, er kennt den Täter. Und dann wußte sie plötzlich, in welche Richtung sich das alles bewegte.

»Ich habe Sie hergebeten, um mit Ihnen alternative Archivierungsmethoden zu diskutieren«, sagte Redwood. »Neue Formulare sind bereits in Vorbereitung. Sie sollen mir jede Woche abgeliefert werden. Zusammen mit Ihren Tagesberichten.«

Helen erinnerte sich, wie er freitags abends ihre Schreibtische kontrolliert hatte. Plötzlich merkte sie, daß sie aufgesprungen war.

»Sie glauben, es ist Rose, nicht wahr?«

»Sie ist heute nicht da, sie war Freitag nicht da, und sie weigert sich, ihre Adresse anzugeben... Sie weiß, wie man mit dem Computer umgeht, und sie verbringt jede Menge Zeit im Keller...« Redwood leierte das alles herunter, als hätte er es auswendig gelernt.

»Sie wird am schlechtesten bezahlt und ist am leichtesten zu feuern. Sehr bequem, nicht wahr?« brüllte Helen. Die anderen rutschten verlegen auf ihren Stühlen hin und her.

Redwood brüllte zurück: »Sie ist die einzige, die abends länger bleibt. Die einzige...«

»...die anders ist als die anderen? Okay.« Ihre Stimme war um eine Oktave gesunken. Redwood war vorübergehend erleichtert. Dann hob sie sie wieder, nicht ganz so stark, aber immerhin. »Was ist mit ihren Kladden?«

»Welchen Kladden?«

»In denen sie zunächst einmal Buch führt. Das wissen Sie nicht? Nun, die gehören zu den Dingen, die Sie freitags abends einsammeln könnten, wenn Sie zufällig wieder mal dabei sind, unsere Schreibtische aufzuräumen.« Redwood war taktvoll genug, nicht darauf zu antworten. »Jedenfalls kann absolut jeder in das Gebäude rein, wenn er will. Mein Freund war gestern hier, und ich ebenfalls, dabei haben wir unten nur irgendwelche Plastikkärtchen vorgezeigt. Wir alle wissen, wie leicht es ist, nur Sie nicht. Und Rose ist es sicher nicht. Niemand aus dem Haus.«

Helen setzte sich, um Luft zu holen. Sie war noch längst nicht fertig. Dinsdale wirkte irgendwie durcheinander. »Nur die Ruhe«, murmelte er ihr ins Ohr. Seine Schulter kam der ihren verdächtig nahe, und das in aller Öffentlichkeit. »Nur die was?« fauchte sie, empört über seine eigene

Zurückhaltung. Alles, was ihr in diesem Moment auffiel, waren seine vollkommenen Hände, und von denen wollte sie sich ganz sicher nicht zurückhalten lassen.

Durch die mannshohen Fenster zog es, und der Raum war voller Geräusche. Der Wind draußen, gedämpftes Gemurmel, schockierte Gesprächsfetzen. Helens rote Wangen, Redwoods jähe, deutlich sichtbare Blässe: Das also hatte es mit diesen Kladden auf sich – unterste Schublade links, gleich neben seinem Fuß. Er konnte sich nicht rühren. Er hatte sie auf seinen freitagabendlichen Streifzügen einkassiert, ohne sich je ihrer Bedeutung bewußt zu werden.

»Okay«, sagte Helen, versöhnlich, aber mit warnendem Unterton. »Keine Sitzung mit den Kanzleikräften und kein Steinewerfen mehr ohne Beweise, okay? Und wenn es tatsächlich Hinweise auf ein Vergehen geben sollte, kann die Polizei bei uns genauso ermitteln wie überall anders, das heißt, wenn Sie uns nicht wie einen Zweig des Secret Service behandeln würden. Und keine weiteren Formulare, um die lausigen Sicherheitsvorkehrungen hier wettzumachen, in Ordnung? Wir ersticken ohnehin in Papier.«

»Vielen Dank«, antwortete Redwood frostig. »Falls es keine weiteren Vorschläge gibt, schlage ich vor, daß wir die Sitzung jetzt vertagen...« Doch es folgte eine Reihe von Einsprüchen und Beschwerden, Notizen wurden verglichen, und am Ende sprachen sie der kratzbürstigen Rose Darvey, die sie alle gleich grob behandelte und allen gleich gute Dienste erwies, einmütig ihr Vertrauen aus.

Dinsdale war still, offensichtlich amüsierte er sich prächtig. Helen spürte, wie gereizt sie war: Hatte er wirklich nichts Besseres zu tun, als dazusitzen und mit eleganter Hand an seiner Seidenkrawatte zu fummeln? Wie zu erwarten, war nichts bei dem Treffen herausgekommen, weder ein Plan noch irgendwelche Schlußfolgerungen, rein gar nichts. Nur eine einwöchige Vertagung und die Bitte um Stillschweigen. Und Redwoods Zustimmung, daß Helen West bis zur nächsten Sitzung besonders eng mit Rose Darvey zusammenarbeitete.

Als sie mit Dinsdale davonmarschierte, lachte sie.

»Dieser Mann braucht ein Schild an seiner Tür mit der Aufforderung, zunächst einmal ausgiebig anzuklopfen. Damit er ausreichend Zeit hat, in den Schrank zu springen, für den Fall, daß ihm jemand eine Entscheidung abverlangen könnte.«

»Könnten Sie es denn besser machen?« fragte Dinsdale leichthin.

»Nein, wahrscheinlich nicht«, antwortete Helen fröhlich. »Aber anders.«

Derartige Fröhlichkeit schlug nicht selten in Ärger um, weshalb sie gerade Bailey immer mißtrauisch machte.

Im Vorbeigehen sah Helen bei Roses Kolleginnen hinein. Sie waren besorgt und zerbrachen sich den Kopf über das, was bei Redwoods Sitzung herausgekommen sein mochte. Helens Grinsen wirkte beruhigend.

»Kennt jemand von Ihnen vielleicht die Adresse von Rose? Ich dachte, ich schicke ihr ein paar Blumen.« Eins der Mädchen schnappte erstaunt nach Luft: Blumen für Rose, nach dem, was sie letzte Woche von sich gegeben hatte, aber nein, sie hatten auch keine Adresse. Sie wußten zwar alle ungefähr, wo jede einzelne wohnte, aber Straßennamen und Nummern, nein. Aus der Abgeschiedenheit ihres Büros rief Helen auf PC. Michaels Wache an, er würde ihr sicher weiterhelfen können, aber Michael, so wurde ihr gesagt, war ebenfalls krank gemeldet. Der Beamte war vorsichtig, aber als sie nachfragte und ihn ein wenig drängte, rückte er dann doch mit der Sprache heraus: ein Unfall, Whittington Hospital. Pech für ihn, wenn er keinen Besucher wollte. Und wenn er sich nicht um Rose kümmern konnte, mußte sie es eben tun.

Michael lag auf Station C und schwitzte. »Mein Gott, hast du ein Schwein«, sagten sie. »Wärst du weniger gut in Form, hätte der Balken dich umgebracht. So hast du nur einen winzigen Knacks in deinem dicken Schädel, haha, und ein Gesicht, mit dem du dich um einen Job in der Geisterbahn bewerben kannst. Und einen gebrochenen Arm. Nein, du darfst nicht nach Hause, noch nicht.« Die manische Fröhlichkeit der Ärzte deprimierte ihn. Er hatte nun wirklich nicht das Gefühl, daß er Glück gehabt hatte, im Gegenteil, er fühlte sich unbeschreiblich schlecht: Blumen von Mum und Dad aus Catford, Obst, Essen und verbotener Alkohol von seiner Truppe, ein paar aufmunternde Karten mit rüpelhaften Genesungswünschen, verdächtig viel Aufmerksamkeit von augenzwinkernden Krankenschwestern, die sich ansonsten eher rar machten, gräßliche Kopfschmerzen und noch schlimmere Seelenqualen. Was würde Rose denken? Was hatte sie gedacht? Er konnte unmöglich den Mistkerl von Williams, Singh oder einen der anderen bitten, bei ihr vorbeizufahren, zu klingeln und ihr eine Botschaft zu überbringen. Wenn sie einen von denen vor der Tür stehen sah, würde sie glauben, sie sei wieder im Section-House-Karussell gelandet.

Michael überredete eine Hilfsschwester, sie im Büro anzurufen. Nicht da, sagte die Hilfsschwester entschuldigend, als sie zurückkam, denn in Herzensangelegenheiten war sie gern behilflich. Als man ihm sagte, daß ihn jemand sprechen wolle, machte sein Herz unwillkürlich einen Satz.

Die Frau war schlank, dunkel und klug, sah aus wie eine Juristin und hatte ein nettes Gesicht, aber sie war nicht Rose Darvey.

»Machen Sie sich nichts draus«, sagte Helen und überreichte ihm ein Dutzend winterblasse Osterglocken. »Das ist kein Freundschaftsbesuch.«

Als sie ging, fühlte er sich schon besser.

Rose Darveys Gedanken kreisten seit sechsunddreißig Stunden um dieselbe Frage. Am späten Samstag abend, als die Enttäuschung sich unwiderruflich in ihr Bewußtsein eingebrannt hatte und ihr schlecht war von all den Zigaretten, die ihr Körper verabscheute, die ihre Psyche jedoch brauchte, stand sie am Fenster ihres Zimmers und hörte einen Panda die Straße entlangkommen. Mittlerweile waren Bitterkeit und Verletztheit so stark, daß sie zu keinem vernünftigen Gedanken mehr fähig war. Was willst du eigentlich, hatte sie sich eingeredet, er hat es schließlich nur halb versprochen, mehr war nicht, aber das war auch kein Trost, und dann hörte sie das Motorengeräusch und raste zum Lichtschalter, um das Zimmer zu verdunkeln. Falls er es war, war sie weg, würde ihm eine Lektion erteilen, sollte er sich doch sorgen, für wen hielt er sich eigentlich, dieser Michael? Aber ein Teil von ihr wußte, schon als sie ihren Posten am Fenster wieder bezog, daß sie das nie würde durchhalten können. Wenn er jetzt aus dem Wagen stieg und klingelte, würde sie das Fenster aufreißen und ihn rufen oder runter zur Tür laufen, je nachdem, was ihr zuerst einfiel, aber sie konnte ihn unmöglich wieder gehen lassen. Die anderen Mädchen, die viel freundlicher waren als früher, hatten sich darüber ausgelassen, was für ein Schnäppchen Michael war. »Ach ja?« hatte sie gesagt und mit den Achseln gezuckt.

Die beiden gingen aus, Rose blieb allein zu Hause, konnte die Vorstellung nicht ertragen, ihn zu verpassen, und wartete stumm, während Wut und Verzweiflung immer größer wurden. Gran war vergessen, bis auf das heftige Schuldgefühl, das nach wie vor auf ihr lastete, weil sie ihr das lange erwartete Wiedersehen verdorben hatte. Aber was hatte sie auch erwartet? Sie ruinierte immer alles, jede verdammte Kleinigkeit. Hatte sie Gran nach Hause abgeschoben, nur damit sie jetzt hier rumsaß und wartete und ihre Qualen immer schlimmer wurden? Allmählich hatte sie das Gefühl, ein Versuchstier zu sein, mit einem Stachel im Kopf und an die Wand gekettet, auf die Fläche ihres Zimmers beschränkt, angebunden, auf und ab tigernd, sich windend vor Schmerz.

Am Sonntag beruhigte sie sich, nach wütenden Selbstgesprächen, die sie irgendwann in eine Art Schlaf gelullt hatten. Sie dachte flüchtig an all die Gründe, warum Michael am Abend zuvor nicht hatte kommen können, doch keiner hielt einer genaueren Überprüfung stand.

»Ist er aufgetaucht? Dein Prachtbursche, meine ich.«

»Nee. Aber er hat angerufen«, log sie. »Hatte Bereitschaftsdienst. Wahrscheinlich ein Fußballspiel.«

»Was, im Stadion? Aber gestern abend war doch gar kein Spiel. Jedenfalls glaube ich nicht...«

»Was weißt du schon!«

Sie putzte ihr Zimmer noch einmal, laut singend, damit keiner glaubte, ihr auf die Schliche gekommen zu sein. Sie wurde in dieser praktischen kleinen Wohngemeinschaft immer mehr zum Clown. Zog los zu einem Getränkeshop und kaufte mit ihrer vielfach mißbrauchten Kreditkarte Bier für die beiden Mädchen und so viel Hochprozentiges für sich selbst, daß sie am Ende des Tages total benebelt sein würde. Sonntags fuhren sie immer nach Hause zu ihren

Müttern, komplizierte Reisen nach Crystal Palace und Neasden, neben denen ein Ausflug in einen Gulag wie das Einfachste von der Welt erschien. So jedenfalls klang es, wenn sie davon erzählten. Und dann kamen sie zurück und schimpften über die Nörgelei zu Hause und die Eisenbahnverbindungen. Während Rose vor Eifersucht fast verging.

Am frühen Abend klingelte das Telefon. Sie stürzte in die Küche und nahm ab.

»Hallo, Rose, bist du es, Baby? Wie geht's?«

»Wer ist da?«

»Paul. Paul Williams. Du erinnerst dich doch noch an mich? Police Constable Paul Williams. Ich dachte, du hättest vielleicht Lust auf einen Drink.«

»Und wen wollten Sie bitte sprechen?« Sie legte ihre überheblichste Platte auf und versuchte, so zu sprechen wie Dinsdale Cotton. Die widerliche Stimme am anderen Ende zögerte, aber nur kurz.

»Ach, komm schon, Rose, ich weiß, daß du es bist.« Er wußte es aus dem Notizbuch in Michaels Tasche, als sie nach der Adresse seiner Verwandten gesucht hatten. »Also, was ist nun mit einem Drink? Sind die Sonntage denn nicht langweilig?«

»So langweilig nicht«, sagte Rose.

Das Zimmer verschwamm vor ihren Augen, als sie den Hörer auf die Gabel knallte. Kleiner Dreckskerl. Mieses kleines Arschloch mit einem Schwanz so dünn wie 'ne Spielzeugbanane. Und Scheiß auf Michael! Sie waren alle gleich. Gaben einen weiter. Ließen einen sitzen, einfach so, mit weit gespreizten Beinen, bis der nächste Big Daddy vorbeikam und sich um einen kümmerte. »Na, komm schon, Rose, zieh dein Höschen aus, Rose.«

Sonntag abend, schlimmer Husten. Mit glasigen Augen vor dem Fernseher. Bier, Martini. Montag morgen die Erkenntnis, daß sie mit diesem Gesicht unmöglich aus dem Haus konnte: Sie wäre nicht in der Lage gewesen, die Fassade aufrechtzuerhalten und den ganzen Tag Witze zu reißen. Hinlegen, aufstehen, rumlaufen. Jetzt war es weniger Michael als all die schmutzige Wäsche in ihrem schmuddeligen kleinen Leben und der damit verbundene Ekel vor sich selbst. Schattenspiele, um sich abzulenken, während es draußen dunkel wurde und die Scheiben beschlugen. Sie hatte nichts zu tun, das Telefon blieb stumm, und sie fühlte sich hundeelend.

Schattenspiele, sie lag allein auf dem Bett, mit dem Rükken auf all den unbequemen Teddybären und Puppen, hatte bereits das zweite Glas des Abends vor sich, und ihre Finger zauberten Adler auf die gegenüberliegende Wand. Dann ein Häschen mit wackelnden Ohren. Dann ein Haus mit einem Dach, das man von innen nach außen klappen konnte, wenn man die Hände nur richtig verdrehte. »Hier ist die Kirche und Kirchturmspitze: Wenn du sie aufklappst, schau in die Ritze.«

»Nein, ich will das Häschen«, hörte sie sich hastig sagen. »Mach noch mal das Häschen. Oder das hüpfende Känguruh, das ist mir egal.«

»Das ist dir egal?« Daddys Stimme. »Das ist dir wirklich egal? Hier, fühl mal.«

»Mach das nicht, Daddy, bitte mach das nicht. Ich mag's nicht, bitte, und Granny würde es auch nicht mögen.«

»Granny findet das ganz in Ordnung. Es ist gut, wenn kleine Mädchen sich um ihren Daddy kümmern...«

»Mach das nicht, Daddy, bitte. Ich schreie, Daddy.«

»Das würdest du tun? Aber was hast du denn? Das ist doch nur mein kleiner Lolli.«

»Ich will ihn nicht, Daddy. Ich schreie!«

»Nein, das tust du nicht. Wer würde dich auch schon hören? Steck ihn einfach in den Mund. Ist doch gar nichts dabei.«

»Ich kann nicht.«

»Doch, du kannst. Nein, steck ihn woandershin, du weißt schon. Du willst doch, daß Daddy dich liebhat, nicht wahr? Dann mach ich dir auch ein Häschen.« Sein heftiges Keuchen, als sie zusammen auf seinem Bett lagen, sie klebrig und tränenüberströmt.

Und so weiter, und so weiter. Schattenspiele, zwei Jahre lang: Schmerzen, Wundsein, Juckreiz, Tränen und zu niemandem ein Wort, damit sie ihn nicht verlor. Nur sie und Dad gegen den Rest der Welt. Dann eine Pause von zwei Jahren, in denen sie nicht aufhören konnte, sich andauernd über die Schulter zu sehen. Und dann wieder, mit neuer Heftigkeit, als sie fast vierzehn war, noch ein Kind, aber alt genug, um Bescheid zu wissen und sich zu wehren. Mit einem Küchenmesser war sie auf ihn losgegangen. Hatte versucht, ihm seinen Lolli abzuhacken, weil sie es nicht mehr aushielt und weil es ihr egal war, ob er tot oder lebendig war, und ihm statt dessen ein Loch in den Bauch gebohrt. Das Linoleum in der Küche voller Blut, der Haß in seinem Gesicht, und dann war Mum nach Hause gekommen.

Daddy hatte gesagt, sie hätte ihn verführt, sie sei der Teufel. Kein Wunder, daß sie niemand liebte. Man hätte sie steinigen sollen, hatte er geschrien, wie in der Bibel. Außerhalb der Stadtmauern. Sie steinigen und liegen lassen sollen.

Rose kam wieder zu sich, schweißüberströmt. Diese Erinnerung konnte ihr keiner nehmen.

Kieselsteine flogen an ihr Fenster. Kleine Steinchen, die gegen die Scheibe prasselten. Rose war ganz ins Spiel ihrer Hände versunken gewesen, hatte die Schatten beobachtet, als wartete sie auf ein Omen. Als die nächste Ladung kam, schwang sie die Beine aus dem Bett. Es war ein alarmierendes Geräusch, eins, bei dem sie hätte in Deckung gehen müssen, aber so ungewohnt in seinem herrischen Verlangen nach Beachtung, daß ihre Hoffnung kurz aufflackerte, allerdings schnell wieder erstarb, als sie ihren Namen hörte. Das Rufen kam aus weiter Ferne, unten von der Straße. Die Stimme klang, als stamme sie aus dem Halbdunkel des Traums von eben, Grans Stimme, die mit ihr schimpfte, allerdings nur, um sie anzuspornen.

Helen hatte auf das einzige erleuchtete Fenster im Haus gezielt, und jetzt stand sie an die Haustür gelehnt. Als die Tür endlich aufgerissen wurde, stolperte sie, und beide fluchten.

»Was zum Teufel... Verdammt noch eins, was soll das denn? Steine gegen anderer Leute Fenster zu werfen? Ach, du lieber Himmel, kommen Sie rein. Arbeiten Sie jetzt nicht nur fürs Gesetz, sondern auch noch für die Wohlfahrt? Kommen Sie rein.«

Kaum daß die Fassade der Verteidigung die ersten Risse zeigte, konnte man praktisch zusehen, wie sie weiter abbröckelte. Hauptsache, das Fundament blieb erhalten. Rose ließ Helen herein, weil sie sich zufällig in der Familienberatungsstelle getroffen hatten und beide gerne einkaufen gingen. Sie kochte Tee. Die Küche war picobello aufgeräumt: Irgendwann während der psychischen Irrfahrt der vergangenen beiden Tage hatte Rose ihre letzte überschüssige Energie in Hausarbeit umgesetzt. Helen öffnete den Kühlschrank, um die Milch für den Tee herauszunehmen, und entdeckte vier Dosen Bier, Cola-Light, Marmelade und

Halbfettmargarine, die typische Diät von drei Mädchen, die knapp bei Kasse waren und abnehmen wollten.

»Also, Rose. Was ist los?«

Das Kind zuckte mit den Achseln, unendlich erleichtert, ein anderes Gesicht zu sehen, ohne es sich jedoch anmerken zu lassen.

»Wenn Sie krank sind... Sie sehen nicht gerade topfit aus. Soll ich jemanden verständigen? Oder reicht es, daß ich gekommen bin?«

»So krank bin ich nicht. Es ist nur dieser Husten. Nein danke, es gibt sowieso niemanden. Keine Mum, keinen Dad. Wie schon gesagt.«

»Schön. Wenn Sie also nicht gerade an der Schwelle des Todes stehen, könnten Sie auch Ihren Mantel anziehen und sich um Ihren geliebten Michael kümmern. Er kann es kaum erwarten, aber wir sollten noch eine halbe Stunde warten, dann bringe ich Sie hin. Seine Eltern kamen gerade, als ich ging, und er ist ein wenig angeschlagen. Meinen wir eigentlich denselben jungen Mann? PC. Michael?«

»Was? Ach der.«

»Im Krankenhaus, Sie Dummerchen. Ein Arbeitsunfall, Samstag. Irgendwas ist ihm auf den Kopf gefallen, aber die größten Sorgen scheint er sich um Sie zu machen.«

»Sorgen!« explodierte Rose. »Er verteilt nur überall meine Telefonnummer und erzählt seinen Kumpeln, wo sie mich finden können. Es interessiert ihn einen Scheißdreck, was mit mir ist!«

Helen dachte nach. Roses Geheimniskrämerei war wirklich fast schon krankhaft, soviel hatte Michael ja bereits angedeutet. Und es war tatsächlich kaum anders zu nennen. Es dauert seine Zeit, bis man jemanden kennt, dachte Helen. Sie konnte selbst gut schweigen, aber Rose übertrieb es entschieden.

»Er hat gar nichts verteilt, zumindest nicht, soweit er weiß. Vielleicht redet er im Schlaf, er war eine Weile bewußtlos, verstehen Sie? Männer haben einfach keine Kontrolle über Dinge, die ihnen wirklich wichtig sind. Oder die anderen haben seine Taschen durchsucht. Jedenfalls hat er mir gesagt, daß er nicht einfach jemanden bei Ihnen vorbeischicken könnte, weil Sie sonst denken würden, daß Sie vom Regen in die Traufe geraten wären. Ergibt das einen Sinn?«

Oh, ja. Roses Gesicht machte eine langsame Verwandlung durch, von blaß zu rosig, und aus der verhärmten Frau wurde wieder ein strahlendes junges Mädchen, das Helen schließlich anlächelte. Es gibt nichts Wunderbareres auf der Welt als ein schönes Mädchen, dachte Helen, so wunderbar, daß es ganz gut ist, wenn es nur wenige wissen. Doch so plötzlich, wie sie gelächelt hatte, sank Rose auch wieder in sich zusammen. Nicht ganz so wie vorher, aber immerhin.

»Ich wette, daß er mich eigentlich gar nicht sehen will. Er findet mich verkorkst.« Sie nahm eine Zigarette aus der Schachtel, zündete sie an und verzog das Gesicht, als sie wieder husten mußte. »Und er hat recht, das bin ich wirklich. Verkorkst, völlig verkorkst.«

Helen versuchte sie auf andere Gedanken zu bringen.

»Wenn ich krank wäre und Liebeskummer hätte und trotzdem so umwerfend aussehen würde wie Sie, wäre ich irgendwo da draußen und würde Tango tanzen.«

»Nein, das meine ich nicht mit verkorkst. Es ist etwas anderes.«

»Hören Sie, finden Sie nicht, daß Sie mir ein wenig auf die Sprünge helfen könnten? Nur ein ganz klein wenig, kein Grund, sich aufzuregen. Zum Beispiel, warum Sie so ein Geheimnis aus Ihrer Adresse machen?« Rose verdrehte die Hände und bog die Finger nach außen. Hier ist die Kirche und die Kirchturmspitze... Sie betrachtete sie, komische kleine Dinger, und schob sie dann unter ihre Oberschenkel. Ihr Blick folgte dem Rauch der vergessenen Zigarette.

»Also schön, es ist mein Dad. Es ist alles seine Schuld, nein, meine auch, in gewisser Weise. Er ist hinter mir her.« Und plötzlich sprudelte es aus ihr heraus wie ein Wasserfall. »Es ist passiert, bevor ich mit meiner Mum von zu Hause weg bin. Ich bin auf ihn losgegangen. Mit einem Messer, um genau zu sein, einem großen Küchenmesser.« Und ohne weitere Erklärungen setzte sie noch hinzu: »Wir hatten es von Gran ausgeliehen...« Ihre Stimme verebbte. Hastig griff sie nach der Zigarette und nahm einen tiefen Zug.

»Ach ja?« sagte Helen im Plauderton. »Was hatte er denn getan? Irgendwas muß doch gewesen sein.«

Rose schwieg.

»Ich hab mal einen Mann gebissen«, erzählte Helen weiter, »in den Arm, nicht in irgendwelche empfindlicheren Teile, aber es war auch nicht gerade ein Kratzer. Ich war wie ein Rottweiler. Es hat mächtig geblutet, aber er hat immerhin versucht, mich umzubringen. Ich frage mich heute noch manchmal, ob er es wirklich getan hätte. Vermutlich nicht.«

Roses Augen weiteten sich.

»Dabei hab ich mir das hier geholt«, sagte Helen beiläufig und zeigte auf die schmale Narbe, die sich über ihre Stirn zog. Ich nehme an, er hat mir mehr angetan als ich ihm. Und ich hätte ihn nicht gebissen, wenn es nicht nötig gewesen wäre. Es war das Beste, was ich tun konnte.«

»Warum?« fragte Rose fassungslos.

»Weil ich dadurch gelernt habe, daß ich nicht immer nur das Opfer sein mußte. Ich war zwar nicht unbedingt tapfer, aber auch nicht hilflos. Genau diese Erfahrungen sind es, die verhindern, daß man den Verstand verliert.«

Der Tee war so bitter wie die Erinnerung. Schweigen senkte sich über den Küchentisch.

»Und ich hab immer geglaubt, Ihr Juristen führt ein geregeltes Leben«, sagte Rose endlich mit spöttischem Unterton.

»Geregelt? Oh, ja. Im großen und ganzen. Aber was hatte Ihr Vater denn nun getan?«

Sofort umgab Rose sich wieder mit einer Mauer des Schweigens. Genug war genug.

»Na schön – solange Sie wissen, daß ich auf Ihrer Seite bin.« Helen stellte ihre Tasse hin und grinste. »Ich finde, wir sollten allmählich Freunde werden, was meinen Sie? Wir sind wahrscheinlich die einzigen Frauen, die voneinander wissen, daß sie mit Messern und Zähnen auf Leute losgehen.«

Rose lachte verächtlich und drückte ihre Zigarette aus. Sie sprach erst wieder, als der Stummel halb aufgeweicht auf ihrer Untertasse lag und sie ihn eine ganze Weile unverwandt angestarrt hatte.

»Mein Dad ist hinter mir her, weil er mir was heimzahlen will. Ich dachte, es wäre irgendwie sicherer, wenn ich wieder in diese Gegend zöge. Bisher hat's jedenfalls funktioniert. London ist groß. Ich arbeite in einem großen Büro. Ich mag das Gebäude, es ist sicher, man kann sich darin verlaufen. Nur die Dunkelheit kann ich nicht ertragen, und mein Dad will mich zurückholen und es mir heimzahlen. Ich kann nicht mehr gegen ihn kämpfen. Ich kann es einfach nicht mehr.«

Die Tassen waren leer, die Zigarette aus, die Vertraulichkeiten beendet. Helen spürte, daß sie bisher nur an der Oberfläche gekratzt hatte, aber es ging nicht weiter, wenn sie nicht beide etwas zum Festhalten hatten: Tee, Essen, irgendwas. Keine Rede ohne Requisiten, keine Szene ohne den entsprechenden Fingerzeig, man brauchte einfach etwas, um die Hände zu beschäftigen.

Noch ein letzter Versuch, als Rose aufstand, um die Tassen in die blitzblanke Spüle zu stellen.

»Haben Sie Michael je etwas davon erzählt?«

Klirrend fielen ihr die Tassen aus der Hand, ohne jedoch zu Bruch zu gehen, ein Glück.

»Nein. Ich hab's versucht, letzten Freitag, als ich dachte, ich hätte meinen Dad gesehen – ich sehe immer irgendwo meinen Dad, aber dann dachte ich, es hat gerade erst angefangen mit Michael, wie könnte ich ihm das erzählen? Mit dem Messer und allem. Es ging einfach nicht. Immerhin ist er Polizist.«

»Also ich weiß nicht. Ich jedenfalls würde ganz tief Luft holen und dann rein ins tiefe Becken springen. Mein Wagen steht vor der Tür.«

Draußen dachte Rose, was für eine häßliche alte Schrottmühle, eingebeulte Stoßstangen, etliche Dellen und eine zentimeterdicke Dreckschicht. Irgendwer hatte auf die Kühlerhaube »Auch in Rot lieferbar« geschrieben. Der Anblick ließ in Rose eine weitere ihrer Vorstellungen über den Lebensstil von Anwälten zusammenbrechen.

»Ach, übrigens, da ist noch etwas, das ich Ihnen sagen muß«, sagte Helen lässig, während sie das Schloß mit dem Autoschlüssel bearbeitete wie mit einem Schlagring. »Es gibt Gerüchte, daß im Büro jemand Akten klaut. Wahrscheinlich ist nichts dran, aber Redwood hat wieder mal eine seiner Effektivitätskrisen und stellt die Arbeit einzelner Mitarbeiter um, bis man Näheres weiß. Sie sind ab sofort zum Gerichtsdienst bei mir eingeteilt, ob Ihnen das paßt oder nicht. Okay?« Die Tür schwang auf, als würde sie gähnen.

»Wissen Sie«, sagte Rose und warf einen faszinierten Blick auf den Müll im Inneren des Wagens. »Ich wußte gar nicht, daß Michael Samstag gearbeitet hat. Ich dachte, er hätte frei.«

»Jetzt passen Sie mal auf«, sagte Helen, während der Wagen die Straße entlangschlingerte. »Ich werd Ihnen was sagen. Wenn Sie sich mit einem Polizisten einlassen, besorgen Sie sich einen Durchschlag von seinem Dienstplan. Sie müssen schließlich wissen, wann er arbeitet. Sonst verlieren Sie jede Kontrolle über ihn.«

Miss W. sieht aus wie ein Zirkusäffchen, wenn sie so grinst, dachte Rose.

O Herr, laß uns vor der Dunkelheit keine Angst haben.

10

Montag, Dienstag und Mittwoch vormittag fegte der Regen in Böen über die Stadt, die einem die Sicht nahmen. Die ersten beiden Tage vergingen im Kampf gegen die Elemente. Obendrein streikten die Bahnen.

Mitte der Woche lag Logo im Bett und dachte träge darüber nach, welche seiner halbwegs sauberen Klamotten er anziehen sollte. Die rauhe Oberfläche des Lakens erinnerte ihn an seine zunehmende Verwahrlosung, denn die Socken an seinen Füßen waren genauso schmutzig wie das Laken. So faul war er in den Tagen von Mrs. Logos schlampiger Haushaltsführung nie gewesen, aber seit sie und Eenie ihn verlassen hatten, war er an Dreck gewöhnt, und irgendwie machte ihm sein verkommener Zustand in letzter Zeit auch immer weniger aus. Die Bibel, in der er blätterte, um seinen kalten Händen etwas zu tun zu geben und Stellen zu suchen, die seine Qualen lindern konnten, gab ein beredtes Beispiel der vorgegangenen Veränderung. Die Seiten kräuselten sich wie die Wellen auf einem Teich und stanken immer noch nach Whisky.

Deuteronomium, Kapitel zweiundzwanzig, Vers dreiundzwanzig: »Wenn eine Dirne jemand verlobt ist, und ein Mann kriegt sie in der Stadt und schläft bei ihr, so sollt ihr sie alle beide zu der Stadt Tor hinausführen und sollt sie beide steinigen, daß sie sterben – die Dirne darum, daß sie nicht geschrien hat ...«

Er blätterte zurück, manche der Seiten klebten so zusammen, daß er etliche Verse auslassen mußte, aber das war ihm ganz recht. Er suchte die Worte, nicht den Sinn. Leviticus, Kapitel achtzehn: »Du sollst deines Vaters Weibes Blöße nicht auftun, denn es ist deines Vaters Blöße... Deiner Schwester Blöße, die deines Vaters oder deiner Mutter Tochter ist... und die Blöße der Tochter deiner Tochter sollst du nicht aufdecken, denn es ist deine Blöße...«

Die Blöße der Tochter eines Mannes wurde nicht erwähnt, jedenfalls nicht ausdrücklich. Vielleicht da, wo's klebte. Logo lachte und wackelte in den Socken mit seinen Zehen. Dann wieder zurück zu Deuteronomium. »Wenn jemand an eine Jungfrau kommt, die nicht verlobt ist, und ergreift sie und schläft bei ihr, und es findet sich also, so soll der, der bei ihr geschlafen hat, ihrem Vater fünfzig Silberlinge geben.«

Er kicherte verächtlich. *Wenn* es sich also findet... und mehr war es nicht wert. Logo sprang aus dem Bett und versuchte zu singen. Trotz der lädierten Stimmbänder brachte er ein paar Töne heraus, aber Musik würde aus dieser Quelle vorübergehend nicht kommen. Beim Rasieren betrachtete er sein Gesicht mit grimmiger Genugtuung und lächelte ihm zu. Er würde dem Richter sein linkes Profil präsentieren, es schimmerte in allen Farben des Regenbogens, von kränklichem Gelb bis zu leuchtendem Indigo, und sein übel zugerichtetes Auge war noch immer so geschwollen, daß er es nur halb aufbekam.

»Und ich werde mein Gesicht von euch abwenden, diejenigen, die euch hassen, werden über euch herrschen, und ihr werdet fliehen, so niemand euch folgt«, murmelte er seinem Spiegelbild zu, auf dem Spritzer von Zahnpasta, Seife und Haare den einstmals weißen Hemdkragen verdeckten. Er rasierte sich nur oberflächlich und ließ ein paar Stoppeln stehen, um die Wirkung noch zu verstärken.

Erst gestern war auf dem Friedhof ein Grab ausgehoben worden. Frag nicht, wem die Stunde schlägt. Die Totengräber hatten ihn verscheucht, trotzdem hatte er sich weiter in der Nähe herumgetrieben und den Nebel beobachtet. Auch wenn sie ihn ignorierten, hatte er doch jedes Wort mitbekommen. Einer hatte erzählt, daß die tote Frau aus der Legard Street sei. Diese Einzelheit war Logo im Gedächtnis haften geblieben, als er ihren breiten Rücken zugewinkt und an einem Grab vorbeigegangen war, vor dem er respektvoll salutierte. Und sie ging ihm selbst noch durch den Kopf, als er jetzt seine Vorladung nahm, leise aus dem Haus schlüpfte und mit dem Bus zum Gericht fuhr. Mit Margaret wollte er nichts mehr zu tun haben, seit sie ihn neulich abends so angeschrien hatte: Sie war zum Feind übergelaufen.

Das Foyer des Gerichtsgebäudes war überfüllt, aber das war immer so. Trotz des Rauchverbots war die Luft zum Schneiden, der Fußboden voller Brandlöcher, und auf sämtlichen Plastikstühlen saßen Leute und warteten, manche lässig, andere angespannt. Viele hatten ihre Familie dabei und schienen gebeugt von der Last ihrer Nächsten und Liebsten, vor denen sich so schwer nur die Wahrheit sagen ließ, denn was würden sie dann denken? Logo war ein alter Hase, der alle Quengelei und Verlegenheit, alle Einsamkeit und Prahlerei mit einem einzigen amüsierten Blick in sich aufnahm. Er blieb grundsätzlich stehen, wenn er im Foyer warten mußte, denn nur so hatte er die Möglichkeit, die Flut von Elend, Angst und Triumph, gespielter Tapferkeit und Aufschneiderei zu beobachten. Er reckte den Hals, um auch ja nichts zu verpassen. Die Leute mochten es nicht, wenn man so dastand, wie er es tat.

Aus dem Augenwinkel sah er Helen West mit einem Stapel Akten im Arm, die sie in die leicht nach außen gedrückte

Hüfte stemmte. Fast hätte er sie unter all dem Papier nicht erkannt. Als sie wie ein elegantes Schiff mit Schlagseite an ihm vorbeistampfte, mußte er an eine Mutter mit Kind denken, das eigentlich längst zu groß war, um noch getragen zu werden. Dann erinnerte er sich daran, den direkten Blickkontakt mit ihr zu meiden, senkte den Kopf bis auf die Brust und vertiefte sich in eine konzentrierte Betrachtung seiner Hand, während er mit der anderen sein Gesicht bedeckte. Durch die gespreizten Finger sah er ihr nach, bis sie vor der Tür zum Gerichtssaal 3 stehenblieb, um die Akten umzuschichten. Zwar wußte er, daß heute keine Verhandlung war, sondern nur die Kaution und ein Gerichtstermin festgesetzt wurden, und wußte ebenso, daß die absurde Anklage, die man sich gegen ihn aus den Fingern gesogen hatte, keinen Bestand haben würde, verspürte aber trotzdem eine unerklärliche Angst. Als er Helen West das letzte Mal gesehen hatte, war sie vor ihm geflohen, war ihr Wagen wie im Achterbahntempo die Parkhausausfahrt runtergerast, aber jetzt hatte sie Augen wie Eis. Er hielt den Blick gesenkt, lehnte sich schutzsuchend gegen die Wand und wartete darauf, daß er aufgerufen wurde. Nach einer Stunde, die er sich vertrieb, indem er mit leiser Stimme Bibelstellen zitierte, die ihm gerade in den Sinn kamen, und obendrein die Kirchenlieder, die er im Moment nicht singen konnte, brüllte die fette Gerichtsdienerin mit der bis zum Boden reichenden Robe endlich seinen Namen. Er lächelte ihr zu, doch sie rauschte davon und ließ die Schwingtür ungerührt gegen ihn prallen, als er ihrem Hintern in den Kampf folgte.

Irgendwie war das Licht im Gerichtssaal zu grell. Als er die Anklagebank betrat, hatte er das Gefühl, auf einer Bühne zu stehen und von einer ganzen Scheinwerferbatterie geblendet zu werden. Alle Anwesenden, Protokollführerin, Richter und Anwälte, schoben ihre Unterlagen hin und her. Das alles dauerte eine Ewigkeit, doch in Wirklichkeit waren es nur Sekunden, wie ihm später bewußt wurde, Sekunden, die sich zu Stunden zu dehnen schienen. Er fand nicht in seine Rolle, schaffte es nicht einmal, sich wirklich umzusehen und die Schwächen seines Publikums einzuschätzen, zu entscheiden, wann der richtige Zeitpunkt gekommen war, um ein Lied anzustimmen. Der Zuschauerraum hinter ihm saß voller Nichtsnutze, die auf Sensationen aus waren, neugieriger Zeugen, Leute, die der Kälte draußen entkommen wollten, und diverser Familienangehöriger. Sie warteten nicht auf ihn, das taten sie nie, bis er anfing, sie zu unterhalten, doch plötzlich hatte er keine Energie mehr und auch keine Lust, den heiligen Narren zu spielen. Er sah Helen Wests Blick auf sich gerichtet, sah den Mißmut des Wiedererkennens, die flüchtige Angst und dann das schreckliche Mitleid. Sie starrte auf sein verfärbtes Gesicht, diese Frau, die er in drei Verhandlungen hassen gelernt hatte. Sie sah ihn an, jetzt ohne Angst oder Unruhe, aber mit diesem gräßlichen, erniedrigenden Mitgefühl, das schlimmer war als alles andere. Die Protokollführerin gähnte und ergriff das Wort.

»Angeklagt des Widerstands gegen die Staatsgewalt am 31. Januar.« Dann folgten ein paar unverständlich heruntergeleierte Formeln und schließlich die Frage: »Bekennen Sie sich schuldig oder nicht schuldig?«

»Nicht schuldig«, krächzte er.

Die Protokollführerin blätterte in ihrem Terminkalender, einem dicken Wälzer, und hielt ihn sich dabei so dicht vor die Nase, daß er ihr fast ins Gesicht sprang. »Vertagt auf den 14. Februar. Auf Kaution? Valentinstag«, verkündete sie mit einem deutlich hörbaren Seufzer.

Logos Augen, die er gut eine Stunde mit der Hand bedeckt gehalten hatte, funktionierten allmählich wieder. Sahen zu Helen West hinüber. »Einen Moment«, sagte sie gerade. »Können wir das noch mal unterbrechen? Mr. Logo ist des Widerstands gegen die Staatsgewalt angeklagt – wann, vor vier Tagen? Nein, fünf. Ich würde ganz gern ein paar Informationen über seine Verletzungen haben...« Sie wandte sich, offensichtlich über ihr eigenes Mitgefühl erstaunt, an das junge Mädchen, das hinter ihr saß. Logo konnte sie hören, die Richter nicht.

»Hier stimmt was nicht«, sagte sie und schob dem Mädchen ein Blatt Papier zu. »Dieser Bericht über den Tathergang erwähnt keine Verletzungen. Können Sie mir das Protokoll aus der Untersuchungshaft besorgen? Ich muß wissen, wie er zu diesem Gesicht gekommen ist.« Helen wandte sich wieder an die Protokollführerin. »Ist es möglich, daß wir noch ein paar Erkundigungen über den Fall einziehen? Vielleicht möchte Mr. Logo inzwischen mit einem Pflichtverteidiger sprechen.«

»Setzen Sie sich nach hinten, Mr. Logo, ja?«

Er bewegte sich im gleichen Augenblick wie das Mädchen hinter Helen West. Ein knochiges Kind mit straff nach hinten gekämmtem Haar, das er von seinem Platz aus erspäht hatte, ehe es mit der Geschwindigkeit einer verschreckten Katze aus dem Gerichtssaal rannte. Logo erkannte sie sofort. Er streckte eine Hand nach ihr aus, als sie an ihm vorbeilief, beinahe hätten sie sich gestreift. Einen Augenblick war sie ihm so nahe wie ein Schatten, glaubte er ihren Atem auf seinem Gesicht zu spüren. Dann setzte er sich schweigend hinter die Anklagebank und starrte, erfüllt von einem unbeschreiblichen Glücksgefühl, auf die abgestoßenen Stellen im Holz. Gott meinte es gut mit ihm, was verloren war, wurde wiedergefunden. Wiedergefunden an einem Samstagabend, hinter einer Scheibe, eine blendende

Vision von Schönheit, die der am Glas scharrenden Bestie ins Auge gesprungen war. Und jetzt auch gespürt, gerochen, von Gottes Hand in seinen Schoß geworfen. Logo klagte nicht über seine Prellungen, machte sich nichts mehr aus dem schneidenden, mitleidigen Blick von Helen West, diesem Blick, der ihn aller Macht beraubte, mit der er ihr je noch einmal hätte Angst einjagen können. Logo hatte soeben seine Tochter wiedergefunden, hatte sie keuchen gehört und laufen gesehen. Enid, nach einer Rose benannt, die sein dünnes Blut in Wallung brachte und sein Herz so heftig schlagen ließ, und in seinen Lenden regte sich derselbe Schmerz der Begierde, dieselbe Wut, derselbe Haß. Seine Tochter. Er saß unsicher da, zitternd vor Freude.

Die Sitzung löste sich auf. Zehn Minuten Pause. Er hörte Schritte, die an ihm vorbei zu den beiden Türen liefen. Eine führte nach unten zu den Zellen, die andere ins Foyer. Angeführt von der breitärschigen Gerichtsdienerin ergoß sich die Menge nach draußen, auf der Suche nach Kaffee, Zigaretten und Klienten. Logo blieb, wo er war. Langsam drangen die Geräusche einer gedämpften Unterhaltung hinter der Tür, die zu den Zellen führte, in seinen Wachtraum ein.

»Was hat es für einen Sinn, das Ganze zu vertagen? Sie sagen, der Beamte, der ihn verhaftet hat, ist nicht verletzt worden... Und ich weiß, daß dieser Mann kein Gewalttäter ist... es auch nie gewesen ist... Außerdem sieht er aus wie ein Punchingball, also wer hat da wen angegriffen? Keiner behauptet, daß er auch nur hingefallen sei... Nein, ich werde keine Klage führen, die von vornherein aussichtslos ist... Okay, gut.«

Wiederkehrende Schritte, der Hauch eines Parfüms und Helen Wests kühle Stimme.

»Mr. Logo?«

Als wüßte sie nicht, wer er war.

»Wir werden diesmal auf die Vorlage von Beweisen verzichten.«

»Das ist nett von Ihnen«, murmelte er, doch die Ironie ging in seinem heiseren Krächzen unter. »Mich hat's übler erwischt als den Burschen, glauben Sie mir.«

»Ja«, sagte sie ruhig. »Das tue ich. Wollen Sie einen Verteidiger?«

»Nein.« Unterwürfig. »Aber würden Sie mir eine Frage beantworten?«

Sie zögerte, ausnahmsweise willens, ihm einen Gefallen zu tun.

»Arbeitet das Mädchen, das eben hinter Ihnen gesessen hat, mit Ihnen zusammen?«

»Ja«, sagte Helen überrascht. »In unserem Büro. Warum?«

»Nur so.«

Sie blieb auf Distanz, wie ihm auffiel. Entweder war es das ungewaschene Haar oder sein blau verfärbtes Gesicht, was sie zurückhielt, aber er witterte ihr Mitleid ebenso deutlich wie ihre Sauberkeit, und das Mitleid stank. Er hielt den Kopf gesenkt. Ihre Schritte entfernten sich, und wieder hörte er das Rascheln von Papier und das Brummen der Klimaanlage. Die Zuschauer kamen zurück. Alle bis auf Enid. Nachdem sein Fall niedergeschlagen worden war, trieb sich Logo nicht länger im Foyer mit den leeren Pappbechern und den ausgetretenen Kippen herum. Es hätte keinen Sinn. Hier würde er sie nicht finden.

Sie war irgendwo da draußen im Nebel. »Die Rache ist mein, spricht der Herr. Bist du schuldig oder nicht, mein Kind? Ja, du bist schuldig.«

»Rose? Was war denn bloß mit Ihnen los? Warum sind Sie nach der Pause nicht mehr zurückgekommen? Wie zum Teufel wollen Sie auf diese Weise etwas lernen?« Helen West war wütend, aber auch etwas verwirrt, weil sie an ihrer eigenen impulsiven Weisheit zweifelte, und so war die Wut eher kraftlos. Auf bestimmte Menschen konnte sie sowieso nie lange wütend sein. Was war schon passiert? Rose hatte einen Auftrag bekommen, ihr einen Blick zugeworfen, als müsse sie wahnsinnig sein, das von ihr zu verlangen, war aus dem Saal gestürzt, hatte alles Nötige veranlaßt, um den verantwortlichen Polizeibeamten im Eiltempo ins Gericht zu beordern, und war dann verschwunden. Lohnte die ganze Aufregung überhaupt? Nein, nicht wirklich. Bis dahin war Rose ihr eine perfekte Hilfe gewesen, interessiert und eifrig, ein Luxus, wenn auch an diesem Vormittag ein bißchen hektisch. Was Helen an der Sache in Wut gebracht hatte, war auch nicht so sehr die Tatsache, daß Rose zwischen halb zwölf und eins verschwunden gewesen war, sondern wie sie selbst auf Logo reagiert hatte. Sie hatte das zerschundene Gesicht gesehen und war gegen alles bessere Wissen auf der Stelle wieder dem kleinen Mitleidskrebs erlegen, den sie für längst besiegt gehalten hatte. All die Male, da sie gewußt hatte, wie durchtrieben er war, und darauf gebrannt hatte, ihn endlich festnageln zu können, nur um jetzt beim ersten Anzeichen von Blut gleich das Handtuch zu werfen. Er würde den ganzen Weg nach Hause über singen und grinsen, und sie hatte den Ärger. Rose war unruhig. Sie starrte auf die Wand, und ihre Haut war weißer als die überall abblätternde Farbe.

»Warum sind Sie nicht zurückgekommen?« fragte Helen noch einmal, weniger frostig. »Sind Sie vielleicht einem Freund über den Weg gelaufen?« Ein kleiner Spaß war erlaubt.

»Mir war übel«, murmelte Rose, noch immer leichenblaß. »Sehr übel.« Sofort war Helen voller Mitgefühl.

»Oh, Rose, Sie Dummkopf, was soll ich bloß mit Ihnen machen? Warum haben Sie denn nichts gesagt?«

»Ist schon gut«, sagte Rose und zuckte mit den Achseln, ganz ohne ihre vertraute Unverschämtheit. Sie wirkte klein, schwach und entmutigt, eine Rolle, die Helen weder mochte noch guthieß. Ihr Ärger hatte sich mittlerweile in Verwirrung verwandelt.

»Wieso war Ihnen übel? Das ist doch... Sie haben sich nie um diesen Husten gekümmert, und Sie haben ihn immer noch. Es hilft nicht, wenn Sie versuchen, ihn zu unterdrücken, und obendrein auch noch nicht einmal etwas essen. Um Himmels willen, wollen Sie nicht lieber nach Hause gehen?«

Das war deutlich genug. Rose schüttelte sich. Nein, es half nichts, sich auf der Toilette zu verstecken, genausowenig, wie jetzt allein nach Hause oder sonstwohin zu gehen; besser bei der Meute bleiben.

»Es ist schon viel besser. Tut mir leid. Das nächste Mal werde ich Ihnen eine verdammte Brieftaube schicken.« Das klang schon eher nach Rose. Helen grinste. Rose fuhr fort: »Was ist aus aus...«, sie machte eine matte Handbewegung, als könne sie sich nicht an den Namen erinnern, »... diesem Logo geworden?«

»Diesem Untier? Oh, keine Ahnung. Wahrscheinlich habe ich wieder mal alles falsch gemacht. Ich hab ihn laufenlassen. Nach all der Zeit. Aber irgendwie muß an dem Protokoll über den Tathergang, in dem seine Verletzungen nicht mal erwähnt werden, etwas faul sein, zumal der Bursche normalerweise nicht gewalttätig ist.« Rose fing heftig zu husten an.

»Alles in Ordnung?« Sie nickte, und ihre Haut färbte sich

allmählich wieder rosig. Helen wertete das als gutes Zeichen und zugleich als Erlaubnis, mit ihrer Selbstbezichtigung fortzufahren.

»Ich meine, was glauben Sie? Wahrscheinlich wissen Sie, wie sehr ich diesen Kerl mit seinen Kirchenliedern jedesmal, wenn ich mit ihm zu tun hatte, gehaßt habe. Nur heute nicht. Heute war mir klar, daß irgendwas faul war an der Sache. Er hat niemanden angegriffen, das würde er nicht tun, dazu ist er nicht fähig. Er ist einfach nur bemitleidenswert. Und wissen Sie was? Er wollte wissen, wo Sie arbeiten. Noch ein Fan. Ich weiß nicht, wie Sie das schaffen.«

Rose sah auf und hustete wieder, bis ihre rosige Gesichtsfarbe in ein ungesundes Dunkelrot überging. »Und Sie haben es ihm gesagt, nehme ich an?«

Helen hatte nicht den geringsten Grund für eine Lüge, und doch rutschte sie ihr einfach so heraus.

»Natürlich nicht. Wahrscheinlich glaubt er, daß Sie die Cousine der Protokollführerin sind.« Rose beruhigte sich, und Helen spürte auf einmal heftige Gewissensbisse, obgleich sie sich nichts anmerken ließ.

»Sie brauchen etwas zu essen«, sagte sie und ging voraus.

Bailey ist immer so beruhigend, dachte sie. Vielleicht weiß er Dinge, von denen ich keine Ahnung habe.

Margaret war aufgeregt. Zuerst hatte sie sich gesorgt, und jetzt war sie aufgeregt, was bedeutete, daß alles viel länger dauerte, daß ihr Gehirn im Schneckentempo arbeitete und doch nichts erreichte. Sie betrat ein Zimmer, auf der Suche nach einem Stift oder ihrem Strickzeug, und hatte schon auf der Schwelle vergessen, was sie eigentlich wollte, sah etwas, das lange nicht abgestaubt worden war, ging zurück, um das Staubtuch zu holen, und vergaß auf halbem Weg, warum sie auf den Schrank zusteuerte. Sie konnte sich einfach nicht konzentrieren. Sie merkte, daß sie etwas in der Hand hielt und es verwirrt betrachtete, während ihr üblicher Sinn für Prioritäten völlig ausgeschaltet war. Dieser Zustand führte zu unzähligen sinnlosen Gängen und einem hektischen Hin und Her zwischen den Zimmern, bis ihr die Wohnung wie ein Irrgarten vorkam, in dem man sich vollkommen umsonst abmühte. Sollte sie zu Logo gehen? Ihrem Verbündeten, Freund und Adoptivsohn, den sie so schamlos hinterging? Sollte sie die Blumen abgeben, die sie für Sylvies Großmutter gekauft hatte, oder hatte das noch Zeit? Das Kleid bügeln, für ihre Verabredung mit Eenie morgen nachmittag? Würde das helfen? Sie trödelte herum, bis sie endlich nachmittags so müde war, daß sie alles ein wenig klarer sah. Erst die Blumen zu Sylvies Eltern bringen. Dann bügeln. Logo auf dem Weg einen Zettel an die Tür stecken und ihn zu einer Tasse Tee oder etwas Ähnlichem einladen. Einkaufen würde sie heute in dem teuren Laden an der Ecke, einfach weil er der nächstgelegene war, obwohl sie jedesmal, wenn sie dort Whisky kaufte, vor Scham errötete. Und, ach ja, das Feuer anzünden. Um Logo willkommen zu heißen, die Sache wieder einzurenken. Sie hatte ihn seit Tagen nicht gesehen. Als die Aufgaben dann endlich in der richtigen Reihenfolge verteilt waren, ging es einfacher. Nach einer Stunde war alles erledigt. Die Blumen waren auf der Vordertreppe entgegengenommen worden, unter leisem Dankesmurmeln und ohne die Aufforderung, hereinzukommen, auch wenn Sylvie drinnen kreischte. Margaret kaufte ihren halben Liter Whisky von einer Frau, die so lächelte, als schenke sie Limonade aus, und das Feuer in ihrem Kamin prasselte munter gegen den Nebel an, der dem Regen draußen gefolgt war. Der Zettel steckte an Logos Tür und schimmerte freundlich. Fünf Uhr nachmittags, und der Tag war gerettet. Margaret fühlte sich plötzlich wieder wohl. Was sein mußte, mußte nun mal sein, egal, ob es um Eenie ging, Logo oder die Welt, die jetzt vom Nebel bezähmt dalag. Der Anblick ließ sie an eine sicherere Kindheit zurückdenken. Nebel und gelber Smog in London und das Gefühl von Geborgenheit, wenn man die eigene Haustür erreicht hatte, sie hinter sich ins Schloß fallen ließ und sich auf eine Tasse Tee und ein Gespräch freute. Viel schlimmerer Nebel als dieser leichte Dunst, der niemanden davon abhielt, das Haus zu verlassen, dafür aber die Straßenlaternen mit einem sanften Heiligenschein umrahmte und ihr die Illusion schenkte, daß sich hinter jedem erleuchteten Fenster eine glückliche, lachende Familie verbarg. Sie spürte, wie Ruhe in sie einkehrte, süße, wunderbare Ruhe.

Ich hab mich wohl damit abgefunden, daß das Leben nur einzelne schöne Seiten hat, dachte Margaret. Was für eine Hektik, was für eine Aufregung – und warum? Weil ich Logo angelogen habe. Als ob das eine Rolle spielte, Lügen sind so lebensnotwendig wie das Atmen, sie halten uns bei Verstand. Warum noch? Aus einem merkwürdigen Kummer über Sylvies Großmutter, obwohl ich sie nie gesehen habe. Weil man um sie trauert, und um mich niemand trauern wird. Margaret saß an ihrem Feuer und kicherte leise in sich hinein. Nein, noch bin ich nicht tot. Gebt mir meine neue Hüfte, und ich werde herumlaufen wie ein junges Ding. Ach was, mach dir nichts vor, Margaret, es ist doch nicht die Hüfte, die dich behindert, es ist deine fehlende Willenskraft und daß du ein Feigling bist und dich nicht lächerlich machen willst, wenn du die Straße entlanghumpelst. Dabei kommt es allein darauf an, daß du gut riechst und sauber und fröhlich bist, alles andere ist unwichtig.

Nach dieser Überlegung raffte Margaret sich auf und zog sich um. Was sie einfach nicht fertigbrachte, ohne sich gleichzeitig auch zu waschen. Dann verteilte sie Eenies teuren Puder auf dem ganzen Körper. Das Leben war da, um gelebt zu werden. Und als sie schließlich vor dem Feuer saß, flogen ihre Stricknadeln so schnell auf und ab, daß man ihnen kaum folgen konnte. Ihre innere Ruhe schenkte ihren Händen Energie, hießen sie mit atemberaubender Geschwindigkeit Pullover stricken, die sie selbst, wie sie wußte, niemals anziehen würde. Bei dem Gedanken bebte sie vor Lachen, ohne auch nur einen Augenblick in ihrer Arbeit innezuhalten. Was für eine Närrin du bist, Margaret, nach all den Jahren. Morgen würde sie richtig mit Eenie reden, vielleicht. Alles brauchte seine Zeit. Und mit Logo wurde sie schon fertig, falls er sich herabließ, zu ihr herüberzukommen, o Gott, sie liebte sie beide, trotz allem, und die Liebe besiegte alles. Hauptsache, man schielte nicht auf eine Belohnung. Als er dann tatsächlich an die Tür klopfte, war sie kaum überrascht, geschweige denn beunruhigt, und das war noch vor dem Whisky.

»Ach, du bist es, komm rein«, sagte sie nur, öffnete die Tür und ging zurück zu ihrem Sessel. Der zweite Sessel ihr gegenüber war alt und zerschlissen, aber mit einem neuen Kissen geschmückt und hieß ihn willkommen, als hätte es niemals ein Problem zwischen ihnen gegeben. Logo sah fürchterlich aus, sein Anblick versetzte ihr einen Schock, aber sie würde kein Wort dazu sagen, jedenfalls jetzt noch nicht.

»Wo hast du denn gesteckt?« fragte sie, halb vorwurfsvoll, halb brummig wie immer. »Ich hab schon gedacht, du wärst tot.«

Er sah auf die Whiskyflasche und die beiden funkelnden Gläser, die auf dem Spitzendeckchen bereitstanden.

»Tot?« gab er zurück. »Ich hätte tatsächlich längst tot sein können, und du hättest dir nichts draus gemacht.«

»Immer sachte«, sagte sie beruhigend. »Hör schon auf damit. Du weißt genau, daß es dir nicht passen würde, wenn ich zu jeder Tages- und Nachtzeit an deine Tür klopfte, und so ist es eben bei mir auch, wenn ich Besuch habe. Hättest du Hilfe gebraucht, wäre es was anderes gewesen. Schenk ein und hör auf, ein Gesicht wie drei Tage Regenwetter zu machen.«

Er grinste. Er gibt sich zumindest Mühe, dachte sie. Sein Hemd war sauber, aber offenbar hatte er die Schuhe an der Hose abgewischt, denn unten auf den Beinen zeigten sich verräterische Schmutzstreifen. Das Gesicht wirkte furchterregend, wie durch die Mangel gedreht, aber die Augen waren noch da und die Zähne auch. Wenn man mit Sterbenden gelebt hatte wie Margaret, hatte man Schlimmeres gesehen, und im übrigen kannte sie Logos Reaktion auf jede Art von Mitleid, um das er nicht ausdrücklich gebeten hatte.

»Bist wohl unter den Bus gekommen, was?« fragte sie, als sie sich vor dem Feuer niederließen, beide mit einem großen Glas in der Hand.

»Nein, es war ein Zug. Was glaubst denn du?«

Beide gluckstén leise in sich hinein. »Hoffentlich sieht der andere Bursche schlimmer aus«, sagte Margaret.

»Oh, das tut sie, das tut sie«, antwortete Logo, und ließ das »sie« bewußt grausam auf der Zunge zergehen. Margaret verzog keine Miene. Statt dessen nahm sie eine von den Zigaretten, die er ihr hinhielt. Sie dachte an Wundsalbe, fragte sich, ob sie welche im Haus hatte, und überlegte, wann sie sie holen würde. Sie waren unangenehm, diese Prellungen, aber nicht gefährlich. Sie wollte der Ärztin davon erzählen, vielleicht würde sie dann zuhören. Sie würde ihr sagen, daß er mit dem Kopf gegen die Wand rannte. Von richtigen Verletzungen verstanden Ärzte was, aber das war auch das einzige.

»War diese freche kleine Göre wieder da?«

»Sie ist nicht frech. Sie hat nur Eltern, die sich zuviel auf einmal vorgenommen haben. Jedenfalls sollte sie dir leid tun. Ihre Großmutter kam zu Besuch, aber sie war krank und ist gestorben. Schreckliche Sache, nicht?«

»Nicht wirklich. Alle Menschen müssen schließlich sterben. Sonst könnten die Totengräber Däumchen drehen, oder?« Er brüllte vor Lachen. Margaret fühlte sich unbehaglich, strickte weiter und nippte an dem Whisky, während er ihn hastig hinunterstürzte. Mit einem halben Liter würden sie nicht weit kommen, wenn er in dieser Stimmung war, aber wenigstens lachte er.

»Rate mal, wen ich heute gesehen habe!« Logos Stimme war merkwürdig heiser, wie sie bemerkte, aber trotzdem laut. »Rate bloß mal, wen ich gesehen habe!«

»Den lieben Gott«, sagte sie und strickte noch schneller.

»Ach was, besser noch, viel besser. Mehr so was wie eine Göttin. Aber vielleicht war es ja auch der Teufel. Das ist manchmal schwer zu sagen. Gelegentlich ist das, was ganz unschuldig aussieht, das genaue Gegenteil. Manchmal muß man etwas Schönes zerstören, weil es zuviel Schaden anrichten könnte. Es umbringen, im Feuer verbrennen. Vor den Stadtmauern steinigen und dann verbrennen.« Seine Stimme war nur noch ein Murmeln. Margaret wurde immer nervöser, hielt jedoch ihre friedliche Fassade mit bewundernswerter Gelassenheit aufrecht und starrte auf ihr Strickzeug. Was sollte sie bloß sagen?

»Wovon redest du überhaupt? Wen hast du gesehen?«

»Eenie.« Er sah sie listig an. »Du weißt schon – Eenie.«

Diesmal griff sie nach ihrem Whiskyglas und nahm einen Schluck, der so groß war wie Logos. »Hast du nicht!«

»Nein«, antwortete er. »Hab ich auch nicht. Ich hab nur gedacht, ich hätte sie gesehen. Ich hab bloß gespürt, wie sie an mir vorbeigegangen ist, das ist alles. Du hast wohl nicht zufällig was zu essen da?«

Margaret beruhigte sich. »Du und deine Spinnereien«, sagte sie gleichgültig. »Es ist Brot und Käse da. Hol es dir selbst. Der Pullover hier ist für dich, weißt du. Wenn du gegessen hast, kannst du mir helfen, die Wolle aufzuwickeln.«

Eine Schallwelle prallte gegen das Haus, das Grölen der Fußballmenge. Sie hatte beim Heimkommen gesehen, wie die Leute zusammenströmten. Kein Grund zur Aufregung mehr, nichts, was noch eine Bemerkung wert war nach all den Jahren, bedeutungsloser als ein Donner und weniger furchteinflößend als ein Sturm. Eenie hatte darüber geklagt, aber Eenie war auch ein schwieriges Kind gewesen. Margaret erinnerte sich, wie die Kleine einen Wollstrang zwischen den ausgestreckten Armen hielt, während sie ihn zu einem Knäuel wickelte. Natürlich hätte sie die Wolle auch in fertig gewickelten Knäueln kaufen können, aber die billigere auf dem Markt kam auch heute noch in Strängen, die man selbst aufwickeln mußte. Ihr Strickkorb war vollgestopft mit der Wolle von alten Pullovern, die sie gewaschen und aufgehoben hatte: Sie hielt etwas von altmodischer Sparsamkeit. All diese Aufgaben waren beruhigend, sorgten für Kontinuität. Vielleicht würde das Wolleaufwickeln auch Logo beruhigen. Sie seufzte und wühlte in ihrem tiefen Korb nach dem nächsten, tröstlichen Strang Marineblau, während Logo wortlos aufstand, um sich ein Stück Käse aus der Küche zu holen. Man hörte das Klappern von Besteck, als er nach einem Messer suchte. Ach, laß ihn. Sie war müde, so müde, schloß für einen Augenblick die Augen und lauschte der neuen Lärmwelle, die über das Haus hinwegrollte. Wenn man genau hinhorchte, war das Feuer lauter als der Rest der Welt. Es sprach zu ihr, leistete ihr Gesellschaft. Vielleicht brauchte sie nur eine Katze.

»Ich glaube, ich besorge mir eine«, sagte sie laut.

»So«, antwortete er, setzte sich in den Sessel ihr gegenüber und griff nach dem neuen Strang Wolle, der ihr auf den Schoß gesunken war, während er in der anderen Hand ein sauber abgeschnittenes Stück Käse hielt.

»Ich glaube, ich besorge mir eine Katze.«

Er betrachtete sie mit dem Ausdruck traurigen Ekels, so wie sie selbst eine der verkrüppelten Tauben in der Stadt betrachtet hätte – ein armes, wertloses Stück Ungeziefer.

»Hilfst du mir die Wolle aufwickeln?«

»Ich kann nicht. Sie würde kleben bleiben, meine Handgelenke sind ganz wund. Hier, sieh nur.« Er streckte ihr die Arme hin.

»Was ist denn los mit ihnen? Ich sehe nur schwarze Ränder an den Ärmeln.«

Mit einer raschen Bewegung stürzte er sich auf sie und stopfte ihr den Käse in den Mund, gerade, als sie etwas sagen wollte. Ein großes Stück festen, seifigen Cheddar, den er mit Gewalt zwischen ihre Zähne schob. Margaret würgte und versuchte, ihn auszuspucken, Logo aber hielt sie am Haar gepackt und preßte ihr die Hand auf den Mund. Sie versuchte zu kauen, zu schlucken, schlug mit den Armen und grub ihm die Fingernägel in die Handgelenke. Die Augen wollten ihr aus dem Kopf quellen, und ihr Gesicht verfärbte sich, bis er nachgab und einen Schritt zurück trat. Margaret hustete, würgte, hustete weiter, stützte sich mit beiden Händen auf die Armlehnen und blickte wild um sich, als wolle sie aufspringen. Logo klopfte ihr auf den Rücken, fest, aber freundlich. Dann hockte er sich zu ihren Füßen, hob den Wollstrang auf, der heruntergefallen war und befühlte ihn.

»Ein Pullover für mich, Granny? Wer hat dich darum gebeten? Ich doch bestimmt nicht. Ich würde dich um gar nichts bitten, nie mehr... Du wußtest die ganze Zeit, wo sie war, nicht wahr? Die ganze Zeit.«

»Wer?« flüsterte sie, rieb sich den Hals, versuchte ruhig zu klingen, und krächzte genauso wie er. »Logo, hör auf mit dem Unsinn. Mach, daß du rauskommst. Ich bin zu alt für solche gräßlichen Spiele.« Ihr Blick wanderte an ihm vorbei durch die offene Küchentür zur Schublade mit den Messern, die offenstand. Zwei Blätter Papier lagen auf dem Boden. Der Rest des Käses lag auf dem Schrank, das Stück, das sie ausgespuckt hatte, vor ihrem Sessel auf dem Fußboden. Oh, mein Gott, warum hatte sie ihn nur aufgefordert, sich selbst zu bedienen und in den Besteckkasten zu sehen? Briefe, die allein für sie bestimmt waren, und er hatte sie entdeckt. Logo stand auf und zertrat den Käse mit dem Stiefelabsatz auf dem Teppich.

»Du hinterhältiges altes Biest! Du wußtest Bescheid, als das saubere Pärchen sich aus dem Staub gemacht hat, wahrscheinlich hast du ihnen sogar geholfen, alles zu planen, und mir nichts erzählt. Wie viele Briefe hat Eenie dir seitdem geschrieben, dich auf dem laufenden gehalten und hinter meinem Rücken über mich gelacht, während du die ganze Zeit so getan hast, als wärst du auf meiner Seite... über mich gelacht.«

»Einen Brief, Logo, ich schwöre. Nur den einen. Einen in vier Jahren, ich schwöre...«

»Was tust du? Du schwörst? Daß ich nicht lache. Du wußtest genau, wo sie war, die ganze Zeit. Ich wette, sie war letzten Freitag sogar hier, als du mich angeschrien und weggeschickt hast. Also mach schon, Granny, wo wohnt sie? Sag es mir, sag's mir, sag's mir...« Mit schmeichelnder Stimme. Er kniete vor ihr wie die Karikatur eines Bettlers und massierte ihre Knöchel. Einen Augenblick lang glaubte Margaret schon, die Situation wieder unter Kontrolle zu haben, doch dann wußte sie, daß das unmöglich war. Was für ein Verrat. Jetzt hatte sie alle betrogen: Logo, seine Frau und Eenie, hatte keines ihrer Geheimnisse bewahrt. Die marineblaue Wolle schlang sich um ihre Füße.

»Ich hätte es wissen müssen, nehme ich an. Seit dem Tag, an dem du mit dem Kind in meinem Haus warst. Und nach oben gegangen bist.« Seine Stimme klang wehmütig, und er war noch immer damit beschäftigt, die Wolle um ihre geschwollenen Knöchel zu schlingen.

»Warum spielt das so eine Rolle? Liebe Güte, laß das doch. Das blaue Auge ist dir wohl zu Kopf gestiegen. Hol uns lieber noch einen Drink, mach schon. Hör auf mit diesem Blödsinn.«

Wahrscheinlich war es das beste, ihn wie ein kleines Kind zu behandeln, sich den Anschein des gutmütigen Drachens zu geben, der ihr längst zur zweiten Natur geworden war, aber irgendwo in der Tiefe ihres jagenden Herzens wußte Margaret, daß es zu spät war. »Ich habe in meinem ganzen Leben nur einen einzigen Brief von Eenie bekommen«, sagte sie jammernd. »Und warum spielt es plötzlich eine Rolle, ob ich in deinem Haus war oder nicht? Ah, ich verstehe.«

Das Bild des Koffers im oberen Stock kam ihr plötzlich wieder in den Kopf, zusammen mit der Erinnerung an ihre Nervosität ihm gegenüber, seit sie den Koffer entdeckt hatte, ihre Reserviertheit. All das hatte ihr gegenseitiges Mißtrauen nur noch gesteigert. »Hör mal«, sagte sie, so ruhig sie konnte. »Ist sie je zurückgekommen? Eenies Mum? War sie denn wirklich wie vom Erdboden verschluckt? Das stimmt doch nicht, oder?«

Die Wolle war nun ganz um ihre Knöchel gewickelt und

in einen festen Knoten geschlungen. Er hatte schon immer gut mit Faden, Garn und dergleichen umgehen können, war geschickt mit den Händen, nur faul. Er spielte lieber, als etwas zu leisten, im Gegensatz zu seiner Tochter. Margaret wußte, wenn sie jetzt aufstand, würde sie stürzen, und schon bei dem Gedanken daran fühlte sie sich schwach. Logo seufzte.

»Oh, ja, sie ist zurückgekommen. Ich hab sie zurückgeholt, ein paar Tage später. Du warst nicht da, und ich wußte es, aber sie wollte mir nicht sagen, wo Eenie war. Ich wurde wütend, verstehst du, sehr wütend.«

»Warum wollte sie dir nicht sagen, wo Eenie war?«

»Um mich vor ihr zu retten. Mich vor der kleinen Hure zu beschützen, die all meine Güte immer nur ausgenutzt hat. Sie hat mir den Apfel zu essen gegeben. Sie hat mich dazu verleitet, mich zu ihr zu legen. Sie hat es so weit gebracht, daß ich zum Teufel ging, sie ganz allein. Wo wohnt sie, Margaret?«

»Nein, nein, das arme Kind, das arme Kind. Oh, nein, mein armes Kind.« Margaret weinte. In den Runzeln um ihre hervorquellenden Augen standen die Tränen.

»Wo wohnt sie?« bohrte er.

»Ich weiß es nicht, ich weiß es nicht.« Sie wich vor ihm zurück.

»Wie sieht sie aus?«

»Schwarzes Haar, straff nach hinten gekämmt, mit einem kleinen Zöpfchen!« schrie Margaret. »Was hast du mit ihr gemacht, Logo? Und was hast du mit ihrer Mutter gemacht?«

Er schüttelte traurig den Kopf. »Nur das. Kein Blut. Nur das.« Draußen brandete ein gewaltiges Siegesgeheul vom Fußballstadion her über die Straße hinweg. Er konnte es hören und spüren, dieses Stampfen der Füße, die Anfänge unsicheren Grölens. Es übertönte ihren Schrei. Dann lagen seine Hände um ihren Hals, und die Daumen drückten zu. Margaret schnappte nach Luft. Wieder kämpfte sie, doch vergeblich. Mit der Stricknadel, die sie noch in der Hand hielt, stach sie auf ihn ein und traf ihn in den Bauch. Er heulte auf, ließ aber nicht locker. Ihr Gesicht war dunkelrot, und seltsame tierische Laute entrangen sich ihrer Kehle, während sie wild um sich schlug. Es schien endlos lange zu dauern, wurde heftiger und wieder schwächer. Nach jedem neuen Nachlassen ihrer Kräfte schien sie um so entschlossener weiterzukämpfen. Bis sie endlich in sich zusammensackte. Er löste langsam seine Finger, glaubte zuerst an einen Trick. Rasch griff er in ihren Strickkorb, nahm einen Wollstrang heraus, legte ihn ihr beinahe ehrfürchtig um den Hals, umfaßte ihn mit beiden Fäusten und drehte. Seine Hände rutschten von der Wolle ab, so heiß und feucht waren sie. Er merkte, daß er am ganzen Körper heftig zitterte, griff nach dem Feuerhaken, steckte ihn in die Wolle und drehte ihn wie eine Aderpresse. Um die Blutzufuhr zu unterbrechen, dachte er flüchtig. Sie gab keinen Laut mehr von sich. Logo stand auf und nahm noch einen Schluck Whisky. Allmählich ließ das Zittern nach. Er hob die Briefe vom Boden auf, las sie noch einmal und warf sie ins Feuer. Er schätzte im Geiste Margarets Körpergewicht, kicherte und legte nachdenklich den Finger an die Nase. Wenn man geschwächt war und Nähte im Bauch hatte, war es um einiges schwieriger, aber diesmal würde er nicht denselben Fehler machen und so lange zögern, bis die Totenstarre einsetzte. Vielleicht mußte er noch ein wenig warten, das Spiel war fast zu Ende, noch eine halbe Stunde, bis alle weg waren, das ging heutzutage schnell, dann konnte er mit seiner Bürde aufbrechen.

Er zerrte Margaret vom Sessel herunter, packte sie unter

den Achseln und schleifte sie zur Küchentür. Sie war klein wie ein Vögelchen. Ihre Bluse rutschte nach oben und enthüllte einen Streifen weiches, weißes Fleisch, das über den Boden schliff. Draußen wartete ihr Leichenwagen. Er war umgekippt und lag auf der Seite. Doch zuerst nahm er das stumpfe Ende seiner Axt und zerschlug ihr mit wissenschaftlicher Präzision Ellbogen und Knie: Darüber hatte er lange und gründlich nachgedacht. Schließlich schob er sie in den Karren. Der Körper war noch warm, noch verformbar, aber es war dennoch schwierig. Erst beim dritten Anlauf schaffte er es, den Karren mit großer Anstrengung wieder aufzurichten. All das dauerte eine Weile. Inzwischen zog die johlende und schreiende Menge am anderen Ende des Hinterhofs vorbei, was er als Ansporn betrachtete.

Logo bedeckte Margarets Kopf mit einem Stück schwarzer Plastikfolie und steckte ihr die Schaufel zwischen die Glieder. Dann rumpelte er mit seinem Karren die Straße hinunter, an den kleinen Läden an der Ecke vorbei, bis er die Hauptstraße erreichte. Es war nicht die Route, die er normalerweise nahm, aber er wußte schon lange, daß man um so weniger Verdacht erregte, je auffälliger man sich verhielt. Volle hundert Meter auf der Hauptstraße, bevor er abbog, erst links, dann rechts, und schließlich pfeifend auf den Friedhof. Nach einem Schock kam zuerst immer das Pfeifen zurück, das Singen viel später.

Logo fand das Grab, das sie am Morgen für die Frau aus der Legard Street ausgehoben hatten. Er zog die Schaufel aus dem Karren, überließ Margaret sich selbst und sprang in die Grube. Überall waren die Fußabdrücke der Totengräber. Er hatte eine Taschenlampe mitgebracht, die er jedoch nicht brauchte, denn das Grab lag so dicht an der Straße, daß das Licht der Laternen völlig ausreichte. Im übrigen bestand ohnehin kein Grund, besonders pingelig zu sein. Er hatte genügend Beerdigungen gesehen, um zu wissen, wie schlampig die Zeremonie an einem grauen Tag wie dem morgigen vollzogen werden würde. Niemand würde auch nur das kleinste Anzeichen seiner nächtlichen Anwesenheit bemerken. Er stand in der Grube und schaufelte wie besessen. Weicher Nord-Londoner Lehm, kalt, aber nicht gefroren. Kein Mensch würde so spätabends auf Schatten oder Geräusche auf einem Friedhof achten. Selbst die Obdachlosen, der Abschaum aus den Pubs und junge Verliebte machten sich beim kleinsten Anzeichen von Leben hier aus dem Staub. Egal, ob sie getrunken oder andere Drogen genommen hatten, sie ließen sich leicht ins Bockshorn jagen. Das Ausheben eines Grabes auf dem Friedhof war ein Zeichen des Todes, der beharrlich ignoriert wurde.

Ich will nicht sterben, dachte Logo, aber die Vorstellung war gar nicht mehr so abstoßend, nachdem er die Grube schnell und sauber um gut dreißig Zentimeter vertieft hatte. Er schwitzte in seinen schwarzen Kleidern. Er roch nach Puder, nicht nach Erde. Es war der widerwärtige Duft von Talkum, der an ihm klebte. Sein Revers war mit weißem Staub bedeckt, allein davon, daß er ihren Körper nach draußen geschleift hatte. Eine neue Staubwolke erhob sich von ihrem Körper, wie eine Reverenz an den Nebel, als er sie, plötzlich schwer, massig und groß, aus dem Karren zerrte und in die Grube poltern ließ, wo sie dumpf aufschlug. Es klang wie ein Donnerschlag. Sie bewegte sich: stöhnte und zuckte und lag dann still. Logo hatte den Whisky mitgebracht. Er nahm einen Schluck und richtete seinen Blick erneut in die Grube. Margaret war wirklich entgegenkommend. Von der Plastikfolie befreit, lag sie flach ausgestreckt da, alle viere von sich gestreckt. Er sprang ihr auf den Rücken und häufte mit bloßen Händen eine dünne Schicht Erde über sie. Ihr Körper war noch warm, und er empfand ein gewisses Bedauern, sie zu bedecken und seine Spuren zu verwischen. Es war wirklich ökonomisch, zwei Tote auf einmal zu beerdigen, man sollte das öfter machen. Für ihn selbst gab es jedenfalls keine Aussicht auf eine Familiengruft. Sie würden alle außerhalb der Stadtmauern ruhen.

Er legte die Schaufel auf den Karren und schob ihn zum Ausgang am anderen Ende. Unterwegs salutierte er vor dem gleichen Grab, vor dem er schon am Vormittag stehengeblieben war. Schließlich war es nicht das erste Mal, daß er eine solche Unternehmung hinter sich gebracht hatte. Zuerst seine Frau, dann Margaret, und alle beide hatten ihn betrogen. Seine Frau war schwerer gewesen, meinte er sich zu erinnern. Vielleicht aber auch nur steifer und unbeweglicher und er geschwächter mit der Wunde und seiner Wut im Bauch. Logo schnüffelte an seinem Finger. Talkumpuder. Diesen Gestank würde er nie wieder loswerden, dabei paßte er einfach nicht zu einem Grab.

11

So ein Krankenhaus hatte durchaus was für sich. Vielleicht war es die Gleichgültigkeit – als hätten die, die hier in den Betten lagen, nicht die geringsten Sorgen. Die Atmosphäre erinnerte Rose an das Foyer im Gerichtsgebäude, wo die Zeit ebenfalls stillzustehen schien, in alle Ewigkeit. Man wurde völlig vereinnahmt – am Mittwoch abend wünschte Rose sich plötzlich, sie würde zu dieser kleinen Gemeinde von Leuten gehören, die sich hier auskannten und die relative Sicherheit dieser kleinen Welt genossen. Die Patienten mußten sich allerdings oft für ihre Besucher anstrengen und sie auf eine Art zufriedenstellen, die man zu Hause nicht unbedingt von ihnen erwartet hätte. Michael freute sich natürlich, daß Rose gekommen war. Und sie sah ihn in einem neuen Licht und mit einem Hauch von Eifersucht; er hielt, umgeben von Geschenken, hof in diesem abgeschirmten Königreich. All die Tribute an einen Mann, der bei Freunden und Familie beliebt war, gaben ihr das Gefühl, klein und unscheinbar zu sein, jemand, der nicht wirklich zählte.

»Mum und Dad«, erklärte er beschämt. »Sie schicken mir andauernd irgendwelche Sachen. Ich wünschte, sie würden es nicht tun. Morgen komme ich hier raus, und soviel könnte ich selbst in einem Monat nicht verputzen.«

»Dann laß es doch hier. Für die anderen.« Das hätte auch Granny sagen können.

Vorsichtig hielt sie seine Hand. Da sein anderer Arm unbeweglich in einer Schlinge lag, berührte sie seine Finger nur ganz leicht, so daß er sich jederzeit kratzen, bewegen oder seine Hand zurückziehen konnte, falls er es wollte. Sie fühlten sich beide ein wenig unbehaglich. Rose war angespannt, voller eigener Sorgen, doch entschlossen, ihm seine gute Laune nicht zu verderben. Es gab so vieles, was sie ihm erzählen wollte, aber nichts davon eignete sich für die Ohren eines Krankenhauspatienten. Des bestaussehenden Mannes auf der ganzen Station. Er machte einen so stabilen und zuverlässigen Eindruck, daß sie am liebsten auf seinen Schoß gekrochen und für immer dort geblieben wäre, obwohl ihr sicher niemand glauben würde, daß er ihr gehörte.

»Wie geht's denn im Büro? Steht der Kasten noch?« Er wollte schließlich nicht nur von sich sprechen.

»Tja, also, ich war kaum da. Aber ich nehme es doch an. Du weißt ja, wie es ist. Jeden Tag kommt ein neues Stück runter. Außerdem gab es mal wieder Warnungen vor einer IRA-Bombe.«

»Schon wieder? Ich verstehe nicht, warum sie sich überhaupt noch die Mühe machen, solche Warnungen auszugeben. Im übrigen könnte jeder Penner bei euch rein, wenn er wollte.«

»Oh, das glaube ich nicht«, sagte Rose. Sie war schokkiert. Sie glaubte an ihr Mausoleum, das ihr immer so stabil wie ein Fels erschienen war. Das war einer der vielen Gründe, warum sie es so mochte – sie betrachtete es als den einzigen uneinnehmbaren Ort, den sie kannte. Niemand würde auch nur den Versuch unternehmen, dort reinzukommen. Außerdem war Michael sicher nicht wirklich daran interessiert, über ihren Job zu sprechen, ganz zu schweigen von dem Gebäude.

»Sergeant Jones war heute da. Und Smithy und sogar dieser Mistkerl von Williams, der sich hier aufwärmen wollte. Aber ich hab ihm gesagt, er soll verschwinden.« Auch ein Thema, das sie nicht unbedingt vertiefen wollte.

»Sie kommen nur wegen der Pralinen«, sagte sie.

»Das hab ich auch schon gedacht.« Er zuckte mit den Achseln, aber sie begriff, daß er die Zahl seiner Besucher als schmeichelhaft ansah und es ein wenig bedauerte, die Zeit des Verwöhntwerdens zu Ende gehen zu sehen. Rose verstand ihn.

»Wann ist es morgen soweit?«

»Oh, im Laufe des Vormittags, nehme ich an.« Der Gedanke, sie zu verlassen, schien ihm einiges Kopfzerbrechen zu bereiten. »Mum und Dad wollen, daß ich ein, zwei Tage zu ihnen komme, was wahrscheinlich gar nicht schlecht ist. Ich würde im Moment nicht mal Rühreier hinkriegen, und so hat Mum die Chance, mich wieder ein bißchen aufzupäppeln.«

Er war stolz darauf, fürsorgliche Eltern zu haben, aber er schämte sich auch ein bißchen wegen ihnen und dem Chor Suppe kochender Verwandter, die hinter den Kulissen das Lied von der Guten Besserung sangen. Doch Rose wischte seine gemischten Gefühle vom Tisch.

»Das ist genau das, was du brauchst. Und außerdem muß ich dann nicht mit kalten Spaghetti Bolognese kommen und sie dir kleinschneiden.« Beide lachten.

»Nur ein, zwei Tage – und nur nach Catford. Du könntest rauskommen und alle kennenlernen. Wie wär's mit Samstag? Ich hab Adresse und Telefonnummer schon aufgeschrieben. Los, Rose, versprich mir, daß du kommst.« Sie schüttelte den Kopf, insgeheim entzückt, aber auch zu Tode erschreckt von der Aussicht.

»Doch, du kommst. Und danach ...« Er hielt ihre Hand ganz fest, ohne das geringste Zeichen, daß er ihr entschlüpfen wollte, und bei seinem Blick hatte sie das Gefühl, jeden

Moment zerfließen zu müssen. »... danach kommst du mit zu mir. Mit deinem Koffer, wenn du willst. Ich liebe dich, Rose. Am liebsten würde ich es der ganzen Welt erzählen, verdammt!«

»Pssst!« sagte sie. »Pssst, man kann dich hören!«

»Ist mir egal«, sagte er. »Ist mir scheißegal.«

Auf dem Weg nach draußen, vorbei an drei von antiseptischen Kunststofftüren verschlossenen Komplexen, fühlte sie sich ganz schwach. Eine Welle von Glück überschwemmte sie, bevor die dunkle Welt hinter dem zugigen Ausgang wieder das Kommando übernahm. Im Krankenzimmer, an seiner Seite, hatte sie eine Zukunft funkeln sehen, irgendwo jenseits des ewigen Nebels, doch die Frage war, wie sollte sie die Zeit durchstehen, bis die Zukunft begann? Irgendwie war es Rose in der Treibhaushitze da drin gelungen, ihren Husten zu unterdrücken, doch jetzt meldete er sich rachsüchtig zurück. Der Klang ihres abgehackten Bellens ließ die Freude an der Illusion verschwinden. Michael konnte ihr nicht helfen. Sie würde ganz allein ein sicheres Plätzchen finden müssen. Logo war überall, niemand konnte ihn einsperren. Rose sah nach links und rechts, bevor sie die Straße überquerte. Auf der anderen Seite befand sich ein Taxistand. Taxis waren ein Luxus, den sie sich eigentlich nicht leisten konnte, aber allein nach Hause zu gehen, kam nicht in Frage. Die beiden Mädchen würden dasein, der Mittwoch war fürs Rumjammern und Haarewaschen reserviert. Alles war in Ordnung bis morgen früh, es sei denn, es klingelte.

Daddy lauerte an jeder Ecke. Er hatte sie gesehen.

Der Donnerstag dämmerte milchig-trüb herauf. Der Nebel senkte sich gegen Helens Souterrainfenster, und Tageslicht drang in ihre Träume. Es war wirklich nur der Nebel, der durch die Gitterstäbe blinzelte. Zwar haßte sie deren Notwendigkeit, aber ohne sie hätte sie kein Auge zutun können. Beim Anblick des Nebels im trägen Januarlicht mußte sie ans Meer denken, daran, weit weg zu sein.

Donnerstag. Für die Sorgenfreien war es ein Tag der Verheißung, die Woche so gut wie geschafft. Helen fiel nur selten in diese Kategorie. Die Arbeit, die auf sie wartete, war allerdings im Moment nicht das Problem, sondern sie litt schlicht unter einem handfesten Gefühlskater, der von den Geschehnissen des Vortags herrührte. Dabei dachte Helen auch nicht an Logo, als sie sich anzog. Über Fälle nachzudenken, statt Schäfchen zu zählen, war eine Ablenkung, die bei ihr nicht mehr funktionierte. Dieses diffuse Schuldgefühl steckte ihr zu tief in den Knochen, das schlechte Gewissen, daß sie so vieles schlecht oder gar nicht erledigt hatte, weil sie irgendwie nicht begriffen hatte, um was es letztlich ging. Sie war mit Rose im Grunde keinen Schritt weitergekommen und hatte gestern abend mit Dinsdale über sie gesprochen. Gewissensbisse, weil sie Weißwein mit diesem Schönling getrunken hatte, und mehr noch, weil ihr absolut klargewesen war, daß das eigentlich nicht in Ordnung ging, so sehr sie das Ganze auch verteidigte, indem sie sich einredete, Mittwoch abend und immer noch kein Anruf von Bailey diese Woche, da hat er es nicht anders verdient.

Jetzt aber mal halblang, es gibt keine einzige konkrete Abmachung zwischen Bailey und mir. Aber natürlich gibt es die, wenn auch nicht auf dem Papier: Und die unausgesprochenen Versprechen sind die wichtigsten, die man sich machen kann.

»Ich weiß nicht, was dieses Kind so bedrückt«, hatte Helen zu Dinsdale gesagt, nachdem sie in gegenseitigem Einvernehmen eine Bar gewählt hatten, die beruhigend weit vom Büro und allen neugierigen Blicken entfernt lag. Vielleicht war das der Grund für ihr Unwohlsein, dieser eindeutige Schritt in Richtung Heimlichtuerei. »Mal ist sie offen und geradeheraus, plötzlich aber für den Rest des Tages vollkommen zugeknöpft. Mal wie ein normales, kicherndes Schulmädchen und dann wieder unberechenbar und mürrisch.«

»Cherchez l'homme«, sagte Dinsdale. »Die Macht der Hormone. Wie ist denn der Neue?«

»Er liegt im Krankenhaus.«

»Nicht gerade der beste Platz für eine junge Liebe, aber vielleicht rühren da ja ihre Launen her.«

»Glaube ich nicht. Gestern zum Beispiel war sie umwerfend, aber heute morgen wollte sie partout nicht mit zum Gericht, ich mußte sie praktisch hinschleifen. Und dann saß sie die ganze Zeit mit dem Gesicht in den Händen da und tat alles so widerwillig, als hätte sie sich am liebsten verzogen... Ich weiß auch nicht, warum.«

»Glauben Sie, es könnte was dran sein an Redwoods Theorie?« schlug Dinsdale vor. »Daß Rose diejenige ist, die uns den Sand ins Getriebe streut?«

»Nein. Dafür würde ich buchstäblich meine Hand ins Feuer legen. Auch wenn's ziemlich dramatisch klingt.«

»Stimmt. Und im übrigen sollte Ihnen da ohnehin etwas Besseres einfallen.«

Helen beobachtete seine Finger, die mit dem Stiel des Glases spielten. Er hielt ihn mit dem lässigen Zartgefühl des Kenners. Das Glas selbst blieb immer makellos, während ihres, lange bevor die Flasche leer war, über und über mit Fingerabdrücken und Lippenstiftspuren beschmiert war. Sie fragte sich, wie er das nur schaffte, und auch, warum sie sich soviel Mühe gab, das Gespräch in neutralen Bahnen zu halten, wo es sowieso weit entfernt war von allem, was mit ihnen beiden persönlich zu tun hatte. Seit einiger Zeit nun spielten sie Spielchen miteinander, und in ihrem Geplauder lag immer auch ein Hauch von Anzüglichkeit. Das lief auf nicht weniger als einen ausgedehnten Flirt hinaus, allerdings einen äußerst obskuren Flirt, da er eigentlich lediglich daraus bestand, daß zwei Menschen einander mit einer Aufmerksamkeit zuhörten, die sonst nur für potentielle Liebhaber reserviert war. Jetzt, da ihnen die Leichtigkeit ihrer Beziehung aus den Händen zu gleiten drohte, da sich alles in Richtung einer Affäre zu verschieben schien und sie wußte, daß er kurz vor einem Antrag oder einer Erklärung stand, begann Helen, die bisher einfach wegen der Schmeichelei, die für beide dabei abfiel, ebenso enthusiastisch bei der Sache gewesen war wie Dinsdale, nachdenklich zu werden.

Schließlich hatte sie die Bar fluchtartig verlassen, unter einem Vorwand, der ebenso fadenscheinig klang, wie er tatsächlich auch war, und jetzt ärgerte sie sich. Sie war eine erwachsene Frau, sie hätte mit ihm sprechen, das Ganze gar nicht erst soweit kommen lassen sollen. Sie hatte nur Aufmerksamkeit gewollt, gestand sie sich bitter ein. Hatte frische Streitkräfte für ihren Krieg gegen Bailey gebraucht und die unkritische, rückhaltlose Bewunderung genossen, die ihr jüngerer Kollege ihr so großzügig entgegenbrachte, während er gleichzeitig auch noch über ihre erbärmlichen Witze lachte. Im Grunde wollte sie nichts mit ihm anfangen. Es war ihr nur um sein Bemühen gegangen. Und was ist schlecht daran? fragte sie ihr Spiegelbild. Darf ich etwa nicht mit Männern reden und mich an ihrer Gesellschaft freuen? Dazu hast du alles Recht der Welt, antwortete ihr Gewissen, aber du wußtest, daß es in diesem Fall falsch war. Gefiel ihr dieser Dinsdale denn wirklich – mit seinen aristokratischen Manieren, der blendenden Ausdrucksweise und dem Sauberkeitstick? Abgesehen von letzterem, ja. Doch, doch. Das ging schon in Ordnung. Vorgemacht hatte sie ihm nichts.

Der Nebel half. Er half immer, aber bis mittags würde er verschwunden sein. Helen West liebte die kalte Anonymität des Winters. Es war, als hätte sich das durch die geplatzte Schwangerschaft ausgelöste Vakuum mit der fremdartigen Sehnsucht gefüllt, anders zu sein, mit dem Wunsch, in einer Beziehung endlich alles richtig zu machen, statt nur immerzu und auf subtile Art alle Welt zu belügen.

Sylvies Eltern hatten ausgiebig die verschiedenen Probleme besprochen, die mit der Beerdigung der Großmutter zu tun hatten. Zunächst war es darum gegangen, ob sie Sylvie mitnehmen sollten oder nicht. Gehörte es gar zur Erziehung eines Kindes in diesem Alter, und würde es alles leichter erklärbar machen? Die Standpunkte waren eingehend erörtert worden, aber sie hatten sich nicht einigen können, und schließlich trug der Pragmatismus den Sieg davon. Ein Besuch bei Margaret Mellors in aller Herrgottsfrühe hatte sich als fruchtlos erwiesen. Zwar hätte man das Kind auch anderswo unterbringen können, aber es war schon unruhig genug gewesen in letzter Zeit. Irgendwie schien es nicht richtig, und außerdem blieb im Grunde kaum mehr Zeit. Der zweite Streitpunkt war die Trauerkleidung. Im ganzen Haus fand sich kein einziges schwarzes Kleidungsstück, und dann war es zu spät, um sich etwas zu leihen. So gingen die Eltern in Grau und Blau zur Kirche und die streitlustige Sylvie in Rot.

Der Anblick des Sargs trieb Sylvies Mutter die Tränen in die Augen. Sie schluchzte zum Gotterbarmen, verlor jede Scham und klammerte sich trostsuchend an ihre Tochter. Zu spät fiel ihr ein, warum man Kinder zu Hause ließ –

es war nicht der Anblick des Sargs, den man ihnen ersparen wollte, sondern der Anblick ihrer Eltern, die die Beherrschung verloren. Sie ließ die kleine Hand los und griff nach dem Arm ihres Mannes, der robuster war. In der beklemmenden Umgebung hatte Sylvie ihre Streitlust ganz vergessen. Sie hob das Gesangbuch auf, das ihrer Mutter heruntergefallen war, und betrachtete es, bevor sie anfing, stumm und verbissen den Einband zu zernagen.

»Ich bin die Auferstehung und das Leben, spricht der Herr, wer an mich glaubt, wird leben, auch wenn er stirbt, und jeder, der lebt und an mich glaubt, wird in Ewigkeit nicht sterben.«

Sylvie rutschte auf ihrem Sitz hin und her, das Buch zwischen den Zähnen. Sie sah, wie das letzte Mitglied der Trauergemeinde hereinkam und in der hintersten Bank Platz nahm. Ihre Kiefer mahlten schneller. Es war der Mann mit den Fingern. Sylvie zupfte am Ärmel ihrer Mutter, doch die war eng an Daddy gerückt. Beide wirkten kleiner als sonst und achteten nicht auf sie.

»... wir haben nichts in die Welt mitgebracht, und wir können auch nichts aus ihr mitnehmen. Der Herr hat gegeben, und der Herr hat genommen, gelobt sei der Name des Herrn.«

Das dauerte alles viel zu lange. Als der Priester seine winzige Herde endlich aus der Kirche zum Friedhof führte, schmerzte das Tageslicht in den Augen, aber es war gut, sich zu bewegen. Kaum hatten sich die abgestumpften professionellen Sargträger, die eine Zigarette geraucht und gewartet hatten, während einzelne Fetzen des dünnen Kirchenlieds zu ihnen nach draußen drangen, den Sarg auf die Schultern geladen, brach die hinterbliebene Tochter von neuem in Tränen aus. Der Sarg war so winzig, sie konnte sich nicht vorstellen, daß er die Überreste eines so erfüllten Lebens enthielt. Sie stellte sich ihre Mutter darin vor, reglos wie ein kleines Tier in seinem Versteck, in eine Kiste gezwängt wie die zahme Maus, die sie einmal mit in die Schule genommen hatte. Draußen fiel leichter Nieselregen. Das gekräuselte Haar des Priesters sträubte sich, ohne daß er Notiz davon nahm. Er genoß traditionelle Beerdigungen, boten sie ihm doch Gelegenheit, seine Stimme zum Gebet zu erheben, und damit im Grunde auch die einzige Chance in seinem augenblicklichen Dasein, die Ungläubigen an die Macht des Herrn und die Sinnlosigkeit eines Lebens ohne Gott zu erinnern. Mit tiefer Stimme rief er ihnen am Grab schließlich das weitere Vorgehen ins Gedächtnis, wies sie darauf hin, daß der Sarg zum Klang seiner Gebete hinabgelassen werde und dann jeder Gelegenheit habe, eine Handvoll Erde auf ihn zu werfen. Da ihr der Kontakt zu ihrer Mutter verweigert schien, hielt sich Sylvie an ihn, fasziniert von seinem wehenden Gewand und dem Farbtupfer auf der Stola. Mutig trat sie ganz dicht an das Grab und spähte in die Tiefe. Der Priester stellte sich vor sie: Dies war nicht die Zeit für harte Worte.

»Mitten im Leben sind wir vom Tode umfangen. Wer ist es, der uns Hilfe bringt, daß wir Gnade erlangen? Das bist Du, Herr, allein.« Er warf einen bedeutsamen Blick auf das versammelte Häuflein. Sylvie starrte hinunter in die Grube, auf der Suche nach Würmern, bis ihr Blick auf einen halb verdeckten Strang leuchtendblauer Wolle fiel, der vor dem Graubraun der lockeren Erde geradezu künstlich wirkte. Sie wußte, ohne daß sie es hätte aussprechen können, daß die Wolle von einer Hand gehalten wurde. In der Mitte der Grube, die für den Sarg gedacht war, erkannte sie einen Fußabdruck, und auf der Seite, halb mit Erde bedeckt, einen Schuh. Niemand außer ihr sah in das Grab, selbst die, die der Toten nicht sonderlich nahegestanden hatten, verspürten kein Bedürfnis, die Tiefe, in die sie hinabgelassen würde, näher in Augenschein zu nehmen. Sylvies Blick streifte durch die Grube, auf der Suche nach dem anderen Schuh, entdeckte jedoch statt dessen immer mehr von der blauen Wolle, und dann krümmte sich ihr kleiner, dicklicher Körper unter einem durchdringenden Schrei zusammen. Sylvie wußte nicht wirklich, warum sie so schrie und mit den Beinen strampelte, als man sie eilig zu ihren Eltern trug, während das Gebet fortgesetzt wurde und sich der Sarg, von dicken Seilen gehalten, mühsam ins Erdreich senkte. Die Anwesenden gaben sich Mühe, das schreckliche Geschrei zu überhören.

»Daher legen wir ihren Leib in Gottes Acker, Erde zu Erde, Asche zu Asche, Staub zum Staube...«

»Nein!« schrie Sylvie. »Nein! Nein! Nein!«

Erfüllt von Kummer und schlechtem Gewissen, wandte sich Sylvies Mutter ihrer Tochter zu und schlug ihr mit der flachen Hand ins Gesicht. Es war, als sei sie ihr ausgerutscht, und der Schlag selbst war ebenso laut wie das darauffolgende Schweigen. Das Geschrei brach jäh ab, und das Gesicht des Kindes wurde kreideweiß, bis auf einen rötlichen Fleck links von der Nase. Sylvie schmiegte sich in die Arme ihres Vaters und brachte eine Minute oder noch länger kein Wort heraus. Inzwischen ging er mit ihr zum Ausgang zurück und hielt schützend die Hand über ihren Kopf, der auf seiner Schulter lehnte. Dann murmelte sie: »Nein, Daddy, nein, da unten ist einer, Daddy. Wirklich. Sie sollen die Kiste nicht da draufstellen, Daddy.« Er sprach beruhigend auf sie ein und klopfte ihr ratlos auf den Rükken. Die ganze Situation war ihm mehr als peinlich. Seine Wut richtete sich jedoch nicht gegen Sylvie, was allerdings nicht hieß, daß er auf sie hörte. Aus dem Augenwinkel sah er, wie einer der Trauergäste sich vom Rand der Gruppe löste und in ihre Richtung blickte. Gleichzeitig spürte er, wie Sylvie in seinem Arm erstarrte, und drückte sie noch fester an sich.

»Es ist der Mann«, wimmerte Sylvie. »Der da. Der Mann mit dem Singsang und den komischen Händen.«

»Ja, ja«, sagte er. »Aber jetzt gehen wir alle nach Hause, einverstanden? Zu einer schönen Tasse Tee.«

Am späten Donnerstag nachmittag saß Rose in Debenhams Coffee Shop, kaute an den Nägeln und sah zu, wie ihr Tee kalt wurde. Sie hatte sich in die Tiefen der Central Line gestürzt, um rechtzeitig hier zu sein, und jetzt kam Margaret zu spät. Rose wußte noch genau, wie die alte Dame ihr beigebracht hatte, daß es unhöflich sei, das Leben eines anderen durcheinanderzubringen, indem man sich verspätete. Dann dachte sie, und bei dieser Überlegung steigerte sich die Beklemmung noch, in der sie sich mittlerweile befand, daß Margaret stets und unweigerlich praktiziert hatte, was sie predigte, und daß ihr Ausbleiben nichts mit Unpünktlichkeit, einem Unfall oder einer Bombendrohung zu tun hatte. Sie würde einfach nicht kommen. Rose hörte auf, zusammenhängend zu denken. Was sie spürte, zwischen all den Plastikfarnen und Holzstühlen, war nur noch betäubender Schmerz, gefolgt vom Gefühl des Alleinseins und schließlich von Angst. Margaret haßte sie, hatte beschlossen, alle Verbindungen abzubrechen, war abtrünnig geworden, die kleine Rose war ihr egal, und bestimmt hatte sie ihrem Vater von der Verabredung erzählt. Der Gedanke ließ Rose erstarren. Sie war nicht einmal mehr imstande, ihre Teetasse zu heben. Der Tee draußen, hatte Margaret immer gesagt, schmeckt längst nicht so gut wie der, den ich vor meinem gemütlichen kleinen Feuer mache. Und dann hatte sie Daddy alles erzählt. Aber nein, das würde sie nicht tun: Sie hatte nie, nicht ein einziges Mal, ein Geheimnis verraten. Sie war keine miese kleine Verräterin.

Daddy. Wie er gestern im Gericht gesessen hatte, mit seinen bösen, blaßblauen Augen und seinem destruktiven kleinen Ich, das Gesicht angelaufen, daß es aussah wie ein einziger bunter Luftballon, aber trotzdem war es sein Gesicht. Wie sie an ihm vorbeigekommen war und er den Arm ausgestreckt hatte, um sie zu berühren, wie er sie mit seinem Gestank nach Müll und seinen Flüchen eingehüllt hatte. Sie war geradezu in Panik geraten, und doch hatte sie ihn auch bemitleidet. Sie war in der Woche vor der Verhandlung nahe daran gewesen, seine Unterlagen herauszusuchen und sie in den Reißwolf zu stecken, wie sie es nächstes Mal tun würde, damit sich ihre Wege nie wieder kreuzten. Aber sie hatte es nicht fertiggebracht, hatte Helen West nicht ins Messer laufen lassen können, hatte ihre Aufträge in Daddys Fall erledigt wie ein braves kleines Mädchen und sich dann aufs Klo geflüchtet. Hundeübel war ihr gewesen, als sie dasaß und die Wände anstarrte, die mit den Sprüchen der letzten Woche beschmiert waren. Auf Augenhöhe genau vor ihr stand ein verblaßter mit Filzstift geschriebener Spruch: »Ist denn da draußen keiner, der mich hört?« Nein, da war keiner. Jetzt, da auch Margaret nicht gekommen war, fühlte Rose sich völlig allein.

Rose sah sich um, verstohlen, plötzlich wieder von diesem Gedanken wie besessen. Ob Margaret ihrem alten Freund Logo nicht doch alles erzählt hatte? Lauerte er bereits irgendwo hier und wartete nur darauf, ihr nach Hause zu folgen, zu einer Adresse, die er bereits vom Poststempel her kannte? War Granny deshalb nicht gekommen, hatte sie eine Loyalität gegen die andere eingetauscht? Es war eine fürchterliche Vorstellung.

Rose fühlte sich nur in Gesellschaft, in Geschäften und

großen Gebäuden sicher. Sie griff mit dem letzten Rest Fassung, über den sie noch verfügte, nach ihrer Tasche, fuhr ins Erdgeschoß und kaufte eine Zahnbürste und einen Schal. Mit angehaltenem Atem wartete sie, ob die Kassiererin wirklich so dumm war, ihre überzogene Kreditkarte zu akzeptieren. Dann tauchte sie zurück in die Central Line, wo es noch immer von Passanten mit Einkaufstüten wimmelte. Am Ziel angekommen, rannte sie aus dem Zug, lief zum Imbißstand an der Ecke und in die Getränkehandlung, kurz bevor sie schlossen, und investierte ihr letztes Geld in einen halben Liter Whisky. Schließlich lief sie durch die beruhigenden Gitter und die Treppe hinauf zum Eingang des Crown Prosecution Service, wo sie bereits auf den Nachtwächter traf.

»Hab Ihnen was mitgebracht«, sagte sie und reichte ihm die in blaues Papier eingewickelte Flasche. »Ach ja, und ich muß heute lange arbeiten, also machen Sie sich keine Sorgen, wenn ich so bald nicht wieder auftauche, okay?« Er lächelte verwirrt. Rose marschierte nach oben. Es hatte etwas Mieses, sich das Wohlwollen des Mannes mit einem halben Liter Whisky zu erkaufen, besonders wo er ein so schrecklicher Kerl war. Aber es funktionierte – zumindest hatte es das zwischen ihrer Mutter und ihrem Vater immer getan.

Es wurde allmählich kalt im Büro, aber das störte Rose nicht. War das Gebäude auch ein bißchen ungemütlich, so war es doch groß, und vor allem war es sicher.

Helen traf Redwood gegen fünf auf dem Flur. Er wirkte ziellos und niedergeschlagen, und einen Moment ertappte sie sich dabei, wie sie ihn bedauerte. Er sah sie erst, als sie bereits vor ihm stand, und da war es zu spät, noch kehrtzumachen.

»Was gibt's Neues über den Aktendieb?« fragte sie. Sie alle hatten mit einer weiteren Sitzung gerechnet, doch dann hatten sie neue Order bekommen: die ganze Sache zu vergessen und bloß nicht nach den Gründen zu fragen. Sie sagte es in ihrer sanftesten Form von Bissigkeit, aber trotzdem fuhr Redwood zusammen.

»Oh, nichts, glaube ich«, murmelte er. »Ich fand es bloß überflüssig. Sie alle noch mal zusammenzutrommeln, nur um Ihnen das zu erklären. Außerdem bin ich beschäftigt, ich...«

»Also lassen Sie diesen Saboteur einfach weitermachen?«

»Was soll ich denn tun? Es gibt keine neuen Beschwerden, und schließlich kann ich nicht das ganze Schiff anhalten, um eine offizielle Untersuchung durchzuführen, wir haben ohnehin schon genug Lecks.« Aber es Rose in die Schuhe schieben, damit es so aussieht, als hättest du deine Pflicht getan, dachte Helen wütend. Du setzt einfach jemanden vor die Tür, und schon glaubst du, du stehst gut da.

»So kommen wir nicht weiter«, war alles, was sie in entschiedenem Ton antwortete. Redwood warf ihr einen finsteren Blick zu. Eine Herausforderung vermochte ihn immer nur vorübergehend einzuschüchtern, dann erinnerte er sich daran, wie aggressiv er sein konnte.

»Was soll das heißen, so kommen wir nicht weiter? Natürlich tun wir das. Sie werden schon sehen. Die Sicherheitsmaßnahmen werden drastisch verschärft, mit elektrischen Schlössern zum Beispiel.«

»Ab wann?« fragte sie ungerührt.

»Ab wann? Ab nächsten Monat wahrscheinlich.« Je mehr sie ihm das Gefühl gab, sich verteidigen zu müssen, um so wütender wurde er. »Hören Sie, reichen Sie doch Ihren Abschied ein, wenn Ihnen das alles nicht paßt. Oder finden Sie doch selbst raus, wer oder was mit dem System herumspielt. So oder so, meinen Segen haben Sie. Wir sind zu dem Schluß gekommen, daß es eine Art Computervirus ist...«

»Der obendrein Papier frißt. Kluger, kleiner Virus.«

»Wie schon gesagt, wenn Sie mehr herausbringen wollen, nur zu.«

»Ich werd drüber nachdenken. Hauptsache, Sie fangen nicht wieder an, einzelne Mitarbeiter zu beschuldigen. Ich melde mich, wenn ich weiß, in welchem Schrank unser kleiner Virus lauert. Einverstanden?«

»Sehr witzig.«

Sie verabschiedeten sich beinahe freundschaftlich. Helen mied Dinsdales Büro mit einem unbehaglichen Gefühl und machte sich auf die Suche nach Rose. Ihre Unterhaltung heute morgen und vorm Gericht war viel zu kurz gewesen, aber zumindest wußte Helen, daß Michael am Abend zu seinen Eltern fahren würde. Sie plante, Rose abzupassen, bevor sie nach Hause ging, und sie auf einen Drink oder zu einer kleinen Einkaufstour einzuladen, irgendwas, um zu verhindern, daß sich das gerade gebrochene Eis aufs neue bildete. Ihre leidenschaftliche Neugier auf Rose bestand im Grunde, seit sie sie kannte, entbehrte jeder Logik und war noch lange nicht gestillt. Worin sich nicht zuletzt Helens unfehlbarer Instinkt für die Verletzlichkeit von Menschen zeigte, die sich hinter ihrem lauten Auftreten verschanzten. Roses Schreibtisch war bereits verwaist. Zu spät. Das Vögelchen war ausgeflogen, ungewöhnlich früh.

Eine trotzige Notiz lag oben auf ihren Sachen: »Bin einkaufen.«

Keine schlechte Idee, fand Helen. Es war schon beinahe lachhaft, wie sie sich von einkaufenden Menschenmassen beruhigen, von Lichtern erwärmen und von Schaufenstern verführen lassen konnte. Stundenlang konnte sie von Laden zu Laden ziehen. Die grelle Pracht der Oxford Street lockte, und sie folgte ihr wie ein Pilger.

Sie ging zur Holborn Station, um die Central Line zu nehmen. Es war schon spät, halb sieben. Das Büro war mittlerweile leer, ihre Wohnung war leer, und sie sehnte sich nach dem bevölkerten Vakuum dazwischen. Die alte Rolltreppe stöhnte unter ihrer Last, als Helen im bereits dünner werdenden Menschenstrom mit ihr in die Tiefe fuhr. Plötzlich entdeckte sie Rose, die sich, ihr entgegen, nach oben tragen ließ und merkwürdig abwesend wirkte. Sie umklammerte ihre Tasche und sah starr geradeaus. Helen rief und winkte, doch ohne Erfolg. Die Leute sahen zu ihr hinüber und richteten den Blick dann starr an ihr vorbei auf die Werbeplakate. »Schwanger und glücklich? Schön...« Auf Schnaps-Anzeigen, Pizza-, Bücher- und Kleiderwerbung. Sie rollten an Helen vorbei und rümpften die Nase über ihre grotesken Versuche, auf sich aufmerksam zu machen, hielten sie offenbar für eine arme, kleine Verrückte.

Zum Einkaufen hatte Helen nun keine Lust mehr.

Geoffrey Bailey fiel auf, daß er hier, wo für alles gesorgt war, plötzlich ganz unerwartete Dinge vermißte, das Einkaufen zum Beispiel, wenn auch nicht sehr. Ryan und er saßen wieder einmal mit ihren beiden gutaussehenden Bekannten im örtlichen Wirtshaus, das sie mittlerweile zu ihrer Stammkneipe erklärt hatten. Seine alte, einkaufende Existenz lag so weit hinter ihm, daß er im ersten Moment gar nicht bemerkte, daß Grace, die ältere, ein offensichtlich neues Kleid trug. Dabei konnte man fast noch das Seidenpapier riechen und sehen, wie es zusammengelegt gewesen war. Grace wohnte ganz in der Nähe, sie waren schon mal dagewesen, warum also nicht heute wieder? Immerhin gab es dort jede Menge zu trinken. Die Einladung hing eine Weile in der Luft, bis Ryans von Wohlgerüchen erfüllter Wagen, der Geoffrey an eine Zeitmaschine erinnerte, alle vier in einer Operation, die ebenso glatt wie schmerzlos verlief, vom gemütlichen Inneren der Kneipe in den Luxus ihres Wohnzimmers katapultierte. Erst als Bailey auf dem Plüschsofa saß, das er sofort haßte, ohne ganz zu wissen, warum, vielleicht weil man so tief darin versank, daß man völlig unbeweglich wurde, begriff er, worum es eigentlich ging. Er sehnte sich nach Bier und Kegeln. Nach Helen, die schuldbewußt und geräuschvoll vom Donnerstagabendeinkauf nach Hause kam, es sich auf ihrem zerschlissenen chintzbezogenen Sofa bequem machte und die Nase in die Zeitung steckte, während er in ihrem Sessel saß, dessen Sprungfedern sich von unten in ihn gruben, und ein Buch las, ohne sich um die Eigenarten ihrer Möbel zu scheren. Helen hatte eine Katze, genau wie er, beides waren unabhängige, streunende Viecher, die ums Verrecken nicht in dieses Zimmer gepaßt hätten. Glücklicherweise verflüchtigten sich diese Gedanken aber wie Quecksilber und hinterließen keine sichtbaren Spuren auf seinem Gesicht. Oben gab es drei Schlafzimmer, zwei für sie und eins für ihr schlechtes Gewissen, falls seine Überlegungen stimmten. Bailey dachte an die Hausaufgaben, die er eigentlich vor dem Tag morgen noch zu erledigen hatte, erinnerte sich an die Schwächen seines relativ jugendlichen Alters und kam zu dem Schluß, daß Grace letztlich doch keine so schlechte Alternative war. Das Gewissen ließ sich betäuben, und sie duftete nach Parfüm und Zuwendung. Möglich, daß ihm ihre Einrichtung nicht gefiel, aber sie war aus dem gleichen Stall wie er, besaß den gleichen Sinn für Humor und roch nach unkomplizierter Großzügigkeit.

Wann genau Ryan und seine Freundin nach oben verschwanden, bekam Bailey nicht richtig mit, es mußte gegen Mitternacht gewesen sein.

»Ich gehe schlafen«, sagte Grace und gähnte wie eine Katze. »Ich nehme an, daß du deine Mitfahrgelegenheit zur Schule verpaßt hast. Am besten bleibst du auch hier. Das Badezimmer ist am Ende der Treppe gleich rechts. Du kannst entweder mit zu mir kommen oder auf diesem Ding hier übernachten.«

»Oh«, stotterte er. »Es tut mir leid. Ich bin...«

»...an so was nicht gewöhnt?« Sie zögerte, und er wußte, daß sie ihm nichts vormachte. »Ich auch nicht. Deshalb trag ich auch dieses neue Kleid hier und bin so aufgedreht.« Er konnte unmöglich riskieren, sie zu demütigen, und außerdem gefiel sie ihm, doch. Er mochte Frauen, die kein Blatt vor den Mund nahmen und seine Sprache sprachen.

»Ja, in Ordnung«, sagte er.

Oben im Flur dieses neuen Hauses in diesem Neubaugebiet voller Panoramafenster, die für nichts als verschlossene Leben standen, herrschte Schweigen. Eines der Zimmer, vollgestopft mit Teddybären, zeugte von einem abwesenden Kind. Die Tür zum Zimmer der Mutter stand offen. Sie zog ihr neues Kleid aus. Bailey ging ins Badezimmer. Er war deprimierend nüchtern, deprimierend hilflos und wünschte nur eins: Sich so lange wie möglich verkriechen zu können.

Der Krach von unten traf ihn wie ein Donnerschlag. Sein Gesicht, von unzähligen Fältchen durchzogen, erinnerte ihn an eine zuverlässige Straßenkarte, während er mit gespenstischer Reglosigkeit in den Spiegel blickte. Dann knallte eine Tür. Er brauchte mehrere Sekunden, um aus seiner Erstarrung zu erwachen und dankbar zu registrieren, daß er noch angezogen war. Auf dem Flur prallte er mit Ryan zusammen, dessen untere Hälfte nur mit einem flauschigen Handtuch umwickelt war.

»Scheiße«, sagte Ryan, »ich glaube, wir haben Einbrecher im Haus.«

»Ziehen Sie sich was über«, sagte Bailey.

Allein mit ihrem Flüstern hätten sie einen Oscar verdient. Grace tauchte in ihrer Tür auf, dem linken Eingang zur Bühne, in einem Negligé, dessen Wirkung durch ihr kreidebleiches Gesicht allerdings ein wenig geschmälert wurde.

»Bleib, wo du bist«, sagte Bailey sanft. Es war Jahre her, daß er einer Frau gegenüberstand, die sich bewußt verführerisch angezogen hatte, ein ungewohnt hübscher Anblick. Sie tat wie ihr geheißen und schloß die Tür. Ryan kam zurück, mit offenem Hemd, darüber ein Jackett, und zog noch im Laufen den Reißverschluß seiner Hose hoch. Er trug Schuhe, aber keine Socken, und, wie Bailey vermutete, auch wohl keine Unterhose.

»Unterhalten Sie sich mit mir, Chef«, sagte Ryan im gleichen heiseren Flüsterton wie vorher. »Aber laut.«

»Was?«

»Machen Sie irgendwelchen Lärm. Singen Sie oder so was.«

»Da sind Einbrecher da unten.«

»Himmel, das mag ja sein«, zischte Ryan und griff nach Baileys Arm. »Aber wir müssen sie doch nicht unbedingt festnehmen. Was wollen Sie? Eine Schlagzeile in der Zeitung? Nun singen Sie schon, okay? Geben Sie den Kerlen die Möglichkeit zu verschwinden.«

Bailey hustete laut. Das Husten schien ansteckend zu sein. Ryan hustete ebenfalls und rief: »Ist da jemand?«, so laut und gekünstelt, daß Bailey zusammenzuckte und beinahe laut losgelacht hätte. Dann gingen sie nach unten.

Ein schreckliches Zimmer, dachte Bailey traurig, ohne seine Besitzerin. Ein Zimmer, das vergeblich versuchte, alles mögliche zu sein, ebenso behaglich wie luxuriös, drinnen wie draußen mit Topfpflanzen dekoriert. Hinter den Glastüren entdeckten sie tropische Verhältnisse. Eine der Palmen hatte sich wütend gegen das Fenster geworfen. Zwei riesige Pflanzen lagen engumschlungen zwischen zersplittertem Glas.

»Gott sei Dank«, murmelte Ryan. »Es war nur der Wind. Zeit zu gehen, Sir.«

»Gleich«, antwortete Bailey. »Nur einen Augenblick.«

Die Frauen erschienen, als er ein Stück Karton vor die zerbrochene Scheibe klebte und Ryan die Splitter aufkehrte. Alle taten, was sie konnten, und veranstalteten dabei den am Ende einer Party üblichen Lärm. Die Lust war verflogen, aber dann standen sie mit einer Tasse Kaffee in der Hand da und lachten, bevor Ryan und Bailey sich endlich leicht linkisch davonmachten.

»Schlaf gut«, sagte Bailey, wie er es automatisch zu Helen sagte, wenn er sie spätabends noch verließ.

»Mach ich«, sagte die Frau und lächelte ohne jede Spur von Bitterkeit. »Bis bald.«

Bailey wurde rot.

Schlaf schön, mein Süßes, damit du morgen froh und munter wach wirst und die Männer verrückt machen kannst. Logo setzte sich auf den kalten Bordstein und betrachtete die Lichter in den Fenstern des Gebäudes. Schalteten sie die denn nie aus? Doch, das taten sie. Die meisten Lichter verloschen irgendwann, aber manche wurden auch vergessen. Von der kleinen Straße aus, die am Hintereingang dieser dunklen Masse vorbeiführte, die er da bewachte, erkannte Logo hinter den Gardinen der riesigen Fenster im Erdgeschoß die Umrisse unförmiger Möbel. Vorne döste irgendwo ein Wachmann, aber Logo wußte schon, wie er in das Gebäude kam. Ein oder zwei Schiebefenster hatten ihn bereits willkommen geheißen. Das Dienstgebäude des Crown Prosecution Service, dessen Adresse er der fettärschigen Gerichtsdienerin mit solcher Leichtigkeit aus der Nase gezogen hatte und sicher auch in einer alten Aufforderung zum Alibinachweis gefunden hätte, schützte sich vielleicht gegen terroristische Frontalangriffe, aber Logo war ein Mann, der lediglich seine Tochter wiederhaben wollte und gekommen war, um sie von ihren Kidnappern zurückzufordern. Und wenn er womöglich noch Zweifel an ihrer Anwesenheit gehabt hatte, so wurden sie rasch zerstreut. Der Keller unterhalb seines Beobachtungspunktes hatte symmetrische Fenster, alle in einer Reihe, alle dunkel bis auf eines auf der Vorderseite, wo das Licht hinter der schmutzigen Gardine flackerte und an der Wand ein kleines Konzert stattfand.

Es war, als hätte sie Kopfhörer auf. Sie selbst war der Rhythmus, und das Schattenspiel bildete nur die Begleitung. Lange, schmale Finger, die einen Adler an die gelbe Wand warfen, wie Logo deutlich erkennen konnte.

Er bewegte sich auf das Gitter zu und spähte in den Keller, vorsichtig, gemächlich, doch dann rumpelte ein großes Postauto mit dröhnendem Radio vorbei und hielt vor der Tür. Logo zog sich zurück.

Heute, morgen abend, irgendwann. Ruh dich erst mal aus. Er hatte keine Eile, wo er seinem Ziel so nahe war, er genoß die Vorfreude. Das Schattenspiel ging weiter.

Erst ein Häschen, dann eine Kirche mit einem Glockenturm.

Sie war und blieb sein kleines Mädchen.

12

Das Dienstgebäude war der einzige Ort, an dem Rose niemals Angst vor der Dunkelheit hatte, allerdings vermißte sie den Trost ihrer Plüschtiere und Teddybären. Hier, in der Tiefe des Kellers, konnte sie sich zwischen mehreren Räumen entscheiden, von denen einer isolierter war als der andere. Die Kammer, die sie schließlich aus der luxuriösen Zimmerflucht auswählte, war etwa so groß wie ein Schrank und besaß nur ein schmutziges Schiebefenster unterhalb der Gitter, die den Haupteingang des Gebäudes flankierten. Ihr Kopf war nicht einmal auf Straßenhöhe, die Scheibe so verschmiert und der Blick nach draußen derart eingeschränkt, daß das Gefühl von Geborgenheit überwältigend war. Von den gelbgestrichenen Wänden bröckelte der Putz, und der Steinboden war mit roter Kachelfarbe überpinselt worden. Etwas weiter den Gang hinunter summte der zentrale Heizkessel des riesigen Palastes hinter verschlossener Tür und in gezähmter Wut. Nur von Zeit zu Zeit knackte er mißbilligend. In ihrer unterirdischen Zelle hatte Rose das Gefühl, sich im Inneren eines Schiffes zu befinden. Die Geräusche waren beruhigend, und das Maschinenleben der Anlage vertrieb die bösen Geister. Licht gab eine nackte Glühbirne, die trübselig von der Decke hing, verstärkt nur von der Klavierlampe, die Rose sich aus Helens Büro ausgeliehen hatte, damit sie eine Nachttischlampe hatte. Die Matratze bestand aus Stößen von Papieren, die sie aus dem Archiv geholt und nebeneinandergestapelt hatte, darüber lag ein alter Vorhang, aus dem sie zuvor die Spinnen geschüttelt hatte. Auf ihrem provisorischen Lager vertrieb sich Rose die Zeit vor dem Einschlafen mit Schattenspielen. Bis auf die Schuhe war sie voll bekleidet, trug einen Schal und war obendrein mit ihrem Wintermantel zugedeckt. Als sie die Lampe ausknipste, war es plötzlich stockfinster, doch bevor sie in Panik geraten konnte, gewöhnten sich ihre Augen an den Lichtstreifen, der durchs Fenster fiel, und ihre Ohren an das Dröhnen des Heizkessels. Sie schloß die Augen.

Um fünf Uhr morgens aber dann, als sie in unbequemer Stellung und vor Kälte zitternd aufwachte, wurde ihr klar, wie lächerlich das Ganze war. Sie schlief in einer Zelle auf einer Matratze aus Papier, mit verschwitzten Achseln und doch völlig durchgefroren, und dachte, so weit ist es also gekommen. Ich bin eine Rumtreiberin, schleppe ohne Grund jeden Tag mein Haus mit mir herum, stets auf der Suche nach einem neuen Schlupfwinkel, und alles nur, weil ein kleiner alter Mann hinter mir her ist. Tief unten in diesem Keller, im schwärzesten Teil der Nacht, gelang es Rose weder, sich zu dem zu beglückwünschen, was sie mit ihrem bisherigen Leben angestellt hatte, noch eine ihrer außerordentlichen Begabungen zu entdecken. Sie war gebildet, ansehnlich und vielseitig verwendungsfähig. Sie war von Narben übersät, aber kein Krüppel. Und alles, was sie sah, war ein schluchzendes Etwas, das sich im Keller verkroch wie eine Ratte – fast so, wie sie sich früher mit ihren Kerlen versteckt hatte. Der Gedanke daran, was Michael denken würde, könnte er sie jetzt sehen, ließ sie aufstöhnen. Sie dachte an Helen, die die ganze Woche geduldig darauf gewartet hatte, daß Rose ihr das Herz ausschüttete. Sie dachte an Dad und krümmte sich wie ein Tier.

Sie spürte den Wind draußen, roch den Regen. Zwischen Gitter und Hauswand hörte man ein stetiges Tropfen aus den Regenrinnen oben am Dach. Der Heizkessel explodierte zu neuem Leben und reduzierte seine Lautstärke dann auf ein düsteres Murmeln. Rose fühlte sich schmutzig. Um sechs schlich sie zur Hintertreppe und tastete sich nach oben. Sie sehnte sich nach Tageslicht. Schließlich kam sie zum Waschraum ihres Stockwerks, in dem sich ihre Kolleginnen mit Vorliebe versammelten. Gründlich wie sie war, zog sie sich aus und begann eine lange, rituelle Waschung mit derber Büroseife und rauhem Klopapier. Die Stille war erstaunlich und wurde nur unterbrochen von den Geräuschen, die sie selbst machte, doch dann hörte sie Schritte. Schritte und Husten. Füße, die den Gang draußen entlangschritten, gemächlich, aber zielgerichtet, sich entfernende, mit Metallspitzen und -hacken beschlagene Schuhe, die auf den zerschlissenen Stellen des Teppichs widerhallten. Rose legte eine feuchte Hand auf die Tür des Waschraums und öffnete sie einen Spalt, gerade noch rechtzeitig, um eine schmale Gestalt durch die alte Schwingtür am Ende des Gangs verschwinden zu sehen. Die Tür war schwer, und während er sie aufdrückte, hatte sie Gelegenheit, Schultern und Haarfarbe zu erkennen. Mr. Dinsdale Cotton, mit einem Stapel Akten unter dem Arm. Sein Anblick stellte in ihrem Kopf eine rasche Folge von Verbindungen her. Rose begriff schlagartig, wer die Unterlagen verschwinden ließ. Sie stand reglos da und starrte den leeren Gang hinunter. Die Tür pendelte noch hin und her, und Rose war vor Wut wie gelähmt. Der feine Mr. Cotton war es also, der die Akten manipulierte, das System störte und einzelne Fälle bewußt verschwinden ließ. Der hier nächtens seine Spielchen spielte, während Rose und ihr Team völlig grundlos ins Zielfeuer der Kritik geraten waren, ohne daß eine von ihnen sich hatte rechtfertigen können – Rose wußte, daß sie alle in Verdacht standen, sie selbst an erster Stelle. Sie brauchte keine Helen

West, um zu sehen, was sich zusammenbraute, sie war kein Dummkopf. Sie hatte schon vor langer Zeit versucht, Redwood über die mysteriösen Vorgänge zu berichten, doch man hatte sie abgewimmelt, sie müsse zunächst einen Termin bei ihm beantragen, und das hatte sie abgelehnt. Sollten sie doch zusehen, wo sie blieben. Und was hatte sie statt dessen getan? Sie hatte es Dinsdale erzählt, vor Wochen schon. Sie hatte Dinsdale vertraut und war davon ausgegangen, daß er etwas unternehmen würde, wenigstens seiner angebeteten Helen davon erzählte. Und selbst wenn sie gewußt hätte, daß er nichts dergleichen tun würde, so hätte sie ihm dennoch ohne Frage vertraut.

Wieviel Uhr war es? Halb sieben, mitten in der Nacht, der Schlaf hing ihr noch in den Augen. Rose stand vor dem Spiegel und schminkte sich sorgfältig das Gesicht, um von den zerknitterten Kleidern abzulenken. Es würde nicht das erste Mal sein, daß sie so zur Arbeit erschien. Sie fröstelte, als sie an die Nächte im Section House dachte, und ertappte sich dann überrascht bei dem Gedanken: Du hast in kurzer Zeit einen ziemlich langen Weg zurückgelegt, Rose. Paß bloß auf, daß es nicht wieder abwärts geht. Im übrigen schuldete sie Helen West einen Gefallen: Sie mußte ihr wohl oder übel die Augen öffnen, was ihren allerliebsten Dinsdale anging, bevor die Sache zwischen den beiden womöglich ernst wurde. Komisch, wie ständig ein Problem das andere ablöste. Das schien der roten Faden in ihrem Leben zu sein.

Vor dem Waschraum hustete sie laut, um jedermann von ihrer Anwesenheit in Kenntnis zu setzen. Außerdem pfiff sie vor sich hin. Das Husten war noch immer schmerzlich echt, das Pfeifen dagegen wirkte farblos und gekünstelt, aber sie war nun mal nervös.

Noch drei Stunden, bis Helen auftauchte? Rose hatte das

Gefühl, wenn der Redefluß erst mal in Gang gesetzt war, würde sie ihn nicht mehr aufhalten können.

Es war einer jener regennassen, stürmischen Tage mit violett gefärbtem Himmel, an denen die Sonne gar nicht erst herauskam und der Winter endlos schien. Ein unfreundlicher Tag, wie der, als Helen Logo auf dem Dach getroffen hatte. Die Szene fiel ihr wieder ein, als sie am Freitag morgen aufwachte, eigentlich nur, weil der Regen gegen die Fenster schlug und sie eine fürchterliche Laune hatte. Kein Anruf von Bailey. Es stimmte, sie hatte den Anrufbeantworter ausgeschaltet, aber es war trotzdem seine Schuld. Mittlerweile vermutete sie, daß er an diesem Wochenende nicht kam, und fragte sich, ob er überhaupt noch mal kommen würde. Ihr war es egal. Sie hatte zu nichts Lust, als sich gehenzulassen und herumzugrübeln. Als sie dann aber doch mit dem üblichen energischen Schwung die Bettdecke zurückwarf und aufstand, schoß ihr durch den Kopf, daß viel weniger Frauen einen ständigen Begleiter in ihrem Leben brauchten, als die meisten Männer es sich träumen ließen. Drei Tage im Monat würden voll und ganz reichen. Erst als sie nach der Zahnbürste griff und dabei gegen die Badezimmerwand taumelte, wurde ihr klar, daß die Symptome ihres depressiven Zustands nicht nur geistiger Natur waren. Ihre Mandeln waren stark geschwollen, und die Zahnpasta brannte ihr auf der Zunge. Sie hatte das Gefühl, als würde man ihren Hals in Feuer tauchen, und trotzdem war ihr Gesicht unnatürlich bleich, mit tiefen roten Ringen unter den Augen. Rose hatte ihren Husten an sie weitergereicht wie ein Geschenk. Ein bißchen Make-up, und sie sah aus wie eine Leiche, die für die Beerdigung zurechtgemacht war. Schon wieder einen Tag freinehmen? Wen kümmerte es? Wer würde sie vermissen? Genau, es würde ohnehin niemandem auffallen, abgesehen von Dinsdale, diesem wunderbaren, gefährlichen Mann mit dem albernen Namen. Das gab den Ausschlag. Sie blieb zu Hause: Die Arbeit würde sie irgendwann am Wochenende nachholen. So hockte Helen im Wohnzimmer ihrer Souterrainwohnung, während der Regen wütend gegen die schmutzigen Winterfenster trommelte, beobachtete die eiligen Füße anderer Werktätiger und dachte über ihre Aufgaben und persönlichen Verpflichtungen nach. Es waren so viele, daß sie hätte schreien können. Mechanisch wählte sie Roses Nummer, die sie sich in der Wohnung des Mädchens aufgeschrieben hatte (sie war nun mal eine Schnüfflerin), nur um sie zu bitten, sie im Büro zu entschuldigen (denn feige und faul war sie ebenfalls). Doch sie erreichte nur ein anderes Mädchen, das sich freundlich meldete, nein, Rose sei letzte Nacht nicht nach Hause gekommen und sei auch im Moment nicht da, und Helen antwortete: »Macht nichts, ist nicht schlimm«, während sie zugleich einen beunruhigenden Stich spürte, der Ähnlichkeit mit einem Stromstoß hatte, bevor sie auf ihren Stuhl zurücksank, um die Betrachtung der Füße draußen wiederaufzunehmen.

Ihre Katze kam durch die Klappe in der Gartentür, naß und angewidert, schnüffelte mit berechnender Zuneigung an ihren Füßen, verschmähte jedoch alle größere Nähe. Na schön, ein Anruf, wie ein Gefangener in Untersuchungshaft, um Bescheid zu sagen, und dann wollte sie warten, denn sobald sie versuchte, mehr zu tun, würde sie schlicht zusammenklappen. Das war der rote Faden in ihrem Leben. Niemand liebte sie, und sie hatte es nicht anders verdient.

»Da kam das Weib hart vor morgens und fiel nieder vor der Tür am Hause des Mannes, darin ihr Herr war, und lag da, bis es licht war. Da nun ihr Herr des Morgens aufstand und die Tür auftat am Hause und herausging, daß er seines Weges zöge, siehe, da lag sein Kebsweib vor der Tür des Hauses und ihre Hände auf der Schwelle.

Als er nun heimkam, nahm er ein Messer und faßte sein Kebsweib und zerstückte sie mit Gebein und mit allem in zwölf Stücke und sandte sie an alle Grenzen Israels.«

Logo kannte sich aus mit Bibelstellen, die nach Blut schmeckten, während er umgekehrt all die ignorierte, die statt schrecklicher Vergeltung Vergebung forderten. Seine augenblickliche Gelassenheit gründete zum großen Teil auf dem zärtlichen Schwelgen in blutigen Betrachtungen, aber auch auf der Trägheit seiner Glieder, die auf die gräßlichen Strapazen der letzten dreißig Stunden gefolgt war. Immerhin hatte er schwere Sachen heben und schleppen, lügen, spionieren und an einem Grab stehen und trauern müssen, aber jetzt war plötzlich eine Art Ende in Sicht, nur war er nicht sicher, wie dieses Ende aussehen würde. Mitten in seinen Wachtraum platzte ein Klopfen an der Tür. Ohne zu öffnen, rief er: »Wer ist da?«

»Mr. Logo?« In der Annahme, daß er es war, fuhr die Stimme fort: »Dr. Smith, Mr. Logo. Ihre Nachbarin, Mrs. Margaret Mellors, hatte gestern abend einen Termin bei mir. Ich hatte ihr einen Brief geschickt mit dem Datum für ihre Hüftoperation, aber sie ist nicht gekommen. Sie hat Sie als nächsten Angehörigen angegeben. Sie wissen nicht zufällig, wo sie ist?« Die Stimme klang jung, energisch und tüchtig.

»Ich bin doch nicht der Hüter meiner Nachbarn«, brüllte Logo.

»Das habe ich auch nicht erwartet. Aber wissen Sie, wo sie ist? Ich möchte nicht, daß sie diese Chance verpaßt...«

»Margaret wer?«

Die Stimme verstummte. Plötzlich hatte er Angst. Leute

würden kommen und nach Margaret suchen. Natürlich würden sie das, sie war beliebt, hatte viele Freunde, und im Fall einer über Siebzigjährigen bedeutete das mindestens einen Besucher pro Tag. Er hatte ihre Küche aufgeräumt, die Tür abgeschlossen und den Schlüssel weggeworfen. Nein, nein, würde er sagen, er habe sie seit ein, zwei Tagen nicht mehr gesehen, und das wäre nicht mal gelogen. Und wo haben Sie sie zum letztenmal gesehen? Beim Stricken, Sir, nur beim Stricken, o ja, er konnte sich die Frage schon vorstellen, hob die Faust vors Gesicht und kicherte laut.

Heute wollte sich Logo bei der guten Alten entschuldigen und ihr ein paar Blumen aufs Grab legen, wenn er denn etwas Passendes auf einem anderen entdeckte und gerade niemand hinsah. Das konnte er auf dem Weg zur Arbeit erledigen. Er nahm an, daß es besser war, heute zu erscheinen, denn er wußte nur zu gut, wie oft man fehlen durfte, und heute war ein Tag zum Punktesammeln: Bei dem Hundewetter machte bestimmt jeder blau. Danach würde er sich ausruhen und vielleicht später einen langen Spaziergang machen... Logo polterte mit seinem alten Karren durch die frühmorgendlichen Straßen und blickte starr geradeaus. Das war sein Ersatz fürs Singen – ging das eine nicht, erschreckte er die Leute auf die andere Art.

Ein Mann brauchte seinen Stamm. Durch Blut oder Sünde entrechtet zu sein, war ein grausames Geschick. Doch genau das hatte Eenie ihm angetan. Sie hatte aus ihm einen Mann gemacht, der immer allein ging, während andere sich auf ein Dutzend verschiedene Arten bekreuzigten, wenn sie ihn sahen. Sie hatte ihn in die Hölle verbannt. Am Friedhofstor blieb er stehen. Neben dem Grab ganz hinten stand ein Mann mit einem kleinen Mädchen, ein elegant wirkender Mann in einem Anzug, der in einer Hand einen Strauß leuchtender Osterglocken und in der anderen die Handschuhfaust des Kindes hielt. In diesem Augenblick beugte sich der Mann herunter und faßte das Kind liebevoll um die Taille. »Siehst du?« murmelte Logo vor sich hin. »Sieh nur, wie sie flirtet. Und er erst! Ist doch ganz normal.«

Osterglocken, dachte Rose, nur Osterglocken. Plötzlich tauchten sie auf, dicht gedrängt und verschwenderisch auf etlichen Blumenkarren unweit des Büros. An der Underground quollen sie gleich neben der Straße aus Eimern. Heute hatten sie den ganzen Tag gelacht, das mußte am Frühling liegen. Rose, ihre Vortänzerin, hatte einen Witz nach dem anderen gerissen und sämtliche Vorgesetzten nachgeahmt. Scharf und spitz wie ein Dolch war sie durchs Büro gefegt, hatte geschrien und gejohlt, sich abgerackert, am Telefon geflirtet und den Männern schöne Augen gemacht. Alle fanden sie toll. Rose in Hochform ließ den Tag schneller vergehen, und als sie die Bande auf ein Sandwich nach draußen führte, nahmen die Osterglocken zusammen mit einem Blumenverkäufer Haltung an, wie verzaubert vom Anblick der fünf kichernden jungen Mädchen. Rose blieb stehen und starrte ihn an.

»Was gibt's denn da zu gaffen?« fragte sie.

»Sie, Herzchen«, antwortete er.

»Das kostet Sie einen Strauß.«

Er schenkte allen eine Blume. Rose tat, als wollte sie reinbeißen. »Köstlich«, sagte sie. Und alle brüllten vor Lachen.

Jeder würde mich für normal halten, dachte sie. Und wenn ich mit einem Strauß Osterglocken zu Tantchen West fahren würde – ob sie mich reinließe? Warum ist die verflixte Ignorantin ausgerechnet jetzt krank, wo ich sie wirklich einmal brauche? Versprich mir, daß sie nichts dagegen hat, bitte, bitte, laß mich ihr vertrauen können. Ich will nicht zurück, und ich muß ihr sowieso von diesem kleinen Scheißkerl erzählen. Der Geldautomat schluckte ihre Karte – als Strafe fürs Überziehen. Sie blinzelte ihren Kolleginnen zu und löste am Schalter einen Scheck ein, ohne daß irgend jemand erschossen wurde oder »Haltet den Dieb!« rief, und dann liefen sie dicht aneinandergedrängt hinaus wie vier Verschwörerinnen. Nachmittags rief sie Michael an. Noch etwas hatte sie in der Unterwelt der vorangegangenen Nacht entschieden, nämlich daß sie unmöglich seine Eltern treffen konnte, nicht in ihrem gegenwärtigen Zustand. Ihr Herz hämmerte wie eine Baßtrommel, als sie seine Stimme hörte, aber sie hatte das Ganze bereits in einen Witz verwandelt, die Eltern und das alles, und wie langweilig das doch war, daher machte sie es kurz und erklärte nur, sie könne Samstag nicht, weil sie arbeiten müsse. Die Lüge war offensichtlich. Er war verletzt und beleidigt, sie dagegen auf einem Kurs, den sie nicht mehr korrigieren konnte, nicht mal, um alle gefährlichen Klippen zu umschiffen. Sie warf eine Akte quer durch den Raum, wobei die Seiten wie Konfetti aus ihr herausfielen. Rose strich sich durchs Haar, bis es wieder stachelig abstand, kaute auf ihrem Zöpfchen und schrie herum. Legte ein paar Akten in den Warenaufzug hinter der Tür, drückte auf den roten Knopf und rief: »Zweimal Spiegeleier mit Fritten, bitte!« Sie fürchtete das Ende des Arbeitstages und sehnte es doch gleichzeitig herbei, und draußen regnete es immer noch.

Sie hatte genug von der Bank bekommen, um sich die Taxifahrt und drei Bund Osterglocken leisten zu können. Um viertel vor sechs, als sie an Helens Tür klingelte, war es dunkel, und als Helen nicht sofort reagierte und sie fröstelnd wartete, regte sich schon die alte Panik wieder.

Dann tauchte Helen endlich auf. Ohne ihr Make-up sah sie aus wie ein Wesen von einem anderen Stern. Helen ließ Rose ins Haus, hustend wie ein Auto mit verbrauchter Batterie, aber sie freute sich, ja, doch. Kein großes Getue. »Legen Sie Ihren Mantel auf die Heizung und jagen Sie die Katze vom Sessel, trinken wir was, entschuldigen Sie meinen Aufzug«, alles in einem Satz. Danach war es gut. Wirklich gut. Mehr als gut, nach all der Zeit ein wenig von seiner Last abladen zu können. Was sie sicher nie fertiggebracht hätte, hätte Helen nicht diesen Kerl gebissen.

Gegen sieben rief Bailey an. Bis dahin waren sie schon ziemlich weit gekommen, eine Flasche war leer, ein bißchen zu trocken für Roses Geschmack, aber nicht schlecht, und dann war Helen an der Reihe herumzualbern. Sie hielt den Hörer ans Ohr und schnitt Grimassen in Roses Richtung. Nein, er würde dieses Wochenende nicht nach Hause kommen. »Als hätte ich das nicht längst gewußt«, flüsterte Helen mit der Hand über der Sprechmuschel. Keiner von beiden erwähnte, daß er sich vom anderen vernachlässigt fühlte. Bailey war immer angespannt am Telefon, er hörte sich an, als stünde er in einer Zelle, vor der eine lange Schlange wartete.

»Hast du was Netteres vor?« fragte Helen locker, während Rose Mund und Ohren aufsperrte. Um die Wahrheit zu sagen, Helen ging es entschieden besser, seit Rose aufgetaucht war. Rose hatte zwar jede Menge Probleme, aber Helen fühlte sich deutlich weniger überflüssig als vorher. Zumindest husteten sie jetzt unisono.

»Nein«, sagte er, ebenso locker. »Arbeit. Sie lassen uns schuften wie die Sklaven.«

»Kann ich dich was fragen?« Er hoffte halbwegs, daß es etwas Persönliches war, aber vergebens.

»Wenn einer hingeht und jemanden bezahlt, damit das

Verfahren, in dem er seinen Führenschein verlieren könnte, eingestellt wird, beispielsweise indem er die Akte verschwinden läßt oder den richtigen Bullen schmiert – was glaubst du, was das wert sein könnte?«

Ohne lange zu überlegen, antwortete er: »Oh, zwei- bis dreitausend, wenn er einen guten Wagen fährt. Kommt drauf an, wieviel Promille er hatte, wer er ist und wie raffgierig die Person, die er bezahlen muß. Helen, geht's dir gut? Warum fragst du?«

»Oh, nur ein kleines akademisches Problem.« Noch eine Grimasse.

»Helen, wenn du anfängst, derlei Fragen zu stellen, handelst du dir noch das gleiche ein wie ich: ein blaues Auge. Was hast du vor?«

»Nichts. Aber wenn, sag ich dir Bescheid. Viel Spaß.« Die Besorgnis in seiner Stimme war Rache genug.

Bailey blieb, wie er war: wütend. Es ärgerte ihn, daß sie trotz seiner Abwesenheit nett zu ihm war. Er wollte, daß sie ihn anbrüllte, ich brauche dich, komm nach Hause. Es ärgerte ihn, daß sie ihm seine Freiheit ließ, wo er doch eine Kette brauchte. Daß sie nicht tobte, gerade so, als zählten die Nähe und das Gefühl der Zusammengehörigkeit vom letzten Wochenende überhaupt nicht. Man mußte ihm das sagen, verdammt noch mal, er brauchte es. Sie tat, als bestünde ihr einziges Vorrecht darin, ihn zu bestätigen. Na schön. Dann rief er eben Grace an.

Das Zimmer beruhigte Rose mindestens ebensosehr wie Helens entspanntes Schweigen beim Zuhören, aber sie hatte auch keine dramatischen Reaktionen erwartet. Warme rote Wände voller Bilder, alle in unterschiedlichen Rahmen, unordentliche Bücherregale, nichts Neues, kein Möbelstück, dem man sein Alter nicht ansah. Schimmerndes Mahagoni, ein abgetretener Teppich, aber buntgemustert und gemütlich, ein ascheüberhäuftes Gitter unter dem prasselnden Feuer, allerlei Krimskrams, jede Menge Lektüre und immer etwas, um sich abzulenken, wenn man sich einmal nicht in die Augen sehen konnte oder mochte. Was sagte Helen da gerade? Rose spürte, wie ihre Lider brannten, als sie nach zwei Stunden Reden ins Feuer blickte.

»Die Leute mögen Sie«, sagte Helen, schüttete etwas Kaminkohle nach und veranstaltete dabei eine Riesenschweinerei. »Viel mehr, als Sie es sich vorstellen können, also rufen Sie Ihre Freundinnen an und sagen Sie ihnen, wo Sie sind, damit sie sich keine Sorgen machen.«

»Okay.« Rose fühlte sich mittlerweile heimisch genug, um Befehle entgegenzunehmen.

»Und es versteht sich von selbst, daß Sie hierbleiben können, solange Sie wollen. Sie würden mir sogar einen großen Gefallen damit tun«, setzte Helen listig und beiläufig hinzu. »Wir haben nur nichts zu essen, aber ich kann im Laden an der Ecke schnell was einkaufen. Ich hab nie was zu essen im Haus. Und Sie machen sich auch noch lustig über mich, wenn ich meine Einkaufstüten mit ins Büro schleppe...«

»Ich gehe«, sagte Rose. Sie kämpfte, um die notwendige Energie dafür aufzubringen, und dachte an die Dunkelheit.

»Nein, das tun Sie nicht. Ich habe zwar einen ziemlichen Husten, aber der wird mich schon nicht umbringen. Machen Sie inzwischen die Flasche auf, wir brauchen ja morgen früh nicht raus. Ich bin gleich wieder da.«

Sie benötigte ein wenig Zeit, um Roses Enthüllungen zu verarbeiten. Sie hatte sie wirklich gelassen aufgenommen. Rose wollte auch keine Empörung, sie wollte nur, daß man ihr glaubte. Den Mißbrauch, den Betrug, die unergründliche Tiefe systematischer Grausamkeit, alles hatte sie Helen beschrieben, allerdings ohne noch Namen zu nennen, ohne Beschönigung, nur die Fakten, keine Tränen bitte, und keine Entsetzensschreie. Rose brauchte Mitgefühl, sie brauchte Liebe. Womöglich eine Therapie, denn ihr gelang es einfach nicht, mit allem allein fertigzuwerden. Das konnte niemand. Sie wollte normal sein, also verhielt sich auch Helen normal, eine Anwältin, die ruhig zuhörte und Rose Glauben schenkte. Draußen, auf dem Weg zum Einkaufen dann aber, hätte sie vor Mitleid und Wut am liebsten laut losgeschrien.

Der Wind hatte nachgelassen, so daß die Bäume jetzt nicht mehr wütend, sondern eher vornehm hin und her schwankten und blattlos vor sich hinmurmelten, statt zu zischeln wie sonst. Es war eine gute Gegend mit freundlichen Häusern, wo niemand Angst haben mußte, sich nachts auf die Straße zu wagen, doch trotzdem hatte Helen ihr Gefühl der Sicherheit und Zugehörigkeit erst bewußt entwickeln müssen. Als sie die Straße hinunterging, fragte sie sich, wie es für Rose sein mußte, ohne ein solches Gefühl der Geborgenheit zu leben. Jeder Mensch braucht einen Stamm.

Redwood hatte lange überlegt, ob er an diesem speziellen Freitag länger im Büro bleiben sollte, da es angesichts des gegenwärtigen Betriebsklimas nicht unbedingt ratsam schien, auf irgendeine Art aufzufallen. Was auch immer da im einzelnen los war, er wollte ganz bestimmt nichts davon wissen, doch die der eigenen Unsicherheit entsprungenen Gewohnheiten waren nicht so leicht abzustellen, und irgendwie brauchte er dieses Herumschnüffeln ebensosehr wie seinen Drink, wenn er am Abend nach Hause kam. Im übrigen gab es etwas, das er noch erledigen mußte und nur erledigen konnte, wenn alle weg waren. Er mußte es fertigbringen, alle Unterlagen, die in Folge seiner freitagnachmittäglichen Expeditionen in seinen Schreibtisch gelangt waren, entweder fortzuschaffen oder zu zerstören. Alles, was er diese Woche hatte tun können, war, die Sache hinauszuzögern, Jobs hin- und herzuschieben und ein neues Prozedere zu erarbeiten, das sie letztlich akzeptieren würden, vorausgesetzt, es fand keine weitere Sitzung statt, auf der sie darüber debattieren konnten. Spätestens dann aber mußte er seine wertlose Fracht losgeworden sein, die ihn, sollte sie bei ihm entdeckt werden, als Schnüffler oder gar Schlimmeres enttarnen würde.

Seine Vorstellungen von oben und unten waren ausgewogen, was die Menschen betraf, vom Aufbau eines großen Bürogebäudes jedoch hatte er keine Ahnung. Er rechnete damit, im Keller eine Verbrennungsanlage zu entdecken, wie er bei sich im Garten eine hatte und wie sie natürlich auch in den Keller eines solchen Gebäudes gehörte. Es gab doch einen Keller hier, oder etwa nicht? Akten kamen und gingen wie Gefangene, die aus dem Inneren eines Schiffsrumpfes ans Tageslicht geführt wurden. Irgendwie hatte Redwood immer geglaubt, die Unterlagen bewegten sich wie von selbst in den vorsintflutlichen Lastenaufzug auf ihrem Stockwerk, ohne jede menschliche Hilfe. Außerdem war er davon ausgegangen, daß alle das Gebäude ebenso haßten wie er und keinesfalls freiwillig auf die Idee kamen, es zu erforschen. Mit List und Nervosität gewappnet, stieg er eine Treppe nach der anderen hinab und fragte sich, ob er je wieder zurückfinden würde.

Es war dunkel hier unten, o ja, extrem dunkel, aber es gab auch Lampen, und es war warm. Als er laut summend auf den Gang stieß, wo sich hinter verschlossener Tür der Heizkessel befand, hatte er bereits das Gefühl, jeden Augenblick einem wütenden Tier begegnen zu müssen, und war im Grunde froh, daß es hier unten denn offensichtlich doch keinen Verbrennungsofen gab. Dieses Gebäude ist überheizt, sagte er sich, überall brennt Licht, eine Schande, und außerdem wird hier entschieden zuviel heißes Wasser verbraucht. Dem Krach nach, den der Kessel machte, mußten sie ein Vermögen dafür aus dem Fenster werfen. Dagegen würde er vorgehen, das stand fest. Doch im Augenblick interessierte ihn vor allem, wo er die Kladden verstecken konnte, wenn sie sich schon nicht verbrennen ließen. Wenn er sie mit nach Hause nahm, würde seine Frau sie finden.

Er tapste herum und stieß schließlich hinter einem leeren Raum auf eine kleine Kammer. Überrascht blieb er stehen. Er hätte schwören können, daß da draußen jemand war und etwas gegen das Fenster warf. Auf dem Boden stand eine Klavierlampe, die er überall wiedererkannt hätte. Helen Wests alte, in Ehren gehaltene Lampe – aber was hatte sie hier unten verloren? Redwood griff nach ihr und schüttelte sie. Er würde sie zurückbringen. Auf der Suche nach der Treppe fand er einen alten, unbenutzten Heizkörper und stopfte Roses Kladden dahinter. Niemand, der wichtig war, würde sie dort finden – hier wurde ja noch nicht einmal saubergemacht.

Als er die Treppe hinaufkeuchte, verwirrt von der fremden Umgebung des ersten Stocks und den ständigen Hinweisen auf diverse Ausgänge, dachte er über die Lampe nach. Moment mal, er konnte sie nicht einfach zurückbringen, das wäre ein todsicherer Hinweis auf seine Freitagabendbeschäftigung. Manche Leute würden es gar einen Beweis nennen. Redwood war verwirrt. So behielt er die Lampe denn bei sich im Büro, irgendwie erschien ihm das besser und weniger belastend, obgleich er nicht sagen konnte, warum.

Der Pförtner war nicht auf seinem Posten, aber das an sich war nicht weiter ungewöhnlich, und die Überprüfung der Sicherheitsmaßnahmen sollte erst übernächste Woche beginnen. Redwood schloß den Vordereingang auf, um hinauszukommen, und fühlte sich dabei mehr wie der Wächter eines Schlosses als dessen König. Er hatte ohnehin keine große Lust, bei jedem Rein- und Rausgehen zu unterschreiben, besonders freitags nachmittags. Die wichtig aussehende Aktentasche, in der sich kaum etwas befand, vor die Brust geklemmt, marschierte er die Stufen hinab und prallte gegen einen kleinen Mann, der wie aus dem Erdboden gewachsen plötzlich vor ihm auf der Straße stand, sich verbeugte und dabei die Handgelenke rieb.

»Entschuldigen Sie, Sir...«

»Oh, Verzeihung«, murmelte Redwood, trat zur Seite und ging weiter. Einen Augenblick lang verspürte er Angst, bis er sich sagte, daß Straßenräuber gewöhnlich nicht mittleren Alters und kaum größer als ein Grashüpfer waren. Das wußte sogar er, und außerdem stand es in den Akten. All das schoß ihm in den ersten Sekunden seiner Flucht durch den Kopf, bis er merkte, daß der kleine Mann ihm folgte und sogar rannte, um ihn einzuholen.

»Entschuldigen Sie, Sir, entschuldigen Sie...« Redwood wünschte, die Leute würden nicht ständig derartige Kniefälle vor ihm machen. Das schuf auf der Stelle eine Verpflichtung.

»Was?« fauchte er und wandte sich um, die Aktentasche mit beiden Armen umfaßt wie ein Schild. »Was wollen Sie, Mann? Ich habe kein Geld und muß einen Zug erreichen.« Beides stimmte. Das Gesicht, auf einer Höhe mit seiner Aktentasche, wirkte harmlos und lächelte, wies jedoch Spuren eines Kampfes auf. Er beruhigte sich ein wenig.

»Ich will gar nichts von Ihnen, wenn Sie bitte entschuldigen, Sir, ich warte hier nur auf meine Tochter. Sie arbeitet bei Ihnen, Sir, und hat mir gesagt, ich soll sie hier draußen abholen... Ich wollte nicht klingeln, wahrscheinlich hat sie noch zu tun...«

»Der Name?« bellte Redwood.

»Enid...« Der Mann zögerte, doch Redwood bellte bereits weiter. Er kannte sämtliche Namen seiner Mitarbeiter auswendig, wenn er sie auch nicht immer ganz mit den entsprechenden Gesichtern zusammenzubringen vermochte.

»Da drin ist keiner mehr. Sogar der Nachtwächter schläft, also ich bitte Sie«, fuhr er den Mann an. »Vor allem niemand namens Enid, weder tagsüber noch nachts. Sie haben die falsche Adresse.«

Er marschierte weiter. Logo sah ihm nach. Liebe Güte, was waren sie doch alle für schreckliche Lügner.

»Ihre Großmutter nannte sie Rose!« rief er der Gestalt nach, die sich in der Dunkelheit verlor. »Rose!«

Redwood sah sich nach dem kleinen Mann um, der am Gitter stand, blieb jedoch nicht stehen.

13

Am Samstag morgen hatte Margaret Mellors' Ärztin erneut in der Gegend zu tun und versuchte ein zweites Mal, sie zu sprechen. Montag lief der Termin ab, an dem die arme Frau Anspruch auf ein Bett und damit ein neues Leben erheben konnte, danach wanderte sie wieder ans Ende der Schlange. Die Ärztin spähte durchs Fenster und sah eine saubere, aufgeräumte Küche. Im Kamin lag noch die Asche vom letzten Feuer, und daneben stand ein Strickkorb. Nichts daran war im geringsten verdächtig. Als sie zu ihrem Wagen zurückging, traf sie Sylvie und ihre Mutter, die auf das Haus zusteuerten, von dem sie gerade kam. Sie fielen ihr auf, weil die Mutter das schreiende Kind hinter sich herzog wie eine störrische Bulldogge; es stemmte die Füße in die Erde, knurrte und fletschte die Zähne. Abgesehen davon ist es eine ruhige Straße, dachte die Ärztin, eine Schande nur, daß sie so nahe am Fußballstadion liegt.

»Entschuldigen Sie, kennen Sie zufällig Mrs. Mellors?«

»Ja.« Die Antwort war müde, aber verheißungsvoll. Das Kind hörte mit dem Geschrei auf und fing an, sich in der Nase zu bohren.

»Ich versuche, sie zu erreichen, wissen Sie. Aber es sieht so aus, als sei sie verreist.«

»Sie verreist nie«, antwortete die Mutter. Ihre Stimme klang tonlos und enttäuscht. »Nie.«

»Haben Sie eine Ahnung, wo sie stecken könnte?«

»Irgendwo hier in der Gegend. Sie hat immer irgendwas

zu tun. Haben Sie es nebenan versucht?« Sie warfen sich gegenseitig einen bedeutsamen Blick zu.

»Sie ist tot«, piepste das Kind dazwischen. »Tot und begraben.«

»Das reicht, danke sehr«, sagte die Mutter an Sylvie gewandt. Als sie begriff, daß es sich bei ihrem Gegenüber um eine Ärztin handelte, wurde sie plötzlich gesprächiger. »Tut mir leid, sie ist einfach entsetzlich. Wir haben sie zu einer Beerdigung mitgenommen, das war wohl ein großer Fehler.«

»Oh, das würde ich nicht unbedingt sagen. Hören Sie, wann haben Sie Mrs. Mellors zum letztenmal gesehen?«

»Gestern«, sagte das Kind. Die Mutter drehte sich zu ihr um.

»Bist du sicher?«

»Nein.« Sylvie kicherte.

»Ich weiß es nicht mehr«, sagte die Mutter verzweifelt – worüber, war der Ärztin nicht ganz klar. »Vor zwei Tagen? Oder drei?« Dann hellte sich ihr Gesicht auf. »Vor Mums Beerdigung jedenfalls, und da ging es ihr gut.«

Nach vier weiteren Hausbesuchen fuhr die Ärztin zurück in ihre Praxis. Der Winter war eine schreckliche Zeit für den Tod. Sie rief die Polizei an.

Als Logo gegen zwei nach Hause kam, stürzten sie sich von allen Seiten auf ihn. Offenbar hatten sie nichts Besseres zu tun, als sich um ihn und die Fußballspiele zu kümmern. Da war wieder dieser freche Schweinehund mit den knallharten Fäusten und dem losen Mundwerk, ein anderer, noch grün hinter den Ohren, und ein großer Dunkler. Junge, Junge, Margaret hätte ihre helle Freude gehabt, sie hatte Männer immer gemocht, hatte alle Welt gemocht. Sie wäre begeistert von der Aussicht gewesen, das ganze Haus voller

Gäste zu haben, denen sie Tee und selbstgebackene Plätzchen vorsetzen konnte, vielleicht hätte sie ihnen sogar einen ihrer unverwüstlichen, sackartigen Pullover aufgedrängt. Das erzählte er ihnen.

PC. Williams trat unruhig von einem Bein aufs andere und beäugte ihn mißtrauisch. Er wartete nur darauf, daß er etwas Provozierendes sagte oder auf die gelben Ränder seiner Prellungen hinwies, doch die anderen beiden waren so zivilisiert wie die, mit denen er normalerweise zu tun hatte, und so hielt Logo den Mund. Er spielte den Sanftmütigen: Nein, er wußte nicht, wo sie war, er war doch nicht der Hüter seiner Nachbarn (der Spruch nutzte sich allmählich ab), aber er würde es natürlich auch gern erfahren, falls sie es rauskriegen sollten. Sie war eine gute alte Seele, und sie besuchten einander häufig, aber nein, seit ein, zwei Tagen hatte er sie nicht mehr gesehen, wie er gestehen müsse.

»Dann würden wir also Ihre Fingerabdrücke in ihrer Küche finden, falls wir danach suchten?« fragte Williams höhnisch. Logo sah ihn an, die Unschuld in Person.

»Ja, sicher«, antwortete er. »Ich hab ihr doch immer die Kohlen gebracht.«

Sie würden ganz schön Mühe haben, eine Begründung für einen Durchsuchungsbefehl zu bekommen. Schließlich war es alten Damen nicht verboten spazierenzugehen, ebensowenig wie jungen. Die Burschen mit ihren knisternden Funkgeräten und ihrem Tamtam waren nur da, um sicherzugehen, daß sie nicht in der Badewanne umgekippt war. Als es keine anderen Anhaltspunkte gab, brachen sie kurzerhand die Tür auf. Ohne viel Schaden dabei anzurichten, darin waren sie geübt. Logo half ihnen, das Schloß wieder instandzusetzen, und zeigte ihnen dann, wo Margaret ihren Zweitschlüssel aufbewahrte. Dumm, wie sie war, hatte sie ihn an einer Schnur im Briefkasten aufgehängt. Sie kamen sich vor wie Holzköpfe nach ihrer vergeblichen Anstrengung, hätten wirklich erst einmal nachdenken sollen. »Ich hab immer geglaubt, ihr lernt so was in eurer Ausbildung«, sagte er, »aber von den Gewohnheiten alter Leute scheint ihr ja wirklich keine Ahnung zu haben.« Und um seine subtilen Beleidigungen auf die Spitze zu treiben, winkte er ihnen zum Abschied nach wie Königlichen Hoheiten und hoffte, daß irgendwer in der Straße mitbekam, wie gut seine Beziehungen zur Polizei waren. Der nette Nachbar von nebenan, der einer alten Frau mit ihrem Strickzeug half.

Aber sie würden wiederkommen, das war klar. Sie waren auch letztes Mal wiedergekommen, wie eine Krankheit, die man nicht loswurde. Sagten, es täte ihnen leid, ihn behelligen zu müssen, taten so, als wäre es wirklich so, aber damals hatte er nur geheult, sich fast die Augen ausgeheult, so verzweifelt und verrückt war er über den Verlust von Frau und Tochter. Und damals hatte er ihnen leid getan. Jetzt, so schätzte er, gab es zwei Wege, sich zu verteidigen und sie daran zu hindern, sein Haus zu betreten, einmal mit Hilfe des Gestanks (der ammoniakartige, muffige Geruch wurde in letzter Zeit immer stärker), den sie ebensowenig ertragen würden wie er den ihren, zum anderen, indem er die Wahrheit immer wieder neu verdrehte, wirklich etwas zu finden gab es bei ihm ohnehin nicht. Besonders mit diesem PC. Williams wollte er nichts zu tun haben, und abgesehen davon war er ungeheuer müde. Der Gedanke an die Fußballmeute, die schon bald wieder über die Straße herfallen würde, bestärkte ihn in seinem Entschluß unterzutauchen, wenigstens übers Wochenende. Er wußte sogar schon, wohin. Wie der Vater, so die Tochter, er wußte genau, wohin.

Ich hab sie selbst zur List erzogen, sagte er sich, als er in seinem Hinterhof stand, hab sie dazu gebracht, klug zu sein und die Dunkelheit zu mögen, sich in Dinge zu vertiefen, geschickt mit den Händen zu sein. Er kicherte laut, noch immer seinen Triumph über die Polizeibeamten auskostend. Nur ein einziges Mal war er bislang so vielen auf einmal in die Hände geraten, ohne auch nur festgenommen zu werden. O Herr, vergib ihnen, denn sie wissen nicht, was sie tun.

Ohne seinen Karren, so hatte er auf seinen letzten Wanderungen gemerkt, war er erstens ohne Alibi und zweitens ohne rechten Halt. Ihm war aufgefallen, daß er beim Gehen hin und her schwankte und nicht recht wußte, wohin mit den Händen. Heute war er nach drei Schritten bereits so nervös, daß er umkehrte und sich aus irgendeinem unerfindlichen Grund noch einmal umzog, wobei er die völlig verdreckten Kleider gegen etwas weniger schmutzige austauschte. Die schwarze Beerdigungsjoppe, die er bei seinem letzten Besuch bei Margaret getragen hatte, war ein bißchen angeschmuddelt. Halb so schlimm, nur die Aufschläge waren mit etwas weißem Staub bedeckt, der auch das Futter mit einem süßlichen Geruch imprägniert hatte. Logo klopfte sich auf die Brust, und eine Puderwolke staubte auf. Zu seiner Jacke trug er einigermaßen saubere Jeans, das Hemd ließ er, wie es war, er hatte es letzte Woche höchstens dreimal getragen, vielleicht zusammen mit der Jacke, das wußte er nicht mehr so genau. Der Puderduft, der ihn einhüllte, gefiel ihm heute. Als er in Turnschuhen die Straße hinabging, vergrub er die Nase in der Achselhöhle, hmm, gut. Er trug einen Schal und über dem Hemd noch einen von Margarets selbstgestrickten Pullovern. Vor allem der Pullover und die dicke, offene Arbeitsjacke ließen ihn kräftiger erscheinen, als er war, wie einen Mann, der gut zu essen pflegte. Das erinnerte ihn daran, daß Essen Leib und Seele zusammenhielt, und so kaufte er sich ein Brot, das er direkt aus der Papiertüte aß. In einem anderen Laden erstand er noch drei Schokoriegel. Wahrscheinlich war er in letzter Zeit so nervös, weil er schon Ewigkeiten nichts Warmes mehr in den Magen bekommen hatte. Er war nicht mehr im Pub gewesen, seit er sich diese Prellungen eingehandelt hatte. Sogar der Alkohol hatte seine Anziehungskraft verloren.

Als er nach einem langen Fußmarsch endlich sein Ziel erreicht hatte, wünschte er, daß er etwas zu trinken mitgebracht hätte. Sein Blick schweifte über das Gebäude. Am besten gefielen ihm die Gitter. Schwarz schimmernd, eine Reihe von Speeren, einschließlich des Tores, das, wie er schon vorher bermerkt hatte, nie abgeschlossen war. Der Boden war naß und glitschig. In einer der flachen Pfützen, die die letzten drei Regentage hinterlassen hatten, badete eine gurrende Taube. »Hau ab«, sagte er zu ihr, »oder ich sing dir was vor«, und als sie sich mit der Anmut einer angeschlagenen Unterwasserrakete mühsam in die Luft erhob, spürte Logo plötzlich das brennende Verlangen, laut herauszulachen. Er patschte durch die Pfützen zu einem großen, offensichtlich für Warenlieferungen bestimmten Eingang an der Seite. Eine wie die Kronjuwelen gesicherte Tür und daneben ein vollkommen ungeschütztes Fenster zum Keller. Er kannte sich aus mit Bürohäusern, schließlich hatte er lange genug welche geputzt. Im Inneren war es warm wie in einem Backofen.

Am nächsten Morgen bereute Rose, daß sie soviel erzählt hatte. Sie erwachte mit dem Gefühl emotionaler Verstopfung, schlimmer als jeder Kater, den sie im Leben gehabt hatte. Am Wein konnte es nicht liegen. Sie hatte schon

Schlimmeres erlebt, und der Wein gestern abend war von der besseren Sorte gewesen. Aber es war nicht recht, soviel zu reden und einem anderen alles wegzuessen. Nicht, daß sie noch nie jemandem von sich erzählt hätte, aber das war immer nur häppchenweise geschehen und hauptsächlich völlig Fremden gegenüber. Die wünschten einem dann irgendwann alles Gute, und man wußte ganz genau, daß man sie nie wiedersehen würde. Jedenfalls hatte sie selten soviel geredet wie gestern abend. Mitten in der Nacht war Rose noch einmal aufgewacht und hatte gesehen, daß noch überall Licht brannte, das war tröstlich. Dann war sie in Helens kleines, vergittertes Gästezimmer zurückgekehrt und hatte gedacht, hier könnte ich für immer bleiben, das stellt sogar das Büro in den Schatten. Bei Tageslicht aber erschien es ihr schon weniger sicher und ihre Situation einfach unhaltbar. Sie hätte sich aus dem Staub gemacht, während Helen noch schlief, hätte sie nur gewußt, wie man die Tür entriegelte, und hätte ihr Schamgefühl ihr nicht alle Willenskraft geraubt. Außerdem war die Heizung noch nicht angesprungen, und so war sie der Kälte wegen einfach wieder ins Bett gestiegen.

Helen war aufgewacht und hatte gehustet wie ein alter Motor. Dabei hatte sie sich gefragt, wie es Rose jetzt wohl ging. Sie hatte zwar keine Ahnung, was es hieß, sexuell mißbraucht zu werden, dafür aber kannte sie die große dunkle Scham nach einer Seelenbeichte.

»Himmel«, sagte sie und ließ sich in ihrem Morgenmantel, der Rose allein wegen seines Alters aufmunterte, am Küchentisch nieder. Sieh dir nur diesen Fetzen an, dachte Rose, da ist ja sogar meiner weit besser. Sie war längst hellwach, und auf ihrem Gesicht lag, wie eine Maske, ein wachsamer Ausdruck. »Himmel«, wiederholte Helen, »wie ich mich schäme. Versprechen Sie mir, Rose, daß Sie nie jemandem weitererzählen, was ich Ihnen gestern abend anvertraut habe über meine Schwäche für Dinsdale und mein Sexualleben vor, während und nach Bailey, und daß ich Angst im Dunkeln habe! Ehrenwort? Erpressen Sie mich, bis ich keinen Penny mehr habe, was ziemlich schnell der Fall sein wird, aber bitte, bitte, verraten Sie mich nicht.«

Sie wirkte geradezu komisch, wenn sie so übertrieb. Rose lächelte, während der wachsame Ausdruck langsam von ihrem Gesicht verschwand. Sie hat ein außergewöhnliches Gesicht, dachte Helen, ein Gesicht, das zwischen gehetzt und gequält, hart und unverschämt pendelt und dann plötzlich unvorstellbar weich, verletzlich und schön wirkt. Ich wünschte, ich hätte eine Tochter. Und als sie daran dachte, was im Leben dieses Kindes geschehen war, dachte sie wieder, nein, vielleicht lieber doch nicht. Helen hatte oft mütterliche Gefühle, aber meistens richteten sie sich auf Erwachsene.

»Pulverkaffee oder richtigen, von dem man wach wird? Ich hab beides da, aber gewöhnlich ziehe ich letzteren vor. Immerhin müssen wir uns über einiges klarwerden.«

Rose gefiel dieser Energieausbruch. Daneben kam sie sich wieder ganz schwach vor.

»Als erstes müssen wir los und Ihnen was zum Anziehen kaufen. Übrigens habe ich es ernst gemeint mit dem Hierbleiben, glauben Sie nicht, ich hätte nur höflich sein wollen. Also brauchen Sie was anzuziehen, obwohl Sie sich auch gern an meinem Kleiderschrank bedienen können.«

Rose warf einen Blick auf den Morgenmantel, der aussah wie ein alter Teppich.

»Nein, danke.«

»Und anschließend«, fuhr Helen fort, »dachte ich, fahren wir raus zu Gran...«

»Nein«, sagte Rose, gleich wieder in Panik. »Er könnte zu Hause sein und uns sehen.«

»Na und? Ich bin groß und häßlich. Ich beiße und...«

»Sie können sich nicht vorstellen, wie sehr er mich haßt«, sagte Rose. »Wirklich nicht.« Sie dachte, daß es im kalten Licht des Tages ausgesprochen kindisch wirken mußte, unter derartigen Verfolgungsängsten zu leiden, für die sie nicht einmal Beweise hatte. Es war lächerlich zu erwarten, daß ein anderer verstand, wie ein kleiner Mann so groß und übermächtig und gleichzeitig allgegenwärtig zu sein vermochte.

»Na schön«, sagte Helen. »Wir nehmen den Wagen und gondeln einfach mal am Haus vorbei.« In deinem Wagen gondelt niemand, dachte Rose. Besonders nicht, wenn du am Steuer sitzt. »Und Sie ducken sich und sagen mir, wonach ich Ausschau halten soll.«

Schon besser. »Glauben Sie, daß Sie seinen Namen aussprechen könnten? Ich meine seinen Nachnamen? Den haben Sie mir nämlich noch nicht genannt.«

»Darvey«, murmelte Rose.

»Nicht Darvey. Ich weiß doch, daß Darvey nicht Ihr wirklicher Name ist. Fragen Sie mich nicht, woher, aber ich weiß es. Sie reagieren einfach nicht spontan genug auf Darvey. Ich wette, daß Sie einen völlig verrückten Namen haben. Genauso verrückt wie Dinsdale. Sie wollen nur nicht, daß ihn jemand rauskriegt.« Sie lief in ihrem schrecklichen Morgenmantel hin und her und machte Toast.

Warum kam sie denn nur nicht von selbst drauf? Sie hatte ihr doch wirklich genügend Hinweise gegeben.

»Es ist der Name meiner Mutter«, fauchte Rose. »Sie hat mich Rose genannt, und ihr Nachname war Darvey.«

»Was uns auf den entscheidenden Punkt bringt«, sagte Helen und schenkte den Kaffee ein. »Wir wollen Ihre Mutter finden. Und wir wollen, daß Ihr Vater unschädlich gemacht wird.« Lieber Himmel, dachte Rose. Würde denn keiner je verstehen, daß das bei ihrem Vater unmöglich war? Und konnte Helen nicht begreifen – es sei denn, man stieß sie mit der Nase darauf –, daß die Vorstellung, ihr Vater könnte bestraft oder eingesperrt werden, für Rose trotz allem nicht erstrebenswert war? Zwar hatten sie letzte Nacht stundenlang über Haß und Angst und das Gefühl, gejagt zu werden, gesprochen, doch bis zu den tiefsten Geheimnissen, den schrecklichen Banden des Blutes, waren sie nicht vorgestoßen. Einerseits fürchtete sie ihn, andererseits aber konnte sie den Gedanken an einen gefolterten oder von Wunden entstellten Logo nicht ertragen. Das einzugestehen, machte ihr jedoch angst.

»Und deshalb glaube ich«, fuhr Helen energisch fort, »wir sollten zur Polizei gehen, um die ganze Sache noch mal überprüfen zu lassen. Um herauszubringen, wohin Ihre Mum verschwunden ist. Und um Ihren Vater anzuzeigen.«

»Das heißt, daß Michael davon erfahren würde.« Rose stockte, auf der Suche nach einer Entschuldigung, die Helen am ehesten verstehen würde.

»Nicht unbedingt. Im übrigen wird er es sowieso erfahren müssen, wenn Sie es ernst mit ihm meinen.«

Rose nahm eine von Helens Zigaretten. Dann husteten sie beide. Es war nicht gut, so empfindlich zu sein. Vom Nikotin wurde ihr zwar schwindlig, andererseits aber glaubte sie, klarer denken zu können. »Ich glaube, damit möchte ich gern noch ein, zwei Tage warten«, sagte sie in ihrem bisher entschiedensten Tonfall. »Können wir nicht zuerst die Sache mit Dinsdale klären? Dann habe ich wenigstens das Gefühl, etwas Vernünftiges getan zu haben. Und dann geht's mir sicher schon besser.«

»Einverstanden«, sagte Helen und dachte, dräng sie

nicht, wir machen es so, wie sie es will. »Darüber habe ich auch schon nachgedacht. Dinsdale. Wir könnten ins Büro fahren, sämtliche Fälle heraussuchen, die er letztes Jahr bearbeitet hat, und mal sehen, ob sich da ein Muster ergibt.« Die Sache mit Dinsdale war traurig, ja, deprimierend, und verursachte ihr obendrein noch ein schlechtes Gewissen. Sie wollte den Fall möglichst schnell hinter sich bringen. »Ich kann bloß nicht mit dem verdammten Computer umgehen.«

»Aber ich«, sagte Rose.

Alles dauerte seine Zeit. Der Wagen sprang erst nach einer Stunde guten Zuredens an. Die nächste verging damit, zwei von Roses Teddybären, eine Tonne Schminkzeug und in einem nachträglichen Einfall auch noch ein paar Kleider aus ihrer Wohnung zu holen. Dann änderte Rose ihre Meinung und erklärte, sie wolle an dem Haus vorbeifahren, das einmal ihr Zuhause gewesen war. Irgendwie fühlte sie sich plötzlich mutiger. Keine der beiden sagte ein Wort, als sie die zwei Meilen zur Legard Street in Helens bedenklich klappernder Schrottkiste zurücklegten. Rose hatte Angst, der Wagen könnte schlappmachen und sie mitten in Daddys Revier ihrem Schicksal überlassen. Sie brachte nicht einen Ton heraus und saß steif da wie ein Brett. Und falls sie Gran frisch und munter die Straße entlanghumpeln sah? Oder gar Mum, mit dem Einkaufskorb unterm Arm, wie immer? Sie wollte, daß Helen bei der Adresse, die sie ein halbes Dutzend Mal gesehen haben mußte, von allein darauf kam, wer ihr Vater war. Damit wäre Rose zunmindest ihren Groll darüber los, daß Helen es nicht längst schon kapiert hatte. Aber es war Samstag nachmittag. Fußball. Die Durchgangsstraße war gesperrt, die Seitenstraßen dreifach zugeparkt, und bis zum Ende des Spiels ging nichts mehr. Rose seufzte erleichtert. Jetzt konnten sie ins Büro fahren und die ganze Sache aufschieben. Im Büro war sie sicher.

Logo hockte auf dem Fußboden, erschöpft von der Hitze, verwirrt und sich des unangenehmen Drucks am Oberschenkel bewußt, der von dem am Gürtel befestigten Messer herrührte. Margarets bestes Küchenmesser, besonders geeignet für Käse. Oben hörte er Schritte. Er huschte zu einem der Fenster und verrenkte sich den Hals, um zu erkennen, ob da jemand wegging, aber nichts. Die Schritte waren so gedämpft, daß man sie kaum hörte, und als sie anhielten, glaubte er, das ferne Murmeln eines Fernsehers zu hören. Fußball, tippte er, das würde den Schweinehund von Nachtwächter ein paar Stunden ablenken. Er dachte an das große Flutlicht, dachte daran, wie düster es hier unten war, jetzt, da das schwache Tageslicht nachließ und die Gitter draußen vor Nässe glänzten. Logo ging auf Entdekkungsreise. Leere Räume, Räume voller Papier, dämmrige kleine Nischen und Gänge, die im Nichts endeten, ein fernes Summen – all das gefiel ihm sehr. Nach zwanzig Schritten stieß er auf den blinkenden, surrenden Schaltkasten einer Sprinkleranlage und noch etwas weiter auf den Raum mit dem Heizkessel. Man hatte das Gefühl, das Gebäude sei vollgestopft mit fremdartigen, schwer atmenden Tieren, doch abgesehen davon war es stiller als auf dem Friedhof. Schließlich fand er eine schmale Treppe und daneben einen Lastenaufzug, dessen Klappe offenstand. Mehrere Dutzend Akten lagen auf dem Boden des Kastens. Er warf sie zur Seite und quetschte sich selbst hinein. Gemütlich, ungefähr so groß wie sein Karren, ein ausgezeichnetes Versteck für einen kleinen Mann, wenn auch ein bißchen eng. Flüchtig schoß ihm der Gedanke an Margaret durch den Kopf. Er kletterte wieder hinaus und setzte seinen Rundgang fort.

Papier, tonnenweise Papier. Würde ein gutes Feuer abgeben. Die Idee gefiel ihm, aber bei genauerem Nachdenken kam er zu dem Schluß, daß es die falsche Art von Papier war. Er war Experte für Müll, das Papier hier würde nicht gerade leicht brennen.

Logo stellte fest, daß er nichts zu tun hatte. Es war zwar schon später Nachmittag, aber bis zur Schlafenszeit war es noch lange hin. Er setzte sich neben den Lastenaufzug, beobachtete die nach oben führende Treppe und lauschte dem Heizkessel. Dann verzehrte er laut schmatzend einen Schokoriegel, knüllte seufzend das Papier zusammen und zog den Mantel aus. Am liebsten hätte er gesungen, so sicher und vollkommen erschien ihm dieser Ort. Zugleich spürte er einen Hauch von Erregung: Junge, Junge, hierher kam Eenie also jeden Montag zur Arbeit, und manchmal blieb sie sogar über Nacht. Hatte sie es nicht weit gebracht?

Die Schokolade hatte ihn durstig gemacht, er brauchte eine Wasserquelle und eine Decke für den Fall, daß die gegenwärtige Hitze nicht anhielt. Und er brauchte einen Platz zum Pinkeln. Nichts von alledem war hier unten im Keller zu finden, so weit er sehen konnte, nur Papier. Das Treppenhaus lockte, und das Holzgeländer fühlte sich warm an. Leise schlich er in seinen Turnschuhen nach oben und kämpfte ein Lachen nieder. Er dachte an ein Spiel. Helen West, die Frau, die er damals auf dem Parkdeck erschreckt hatte und die ihn vor ein paar Tagen hatte laufen lassen, diese Schnepfe, die den Nerv hatte, ihn zu bemitleiden, arbeitete auch hier, hatte sie gesagt. Er konnte ihr Büro suchen, es als Klo benutzen, wenn er wollte, und sich den Hintern an ihrem Stuhl abwischen. Die Treppe führte ins Erdgeschoß und von dort in Flure, die sich vom Foyer aus fächerförmig in alle Richtungen ausbreiteten. Hinter einer verschlossenen Tür vor ihm klang das Geräusch des Fernsehers lauter. Voller Übermut klopfte Logo an, bereit, jeden Augenblick wegzulaufen, obgleich das Klopfen nur ganz leise gewesen war. Heute war er zu allem fähig, doch niemand öffnete. Er drehte sich einmal um die eigene Achse, erinnerte sich wieder an sein Bedürfnis zu pinkeln und fand eine Tür mit der Aufschrift »Damen«. Drinnen erleichterte er sich, aber in Raten, dehnte es genüßlich aus und zog dann ab, ohne nachzudenken. Noch immer keine Reaktion aus dem Fernsehzimmer.

Weiter und höher hinauf ging es, nachdem er das Foyer durchquert hatte. Er fand eine breitere Treppe und folgte dann jedem Gang in jedem Stockwerk, bis er sich vollkommen verlaufen zu haben schien. Was ihn jedoch nicht wirklich beunruhigte. »Er war verloren und ist gefunden worden«, sagte er sich und hatte im nächsten Moment, wie als Antwort aus dem Neuen Testament, eine zweite Version des Lastenaufzugs vor Augen. Wieder zu Hause. Logo begriff, daß er im Kreis gegangen war. Er hatte Lust, diesen Aufzug zu nehmen, statt des großen konventionellen, den er auch gesehen hatte, an dem aber ein Schild hing: »Außer Betrieb«. Er mußte nur runterfahren, und schon war er wieder an seinem ursprünglichen Ausgangspunkt. Ungeachtet seiner Kühnheit wußte er, daß er eine Fluchtmöglichkeit brauchte, aber auch einen warmen und ruhigen Platz zum Schlafen. Er drückte auf den roten Knopf. Quietschend setzte sich der Aufzug in Bewegung. Hier oben war es angenehmer als unten im Keller.

Logo warf einen Blick in einen großen Raum mit einem ausladenden Sessel und einem schweren Schreibtisch. Er wirkte äußerst aufgeräumt, sauber und ordentlich. Das konnte durchaus ihr Büro sein, das Reich herrischer Stiefel und hübscher Kleider, durchdrungen von Autorität und ausgestattet mit einem besseren Teppich als dem, der draußen auf dem Gang lag, aber es roch nach Mann, und was immer Mizz West sein mochte, ein Mann war sie nicht, soviel stand fest. Er kicherte, unterdrückte hustend das stets gegenwärtige Lachen und hätte gern ein Kirchenlied angestimmt. Doch da hörte er wie ein Echo auf die eigenen leisen Geräusche, die er mitnahm, als er wieder auf den Gang trat, ein fremdes Gelächter, ein fremdes Husten, einen bestimmten Klang, der sich näherte. In seiner Aufregung war er unfähig, die genaue Richtung auszumachen, aus der die Geräusche kamen. Einen Augenblick lang dachte er, sie würden aus dem großen Büro hinter ihm dringen, dann von rechts, dann von links, aber nein, sie kamen auf ihn zu, die Treppe herauf, und er hatte keine Ahnung, wo die Leute hinwollten. Hektisch sah er sich um, auf der Suche nach einem Ort, an dem er sich verstecken konnte. Er wollte sich unsichtbar machen. Dann fiel sein Blick auf den Lastenaufzug mit seinem offenen Maul, und er zwängte sich hinein. Mit beiden Händen schob er die Metallklappe halb zusammen. Geschafft.

»Dieser Pförtner sollte gefeuert werden, ganz zu schweigen davon, wer sonst noch«, wütete Helen auf dem Weg nach oben. Dann hustete sie. »Man muß ihn aus der Telefonzelle anrufen, damit er einem die Tür aufmacht, und dann hätten wir weiß Gott wer sein können. Kein Wunder, daß Dinsdale...«

»Und ich auch«, unterbrach Rose sie. »Ich auch. Er hat mich hier übernachten lassen, Donnerstag abend, wie schon gesagt, also lassen Sie ihn in Ruhe. Verpfeifen Sie ihn nicht. Ich spreche mit ihm, wenn Sie wollen. Er braucht seinen Job genau wie jeder andere.« Sie hatte allmählich die Nase voll von der Tirade, die jetzt schon seit zwei Stockwerken anhielt. Der Aufzug war kaputt. Helen war eine

Nervensäge. Manchmal kapierte sie gleich, und dann wieder hatte sie auch nicht den Hauch einer Ahnung. Aber sie sah elend aus. Vergiß nicht, daß du sie magst, dachte Rose, während sie keuchend den Gang entlangeilten, das tust du nämlich wirklich.

Im Büro von Rose und ihren Kolleginnen herrschte immer Chaos, weniger, wenn Rose für Ordnung sorgte, aber am Freitag hatte sich alle Disziplin in Luft aufgelöst. Helen fand es bedrückend, zu sehen, wie sie hier zusammengepfercht waren, während andere, wie Redwood, ebensogroße Räume ganz für sich allein hatten. Rose ging zum Computer, der abgeschirmt auf einer Art Podest stand, wie es seinem Status entsprach, drückte ein paar Tasten und schob dann mit der Lässigkeit eines Piloten eine Diskette ins Laufwerk.

»Woher wissen Sie das alles?« fragte Helen, die sich ziemlich dumm vorkam.

»Vom Zugucken. Ich lerne schnell«, sagte Rose.

»Schneller als ich jedenfalls. Geben Sie mir auch was Nützliches zu tun.«

»Sie können sich hinsetzen und Ihr Strickzeug rausholen. Es geht Ihnen nicht besonders, wissen Sie.« Sie ahmte Helens übertriebene Sorge nach. Beide lachten.

»Ich glaube, wir sollten mit den abgeschlossenen Fällen des letzten Monats beginnen«, sagte Rose nachdenklich. »Angefangen bei seinen, Dinsdales meine ich. Wenn er absichtlich Papiere hat verschwinden lassen, muß es um Fälle gegangen sein, die er entweder durchgesehen oder zumindest beim erstenmal selbst vor Gericht vertreten hat. Auf die Weise wußte er Bescheid. Himmel, kann der sauer werden, wenn er zufällig mal in letzter Minute noch für was anderes eingeteilt wird. Vermutlich haben Sie und John ihm auf die Weise schon übel auf die Füße getreten. Wenn er hingehen und mit Anstand verlieren wollte. Genau, sehen wir uns seine Liste an.« Helen beobachtete fasziniert den Bildschirm. »Er sagt, die ersten zwölf liegen im Archiv«, sagte Rose, stolz darauf, als Dolmetscher zu fungieren. »Das heißt, sie sind irgendwo im Keller. Wir stapeln sie da unten und sehen sie gelegentlich mal durch. Wir sind verpflichtet, sie fünf Jahre aufzuheben...«

»Ich wüßte nicht, wo ich da unten anfangen sollte zu suchen. Gibt es da Ratten?«

»Natürlich nicht«, sagte Rose verächtlich. »Sonst hätte ich doch wohl nicht dort übernachtet, oder? Ratten gibt's nur hier oben. Ich geh schon runter. Und Sie sollten mal einen Blick in Redwoods Büro werfen. Er hat den Hauptterminplaner, in dem er einträgt, wer wann wo ist. Machen Sie sich eine Liste von den Gerichten, in denen der gute D. am häufigsten auftritt. Das könnte ein Schlüssel sein.« Rose gab ein bißchen an, während Helen noch zögerte, beschämt darüber, daß sie letztlich keine Ahnung hatte, wie das Büro funktionierte. Es schien wirklich das beste, Rose freie Hand zu lassen.

»Soll ich nicht lieber mit in den Keller kommen? Haben Sie denn keine Angst?«

»Hier im Gebäude nie. Das hier ist der einzige Ort, an dem ich mich sicher fühle. Sparen Sie sich die Mühe.«

Leicht und eilig trippelten ihre Füße die Treppe hinunter. Ach ja, die Jugend, dachte Helen, trat hinaus in den Gang und ging hinüber in Redwoods Büro. Heiß hier drin, eng, mit einem komischen Geruch. Sie sah ihre Klavierlampe auf seinem Schreibtisch. Aber bitte sehr, Mister Redwood, tun Sie sich nur keinen Zwang an. Sie knipste sie an, kramte in ihrer Tasche nach einer Zigarette und genoß das Gefühl, etwas zu tun, was im Allerheiligsten normalerweise verboten war. Sie trat zu dem großen Fenster hinter Redwoods

Schreibtisch und machte es auf. Unten auf der Straße beleuchtete eine einzige häßliche Lampe den feinen Nieselregen, der auf die Gegend niederging. Auf dem Weg hierher hatten sie gefroren und gehustet, jetzt aber sehnte Helen sich nach frischer Luft, um einen klaren Kopf zu bekommen. Sie trat an das andere Fenster. Sie hatte ein schlechtes Gewissen, sich heimlich in Redwoods Büro umzuschauen, begann jedoch zu verstehen, warum er so gern herumschnüffelte, es machte wirklich Spaß. Dann blieb sie stehen. Im alten, leicht geriffelten Glas der Fensterscheibe sah sie, wie sich ihr ein Mann von hinten auf Zehenspitzen näherte, wie ein Kind, das Verstecken spielte. Noch bevor sie sich umdrehte, konnte sie ihn riechen. Es war *sein* Geruch, der in diesem Raum hing, künstlich süß, bedrohlich, nicht sofort erkennbar, und da war er, schlich auf sie zu, mit einem schiefen Grinsen im Gesicht.

Helen wirbelte herum, bevor der Mann sie erreichte. Er war noch etwa fünf Schritte auf dem graubraunen Teppichboden von ihr entfernt.

»Hallo, Mr. Logo«, sagte sie neutral, in ihrer Stimme keine Spur von Panik, während sie insgeheim den Abstand zwischen sich und dem Telefon abzuschätzen versuchte. »Wer hat Sie hereingelassen? Vielleicht sagen Sie es mir lieber, bevor ich den Wachmann bitte, die Polizei anzurufen.«

Er kicherte, folgte ihrem Blick zum Telefon und schüttelte den Kopf. Helen verstand.

»Ich will meine Tochter«, erklärte er. »Ich will Eenie. Sie haben sie hier. Sie alle, Sie halten sie eingesperrt, fern von mir.«

»Ihre Tochter? Wir haben niemanden namens Eenie hier. Heißt sie denn wirklich so?«

»Das hat der Mann auch gesagt, daß es hier niemanden gibt mit diesem Namen. Was für eine stinkende Lügenbrut ihr doch seid, und auch das hier hab ich euch zu verdanken, Leuten wie Ihnen. Gefallen Ihnen meine Narben? Ihre Großmutter hat sie immer Rose genannt. Enid gefiel ihr nicht.«

Er stand vor ihr und wippte mit kleinen schwankenden Bewegungen von einem Fuß auf den anderen. Er schob die Ärmel seiner weißgefleckten Jacke hoch und zeigte ihr seine dürren Handgelenke, wobei ihr noch mehr von seiner widerlichen Ausdünstung in die Nase stieg. Sie waren gezeichnet von den braunen Striemen, die ihr schon aus dem Gerichtssaal bekannt waren. »Sehen Sie die?« fragte er. »Die hab ich Ihnen zu verdanken. Leuten wie Ihnen.« Er blieb nachdenklich stehen, nur noch eine Armlänge von ihr entfernt, und Helen drückte sich gegen das Fenster, das unter ihrem Gewicht zu splittern drohte. Mit alarmierend anwachsendem Entsetzen dämmerte ihr die Wahrheit. Logo, Roses Vater, natürlich, natürlich, und im Bruchteil einer Sekunde verstand sie endlich den Grund für die Panik des Kindes.

»Ihre Mutter nannte sie Rosey«, setzte er zusammenhanglos hinzu. Helen starrte wie hypnotisiert auf seine Handgelenke. Sah das Messer in seinem Gürtel, dachte, o Gott nein, ich schaffe es nicht, mich zusammenzunehmen. Ich kann mich nicht wehren, diesmal nicht, nicht schon wieder, das bißchen Mut, das ich mal hatte, ist völlig dahin.

»Ich glaube nicht, daß das Narben von Handschellen sind, Mr. Logo«, sagte sie verächtlich. »Ich glaube, das ist einfach nur Dreck. Lassen Sie mal sehen.«

Logo klappte der Mund auf, und er streckte die Arme aus, mit den Handflächen nach oben. »Kommen Sie näher ans Licht«, befahl sie. Er gehorchte, ohne auch nur für einen Moment den Blick von ihr zu nehmen. Er schlurfte zum Schreibtisch und hielt die Hände ins Licht. Plötzlich lächelte er, stellte die Lampe sorgfältig ein und fing an, die Hände zu verdrehen. Auf der gegenüberliegenden Wand tanzten Schatten, bewegliche Monster, ein Schwein mit einem Rüssel und einem Schwanz, erfüllt von unerklärlicher Energie. Helen rauschte das Blut in den Ohren, ihre Augen weiteten sich, die linke Hand griff nach dem Telefon, und in ihrer Kehle bildete sich ein Schrei.

»Ich will nicht Sie«, sagte er plötzlich. »Sie sind nur im Weg. Wo ist sie? Ich hab sie doch gehört.«

»Ich hab sie nach Hause geschickt«, sagte Helen. »Es gab nichts mehr für sie zu tun. Sie ist gegangen. Kommen Sie Montag wieder, wenn Sie sie sprechen wollen. Dann wird sie hier sein. Im Moment müssen Sie mit mir vorliebnehmen.«

Das Schattenspiel brach abrupt ab. »Ich glaube Ihnen nicht«, sagte er. »Und es ist nicht einfach nur Dreck. Einfach nur Dreck gibt es nicht.« Seine Wut war unerwartet und bösartig. Die braunen Handgelenke schwebten für einen Augenblick in Höhe ihrer Augen, dann packten seine Hände dicke Strähnen ihres nach hinten gebundenen Haars und schüttelten ihren Kopf wie den einer Stoffpuppe, während er ihr gleichzeitig ins Gesicht spuckte, um seinen Worten Nachdruck zu verleihen. Er wirbelte sie herum, legte einen Arm um ihre Kehle und drückte ihren Kopf nach hinten, während er ihr das freie Handgelenk vor die Augen hielt.

»Dreck«, sagte er. »Das ist Dreck? Sie ist Dreck, ja. Und Sie, Sie sind nichts als Abschaum!« Der Druck wurde stärker. Helen bückte sich, stieß ihm mit aller Gewalt den Ellbogen in den Unterleib, riß sich los und rannte zum Gang. Sie stürzte blindlings vorwärts, starrte auf der Suche nach Rettung verstört in dunkle Räume. Irgendwo mußte doch eine Tür mit einem Schloß sein, eine Waffe, Gelegenheit, zu telefonieren, ein Fenster zu öffnen und zu schreien. Aber ihr Denken war wie erstarrt vor sinnloser Angst, und sie konnte nicht aufhören zu rennen. Irgendwie kam es ihr vor, als hätte sie das Ganze schon einmal erlebt. Noch im Laufen sah sie alles wieder vor sich, erinnerte sich, Bilder von ihrem Schlafzimmer und Peters Bruder, der nach seinem eigenen Elend stank. Diesmal würde sie nicht beißen. Sie lief weiter. Plötzlich ging ihr auf, daß sie einmal über alle Gänge des Stockwerks gelaufen und wieder am Ausgangspunkt angekommen war. Er mußte irgendwo direkt vor oder hinter ihr sein, wo auch immer, es war zu spät. Sein Geruch klebte noch an ihr, in ihrem Haar, an ihren Augen. Unsicher blieb sie stehen. Nichts rührte sich. Am Lastenaufzug war der Gestank am stärksten. Es war dunkler, jemand mußte das Licht ausgeschaltet haben. Helen drehte sich um und rief: »Rose, Rose! Raus hier, mach daß du wegkommst!« und hoffte, gegen alle Wahrscheinlichkeit, daß Rose sie hören konnte. Stille und Dunkelheit. Einen Moment lang atmete sie leichter.

Dann sprang er aus dem Aufzug, ein schwarzer Schatten, der sich mit dem Küchenmesser auf sie stürzte. »Da!« zischte er. »Da! Du hast gelogen, hast gelogen...« Bitte nicht ins Gesicht, dachte sie, nicht ins Gesicht, laß mich sterben, wie ich bin, bitte. Sie hob die Arme, um ihr Gesicht zu schützen, und trat blindlings um sich. Sie spürte knochige Knie, hörte ihn vor Schmerz aufstöhnen und sah, wie er das Gleichgewicht verlor. Das Messer fiel dumpf zu Boden, ob aus Ungeduld, Wut oder Unbeholfenheit, konnte sie nicht sagen, und schon waren seine Hände wieder in ihrem Haar. Er preßte sie gegen den Rahmen des Aufzugs. Sie hing kraftlos da, während er mit gespreizten Beinen die ihren auseinanderstemmte und gleichzeitig immer wieder ihren Kopf gegen die Metallklappe des Aufzugs schlug, bis sie zu Boden sank und er sie allein am Haar noch halb aufrecht hielt. Schließlich ließ er sie fallen, beugte sich über sie und zischte: »Wo ist sie? Wo ist sie? Ich will nicht dich, dich würde sowieso keiner wollen.« Sie reagierte nicht.

Er ließ ihr Haar los. Sie rollte sich auf die Seite. »Abschaum«, murmelte Logo und versetzte ihr einen kurzen Tritt in die Rippen. »Ich brauche dich nicht.« Als hätte er nicht selbst drauf kommen können, wenn er nur seinen Kopf benutzte. Rose würde sich verstecken, wo sie mit ihren Schatten spielen konnte. Er stand da und beobachtete, ob Mizz West sich bewegte. Nein. Gut so. Er hoffte, daß sie tot war.

Warum war sie nicht nach unten gerannt statt hoffnungslos im Kreis? Helen wünschte, nie wieder gegen irgend etwas kämpfen zu müssen. Ihre Augen waren geschlossen, aber sie wußte, daß sie auf das Messer gerollt war, der hölzerne Griff bohrte sich ihr in die Rippen, und vor ihrem geistigen Auge explodierten Massen von dunkelroten Wolken. Lieg still: Soll er tun, was er will, es spielt keine Rolle, soll er es zu Ende bringen. Sie hörte ihn kichern, dann Schritte, die sich ohne Eile, aber zielstrebig entfernten. Jetzt konnte sie schlafen, einfach schlafen, warten, bis jemand kam, Montag war früh genug, alles egal, sie wollte einfach nur loslassen. Aber Rose, irgendwo da unten bei den Ratten war Rose, und Logo war hinter ihr her. Der Pförtner taugte nichts, der würde sich nicht mal durch eine Bombe im Schlaf stören lassen. Beweg dich, Helen, du mußt dich bewegen, da ist sonst niemand, da ist nie jemand... aber das war schwierig. Sie wälzte sich herum und versuchte sich aufzusetzen, halbwegs erfolgreich. Es tat höllisch weh. Das Licht in Redwoods Büro brannte noch und stahl sich durch die Dunkelheit, fing sich im roten Lämpchen des Lastenaufzugs. Die einzige Möglichkeit, Rose zu warnen. Gib ihr eine Waffe.

Als sie mit zitternder Hand nach dem Messer griff, spürte Helen, wie ihr schwindlig wurde. An dem Messer war Blut, oh, bitte nicht mein Gesicht. Dein Gesicht spielt keine Rolle, du solltest dich schämen, komm schon. Sie kämpfte sich auf die Knie, ließ das Messer in den offenen Schlund des Aufzugs fallen und drückte auf den Abwärtsknopf. Während sie noch darauf lauschte, wie der Kasten nach unten ratterte, sank sie zurück. Gleich werde ich mich bewegen, gleich, nur noch einen Augenblick. Ich muß ein Telefon finden. Langsam kroch sie auf das Licht in Redwoods Büro zu und versuchte, ihr Gesicht so dicht wie möglich am Fußboden zu halten. Schließlich aber richtete sie sich halb auf und rutschte auf den Knien weiter. Was war besser: vorwärtszukriechen zum Licht oder zurück ins Büro von Rose? Sie entschied sich für vorwärts, angezogen vom Licht, dachte, ich weiß, es hat keinen Sinn, oh, Rose, bitte lauf, ich weiß, was du meinst, lauf einfach los, nimm den Weg, auf dem er reingekommen ist, irgendeinen Weg, aber lauf. Und als sie allmählich schneller wurde, hörte sie ein Telefon klingeln. Aus der entgegengesetzten Richtung, dem Büro der Kanzleikräfte, dem einzig logischen Versteck, nur war es dunkel da drin. War das Rose, die aus dem Keller anrief, und Logo hatte sie noch nicht erwischt? Der Pförtner nach dem Fußballspiel, als ahnte er, welches Drama sich hier oben abspielte? Sie machte kehrt, scheuerte sich die Knie an dem rauhen, abgetretenen Teppich wund und erreichte die Tür etwa beim zwölften Klingeln. Sie zog sich am ersten Schreibtisch hoch, doch in dem Moment, als sie nach dem Hörer greifen wollte, brach das Klingeln ab, und sie versank in einer anderen Art von Dunkelheit, blieb ruhig und erschöpft liegen und hoffte, daß es erneut klingeln würde.

O Gott, laß mich keine Angst im Dunkeln haben.

Michael saß im Haus seiner Eltern und knallte den Hörer auf die Gabel. Sie hatte gesagt, sie könne nicht kommen, weil sie arbeiten müsse, aber erstens glaubte er nicht, daß Beamte so arbeiteten, nicht mal ihre Sorte, und falls sie tatsächlich da war, warum ging sie dann nicht ans Telefon? Sie war also nicht im Büro, sondern irgendwo anders, bei irgendwem anders. Wußte Gott, wo sie sich rumtrieb, er wollte es nicht wissen. Ein Mädchen wie Rose änderte sich eben doch nicht – er hörte diese Worte, tausendstimmig gesungen wie vom Chor der Roten Armee oder einem ganzen Fußballstadion der ersten Liga. Offenbar langweilte sie sich bereits, ja, es sah ganz so aus, wahrscheinlich spielte sie längst mit einem anderen, machte sich auf und davon, kaum daß ihr neuer Freund bewegungsunfähig war. Ja, das war's, irgendwas in der Art mußte es sein. Rose, die Ungeduldige. Sie hatte ihn reingelegt, und er hatte alles falsch gemacht.

»Sie geht nicht ran, Mum«, sagte er wütend. In einer Ecke des gemütlichen Wohnzimmers, nur wenige Schritte von ihm entfernt, saß eine Frau und nähte. Gerade war die Fernsehübertragung des Fußballspiels zu Ende gegangen. Wenn sie ihre Mannschaft sah, war sie wie umgewandelt, ganz das Gegenteil ihres sonstigen stillen Wesens, obwohl sie nicht aufhörte, mit großen, heftigen Bewegungen zu nähen.

»Und du vermutest natürlich gleich das Schlimmste, wie ich dich kenne. Glaubst du nicht, daß es eine ganz unschuldige Erklärung dafür geben könnte? Daß sie schon Schluß gemacht hat, daß irgend etwas passiert ist oder daß sie womöglich essen gegangen ist? Nicht mal, nachdem sie dich wer weiß wie oft im Krankenhaus besucht hat? Ihr Männer seid doch alle gleich! Vor allem ihr Polizisten!« Michael lehnte sich zurück, irgendwie erleichtert, aber trotzdem noch verärgert.

»Ich denke die ganze Zeit an sie. Ich kann einfach nicht anders.« Seine Mutter legte ihr Nähzeug weg, musterte den Arm in der Schlinge und seufzte.

»Nun, dann denke wenigstens nett an sie. Wenn du unbedingt willst, kann dein Daddy dich ja hinfahren. Und zur Not auch wieder herbringen.«

»Danke, Mum.«

Sie nahm ihr Nähzeug wieder auf. »Die haben uns verschaukelt«, murmelte sie leise, »ganz schön verschaukelt.«

Er brauchte eine Weile, bis er begriff, daß sie vom Fußballspiel sprach.

14

Rose blätterte in den Akten, die sie auf dem Fußboden ausgebreitet hatte, als der Aufzug in Hüfthöhe neben ihr zum Stehen kam. Hahaha, sicher Helen, die sich fragte, was zum Teufel sie hier unten eigentlich machte und sich derweil die Zeit mit dummen Späßen vertrieb. Rose lachte und schob die Klappe auf, um den Kopf hineinzustecken und »dumme Kuh« zu murmeln. Doch das Lachen blieb ihr im Halse stecken, als ihr unversehens ein vertrauter Geruch in die Nase stieg, der mit einem Übelkeit erregenden Beigeschmack angereichert war. Jemandes Lieblingspuder, von einem Körper auf den anderen übertragen, widerlich, vermischt mit Schmutz und Schweiß. Das war ihr erster Eindruck, und erst auf den zweiten Blick und wieder aus größerer Entfernung entdeckte sie das Küchenmesser. Die wie eine zitternde Kompaßnadel auf sie gerichtete Klinge war verschmiert. Zweifellos ein Fleischmesser und schon einigermaßen abgenutzt. Ihr Körper erstarrte vor Schreck. Sie streckte die Hand nach dem Messer aus, zog sie schnell wieder zurück, streckte sie wieder aus und zwang ihre Finger, sich um den Griff zu schließen, der die Wärme eines Reptils besaß. Rose begriff die Botschaft nicht, glaubte, daß Helen sich einen bösen Scherz erlaubte. Fast eine volle Minute dachte sie, die Frau da oben ist verrückt, stand erschöpft von der Grausamkeit des Witzes einfach nur da, bis die Logik siegte. Es war nichts zu hören, nur das Knacken und Summen der verschiedenen Anlagen. Rose umklammerte das Messer und erkannte plötzlich in einem

Rausch von Bildern, die zusammen mit dem Gestank nach parfümiertem Puder und Körperausdünstungen auf sie einströmten, seine wahre Bestimmung: Sie sah sich auf dem Bett liegen und Daddy mit seinem Schattenspiel, noch in Arbeitskleidung, Grannys Lieblingspuder, den sie gestohlen hatte, wie einen Talisman neben sich. Daddy in der Küche, als sie mit einem anderen Messer auf ihn einstach, wie sie sich wehrte und ihn dabei verletzte.

Rose glaubte nicht, daß sie dazu noch einmal imstande sein würde.

Flucht, das war der Ausweg, den sie immer ergriffen hatte, und fliehen wollte sie auch jetzt. Sie würde an niemand anders denken, nur weglaufen, alle Bindungen und Hoffnungen in dieser blinden Flucht begraben, so wie sie es schon einmal getan hatte. Lauf nach Hause und mach dir nicht die Mühe, wissen zu wollen, warum, denn es hat keinen Zweck, pack deine Tasche und komm nie wieder hierher zurück. Such dir einen neuen Job. Es war idiotisch gewesen, ihm so nahe zu kommen, es gab keine Sicherheit, auf der ganzen weiten Welt nicht. Sie hatte an dieses Gebäude geglaubt. In der einen Hand hielt sie noch den Umschlag mit den Kladden, den sie hinter einem der Heizkörper gefunden hatte. Rose ließ ihn fallen, rannte in den hinteren Teil des Gebäudes, hielt das Messer locker in der Hand und suchte nach dem Lieferanteneingang. Dann aber blieb sie stehen, machte kehrt, lief zurück und starrte in den offenen Schlund des Lastenaufzugs. Er war groß genug für einen Körper. Sie rannte nach links zur Treppe, verwirrt und ziellos, Finten vortäuschend wie ein Fechter mit seiner Klinge. Von irgendwo oben kamen schwache Geräusche, der Pförtner, der Feind, beide zugleich, denn der Pförtner mußte ihren Daddy hereingelassen haben, ihm alles erzählt und auf die Treppe gedeutet haben. Gehen Sie da rauf, in diese Richtung sind sie gegangen. Möglicherweise war es sogar der Nachtwächter gewesen, der Daddy das Messer gegeben hatte. Sie hielt es ans Licht. Farblose, klebrige Spuren, vielleicht hatte man es benutzt, um ein Sandwich durchzuschneiden, selbst Daddy hatte Freunde. Plötzlich blieb Rose wie angewurzelt stehen. Er war nicht der einzige, der Freunde hatte. Oben wartete Helen.

Rose bückte sich und zog sich die Schuhe aus. Statt die breitere Haupttreppe zu nehmen, die rechts neben dem Aufzug begann, rannte sie durch die Gänge nach links und löschte im Laufen alle Lichter. Sie lief an der Sprinkleranlage, dem lärmenden Regler der Wasserzufuhr und dem knackenden Heizkessel vorbei, dann, immer gleich zwei Stufen auf einmal nehmend, die schmale Eisentreppe empor und stürzte oben durch eine eingerostete Schwingtür. Wenn hier je ein Feuer ausbrach, würde keiner wissen, wie er rauskommen sollte. Im Erdgeschoß hörte sie das schwache Geräusch des Fernsehers, das sie anzog und dann wieder abstieß. Angewidert von der aufgeregten Stimme des Fußballkommentators, bog sie fluchtartig um die Ecke und sprang die nächste schmale Treppe hinauf. Das Verlangen, sich irgendwo hinzusetzen und zu schluchzen, war verflogen.

Atemlos erreichte sie den zweiten Stock und wäre fast von ihrem Husten übermannt worden, hätte sie das Geräusch nicht so gefürchtet. Eine schrecklich aggressive Wut hatte von ihr Besitz ergriffen. Wie eine in die Ecke gedrängte Ratte, die lieber angriff, als sich zu ergeben. Die Empfindung war ihr vertraut: von all den lieblosen Sexnächten, in denen sie nur mühsam den Drang zu unterdrükken vermocht hatte, mit den Zähnen zu knirschen, aber auch von damals, als sie auf ihren Daddy eingestochen hatte, ohne zu wissen oder sich darum zu scheren, wen oder was sie traf, von grenzenlosem Haß erfüllt und auf alles eindreschend, was sich in Reichweite ihres Armes befand. Jemand hatte das Licht ausgemacht. Jemand, der genauso hektisch gerannt war wie sie selbst. Panik hing in der Luft. Das einzige Licht im Gang kam aus Redwoods Tür. Sie biß die Zähne zusammen, um nicht laut loszuschreien oder zu husten, schlich auf Zehenspitzen hinüber und trat ein. Die Klavierlampe war bizarr verdreht und erhellte die gegenüberliegende Wand, der Schreibtisch durchwühlt wie ein frisch verlassenes Bett, überall lagen Papiere auf dem Boden, und eines der Fenster stand offen und ließ einen kalten Luftzug herein. Unwiderstehlich davon angezogen, beugte sie sich hinaus, bis sie sich inmitten eines Hustenanfalls am Rahmen festklammern mußte, so schwindlig war ihr plötzlich. Vorsicht Rose, mahnte sie sich. Es wäre hoch genug gewesen, um sich hinabzustürzen, aber das war kein Ausweg. Der Regen hatte wieder eingesetzt, schlug eiskalt auf ihr Gesicht und sorgte für einen klaren Kopf. Der Impuls, in der stillen Nebenstraße um Hilfe zu rufen, erstarb. Ebensogut konnte sie in die arktische Wüste hinausschreien, das würde genausoviel bringen. Außerdem war es ihr peinlich zu schreien. Wo war Helen bloß?

Dann ein Geräusch wie ein Echo ihres eigenen, krampfartigen Hustens. Rose sprang vom Fenster zurück, bereit, schon im nächsten Augenblick die Flucht zu ergreifen. Doch da stand plötzlich Helen schwankend im Türrahmen. Im ersten Moment wirkte sie lässig wie jemand, der in der Tür zu einer Party stand und darauf wartete, seinen Auftritt zu inszenieren, unbekümmert, in der Pose eines leicht angetrunkenen Mannequins. Es sah so echt aus, daß Roses Wut auf der Stelle wieder aufflammte. »Was soll das, was soll dieses verdammte Spielchen?« Doch noch während die Worte aus ihrem Mund kamen, erschien die Haltung von

Helens schlankem Körper plötzlich weniger natürlich, eher unheimlich. Der Kopf lag auf dem aufgestützten Arm, rollte jedoch hin und her, und die Beine drohten offensichtlich jeden Augenblick nachzugeben. Dann torkelte sie unvermittelt auf den Schreibtisch zu, wie ein unsicheres Kleinkind auf der Suche nach einem Rockzipfel zum Festhalten. Sie verfehlte ihn aber und schlug dumpf auf den Knien auf, während der Oberkörper halb über einen Stuhl sackte und erschlafft dort liegenblieb. Am hinteren Teil ihres Halses hatte sich ein klebriger Fleck gebildet, und ein Ärmel des Pullovers hing in Fetzen. Als Helen jetzt den Kopf hob, sah sie Rose seltsam starr an. Offensichtlich versuchte sie, ihre letzten Kräfte zu mobilisieren.

»Hat er mein Gesicht zerschnitten?« fragte sie fast im Plauderton. »Ich muß es wissen. Ich kann nichts sehen.«

»Nein«, sagte Rose. Sie hielt sich die Faust vor den Mund. Blut rann über Helens linke Hand, die sie mit geradezu absurder Eleganz ausstreckte und musterte. Dann näherte sie die Hand ihrem Gesicht und legte sie vorsichtig über das Nasenbein. So leicht die Bewegung auch war, warf die Hand doch einen riesigen, raschen Schatten.

»Bist du sicher?«

Rose war es nicht. »Ja, ganz sicher.«

»Gut. Hast du das Messer bekommen?«

»Ja.« Im Flüsterton.

»Gut. Wir können nicht telefonieren. Am Wochenende ist die Anlage zum Pförtner geschaltet, und man kann hier oben nur Anrufe annehmen. Übrigens müßte er jeden Augenblick hier durchkommen. Er dreht jede Stunde seine Runde, sagt Redwood.«

»Der Pförtner dreht keine Runden«, sagte Rose knapp. »Das hat er nicht nötig. Und er hat auch meinen Dad hier reingelassen, stimmt's?«

»Oh«, sagte Helen. »Daran habe ich noch gar nicht gedacht. Hast du ihn gesehen?«

»Wen, den Pförtner?« fragte Rose verwirrt.

»Nein, ich meine Logo. Deinen Dad.«

»Soll das heißen, Sie wußten die ganze Zeit, wer er ist?«

Helen seufzte, nicht böse, aber so, als sei alles, was sie sagte, sehr, sehr kompliziert. Es sah immer noch so aus, als spielte sie die Betrunkene. Und Rose wollte es so gern glauben.

Nach dem Seufzer fiel Helen das Reden etwas leichter.

»Nein, nicht die ganze Zeit, aber jetzt weiß ich es. Er ist nach unten gegangen, um dich zu suchen. Hast du ihn nicht gesehen?«

»Nein.«

»Und jetzt kommt er zurück«, sagte Helen träumerisch und schüttelte ganz langsam den Kopf. »Wie ein Teller Spaghetti. Geh und schalt den Aufzug aus. Schnell.«

Rose war träge, traumatisiert, wie verzaubert von der tanzenden, blutigen Hand und suchte auf der Wand nach neuen Schatten.

»Welchen Aufzug?«

»Schon gut, es ist sowieso schon zu spät. Jetzt hör mir mal gut zu, ja?«

Von unten kam das Rattern der Maschine.

»Lauf«, sagte Helen, und ihre Stimme war auf einmal völlig klar. »Du wirst jetzt verdammt noch mal laufen, hörst du? Er ist nicht hinter mir her. Lauf, so schnell du kannst. Immer nach unten, ich halte ihn hier für eine Weile auf. Ich plaudere ein bißchen mit ihm.« Ihr Gesicht verzog sich zu einem mühsamen Grinsen. »Bleib nicht stehen, bis du einen Ausgang gefunden hast, nimm das Messer mit, bedroh den Pförtner damit, wenn's nötig ist, aber jetzt hau bitte endlich ab.«

Der Aufzug quietschte und ächzte. Er kam näher. »Nun mach schon, verdammt noch mal«, schrie Helen, und von ihrer Trägheit war plötzlich nichts mehr zu spüren. »Wirst du jetzt bitte ein einziges Mal tun, was ich dir sage?«

»Nein.«

Rose rannte in den Gang. In der einen Hand hielt sie noch immer das Messer. Das rote Lämpchen am Aufzug glühte. Rose ließ das Messer fallen, packte die Stahlgriffe der Schiebetüren, hob das Messer auf und steckte es so dazwischen, daß der Holzgriff die Schließvorrichtung blokkierte. Geschafft. Die Stille war ohrenbetäubend: Der Aufzug schien ohne den üblichen dumpfen Aufprall irgendwo weiter unten stehengeblieben zu sein. Der Rahmen, an den sie gelehnt stand, um in die Dunkelheit zu horchen, war klebrig. Angeekelt zog sie die Hand zurück und wischte sie sich, ohne hinzusehen, am Rock ab. Sie wollte gar nicht wissen, was da klebte. Mit einem plötzlichen Triumphgefühl trat sie ein paar Schritte zurück. Er steckte fest, das war's, sollte er da drin doch schwarz werden. Immer noch hing ein Gemisch aus Puder- und Körpergeruch in der Luft. Als sie ihn rief, war ihre Stimme von gehässigem Übermut durchdrungen, und sie hörte sich an wie ein aus sicherer Entfernung bellender Hund.

»Bleib, wo du bist, Daddy. Du stinkst, Daddy, und du weißt es. Du stinkst!«

Der Klang ihrer Stimme löste zunächst Erleichterung, dann aber ein Schuldgefühl in ihr aus. Sie trat wieder einen Schritt nach vorn, und ihr Übermut schwand dahin. War mit ihm alles in Ordnung? Sie versuchte sich einzureden, daß es ihr egal war, wenn er da unten erstickte, aber es wollte ihr nicht so ganz gelingen. Dann dachte sie an Helen, die auf Redwoods Teppichboden lag und verblutete. Seine Schuld. Rose spürte, wie Tränen, Verwirrung und Zweifel über ihr zusammenschlugen. Wo war nur ihre tröstliche, unerschütterliche Wut? Sollte sie vorwärts gehen oder zurück? Was konnte man angesichts von Blut schon anderes tun, als es fasziniert und hilflos anzustarren und zu versuchen, den uralten Fluchtinstinkt zu unterdrücken. Doch dann wurde ihr, wie zuvor auch Helen schon, die Entscheidung vom Telefon abgenommen. Es schepperte hinten in ihrem Büro. Rose reagierte ganz mechanisch, rannte hin und schlug sich in ihrer Hast den Hörer so heftig gegen das Ohr, daß sie vor Schmerz zusammenzuckte. Keine Zeit, sich zu fragen, warum das Klingeln eines Telefons immer Vorrang zu haben schien, überall, jederzeit, selbst wenn es gar nichts versprach.

»Ist Mr. Cotton zu sprechen?«

»Nein, hören Sie...«

»Er bat mich, ihn um diese Zeit unter dieser Nummer anzurufen.« Die Stimme des Mannes klang weich, allerdings ein bißchen angespannt, nervös, gereizt, wie die Stimme eines Mannes, den man nicht warten ließ. »Bitte hinterlassen Sie ihm eine Nachricht. Sagen Sie ihm, es hätte nicht geklappt. Ich habe einen Brief erhalten mit der Aufforderung, nächste Woche noch einmal zu erscheinen. Es hat nicht geklappt. Richten Sie ihm aus, ich hätte keine Lust, für etwas zu zahlen, das ich nicht erhalten habe, und warum er nichts unternommen hat. Sagen Sie ihm...« Die Stimme klang ärgerlich und ein wenig schleppend, so als lauere Angst hinter ihr.

»Halten Sie den Mund, und hören Sie mir zu«, sagte Rose. Ihre Wut war zurückgekommen. »Passen Sie auf. Ich bin in diesem Gebäude eingeschlossen, zusammen mit einer Frau, die verletzt ist, einem Wahnsinnigen und einem Telefon, das nicht funktioniert. Helfen Sie mir, bitte rufen Sie die Polizei an. Sofort.«

»... daß er auf diese Art noch alles vermasselt«, fuhr die Stimme fort. »Sagen Sie ihm das.«

»Hören Sie«, versuchte es Rose erneut. »Ich sitze hier fest, zusammen mit einem Wahnsinnigen und einer Schwerverletzten, bitte tun Sie etwas und rufen Sie die Polizei...« Diesmal verstand der Mann. Nach einer ungläubigen Pause brach er in empörtes Gelächter aus.

»Ich soll die Polizei anrufen? Was, ich? Nach allem, was man mir angetan hat? Sie machen wohl Witze.« Dann brach die Verbindung ab.

Rose hielt den Hörer in der Hand, starrte ungläubig darauf nieder und fing an, alle möglichen Nummern zu drükken, Notrufnummern, die Feuerwehr, die Nummer ihrer eigenen Wohnung, aber aus der Leitung kam nur unverändert ein sinnloses Summen. Sie konnte sich einfach nicht dazu durchringen, den Wachmann zu holen. Sie wußte nicht, warum, aber sie hatte das Gefühl, daß er ein Feind war. Sie erinnerte sich, wie er neulich abend den Whisky genommen und sie mißtrauisch gemustert hatte. Lauf, hatte Helen gesagt. Lauf. Der Pförtner würde sie rauslassen, wenn sie ihm ihr Messer zeigte, sicher würde er das tun, aber sie konnte das Messer doch nicht wieder aus der Aufzugtür ziehen, weil er dann womöglich auf den Gedanken kam, wieder zu funktionieren und... Sie rannte zurück in Redwoods Büro, schloß die Tür und schob einen Sessel davor, wirkungslos, aber der Schreibtisch war so alt und schwer, daß er sich keinen Zentimeter verrücken ließ, und irgendein Hindernis war besser als keins.

Helen lag auf dem Boden, den Kopf auf dem verletzten Arm, in unbequemer Stellung. Rose drehte die Lampe, um sie besser sehen zu können, zuckte vor Schreck zusammen und sah schnell wieder weg. Dann zog sie ihren Pullover und das T-Shirt darunter aus und sah sich um. Eine Blumenvase auf dem Aktenschrank an der Wand. Himmel, hier stehen so viele verfluchte Stühle herum, daß eine ganze Armee Platz finden würde, dachte sie ungeduldig, warf die Blumen auf den Boden und goß das Wasser über ihr T-Shirt. Sie wagte nicht, wieder auf den Gang hinauszugehen. Das Blumenwasser war nicht allzu sauber, aber es war kühl. Rose bettete Helens Kopf in ihren Schoß, legte den Arm mit dem zerfetzten Ärmel über die Brust und dachte, was für ein schöner Pullover, der war wirklich irre schön. Sie hatte ihn schon am Morgen bewundert, aber natürlich kein Wort darüber verloren. Vorsichtig tupfte sie das geronnene Blut ab, das irgendwie auf die Wangen geraten war, wobei ihr die Intimität dieser ungewohnten körperlichen Nähe beinahe unangenehm war.

»Kann denn nicht bitte irgend jemand kommen?« flehte sie laut. Sie betrachtete das Profil in ihrem Schoß und bettete es weicher, wobei sie sich mehr um Helens stoßweisen Atem sorgte als um alles andere und panische Angst hatte, daß sie einfach damit aufhören könnte. Zögernd fuhr sie Helen mit einem Finger über die alte Narbe auf der Stirn.

»Diesmal hat er dich nicht im Gesicht erwischt«, murmelte sie. »Ehrlich.« Keine Antwort. Es würde ihnen nichts anderes übrigbleiben, als zu warten.

Es war still und warm, selbst bei geöffnetem Fenster. Allmählich wurde Rose vollkommen ruhig.

Dinsdale Cotton hatte mehr als eine Stunde Verspätung. Er hatte seine Verabredung im Pub verpaßt, weil die Fußballfans den Verkehr lahmgelegt hatten, und jetzt kam er auch noch für den Anruf zu spät. Er parkte den Wagen unweit des Büros, ohne an seinen lächerlich überhöhten Preis und die schrille Metallic-Lackierung zu denken. Es war kein Wagen, den er dem Parkplatz eines Gerichtes anvertrauen oder auch nur in Sichtweite eines Kollegen abstellen würde, obwohl er ihn problemlos als Teil einer Erbschaft hätte ausgeben können. Natürlich würden sie das schlucken, genau wie seine Freunde in der Bar ihm die aristokratische Abstammung und die sagenhafte Internatsschule abgekauft hatten (dabei wurde alles nie genauer spezifiziert, sondern nur angedeutet durch Uniform, Sprache, Krawatte und lange getragene Maßanzüge, die aussahen, als seien sie ebenfalls Teil einer Erbschaft, oder seine vornehm hagere Figur, die an ein schlankes Rennpferd erinnerte). Das alles hatte ursprünglich vor allem darüber hinwegtäuschen sollen, daß er als ehemaliges Findelkind nur mit Hilfe unzähliger zu Unrecht erschlichener Stipendien überlebt hatte. Mit seiner Intelligenz war alles in Ordnung, allerdings hatte Dinsdale noch nie einer verlockenden Abkürzung widerstehen können. Ebensowenig wie den materialistischen Ambitionen, die so gar nicht zu seiner instinktgeleiteten Imitation alten Adels passen wollten.

Nach zwei, drei Jahren hatten sie ihn in der Bar durchschaut. Es war eine Frau gewesen, die einen Riecher für Vollblüter hatte und ihm nicht über den Weg traute. Der öffentliche Dienst mit seinem blinden Hang zum Egalitarismus hatte sich da leichter hinters Licht führen lassen. Und dann war er Helen begegnet. Genau an dem Punkt, an dem sie angefangen hatte, seine Meinung über ihn zu ändern – wie es letzten Endes alle Frauen taten –, hatte er zum erstenmal darüber nachgedacht, wie schön es wäre, nicht die ganze Zeit eine Rolle spielen zu müssen. Helen würde keinen Pfifferling auf seine Abstammung geben. Es hatte schon so ausgesehen, als machte sie sich was aus ihm, wahrscheinlich hätte sie ihm sogar seine wirkliche Herkunft verziehen, aber dann hatte sie ihn doch nicht wirklich gewollt, und er war überrascht zu sehen, wieviel ihm das ausmachte. Sicher, es war nur ein Spiel gewesen, aber zufälligerweise begann nun plötzlich alles schiefzugehen.

Die Wagentür fiel mit einem sanften Klicken ins Schloß. Gleich hinter ihm stand eine alte Schrottmühle, die er nicht erkannte.

Dinsdale verstand die Welt der Neureichen, war von ihr aufgenommen worden und nach oben geschossen wie ein überzüchteter Trieb unter dem Dach eines Treibhauses, schwächlich und anfällig für Insekten. Er wußte, wie er mit seiner eigenen korrupten Spezies umgehen mußte. Was war schon dabei? Er nahm schließlich keine Schmiergelder von Mördern, sondern nur von Leuten, die ihre Wagen behalten wollten, und er hatte nie übertrieben hohe Forderungen gestellt. Nur noch zwei, mit denen bereits alles vereinbart war. Einen von ihnen galt es rauszuboxen, obwohl es eigentlich schon zu spät war, und dann noch ein Routinefall, ebenfalls Alkohol am Steuer, mit einem kleinen Unternehmen und einem großen Wagen. Dann würde er alles neu überdenken.

Die Tür war zu. Dinsdale drückte auf die Klingel, ein altes Monstrum aus Messing, das schon seit Ewigkeiten nicht mehr poliert worden war, genau die Art von Klingel, die er gern am Eingang seines kleinen Hauses gehabt hätte, und einen Butler zum Öffnen statt dieses schlurfenden, unglaublich faulen und trotzdem mißtrauischen Fieslings von Nachtwächter, den man besser verwirrte, als zu überreden versuchte.

Der Mann ließ sich Zeit, tauchte erst auf, nachdem auch das zweite Klingeln in der Stille verhallt war. Noch während er fragte: »Wer ist da?« schloß er murrend auf, wie Shylock seine Gruft. Sein Gesicht war rot angelaufen, offensichtlich hatte Dinsdale ihn aus einem kleinen Nickerchen geholt. Betrunken, dachte er, und war zum erstenmal seit Stunden belustigt.

»Sie hätten vorher anrufen sollen«, sagte der Mann.

»Hätte ich das?« fragte Dinsdale schleppend, zog die Augenbrauen hoch und schüttelte ein paar feine Regentropfen von seinem Mantel. »Warum, wenn ich fragen darf?«

»Warum nicht? Die andern haben es auch getan. Hier geht's ja zu wie auf Paddington Station.« Dinsdale war schon halbwegs durch das Foyer auf dem Weg zum Aufzug. Doch dann spürte er, wie sich seine Nackenhaare sträubten.

»Ach, ja? Welche anderen denn bitte?«

»'n paar Weiber.« Der Pförtner äffte Dinsdales Akzent nach, aus Rache für die Provokation. »Sie spielen mit dem Lastenaufzug rum, als hätten sie nichts Besseres zu tun. Ach übrigens, machen Sie sich nicht die Mühe, auf den anderen zu warten, ich meine, der ist außer Betrieb, Sir.« Das »Sir« klang äußerst vieldeutig.

»In diesem Loch ändert sich aber auch nie was«, sagte Dinsdale und steuerte rasch und elegant auf die Treppe zu. Doch schon nach der ersten Biegung hielt er inne. Auf dem Treppenabsatz lag ein zusammengerollter Gürtel, wie eine Schlange, und in der Luft hing ein feiner Geruch, der ihn an Urin erinnerte. Zwei einsame Herzen auf samstagabendlicher Suche nach einem warmen Plätzchen? Dinsdale hatte ein mulmiges Gefühl, er setzte sich auf die Treppe und zündete sich eine Zigarette an. Alles geriet aus der Bahn, er würde nie bekommen, was er wollte, was immer es auch war. Irgendwie schloß dies auch Helen West ein, allerdings nur an der Peripherie. Er erinnerte sich daran, wie sie über ihren Vortrag gesprochen hatten. Sie hatte ihm nie mehr als bloße Sympathie entgegengebracht. Stille. Er wollte sich nicht bewegen. Am besten blieb er eine Weile hier sitzen, damit es aussah, als hätte er nur schnell etwas geholt, und fuhr dann nach Hause.

Dann bewegten sich die Schwingtüren oben an der Treppe. Fast unmerklich. Ein Licht erschien hinter den Glasscheiben. Von seinem Aussichtspunkt aus konnte Dinsdale flüchtig ein Gesicht erkennen, das allerdings nicht zu ihm hinunterblickte. Es war keine Frau.

Helens Atem wurde ruhiger, gleichmäßig und friedlich.

»Es geht uns nicht besonders, was, Tantchen?« murmelte Rose hustend. »Uns beiden nicht. Aber wenigstens müssen wir uns nicht um Daddy kümmern.«

Sie hatte die Lampe auf den Boden neben sich gestellt, den Schirm verdreht und ihn so auf die Wand gerichtet, daß sie sich mit ihren Fingern selbst Schattensignale senden konnte. Hinter Redwoods Schreibtisch erschien ein enormes V-Zeichen auf der gelben Wand, das sie aufmunterte. Rose lächelte und warf einen Blick auf Helen, deren Kopf jetzt auf ihrem Pullover ruhte. Seit einer halben Stunde regte sie sich gelegentlich und zog die Stirne kraus. Da sie Pullover und T-Shirt für Helen gebraucht hatte, fing Rose allmählich an zu frösteln, was sie zuerst gar nicht bemerkt hatte.

»Ich weiß, du bist erkältet und alles«, redete Rose auf Helen ein, »aber meinst du nicht, das dauert jetzt lange genug? Wenn du nicht verdammt schnell wieder aufwachst, schlage ich dir den Schädel ein.« Bei diesen Worten mußte sie selber lachen. Sie sprach ziemlich laut, das war besser, als zu weinen und die Tatsache zu verdrängen, daß sie sich schuldig fühlte, weil sie so lange nichts unternommen hatte. Obwohl es ihr mittlerweile so vorkam, als habe sich in ihrem Kopf etwas entschieden, ohne daß sie bewußt etwas hatte dazutun müssen. Als sie schließlich mit kläglicher Stimme zu singen begann, schienen die Worte wie von selbst zu kommen.

»Erschalle laut Triumphgesang,
Triumph, der Heiland ist erstanden!
Besieget liegt der Tod in Banden,
Den seine Gottesmacht bezwang.«

Logo merkte, daß er sich schon wieder verlaufen hatte. Das kam davon, wenn man sich nicht richtig konzentrierte. Er war all die Treppen hinabgestolpert und dann gegen etwas Scharfes gestoßen, wobei er seinen Gürtel verloren hatte. Den ganzen Weg runter bis in den Keller, langsam, und dann hatte er, noch langsamer, eine volle Runde gedreht. Hatte die Leitungsrohre an der Decke bewundert, die aussahen wie riesige weiße Würste, hatte die Lichter wieder angemacht und irgendwie gespürt, daß sie nicht da war. Er hatte überlegt, ob die Frau, die er eben geschlagen hatte, vielleicht doch die Wahrheit gesagt und Eenie nach Hause geschickt hatte, aber warum hatte sie dann nach ihr gerufen? Am Ende war er auf ein Paar Schuhe gestoßen, die vorher nicht dagewesen waren. Sie sahen nicht aus wie Eenies Schuhe, eher wie Rockerstiefel, so was hätte Eenie als Kind nie getragen, doch der Anblick reichte, um ihn mit neuer Hoffnung zu erfüllen. Seine Stimme hallte jetzt zuversichtlicher, laut und klagend, dann ein bißchen zittrig durch die Steinflure: »Komm raus, Eenie. Komm raus, meine Kleine. Ich liebe dich, Eenie. Ich habe dich immer geliebt, sonst nichts.«

Er verstand selbst nicht, warum er angefangen hatte zu weinen. Als er an den Lastenaufzug kam, lehnte er sich an die Wand und schluchzte. Sah sie denn nicht, daß er sie nur lieben wollte? Er hämmerte gegen die Wand, drückte auf den roten Knopf und erschrak, als sich der Aufzug vibrierend in Bewegung setzte. Machte einen Satz nach hinten und glaubte, irgend etwas könnte jeden Moment aus ihm herausspringen, so wie er selbst es vorher oben getan hatte. Dann musterte er das Ding scharf, während er sich die Nase am Ärmel abwischte.

Seine Wut kam zurück. Sie spielten Katz und Maus mit ihm, die beiden, und wo war überhaupt sein Messer? Er begann den ermüdenden Marsch nach oben, und diesmal warf er in jedes Büro im Erdgeschoß einen Blick, außer in das des Pförtners, wo noch immer der Fernseher lief, ein Musikprogramm mittlerweile, und dessen Schnarchen übertönte. Noch eine Treppe höher, und nachdem er eine kurze Pause gemacht hatte, um ein Stück Schokolade zu essen, lief er etwas schneller. Bei all den Räumen verlor er allmählich die Orientierung und konnte bereits nicht mehr sagen, auf welcher Seite die Straße lag. Er warf einen Blick aus dem Fenster, sah eine Backsteinmauer und beruhigte sich erst wieder, als er den Lastenaufzug entdeckte und sich erneut zurechtfand. Noch eine Treppe höher, und da war er, mit verschlossener Tür, und das Messer diente als Riegel. Er starrte ungläubig darauf, und erst nach einer Weile begriff er.

Das war Eenies Werk, oder? Sie hatte gedacht, er stecke da drin, hatte versucht, ihn festzusetzen und verrecken zu lassen. Wahrscheinlich hätte sie das Messer auch wieder benutzt, wenn er versucht hätte rauszukommen. Die Wut nahm Anlauf wie ein ferner Donner, explodierte in seinem Kopf und verebbte dann zu einem leisen Grummeln. Er zögerte, das Messer zu berühren, und zog sich schnell in die andere Richtung zurück, als er hinter der Tür zum größten der Zimmer ein Geräusch hörte. Ohne den Gürtel rutschte seine Hose. Er hatte das Gefühl, daß sie nur von seinem straffen Bauch gehalten wurde, und dann hörte er die süße, zögernde Stimme eines Menschen, der singt, um sich Mut zu machen.

»Tausendmal ich dich begrüße,
Liebevolles Jesuherz.
Ach, durch deines Herzens Süße
Lindre, Jesu, meinen Schmerz.«

Leise drehte er am Türknauf, aber der quietschte lauf auf. Drehte einmal, zweimal, drückte vorsichtig. Die Stimme stockte, brach ab.

Helen zuckte und machte eine jähe, ungeduldige Bewegung. Rose half ihr, sich aufzusetzen, den Kopf auf den Knien, und klopfte ihr auf den Rücken, während sie gleichzeitig die Tür nicht aus den Augen ließ. Sie dachte nicht eine Sekunde an die Möglichkeit, daß es der Wachmann sein könnte. Sie wußte genau, wer da draußen stand. Tatsächlich hatte sie noch nie daran gezweifelt, daß ihr Daddy es selbst mit Houdini würde aufnehmen können. Sie stand auf, griff nach der Lampe und wich in Richtung Fenster zurück. Am Schreibtisch blieb sie stehen, ohne nachzudenken, es war eine rein mechanische Reaktion, und stellte die Lampe mit dem heißen Schirm so hin, daß das Licht auf die Tür und das nutzlose Hindernis des wackligen Sessels fiel. Sie wartete. Vielleicht dachte sie unbewußt daran, ihn zu blenden, doch war die Wirkung gleich Null, als er im nächsten Augenblick durch die Tür stürzte, ein zusammengekrümmter Mann, der von seinem eigenen Schwung weit ins Zimmer hineingeschleudert wurde. Rose stand mit ihren knochigen Schultern da, den Oberkörper nur bedeckt von einem knappen BH, darunter ein kurzer Rock und eine dicke Strumpfhose, keine Schuhe. Mit leicht gespreizten Beinen stand sie wie gelähmt vor dem Fensterrahmen. Das kleine Zöpfchen ringelte sich um ihren Hals. Logo betrachtete sie staunend.

»Ich wollte dich nur lieben«, sagte er. »Ich habe nie jemanden so geliebt, aber das willst du einfach nicht verstehen, oder?«

Ihr Gesicht war wie versteinert und trug den Ausdruck starrer Geringschätzung. Du stinkender kleiner Wurm. Verpiß dich, und zwar auf ewig. Ihr Blick wanderte von seinem Gesicht zu seiner Hose. Ekel, Mitleid.

»Komm nach Hause, Eenie.«

Schweigen. Seine Wut war noch nicht verflogen. Logo trat zu seiner stummen Tochter, umfaßte ihr Gesicht mit beiden Händen und küßte sie auf den Mund. Sie stand so starr da wie zuvor, jeden Muskel ihres Körpers angespannt, und preßte die Lippen aufeinander.

»Mach die Augen auf«, befahl er. Rose wollte nicht, konnte nicht. Er zerrte am Spitzenbesatz ihres BHs, legte eine Hand auf die Brustwarze, die hart war wie eine Nuß. Sie war noch immer ein bockiges, mürrisches Kind. Doch dann geriet ihr Körper plötzlich in Bewegung und stieß ihm so unvermittelt und wuchtig das Knie zwischen die Beine, daß er wirr um sich blickend zurücktorkelte.

»Das gefällt dir?« sagte er. »Das hat dir gefallen, was?« Wieder kam er auf sie zu, die Augen voller Tränen und Mordlust. Er streckte die Hände nach ihrer Kehle aus, drückte sich an sie, so daß sie ihn nicht mehr treten konnte, und all ihr Mut war dahin.

»Deine Mutter liegt auf dem Friedhof«, sagte er leise. »Unter jemand anders, genauso wie sie's gern hatte. Und Margaret auch. Wurde zusammen mit ihrer Nachbarin beerdigt. Ich kann dich auch da hinbringen, wenn du willst.

Warum willst du deinen Vater nicht lieben? Ich habe dich immer nur geliebt.« Seine Hände schlossen sich jetzt fester um ihren Hals, und sie hatte absolut keine Möglichkeit, sich zu wehren.

Sie boten einen merkwürdigen Anblick, als Dinsdale die Tür erreichte. Als er ins Licht trat, das ihn eine volle Sekunde lang blendete, sah er jemanden auf dem Boden liegen und am Bein eines Mannes zerren, der sich ächzend ans Fenster zu klammern schien. Helen auf allen vieren, sie hing am Knöchel des Mannes und sah aus, als wolle sie jeden Augenblick zubeißen. Da war der widerliche Anblick eines Stücks weißen Hinterns, wo dem Kerl die Hose runtergerutscht war, ein würgendes Geräusch und ein durchdringender, übler Gestank, eine Mischung aus Kotze und Parmaveilchen. Er hätte sich beinahe selbst übergeben, bis er eine Hand sah, die sich in den Rücken der doppelköpfigen Bestie krallte, eine hilflose, kleine Hand. Dinsdale konnte es nicht ertragen, wenn man eine Frau mißhandelte. Mit raschem Blick schätzte er den Abstand zwischen sich und diesem Kerl ab, so wie ein Fußballspieler den zum Ball, rannte los und trat mit voller Wucht zu. Dann noch einmal, in die Knöchel. Er spürte, daß Helen sich aus dem Weg rollte, und trat erneut zu, als sich der Griff um Roses Hals löste und Logo herumwirbelte. Diesmal mit voller Kraft in den Unterleib. Logo schrie vor Schmerz auf, schien über seine Hose zu stolpern und versuchte sich an der Fensterscheibe festzuhalten, gegen die er fiel, als Dinsdale ein letztes Mal zutrat: mit aller Wucht gegen das Knie, und man hörte einen Knochen splittern. Wieder heulte Logo auf, und er ließ den Fensterrahmen los, um nach dem schmerzenden Knie zu greifen. Dann stürzte er ohne einen Laut nach hinten. Einen Moment lang verstand Dinsdale nicht, wohin er verschwunden war, was er selbst getan hatte und warum, bis nach einer Zeit, die ihm eher Minuten als Sekunden zu dauern schien, ein dünner, wäßriger Schrei aus dem Regen hereindrang.

Michael hatte versucht, sich das auszureden. Sein Vater ebenfalls. »Du läufst einer Frau nicht hinterher, besonders wenn du nicht weißt, wer sie ist. Sorg dafür, daß sie dir hinterherläuft.« »Das hast du aber auch nicht getan, Dad.« Er grinste und kam sich ein bißchen blöd vor. »Ist das die Straße, wo das Büro ist? Soll ich hier auf dich warten?« »Ja, okay, nur bis ich gesehen habe, ob sie da ist. Wenn nicht, lade ich dich auf ein Bier ein. Du kannst hier ruhig stehenbleiben, kein Problem samstags, die Gegend ist so ruhig wie ein Grab.« Sie bogen in die Nebenstraße ein, und Michael sah nach oben. Er kannte das Fenster, hinter dem Rose arbeitete, weil sie sich letzte Woche eines Abends hinausgebeugt und ihm zugewunken hatte, als er sie abholen kam, nein, das war in der Woche davor gewesen. Damals hatte es so schön und tröstlich gewirkt, daß er diesen Anblick immer wieder genießen wollte und jetzt fast automatisch hochsah. Es ging erst seit ein paar Wochen, und schon hatte er das Gefühl, als wäre er bereits eine Million Mal hiergewesen. Doch alles, was er sah, war ein Wäschesack, der über dem prächtigen Gitter hing, wahrscheinlich hatte der Wind ihn dort hingeweht. Bis der Wagen hielt und er sah, daß der Sack sich bewegte, zappelte wie eine aufgespießte Vogelscheuche, daß er sich unablässig bewegte und mit den Händen fuchtelte und daß sich der Mund in dem zum Himmel gewandten Gesicht verzog zu etwas, das aussah wie ein Lächeln.

15

Sie zogen um. Die Nachricht des Tages. Das hatte nichts mit der Sache von vor zwei Wochen zu tun, aber mittlerweile war der Heizkessel kaputt, und irgendwo unten im Keller hatte es ein kleineres Feuer gegeben. Kein Mensch wußte, ob zwischen den beiden Vorfällen ein Zusammenhang bestand, aber allerlei Spekulationen machten die Runde und wurden nur vom allgemeinen Stöhnen übertönt. Wann würden sie umziehen? Bald. In den Kategorien des Crown Prosecution Service konnte das Monate bedeuten. Sie arbeiteten in der dünnen Wärme von Hunderten von Heizgeräten, die sie zum größten Teil von zu Hause mitgebracht hatten, trotz allem vereint im Unglück. Redwood berief eine Sitzung ein, allerdings nicht in seinem Büro, auf der er zugab, der neueste Sicherheitsbericht habe gezeigt, daß geeignete Maßnahmen gegen die IRA siebzehn Wächter, sechs Schäferhunde und eine elektronische Anlage erfordern würden, was absolut nicht im Budget vorgesehen war, und im übrigen laufe der Mietvertrag aus.

Die zweite Neuigkeit war, das Gerücht stimme, ein Penner sei in das Gebäude eingedrungen und aus Gründen, die nur ihm selbst bekannt seien, aus dem Fenster gesprungen, und ja, sagte Redwood, es sei sein Büro gewesen, das der Eindringling sich dafür ausgesucht habe, ja, er sei tot, nein, er werde keine weiteren Einzelheiten bekanntgeben, außer daß der Tod nicht sofort eingetreten sei... Oh, ja, und noch etwas, bevor sie Schluß machten, Helen West, Rose Darvey und Dinsdale Cotton seien wegen einer besonders hartnäckigen Erkältung noch immer krankgeschrieben, und in harten Zeiten wie diesen hielte er es für völlig unangebracht, wenn noch andere ihrem Beispiel folgten. Besonders jetzt, da sie mit einer Welle von Fällen aus der letzten Spitzenbegegnung im Nord-Londoner Fußballstadion rechneten, die offenbar in einer wilden Straßenschlacht geendet hatte.

Als alle wieder an ihren Schreibtischen saßen und ganz vergessen hatten, irgendwelche Fragen zu stellen, weil es viel zu kalt war, trat Redwood ans Fenster und sah auf das Gitter hinab. Es war ganz gut, daß Helen West krank war, sehr bequem, um die Wahrheit zu sagen, denn sie hatte kein übles Büro und sein eigenes war von Klebestreifen, Puder und getrocknetem Blut verunstaltet und außerdem versiegelt. Dinsdales Zimmer war zwar ebenfalls leer, doch angesichts der Schockwelle, die das Büro erschüttern würde, wenn der Goldjunge erst angeklagt wurde, schien ihm dessen Schreibtisch nicht unbedingt ein geeigneter Behelf. Im Moment sammelten sie noch Beweismaterial, um Mr. Cotton langsam einzumauern.

Der Tag war hell und trocken. Helens Klavierlampe stand wieder auf ihrem Schreibtisch, und Redwood bewunderte die Gitter nicht mehr so sehr wie früher.

Er ärgerte sich maßlos über die entstandenen Unannehmlichkeiten, nutzte sie jedoch gleichzeitig als Mittel, den ganzen Alptraum zu ersticken. Alles war Helens Schuld. Sie hätte einen Angeklagten nie so provozieren dürfen, daß er in ihre Zitadelle eindrang, um sich zu rächen. Und Redwoods Job aufs Spiel zu setzen. Was ist mit mir? dachte er. Was ist mit mir? Alle, auf die es ankommt, glauben, daß es meine Schuld war, dabei kenne ich die näheren Umstände nicht mal zur Hälfte. Ich muß unbedingt herausbringen, was das Exhumierungsgesetz im einzelnen besagt.

Er fragte sich, ob es tatsächlich Anwälte gab, die jeden Zentimeter des Gesetzes kannten. So wie Leute, denen die Encyclopaedia Britannica zu den Ohren herauskam. Freitag. Er würde nie wieder Überstunden machen.

Als er im Gang auf den Aufzug wartete, hörte er einen Chor von Abschiedsgrüßen.

Geoffrey Bailey hatte einen Korkenzieher in der Hand und versuchte, sich den Anschein innerer Ruhe zu geben.

»Was ich nicht verstehe«, sagte er, »ist, warum du mir nichts davon erzählt hast. Du hast die verschwundenen Akten erwähnt, so wie du gelegentlich von deiner Arbeit sprichst. Du hast mich mit zu dem verdammten Computer geschleppt, weil du zuviel Angst hattest, allein zu gehen, aber du hast mir kein Wort...«

»Das ist nicht ganz fair. Ich hätte dir womöglich von Rose erzählt, aber ich hatte ja keine Ahnung, und Logo habe ich nicht erwähnt, weil du es nicht ausstehen kannst, wenn ich über meine Fälle rede. Und ich auch nicht. Nicht von *deinen* zu hören, sondern über *meine* zu reden«, betonte sie noch einmal. »Es macht mich wahnsinnig, daß du immer glaubst, du könntest mich langweilen. Und das Beste wegläßt, als wäre ich eine Anwältin, die nur hören will, was dir hätte auffallen müssen, und nicht, was dir tatsächlich aufgefallen ist. Im übrigen sollten wir keine zu großen Ansprüche stellen. Das hast du ja selbst sehr deutlich gemacht. Ein Wochenende, an dem man sich mal wirklich gut versteht, muß bei dir ziemlich lange vorhalten...«

»Du schweifst ab, Helen.«

Mittlerweile hatte er den Korken aus der Flasche gezogen und sich dabei ziemlich dilettantisch angestellt, indem er die Flasche auf dem Tisch hin und her gedreht hatte. Ein guter Rotwein, wie sie bemerkte. Ein Glück, daß sie sich nichts aus der polierten Tischplatte machte – wie gewonnen, so zerronnen. Die Sachen waren dazu da, benutzt, und Oberflächen, um zerschrammt zu werden, aber es war schon eine Schande, den guten Roten zu verschwenden, indem man ihn verschüttete, auch wenn noch jede Menge Nachschub da war. Nach Beendigung des Kurses war Bailey bei ihr aufgetaucht, beladen mit Plastiktüten, in denen vor allem Flaschen klirrten, möglicherweise die Reste ihres Abschlußfestes, wie sie boshaft dachte. Das reichte nicht, um ihre Befürchtungen zu zerstreuen, aber andererseits schienen sich die Krisen der letzten Wochen irgendwie gegenseitig auszugleichen, und so blieb nur ein wenig Benommenheit zurück.

»Was habe ich nun wieder falsch gemacht?« rief Bailey. »Sag mir, was ich falsch gemacht habe.«

»Typisch Mann, du mußt immer alles persönlich nehmen. Du hast überhaupt nichts falsch gemacht.«

»Dann sag mir, warum du so kurz angebunden mit mir warst, als ich letzten Freitag angerufen habe, bevor das alles passiert ist? Warum hast du mich nicht gebeten, nach Hause zu kommen und dir mit Rose und allem zu helfen, statt mir hinterher zu erzählen, daß du verletzt bist, und dann noch locker hinzuzusetzen, aber das macht nichts, ich komm schon klar... Was glaubst du eigentlich, wie mir dabei zumute ist?«

»Ich habe dich nicht gebeten, nach Hause zu kommen, weil es ziemlich offensichtlich war, daß du lieber dableiben wolltest. Ich wollte dich freiwillig oder gar nicht, aber du hattest ja nur deinen Kurs im Sinn, und was weiß ich, was ihr, du und Ryan, sonst noch veranstaltet habt... Erzähl's mir nicht, ich will es gar nicht wissen. Nach dem Wochenende davor, an dem du hier halb betrunken aufgekreuzt bist und nicht gerade darauf auswarst...«

»Und du dafür gesorgt hast, daß wir den halben Sonntag in deinem Büro verbracht haben!«

»Was hat das denn damit zu tun? Nach einer Woche wollte ich, daß du dich auf mich stürzt, daß du es kaum erwarten konntest, mich zu sehen, und so war es eben nicht, das ist alles.« Er brachte es nicht fertig zu sagen, daß er das gleiche erwartet hatte, schwieg und schenkte mit unsicherer Hand ein. Helen wußte immer alles besser, und sein Gewissen war – wie sollte er es beschreiben? – ungefähr so durchgeschüttelt wie dieser Wein.

»Auf alle Fälle«, sagte er schließlich ohne jede Spur von Bitterkeit, »scheinst du dich ja bestens von allem erholt zu haben.«

Oh, nein, bitte nicht diese Tour, dachte sie. Geh bloß nicht wieder auf deine übliche professionelle Distanz. Ich weiß, daß ich nicht fair war, ich hätte dich wahrscheinlich umgebracht, wenn du mir angetan hättest, was ich dir in den letzten Wochen angetan habe, aber ich mußte sehen, ob ich überhaupt noch allein klarkomme. Bitte, zieh dich jetzt nicht zurück, sondern steh auf und kämpfe.

»Weißt du, was das Schlimmste war, seit du weggegangen bist?« sagte sie. »Das Allerschlimmste? Der Grund, warum ich jetzt in gewisser Weise so gelassen bin?«

»Was?«

»Daß ich nicht schwanger war, als ich glaubte, ich wär's. Obwohl es mir eine Heidenangst eingejagt hat, war es das Schlimmste. Das stellt alles andere in den Schatten. Sogar die Feigheit, die hektische Flucht im Büro, das Gefühl, absolut nutzlos zu sein und blind obendrein, alles. Es war mir ziemlich egal, ob ich überlebte. Ich dachte, Hauptsache Rose, denn sie kann noch jede Menge Babys haben. Und du scheinst gar nicht zu merken, wie wichtig das für mich war.«

Er setzte sein Glas ab.

»Ich weiß, daß es wichtig war. Aber du wolltest ohnehin kein Baby. Und wieso glaubst du, daß mich die Sache nicht genauso berührt wie dich? Auf die Idee bist du wohl noch nicht gekommen, wie? Wenn ich mich bei dem Thema nicht so zurückhalten würde, hieße es doch nur wieder, daß ich Druck auf dich ausübe... Aber wozu rollen wir das alles hier eigentlich auf?«

»Sicher nicht deshalb.«

Er schwieg erneut, trank ziemlich schnell, ein bißchen in der Defensive und sehr ruhig, selbst für seine Verhältnisse. Er sah auf die Uhr, unnötigerweise, weil er immer ganz genau zu wissen schien, wie spät es gerade war. Er versuchte nur, die Stille mit einer Geste zu füllen. Typisch Mann, dachte sie wieder, wenn sie wüßten, wie genau sie beobachtet werden, würden sie nur noch mit verbundenen Augen durch die Welt marschieren.

»Ich sollte dich daran erinnern, daß du vor acht jemanden anrufen wolltest«, sagte er. »Falls du es vergessen hast, es ist jetzt Viertel vor. Bis du damit fertig bist, steht das Essen schon halbwegs auf dem Tisch.«

»Wir könnten ausgehen, dann hast du keine Arbeit.«

»Nein.«

»Warum hast du mir nichts davon gesagt?« fragte Michael. »Als wir uns kennenlernten oder auch erst eine Woche später. Warum konntest du mir nicht erzählen, was du meiner Mutter erzählt hast und sie dann mir?«

Rose und Michaels Mutter – ein Fall von Liebe auf den ersten Blick. Rose war unnatürlich ruhig gewesen, wie ein Wesen, das kurz vor dem Tod vom Strahl der Scheinwerfer erfaßt wird, ein armes kleines Vögelchen. Man spürte, wie ihr Herz schlug und wie zerbrechlich sie war, als Michaels

Familie sie am frühen Sonntag morgen bei sich aufnahm. Seine Mutter hatte gerade Zeit genug gehabt, einen Arzt zu rufen und das Gästebett zu beziehen. Tage voller Sorgen und Gespräche, Wunden, die verbunden und immer wieder neu aufgerissen wurden und nur langsam heilten. Bei unzähligen Tassen Tee im Wohnzimmer sitzen und Erklärungen abgeben, während Michael ihr die Hand hielt, bis sie nach und nach wie durch einen Kaiserschnitt alles aus ihr herausgeholt hatten. Jetzt waren sie in seiner Wohnung. Er fragte sich, ob es zu schnell gegangen war, fragte sich, was in ihn gefahren war, aber so war es besser, sie beide allein. Wie Kinder, die Vater, Mutter, Kind spielen, es schien ihr zu gefallen. Und sie konnte es kaum glauben, daß er immer noch da war, sie nicht herumkommandierte, sondern einfach nur da war und genau wußte, wann er die Leute wegscheuchen mußte und wann er sie reinlassen konnte, sogar seine Mutter.

Sie saßen auf der Erde, den Rücken ans Sofa gelehnt. Die Wohnung war etwas staubig, aber im großen und ganzen schien er alles einigermaßen in Ordnung zu halten. Helen West hatte ihr die beiden Teddybären herübergeschickt, nett von ihr, doch wollte sie jetzt nicht an sie denken. Die chinesische Garküche an der Ecke war eine Erleichterung nach der strengen Hausmannskost, aber Michaels Mutter wollte sie am Sonntag zum Mittagessen wiedersehen. Rose glaubte, daß sie sich daran gewöhnen könnte. Sie spielte mit ihrem Zöpfchen. Es war Zeit, es abzuschneiden. Es fing an, sie zu stören.

»Ich konnte es dir nicht sagen, und du hättest es sicher auch gar nicht wissen wollen. Wollte ich ja selbst nicht.«

»Paß auf«, sagte er. »Ich hab dich nie für eine Jungfrau gehalten. Das hätte ich ja nun auch ernsthaft nicht erwarten können. Trotzdem habe ich immer gewußt, daß du tief drin noch ein unschuldiges Kind bist. Es hätte also keine Rolle gespielt.«

Sie dachte darüber nach und nickte. »Stimmt. Aber es macht doch schon einen Unterschied, ob man mit Kerlen mitgeht, weil man sich vorm Dunkeln fürchtet, oder ob man mit seinem Dad...«

»Hör auf«, sagte er streng. »Hör auf damit. Du bist nicht mit deinem Dad gegangen. Dein Dad hat sein Ding da rausgeholt und es dir um die Ohren geschlagen, so war's. Und das wird dir nie wieder jemand antun.« Sie schwieg.

»Ich glaube, daß Dinsdale in Ordnung ist«, sagte sie plötzlich. »Hoffentlich buchten sie ihn nicht ein.«

»Wieso in Ordnung?«

»Er wollte nicht, daß ich aus dem Fenster sehe.«

Ja, damit hatte er sich bewährt, was immer er sonst auf dem Kerbholz hatte. Michael fröstelte. Rose fing an zu weinen. »Schhh«, sagte er. »Schhh. Alles wird gut. Ich verspreche dir, alles wird gut.«

»Ich wünschte, er wäre nicht tot. So nicht, so nicht. Ich wünschte, sie würden Gran nicht in diesem Grab finden... ich wünschte...«

»Es wird kalt«, unterbrach er sie. »Komm her, kuschel dich an mich.«

Er rückte noch näher zu ihr und zog ihren zierlichen Körper ganz fest an sich heran. Michael roch gut, es war tröstlich, an ihn glauben zu können, vor allem angesichts dieses schrecklichen Gefühls von Verlust, das der Trauer um Mum und Gran und allem anderen gefolgt war.

»Du wirst mich nicht verlassen, nicht wahr, Mikey?« murmelte sie schließlich, und ihre Stimme klang so leise wie die eines Kindes.

»Nein. Jedenfalls nicht, solange du nicht die Nase von mir voll hast und mich wegschickst.«

Er fragte sich, wie lange, und zog sie noch fester an sich. Sie streckte die Hand nach der Lampe aus, die neben ihnen auf dem Boden stand und ließ einen riesigen Schatten auf die Wand fallen. Dann schmiegte sie sich wieder an ihn.

Steak, Salat, unverschämt teure neue Kartoffeln zur falschen Jahreszeit und anschließend Käse. So ließ es sich leben. Die zweite Flasche so gut wie leer. Sämtliche Einladungen abgeschmettert. Helen wußte, daß das, was sie zu sagen hatte, vor allem darunter litt, daß es schon mehrmals erörtert worden war. Bailey legte plötzlich sein Messer aus der Hand und hätte beinahe laut losgelacht.

»Du siehst aus, als wärst du gerade exhumiert worden«, sagte er mit grimmigem Vergnügen. »Heftpflaster auf dem Kopf, die Wunde im Arm mit acht Stichen genäht und eine Haut, die gelb wie eine Zitrone ist. Du bist eine schwierige, unvernünftige Frau, ein wandelnder Alptraum, und trotzdem bin ich verrückt nach dir, weißt du das? Was soll ich nur mit dir machen?«

Das fragte sie sich auch. Hatte sie sich schon lange gefragt, aber nie so eindringlich wie letzte Woche, als man sie aus dem Büro zum Krankenwagen gebracht hatte. Sie hatte darauf bestanden, selbst zu gehen, sich nicht tragen zu lassen, und wußte schon da, daß sie jetzt erst recht bis an ihr Lebensende würde kämpfen müssen, um ihre Angst vor dem Dunkeln zu beherrschen. Dinsdale war nett, aber ein Betrüger, Rose hatte ihren Champion, jeder hatte irgendwen, nur sie war wie immer allein und hatte das ganze Universum gegen sich.

»Ich dachte, wir könnten heiraten«, sagte sie. Sein Messer fiel geräuschvoll zu Boden.

»Ich bin unerträglich, ich weiß. Es kam mir nur gerade in den Sinn, daß man, wenn man nicht immer nur rückwärtsgehen will, auch mal einen Sprung nach vorne machen sollte.«

»Das ist aber ein mächtiger Sprung!«

»Du hast immer gesagt, du würdest mich jederzeit heiraten.«

Er holte tief Luft. »Solange du einen solchen Vorschlag nicht nur machst, weil du Angst und eine fürchterliche Erfahrung hinter dir hast.«

Sie wußte nicht, ob sie enttäuscht, ärgerlich, gedemütigt oder erleichtert sein sollte. Der gute Bailey mochte nun mal seine Freiheit. Es war besser, sich das einzugestehen. Sie stand auf, um den Tisch abzuräumen und den starken schwarzen Kaffee aufzubrühen, der ihm so schmeckte und sie beide auch nicht am Schlafen hinderte. Es war schön, die Gewohnheiten eines Mannes zu kennen, auch wenn sie einen gelegentlich irritierten.

»Heißt das, daß du die ganze Idee aufgegeben hast? Vom Heiraten, meine ich?«

»Im Augenblick ja. Was aber nicht heißt, daß ich dich nicht liebe. Nur, daß diesmal ich derjenige bin, der nicht weiß, was er will.«

»Dann ist es ja gut.«

Sie stand mit einem Tablett voller Geschirr, das warten konnte, am Küchenfenster und sah hinaus in den dunklen, winterlichen Garten. Alles tat ihr weh. Eine Zeile aus einem Kirchenlied ging ihr durch den Kopf: ... und zähle, Vater, ihre Mängel nicht.

Lieber Gott, wenn es dich wirklich gibt, laß mich keine Angst vor der Dunkelheit haben.

Roter Rausch

Roman

Aus dem Englischen
von Pociao

Für den geschätzten
Charles William Fyfield OBE –
darüber hinaus bekannt als der Onkel,
der das Leben bereichert.
Von einer Nichte, mit Liebe.

Prolog

Es war ein ganz normaler Ort. Menschen lebten und starben in ihm. Sonntags vormittags trafen sich einige der Männer, die gleich dort wohnten, auf ein Schwätzchen am Kai. Todesnachrichten wurden heruntergespielt, es ging um Lebensanschauungen, Beiläufiges. Unter den Männern war auch Stonewalls neuer Vater, der kein Kneipengänger war, es sei denn, der Krach zu Hause war lauter gewesen als sonst. Die meisten hatten gemischte Gefühle, was diese Treffen anging. Alle taten, als wären sie reiner Zufall. Wenn sie wieder aufbrachen, trafen sie keine neue Verabredung, gleicher Ort, gleiche Zeit. Alles andere wäre eine Art von Eingeständnis gewesen, als brauchten sie einander. Was zwar stimmte, sie aber nicht aussprechen konnten.

Das rasch gewachsene Dorf Merton-on-Sea rühmte sich einer Einwohnerzahl von achttausend, die sich im Sommer verdoppelte. Die High Street bildete das kurvenreiche Rückgrat des Ortes, flankiert von Gassen mit uneinheitlichen Cottages, die davon abzweigten wie verrenkte Glieder. Die Hauptdurchgangsstraße, zu schmal für den Laster der Müllabfuhr, schlängelte sich vom Kai bergauf und mündete in einen beinahe eleganten Platz mit einem Fleckchen Grün in der Mitte. Hier, wo noch vor einem Jahrhundert die Woll- und Getreidehändler gelebt hatten, waren die Häuser groß und wuchtig. Beherrscht wurde der Platz vom einzigen Hotel in Merton, dem »Crown«. Das Dorf war groß genug, um eine Art Zentrum in dieser unterbevölkerten Gegend der Ostküste zu bilden, und breitete sich landeinwärts bis hinter Sozialwohnungen und eine Kirche aus. Hinter den letzten Cottages dann begann das von keinem Hügel unterbrochene fruchtbare Ackerland.

Merton war durch Handel und Fischfang zusammengewachsen, beschnitten worden und weitergewachsen, ohne daß Planer oder Architekten die Hand im Spiel gehabt hätten, so daß Besucher eher den Eindruck von Eigensinn als Schönheit, planlosem Charme als Stil mit nach Hause nahmen. Wenn Merton überhaupt Ambitionen hatte, so waren sie bescheiden. Es strebte nach Beständigkeit, nicht Veränderung, und besaß einen verhaltenen Stolz, der nicht einsah, wozu das neumodische Zeug alles gut sein sollte, einen Sinn für Ordnung, der sich dem Chaos stets widersetzen würde, und eine durch Isolierung aufgezwungene Selbstgenügsamkeit. Die Einwohner folgten der Vernunft, hielten ihre Versprechen, kümmerten sich nicht um anderer Leute Angelegenheiten und schröpften ihre Feriengäste nur so viel, daß sie selbst einigermaßen gut leben konnten. Sie merkten es nicht und sie kümmerten sich auch nicht darum, daß die schreiend häßliche Hafenfassade die viktorianische Pracht dahinter so sehr verschandelte, daß jeder Liebhaber guten Geschmacks nur noch erschauerte. Den Einwohnern von Merton gefiel alles so, wie es war.

Ebenso Urlaubern und Ferienhausbesitzern. Leute mit weniger Glück oder Minderbemittelte, die nicht imstande waren, sich dem Wald von Bed-and-Breakfast-Schildern zu stellen, deren Wirtinnen keine Konzessionen an fremde Gepflogenheiten machten, mieteten einen Wohnwagen auf dem Campingplatz, der eine Meile vor der Stadt lag. Man erreichte ihn über den erhöhten Fußweg entlang der Küstenbefestigungen. Dieser Pfad verbarg eine Straße auf der landeinwärts gelegenen Seite und verlief parallel zur langen, schmalen Bucht, die zu einem belebten öffentlichen Badestrand, einer Rettungsstation, Pinienhainen und dem kilometerlangen unberührten Sandstrand im Westen führte. Manchmal sah man da, wo Wasser und Buchten ineinander übergingen, Robben spielten. Vor den Pinienhainen gab es Strandhütten, die meisten alt und vom Wind gebeugt.

Bei Flut wurde Merton zu einem Teil des Meeres. Dann füllte sich die Bucht so hoch mit Wasser, daß selbst die kleinen Dampfer passieren konnten, die gelegentlich zusammen mit den Fischkuttern und einer zunehmenden Zahl von Ferienbooten hier vor Anker lagen. Keine Jachten, sondern weniger kostspielige Hobbyboote, die zu Mertons notorisch schlechtem Stil paßten.

Bei Ebbe veränderte sich die Ansicht radikal. Wenn man vom Spielsalon aufs Meer hinausblickte, sah man jenseits des Parkplatzes nichts als auf der Seite liegende Boote und von zäher Vegetation gekrönte Sandbänke in einer bräunlichgrünen Landschaft voller versteckter Details, die für das darüber hinfahrende Auge unsichtbar blieben. Die Leute parkten auf dem Parkplatz am Kai, spähten hinab auf die vertäuten Boote, betrachteten die gleiche flache Aussicht im Osten und aßen Hamburger mit Zwiebeln im Spielsalon oder Fish and Chips an einem der drei Verkaufsstände. Im Juli war das kein schlechter Zeitvertreib. Anspruchsvollere Vergnügungsmöglichkeiten hatte Merton nicht zu bieten.

Die Männer, die sich sonntag vormittags am Kai trafen, taten dies nur im Sommer, denn im Winter konnte man sich da draußen kaum auf den Beinen halten.

Männlicher Tratsch war zurückhaltender als weiblicher, und nur die Jüngsten riskierten gelegentlich eine Bemerkung über vorbeigehende Mädchen; Unfreundlichkeiten blieben den Fremden vorbehalten. Stonewalls Vater fühlte sich hier, am Rand des Wassers, nie ganz wohl, besonders bei Ebbe, wenn sich dem Auge nur die sonderbar einladenden, nach Erde und Sand riechenden Priele darboten, die ins Meer hinausführten. Niemals stand er da, ohne sich selbst als eine Art Heuchler zu empfinden, einen Mann mit Geheimnissen. Wenn einer der anderen einen leisen, bewundernden Pfiff ausstieß, zuckte er vor Verlegenheit zusammen und mußte an die Frau denken, die er vor zwei Jahren beobachtet hatte, betrunken und verunstaltet, wie sie unsicher torkelnd zu einem Morgenspaziergang ins Wattenmeer aufgebrochen war. Besser gesagt, nicht er hatte sie beobachtet, sondern der Junge neben ihm, der kleine Stonewall, der auf sie gezeigt und gelacht hatte und sich dafür gefallen lassen mußte, daß sein Stiefvater ihm liebevoll die Ohren langzog für seine Ungezogenheit. Sie hatten sie beobachtet, als sie die High Street heruntergekommen war, an der Arztpraxis vorbei, obgleich sie aussah, als könnte sie einen Arzt gebrauchen, und ihrem eigenen zerschundenen Spiegelbild zugrinste, erst in den Schaufensterscheiben, dann im Wasser. Der Mann wurde heute noch unruhig, wenn er daran dachte, und er schauderte bei der Erinnerung daran, was ein Jahr später passiert war, als sie mit dem Boot hinausgefahren waren. Der arme Stonewall hatte das Wasser so gehaßt, daß sein Stiefvater ihn hatte zwingen müssen, sich daran zu gewöhnen, denn niemand, der so nahe am Wasser lebt, kann sich Angst davor leisten.

»Prima Tag für so was«, bemerkte einer der Männer, ohne dabei näher zu spezifizieren, was er meinte, und ohne daß einer nachgefragt hätte. Stonewalls Stiefvater wünschte, das Meer würde zurückkommen und die Vision vor seinem inneren Auge trüben. Zuerst diese Frau mit der Wolke aus rotem Haar, Mrs. Tysall, wie er später erfahren hatte, die ihm so betrunken und müde erschienen und mit ihren unpassenden Schuhen wie eine typische Stadtpflanze durch den schlammigen Sand gestolpert war. Und dann dieselbe Frau noch einmal, ohne Schuhe, leblos, mit verdrehten Armen im Seetang liegend, am anderen Ende des Watts, den Mund voller Sand, das rote Haar feucht und matt. Einen leichten Geruch hatte sie verströmt, hauptsächlich nach

Meer, der ihn an Sex erinnerte. So hatte er sie an einem Tag lebend und am nächsten tot gesehen, bei einem seiner Ausflüge mit dem traurigen Kind, diesem hageren, asthmatischen Nervenbündel, das mit seiner schönen, verwitweten Mum gekommen war und dem er den Unterschied zwischen Ebbe und Flut hatte beibringen müssen.

Stonewall fing an zu schreien, sobald man ihn in ein Boot setzte und die Kanäle entlangruderte, um eine Stelle zu suchen, wo das Wasser geschützte, flache Tümpel bildete. Doch waren sie erst einmal da, änderte er sein Verhalten und beruhigte sich. Dann spielte er stundenlang oder sang vor sich hin und ließ den Mann, den er noch nicht Dad nennen wollte, in Ruhe nach Würmern suchen, Ködern für seine Angelhaken. Es war jedesmal eine gewaltige Erleichterung, wenn Stonewall mit seiner Brüllerei aufhörte, diesem atemlosen Heulen, bei dem seinem Vater unweigerlich schlecht wurde. Wenn er den Jungen nicht bändigen konnte, würde das ganze wunderbare Gebäude seiner Ehe einstürzen – das war so sicher wie das Amen in der Kirche, mit so was kannte er sich ebensogut aus wie mit dem Wattenmeer. Schweigen dort draußen, ein Gefühl von Zufriedenheit und möglicherweise ein Durchbruch mit dem Jungen: Friede.

Bis er sich umgedreht und die rothaarige, unförmige Gestalt mit den langen braunen, gespreizten Beinen unter dem schlammbedeckten Rock entdeckt hatte. Zwei Jahre voller Sonntage seitdem. Er spürte die Panik wie einen Mundvoll Salzwasser. Wußte noch, wie er gedacht hatte: Dummes Weibsstück, wie kann sie das einem so kleinen Jungen antun? So dazuliegen, obszön im Tod, den Kopf halb in der Sandbank vergraben, die Hände über dem Kopf in Seetang verkrallt, als hätte sie sich dort verankern wollen. Als wartete sie darauf, daß ein Kind sie finde, das dann schreiend in seine Alpträume zurückstürzte.

Kein aus Merton stammender Mann fuhr ohne die notwendige Ausrüstung aufs Meer hinaus, und außerdem war er gekommen, um Würmer zu suchen. Er griff nach seinem Spaten, verschloß die Ohren vor dem Geräusch des schlammigen Sandes auf totem Fleisch und hatte sie in einer rasenden Viertelstunde begraben, gleich dort, tief in der Sandbank, bevor der Junge von seinem Tümpel zurückkam. Sollte jemand anders sie finden, jemand, der nicht mit einem hysterischen Kind und einer hochschwangeren Frau belastet war. Sollte die Flut diese rothaarige Schlampe bis morgen verstecken, wenn er bei der Arbeit war und der Junge in Sicherheit. Sollte das Meer sie verschwinden lassen, am besten in alle Ewigkeit.

Seit diesem Tag hatte Stonewall nicht mehr geschrien und tollte im Wattenmeer herum wie ein Fisch im Wasser. Es schien, als habe ein Gott gebilligt, was der Mann getan hatte. Aber dann war sie zurückgekehrt, wie ein böser Fluch, nur das rote Haar noch zu erkennen. Und allein ihm war schlecht geworden.

»Sie haben schon wieder 'ne Leiche gefunden, hab ich gehört, ja wirklich, oben bei Stookey«, sagte einer der Männer und füllte damit eine Lücke im Gespräch. Dünner Rauch stieg von seiner Zigarette auf. Stonewalls Dad klimperte mit den Münzen in der Hosentasche, um sein Unbehagen zu verbergen. Drei bis vier Leichen pro Jahr wurden an ihrer freundlichen Küste angeschwemmt, weiß Gott, woher. Meistens Männer, die von einem Trampschiff stammten, große Männer, die selten identifiziert werden konnten, Heimatlose des Meeres. Eine Leiche sorgte immer für Gesprächsstoff, war aber nichts Außergewöhnliches, schon gar nicht für die Kinder.

Manchmal war es schwer zu sagen, wie lange ein Mann im Wasser getrieben oder am Strand verwest war, bis man ihn gefunden hatte. Mrs. Charles Tysall hatte ein ganzes Jahr gebraucht, um wieder aufzutauchen. Anders als die armen Matrosen war sie identifiziert worden, ihr Tod jedoch blieb Gegenstand von Spekulationen, ihr unvermutetes Wiederauftauchen Stoff für lange Diskussionen in den Kneipen und beim Friseur. Stonewalls Vater hatte nie ein Wort dazu gesagt. Eine Leiche war nur eine Leiche.

Das Schuldbewußtsein hallte nur am Sabbat nach, wenn er an den Ehemann der Frau dachte, der gekommen war, um sie anzuschauen, nachdem man sie gefunden hatte. Schmerzgebeugt war er über den Sand zu der Stelle gegangen, wo sie gelegen hatte, und nie zurückgekehrt. Sie war einmal eine schöne Frau gewesen, bevor man ihr Gesicht derart gräßlich zugerichtet hatte. Jemand hatte sie geliebt. Sich nach ihr gesehnt und sie vermißt. Ein ganzes Jahr hatte sie im Sand begraben gelegen, dann brach ein unerwarteter Sturm die Sandbank auf und schwemmte sie ans Licht.

Daß Charles Tysall sie tatsächlich liebte, auf seine schmutzige, besessene Art, war etwas, das seine Frau Elisabeth nie bezweifelt hatte, doch das Wesen dieser Liebe war so heftig wie die Gezeiten gewesen und stellte die gleichen rückhaltlosen Besitzansprüche an alles, was sie berührte. Ungehorsam wurde mit Grausamkeit bestraft. Sie hatte um Aufmerksamkeit geworben, dabei den Ursprung seiner Verrücktheit aber mißverstanden und ihr rotes Haar und ihre eigene Vollkommenheit noch betont. Und so war es in Übereinstimmung mit seiner Logik völlig gerechtfertigt, sie durch Prügel gefügig zu machen. Angefangen beim Gesicht.

Die Männer am Kai wußten nichts von alledem, weder damals noch heute. Und auch nicht, was Elisabeth gedacht hatte, als sie sich in den Seetang krallte und darauf wartete, daß die Pillen und der Gin ihre Wirkung taten. Sie hoffte, sich damit an ihm zu rächen, und dachte dann zu spät daran, was nun möglicherweise geschehen würde. Daß sie es so nicht hätte tun dürfen – sterben ohne Klage oder Vorwarnung. Es war so unfair gegenüber allen, die ihr nachfolgen mochten. Sie, die niemals eine Freundin gehabt hatte, verspürte plötzlich ein schmerzliches Verlangen nach dem eigenen Geschlecht und wußte zugleich mit schrecklicher Gewißheit, was sie in Gang gesetzt hatte. Charles würde einfach eine neue Obsession finden, ein anderes rothaariges Haustier, das er bis zur völligen Unterwerfung quälen konnte. Elisabeth murmelte ein Gebet für ihre Nachfolgerin, bis ihr der Gedanke an sie entglitt; dann schloß sie die Augen, wartete auf das Meer und überließ sich endlich dem Vergessen, nach dem sie sich seit Tagen so gesehnt hatte. Sie wartete auf die Flut und spürte sie nicht mehr.

Eine Leiche ist nur eine Leiche, dachte der Mann auf dem Kai erneut. Seit diese Frau gestorben war und ihn dann durch ihr Wiederauftauchen bestraft hatte, war er Vater von Zwillingen geworden, und seine Frau war erneut schwanger. Bloß weil er die eigene Frau so sehr liebte, hatte er ein schlechtes Gewissen dem anderen Mann gegenüber. Ohne wirklichen Grund, das war ihm klar. Während das Meer über die schlummernde Gestalt von Elisabeth Tysall spülte, hatte ihr Mann Charles auf dem Sofa in ihrer extravaganten Londoner Wohnung gelegen, seinen Lieblingsdichter Browning gelesen und sich an seine Frau erinnert zu einer Zeit, als sie noch vollkommen rein, gehorsam und gut gewesen war.

»...Nun wußt' ich doch, nach bitterm Leid,
Porphyria liebte mich! Es schwoll
Mein Herz in Stolz und Seligkeit...«

Ich liebe dich, meine Porphyria, hatte er sich gesagt. Wußtest du das nicht? Komm zurück, bevor ich eine andere finde.

Ein Tod ändert nichts und doch alles. Während Elisabeth Tysalls Haar unter der Wasseroberfläche wogte, spürte der frühere Vermieter ihres Ferienhauses die ersten Anzeichen des eigenen, nahenden Todes. In seinem Anwesen, eine halbe Meile jenseits des Kaiendes in entgegengesetzter Richtung zum öffentlichen Strand, spielte Mr. Henry Pardoe, Unternehmer, Selfmademan mit bescheidenen Ansprüchen und großen Plänen, Scrabble mit seiner schüchternen kleinen Frau und entdeckte zu seiner Überraschung, daß es ihm Spaß machte. Natürlich ließ sie ihn gewinnen, was er halbwegs merkte, aber nicht wirklich wissen wollte. Abwesend rieb er sich die Brust, wo ein schwacher, aber bohrender Schmerz ihn immer wieder gemahnte, lieber heute als morgen sein Testament zu machen, obgleich er nicht ernsthaft an den Tod glaubte und verdammt sein wollte, wenn er dem alten Gauner Ernest Matthewson seine Londoner Honorare zahlen würde, wie er es immer getan hatte. Halsabschneider. Mouse würde ihm helfen, sein Testament aufzusetzen. Zärtlich betrachtete er ihre verwelkte Schönheit.

Das Leben ging weiter, und die wilde Flut ergoß sich in die Priele und bedeckte die Erde. Der Küstenstrich verschob sich mit den Gezeiten, kam näher bei Flut, trocknete aus bei Ebbe. Alles andere blieb gleich, egal, wer lebte und wer starb.

Eins

Malcolm Cook, Anwalt der Krone, war dunkel, schmal und fünfunddreißig Jahre alt. Die einzige Last auf seinen Schultern war ein Unmaß an Wissen. Er verstand mehr von der Unmenschlichkeit der Menschen gegen ihresgleichen und weniger von häuslicher Harmonie, als ihm lieb war. Seine Arbeit war ein Abbild der menschlichen Falschheit, doch dem eigenen Ebenbild versuchte er aus dem Weg zu gehen. Seine Abneigung gegen Spiegel ging so weit, daß er häufig mit völlig unpassenden Socken aus dem Haus ging.

Doch an diesem Morgen beim Rasieren vermochte er seinem Spiegelbild nicht auszuweichen, und wie üblich zuckte er zusammen, als er es sah. Ein Spiegel ist ein grausames Objekt. Der Kontrast zwischen seinem früheren Ich, einem ungemein fetten Clown, und dem, was er jetzt war – durch eigene Anstrengung auf die Umrisse eines Marathonläufers reduziert –, amüsierte ihn gelegentlich. Dann schüttelte er den Kopf und erwartete die Rückkehr seines alten Ichs, da er wußte, daß das neue nur ein Phantasieprodukt war, auf das die Beschreibung »attraktiv« nicht paßte, obgleich es häufig so bezeichnet wurde. Seit Tagen war der Widerspruch dazu, den er in seinem Ausdruck entdeckte, noch direkter. Er wirkte alt und bekümmert wie sein von Krankheit gezeichneter Stiefvater. Der Vergleich zwischen diesem und dem, der da während seiner morgendlichen Waschungen tapfer vor sich hinsang, verletzte ihn. Er war dabei, etwas zu verlieren, und damit auch sein ohnehin wackliges Selbstbewußtsein. Es fühlte sich an, als verlöre er seine Zähne.

»Komm da runter, dummes Ding«, murmelte er, ohne die Augen vom Spiegel zu wenden. Zumindest der Hund mit seinem ständigen Bedürfnis nach Nähe war nicht wankelmütig in seiner Zuneigung und folgte ihm von Zimmer zu Zimmer wie ein geschmeidiger roter Schatten. Er war so dankbar für Malcolms Gegenwart, daß er gar nicht anders konnte. Es brachte jedoch nichts, Vergleiche anzustellen zwischen dieser liebebedürftigen Kreatur und Sarah oder zu hoffen, daß die Dankbarkeit der einen die gleiche Hingabe in der anderen entfachen würde. Trotzdem ertappte er sich mit einem kläglichen Rest von Humor und einem Klaps auf das Handgelenk bei dieser Vorstellung. Immerhin hatte er die beiden gerettet. Zwei rothaarige Schönheiten auf der Suche nach einem Helden.

Und wer kümmert sich um mich? dachte Malcolm in einem plötzlichen Anflug von Selbstmitleid, das er erst unterdrückte, als er zu seinem Entsetzen feststellte, daß ihm Tränen in die Augen stiegen. Er tat gut daran, Spiegeln aus dem Weg zu gehen, er war schon immer viel zu gefühlsbetont für einen Mann gewesen, selbst für einen dicken Mann. Das jedenfalls behauptete sein Vater Ernest Matthewson. Ernest hatte sein Recht auf freie Meinungsäußerung seit dem Tag ausgeübt, da er Malcolms Mutter geheiratet und sich in den liebenswerten Tyrannen verwandelt hatte, der er auch heute noch war. Komisch, wie sich die Rollen ändern, wenn keiner hinsieht. Wer sich in diesen Tagen um wen kümmerte, war eine müßige Frage. Ernest Matthewson, Seniorchef, war ein Mann mit altmodischen Überzeugungen und einer grauenhaften, irrationalen Loyalität gegenüber den Mandanten der Firma, egal, wie widerlich sie waren, und obendrein der nachsichtige Arbeitgeber Sarahs, doch war seine Macht innerhalb der letzten zwölf Monate einer schwächlichen Reizbarkeit gewichen. Wer für einen Mandanten wie Charles Tysall gearbeitet hatte, verdiente wohl nichts Besseres, als krank zu sein.

Malcolm schnaubte verächtlich und versuchte Tysalls Bild zu vertreiben. An der Karriere seines Vaters gab es nichts, um das er ihn hätte beneiden müssen. Ernest verfügte über ein luxuriöses Büro und das entsprechende Einkommen, aber Malcolm hatte das Gefühl einer gewissen moralischen Überlegenheit. Das hinderte ihn keineswegs, Ernests gute Absichten zu übersehen. Malcolm liebte Ernest, und Ernest liebte Malcolm, dabei blieb es, selbst wenn sie sich stritten wie die Kesselflicker und dabei eine Zärtlichkeit vertuschten, gegen die sie machtlos waren.

Vielleicht verachtet er mein bescheidenes Leben, dachte Malcolm, aber wenigstens steht es mir frei, die Wahrheit zu sagen. Und wenigstens kann ich meinen Hund mit ins Büro nehmen, ohne daß sich einer den Kopf übers Mobiliar zerbrechen muß.

Auch die Tatsache, daß es spät war und immer später wurde, brauchte ihn heute nicht zu bekümmern. Es wäre ihm ohnehin gleichgültig gewesen. Die Hundeleine war verschwunden. Sie mußte in Sarahs Wohnung sein, ja genau: Sie war als letzte mit dem Köter draußen gewesen. Malcolm streichelte den seidigen Kopf des Spaniels, spürte die Wärme hinter seinen Ohren und das Wedeln des Schwanzes. Wenigstens eine Beständigkeit in seinem Leben.

Zusammen verließen sie seine geräumige Dachwohnung in dem riesigen viktorianischen Doppelhaus neben dem Park und gingen um das Gebäude herum zum Haupteingang. Er schloß auf, stieg ein Stockwerk höher und kam zu einer Tür, an der ein kleines Messingschild mit dem Namen »Sarah Fortune« hing. In diesem ganzen letzten Jahr waren sie zwischen den beiden Wohnungen gependelt, hatten jedoch, vor allem zu Anfang, mehr seiner zugeneigt. Das war in der Zeit, als ihr Appartement instand gesetzt wurde, um es milde auszudrücken. Der Kontrast zwischen damals und jetzt sprang ihm wieder einmal ins Auge, als er die Tür aufschloß. Es gab einen neuen Spiegel, der vom Ende des Flurs her grüßte, einen neuen Teppichboden und hellbeige gestrichene Wände in diesem Flur voller Bilder, die alle leicht verstaubt waren. Er konnte nicht vergessen, was an diesem Ort geschehen war, nicht mal an einem schönen Morgen wie diesem, an dem die Sonne die Erinnerung sterilisierte.

Das Vertrauen des Hundes war grenzenlos. Er knurrte nicht mal, als er über die Schwelle trat. Er könnte wenigstens winseln, dachte Malcolm grollend, immerhin ist er hier böse verletzt worden, andererseits hat er nichts, wofür er sich schämen müßte. Er unterdrückt keine Erinnerungen, bis zur nächsten Mahlzeit hat er einfach alles vergessen. Das war ein Trick, den Sarah ebenfalls lernen sollte.

Auf der frischgestrichenen Wand neben der Küchentür prangten bereits die ersten Flecken. Verschütteter Kaffee, Zeugnis von Sarahs Schlampigkeit. Diese stand in krassem Widerspruch zu der Veranlagung, ihre Umgebung zu verschönern, aus lauter altem Gerümpel Eleganz zu schaffen. Kaffeeflecken; Wein, nicht Blut. Malcolm verstand allmählich, daß er die Erinnerung an das Blut wohl nie mehr loswerden würde, wie sehr er sich auch danach sehnte. Jedesmal, wenn er herkam, hatte er das Gefühl, seine eigenen raschen Schritte zu hören. Vor zwölf Monaten hatte ihn der Hund, getrieben von Übermut und Neugier, hier hingeführt. Ein ungehorsamer Hund, der am Ende eines nächtlichen Trainingslaufs plötzlich verrückt spielte, durch den unverschlossenen Haupteingang stürmte und die Treppe hinauf. Er hatte Malcolm keine Wahl gelassen, als ihm fluchend hinterherzulaufen.

Nein, schieb die Erinnerung weg. Erinnerungen waren was für alte Männer. Natürlich mußte man sie akzeptieren, die Wunden der Vergangenheit, die alten Schrecken, aber dann auch einordnen, damit das Leben weitergehen konnte. Zuviel Grübelei mehrte nur die Last des Gepäcks, und Sarah und er selbst hatten auch so schon genug zu schleppen. Malcolm seufzte und überließ sich einem gedanklichen Ritual. Okay, gehen wir die Fakten durch. Darunter auch solche, die ihm persönlich peinlich waren. Als könnte er sie einem Fremden erklären und dann wieder zurück ins Regal stopfen, wo sie hingehörten. Das war seine Art, damit umzugehen. Also. Charles Tysall, Dads schwerreicher, gutaussehender Mandant, der sich an Sarah ranmacht, nachdem er sie in Dads Kanzlei kennengelernt hat. Halt, falsch, er macht sich nicht an sie ran, er ist besessen von ihr. Hat diese fixe Idee. Rotes Haar. Sarah zeigt ihm die kalte Schulter, und eines Nachts dringt er hier ein und lauert ihr auf. Es kommt zum Kampf, bei dem der große Spiegel zu Bruch geht. Sarah fällt in die Scherben und behält jede Menge böser kleiner Narben zurück, am ganzen Körper, bloß nicht im Gesicht, weiß der Himmel, warum. Von seinem durchgedrehten Hund geführt, geht Malcolm dazwischen und verfolgt den Angreifer bis raus in den Park. Das war ein Detail, das ihm beim Erzählen immer die größten Schwierigkeiten machte. Er hatte den Mann niedergestreckt wie ein Rottweiler ein Rind, hatte ihn heftiger und länger verprügelt, als notwendig gewesen wäre, und es komischerweise sogar genossen. Malcolm haßte Gewalt und hatte nicht gewußt, daß er dazu fähig war.

Es war eine grausame Art gewesen, Sarah in sein Leben zu ziehen, das wollte er gern eingestehen, doch da er sie mit jeder Faser seines durchtrainierten Körpers liebte, waren die Mittel dieser brutalen Einführung weniger wichtig als der Zweck.

Die Hundeleine lag in der Küche. Malcolm fand sie und machte dann eine schnelle Runde durch die Zimmer, schon wieder schuldbewußt, auf der Suche nach dem Gegenbeweis, irgendeinem Zeichen, daß sie die Koffer eben nicht packte und wegging. Das konnte sie doch nicht tun, angesichts all der Geheimnisse, die sie verbanden. Das Wissen um Charles Tysall, diesen reichen, kriminellen Geschäftsmann, den Malcolm mit aller Ohnmacht des Gesetzes verfolgt hatte, bevor Sarah klar wurde, was er noch war. Scheiß auf die Vergangenheit. Malcolm wollte die Zukunft.

Der Hund erstarrte an Malcolms Seite, schmiegte sich an ihn. Die roten Haare des Fells schmückten bereits die Anzughose. Fußtritte ein Stockwerk höher, harmlos, gemächlich. Beide entspannten sich wieder. Der Hund schüttelte sich, und am liebsten hätte Malcolm es ihm nachgemacht. Hunde lebten in der Gegenwart. Charles Tysall war tot. Schon möglich, daß er seine Frau verstümmelt, sie in den Selbstmord getrieben und sich dann Sarah zugewendet hatte, aber jetzt war er tot. Mausetot.

Das war nicht das Problem. Vielleicht mußten Sarah und Malcolm bloß mal ausspannen. Frische Seeluft, etwas in der Art.

Ich bin nur ein ganz normaler Mann, sagte sich Malcolm. Ein Mann, der versucht, anständig und ehrenhaft zu sein. Ich brauche keine solchen Erinnerungen und Probleme. Ich will nichts als lieben und geliebt werden.

Draußen in der Sommersonne, als er durch den Park zur Straße ging, zwang er sich, an Seeluft zu denken, doch seine Gedanken trieben immer wieder zurück. Das war das Problem, wenn man Erinnerungen wiederbelebte, selbst wenn man es so ordentlich machte wie er: Sie durchdrangen alles, wie ranziges Öl. Er konnte nicht an Sonne, See und Strand denken, ohne daß ihm Charles wieder einfiel. Ein Mann, teuflischer als alles, was ihm je begegnet war, und er blieb es, selbst im Tod. Nur Charles Tysall, diese Personifizierung des Grauens, konnte auf die Idee kommen, einen harmlosen Badeort zu verschandeln, indem er dort Selbstmord beging, wie zuvor seine Frau. Hatte der Mann nie von Naturschutz gehört?

Das Leben ist zum Kotzen, dachte Malcolm. Wenn er Sarah je zum Kotzen finden könnte, wäre es leichter.

Als er sah, wie der Hund davonsprang, mußte er lachen.

Einen Augenblick lang hatte er sich vorgestellt, wie er Sarah anderen Leuten vorstellte. Das ist meine Frau Sarah. Wir haben uns im Flur kennengelernt, unter dem Spiegel. Durch eine außergewöhnliche Reihe von Zufällen, die Sie kaum glauben würden. Und ich auch nicht.

Das »meine Frau« blieb ihm im Hals stecken. Er wollte ihr Mann sein, dieses wunderbare Geschöpf in die Arme nehmen und zu einer ehrbaren Frau machen. Das Lachen brach ab. O ja, sagte er sich. Man kann einen Traum zum Wasser führen, ihn aber nicht zwingen zu trinken.

Sarah Fortunes Mutter hatte ihr beigebracht, sich nie zu beklagen. Außerdem hatte Sarah lernen müssen, daß an ihrem Wesen etwas Anstößiges, ihre Energie lästig und das Los einer Frau nicht glücklich war. Der elterliche Ehrgeiz war auf eine Art Kalvinismus hinausgelaufen, den ständigen Druck, die Karriere über das Vergnügen zu stellen. Damit blieb ihr nichts anderes übrig, als ihre Nase in Bücher zu stecken und das rote Haar zu häßlichen Zöpfen zu flechten, bis sie genug gelernt hatte, um selbst für sich zu sorgen. Mit dem doppelten Moralkodex jeder Mutter hatte die von Sarah sich aber trotzdem gewünscht, ihre Töchter unter die Haube zu bringen, je eher, desto besser. Sie wollte, daß sie frei waren, aber dennoch unterdrückt, clever, aber dumm, unabhängig und folgsam zugleich. Indem sie Sarah so auf die sanfte Tour zerriß, nährte sie in ihr ein tiefes Gefühl von Wertlosigkeit, das Gehorsam gegenüber Erwartungen aller Art garantierte. Das Mädchen bestand sämtliche Prüfungen, wurde Anwältin, heiratete einen Kollegen, und alles schien in Ordnung, bis er hinter dem Steuer seines Wagens zu Tode kam, abgelenkt durch ein gerade erlebtes Schäferstündchen, nicht mit Sarah, sondern deren Schwester. Er war bequem gewesen, ein Opportunist, der jede sich ihm bietende Gelegenheit beim Schopf ergriff. Auf einen Schlag hatte Sarah ihr Vertrauen, ihren Mann, ihre Schwester und sämtliche Werte ihrer Mutter verloren, ganz abgesehen von dem Kind, das sie erwartete.

Nach einer Zeit der Erholung, in der sie nichts als arbeitete, lustlos, aber tüchtig wie immer, machte sie sich daran, ihr Arbeitsethos ebenso unbekümmert abzulegen wie sonst nur ihre Kleider, eine Übung, die sie unglaublich schnell und effizient absolvierte. Miss Fortune akzeptierte keine moralischen Prinzipien mehr, außer »Du sollst nicht unfreundlich sein«, wenige Instinkte, die nicht positiv waren, und keine unumstößlichen Tatsachen außer der, daß sich Männer am Ende immer aus dem Staub machen.

Sie behielt das bittere Gefühl, nichts wert zu sein, und sah alle Zufälle ihres Lebens als dessen Reflexion. Sarah konnte ebensowenig glauben, daß jemand sie wirklich liebte, wie sie über den Mond hätte fliegen können, betrachtete Sex als angenehme Notwendigkeit und Liebe als eine Abart von Klaustrophobie, eine geschickte Täuschung, eine Falle. Sie verströmte Wärme wie ein Feuer, war großzügig, wenn anderen Fehler unterliefen, und gelegentlich kalt wie Eis. Nichts war für sie selbstverständlich.

Miss Fortune, dreiunddreißig, dachte an den schrecklichen Augenblick, da sie Malcolm Cook aus einer Reihe von Gründen verlassen würde, die mitten in der Nacht alle äußerst plausibel erschienen, mehr jedenfalls als im hellen Sonnenschein eines Julimorgens. Zwei Jahre lang hatte er sie aus der Ferne geliebt und dann eines aus größerer Nähe; er hatte ihr das Leben gerettet und nie aufgehört, ihr die gleiche zielstrebige Hingabe zu schenken, die er von seinem Hund bekam. Er besaß mehr natürliche Anständigkeit, als ihr je in einem Mann begegnet war, und genau das trieb sie zum Wahnsinn. Erstens, weil sie wußte, daß sie das nicht verdiente, zweitens, weil sie nichts nehmen wollte, was sie selbst nicht geben konnte, drittens, weil er besser dran war ohne sie, und viertens, weil sie sich schon viel zu sehr auf seine Familie eingelassen hatte. Fünftens fühlte sie sich wie eine Gefangene und hatte nicht das Zeug zu einer guten Ehefrau.

All das waren Gründe, die sie sich an den Fingern abzählte, während sie den Wagen zurücksetzte und hörte, wie der hintere Kotflügel an der Mauer entlangschrammte. Und jeder enthielt ein Körnchen Wahrheit. Malcolm würde alle umwerfen wie einen Satz Kegel und all seine Empfindsamkeit, sein Verständnis und Mitgefühl in die Waagschale werfen. Und am Ende würde er ihr damit kommen, daß er der Besitzer des Hundes war. Nach dem befriedigenden Klang von Metall auf Stein fühlte sich Sarah erleichtert genug, um ihren Sinn für Humor wiederzufinden. Vielleicht war das alles, was sie je gewollt hatte: nicht einen Liebhaber, der im selben Haus wohnte wie sie und dessen Vater ihr Arbeitgeber war, sondern einen Hund.

Der Wagen war mit Abstand Sarahs auffälligstes Besitzstück, ein völlig unangebrachter Bonus der Firma, um sie bei Laune zu halten. Der Motor sprang bei der leisesten Berührung an, genau wie Malcolm. Von außen mußte es so aussehen, als wäre ihr alles einfach so in den Schoß gefallen. Fürs letzte Jahr stimmte das sogar, und zwar in einem Maße, daß sie sich vorkam wie ein Einkaufswagen im Supermarkt. Was genauso unsinnig war, wie einem kleinen roten Eichhörnchen eine Weltreise zu schenken.

Ernest Matthewson hatte es nicht mehr lange bis zum Ruhestand und residierte in einem riesigen, von seiner Frau eingerichteten Büro – der einzige Grund für die vielen Kolibris, die über die Jalousien und die Bezüge der Sessel flatterten, ohne daß er sie loswerden konnte. Sie sollten Gemütlichkeit vorgaukeln und ihn daran erinnern, wie er zu Hause lebte. Verwöhnt, umsorgt, strahlend wie ein Pascha auf seinem Thron, mit einer liebevollen Frau, die sein Herz und seinen Magen ruinierte, indem sie beides abwechselnd überfütterte und aushungerte. Er dachte an die Träume seiner schlanken Jugend, die sich zu diskretem Luxus, zu Gewichtskontrolle, den Konten seiner Mandanten, Computer, Goodwill, Diplomatie und Sprache ausgewachsen hatten. Sarah Fortune war seine Wahl gewesen. Vor Jahren hatte er ein Vorstellungsgespräch mit ihr geführt, als sie gerade Witwe geworden war, doch schon damals hatte er sich nicht vormachen können, daß sie für die Kanzlei geeignet war, nicht im grauen Einerlei dieser Zeit. Außerdem war sie die Frau, die Mrs. Matthewson als Schwiegertochter favorisierte.

»Ich bin dagegen«, sagte er laut, schlug die Faust auf den Tisch und zuckte zusammen. »Na schön, *na schön!* Ich bin trotzdem dagegen!«

Schon möglich, daß Sarah aus seinem fettleibigen, einzelgängerischen Stiefsohn wieder eine Art Mensch gemacht und ihn in den Schoß der Gesellschaft zurückgeführt hatte, doch ein Blick auf das Kind genügte, um zu zeigen, daß die Liaison in einer einzigen Katastrophe enden würde. Frauen beneideten sie, Jugendliche schmachteten nach ihr, und Mandanten sabberten bei ihrem Anblick. Ernest folgte diesem Beispiel nicht, aus Rücksicht auf sein Alter und seine schwache Gesundheit, hielt seinen Schützling jedoch für ein unbezahlbares Juwel, das aus Sicherheitsgründen ins Innere einer Uhr gesperrt gehörte. Außerdem liebte er Sarah zärtlich und ein kleines bißchen heimtückisch, denn er hoffte, daß sie ihr Bündel packte, und das, obwohl jeder Morgen, an dem sie an seinem Büro vorbeilief, ohne stehenzubleiben, der Beginn eines trüben Tages war. Nachdem er dem leeren Zimmer diese Erklärung abgegeben hatte, lauschte er.

Gewöhnlich stolperte sie über die letzte Stufe, gegenüber seiner Tür, wo der alte Teppich an den neuen grenzte und nach oben führte, weg von dem Bereich, den wichtige Mandanten in teuren Schuhen zu durchschreiten pflegten. Die abgetretene Stelle bremste den dynamischen Schwung ihrer Schritte, vor allem, wenn Sarah durch einen Armvoll Blumen für ihr Zimmer und die winzige Aktentasche behindert wurde – Vorwand irgendwelcher Nachtarbeit zu Hause. Sie stolperte und fluchte laut los. Der Klang dieser geistesabwesenden Obszönitäten ließ Ernest lachen. Was sie bei seinem ungeratenen Sohn bewirkten, wollte er sich lieber nicht vorstellen.

»Himmel, Arsch und Zwirn, nicht schon wieder!« Ihre Stimme war leise und musikalisch, als rezitiere sie ein Gedicht. Ernest riß die Tür auf und tat verärgert, dabei hatte er bloß Angst, daß sie schon weg sein könnte.

»Was ist eigentlich los mit Ihnen, junge Frau? Das passiert Ihnen jedesmal, und jedesmal fangen Sie an zu fluchen. Ich weiß nicht. Irgendwas stimmt mit Ihrem Vokabular nicht.«

»Irgendwas stimmt mit Ihrem Teppich nicht, das kommt der Sache näher. Er macht das auch jedesmal. Ich hab übrigens eben eine Beule in den Firmenwagen gefahren, damit Sie's gleich wissen. War aber kein anderer Wagen daran beteiligt. Nur ein verfluchter Betonpfeiler.« Sie stand da und grinste wie eine gerade gefütterte Katze mit halbwegs sauberen Pfoten. Nichts an ihr paßte in das Büro eines Kronanwalts, man hätte sie für den Rausschmeißer im Hippodrome halten können, wäre sie nicht so winzig und lebendig gewesen mit all den Sommersprossen im Gesicht und dem leuchtendroten Haar. Niemand hätte behaupten können, daß sie sich kleidete wie eine Sirene. Sie trug ein tadelloses kamelbraunes Kleid, und doch bewirkte irgendwas an dem breiten Gürtel aus weichem, dunklem Leder, daß sie zum Anbeißen aussah, ebenso einladend wie das in fettiges Papier gewickelte Schinkensandwich, das sie ihm aufmunternd hinhielt.

»Ihres«, sagte sie. »Ach ja, und die Rennergebnisse. Wie geht's?«

Ernest beruhigte sich. Sein großer Magen knurrte und sackte dann in sich zusammen wie ein Fallschirm bei der Landung. Sarah erinnerte Männer immer an ihren Bauch:

Sie zogen ihn ein und ließen ihn später erleichtert und entspannt wieder raus.

»Schrecklich«, antwortete er. »Gräßlich, wirklich. Kommen Sie rein. Ich habe einen Fall für Sie. Damit können Sie London für eine Weile den Rücken kehren. Kommen Sie.« Die Worte waren ihm rausgerutscht, bevor es ihm bewußt wurde, und so wandte er sich jetzt abrupt von ihr ab. Es war eine Inspiration, die seit Tagen in ihm geschlummert hatte und nun plötzlich in Worte gefaßt worden war. Als wollte man ein Kind mit einem Messer zur Welt bringen. Was ihn außerdem bedrückte, war dieses irrationale Durcheinander von Instinkten: daß er sie aus dem Weg haben wollte und dabei genau wußte, daß sie ihm fehlen würde. Das war wohl auch ein Teil der Wirkung, die sie auf ihren verstorbenen Mandanten Charles Tysall gehabt hatte, ganz zu schweigen von Ernests Stiefsohn. Starke Männer schmolzen wie Wachs in ihren Händen, und dazu kam noch etwas, das nach Liebe und zugleich nach abgrundtiefem Mißtrauen schmeckte.

»Nur, wenn Sie wollen«, fügte er hastig hinzu, setzte sich, um seine Verwirrung zu verbergen, und biß gierig in sein Sandwich. Der Montag war stets einer von Mrs. Matthewsons vernünftigen Tagen, freitags war es entschieden besser.

»Ich schlage nur vor, daß Sie für eine Weile verschwinden, um mir so was wie das hier zu ersparen«, murmelte Ernest mit vollem Mund. Er spürte, wie ihm das Fett des Schinkens übers Kinn lief. »Sie machen meinem Magen zu schaffen.«

»Das Brot ist aus Vollkorn«, sagte Sarah gelassen, als mache das den entscheidenden Unterschied aus. »Voller Ballaststoffe.« Sie hatte noch nie an Diäten geglaubt und aß, was ihr in die Finger kam. Sie betrachtete ihn mit jenem allumfassenden Verständnis, das sie der Gattung Mensch entgegenbrachte. Was hinter diesen großen Augen vorging, hatte er nie gefragt, aus Angst, daß sie es ihm erzählen könnte. Als sie seine Nervosität bemerkte, dachte sie, wie gut es war, daß sie, Malcolm und dessen reizende Mutter sich zusammengetan hatten, um Ernests Post zu kontrollieren und ihm die schlimmsten Forderungen seiner Mandanten und ihre ekelhaften Enthüllungen zu ersparen. Oder daß Malcolm und sie es letztes Jahr geschafft hatten, ihre Abwesenheit mit einem Unfall zu erklären. Sie konnte wunderbar lügen. Ernest hatte über eine zerbrochene Windschutzscheibe gejammert, aber das war weit besser für sein explosives Magengeschwür und sein schwaches Herz gewesen, als ihm die Wahrheit über einen Mandanten zu sagen. Charles Tysall hatte genug Schaden angerichtet, und der größte Teil war bis heute nicht behoben. Manche Leute brauchten die Wahrheit, andere mußte man vor ihrer festen Überzeugung, alle Mandanten seien von Grund auf gut, in Schutz nehmen. Ernest gehörte zu letzteren. Vielleicht war das früher anders gewesen, doch heute verlangte es seine Gesundheit so.

»Dann erzählen Sie mal von dem Fall. Ich brauche was, das mich aufmuntert.«

»Ein sehr wichtiger Mandant«, murmelte Ernest.

»Das hab ich nicht anders erwartet, sonst würden Sie mich ja wohl nicht hinschicken.«

Ernest seufzte.

»Wichtig für mich, nicht für die Kanzlei. Einer von denen, die ich seit langer Zeit habe.« Er meinte Mandanten, die nicht von seinen Angestellten verführt werden sollten, die in ihren grauen Anzügen mit Bankiers und Buchhaltern, Industriebossen und Regierungsbeamten verkehrten und zum Mittagessen Mineralwasser tranken – um Himmels willen, nicht ein menschliches Wesen darunter. Ernest war sich durchaus bewußt, daß er leicht fehl am Platz war in dieser neuen Generation und man ihn nur seines vorgerückten Alters und der vielen häßlichen Tatsachen wegen behielt, die er über andere Leute wußte. Sarah jedoch hatte keine Chance. Sie wurde nur deshalb im Dachgeschoß der schlechter verdienenden Prozeßführungsabteilung geduldet, weil sich schließlich irgendwer um all den Krimskrams kümmern mußte, und dieser Irgendwer war am besten eine Frau ohne Ehrgeiz. Niemand würde sie den Sommer über vermissen. Keiner hier hatte eine Vorstellung davon, was sie eigentlich wert war.

»Nun, wenn Ihnen dieser Mandant so wichtig ist, soll das auch für mich gelten. Aber warum London den Rücken kehren? Und wann reise ich ab, und was für gräßliche Dinge soll ich tun?«

Ernest wäre fast vom Stuhl gefallen. Für eine so schwierige, wenn auch spontane Idee ging das alles verdächtig schnell. Nicht daß sie sich normalerweise gegen Vorschläge gesträubt hätte, doch verschleierte ihre Passivität oft die Tatsache, daß sie in Wirklichkeit halsstarrig wie ein Maulesel war, genauso wie sich hinter ihrem Lächeln ein Abgrund von Verzweiflung und ein seltsames Wissen verbarg, für das sie eigentlich noch zu jung war und das andere Frauen nie erreichten. Zu spät erinnerte sich Ernest an Charles Tysall und wo er gestorben war.

»Ein Familienerbe«, begann er. »Jemand muß sich darum kümmern. Am Meer gelegen. East Anglia. Sie haben doch immer gesagt, daß Sie das Meer lieben.«

»Ich habe keine Ahnung von Testamenten. Oder vom Meer.«

»Was hat das denn damit zu tun? Hören Sie, wir reden hier über eine Familie, die sich zusammenraufen muß. Beobachten Sie die Leute, entwickeln Sie ein Konzept, eine grobe Vereinbarung, wer was bekommen soll... Den Rest können wir dann den Tüftlern und Nachlaßgerichten überlassen.«

Sarah fegte die Krümel von ihrem Kleid. Ernest fand es wunderbar, wie sie aß, es erinnerte ihn an einen feingliedrigen Wolf.

»Ich habe nicht die leiseste Ahnung, wovon Sie reden. Sie sollten es mir lieber erklären«, sagte sie, und er holte tief Luft, bereit, Tatsachen mit blanken Erfindungen zu vermischen, nur um die Aussicht reizvoller zu gestalten.

»Ein großes Haus, okay? Nein, keine uralte Familienvilla, aber mit einer Menge Land und... nein, ich werde Ihnen nicht erzählen, warum das Vermögen so groß ist. Lassen Sie Ihrer Phantasie freien Lauf und kommen Sie selbst dahinter. Sie brauchen ein völlig vorurteilsfreies Bewußtsein. Je weniger Sie also wissen, um so besser. Die Familie besteht aus zwei Söhnen und einer Tochter, zwischen achtzehn und vierunddreißig, glaube ich, die sämtlich auf Kriegsfuß miteinander stehen. Warum? Ihr Dad ist vor zwei Jahren gestorben und hat das ganze Kuddelmuddel auf Lebenszeit seiner Frau hinterlassen. Und dann...«, er blätterte durch ein paar fettverschmierte fotokopierte Seiten, »... dann, ich zitiere: ›meiner Frau, die es nach eigenem Gutdünken an alle meine Kinder weitervererben soll.‹ Ein äußerst gefährliches Testament, er hätte mich damit beauftragen sollen, eins aufzusetzen, der undankbare Kerl, ich hab ja auch sonst alles für ihn gemacht. Er muß völlig verrückt gewesen sein.«

»War er's wirklich?«

»Wahrscheinlich. Was zählt, ist, daß seine Frau es ist. Völlig durchgeschnappt, neben dem Häuschen, übergedreht.« Er liebte es, Metaphern durcheinanderzuwerfen. »Sie wird nie in der Lage sein, ein gültiges Testament zu machen. Wenn sie aber ohne Hinterlassung eines Testaments stirbt, gibt es eine Katastrophe. Schreckliche Komplikationen mit dem Finanzamt. Die Kinder werden nicht gerade mit dem Messer aufeinander losgehen, aber sie haben Gras auf den Zähnen, oder war es Sand? Jedenfalls muß ein Außenstehender eine für alle akzeptable Übereinkunft austüfteln, zusammenschneidern, wer wann was bekommt. Dann können sie in Frieden leben, bis die alte Dame den Schirm abgibt, und die Übergabe wird ein Kinderspiel.«

Sarah erhob sich voller Anmut. »Sie brauchen einen Vermögensverwalter, nicht mich«, sagte sie.

»Ich brauche einen Rechtsexperten, der weiß, wie man Leute dazu bringt, Streitigkeiten aus dem Weg zu gehen. Ich denke, Sie müssen da hin, sonst ist Hopfen und Malz verloren. Sie können dort wohnen, ein Cottage ist immer frei, sie vermieten sie, wissen Sie, das spart Kosten.« Er war voller Selbstbewunderung: Alles ergab sich so selbstverständlich, daß er gar nicht groß darüber nachdenken mußte. Langes Nachdenken war ohnehin nicht seine Sache.

Sie beugte sich über seinen Schreibtisch und kniff ihn in die Backe.

»Wachen Sie auf, Ernest. Ich bin's, Sarah! Sie müssen diese Leute wirklich hassen, sonst würden Sie nicht daran denken, mich denen aufzuhalsen, bloß weil Sie mich auf Abstand von Malcolm haben wollen.«

»Sarah, nichts liegt mir...« Er wurde rot wie ein Schuljunge, den man beim Rauchen auf dem Klo erwischt hat, und sie lächelte wie eine nachsichtige Lehrerin, die ihm verzeihen würde.

»Nichts liegt Ihnen näher, Ernest, mein Lieber. Aber machen Sie sich deswegen keine Sorgen, bitte, und behandeln Sie mich auch nicht wie einen Dummkopf. Ich verdiene vielleicht nicht viel, aber was Besseres als das allemal. Natürlich haben Sie recht, wenn Sie meinen, daß ich auf lange Sicht nicht die Richtige für Malcolm bin. *Ich* weiß es, er aber nicht. Noch nicht. Er braucht vielleicht etwas länger. Haben wir uns verstanden?«

Er hätte heulen können. Sie setzte sich wieder.

»Regen Sie sich nicht auf, Onkel Ernest, bitte nicht. Sorgen sind unendlich viel schlimmer für Magengeschwüre als ein Schinkensandwich.« Sie warf einen Blick auf die fettverschmierte Fotokopie des schlecht getippten Testaments. »Ist meine Abschiebung nach East Anglia vielleicht eine Klausel im Meisterplan? Exakt der Ort, wo Charles Tysall ertrunken ist, wie ich sehe. Und es seiner Frau gleichtat. Wollen Sie mich strafversetzen oder was?«

»Nein, nein... Ich versichere Ihnen, Sarah, zum Teufel, ich schwöre...«

»Eben erst haben Sie mir das Fluchen verboten. Ich glaube Ihnen ja, aber entschuldigen Sie den Scherz: Ich dachte schon, ich sollte den einen oder anderen Geist flachlegen.«

Malcolm Cook besaß nicht die Geschäftstüchtigkeit seines gerissenen Stiefvaters und glaubte auch nicht, daß sein Leben deswegen verpfuscht sei. Er fand, daß schlechtere Bezahlung für mehr Erleuchtung kein schlechter Deal war. Den Rest – seine grenzenlose Freundlichkeit, sein Mitgefühl und seine Toleranz – hatte er sich im zähen Lernprozeß seiner Einsamkeit zugelegt. Der Metamorphose vom ulkigen Clown zum hageren Sportler war es zu verdanken, daß er ein unerschütterlicher Optimist geworden war, jedenfalls meistens. Heute abend allerdings nicht. »Ihr habt keine Ahnung von Frauen«, hatte Ernest mal zu ihm gesagt, eine Binsenweisheit, die freizügig auf das ganze männliche Geschlecht gemünzt war, in seinem Fall jedoch weniger zutraf als gewöhnlich. Malcolms frühere Fettleibigkeit hatte ihm nur die Gewohnheit des Alleinseins bewahrt, nicht aber seine Unschuld, was ihn eher zum Vertrauten als zum Mann mit eigener Erfahrung prädestinierte, ohne daß er deswegen naiv gewesen wäre. Selbst ein ehemals dicker Mann, der hoffnungslos verliebt ist und sich alle Mühe gibt, es zu verbergen, weiß, wann er verlassen wird.

Es hatte keinen Zweck, immer wieder alles durchzuakkern und herauskriegen zu wollen, wo der eine oder andere versagt hatte, keinen Zweck, zu streiten, alles zu analysieren und sich zu sagen: Wenn doch nur... Er wußte, daß man niemanden zum Bleiben zwingen konnte, wenn er gehen wollte, ebensowenig, wie sich ein Tiger in ein wirklich zahmes Kätzchen verwandeln ließ, und bei Sarah stimmte diese Analogie, denn sie verfügte über eine katzenhafte Geschmeidigkeit, wenn auch nicht über die Fähigkeit zu kratzen oder zu beißen. Nichts war ausgesprochen worden, weder in ihrer Wohnung, wo sie ihre Einkäufe vor ihm versteckte, noch in seiner, wo er sie aufopfernd gepflegt hatte, nachdem der besessene Charles Tysall mit ihr fertig gewesen war. Sie hatten einen heißen Sommer mit Wundenlekken und dann einen gemütlichen Winter mit heißen Toddies, Gelächter und warmen Decken durchlebt, und er hatte geglaubt, daß sie für immer ihm gehöre.

Er hätte wissen müssen, daß kein Mann so etwas je annehmen durfte. Im Frühjahr spürte er, wie sie an der Leine zerrte, genau wie der Hund, den er von den Osterglocken wegzog. Er spürte den betäubenden Schmerz des Verlustes seit dem Augenblick, da er ihn zum erstenmal bemerkt und sich vergeblich dagegen zu wappnen versucht hatte. Er durfte nicht nörgeln, er durfte nicht jammern, er durfte es einfach nicht. Er würde nie wieder der sein, der er vorher gewesen war. Wenn er sie liebte, mußte er sie in Würde gehen lassen und selbst Distanz halten, so gut er konnte.

»Wo zum Teufel hast du gesteckt?« fragte er mißmutig, als sie gegen acht seine Wohnungstür aufschloß. Soviel zum Thema Würde.

»Dein Vater hat uns eine Flasche Wein geschenkt«, antwortete sie ergeben. »Wir waren zusammen was trinken.«

Es gab eine Pause, in der sich beide der jeweils anstehenden Aufgabe zuwandten. Sie zog ihr Jackett aus und machte ein großes Getue mit dem Hund, dessen Begrüßung Vorrang vor allen anderen Formalitäten hatte, er paßte auf, daß der Reis nicht überkochte. Und dabei fragten sie sich insgeheim verzweifelt, ob sie wirklich noch einen Abend so tun konnten, als wäre nichts. Essen und den Raum mit Düften und munterer Konversation füllen, trinken, um die emotionale Verstopfung zu vertuschen, und beten, daß keiner von beiden zur Sache kam. Sie betrat die Küche, und der Hund folgte ihr auf den Fersen.

»Dein Vater hat einen Job für mich. Irgendwo in Norfolk.« Es klang übertrieben beiläufig. Sie begab sich auf die Suche nach etwas Eßbarem. »Ich werde also eine Weile weg sein.« Sie zuckte mit den Achseln, als bleibe ihr keine Wahl. »Keine Ahnung, wie lange.« Malcolm rührte überflüssigerweise im Reis und verbarg sein Gesicht im Dampf.

»Aber es paßt dir ganz gut in den Kram, oder? Wahrscheinlich hast du ihn dazu überredet. Kein Mensch prozessiert in Norfolk. Was willst du da machen? Charles Tysall ausbuddeln? Ihm die letzte Ehre erweisen?«

»Charles ist in London begraben. Dein Vater hat mir nur die Adresse des Mandanten gegeben. Du weißt ja, wie ausweichend er bei dem Thema ist. Ich glaube, ihm ist nicht mal aufgefallen, daß es ganz in der Nähe ist... Ein alter Mandant, sagt er.«

Malcolm drehte sich zu ihr um. Sein Gesicht war erhitzt. In seinen Augen schwammen Salz und Wasser, und seine Kehle war wie zugeschnürt.

»Mein eigener Vater ist an der Verschwörung beteiligt, obwohl er behauptet, daß er mich liebt. Also gut. Als brauchtest du Hilfe bei deiner Flucht. Du bist schon seit mehr als drei Monaten dabei, dich von mir zu lösen, und weißt bloß nicht, wie du es mir sagen sollst. Habe ich recht?« Er versuchte, lässig zu klingen.

»Ja.«

»Jetzt sag bloß nicht, daß es dir leid tut.« Mit zitternder Hand goß er sich ein Glas Wein ein und preßte dann ein Stück Küchenpapier vor die Augen, als sei es die Hitze, die ihm zu schaffen macht. Der Tag war lang und heiß gewesen. Er hatte Hunger.

»Ich würde sagen, daß es mir leid tut, denn genauso ist es, aber nicht, wenn du es lieber nicht hörst. Paß auf, Malcolm, es ist nichts, was du getan oder nicht getan hast. Ich liebe dich und bin dir dankbar, aber ich *muß* das Gefühl einfach ersticken.«

Er war ein Mann, der keine Schwierigkeiten hatte, sich auszudrücken, ein großer, freundlicher Mann, der gerne kochte, sich für schutzbedürftige Tiere einsetzte und ein geborener Liebhaber war, doch in diesem Augenblick hätte er sie am liebsten geschlagen. Er entdeckte den Ausdruck stummen Grauens in ihren Augen und hörte das warnende Knurren des Hundes, noch bevor er wußte, daß eine Hand sie am Kleid packte und sich der andere Arm hob, um ihr einen sinnlosen Schlag zu versetzen. Malcolm sackte zusammen und ließ die Arme sinken.

»Ich liebe dich, Sarah«, sagte er. »Ich liebe dich bis zur Verzweiflung. Du weißt, daß ich dich nie verletzen könnte.«

»Ich glaube, ich gehe jetzt lieber.« Das Grauen war immer noch in ihren Augen.

»Ja, tu das. Geh einfach.«

Leise fiel die Tür hinter ihr ins Schloß. Der Hund kratzte an der Tür, die er mit seinen Krallen bereits ruiniert hatte. Malcolms Appetit war verschwunden. Der Hund kam zurückgeschlichen und preßte ihm seine feuchte Schnauze zwischen die Beine. Er erwartete, daß Malcolm das gefiel, doch dann legte der seine Hand so fest um seine Schnauze, um sie wegzuschieben, daß der Hund protestierte und Malcolm ihn statt dessen streichelte. Er konnte keinen Hund schlagen, genausowenig wie eine Frau, und allein die Versuchung, Gewalt anzuwenden, war wie das Erlöschen all dessen, woran er glaubte.

Es war vorbei. Sie war gegangen, und er blieb voller Scham zurück.

Mrs. Ernest Matthewson stellte ein Tablett vor ihren Mann und beobachtete liebevoll, wie er sich aus den Tiefen des pompösen Sofas kämpfte, um es zu inspizieren.

»Was ist das?« fragte er barsch.

»Gedünsteter Kabeljau. Mit Meerfenchel.«

»Meerfenchel? Seetang?«

»Enthält jede Menge Eisen, mein Lieber. Noch mehr als Spinat.«

»Sieht ekelhaft aus. Kriege ich keine Kartoffeln dazu?«

Sie drohte ihm schelmisch mit dem Finger. »Heute nicht. Du hast getrunken. Iß, und ich bringe dir deinen Nachtisch.«

»Was immer das sein mag!«

»Fettarmer Joghurt.« Er stöhnte und warf ihr einen mörderischen Blick zu, der einen Augenblick später in ein Lächeln überging.

»Kannst du dich noch an die Pardoes erinnern?« fragte er, den Blick auf den Seetang gerichtet.

»O ja, sicher. Ein schrecklich großes Haus, irgendwo an der Küste. Von hier aus eine ziemlich lange Fahrt. Früher sind wir häufig dort gewesen, nicht wahr? Damals, als wir das noch nötig hatten.« Mrs. Matthewson schauderte. Sie verließ das Haus so selten wie möglich und sehnte sich nicht zurück nach der Zeit, als sie aus Loyalität mit ihrem Mann schreckliche gesellschaftliche Verpflichtungen bei irgendwelchen Mandanten hatte erfüllen müssen.

»Hat er sein Vermögen nicht mit Socken oder so was gemacht? Und sich wie ein Landgraf aufgeführt? Tausend verrückte Ideen im Kopf und ebenso viele Frauen im Bett? Dann hat er das halbe Dorf aufgekauft. Stimmt's? Außerdem hatte er einen schrecklichen Geschmack.«

Ernest nickte, sah ihr in die Augen und nahm einen großen Schluck von ihrem Wein. Er unterschätzte seine liebevolle Frau keineswegs, doch es gab Zeiten, wo es leichter war, sie abzulenken als sie zu unterhalten. Erinnerungen spielten da eine Schlüsselrolle.

»Ich hab das alles gesehen, Ernest. Glaub ja nicht, ich sei blind. Weißt du, was ich nur nicht verstehe? Wie Jennifer, seine Frau, die Seitensprünge ihres Mannes ausgehalten hat.« Sie starrte ihn an, als sei Untreue ansteckend. »Was für eine Toleranz besaß diese Frau, was für wunderbare – wie soll ich sagen? – Eigenschaften. Irgendwie war sie so unglaublich gelassen. Alle nannten sie Mouse, weißt du noch, weil sie genauso war wie eine Maus, klein und grau, niemand hörte auf sie, ein hübsches, untaugliches kleines Geschöpf, man mußte sie einfach gernhaben. Mitgefühl mit ihr haben, meine ich. Kein Mensch hat sie beachtet.«

Ernest rutschte nervös hin und her und hustete. Das Gedächtnis seiner Frau erstaunte ihn immer wieder.

»Ein Sohn hat sich ganz gut gemacht, die Tochter war ein bißchen vertrottelt, aber nett, und der zweite Sohn, hmm, das war ein übles kleines Kerlchen, spielte einem ständig irgendwelche Streiche. Pech. Am Schluß hat sich dann alles wieder eingerenkt zwischen Mouse und ihrem Mann – hast du mir zumindest gesagt, weißt du noch? Er hatte dieses goldene Haar, das ich so mag. Sah so aus, als hätte er sich noch einmal ganz neu in sie verliebt. Und dann ist er gestorben. Lieber Himmel, ihr Männer macht es einem wirklich nicht leicht. Wir müssen uns unser Auskommen verdammt schwer verdienen.« Sie klopfte sich genüßlich auf den Bauch.

Ernest räusperte sich, wedelte mit der Hand und griff nach ihrem Glas, als sei er in höchster Not. Sie protestierte nicht. Er versuchte so lässig wie möglich zu trinken, schaffte es jedoch nicht.

»Ich schicke Sarah hin. Mouse – hieß sie wirklich Jennifer? Na, jedenfalls ist sie verrückt geworden, und das Vermögen muß aufgeteilt werden, bevor sie auch noch stirbt. Sarah ist genau die Richtige dafür.«

Mrs. Matthewson stellte ihr Glas ab, während er ihr mit einem vagen Zögern, von dem sie sich keine Sekunde täuschen ließ, seine Informationen unterbreitete.

»Was hast du vor, Ernest? Warum, zum Teufel, nimmst

du unserem Malcolm Sarah weg? Da könnte doch auch jemand anderes hin. Du könntest es sogar von hier aus regeln. Wer soll ihm sein Essen machen?«

»Lieber Himmel, Weib, du glaubst doch nicht im Ernst, daß Sarah für ihn kocht, oder?« In seiner Stimme schwang sein ganzes schlechtes Gewissen mit, aber auch sein Widerwille gegen den Fisch.

»Dann macht sie eben etwas anderes«, sagte Mrs. Matthewson ausweichend. Ernest lachte höhnisch.

»Darauf kannst du Gift nehmen.«

»Das reicht, Ernest.« Möglich, daß er lauter bellte als sie, dafür konnte sie besser beißen. Sie stürzte den Wein hinunter, als sei es Wasser, und schwieg erst einmal, um ihre Mißbilligung zu unterstreichen. Endlich fuhr sie fort.

»Du hast keine Ahnung von Sarah und Malcolm. Du weißt viel weniger als ich. Sicher, er sagt immer, daß alles in Ordnung sei. Was für ein Lügner, der Junge. Wahrscheinlich schlägt er nach dir. Und du willst sie wegschicken? Du mußt verrückt geworden sein.«

»Sarah wird sich um die Pardoes kümmern«, unterbrach Ernest sie entschlossener als zuvor, da ihm ihre beiderseitige Begabung zum Lügen aufging. »Sie ist ein Katalysator, sie analysiert Träume. Und außerdem«, fuhr er fort, als hätte seine Frau überhaupt nichts gesagt, »wird sie unseren Jungen sowieso nicht heiraten, verstehst du. Nicht in tausend Jahren. Von da sind keine Enkel zu erwarten.« Das war ein kluger Schachzug.

»Woher weißt du das?« jammerte sie. »Sie hat ihn aus seiner Abgeschiedenheit gelockt, und auf ihre Art liebt sie ihn auch. Du kannst bloß die Tatsache nicht ertragen, daß sie zuviel über dich weiß. Oder deine vermaledeiten Mandanten. Oh, Ernest, was hast du getan? Was hast du bloß getan?«

»Ich hab überhaupt nichts getan!« rief er. »Sie will doch selbst hin! Sie wollte ans Meer!«

Mrs. Matthewson zögerte eine volle Minute.

»Charles ist tot, nicht wahr?«

Er verlor die Beherrschung, und seine Haut verfärbte sich.

»Natürlich ist er das! Seit einem Jahr! Und seine Frau seit zwei Jahren, wobei sie ein Jahr gebraucht haben, um sie zu finden. Was willst du denn noch, Weib? Sarah Fortune ist stark wie ein Ochse.«

Darauf sagte sie nichts mehr.

Sarah hatte den neuen Spiegel für den Flur in ihrer Wohnung ziemlich bald schon gekauft. Wie der alte fing er ihr Spiegelbild ein, wenn sie hereinkam, grüßte sie vom Ende des Flurs, durch den man die Wohnung betrat, und verriet sie mit der Berechnung eines alten Feindes. Die Erneuerung des Spiegels war Teil ihrer Therapie, ein positiver Schritt. Es ging darum, alles so wiederherzustellen, wie es gewesen war. Eine Geste, um zu beweisen, daß es nicht allein ihre Schuld war. Doch Sarah Fortune wußte, daß sie nicht mehr zu retten war. Sie beugte sich aus dem Fenster, stützte die Arme auf das schmiedeeiserne Geländer und starrte in die Nacht hinaus. Als sie sich das Geräusch des Meeres vorstellte, auf Donner, Tränen und irgendein Gefühl von Erleichterung wartete, fühlte sie nichts, nur das Bedürfnis, zu seiner Wohnung zurückzulaufen, Einlaß zu verlangen und zu sagen: Ich hab's nicht so gemeint, können wir nicht einfach so weitermachen wie bisher? Ein Impuls, der so stark war, daß sie sich zweimal bereits halb auf dem Weg nach oben ertappt hatte. Doch dann war sie zurückgeschlichen, voller Scham über ihr Nichterklärenkönnen, diese elende Feigheit. Aber wenn sie gesagt hätte, trotz allem liebe und respektiere ich dich, hätte er gelacht und gesagt: Wie kannst du mich lieben und trotzdem verlassen? Und sie hätte geantwortet: Weil ich nicht so sein kann, wie du mich haben willst, und am Ende würdest du mich dafür hassen.

Er sperrte niemanden ein, dazu war er ein viel zu guter Mensch. Jedenfalls nicht mit steinernen Mauern oder Fußketten, höchstens mit seiner Beständigkeit, dem unendlich geduldigen Warten auf sie und der unausgesprochenen Ablehnung dessen, was sie gewesen war und immer noch war. Sie sah ihn, als er um Mitternacht im Trainingsanzug aus der großen Vordertür trat, den Hund an seiner Seite. Er joggte durch den Park, es war sein allabendliches Ritual. Ein Liebhaber, der beste und aufrichtigste von allen, der über das vertrocknete Gras zurück in seine Welt tappt. Und sie zog sich in die ihre zurück.

Nur wenn sie sich mit beiden Händen die Ohren zuhielt, konnte sie die Erinnerung an Träume heraufbeschwören, den Instinkt des Mutes und das Rauschen des Meeres.

Zwei

Es gab keinen Zaun zwischen der kleinen Gestalt von Stonewall Jones und dem schäbigen Garten, den er betrachtete, oder dem grünlichen, lehmfarbenen Land, das sich hinter seinem schmalen Rücken bis zu dem fernen goldenen Streifen erstreckte, der das Meer war. Von seiner kleinen Anhöhe aus konnte er sehen, was er wollte. Wenn er so reglos dastand wie jetzt, verschmolz er mit der Landschaft, ein farbloser kleiner Junge, dessen rotblondes Haar zu seiner sommersprossigen Haut und auch zu seinen Augen paßte, die nur zu reflektieren schienen, ohne selbst eine Farbe zu besitzen. Stonewall hatte den richtigen Spitznamen. Andere hießen Jack oder John und waren mit elf längst aus härterem Holz geschnitzt. Stonewall dagegen konnte sich als geborener Beobachter mühelos in die jahrhundertealte Landschaft einfügen. Auch zu Hause nahm niemand mehr Notiz von ihm. Früher, als Baby, war er der Liebling seiner Mutter gewesen. Jetzt hatte sie neue Babys, und es gab nicht genügend Platz für alle. Er war zu nichts nutze, außer sich an schulfreien Tagen draußen rumzutreiben und hier hochzukommen mit den Ködern, die er zweimal in der Woche für Edward Pardoe aus dem Sand buddelte und soeben auf die Schwelle der Küchentür am rückwärtigen Teil des Hauses gelegt hatte.

»Baaah«, rief er leise. »Kschu, kuu, kuu.«

Stonewall sehnte sich verzweifelt danach, geliebt zu werden, wenn er es den anderen auch wirklich nicht leichtmachte mit seiner Gewohnheit, so gut wie nicht zu sprechen. Er hatte nicht die Möglichkeit, seiner Liebe zu dem Schaf im Garten Ausdruck zu verleihen, außer durch ein Geräusch, das an eine Taube erinnerte. Vögel konnte er vom Himmel zaubern und Würmer aus dem Meer, doch all das war nichts für einen Jungen, der sich nach einem Hund sehnte. Sal hatte nie gehorcht, sie war ein rostrotes Luder gewesen, munter wie ein Strandläufer, und deshalb hatte sie sich wohl auch so leicht von einem Dieb davonlocken lassen. Insgeheim sehnte sich Stonewall danach, dieses friedliche Schaf sein eigen zu nennen. Es würde ihn rückhaltlos lieben, und er es umgekehrt auch. Ihm gefiel auch das Haus, einfach weil es mehr als eine halbe Meile von allen anderen Häusern entfernt war und aussah, als sei es innendrin groß genug, um Katzen zu jagen.

Nicht daß er auch nur im Traum daran gedacht hätte, in solch barbarischen Maßstäben zu denken, denn letztlich hatten alle Tiere, nicht nur Hunde, diese Wirkung auf ihn: Er kriegte einfach wacklige Knie. Er hatte den Hund bekommen, damit er einen ständigen Begleiter hatte, der ihn auf seinen Streifzügen beschützte und obendrein etwas mitteilsamer machte. Letztere Rechnung war nicht ganz aufgegangen. Außerdem waren jetzt die Zwillinge da, und da lag vielleicht die Erklärung dafür, warum er es nicht über sich brachte, zu Hause über den Verlust seines Hundes zu weinen. In ihrem kleinen, überfüllten Cottage war ein Hund ein Luxus gewesen. Kein Wunder, daß Stonewall ständig von allen Seiten ermuntert wurde zu verschwinden. Sicher war er den anderen nicht egal, trotzdem hatte er das Gefühl, daß er zuviel Platz einnahm. Wahrscheinlich würden sie ihm sogar einen anderen Hund erlauben, doch darüber konnte er bisher noch nicht nachdenken. Ein Schaf mit gebogenen Hörnern wäre ein nicht ganz so offensichtlicher Ersatz für seine Streifzüge durch die Stadt. Stonewall grinste breit bei der Vorstellung. Es könnte an der Wäsche im Hinterhof knabbern. Er könnte ihm eine Leine besorgen.

»Du bist ein dummes Ding«, murmelte er, schüttelte sich und seufzte. Schafe wirkten immer so zufrieden. In der frischen Brise standen ihm die Haare zu Berge. Stonewall langweilte sich nicht an einem faulen Tag wie heute, Langeweile war ein Zustand, den er nicht begriff. Er war höchstens ein wenig ruhelos.

Rick würde heute nicht mitmachen. Kein Mensch hatte Lust, nach Geistern zu suchen. Alle redeten von einem weißhaarigen Geist, der hin und wieder Abfälle aus Mülleimern stahl, doch niemand, nicht mal Rick, glaubte daran, was er, Stonewall, gesehen hatte. Es ist ein Fehler, sagte er sich ernst, dafür bekannt zu sein, zu Hause den Mund nicht aufzukriegen, gleichzeitig aber woanders maßlos zu übertreiben.

Er wandte sich um und warf einen letzten Blick auf das Haus. Aus einem Fenster im oberen Stock winkte ihm eine undeutliche Gestalt in einem bunten Kleid zu. Einen Moment lang war er überrascht, dann winkte er zurück. Er legte alle Kraft in seinen Arm, drehte sich im Kreis und tanzte für sie, bis er sah, daß sie sich vor Lachen bog.

Das war kein Geist. Das war die verrückte Mrs. Pardoe, die immer zu einem Späßchen aufgelegt war. Komisch, wie ihr alles auffiel, sogar er. Er dachte daran, über die Wiese zu laufen und ihr zu sagen, daß er den feuchten Köderhaufen an der Hintertür deponiert hatte, in Zeitungspapier gewikkelt, und ob Edward ihn bitte irgendwann bezahlen könne. Oder zu rufen: Haben Sie meinen Hund gesehen? Doch dann tat er nichts davon.

Auf dem Weg nach Hause zu der Art Abendessen, die er verabscheute, Hackfleisch mit Kartoffelbrei und Erbsen, gelangte Stonewall aufgrund dürftigster Indizien zu der Überzeugung, daß der Geist seinen Hund gestohlen hatte, einfach weil es ihm leichterfiel, das zu glauben, als daß er tot war. Dann trottete er die halbe Meile zurück zu dem, was er für eine Stadt hielt.

Eine Fliege summte gegen das Fenster. Der Raum war voller angelesener Bücher, normalerweise kam er nicht mal bis zur Hälfte. Edward Pardoe gab vor, alle gelesen zu haben, und zitierte hin und wieder ein ausgefallenes Stück Dichtung oder Drama, um die Idioten zu beeindrucken, mit denen er trotz seiner überlegenen künstlerischen Neigungen notgedrungen unter einem Dach zu hausen hatte. Zu seinen Füßen lag ein Porträt von Joanna. Edward blätterte in seiner Taschenbuchausgabe von Browning.

> *»Meine letzte Herzogin, ihr Porträt an der Wand,*
> *Sieht's nicht aus, als sei's lebendig...?«*

Das nun nicht gerade. Das Gesicht seiner Schwester wirkte flach und leblos, wie die mißlungene Illustration auf einer Pralinenschachtel. Edward warf das Buch beiseite, schob das Gemälde unters Bett und wandte sich dem Puppenhaus zu.

»Auftritt der Träumer«, murmelte er, und sie gehorchten. Innerhalb des Bühnenraums, in dem sie agierten, war jede Bewegung der winzigen Holzfiguren von seinen Fingern abhängig. Sie saßen mit übergeschlagenen Beinen in den Sesseln, lümmelten sich auf dem Bett, hoben die Arme oder sahen aus, als würden sie um ihr Leben rennen. Er spielte oft mit dem Puppenhaus, das er selbst gebaut hatte. Andere erwachsene Jungs von zweiundzwanzig beschäftigten sich mit Computern, höchstens noch mit Dampflokomotiven, je nachdem welchen frühen Geschmack ihre Väter gehabt hatten, doch Edward war anders. Er war wie der Gott eines Paradieses, der seine Geschöpfe nie ganz in Ruhe lassen konnte.

»O Mami, Mami«, heulte er, während er eine kleine, schmollende Figur, die er in der Hand gehalten hatte, hinsetzte, so daß ihr Ballettröckchen abstand und den hölzernen Schritt und winzige, geschlechtslose Glieder enthüllte. »Mami, ich hab Kopfschmerzen, und außerdem ist mein Kleid *hin.*«

»Halt den Mund«, antwortete Edward. Die kleine Figur fiel auf den Rücken, die Beine gespreizt. »Sei vorsichtig, Jo«, murmelte er.

Über das Puppenhaus gebeugt, widmete er sich jetzt ganz der Puppenmutter auf dem Sofa, die mit lauter Schleifen geschmückt war und eigentlich mehr Ähnlichkeit mit einem toten Zinnsoldaten kurz vor seiner Bestattung hatte. Am Eßtisch saß ein winziger Julian im Tweedanzug. Den hatte Joanna gemacht, damals, als sie noch mehr Zeit für ihn hatte. Richtige Männer nähen nicht, hatte sie gesagt. Sie bauen vielleicht Häuser, aber nähen tun sie nicht. Später hatte sich Edward immer gefragt, warum eigentlich nicht.

»Großer Gott!« Die echte Joanna, viel zu groß und erschreckend blond, stürzte ins Zimmer. »Was treibst du wieder, Ed? Es ist zu heiß, um hier drinnen zu hocken.«

»Geh weg, Joanna. Laß mich in Ruhe.«

»Du hättest die Tür abschließen sollen, wenn du deine Ruhe haben willst.«

Er stand mit dem Rücken zum Puppenhaus. Sein drahtiger Körper war zu schmal, um zu vertuschen, womit er sich beschäftigt hatte, und sein Gesicht kaum in der Lage, die Freude über ihren Anblick zu verbergen.

»Ach, du spielst!« sagte Joanna verächtlich, aber nervös. »Familienglück vermutlich. Du solltest lieber malen. Wann willst du bloß erwachsen werden?«

Genau das war Edwards Problem. Er weigerte sich, erwachsen zu werden. Wollte König im Schloß sein, ohne sich die Krone verdient zu haben, wie sein Vater immer gespottet hatte. Joanna fühlte sich mitschuldig, wenn sie daran dachte, wie unterschiedlich ihr Vater seinen zweiten Sohn und seine einzige Tochter behandelt hatte. Edward hatte es ihm nie rechtmachen können. Sie dagegen hatte einfach nie etwas falsch gemacht

»Was?« höhnte Edward. »Erwachsen wie du? Um bis zu einem Spielsalon aufzusteigen? Wie kultiviert! Wie reif!«

Joanna war nicht in der Stimmung, ihm seine Worte übelzunehmen. Edwards Neckerei besaß einfach keine Kraft, im Unterschied zu der seines älteren Bruders Julian, der sie mit einem einzigen Blick zum Weinen bringen konnte. Sie warf sich aufs Bett, kaute auf einer Strähne ihres blonden Haars und war genauso zappelig und nervös wie immer.

»Oh, Brüderchen, mir geht es echt beschissen. Weißt du, ich habe gemerkt, wie er gezittert hat, als er meine Hand hielt. Und jetzt geht er mir aus dem Weg. Seit Wochen kein Wort. Was hab ich denn bloß falsch gemacht? Bin ich vielleicht zu dick? Am liebsten würde ich sterben.«

»Ganz sicher hat es nichts damit zu tun, wie du aussiehst. Ich habe dir doch gesagt, warum, Gott weiß, wie oft.«

Beide kannten das Objekt von Joannas geradezu religiöser Leidenschaft. Das Thema war hundertmal durchgekaut worden, aber es war das einzige, das sie in sein Zimmer zu locken vermochte. Edward schüttelte den Kopf. Der Raum war voller Seufzer. Er trat ans Fenster, durch das die Sonne hereinströmte, stützte sich auf die Fensterbank und betrachtete die Aussicht, wie er es schon millionenmal getan hatte. Der Vorgarten führte auf eine schmale Straße, und dahinter breitete sich das flache Land zu einer braunen Ebene aus, bis dahin, wo die Sonne einen gelben Streifen Sand beleuchtete. Linker Hand lag das Dorf, und jenseits davon konnte er gerade noch erkennen, wie sich die Erde zu sanften Dünen wölbte. Wenn es nachts sehr still war, hörte man das Meer, tagsüber war es nicht mehr als ein weißgetupftes blaues Band. Das Bild verschwamm in der flimmernden Hitze. Im Geiste bepflanzte er das flache Land mit tropischem Buschwerk, vertiefte das Lavendelblau des Wassers, das die Dünen im August violett verfärben würde, fügte ein bißchen gelben Weizen, ein paar gesprenkelte Rehe und exotische Palmen hinzu. Mit einem künstlerischen Auge ließen sich enorme Verbesserungen erzielen.

Immerhin war es erheblich einfacher, die Landschaft im Geiste zu korrigieren, als sich das Talent anzueignen, sie tatsächlich zu malen. Er hatte versucht es zu lernen, doch wie bei allem, was er tat, hatte ihn seine Disziplin im Stich gelassen. Er gab den Lehrern die Schuld. Anderen die Verantwortung für seine eigene Faulheit zuzuschieben, war Edwards erster und einziger Ausweg. Blöde alte Wichser.

»Was ist los?« fragte Joanna verdrießlich. Angesichts seiner Gleichgültigkeit wechselte sie lieber das Thema. Dabei kaute sie immer noch auf der Haarsträhne, wie ein kleines Mädchen. Er fand das wunderbar.

»Du bist früh zu Hause. Erzähl mir bloß nicht, daß du schon wieder rausgeflogen bist.«

Noch ein Seufzer. Edward hatte sich wieder dem Puppenhaus zugewandt, um die Figürchen aufzurichten, doch ein ungeduldiger Atemstoß stürzte das Sofa um, auf dem die Mutter saß. Sie fiel zu Boden und blieb mit dem Kopf im Kamin liegen.

»Nein, nicht ganz. Hatte heute bloß nicht soviel zu tun, ehrlich.« Er schauderte, und Joanna zuckte mitfühlend mit den Achseln.

»Schon gut, du brauchst dich nicht zu verteidigen. Weißt du, was ich denke? Ich finde die Vorstellung, daß du als Grundstücksmakler arbeitest, absurd. So, jetzt ist es raus, und mehr werde ich dazu nicht sagen. Aber da du schon mal da bist, könntest du mir helfen.« Sie lag mit unter dem Kopf verschränkten Armen auf dem Bett. Ihre nackten Füße hinterließen erdige Flecken auf dem Überwurf, die ihn, zusammen mit ihren abgekauten Fingernägeln, daran erinnerten, daß ihre träge Pose nicht die einer willigen Kurtisane auf einem Gemälde war, sondern das schlichte, unbekümmerte Räkeln eines Teenagers. »Ich brauche Hilfe«, fuhr sie fort. »Wegen dieser schrecklichen Anwältin, die in einem der Cottages wohnen soll. Meinst du, du könntest einen Teil deines Angelgeräts wegräumen? In der Küche steht es einfach im Weg. Genau wie in der Halle und im Eßzimmer. Ich nehme an, das Abendessen sollte etwas besser ausfallen als sonst.«

»Es ist immer gut«, sagte Edward sanft. »Oft sogar hervorragend.«

Sie wurde rot, verbarg ihre Freude jedoch hinter einer raschen Handbewegung.

»Jemine! Da ist Julian aber ganz anderer Meinung. Er sagt, wenn du wirklich kochen willst, geh woandershin und lern es erst mal. Warum will er uns beide bloß hier weghaben?«

»Das weißt du doch ganz genau«, antwortete Edward mit leiser Stimme. »Keiner von uns beiden kann hier weg. Julian will sich alles unter den Nagel reißen und Ma in irgendein schreckliches Heim abschieben, kaum daß wir aus dem Haus sind, wie oft muß ich dir das denn noch sagen?« Er gab den düsteren Tonfall auf, der unweigerlich ihre Aufmerksamkeit auf sich zog. »Wie auch immer, mir reichen deine Kochkünste. Du könntest es glatt noch so weit bringen, daß ich zunehme.«

Jo grinste und warf ihm ein Kissen an den Kopf. Er fing es und warf es knurrend zurück. Auch sie erwischte es und schleuderte es noch heftiger als zuvor durch den Raum. Edward nahm seine King-Kong-Pose ein. Mit gespreizten Beinen, bis über die Schultern erhobenen Ellbogen und zukkenden Fingern torkelte er auf sie zu. Joanna spielte die Jungfrau, die auf den Drachen wartet, rang die Hände und schrie: »Oh, oh, oh!«, bis er ganz nahe war und ein Anflug echter Furcht in ihrem Lachen aufflackerte. Edward gab seine Pose wieder auf.

»Du nimmst mich nicht ernst«, sagte er. »Keiner tut das. Oh, ich armer, armer Kerl. Ich werd nie eine Jungfrau zu fassen kriegen.«

»Einen Stör aber vielleicht«, sagte seine Schwester, sprang geräuschvoll vom Bett und schüttelte ihren Rock zurecht. Das Bündchen saß locker um ihre schmale Taille, doch der Rock selbst war weit, altmodisch, mit Volants besetzt. So hoffte sie, ihre breiten Hüften zu verstecken, die sie verabscheute. Wenn ich doch bloß größer wäre, dachte Edward...

Joanna verabscheute auch ihre weiße Haut und daß ihre Wangen sich bei der kleinsten Gefühlsaufwallung oder Anstrengung röteten, so wie jetzt. Edward jagte ihr manchmal Angst ein. Er trieb einen Scherz immer zu weit.

»Außerdem nehme ich dich wohl ernst«, setzte sie achtlos hinzu und trat ein paar Schritte zurück. »Bloß nicht als Mädchenräuber. Oh, ich wünschte, *mich* würde einer rauben. Hör mal, meinst du, Julian rückt eine Flasche Wein zum Essen heraus? Aus Rücksicht auf das ›Gesetz‹ unter unserem Dach?« Julian, der Tyrann, der Despot, der unfaire Kritiker, der einem alles verderben mußte.

»Davon gehe ich aus«, murmelte Edward plötzlich deprimiert. »Vorausgesetzt, wir versprechen, ihn von Ma fernzuhalten.«

»O ja. Einfacher gesagt als getan.« Beide verfielen in Schweigen. Edward wandte sich dem Puppenhaus zu, um die kleine Figur, die er vom Sofa geblasen hatte, wieder aufzurichten. Er spürte, daß Jo sich neben ihm herunterbeugte, um mit der gleichen alten Faszination, die sie so leicht verspotten und er so rasch wieder entfachen konnte, das Puppenzimmer zu betrachten. In Augenblicken wie diesem hätten sie gleichaltrige Kinder sein können, statt er vier Jahre älter als sie. Am liebsten hätte er sie an sich gezogen. Die Anstrengung, die es ihn kostete, sich zurückzuhalten, war beinahe zuviel. Er spürte ihren Atem, den Babygeruch nach Talkum, und ihm wurde ganz schwindlig. Es juckte ihn in den Fingern, die warme Stelle auf ihrem Nacken zu berühren.

Von der Straße, die den Sommergarten von den dahinterliegenden Prielen trennte, kam ein Geräusch. Es war ein lautes Bimmeln, eine Parodie des Big Ben, da daa, daa da, daa da, da daa, gräßlich und unheimlich. Der Eiswagen. In Joannas Ohren klang es wie Sphärenmusik.

»Oh, nein!« jammerte sie. »Das ist er! Ausgerechnet jetzt, wo ich so schrecklich aussehe!«

Edward ballte die Fäuste. Die Tür knallte hinter ihr ins Schloß, der ganze Raum erzitterte, und im Puppenhaus fiel alles um. Edward spähte hinein, nahm die Ballettfigur und die kleine Puppe, die aussah wie ein Künstler im Arbeitskittel, und legte sie eng umschlungen auf das Ehebett im größten Zimmer des oberen Stockwerks. Dann warf er ein Tuch über das ganze Gebilde, als wolle er einen Papagei im Käfig zum Schweigen bringen, und bezog Posten hinter dem Fenster, außer Sichtweite.

Der Eiswagen bog in die Einfahrt, wo die Reste des ehemaligen Kiesbelags von Unkraut überwuchert wurden und die Wiese, wo das Schaf graste, in grasbewachsene Blumenbeete überging. Warmer, feuchter Dunst waberte vom Meer heran, der Vergessen verhieß. Edward sah, wie der Eiswagen unten stehenblieb, doch das Bimmeln ging weiter. Er schloß die Augen und versuchte sich das Geräusch des fernen Meeres vorzustellen. Es ging nicht. Bitte, lauf nicht hin, Jo, bitte nicht. Er würde es nicht ertragen, Zeuge ihrer Erniedrigung zu sein, mit ansehen zu müssen, wie sie sich mit ihren abgekauten Fingernägeln durch das blonde Haar fuhr. Sich aufführte, wie sie es ihm gegenüber nie tat. Er ballte die Faust. »Wieso kann ich nie haben, was ich will?« murmelte er verdrießlich. »Aber das wird sich ändern, wart's nur ab, Dad.«

Gerade als der Eiswagen mit seinem gräßlichen, für die Gläubigen bestimmten Läuten zum Stehen gekommen war, tauchte in der Eingangstür eine Gestalt auf, die bei seinem Anblick einen Freudenschrei ausstieß. Edward schloß die Augen, als er das schrille Kreischen und den aufgeregten Wortschwall hörte, der seinen Ohren solche Qualen zufügte. Ohne jede Belustigung beobachtete er, wie die rundliche Gestalt gegen den Rumpf des Wagens hämmerte und rief: »Hallo, hallo, oh, auf Wiedersehen, mein liebes kleines Ding, bist du heute auch brav?« Der Wagen setzte sich erneut in Bewegung und rollte ein paar Meter weiter. Das gehörte zum Spiel. Die schrill gekleidete Gestalt rannte laut lachend hinterher. Edward entspannte sich. Wenigstens war diese Närrin nicht Joanna. Nur seine geliebte Mutter, vollkommen verrückt und auf harmlose Art senil. Er sah eher gleichgültig als verächtlich auf sie herab. Wenn es nach ihm ginge, würde sie bald in einem Zoo landen. Und wenn nicht im Zoo, dann wenigstens hinter Gittern, und ein Grab wäre das beste von allem.

Joanna und das nötige Geld, um das Haus hier abzureißen und die Landschaft zu verändern. Ach, könnte es doch nur so sein! Er wollte nie wieder arbeiten und so weitermachen wie bisher, sorgfältig an der Stilisierung seines Rufes als gerissener Ränkeschmied und höchst interessanter, höchst unangenehmer junger Mann basteln. Ach ja, und möglicherweise als besserer Angler als sein Vater. Nichts anderes zählte.

Jeder einzelne war zuviel.

»Haben Sie wenigstens noch was Nettes vor heute abend, Doktor?«

»Nein«, sagte Julian Pardoe und schrieb dabei ein Rezept aus. »Das glaube ich nicht.«

»Wie kommt denn das? Bei so einem schönen großen Haus? Hab jedenfalls gehört, daß es das ist. Die Leute reden viel.«

»Ah, das zählt. Was die Leute reden. Schönes Haus. Sie sollten mal versuchen, dort zu leben. Sich mit einem undichten Dach und Idioten jeden Alters rumzuschlagen. Sie müßten ...« Er hielt inne, weniger aus Verlegenheit als Beschämung, da er bemerkte, daß seine Stimme laut und gereizt klang. Miss Gloomer, eine störrische alte Jungfer von achtzig, die ihre chronische Krankheit tapfer ertrug, saß ihm in seinem Sprechzimmer gegenüber. Sie behielt ihre guten Manieren, während er die seinen vergaß. Ihr Gesicht war eine Landkarte des Leidens, der Geduld und inneren Stärke. Sie schaffte es nur deswegen, ohne zu zittern auf dem Stuhl zu sitzen, weil sie sich mit beiden Händen an ihren Gehstock mit dem feingearbeiteten Entenkopf als Griff klammerte. Seine Spitze bohrte ein Loch in den Teppich, fing jedoch das ständige Schütteln ihrer Glieder ab. Es wäre besser, wenn ich so wie früher mit ihnen redete, dachte Julian, aber ich ertrage es einfach nicht: Tugendhafte Weiber sind die schlimmsten, immer nett und geduldig, bis sie einen zur Raserei bringen. Ich kann ihnen nichts geben, nicht mal, wenn ich sie mag wie Miss Gloomer, ich hab einfach keine Geduld. Er lachte und füllte das Rezept zu Ende aus. »Ich sollte mich nicht beklagen, nein, wirklich nicht«, sagte er schließlich gereizt

»Warum nicht?« gab sie überraschenderweise zurück. »Das ist nicht verboten. Wir haben alle unser Päckchen zu tragen. Vielleicht sollten Sie versuchen, allein zu leben. Seit dem Tod Ihres Vaters sind Sie nicht mehr der alte. Früher hatten Sie immer ein nettes Wort für die Leute. Nun, ich vermute, das ist der Streß.« Sie schnappte rasch nach dem Rezept und machte sich auf den Weg zur Tür. O Gott, dachte er, ich sollte ihr helfen, statt hier rumzusitzen. Trotz seiner Verwirrung und ihren unsicheren Bewegungen fiel ihm auf wie scharfsinnig sie noch immer war.

»Ich glaube, es ist sehr schwierig, allein zu leben, Miss Gloomer...«, stotterte er in dem Versuch, sein Verhalten mit der Andeutung einer Unterhaltung wiedergutzumachen. Sie blieb stehen und lachte gackernd.

»Glauben Sie das bloß nicht! Es war das einzige, was ich je richtig gemacht habe. Selbst wenn es manchmal zum Fürchten sein kann.«

»Ich sehe später noch einmal nach Ihnen.«

»Brauchen Sie nicht. Nur wenn Sie Zeit haben.«

Diesmal kam sein Lächeln direkt von den Augen. Er hörte, wie der Stock sie den Flur entlangführte, und wartete noch einen Augenblick, ehe er auf die Klingel drückte. Allein zu leben, erschien ihm plötzlich eine himmlische Vorstellung. Hoffentlich war der nächste Patient ein dummer Tourist, der seine Grobheit verdiente. »Der nächste, bitte!« rief er, als auf sein Klingeln keine Reaktion erfolgte. Die Schwester stürzte lächelnd herein, ihre ewige Munterkeit war wie Salz in seiner Wunde.

»Heute waren Sie in Nullkommanichts durch, Doktor. Miss Gloomer war die letzte. Sie können nach Hause gehen.«

»Aha. Ist Dr. Freeman auch schon fertig, oder soll ich noch einen seiner Patienten übernehmen?«

Sie trat verlegen von einem Bein aufs andere. »Nun, nein, ich glaube nicht. Ein paar sitzen noch im Wartezimmer, aber das sind alles Stammpatienten von ihm, Sie verstehen...«

Dr. Freeman war erheblich beliebter als Dr. Pardoe. Außerdem erstarrte er in Anwesenheit von netten Frauen nicht zur Salzsäule. Vor langer Zeit war es mal genau andersherum gewesen.

Julian wußte nicht, ob er wütend oder erleichtert sein sollte, als er zum Wagen ging. Erleichtert, die häßliche moderne Gemeinschaftspraxis und ihre Effizienz hinter sich zu lassen, oder wütend auf sich selbst, weil er seine Patienten stets so kurz wie möglich abspeiste und vor jeder Vertreterin des anderen Geschlechts zurückscheute, als könnte sie beißen. Wenn er doch bloß den Charme eines Dr. Freeman besäße und den Patienten seine ungeteilte Aufmerksamkeit schenken könnte, statt mit den paar, die er hatte, so wenig Geduld zu haben, viel zuviel zu grübeln, von einer Unfreiheit in die andere zu stolpern und nie Ruhe zu finden.

Im Wagen war es glühend heiß. Er hatte ihn am Morgen waschen lassen, da er einige Hausbesuche bei Patienten machen wollte, die ihm von ihren Geistern erzählen würden, als hätte er selbst nicht genug davon. Freemans Wagen war pottdreckig und parkte unter einem Baum. Julian fragte sich, was aus seinen behaglichen Träumen geworden war und der endlosen Sympathie, die er einst besessen hatte. Er fühlte sich wie verwildert und schämte sich für sein Unglücklichsein, das ihn einfach nicht mehr loslassen wollte.

Auf dem für Ärzte reservierten Parkplatz stand ein verbeulter roter Sportwagen direkt neben seinem eigenen. Der Anblick dieses rücksichtslosen Unbekannten steigerte seine Gereiztheit nur noch mehr.

Sarah Fortune fühlte sich wie eine Fremde, fehl am Platz und leicht verwirrt. Die Pardoes erwarteten sie erst gegen Abend, und noch war es früher Nachmittag. Sie hatte mehrere Gründe gehabt, früher als erwartet in Merton anzukommen, konnte sich jedoch nicht entscheiden, womit sie anfangen sollte. Also bummelte sie ein wenig durch die High Street und versuchte sich zu orientieren. Als Ernest Matthewson sie auf ihre Aufgabe vorbereitete, hatte er sich mit Hintergrundinformationen bewußt zurückgehalten. Sie hatte einen Übersichtsplan von der Gegend, ein paar Adressen, und das war's. Sie sollte selbst in Erfahrung bringen, soviel sie konnte, hauptsächlich über die Familie, die sie bezahlte und ihr für die Zeit ihres Aufenthalts eine Unterkunft zur Verfügung stellte. Und so betrat sie aus einer Laune und mangelnder Begeisterung für die vor ihr liegende Aufgabe heraus den Friseurladen. Friseure wissen alles, und außerdem kann man bei ihnen wenigstens sitzen.

»Ach, Sie machen sicher Ferien bei uns, was? Waren Sie nicht schon mal hier? Ich bin sicher, daß ich Sie von irgendwoher kenne.«

»Nein«, antwortete Sarah und lächelte ihr entwaffnendes

Lächeln. »Zweimal nein. Ich werde hier arbeiten. Für die Pardoes. Kennen Sie sie?«

Die Frau, die gerade dabei war, ihr nasses Haar mit einem Handtuch zu bearbeiten, hielt keinen Augenblick inne und gluckste in sich hinein.

»Klar. Jeder hier kennt die. Ich hab nix zu befürchten. Ich zahl regelmäßig meine Miete. Wie finden Sie Mrs. Pardoe? Kommt jeden Montagmorgen, in ihren verrückten Klamotten. Völlig durchgedreht, die Gute, aber immer noch unabhängig, wissen Sie. Vermutlich müssen sie bald wen finden, der sich um sie kümmert. Arme kleine Mouse.«

»Ich habe Sie noch nicht kennengelernt. Sie erwarten mich erst heute abend. Ich dachte, bis dahin seh ich mich ein bißchen um.«

»Und lassen sich die Haare machen? Gute Idee.« Sie warfen sich im Spiegel einen Blick zu. »Föhnen oder wickeln?«

Sarah betrachtete die Reihe mit den vier uralten Hauben, unter denen eine Auswahl dösender Frauen saß, das Haar in Wickler gepreßt, die Hände über den fülligen Bäuchen gefaltet. Ein friedlicher Anblick, besonders im Verein mit den Gerüchen. An Sylvies üppigem Busen jedoch würden Konversation und Coiffure sicher lohnender sein.

»Was für Arbeit machen Sie denn für die Pardoes?« Die Neugier war gedämpft, so harmlos, daß sie nach einer Antwort verlangte. Sarah hatte allerdings noch nie einen Grund dafür gesehen, rückhaltlos ehrlich zu sein, wenn eine vage Ausflucht denselben Zweck erfüllte, und außerdem war sie selbst nicht ganz sicher. Ernest hatte sich so fürchterlich verschwommen ausgedrückt. Sie brauchen einen unvoreingenommenen Blick, hatte er gesagt.

»Oh, es hat was mit dem Haus zu tun.«

Die Frau nickte verständnisvoll.

»Ach ja? Ich hab gehört, es könnte ein paar neue Möbel vertragen. Mr. Pardoe hat ständig neue Teile angebaut. Er war ein Träumer. Hat nie was zu Ende gebracht.«

Vielleicht deutete Sarahs Kleidung, elegant im Vergleich zu dem, was sie draußen auf der Straße gesehen hatte, eher auf Innenarchitektin als auf Juristin hin. Sarah lächelte wieder, während Sylvie rauh, aber geschickt ihr Haar ausbürstete.

»So schlimm?«

»Nun ja, die alte Mrs. Pardoe ist zwar eine gute Seele, kann aber doch nicht mehr viel machen, oder? Die Tochter tut ihr Bestes, der Doktor hat zuviel um die Ohren, nehme ich an, und Edward, dieser gehässige, faule Kerl, taugt zu nichts. Wenn seine Schwester das doch bloß einsehen würde, aber nein, im Gegenteil, sie betet ihn geradezu an. Komische Sache, so 'ne Familie.« Sylvie wandte sich halb nach ihrer Assistentin um. »Mary! Stell Mrs. Smith ab, ja? Sonst schmilzt sie uns noch weg.«

Es war angenehm, so behandelt zu werden, als würde Sarah sie alle kennen.

»Armer Mr. Pardoe«, sagte Sarah mitfühlend. »Wie lange ist es her, daß er gestorben ist?«

»Daß er den Herzinfarkt hatte und vom Dach fiel, meinen Sie? Ein Jahr, schätze ich. Sie müssen nämlich wissen ...«, damit senkte sie die Stimme und schaltete den Föhn ab, »... es gab auch noch anderes, an dem er hätte sterben können, nur glaube ich, hatte er das inzwischen aufgegeben.«

»Was denn zum Beispiel?« hakte Sarah nach. Der Föhn dröhnte wieder los.

»Er hätte auch von 'ner Frau fallen können statt vom Dach«, kreischte Sylvie, brach in heiseres Gelächter aus und senkte dann die Stimme zu einem vertraulichen Flüstern, das so laut war, daß man es im Umkreis von hundert Metern verstehen konnte. »Er hat es toll getrieben, als er jung war. Alles in Ordnung, Mrs. Jones? Sie warten auf mich? Einen Moment noch.« Sie hustete ungeduldig. »Mrs. Pardoe aber war klug«, rief sie. »Sie hat sich nie beklagt. Hat einfach so getan, als ob sie nichts merkte, und gewartet, daß er mit den

Dummheiten aufhört. Am Ende kommen sie doch alle wieder zurück, nicht wahr?«

Sarah nickte, ein wenig unsicher, welcher Art von weltlicher Weisheit sie da beipflichtete. Ihr war es noch nie lohnend erschienen zu warten, daß jemand zu ihr zurückkam. Ihr Kopf glühte, und das Haar sprühte Funken unter der Bürste.

»Wunderbare Farbe«, schrie Sylvie. »Und echt, das seh ich gleich. Hatte schon mal 'ne Kundin mit solchem Haar. Wie hieß sie doch gleich? Oh, hallo. Wen haben wir denn da?«

Die Tür des Ladens hatte sich geöffnet, die Klingel schrillte. Auf der Schwelle stand ein hochgewachsener junger Mann, höchstens einundzwanzig, schätzte Sarah. Trotz seines bemerkenswert guten Aussehens wirkte er irgendwie schüchtern und unsicher. In seinem Schatten stand stolz ein kleiner Junge, dessen Haarfarbe sie an Sand erinnerte. Sarah saß mit dem Rücken zur Tür und wurde von Sylvie verdeckt, konnte die beiden jedoch im Spiegel sehen.

»Was willst du, Rick?« fuhr Sylvie den Älteren an. Es klang rauh, doch in Wirklichkeit freute sie sich, die beiden zu sehen.

»Der Bursche hier braucht einen Haarschnitt. Er hat Kaugummi drin.«

»Bewegt euren Hintern hier raus, alle beide, und schick ihn mir in einer halben Stunde wieder her, in Ordnung? Seht ihr nicht, daß ich zu tun habe? Wollen Sie Haarspray?« Das alles brüllte Sylvie Sarah in einem Atemzug ins Ohr.

Mit einer frisch gewaschenen Haarwolke und ihren spärlichen Informationen ging Sarah Fortune zu Fuß in Richtung Ortsrand, weg von den Menschen und weg vom Meer. Unterwegs kaufte sie Proviant für das Cottage, das die Pardoes ihr zur Verfügung stellen würden, und deponierte alles im Wagen, bis auf die Blumen, die sie mitnahm. Dieser Impuls zwang sie, über den eigentlichen Grund ihrer verfrühten Ankunft nachzudenken. Es ging nicht nur darum, sich umzusehen, sondern um noch etwas weit Wichtigeres. Sie hatte sich in den letzten Tagen, die sie für ihre Entscheidung gebraucht hatte, nach dem Meer gesehnt, doch als es jetzt vor ihr lag, zögerte sie, die Priele, Kanäle und den Kai zu besichtigen, die am Ende der Straße begannen, und verdrückte sich lieber ins Zentrum des Ortes. Weit entfernt von der Metropole, in der sie lebte, war sie, wenn auch nicht gerade ängstlich, so doch zumindest vorsichtig.

Morgen würde sie sich wieder nach dem Meer sehnen, allein der Gedanke daran war aufregend. Wie oft hatte sie ihren naiven Traum von einem bescheidenen Ort wie diesem geträumt, von einem Leben in einem rosenumrankten Cottage? Im Lauf der Zeit war er zu einer Routine, einer vertrauten Fluchtmöglichkeit geworden. Größere Ambitionen als solche und ähnliche Visionen von Privatsphäre und Für-nichts-verantwortlich-Sein hatte sie nicht, sie zogen sich wie goldener Flitter durch ihr Erwachsenenleben. Irgendwie hatte sie das Gefühl, daß Elisabeth Tysall ebenso empfunden haben mochte.

Am Ortsrand stand die Kirche. Laut Karte war es die einzige hier. Tapfer trug sie die Zeichen der Vernachlässigung als Zeugnis für die schwindende Zahl von Gläubigen, die nicht mehr brauchten als einen ständig sich ausweitenden Friedhof und hin und wieder den Segen eines halbvergessenen Gottes. Elisabeth Tysall, zweimal beerdigt, einmal unter einer Sandbank und später hier, hatte beides gebraucht. Ihr geweihtes Grab bildete das eigentliche Ziel von Sarahs Pilgerreise. Die neueren Gräber lagen auf einem Feld, das weniger attraktiv war als die moosüberwachsenen Steine, die schief gegeneinanderlehnten wie Zechkumpane auf dem Nachhauseweg. Ihre Inschriften waren nicht mehr leserlich, und zwischen ihnen wucherte Gras.

Die Gräber aus den letzten beiden Jahren wirkten weniger

fröhlich, denn an sie erinnerte man sich noch und bürdete ihnen mit toten Blumen eine Menge Trauer auf. Manche wirkten bereits leicht vernachlässigt, andere zeigten Spuren frischer Bepflanzung. Eine behelfsmäßige Holztafel trug die Inschrift von Elisabeths Namen. Niemand hatte einen Stein bestellt, aber Charles war ja ebenfalls umgekommen, nicht wahr, kurz nachdem sie identifiziert worden war. Drumherum wuchs nur Gras. Die Gräber rechts und links trugen weiße Grabsteine, und auf der einen Seite blühten Stiefmütterchen, auf der anderen welkte ein müder Blumenstrauß in einem Plastikbehälter.

Elisabeth, die sich den Falschen für ihre Liebe ausgesucht hatte. Sarah hätte am liebsten um sie geweint.

»Es tut mir leid«, sagte sie. »Es tut mir so leid. Ich hätte früher kommen sollen. Vielleicht weißt du, wie es ist. Ich hätte zu deiner Beerdigung kommen sollen, aber damals kannte ich die Geschichte nicht. Ganz auch heute noch nicht. Ist überhaupt jemand zu deiner Beerdigung gekommen?«

Sie merkte, daß sie so laut sprach wie eine Frau mit ihrer Nachbarin, eine Person, die sich sachlich gab, sich ihrer Gefühle schämte und sich doch von ihnen überwältigen ließ. Sarah teilte das Gras, um die Blumen hinzulegen, und wünschte dabei, einen größeren Strauß gekauft zu haben. Es gab keine Regung auf dieser Welt, derer sie sich geschämt hätte, abgesehen von Geiz. Hier lag eine junge, schöne Frau, die Selbstmord begangen hatte: Niemand trauerte um sie, niemand nahm Notiz von ihr, und das war eine Schande. Sarah begann das Grab zu säubern, bis ihre Finger auf etwas Spitzes trafen und sie die Hand rasch zurückzog. Blut tropfte von ihren Knöcheln, sie saugte daran und hockte sich erneut neben das Grab, um zu sehen, was es gewesen war. Im Gras verborgen lauerten ein paar Disteln, verwelkt und zu einem Strauß gebunden, der unter einem Bund langer, dunkelroter Rosen lag. Sie hätte nicht sagen können, wie alt sie waren, doch unter ihrer Berührung zerfielen sie. Sarah legte ihre Margeriten auf den unteren Teil des Grabes, nicht in Höhe des Herzens. Die Stille an diesem Ort war unheimlich.

Etwas weiter weg sammelte sich ein Schwarm schwarzer Krähen. Vor zwei Jahren war Elisabeth Tysall, Charles Tysalls Frau, bei Ebbe durch die Priele gewandert. Man hatte sie zum Opfer eines Unfalls erklärt. Sarah hörte Charles' kultivierte Stimme, der ihr erläuterte, warum Strafen notwendig waren, und wußte, daß diese Version nicht stimmte. Seine Porphyria hatte sich zwischen die Lavendelbüsche gelegt und gewartet, daß das Meer sie holen kam. Vielleicht hatte sie ihren Körper selbst mit Sand bedeckt, um ein Jahr lang darunter begraben zu bleiben, bis die Sandbank von einer Sturmflut aufgewühlt und ihre Leiche herausgeschwemmt wurde.

»Warum?« fragte Sarah sie. »Du hast ihn gewinnen lassen. Ich wünschte, ich hätte dich gekannt.« Rothaarig warst du, genau wie ich. Eine Schönheit. Jemand hätte um dich trauern müssen. Nicht nur Charles, der dich auf seine perverse Weise liebte, der dir ins Meer gefolgt ist, um deine letzte Ruhestätte zu finden, und dann in der gleichen unberechenbaren Flut ertrunken ist.

Sarah warf noch einen Blick auf das Grab, die trockenen Rosen und die verächtlichen Disteln. Wer hat dich geliebt, wem hast du etwas bedeutet, wohin bist du gegangen? Du und ich, wir hätten Freundinnen sein können.

Wieder fiel ihr die Stille auf, die in den Ohren brannte, und mit einemmal sehnte sie sich nach dem Klang einer menschlichen Stimme. Die Eindringlichkeit dieser Stille, das Fehlen jeglichen Vogelgezwitschers veranlaßte sie, sich umzusehen, und zum erstenmal bemerkte sie den Dunst des mittlerweile späten Nachmittags, der die Sonne verdeckte und das Pförtchen, das zur Kirche führte, zu verschlucken drohte. Sie stand da und sah hinab auf die Margeriten.

Ein Grabstein für Elisabeth Tysall, irgend etwas, um an ihr Leben zu erinnern. Jemand mußte sich darum kümmern.

Etwas Großes und Schönes für eine Frau, die ebenso verzweifelt hatte leben wollen wie die, die in diesem Moment auf die Blumen hinabstarrte.

Sarah ging zurück zu der Stelle, wo sie den Wagen hatte stehen lassen, und erwischte auf der Suche nach der Küstenstraße die falsche Abzweigung. Der rote Sportwagen mit der Beule im Kotflügel kroch über die Landstraße, befolgte die Anweisungen und fuhr wie die Einheimischen im zweiten Gang. Den Ort als Stadt zu bezeichnen war irreführend: Es war ein Dorf. Sie stellte sich vor, wie die Bevölkerung vom Hinterland samstags abends hier einfiel: wie Cowboys aus der Wüste, auf der Suche nach Alkohol und Vergnügen. Eine Fish-and-Chips-Fassade und eine viktorianische Kehrseite – so hatte Ernest es beschrieben. Eine Art Hafen, flankiert von einer Spielhalle und Schildern mit der Warnung: »Parken Sie nicht am Strand, die Flut könnte Ihren Wagen mitreißen.« Fahren Sie über den Kai, hatte Ernest gesagt, und achten Sie auf keine Abbiegung. Fahren Sie einfach weiter geradeaus, von der Hauptstraße weg, behalten Sie das Meer linker Hand, bis der Weg endet. Da steht das Haus, höchstens eine halbe Meile entfernt. Sie können es gar nicht verfehlen.

Sie hatte es verpaßt, weil sie um die Stadt herumgefahren war, aus lauter Neugier, und dann plötzlich in einer schmalen Straße vor einer mit Stockrosen bewachsenen Mauer stand. Hinter ihr wartete jemand geduldig. Sie fuhr zurück zum Kai, der jetzt ganz von Nebel verhüllt war, und fragte sich, was Ernest wohl damit gemeint hatte, das Meer linker Hand zu behalten, wo sie keinen Schimmer von Wasser entdecken konnte. Die zurückweichende Flut füllte einen schmutzigen kleinen Kanal draußen jenseits der braunen Sandbänke, hinter denen irgendwo das unsichtbare Meer beginnen mußte. Hinter ihr leuchteten die grellen Lichter des Spielsalons, und der Krach war ohrenbetäubend. Leute saßen auf einer Mauer, die den Kai von der Straße trennte, und aßen Fish and Chips. Es roch nach Salz, Essig und Petroleum. Alles war so schlampig und so normal, ein schäbiges Ferienleben, nichts Unheimliches in den Abfällen, die die Fußgänger hinterließen. Der Nebel war eher verwirrend als furchterregend: Er legte sich wie eine Decke um sie und ließ es früher als gewöhnlich dämmern. Plötzlich begriff sie, daß sie nun doch zu spät bei den Pardoes ankommen würde.

Ein Kuchen stand auf dem Tisch, die völlig mißratene Karikatur einer Torte, die aussah, als wäre sie aus Knetgummi. Zwei Schichten feste Masse, zusammengehalten durch eine klebrige Glasur, die statt mit Zucker mit Mehl angerührt worden war. Einer von Mutters halbwegs gelungenen Versuchen einer Beschäftigungstherapie, dachte Julian. Anschließend sah die Küche jedesmal aus wie ein Schlachtfeld. Zu ihren besten Zeiten war die Küche durchaus akzeptabel, trotz Edwards Angelutensilien, und obendrein der älteste Teil des zusammengestückelten Hauses. Es gab einen großen Tisch aus Kiefernholz, hohe, schwere Stühle, die nicht zusammenpaßten, und einen altmodischen Raeburn-Herd, den Joanna liebte, trotz der Arbeit, die er machte, und seiner Unzuverlässigkeit. Ein schwerer, vor sich hinsummender Kessel stand darauf. In der Küche war es immer warm. Im Gegensatz dazu wirkte der Vorratsraum neben dem uralten Kühlschrank angenehm frisch. Es war eine große Kammer mit Steinfliesen auf dem Boden, Fliegengittern vor den Fenstern und hellen Regalen voller Lebensmittelvorräte. Auf dem Boden standen zu allen Zeiten zwei bis drei Eimer mit Edwards stets überreichlich vorhandenen Fischködern, Würmern aller Art, in schlichtes Zeitungspapier verpackt und ganz sicher keine Proteinquelle für die Bewohner des Hauses.

Der Kuchen, so erklärte Mutter in einem ihrer seltenen verständlichen Sätze, sei für den Gast bestimmt. Joanna betrachtete ihn voller Grauen. Wenn Mutter doch bloß nicht immer solche Dummheiten machen würde.

»Sie ist spät dran, die Juristenschlampe, zum Glück. Blöde Kuh. Nichts ist fertig.« Joanna war gereizt, Julian ebenfalls.

»Reg dich bloß nicht auf, das steht dir nicht. Was soll ich tun? Mir den Kopf darüber zerbrechen, welchen Eindruck wir machen? Im übrigen bezweifle ich, daß sie eine Schlampe oder eine Kuh ist, und beides zusammen ist sowieso unmöglich. Sie ist nichts weiter als eine Angestellte.«

»Dann haben wir ja jede Menge gemeinsam«, fauchte Joanna. »Bloß werde ich nicht bezahlt.«

»Nein, dafür ist aber nicht zu übersehen, wie wohlgenährt du bist«, antwortete Julian. Das war das Ende der Auseinandersetzung. Ihr Krach führte zu einer Verzögerung, die der Käsesoße den Garaus machte. Joanna mußte von vorn anfangen, und das war der einzige Grund, warum sie nicht in Tränen ausbrach. Der gedünstete Heilbutt konnte weiß Gott keine Extraportion Salz vertragen.

Ungeduldig stellte Julian zwei Angeln gegen die Wand. Edwards Angelgerät schien sich in allen Räumen des Hauses auszubreiten, nur in seinem eigenen nicht. Wohin immer Julian ging, stolperte er über Edwards bewußte Versuche, Eindruck zu schinden und gleichzeitig alles mit Beschlag zu belegen. Angeln und Edward paßten eigentlich gar nicht zusammen. Er tat es bloß, um männlich zu wirken wie sein Vater.

»Hast du dir ihr Zimmer angesehen?« fauchte Joanna. »Du weißt schon, das Cottage. Ich nehme an, wenigstens das hast du fertiggebracht, oder?« Es war der armselige Versuch, sarkastisch zu sein, doch ihre Stimme war viel zu schrill, um Wirkung zu zeitigen.

»Ja, aber ich sehe nicht ein, warum du Ed nicht zuerst gefragt hast. Immerhin ist er viel mehr zu Hause als ich. Es ist in Ordnung. Ein paar Blumen könnten allerdings nicht schaden.«

»Sie ist doch bloß eine Angestellte«, zischte Joanna, überaus zufrieden mit sich selbst. Doch verflog dieses Gefühl im Nu. Sie hätten nicht von Blumen sprechen oder auch nur daran denken dürfen. Mutter vermochte ein Wort auf eine Meile Entfernung zu spüren, ebenso einen Streit oder wie man alles noch schlimmer machen konnte. Sie hatte einen unfehlbaren Instinkt dafür, wie auf Stichwort hin zu erscheinen, in der falschen Rolle und unweigerlich auch im falschen Kostüm, so wie jetzt, als sie plötzlich im Eingang der Küche stand, einen riesigen Strauß Löwenzahn in der einen Hand und ein Bund Kapuzinerkresse in der anderen. Aus ihrer Manteltasche lugte eine volle Weinflasche. Unter dem Regenmantel sah ein Abendkleid hervor, und im Haar trug sie drei Straußenfedern. Julian nahm ihr den Wein ab und stellte ihn in einem geschickten Manöver, hundertmal praktiziert und bar jeder Menschlichkeit, auf den Tisch. Mutters Augen füllten sich mit Tränen. Sie ist schon immer so aufreizend hilflos gewesen, dachte er. Sie hatte sich ihren Spitznamen Mouse wirklich verdient – und wie ihre Tochter hatte sie viel zu nah am Wasser gebaut. Keine von beiden konnte für ihre Überzeugung eintreten.

»Warum hast du das getan, Liebling? Oh, ich habe Hunger.« Unsicher trippelte sie auf ein Häufchen geriebenen Käse auf einem Holzbrett zu.

»Nein, hast du nicht«, sagte Joanna. »Rühr das nicht an, hörst du? Was willst du?«

»Etwas zu essen, glaube ich. Nur ein ganz kleines bißchen. Mögt ihr meinen Kuchen nicht?« Sie stand inmitten der Bühne und lächelte die beiden aus hellen, wässrigen Augen an.

»Wirst du dich zum Dinner umziehen?« fragte Julian ironisch.

»Soll ich? Es ist doch bloß eine Schlampe oder blöde Kuh, habt ihr gesagt. Ich wollte ihr gerade ein paar Blumen ins Zimmer stellen...«

»Nein!« rief Joanna. »Das tust du nicht. Nicht nachdem ich dort gefegt, Staub gesaugt und neue Handtücher aufgehängt habe – kommt nicht in Frage!«

Mutters Oberlippe zitterte. Sie betrachtete ihre Hände, die mit dem Unkraut und die andere.

»Doch, das werde ich«, murmelte sie. »Ich bin sicher, daß die blöde Kuh sie mag.«

Sie trippelte seitlich auf die Tür zu, eiliger als eine Krabbe, und im selben Augenblick schrillte die Glocke. Über all der Streiterei hatte niemand auf das Geräusch eines Motors geachtet, der normalerweise von weit her schon zu hören war. Jeder kannte den Klang ihrer diversen Autos, die draußen parkten wie eine Reihe von Wächtern. Edward heuchelte chronische Taubheit in seinem Wachtturm, gab vor, kitschige Schinken zu malen und Gedichte zu lesen. Seine Schwester hielt sich, indem sie kochte und vorgab, das sei genug. Julian betrachtete das alles voller Verzweiflung. Mutter war agil. Sie erreichte die Tür als erste, wußte nicht, wie sie die Klinke mit zwei vollen Händen herunterdrücken sollte, trat einen Schritt zurück und grinste wie eine Katze. Edward sprang in großen Sätzen die Treppe hinab und strich dabei seine große, schlaffe Krawatte glatt. Joanna stand einfach nur da, und Julian zögerte. Sie waren nicht an Gäste gewöhnt.

Dann ertönte ein Klopfen. Keiner von ihnen brachte es fertig, die Tür zu öffnen. Das würde ihre Besucherin wohl selbst tun müssen.

Schließlich betrat eine Gestalt die düstere Halle. Mutter taumelte vorwärts, noch immer grinsend, und warf Sarah Fortune die Blumen vor die Füße.

»Oh«, sagte ihr Gast ohne das geringste Anzeichen von Verwirrung. »Das wäre aber nicht nötig gewesen.« Sie bückte sich, um den Löwenzahn aufzuheben, sorgfältig und rasch, wie jemand, der daran gewöhnt ist, mit großem Respekt Unkraut zu jäten. Fasziniert sahen sie zu. Als Julian das grausame Licht einschaltete, hatte sie sich bereits wieder aufgerichtet und die Blumen zu einem sauberen Sträußchen zusammengesteckt. Von Kopf bis Fuß in Khaki gekleidet, sah sie aus wie eine Prinzessin mit ihrer gebräunten, sommersprossigen Haut, dem roten Haar, das sich über die Schultern ergoß, und dem dunkelbraunen Gürtel um die Taille. Sie trug nichts, das nicht völlig neutral war, und schien doch ein Wust von Farben. Ein humorvolles Gesicht, ein gerades Kinn und ein Lächeln, das die Blumenspenderin umarmte. Nicht schön, sondern einfach bezaubernd.

Mutter hob feierlich den letzten Löwenzahn auf. Sarah verbeugte sich und steckte ihn sich vorn in den Ausschnitt. Mutter strahlte.

»Macht es Ihnen etwas aus, gleich hereinzukommen? Das Essen ist fertig. Keine Zeit zum Frischmachen oder dergleichen.« Joannas Stimme klang grob.

Sarah nickte. »Natürlich. Es tut mir wirklich leid, daß ich so spät dran bin. Alles wäre gutgegangen, aber ich bin so dämlich, ich habe mich tatsächlich verfahren.«

»Dämlich!« Mutter fing an zu kichern. Sarah schüttelte ihr die ausgestreckte Hand.

»Was für herrliche Federn«, sagte sie. »Ich wünschte, ich könnte so was tragen.«

Es war dunkel und einsam in den Kiefernwäldern, die die Dünen bedeckten und zum Strand führten, doch als der Mann mit dem schneeweißen Haar zum Rand der letzten Erhebung kam, raubte der Wind unter dem weiten, rasenden Himmel ihm dermaßen den Atem, daß er zusammenfuhr. Die Erinnerung spielte einem solche Streiche. Er hatte sich gezwungen, in seinem üblichen Marschschritt so weit zu gehen. Das Meer hätte viel näher sein müssen als diese ferne, spöttische Verheißung. Die Flut war eine wankelmütige Frau, die keinen Befehlen gehorchte. Wie Elisabeth. Wie Sarah, die er voller Verwunderung an Elisabeths Grab gesehen hatte. Es hatte eine Zeit gegeben, da er ihre Zurückhaltung als Zeichen von Unschuld verstand. Jetzt wußte er es besser: Sie war schuldig, und diese Schuld würde sie sühnen. Wie Elisabeth. Der Mann betrachtete den Horizont, ohne Details wahrzunehmen, empfand keinen Schmerz und zählte nur die Minuten.

Drei

Alle starrten Sarah mit offenem Mund an. Es war Liebe auf den ersten Blick. Vor dem Tischgebet, vor dem Essen. Vor der zweiten Portion angebrannter Käsesoße und bevor irgendwem das gespenstische Bimmeln des Eiswagens in der Ferne auffiel. Nach einer vollen Sekunde Schweigen erstarb das Geräusch schließlich. Mutter klatschte in die Hände.

»Was, zum Teufel, hat er schon wieder hier zu suchen?« fauchte Edward. Sarah wandte ihm ihren Blick zu. Er sackte in sich zusammen.

»Ich fürchte, es ist meine Schuld. Ich habe vor einem – wie heißen sie doch gleich? Spielsalon? – anhalten müssen, um nach dem Weg zu fragen, und dieser junge Mann hat mir angeboten, mich hier rauszulotsen. Ich fand das sehr nett von ihm. So eine Eskorte hab ich noch nie gehabt.« Joanna war rot wie eine Tomate geworden. Es war ihr egal, ob das Essen genießbar war. Spontane Liebe wechselte mit spontanem Haß und dann wieder Liebe, während sie in die Küche floh. Edward wirkte belustigt. Das war nur eine Frau, nicht die Angestellte mit dem durchdringenden Blick, die er befürchtet hatte. Sie war zu attraktiv, um eine Bedrohung zu sein. Allein Julians Verhalten war beinahe brüsk, er zitterte ein wenig und schien nicht imstande, den Blick von ihrem Haar zu wenden.

Draußen blökte Hettie, das Schaf. Mutter hatte ihr eine Leine um den Hals gelegt. Nur ein Junge namens Rick bemerkte es und dachte voller Wärme daran, während er zur Arbeit zurückfuhr.

Stonewall trieb sich im Spielsalon herum, solange er konnte und sich traute, krank vor Unruhe und wohl wissend, daß man ihn früher oder später verscheuchen würde. Zwanzig Minuten ungefähr war es das reine Glück gewesen. Da hatte er die Verantwortung gehabt, als Rick von einem Sprung zum Kai zurückkam, mit jemandem redete und dann sagte, er sei mal eben fünf Minuten weg und ob Stonewall solange aufpassen könne? Der Spielsalon gehörte Ricks Dad, der eine Art Onkel war, wie jedermann hier, aber auf keinen Fall Stonewalls Lieblingsonkel. Vor allem nicht, als er betrunken hereinschaute und Stonewall neben der Kasse stehen sah. Das würde Ärger geben, wenn Rick wiederkam, und deshalb hing Stonewall immer noch hier rum, denn irgendwer mußte Rick schließlich vor seinem Dad beschützen.

Es nützte nichts. Trotz seines neuen kurzen Haarschnitts, den er die ganze Zeit mit nervösem Stolz berühren mußte, hatte Stonewall keine Macht, und deshalb hätte er am liebsten geschrien. Schlag lieber mich, wollte er zu Ricks Dad sagen, als hätte Rick das je zugelassen. Statt dessen ging der griesgrämige Mann noch auf einen Drink oder zwei los, kam zurück, packte Stonewall an seinem freirasierten Ohr und schob ihn auf die Straße hinaus. Rick hielt ihn nicht davon ab.

»Mach, daß du weiterkommst«, sagte er sanft. »Bis morgen.« Stonewall hätte dem Kerl am liebsten gegen das Schienbein getreten und laut losgeschrien. Ricks Dad mochte keine Zeugen.

»Geh weg«, murmelte Julian im Schlaf. »Arzt, hilf dir selbst.«

Er träumte von einem Mädchen mit rotem Haar, das den Strand entlanggelaufen kam. Den Hintergrund des Traumes bildete der durchdringende Kirmeslärm aus dem Spielsalon, als könnten die Geräusche die halbe Meile bis ins

Haus herüberdringen. Julian Pardoe wachte anf, konnte nicht wieder einschlafen und verfluchte sich dafür. Es gab keine Entschuldigung, keinen Grund zur Beunruhigung. Die Mahlzeit war angenehmer als erwartet verlaufen, der Gast, dessen Sachverständnis ihm womöglich eine wahre Bürde von den Schultern nehmen würde, der Inbegriff von Charme. Damit hatte Sarah ihre wachen Augen eher verschleiert als versteckt und auch jenes unübersehbare Talent, Dinge wahrzunehmen, das er irgendwie spürte. Julian hatte das Gefühl, daß sie ihm bis auf den Grund seiner Seele sehen konnte und auch die Scham darin entdeckt hatte, tat das jedoch als die Art von Hirngespinst ab, die von Rotwein und übermäßig schwerem Essen herrührte. Außerdem besaß er gar keine Seele, die er hätte offenbaren können. Tagsüber ging er wie ein Roboter seinem Beruf nach, und nachts war er ein Häuflein ruheloser Glieder, geplagt von allen möglichen Phantasien, nur weil es ihm peinlich gewesen war, sie so anzustarren, weil er zuviel in diesen blauen Augen gelesen und sich erneut von jener gräßlichen Schuld und Verzweiflung hatte überwältigen lassen. »Lassen Sie sich Zeit«, hatte er zu Miss Fortune gesagt, formell bis über das Maß reiner Unhöflichkeit hinaus, und sich da schon gefragt, wie rasch er Ernest Matthewson anrufen und diesen hundertkarätigen Diamanten wieder in die Sicherheit seiner eigenen Stadt zurückbeordern lassen konnte.

Dennoch ertappte er sich bei einer Einladung: »Kommen Sie morgen in meine Praxis, und ich erzähle Ihnen ein bißchen über das Vermögen, dann können Sie sich für den Rest des Wochenendes den Kopf darüber zerbrechen. Sie brauchen übrigens nicht das Gefühl zu haben, daß Sie die Mahlzeiten mit uns einnehmen oder auch nur hier bleiben müßten.«

Edward spielte die Rolle des ernsten, unkonventionellen jüngeren Bruders, der Gedichte zitierte und das Land beschrieb. Er erweckte den Anschein, als gehöre alles um sie herum ihm, und plusterte sich auf, bis er aussah wie ein kleiner Mann mit einer großen Karriere, eher sein Vater als der Sohn, der bei allem gescheitert war, was er angefangen hatte. Ihr Gast lauschte aufmerksam. Mutter häufte den Rest des Fischs auf den Teller der Fremden, während Julians Schroffheit seine Schwester erschreckte. Nichts davon schien Sarah zu stören. Julian hatte alles regeln, die Familie absichern wollen, aber nicht so. Nicht mit Hilfe einer Frau mit solchem Haar und solch ruhigen, belustigten Augen.

Sie hatten sie zum Cottage gebracht, und das Schaf mit dem verwachsenen Horn, das im Garten lebte und von Mutter gefüttert wurde, war ihnen gefolgt. Miss Fortune schien auch das nichts auszumachen. Es gab nichts, das sie aus ihrer schrecklichen, alles sehenden, allwissenden Ruhe bringen konnte.

Julian wälzte sich unruhig hin und her. Er hörte das Ächzen der Treppe, wie so häufig, und auch diesmal wollte er nicht nachsehen gehen, woher es kam. Wahrscheinlich war es Mutter, die durchs Haus geisterte, oder Edward, der zum Angeln aufbrach. Er wollte es nicht wissen. Er konnte nicht den ganzen Tag auf sie aufpassen, schon gar nicht nachts. Jedenfalls solange Edward sich nicht in Joannas Zimmer schlich, was bisher noch nicht vorgekommen war, jedoch über der Familie hing wie ein Damoklesschwert. War es wirklich unmoralisch, wenn Julian sich wünschte, daß seine Schwester ihre Jungfräulichkeit an den ersten jungen Mann verlor, der versuchte, sie ihr zu nehmen? Denn genau das tat er. Wenn sie doch bloß weggehen würde, bevor irgendeine Dummheit aus Begierde ihr ganzes Leben verpfuschte... besser, wenn Edward zum Angeln ging, auch wenn er dabei bloß den Strand beschmutzte, Schnüre und Haken herumliegen ließ, ohne an die Robben zu denken, so wie er das Haus mit seiner Ausrüstung und die Speisekammer mit Eimern voller weichschaliger Krabben und Würmer für die Merlane verunstaltete.

Die Stille der Nacht verstärkte das Rasen seiner Gedanken. Julian empfand Verantwortung, aber ohne jede Überzeugung oder Zuversicht. Er hatte allen Respekt vor sich selbst erstickt, und am Schluß stand er nur mit seinem ohnmächtigen Wissen da.

In weiter Ferne glaubte er einen Schrei zu hören.

Würmer unter diesem Schlamm: gute Köder.

»Du hast ja keine Ahnung, Junge. Keine Ahnung. Du kennst nicht mal den Unterschied zwischen deinem Arsch und deinem Ellbogen, geschweige denn daß du wüßtest, wohin mit deinem Pimmel, als wüßtest du überhaupt je, was du willst. Der Eiswagen ist von oben bis unten versaut. Willst du ihre Muschi etwa auch so versauen? Ist das alles, was du im Kopf hast?«

Dann folgte ein tiefes Stöhnen. Das Geräusch des Stiefels, der auf eine Rippe traf, war für sich allein genommen nicht vernehmbar, wäre da nicht die Luft gewesen, die zerteilt wurde, und der Schmerz, den der Junge unterdrückte. Die beiden waren voller Schlamm. Der Junge wälzte sich von der Düne weg, seine linke Schulter lag im Schlamm. Schwarzer Schlamm gluckste, wo sein Ellbogen unter die Oberfläche sank. In seinem Mund war Blut, es schmeckte nach Eisen, Salz und Schleim. Rick dachte an die Würmer unter der Oberfläche, stellte sich vor, wie ihm etwas die Kehle hinabglitt, und kämpfte, um sich hustend und würgend aufzusetzen.

»Ich hätte dich umbringen können, Dad.«

Es klang müde. Er wehrte einen weiteren Tritt in die Rippen ab und dankte dem Himmel, daß die Stiefel so schwer von Schlamm waren, daß sein Vater sie kaum mehr heben konnte. Es hätte schlimmer kommen können und war häufig schlimmer gewesen. Kein Tritt zwischen die Beine diesmal. Er hatte sich einfach auf den Rücken gedreht und gewünscht, daß er schon früher auf diesen Trick gekommen wäre, bevor der Schaden passiert war und bevor er merkte, daß das Ritual der Gewalt viel schneller vorbeiging, wenn er sich nicht wehrte. Bleib liegen, laß den Stiefel machen, vergiß die Scham.

»Mich umbringen, du kleiner Scheißer? Mich umbringen! Du kannst doch keiner Fliege was zuleide tun! Du läßt den Zwerg mit der Kasse allein und saust hinter dieser blonden Schlampe her? Du müßtest mal Tauziehen lernen, Bürschchen. Mit einem Haken. Ich würd ihn dir eigenhändig durch den Mund ziehen. Oder den Arsch.«

Der Junge wehrte sich nicht, als er aus dem Schlamm gezerrt und geschüttelt wurde. Dann fiel er wieder zurück. Er hätte seinen Vater packen und ihm die Zähne einschlagen können, doch er blieb liegen wie eine Marionette und lauschte dem Atem in seiner Brust. Aus dem Augenwinkel konnte er die Lichter von der Fassade des geschlossenen Spielsalons auf dem Wasser tanzen sehen, ein wenig verwischt vom Nebel. Er hörte, wie die Flut rasch und tief durch seinen Kopf rauschte und in jeder Faser seines Körpers pochte. Dad hob das Gesicht und schnüffelte wie ein Hund.

»Wir hauen besser ab«, murmelte er. »Das Wasser kommt.« Plötzlich war ihm kalt, er zitterte, das Adrenalin verpuffte und löste sich von einer Empfindung, die dem, was er an Scham aufbringen konnte, noch am nächsten kam. Schluß mit den Schlägen, dem Brüllen und Keuchen am östlichen Ende des Kais. Der Junge hatte recht. Er war stark. Er konnte es mit seinem alten Dad jederzeit aufnehmen: Besser, er sah sich vor.

»Komm nach Hause, Junge«, sagte sein Vater, beinahe unterwürfig, so wie immer, wenn es längst zu spät war. »Du holst dir noch den Tod.«

»Ich hab mein eigenes Zuhause!«

»Du könntest ein heißes Bad vertragen. Und ich auch.«

»Ich könnte ein Paar neue Eier vertragen, nach allem, was

du mir im Lauf der Jahre angetan hast. Jetzt reicht's, Dad, hast du verstanden?«

Komisch, sie unterhielten sich wie zwei Kumpel, die betrunken losgezogen waren, um die Sterne zu betrachten. Sie kämpften sich die Düne hinauf. Nach Mitternacht, still wie in einem Grab. Diese Entschuldigungen, verblümt und demütig, waren das, was Rick an Dads trunkener Gewalttätigkeit am wenigsten ertragen konnte.

»Ich dachte, du wärst draußen im Boot mit dem Pardoe-Flittchen. Wehe, du rührst sie an. Du weißt, was dir dieser pickelige kleine Mistkerl gesagt hat. Laß seine Schwester in Ruhe. Kein Job sonst, kein Spielsalon, kein nichts. Uns geht's gut, Junge. Bring das Boot nicht zum Schaukeln.«

Rick zupfte an seiner Hose und versuchte sich ein Lachen abzuringen.

»Ich laß sie in Ruhe, Dad, aber ich hab meine eigenen Gründe.«

»Erzähl mir doch nichts! Du läßt sie in Ruhe? Du warst heute zweimal oben am Haus, bist mit dem Eiswagen über den Holperweg gebrettert. Ich hab dich gesehen, hab's gehört. Irgendwelche Kids hätten mit der Kasse durchbrennen können, und du läßt einfach alles stehen und liegen.«

Rick holte tief Luft. Es schmerzte gerade so sehr, daß er wußte, er würde es überleben.

»Beim erstenmal war ich da, weil Mrs. Pardoe gern Eis ißt, die arme Alte. Und beim zweitenmal, weil diese Frau in den Spielsalon gekommen ist und nach dem Weg gefragt hat, verstehst du? Hat gesagt, daß sie da oben arbeitet. Lieber Himmel, sie sah einfach klasse aus. Bißchen alt, aber klasse.«

Dad grunzte. Manchmal erkannte er die Wahrheit, wenn er sie hörte, aber nicht immer.

»Was soll das heißen, alt?«

»Dreißig. So ungefähr. Hat gesagt, sie wär Anwältin. Tolle Frau.«

Sein Vater brach in lautes Gelächter aus und legte seinen großen, dicken Arm um die Schulter des Jungen. Rick zuckte zusammen. Schon möglich, daß der alte Mann jetzt so tat, als hätten sie sich versöhnt, aber es war nicht das erste Mal, und jetzt reichte es. Alles, was er wollte, war ein heißes Bad und etwas Schlaf. Und einen Traum. Daß er den Spielsalon ganz allein führte. Daß er mit Jo Pardoe im Meer herumtollte. Oder im heißen Sand lag...

»Alt! Dreißig! So, so, hast also mit dem verdammten Eiswagen einer Anwältin den Weg gezeigt. Das schlägt ja wohl alles!«

Rick sah schon vor sich, wie er die Story im Globe, im Ark Royal oder im Golden Fleece zum besten gab; es kam nicht drauf an. Wieder senkte sich der nasse, schwere Arm auf seine Schultern, und Rick protestierte nicht. Seine Hand fuhr sich zwischen die Beine. Diesmal fühlte sich nichts mehr taub an. Seine Kleider waren naß und stanken, sein Körper war unvorstellbar müde.

Was für ein Leben. Man rackerte sich ab, bloß um diesen Körper zu erhalten, ganz zu schweigen von den Träumen. Viele waren nicht übriggeblieben. Und der Körper taugte auch nicht viel. Jedenfalls nicht genug, um bei Joanna Pardoe landen zu können.

Das Schaf hatte Sarah überrascht. Es hatte ihr bis in das komische kleine Cottage folgen wollen, das als letztes von dreien in völliger Abgeschiedenheit links vom Haus stand. Wahrscheinlich war das Ganze früher eine Farm, hatte Joanna gesagt, redselig und schüchtern zugleich, ein nettes, nervöses Kind. Vor Jahren haben vermutlich Arbeiter hier gelebt. Dad hatte mal eine Farm haben wollen, aber er wollte ja immer alles, und das auf einmal. Tut mir leid, daß Sie nicht das beste erwischt haben, aber in dem hat's vor ein paar Wochen gebrannt, und wir wissen bis heute nicht, wieso. Vielleicht war es der Dorfgeist, wir haben diesen

Sommer einen neuen. Gute Nacht, schlafen Sie gut, und träumen Sie was Schönes.

Das Cottage war so klein wie eine Schuhschachtel, das Wohnzimmer ging in die Küche über, eine Treppe führte ins Schlafzimmer hoch, ein winziger Raum unter dem Dach. In einer halben Minute hatte man alles gesehen. Im Schlafzimmer entdeckte sie ein sturmfestes Fenster, das offenstand, um ein bißchen Luft hereinzulassen. In der Brise blähten sich hübsche Chintz-Vorhänge. Irgendwer hatte offensichtlich sporadische Anstrengungen unternommen, das Häuschen mit seinem uralten Boiler, dem noch älteren Klo, rasselnden Rohren und dem dünnen, gerippten Teppichboden, auf dem man eisige Füße bekam, etwas wohnlicher zu gestalten. Im Kleiderschrank mit der losen Tür hingen zwei Bügel, und das Bett war viel zu weich.

Sie war auf absurde Art enttäuscht, daß sie das Meer nicht hören konnte, und überließ der Anwältin in sich das Feld, um dieses Gefühl zu ersticken. Was wußte sie über die Pardoes, was erwarteten sie von ihr? Sie hatte einen vagen Eindruck von den verschiedenen Persönlichkeiten, aber keinen Schimmer von ihren angeblichen Reichtümern. Da war Julian, der Arzt, sandblond, mürrisch, gehetzt und müde, und Edward, ein gerissener kleiner Angeber, sorgsam auf sein Image als schwarzes Schaf der Familie bedacht, Joannas ein und alles. Das Mädchen, voll süßer Unschuld und zutraulich wie ein junger Hund, das über ihre Mutter wachte, als wolle jemand sie ihr wegnehmen, während die Mutter selbst die schrillen Rituale ihrer Verrücktheit übersteigerte und abwechselnd komisch und provozierend war. Finden Sie heraus, welche Träume sie haben, hatte Ernest gesagt. Finden Sie das heraus, und dann entwickeln Sie einen Plan, um das Geld gerecht zu verteilen. Dazu sind Anwälte da. Doch statt dessen mußte Sarah an Elisabeth Tysalls durchkreuzte Träume denken, welche Farbe sie für den Grabstein aussuchen sollte und welche Pflanzen für das Grab.

Die Luft vom Fenster war wie eine Droge, die ihr die Augen schloß, wenn das Bett auch kalt war. Nicht klamm, aber doch kalt vor Einsamkeit, die von der Stille noch gesteigert wurde. Keine ferne Musik, keine Rufe, Schritte, kein summendes Großstadtleben, wo weder Stille noch Dunkelheit je vollkommen sind. Und dann füllte sich das eisige Vakuum ihres Bettes mit Panik über das Alleinsein und klebrigem Angstschweiß.

Ihre Finger berührten ihr Gesicht. Um ihre Augen bildeten sich die ersten Falten. Sie konnte große Fetzen der Haut nehmen und hochheben, konnte die Kopfhaut vom Schädel ziehen, die Narben auf Schultern und Armen spüren, sich zwingen, an das heilende Meer zu denken, das alles kurieren würde. Schweiß rann ihr über den Rücken, bevor sie einschlief. Es war ganz und gar nicht das Landleben, von dem sie geträumt hatte.

Der Tag hatte nicht die geringste Ähnlichkeit mit der Nacht. Nach dem Versinken in jenem schrecklichen Schweigen wurde sie nun plötzlich emporgetragen zu einem wunderbar vielstimmigen Morgenkonzert. Zuerst die Vögel, kleine, dicke Drosseln, die laut zwitschernd auf dem Dach saßen und um Aufmerksamkeit wetteiferten, dann das weiche Gurren einer Taube, zwei hohe Töne und ein tiefer, keinerlei Variation, dafür lange Pausen, und zum Schluß ein von Menschen stammendes Geräusch, das diese natürlichen Geräusche zerschnitt wie ein Messer: das Heulen einer fernen Sirene, das zu einem dickbauchigen Stöhnen anschwoll, verebbte und sich erneut zu einem stetigen Klagelaut erhob, leise, laut, drei- oder viermal. Es klang wie eine aufgeregte Menschenmenge, ein Tier, das Schmerzen litt, ein Gebet für die Toten, ein Muezzin, der vom Minarett einer Moschee rief, und sie lauschte wie versteinert. Minuten später war sie unterwegs.

Es gab nur den klaren Himmel und einen endlosen Blick.

Das Dorf und der langgeschwungene Deich, der sich von ihm weg zum Meer hinzog wie ein Fragezeichen, lag zu ihrer Linken, eine halbe Meile entfernt. Das weite Land direkt vor ihr, gegenüber vom Haus, das nur durch den Garten von den Cottages getrennt wurde, sah nach nichts aus. Doch beim Gehen fiel ihr auf, daß dieses Nichts anfing sich zu bewegen, als Licht auf die Oberfläche traf und willkürlich angeordnete, schimmernde Kanäle voll von gurgelndem Wasser offenbarte. Sarah joggte in Turnschuhen auf den Ort zu. Alle fünfzig Meter wurden die Kanäle breiter, und das täuschend flache Land wich weiten Wasserrinnen, die jetzt nicht mehr einfach ans Ufer plätscherten, sondern in den zehn Minuten, die sie brauchte, um den Kai zu erreichen, immer lauter heranrauschten. Aus dem nächtlichen, mit Schlamm und Sand bedeckten Bassin war ein Teil des Ozeans geworden. Das Meer warf sich hoch gegen die Hafenmole: Boote, die am Abend zuvor noch unsichtbar gewesen waren, lagen nun in Augenhöhe, tanzten und schaukelten mit heiterer Leichtigkeit auf dem Wasser. Reste des mit Gestrüpp bewachsenen Landes erhoben sich über seine Oberfläche wie einzelne Haarbüschel auf einem glatten, kahlen Kopf.

Früher Morgen. Es roch nach Salz und Fisch. Zwei Männer hievten offene Kisten aus einem Boot und knallten sie auf das Steinpflaster. Sie wimmelten von nassen, zappelnden Fischen. Ein anderer Mann schrubbte das Deck des Bootes, das sie gerade entluden. Blut, vermischt mit Wasser, rann am Rumpf herab. Sarah versuchte sich ihre Übelkeit nicht anmerken zu lassen.

»Entschuldigen Sie... was war das für eine Sirene, die ich da gehört habe?«

»Sirene? Ach, das. Ein Rettungsboot.« Sie waren sparsam mit Worten, nicht unfreundlich, aber geschäftig.

»Angeln Sie mit Haken?« fragte sie naiv und beäugte das wässrige Blut.

»Haken sind was fürs Vergnügen. Mit einem Haken können Sie immer nur einen fangen. Wir benutzen Netze.«

Der Fischgestank überwältigte sie. Sie schämte sich, derart dumme Fragen zu stellen und sich damit milder Verachtung auszusetzen. Das Dorf lag im Morgenglanz. Im Hafen sah sie Schwäne, die sich würdevoll von der Flut davontragen ließen. Die Spielhalle war zu dieser selbst für den Postboten noch frühen Stunde unmißverständlich geschlossen. Ein Jugendlicher spritzte das Straßenpflaster, ohne die frechen Möwen zu beachten, die sich auf der Suche nach Resten von gestern kreischend über den Abfallkörben sammelten. Es war der unsichere, sanfte große Kerl, der mit seinem Schützling beim Friseur aufgetaucht war und ihr später bei ihrem feierlichen Einzug den Weg gezeigt hatte. Sie erkannte ihn wieder, trotz der frischen Prellungen in seinem Gesicht, die im blassen Sonnenlicht schimmerten. Er wirkte zu lethargisch, um sich über die Störung zu ärgern, und beobachtete, auf den Besen gestützt, wie sie die Straße überquerte. Beide lächelten.

»Hallo«, sagte sie. »Danke nochmals, daß Sie mich gestern abend zu dem Haus gebracht haben. Ich hab denen erzählt«, und damit nickte sie in die Richtung, aus der sie gekommen war, »daß ich mir vorgekommen bin wie eine Königin. Das war sehr nett von Ihnen.« Er zauberte ein neues Grinsen auf sein Gesicht und eine Menge Grübchen dazu. Sie erinnerte sich, wie gut er ausgesehen hatte unter den Lichtern des Spielsalons, in seinen engsitzenden Jeans und dem leuchtendweißen Hemd. In einer Ecke hatte eine Bingo-Maschine geplärrt, als er ihr über den Lärm hinweg zuhörte. Was für ein Kontrast zu der jämmerlichen Erscheinung heute morgen, da er nicht mehr König war, sondern Diener.

»Ist schon in Ordnung«, sagte er. »Ich heiße Rick.«

»Was haben Sie mit Ihrem Gesicht angestellt?« Diese Frage würde er heute sicher noch etliche Male hören. Für die anderen würde er eine Geschichte erfinden, um sie zum Lachen zu bringen, aber jetzt war es dafür noch zu früh.

»Nichts. Hatte Krach mit meinem Vater, weil ich den Wagen genommen habe.« Es schien nicht viel zu geben, was sie darauf antworten konnte.

»Tut mir leid. Da wäre ich lieber noch eine Weile herumgeirrt, als Ihnen solchen Ärger aufzuhalsen.«

»Ach was, halten Sie sich bloß nicht für so wichtig«, gab er zurück und lachte verächtlich. »Dad braucht keinen Grund, um mich zu verprügeln. Tatsache ist, er fand es sogar witzig, daß ich Sie da rausgebracht habe. Wollte bloß nicht, daß ich die Arbeit hier im Stich lasse. Hätte ja sein können, daß irgendwer abzischt, ohne zu bezahlen, oder so was.« Rick fühlte sich plötzlich unbehaglich. Er redete und redete, und sie verschwendete absolut keine Zeit damit, sich darüber aufzuregen, was er erzählte. Sie sah aus, als sei sie gerade aus dem Bett gestiegen, während ihm alles weh tat und er sich einfach irgendwem mitteilen wollte.

»Sind Sie verantwortlich für all die Maschinen?« fragte sie und deutete in Richtung Spielhalle.

»Yeah«, murmelte er. »Für all die Scheißmaschinen, die ganze Reihe. Und tagsüber fahr ich mit dem Eiswagen durch die Gegend. Toll, was?«

»Ach, das auch? Es muß wunderbar sein, hier zu leben.« Schon während sie sprach, wußte sie, daß die Frage und ihre Bemerkung ziemlich albern waren. Er spuckte in den Rinnstein.

»Sie machen wohl Witze.« Dann spuckte er auf die Straße, um zu unterstreichen, was er meinte. Sie war eine Spur irritiert, aber wirklich nur eine Spur.

»Okay, okay«, sagte sie. »Aber Sie sehen viel zu gut aus, um zuzulassen, daß man Sie grün und blau schlägt. Warum setzen Sie Ihren Dad nicht in ein Boot und schicken ihn zum Teufel? Kraft genug haben Sie doch, es sei denn, er hat noch mehr.«

Er lachte laut los, doch dann hielt er sich den Bauch. Das Lachen tat ihm weh.

»Um Himmels willen«, sagte sie. »Geben Sie mir den verdammten Besen, und setzen Sie sich hin.«

»Lieber nicht. Mein Dad...«

»Geben Sie schon her.« Er tat es, ging langsam zu dem Mäuerchen auf der anderen Straßenseite und zündete sich eine Zigarette an. Dann hockte er da und harrte der Dinge, die da kommen sollten. Sarah fegte das Pflaster vor der Spielhalle wie eine wütende Hausfrau, die höchstens zehn Minuten Zeit hatte. Sie sammelte die leeren Chipstüten und Hamburgerreste ein und stopfte alles in den Plastiksack, den er mitgebracht hatte. Dann fischte sie das Fensterleder aus dem Eimer und putzte die Scheiben, so rasch wie jemand, der Hausarbeit nicht ausstehen kann. Es war der Versuch, das Ganze mit der Raffinesse reiner Ungeduld in kürzester Zeit hinter sich zu bringen. Sie polierte Türklinken und rubbelte über Farbschichten. Innerhalb von zehn hektischen Minuten hatte sie alles erledigt. Die Gefühlsstürme der letzten paar Tage hatten sie dazu verleitet, vor ihrer Abreise von zu Hause auch ihre Wohnung von oben bis unten mit der gleichen gnadenlosen Energie zu putzen. Nach dem letzten Fenster erntete sie tatsächlich einen schwachen Applaus. Rick kam langsam über die Straße.

»Sind wir quitt?« fragte sie.

»Wieviel verlangen Sie pro Stunde?« fragte er, immer noch leicht spöttisch. Doch sein Lächeln war weniger angestrengt, und allmählich kehrte die Kraft in seine Gliedmaßen zurück. Sie sah wirklich umwerfend aus, hübscher Hintern, das sah man, wenn sie sich bückte.

»Oh, das kann ich beim besten Willen nicht sagen. Es kommt drauf an, wofür.«

»Sind Sie wirklich Anwältin? Ich weiß, daß die Pardoes eine erwartet haben. Mrs. P. hat's mir erzählt. Sie hat gesagt, da käme irgend 'ne alte Schachtel.«

»Vollkommen richtig. Und hier bin ich.« Jetzt grinsten alle beide.

»Ich weiß nichts über die Pardoes«, fuhr sie dann fort. »Warum sagen die Leute zum Beispiel, daß Edward ein Mistkerl ist? Ich hab's selbst gehört, beim Friseur.«

»Weil er eben einer ist. Weil, wenn er zum Beispiel da unten angeln geht«, er deutete auf den Strand in der Ferne, »kann ihn nicht mal der Anblick einer Robbe zur Vernunft bringen. Er läßt Haken und Angelschnüre einfach rumliegen, und die Viecher verschlucken sich dann dran. Und er spielt anderen gern Streiche, unser Edward. Und das ist noch lange nicht alles.« Ja, sie war toll. Kein bißchen alt, mit ihren Jeans und den Schmutzflecken auf der Nase. Dann fingen seine Gedanken an zu rasen, als er sich an die Pardoes im allgemeinen, an Diskretion im besonderen, an verletzten Stolz und seinen Dad erinnerte.

»Kommen Sie heute abend auf einen Drink vorbei, dann erzähl ich Ihnen, was Sie wissen wollen.«

Sie würde ihn auslachen, na klar, eine Frau wie sie fand immer eine Ausrede. Er nahm den Eimer, kippte das schmutzige Wasser auf die Straße und spritzte ihr den letzten Rest vor die Füße, spielerisch, nur um zu sehen, ob sie schreien oder zur Seite springen würde. Dabei hoffte er halbwegs, daß sie es nicht tat. Eine Herausforderung.

»Okay«, sagte sie und ignorierte das Wasser. »Wo?«

»Treffen wir uns hier. Ich hab heute meinen freien Abend«, sagte er und dachte mit einem unerklärlichen Triumphgefühl an seinen Dad.

»Okay, bis dann.«

Sie machte sich auf den Rückweg. Der Kai war plötzlich belebt. Ein kleiner blonder Junge blieb an der Ecke stehen und starrte sie an. Sein Blick hatte etwas, das ihr das Gefühl gab, als wolle er sie in aller Öffentlichkeit ausziehen, was aufgrund seiner kindlichen Unverblümtheit, des weit offenen Mundes und Fehlens jeglicher Verstellung noch stärker auffiel. Der Blick folgte ihr, als sie vorbei war, und blieb dann an ihrem Rücken haften. Eine Uhr an der Mole gab die Zeiten von Ebbe und Flut an, und daneben erkannte sie eine Markierung für den höchsten je gemessenen Wasserstand. Das gefiel Sarah, und sie fragte sich, wovon das Leben dieses Dorfes sonst noch beherrscht wurde.

In Merton-on-Sea war Charles Tysall gestorben und seine Frau vor ihm ebenfalls. Charles, der Sarah zu seiner fixen Idee erkoren hatte. Sie bestraft hatte wie zuvor seine Frau und dann losgezogen war, um die Stelle zu suchen, wo Elisabeth gestorben war. Charles, dessen Liebe zerstört hatte, was sie berührte. Sarah tastete nach ihren Armen. Plötzlich war ihr kalt. Über dem Wasser schimmerten die Geister zerbrochener Träume.

Mrs. Jennifer Pardoe, die überall nur Mouse gerufen wurde, hatte eine Schwäche für alles, was glänzte. Sie nahm ihre Garderobe ernst, und die morgendliche Auswahl dauerte eine Stunde. In einem heißen Sommer wie diesem waren Abendkleider *de rigeur*. Ballroben und ihre zahlreichen, euphemistisch als Cocktailkleider bezeichneten Gewänder waren ideal für Ende Juli. Für die eigentlich für sie bestimmten Anlässe, also Hochzeitsempfänge, Wohltätigkeitsveranstaltungen oder Eröffnungen von gräßlichen kleinen Galerien in pittoresken Dörfern, waren diese Kleider aus Chiffon mit ihrem tiefen Ausschnitt und den kurzen Ärmeln viel zu kalt. Kein Wunder, daß eine Frau einen Pelzmantel brauchte und im allgemeinen gut daran tat, das verdammte Ding niemals auszuziehen. Mrs. Pardoe hatte den Tanzabend im Jachtclub einmal einen Tummelplatz für gestärkte Gänsehaut genannt, eine Bemerkung, die nicht gerade geeignet war, sich des Beifalls ihres Mannes zu versichern oder sich Freunde zu machen, obgleich sie im Flüsterton erfolgt war. Im Gegenteil, damals, in den Zeiten ihres sozialen Aufstiegs, hatte er sich für sie geschämt.

Heute könnte sie das silberne Lamékleid tragen: zirka neunzehnhundertdreiundsiebzig. Ihr Stil orientierte sich an Marylin Monroe, dabei schien ihre Figur, die klein und rundlich war wie die einer Fregatte, eher für weite Gewänder als enganliegende Oberteile prädestiniert. Joanna hatte ihre Formen geerbt, und eines Tages würde das Kind lernen, daß sie keine Rolle spielten.

Mouse stieß einen kurzen, mitfühlenden Seufzer aus, als ihr plötzlich die Vision ihres verstorbenen Mannes in den Sinn kam, wie er mit ihr schimpfte, weil sie ganze Schränke mit Kleidern für Gelegenheiten vollstopfte, an denen sie nur teilnahm, weil sie sich nicht davor zu drücken wußte. Dann wandte sie ihre Aufmerksamkeit wieder der Gegenwart zu. Welches Kleid also? Das wadenlange aus Goldstoff ohne Ärmel und Rücken war wohl am besten. Dazu große funkelnde Ohrringe und ein goldener Armreif in Form einer Schlange mit kleinen grünen Augen und einem rosafarbenen Stein im Schwanz – perfekt. Nachdenklich erinnerte sie sich an qualvolle Nächte in viel zu engen Stöckelschuhen, während sie herausnahm, was sie schon damals insgeheim am liebsten dazu getragen hätte: ein Paar rosafarbener Turnschuhe. So angetan, ihren Pelzmantel lässig über den Schultern, ging sie zum Frühstück hinunter.

Am liebsten Champagnercocktail. Mit Brandy und Zuckerrand. Corn-flakes als Beilage.

Ein großes, häßliches Haus, dachte Sarah, als sie sich ihm auf dem Rückweg näherte. Sie sah es zum erstenmal so und stellte leicht schockiert fest, daß das Anwesen der Pardoes alles andere als ein Schmuckstück in schlichter Fassung war. Hätte man es über eine lange, gebogene Einfahrt erreicht, wäre es eine einmalige, große Enttäuschung gewesen. Doch so erhob es sich sozusagen aus heiterem Himmel, und jeder Schritt, der es einem näher brachte, enthüllte ein weiteres häßliches Detail. Das East Wind House war ein einziges

Sammelsurium von Anbauten und Erweiterungen. Die Dachziegel strahlten in einem neuen, grellen Orange, das nicht im mindesten zum weit dezenteren Rot der Mauern paßte. Das Ganze erinnerte an einen Menschen mit einem völlig unpassenden Hut. Das helle Blau der Dachsimse und der Regenrinne fügte noch einen weiteren Mißklang hinzu, ebenso der Anbau nach hinten, der mit wieder anderen Steinen und in der falschen Höhe erfolgt war. Die alten Fenster waren durch moderne Nachbildungen ersetzt worden. Alles in allem wirkte der Komplex wie eine Frau, die sich in einem Anfall von Unschlüssigkeit mehr mit Geld als mit Geschmack gekleidet hatte, eine Vision halb ausgeführter Träume, die gedankenlos wieder und wieder korrigiert worden waren und schließlich achtlos wie eine alte Strickjacke getragen wurden.

Die massive, nach oben zulaufende Eingangstür aus Eichenholz hatte ehedem zu einer Kirche gehört und trug nur noch mehr zu dem exzentrischen Äußeren bei. Sarah ignorierte das Portal und schlenderte ums Haus herum zum Hintereingang. Das feuchte Gras, das ihr bis zu den Knien reichte, benetzte ihre Füße. Man konnte noch die Reste eines weitläufigen Küchengartens erkennen, der von üppig wucherndem Rhabarber und dem Geruch nicht geernteten Gemüses beherrscht wurde. Eine Reihe von malerischen Kürbissen stach mit ihrem orangeroten Glanz ins Auge. Das Schaf mit dem verkrüppelten Horn stand an der Küchentür vor einem Topf mit ungebändigter Kapuzinerkresse und kaute und rülpste geräuschvoll.

Was, zum Teufel, trieb Ernest Matthewson für ein Spiel? Möglich, daß ein Element kostspieliger Extravaganz in dem Ganzen lag, das Gefühl, daß hier Geld zum Fenster rausgeworfen wurde, aber nichts an diesem Etablissement verströmte die Aura des Reichtums, die Sarah Fortune bei jedem Mandanten sofort erkannte und noch häufiger verachtete. Charles Tysall hatte den Geruch einer arroganten

Minderheit ausgeschieden, hier jedoch gab es nichts, das den Stundensatz von Ernests Londoner Kanzlei gerechtfertigt erscheinen ließ. Nicht mal der Streit in der Küche, dem sie ohne jede Scham lauschte.

»Wo ist Mrs. Tysall? Frühstückt sie denn nicht? Sie schien mir so dünn.«

»Halt den Mund, Mutter. Halt bloß den Mund... Und könntest du dieses schreckliche Kleid wieder ausziehen? Sie ist nicht Mrs. Tysall, sondern eine Anwältin aus London, und sie wird dich für noch verrückter halten, als du tatsächlich bist, wenn du weiter so rumläufst.«

»Mrs. Tysall und ich hätten gern Champagner...«

»Ach, du liebe Güte. Hol ihr ein Glas Limonade, Julian, ja?«

»Ich will keine...«

»Doch, du willst. Du hast es gerade selbst gesagt. Trink deinen Tee, du siehst aus wie...«

»Schlag mich nicht«, jammerte Mouse Pardoe, bis Julian täuschend ruhig, doch mit einem Anflug von Überdruß, ein Machtwort sprach.

»Sei nicht albern. Niemand will dich schlagen, weder jetzt noch in Zukunft. Warum hast du sie bloß dieses Kleid anziehen lassen, Jo?«

»Oh, es ist immer das gleiche. Wieso *ich?* Hast *du* je versucht, sie von irgendwas abzuhalten? Sie macht, was sie will. Wie soll ich sie deiner Meinung nach denn daran hindern? Ich hab genug anderes zu tun...«

»Etwa, daß du den ganzen Tag auf deinem Hintern sitzt? Haus und Garten verkommen läßt? So tust, als ob du kochen könntest? Ich weiß wirklich nicht, was du dir einbildest!«

Sarah erinnerte sich an das Essen vom Vorabend, die Politur auf den Möbeln, den halbwegs gelungenen Versuch, das Haus in Ordnung zu halten, ihre frische Bettwäsche und sagte sich, daß Julian alles andere als fair war. Joannas Stimme erstickte in Tränen.

»Ach, ja sicher! Ich tue nichts, während du für deine Kranken den Gott spielst. Ich wette, daß sie Schlange stehen und beten, einen anderen Arzt zu kriegen. Du siehst aus wie der tote Kabeljau in den Fischerbooten.«

»Zumindest mache ich meine Arbeit. Einer von uns muß ja wohl seine Pflicht tun.« Julians Stimme klang gefährlich. Es folgte eine Pause, das Klappern von Besteck und dann ein lautes Klirren.

»Oh, wie schade!« Mouse Pardoes Stimme ging in ein Kichern über. »Kein Champagner für Mrs. Tysall!« Julian ignorierte die Unterbrechung.

»Im übrigen könnte ich mehr für meine Kranken tun, wenn ich zu Hause nicht von lauter Idioten umgeben wäre. Ein Bruder, der nicht arbeiten will und keinen Job kriegt, wenn ich ihm nicht helfe, und eine Schwester, die es für selbstverständlich hält, daß man sie durchfüttert.«

»Okay«, rief sie. »Gib uns Geld, und wir gehen. Ist die Anwältin nicht deshalb gekommen?«

»Mrs. Tysall, bitte«, flötete Mrs. Pardoe.

»Geld?« lachte Julian spöttisch. »Andere Leute müssen auch erst mal ohne anfangen.«

»Ich gehe«, rief Joanna. »Und du kümmerst dich um Mutter. Aber das würdest du nicht tun, oder? Oder!?« Sie hämmerte mit der Faust auf den Tisch, ihre Stimme steigerte sich, fast hysterisch, und fiel dann wieder ab. Mouse Pardoe begann tonlos vor sich hin zu summen, dazu hörte man das Scharren eines Stuhls auf dem Steinfußboden. Dann wieder Julians Stimme, höhnisch und kalt.

»Sag Mrs. Fortune, wenn sie geruht zu erscheinen, daß ich sie um zwölf in der Praxis erwarte, und vergiß nicht, was ich dir sonst noch gesagt habe. Erklär ihr, wie man hinkommt. Aber lade sie nicht wieder zum Essen ein, weder heute noch sonstwann. Soll sie doch zusehen, wie sie zurechtkommt, solange sie hier ist. Ich glaube sowieso nicht, daß sie lange bleibt.«

Sarah wartete. Sie hörte das entfernte Knallen einer Tür irgendwo im Inneren des Hauses, Schweigen, Geräusche aus der Küche und spürte ein Gefühl von Erleichterung. Schließlich klopfte sie an die offene Tür und trat ein. Joanna sprang auf und drehte ihr den Rücken zu, als hätte sie an dem Herd mit dem großen, summenden Kessel zu tun, während sich Mrs. Pardoes Lippen erstaunt spitzten. Sie schien sich zu freuen. Sie sah so vergnügt aus wie ein zufriedenes Baby und schien auch etwa die gleiche Konzentrationsfähigkeit zu besitzen. Mitten auf dem Tisch prangte ein jämmerlicher Schokoladenkuchen.

»Guten Morgen, Mrs. Pardoe«, sagte Sarah. »Was für ein herrlicher Tag.« Das ärmellose, goldfarbene Kleid wirkte mindestens so schrill wie die riesigen Ohrringe, die auf die nackten Schultern baumelten und ständig klimperten, während Mrs. Pardoe ihren Toast aufaß und sich mit dem Zipfel des Tischtuchs die Lippen abtupfte. Dabei hinterließ sie kleine Spuren von Marmelade.

»Guten Morgen, Mrs. Tysall. Wie nett, Sie wiederzusehen.« Sarah fröstelte, als Joanna mit einer Kaffeekanne an den Tisch trat. Ihr Gesicht war gerötet, und irgendwie wirkte sie unsicher.

»Ich möchte, daß es Ihnen bei uns gefällt, und deshalb hab ich Ihnen einen Kuchen gebacken. Ich backe andauernd Kuchen, aber keiner will sie.« Mouse Pardoe sprach mit dem melodischen Tonfall einer Empfangsdame, die gerade einen Auffrischungskurs in Sachen Kundenbetreuung hinter sich hatte.

»Oh, Mutter«, sagte Joanna. Offenbar fühlte sie sich unbehaglich, verlegen, aber das Kämpferische war aus ihrer Stimme verschwunden.

»... und außerdem wünschte ich, daß ihr jungen Dinger Kleider tragen würdet. Hosen sind was für Männer, meine Lieben!« sagte Mrs. Pardoe und erhob sich. Sarah erhaschte gerade noch einen Blick auf die rosa Turnschuhe, bevor

Mouse Pardoe in einer Wolke von Parfüm aus der Küche rauschte, wobei sie übers ganze Gesicht strahlte und mit den Händen wedelte, als wolle sie ihnen ihren Segen geben. Joanna sah Sarah über den Tisch hinweg an und versuchte zu lächeln. Die Tränen lauerten immer noch und nicht mehr ganz so kontrolliert nach einem raschen, bewundernden Blick auf Sarahs Äußeres. Joanna sah nicht den Schmutz auf Sarahs Jeans, nur ihren tadellosen Sitz und das leuchtende Seidenhemd, das über den schmalen Hüften endete. Vor allem fiel ihr auf, daß Miss Fortunes Erscheinung in Jeans nicht die geringste Ähnlichkeit mit ihrer eigenen hatte.

»Haben Sie unseren Streit gehört?«

»Ich glaube, ich habe gerade noch das Ende mitgekriegt. Tut mir leid.«

»Gut. Dann haben Sie das Schlimmste verpaßt, als Edward auch noch beteiligt war. Aber schließlich ist er einfach rausgelaufen und hat die Tür hinter sich zugeknallt. Ein allmorgendliches Ritual. Wenn ich Sie wäre, würde ich wochentags bis halb neun im Cottage bleiben. Danach sind nur noch Mutter und ich hier. Nehmen Sie Kaffee? Toast?«

»Bitte. Kaffee.«

»Übrigens haben Sie eine Verabredung mit Julian in der Praxis, gegen zwölf, hat er gesagt. Ich bringe Sie hin, habe sonst aber strikten Befehl, keinerlei Geschäftsangelegenheiten mit Ihnen zu besprechen. Dabei hab ich sowieso keine Ahnung, weder vom Vermögen noch von sonst was.« Die Worte stürzten aus ihr heraus, als müßte sie sich für etwas rechtfertigen.

»Ist schon gut. Ich würde sicher nicht erwarten, daß Sie höhere Befehle mißachten.« Sie lächelten sich verschwörerisch zu, zwei Frauen, die sich über die männliche Vorherrschaft lustig machten. »Aber können Sie mir zumindest zwei Fragen beantworten? Erstens, wozu braucht diese Familie eine Anwältin, um rauszukriegen, wer was erben soll? Wieso können Sie das nicht selbst regeln?«

Joanna zeigte mit einer ausholenden Handbewegung auf das Chaos in der Küche. Teeflecken auf dem Holztisch, ein Haufen Abfälle auf dem einen Ende, zwei Angelruten neben dem Herd, Glasscherben auf dem Boden. »Das sehen Sie doch selbst, oder? Wir sind nicht gerade bewandert in der Kunst des Miteinander-Auskommens. Der verdammte Julian erteilt Befehle und macht uns das Leben zur Hölle, und Ed überwacht mich ständig. Julian und er reden nicht miteinander, ja, im Ernst. Und was war die andere Frage?«

»Warum um alles in der Welt nennt mich Ihre Mutter Mrs. Tysall?« fragte Sarah leichthin.

»Wie soll ich das wissen... oh, jetzt erinnere ich mich, Edward erwähnte es heute morgen, als sie damit anfing. Es gab wohl ein Paar namens Tysall, das vor Jahren eins der Cottages gemietet hatte. Mrs. Tysall hatte rotes Haar, wie Sie, und später kam sie auch manchmal ganz allein her. Dann hatte sie anscheinend einen Unfall, jedenfalls ist sie ertrunken. Ma hat sich beim Friseur immer mit ihr unterhalten. Nun, ich schätze, jeder hier hat über sie geredet. Es war damals ein richtiger Skandal, denn die Leiche blieb irgendwo stecken und wurde erst ein Jahr später gefunden, nach einem Sturm. Muß schrecklich gewesen sein.«

»Und was ist mit ihrem Mann?«

Joanna überlegte angestrengt. »Weiß ich nicht genau. Noch ein Skandal, aber da müssen Sie Julian fragen. Er hat mit den Leichen zu tun, geschieht ihm recht, er versteht sich sowieso besser mit Toten.« Sie lachte über ihren eigenen Witz. »Ach ja, als dieser Charles erfuhr, daß man seine Frau gefunden hatte, denn zuerst dachte er wohl, sie wär durchgebrannt oder so was, verstehen Sie, scheint er selbst rausgewandert zu sein, um sich die Stelle anzusehen, und da ist er dann von der Flut erfaßt worden. Tags darauf hat ihn das Meer bei Holkham an Land geschwemmt. Was für eine Liebe! Romantisch, wie?«

Joanna schenkte sich Kaffee nach. Sie genoß die unheimlichen Geschichten, die sie selbst nicht betrafen und weniger zählten als ihr eigener achtzehnjähriger Liebeskummer. Jedenfalls glaubte Sarah das. Leidenschaften von über Dreißigjährigen waren für Teenager obszöne Geheimnisse.

»Charles Tysall war einer unserer Mandanten«, sagte sie unaufgefordert, doch nicht ganz ungerührt. »Ich habe ihn gekannt.«

»Ach, wirklich? Ich nicht«, sagte Joanna und fragte sich, wie man es bloß schaffte, eine Figur wie Sarah zu bekommen und dann auch noch die passenden Jeans dazu. Es mußte eine Kombination von Rauchen statt Frühstücken und dem Leben im sündigen Paradies London sein, nach dem sie allerdings nicht das geringste Verlangen hatte.

»Nun ja, flüchtig.« Sarah trank ihren Kaffee schwarz, in kleinen Schlucken. »Ganz schön heißes Pflaster hier«, lachte sie. »Familienzwiste, Selbstmorde, Sirenen, Tod und alle möglichen anderen Abenteuer. Sogar ein Geist, haben Sie gestern abend gesagt. Hier scheint ja jede Menge los zu sein.«

Joanna warf ihr einen mitleidigen Blick kaum verhohlener Ungeduld zu.

»Wovon, zum Teufel, reden Sie da eigentlich? Uns gehört der größte Teil des Dorfes«, sagte sie kummervoll. »Und nichts ist hier los. Rein gar nichts!«

VIER

Die Arztpraxis hätte überall sein können. Es war nichts Ländliches an ihr, und mit ihrem sauberen, antiseptischen Geruch, der so sehr an Krankheit erinnerte, schien sie die passende Umgebung für die Erörterung eines Testaments.

»... den Rest meines beweglichen und unbeweglichen Vermögens allein meiner Frau Jennifer, die es nach eigenem Gutdünken an meine Kinder weitervererben soll.«

»Sehen Sie«, sagte Julian von der anderen Seite eines deprimierenden Schreibtisches aus Metall, ohne ihre Neugier zur Kenntnis zu nehmen. Er verzichtete auf Höflichkeiten und starrte auf einen entrückten Punkt, der Sarahs Gegenwart nicht einschloß. »Ich kann nicht so tun, als gefiele es mir, denn das ist nicht der Fall. Nichts an dieser Sache gefällt mir, und ich bedaure außerordentlich, daß Ihre Anwesenheit hier nötig ist. Ernest Matthewson hat meinen Vater mehr als die Hälfte seines Lebens vertreten, aber gelegentlich machen seine Ideen nicht viel Sinn, wenn Sie mich fragen.«

»Ich dachte, es sei Ihre Idee gewesen«, unterbrach sie ihn. Julians Miene war ausdruckslos. Ein knappes, gequältes Lächeln huschte, wie von einem Zauberstab herbeigerufen, über seine Züge und enthüllte einen Anflug von Menschlichkeit in diesem Gesicht, das aus Stein gemeißelt schien und gezeichnet von tiefem Leid – seinem eigenen und womöglich auch einem fremden.

»Meine Idee? Ernest hat mich schlicht darüber in Kenntnis gesetzt, daß Sie kommen. Aber machen Sie sich nichts draus. Jetzt sind Sie da, und wer weiß, wozu es gut ist. Sie haben das Testament gesehen, aber nicht die aktualisierte Liste der Vermögenswerte meiner Mutter.«

Keine Spur von Selbstgefälligkeit, mit der sie gerechnet hatte. Sie nahm die drei getippten Seiten, die den Briefkopf eines örtlichen Grundstücksmaklers trugen. Ein Blick darauf offenbarte eine lange Liste von Häusern, Geschäftsräumen und Läden. Sarah fragte sich, ob es noch irgendwelchen Grundbesitz im Dorf gab, der nicht den Pardoes gehörte.

»Etwa zwei Drittel«, sagte Julian, als könnte er ihre Gedanken lesen. »Er hat zwanzig Jahre dafür gebraucht. Mein Vater hat leidenschaftlich an Ziegel und Mörtel geglaubt und die Gewinne aus seinen Geschäften in nichts anderes investiert. Es war bezeichnend, daß er gerade auf einem Dach saß, als er den Herzinfarkt bekam. Er hatte sich in den Kopf gesetzt, mit seinen siebzig Jahren noch die Blätter aus der Regenrinne zu holen. Er war besessen von der Idee, alles allein zu regeln, und konnte nichts delegieren. Seit seinem Tod ist meine Mutter so, wie Sie sie erlebt haben; es scheint chronisch zu sein. Sie kann nicht mehr lesen noch kochen, hat keinen Sinn für Eigentum oder Anstand mehr, weiß nicht, was Zeit ist oder Angst, ist ohne jeden Begriff, was ihren eigenen Zustand angeht, und erst recht ohne Vorstellung von unserem. Sie kann einen zum Wahnsinn treiben. Sie ist schwierig, fordernd, verletzlich und völlig unfähig, ihre Angelegenheiten zu regeln, da sie nicht weiß, was ihr gehört. Ich übrigens auch nicht. Aber ich glaube, Edward weiß es. Er hilft bei dem Grundstücksmakler aus, der die Sachen für uns verwaltet.«

Er seufzte, als langweilte ihn das ganze Thema. »Vater hat sich um die Sache herumgedrückt, verstehen Sie«, fuhr er mit unterdrückter Gereiztheit fort. »Für einen so intelligenten, materialistischen Mann war er viel zu unentschlossen. Und nun hat er Mutter alles aufgebürdet. Erstaunlich. Ich hatte immer geglaubt, daß er mich liebt und mir vertraut. Aber offensichtlich nicht.« Sarah sah, wie er zusammenfuhr.

»In den letzten paar Jahren hatten Mutter und er offenbar noch einmal zueinandergefunden. Sie waren wie zwei Jungverliebte, die Scherze machten, statt daß er einfach nur Befehle gab. Vater hat sogar seine gesellschaftlichen Verpflichtungen aufgegeben, die sie so haßte. Statt dessen hat er sich dem Angeln verschrieben. Und davon geträumt, seltene Schafe zu züchten. Eins davon läuft noch im Garten herum.«

Sarah wollte alles. Sie wollte wissen, wo Mrs. Pardoe ihr goldenes Kleid zum erstenmal getragen hatte und was Mr. Pardoe tatsächlich für ein Mensch gewesen war. Sie wollte Familienporträts, Anekdoten, Zeichen von Kummer statt nervtötender Formalitäten. Alles, was sie bis jetzt sah, war, daß dieser Mann und seine Frau eine Familie um sich geschart hatten, deren Mitglieder sich äußerlich ganz erheblich unterschieden: Edward, dunkel und schmal, Joanna, blond und rundlich, und der älteste, der ihr gegenübersaß, stämmig und attraktiv, mit einem vorspringenden Kinn, rotgoldenen Locken und Augen, die wie im Fieber brannten. Es sah nicht so aus, als hätte er Lust, vom eigentlichen Thema abzuschweifen. Sarah vermutete, daß es besser war, sich so zu verhalten, wie sie es mit Mandanten oft tat, und zu tun, als hätte sie mehr zu bieten als bloß gesunden Menschenverstand. Und nicht selten hatte sich dabei herausgestellt, daß es tatsächlich so war.

»Sehen Sie«, fing sie an, »das Testament ist juristisch einwandfrei.«

»Das weiß ich selbst«, gab er barsch zurück. »Und es verpflichtet mich als Ältesten, ein Vermögen zu verwalten, zu dem ich keinerlei Zugang habe. Mutter kann mir keine Vollmachten geben, da sie erst einmal verstehen müßte, was das hieße. Ich hab's versucht, aber es geht nicht. Ich schaffe es, die Mieten zu kassieren, Schecks zu bezahlen und auch alles andere einigermaßen zu regeln, aber nur, weil der Bankdirektor mein Patient ist. Ich trage Verantwortung, ohne wirklich etwas tun zu können. Und natürlich weiß ich auch, das brauchen Sie mir nicht extra zu sagen, daß Edward, Joanna und ich im Falle ihres Todes zu gleichen Teilen erben würden. Bis dahin sind uns allerdings die Hände gebunden. Wir haben zwar ein Vermögen, aber kein nennenswertes Einkommen daraus. Es reicht, gut, aber mehr auch nicht. Und Mutter könnte noch dreißig Jahre leben.« Diese letzte Äußerung war nicht ohne Wärme, es lag sogar ein Hauch von Bewunderung in seiner Stimme. Sarah ertappte ihn bei einem Lächeln, lächelte zurück und sah, wie sich sein Gesicht gleich wieder verhärtete – ein Mann, der von einer Bitterkeit und Einsamkeit gezeichnet war, die über seine Kräfte gingen. Sarah erkannte die flüchtigen, verräterischen Anzeichen eines Zustands, der ihr selbst zur zweiten Natur geworden war. Julian war ein Mann, der sich zu hart beurteilte.

»Na schön«, sagte sie munter. »Zuerst brauchen wir also eine genaue Vermögensaufstellung und eine Bewertung des Ganzen. Dann läßt sich entscheiden, wie es verwaltet werden soll. Und zu guter Letzt gehen wir mit den Plänen zum Nachlaßgericht, und dort können Sie ein Testament für ihre Mutter aufsetzen lassen.«

»Ganz einfach«, sagte Julian ironisch. Da war das Lächeln wieder.

»Nein, nicht einfach, aber möglich. Es geht wie beim Monopoly und wird Sie ungefähr soviel kosten wie ein Haus. Aber ich nehme an, das spielt keine Rolle, denn davon scheinen Sie ja jede Menge zu besitzen. Zweck unseres Planes ist, sicherzustellen, daß Ihre Mutter glücklich und gut versorgt ist. Das ist das vorrangige Ziel. Dann, genügend Kapital für Sie, Edward und Jo flüssigzumachen, damit Sie die Flügel ausbreiten und früher oder später Ihre Träume verwirklichen können.«

Julian lachte, was ihn selbst überraschte. Es lag eine gewisse Ironie in diesem Lachen, aber immerhin war es ein Lachen.

»Welche Träume? Was sollte ein einfacher Landarzt schon für Träume haben?«

»Jeder hat Träume«, widersprach Sarah. »Ihr Vater muß davon geträumt haben, Grundbesitz zu erwerben, und er hat es getan. Jo hat mir erzählt, daß Edward davon träumt, Künstler zu sein. Sie träumt vielleicht vom Kochen. Geld ist dazu da, Träume zu verwirklichen. Warum sonst sollte man dafür arbeiten?«

»Manche von uns verweigern sich.«

Sie konnte doch nicht im Ernst glauben, daß Edward wirklich Träume hatte. Nein, das sprach nicht gerade für ihre Intelligenz. Wenn Edward auch vorgab, Künstler sein zu wollen, war und blieb er doch derselbe Edward, der all seine Fehlschläge darauf zurückführte, daß er sich langweilte, der sich von einem gehässigen Jungen zu einem trägen Mann entwickelt hatte und von einem Job zum anderen gewechselt war, bis sein Vater ihm Pfründe beim örtlichen Grundstücksmakler gesichert hatte. Seine Konzentrationsfähigkeit war erbärmlich, sein Mangel an Konvention nichts als fauler Zauber. Julian betrachtete Sarah und kam zu dem Schluß, daß ihr neutraler Ausdruck nur Cleverness sein konnte. Möglicherweise wiederholte sie nur, was man ihr gesagt hatte, glaubte jedoch, was sie wollte. Er lehnte sich auf seinem Stuhl zurück. Diesmal verschwand das Lächeln nicht wieder aus seinem abgezehrten Gesicht.

»Miss Fortune, ich glaube, Sie sind eine Hexe. Ich hatte erwartet, daß Sie mich der Habgier bezichtigen, und nun reden Sie von Träumen. Treiben Sie auch Dämonen aus?«

Sarah schüttelte lächelnd den Kopf. »Ich finde es einfacher, sie zu bestechen. Geister, Dämonen, Kobolde, Reuegefühle – die Symptome eines Lebens jenseits der dreißig.«

Julian erlaubte sich ein erneutes kurzes Lachen, das abrupt abbrach, als es an der Tür klopfte und eine dralle Krankenschwester eintrat, die professionell lächelnd auf den Stapel mit Notizen zurauschte, der in einem Drahtkorb auf dem Schreibtisch lag. Dann sah sie Sarah, hielt schlagartig inne, hörte auf zu lächeln, grabschte die Notizen und verschwand wortlos. Ärgerlich fiel die Tür hinter ihr ins Schloß. Sarah tat, als studiere sie die Vermögensliste der Pardoes, die Julian ihr gegeben hatte. Ein Posten mit der Bezeichnung »Spielsalon, Ostkai« fiel ihr ins Auge. Das Zimmer war plötzlich stickig.

»Reicht das für den Anfang?« fragte Julian, jetzt wieder wie der Arzt, der sich erkundigt, ob die Medikamente für die Woche reichen. Am liebsten hätte sie ihn geschüttelt, stand jedoch leichtfüßig auf und klemmte sich die Papiere unter den Arm.

»Ich frage mich, ob mich Ihre Sprechstundenhilfe für eine Simulantin hält. Daß ich mich krank schreiben lasse, um mich in der Sonne zu aalen oder so was? Sie scheint ... ein wenig besitzergreifend.« Sie empfand einen unerklärlichen Ärger, sah hinab auf die elegante Hose, die sie gegen die schmutzigen Jeans eingetauscht hatte, zu auffällig für eine Dorfpraxis.

»Tut mir leid. Sie müssen ihr einen Schock versetzt haben. Jedenfalls ist es mir so gegangen, als ich Sie zum erstenmal gesehen habe. Zufälligerweise sind Sie einer Patientin von uns wie aus dem Gesicht geschnitten. Es ist, äh, schon zwei Jahre her, aber es war ... nun ja, es ist schwierig, sie zu vergessen.«

»Mrs. Tysall«, antwortete Sarah schlicht. »Ihre Mutter nennt mich Mrs. Tysall. Jemand beim Friseur hat gesagt, ich sähe aus wie eine alte Kundin. Es ist ziemlich verwirrend, und, rundheraus, mir wird geradezu schlecht bei dem Gedanken, aber ich nehme an, Sie alle meinen Elisabeth Tysall, die draußen auf dem Friedhof liegt und nicht mal einen Grabstein hat. Charles Tysalls Frau.«

Er hatte sich vom Stuhl erhoben. Sein Gesicht war plötzlich bleich geworden, und seine großen Hände spielten mit einem Bleistift.

»Ihre Schwester sagt, Sie hätten mit den Leichen von Elisabeth und ihrem Mann zu tun gehabt«, fuhr Sarah fort, noch immer von einem grundlosen Ärger getrieben. »Sie war Ihre Patientin, sagen Sie. Ich wollte schon immer mal jemanden treffen, der sie gekannt hat. War sie sehr . . . charmant?«

Der Bleistift fiel zu Boden. Julian verlor die Fassung.

»Machen Sie, daß Sie rauskommen. Sie haben ganz recht, da kann einem schlecht werden. Sie ähneln Elisabeth nicht im geringsten. Niemand tut das.«

Sarah stand da und beobachtete, wie seine Wut in kaum verhohlenen Schmerz umschlug. Langsam brach die Fassade seiner Selbstbeherrschung in sich zusammen.

»Dämonen und Geister«, murmelte sie. »Ich wollte keine alten Wunden aufreißen. War sie eine Freundin von Ihnen? Sie hat mit Sicherheit jemanden gebraucht.«

Er schüttelte den Kopf und kehrte unvermittelt zu seiner geschäftsmäßigen Schroffheit zurück.

»Bitte gehen Sie, Miss Fortune. Ich bezweifle, daß Sie in der Lage sind, uns zu helfen. Verbringen Sie das Wochenende als unser Gast im Cottage. Und dann sprechen wir noch mal drüber.«

»Wie sie wünschen.«

Stonewall Jones rannte aus dem Spielsalon, linker Hand den Kai hinab, dann noch mal links und eine kurvenreiche Gasse entlang, die zur Hauptstraße führte. Dabei kam er an mehreren Häusern vorbei, in denen Verwandte von ihm lebten. Seine Mutter zum Beispiel, die im Augenblick zur Arbeit war und deren liebevoll gemachte Sandwiches in seiner Tasche zerbröselten, dann seine kleinen Brüder, die drei Türen weiter bei Tante Mary untergebracht waren, während

Onkel Jack sich wahrscheinlich wie jeden Tag in der Polizeiwache um die Ecke befand. Das Dorf war voller Leute, von denen er jederzeit fünfzig Pence hätte bekommen können und die ihn auf unterschiedlichste Art und nicht ohne Vorhaltungen bei sich aufgenommen hätten, wenn er sie darum bitten würde, doch keiner war wie sein Cousin Rick.

Rick hatte seine Fehler, aber als Held war er unschlagbar. Stonewalls Stärke dagegen lag in seiner Diskretion als Spion, und obendrein besaß er das Talent, überzeugend zu lügen, obgleich er von Natur aus mehr zur Wahrheit neigte. Außerdem hatte er ein gutes Gedächtnis und ein scharfes Auge für Details. Und deshalb war er so aufgeregt: die Rothaarige.

Sein Gedächtnis reagierte mehr auf visuelle als verbale Eindrücke. Stonewall redete ständig mit Rick und manchmal auch mit seinen Klassenkameraden, alle anderen aber gingen leer aus. Wieder erschien die Rothaarige vor seinem inneren Auge. Sie stammte aus einer Zeit, als er noch kleiner gewesen war, aber nicht so klein, daß er sich nicht an sie erinnert hätte: Eines Tages war sie mit einem grün und blau geschwollenen Gesicht weinend aus der Arztpraxis gekommen. Das war zwei Jahre und ein ganzes Leben her, aber er hatte es nie ganz vergessen, dazu hatte er keine Gelegenheit gehabt. Zuerst hatte er ihre Kreditkarten gefunden und noch andere Papiere mit ihrem Foto, halb vergraben im Schlamm eines Priels. Und dann, genau ein Jahr später, hatten sein Stiefvater und er die Leiche entdeckt.

Dem war schrecklich übel geworden, was Stonewall für alles andere als ein gutes Beispiel hielt. Nach diversen Erfahrungen mit verbotenen Videos für Erwachsene, die er im Haus eines Schulfreundes gesehen hatte, war er bei weitem nicht so schockiert gewesen wie sein Stiefvater. Die Rothaarige hatte ihn eher an einen toten Hund als an eine Leiche erinnert, und dieser Eindruck wurde noch unterstrichen von dem langen Haar, das ihn an die Ohren eines rothaarigen

Spaniels erinnerte. Es war matt, verfilzt und feucht gewesen, kaum erkennbar unter dem Sand. Sie war ein Ding, nichts Lebendiges dran.

Der Mann, den sie einen Monat später gefunden hatten, war anders gewesen. Diesmal waren es Rick und er, zwei Piraten, die in den trägen Stunden des letzten Sommers auf der Suche nach Strandgut gewesen waren. Insgeheim hatte Stonewall natürlich gebetet, daß sie noch eine Leiche finden würden, wegen all des Wirbels, den die Leute letztes Mal um ihn gemacht hatten. Das hatte ihm einen wunderbaren, flüchtigen Einblick davon vermittelt, wie es sein mußte, berühmt zu sein.

Sie waren so tapfer gewesen, daß ihm in der Erinnerung heute noch ein Schauer über den Rücken lief. Diese zweite Leiche – ein Mann – hatte nur zwei Tage im Wasser gelegen und wirkte so lebendig, daß man kaum hinsehen konnte. Ein Mann mit starrem Lächeln und dem Mund voller Sand. Er lag, von Schlamm bedeckt, auf einer Sandbank draußen. Seine dunkle Hose war bis auf die Knöchel herabgerutscht, und sein Hintern sah aus wie ein kleiner weißer Hügel. Als sie ihn auf die Seite wälzten, fielen seine Eier und sein Pimmel vor. Behangen wie ein Esel, hatte Rick gesagt. Zitternd vor Aufregung, hatten sie gekichert und dann Onkel Jack geholt, der durchgedreht war und von einem Rettungsboot gefaselt hatte. Sie hatten immer weitergekichert und sich beglückwünscht. Als ob irgendwas außer einem Ruderboot bei Ebbe nur auch in die Nähe hätte kommen können. Die Leiche mußte über Land abtransportiert werden. Wenn man eine gesehen hat, kennt man alle, hatte Rick gesagt. Sie hatten in dem wasserlosen Kanal gestanden und ausgelassen geschrien, bis der Arzt kam und zu wissen schien, wer der Tote war. Da lachte es sich nicht mehr so leicht. Am Ende hatte er die Leiche mit ihrer Hilfe ans Ufer geschleppt und den Wagen herangeholt, so nah es ging. Mit einem Fetzen von Ricks triefendnassem Segel hievte er den Körper über zwei Priele und in den Kofferraum. Was anderes war angesichts der ständig steigenden Flut nicht zu machen.

Das meiste blieb sowieso dem Doktor überlassen. Alle anderen wandten sich ab, auch Rick und er, aber erst als sie gesehen hatten, was es zu sehen gab: wie der Arzt gegen die Leiche trat, als wäre sie ein Fußball. Es waren nur ein paar Tritte, aber sie waren brutal. Stonewall hörte noch das Geräusch des Schuhs, der sich in den vom Wasser aufgetriebenen Oberkörper bohrte. An den Anblick konnte er sich nicht recht erinnern, da er den Kopf abgewendet hatte, aber das Geräusch war noch da, wenn er es wollte. Schlock, schlock, schlock, Ausdruck eines verrückten Hasses. Zuerst war es noch ulkig gewesen. Alles, was er mit Rick erlebte, war irgendwie lustig, aber auf diesen Vorfall waren sie nie wieder zu sprechen gekommen. Später hatte der Ertrunkene Stonewall leid getan. Er vermutete, wenn er ertrank, würde es ihm ähnlich ergehen: Man würde ihn wegschaffen und irgendwo beerdigen, genau wie den Mann. Seine Mum und Dad würden nicht kommen, sie hätten sicher zuviel zu tun.

Stonewall hämmerte an die Tür des Swamp Cottage und stieß sie auf. Sie hatte ein Schloß, das nie benutzt wurde; zu stehlen gab es hier nichts. Einbrüche waren nie ein Problem im Dorf gewesen, außer in allerletzter Zeit, aber das ging wahrscheinlich auf das Konto von Touristen, oder es war der Geist. Die Tür führte geradewegs in eine winzige Küche, wo zwei einsame Teller in der Spüle lagen und eine Fliege gegen das Fenster summte, dann ging es eine Stufe runter ins Wohnzimmer, wo der Fernseher brüllte. Rick saß auf dem alten Sofa und zupfte abwesend die Füllung aus einem Riß in der Lehne, während er auf den Bildschirm starrte. Beim Anblick des Rucksacks auf dem Boden und der Prellungen um Ricks Augen geriet Stonewall in Panik.

»Du haust doch nicht ab, Rick? Du gehst doch nicht hier weg, oder? Dein Dad bringt dich um.« Seine Stimme war schrill vor Angst.

»Hat er bereits versucht«, brummte Rick. Er stand auf. Rick war so groß, daß die Decke des trostlosen Zimmers nur durch Zentimeter von seinem Kopf getrennt war. Er fuhr dem Jungen durchs Haar. »Reg dich ab, Kleiner, so schlimm war's nicht. Vielleicht fahr ich heute abend raus. Aber vielleicht auch nicht.«

»Kann ich mit?«

»Nein. Das geht nur vormittags. Deine Mum würde dich vermissen. Weiß Gott, warum.«

Stonewall beruhigte sich wieder. Wenn Rick zu Späßen aufgelegt war, konnte es ihm so schlecht nicht gehen. Der Junge nahm das Sofa in Beschlag und fing seinerseits an mit der Füllung zu spielen und den Flachs zu zwirbeln. Er war unendlich erleichtert, Rick so normal zu finden. Außerdem platzte er vor Neuigkeiten, als hätte er drei Portionen Pommes und hinterher noch eine ganze Schokolade verputzt.

»Ich sag dir was, Rick, ich hab gerade einen Geist gesehen, echt, ich schwör's. Schon zum zweiten Mal. Eine Frau.«

»Ach, ja?«

»Ich hab diese Frau wiedergesehen, verstehst du? Dieselbe wie damals, ist schon lange her, als mein Dad noch im Boot mit mir rausfuhr...«

»Klar weiß ich das noch. Die erste Zeit hast du vor Angst geschrien wie 'n brünstiger Kater, jawohl.« Rick zog ihn auf, doch ohne Boshaftigkeit. »Warte mal«, fuhr er dann fort, immer noch grinsend, »du meinst, du hast gerade eine Frau gesehen, die so häßlich war wie ein Geist? Bloß eine? Davon gibt's Dutzende da draußen.« Er brüllte vor Lachen.

»Es ist dieselbe wie die, die im Sand lag«, sagte der Junge halsstarrig. »Sie ist durch die Priele gewatet, betrunken, mit einem kaputten Gesicht. Ich war mit Dad da draußen, und er hat mich zurechtgestaucht, weil ich über sie lachen mußte. Es war die Leiche, die ich mit Dad gefunden habe, nicht die, wo du dabei warst. Ich hätte mich gar nicht an sie erinnert, wenn ich nicht die Papiere mit ihrem Bild gesehen hätte. Na ja, jedenfalls hat die, die ich gerade gesehen hab, dasselbe rote Haar. Jede Menge davon. Sie muß ein Geist sein. Oder ihre Zwillingsschwester...« Unter Ricks spöttischem Blick sackte er in sich zusammen.

Stonewall konnte der Bedeutung seiner Gegenwart bei der Entdeckung der beiden Leichen einfach nicht widerstehen und spielte darauf an, wo immer sich eine Gelegenheit ergab. Zweimal hintereinander war er in der Schule ein umschwärmter Star gewesen. Rick dagegen hatte bloß die eine gefunden. Ein paar Hunde und Katzen in den Prielen, ein paar Schwäne, die von Bleigewichten vergiftet worden waren, eine Robbe, die einen riesigen Angelhaken verschluckt hatte – aber nur eine Leiche. Das war die einzige Sache in Stonewalls kleinem Leben, die ihm Überlegenheit verschaffte. Und das nutzte er weidlich aus.

»Rotes Haar? Du hast einen Geist mit rotem Haar gesehen?« spottete Rick. Stonewall war ernüchtert.

»Ich hab sie gesehen, als ich dich gesucht habe. Und dann noch mal, als sie in die Stadt ging, zusammen mit deiner Freundin.« Das letzte war eine Falle, aber Rick zuckte nur mit den Achseln.

»Das war doch kein Geist, Kleiner. Das ist eine Anwältin, jedenfalls behauptet sie das. Gehört zu den Pardoes. Sie bräuchten einen Gärtner und keine Anwältin. Im übrigen ist Jo nicht meine Freundin.«

»Ach, nein? Da hab ich aber was anderes gehört«, sagte Stonewall, den tollen Kerl markierend. Rick hätte fast losgelacht, brachte es aber nicht übers Herz.

»Wie auch immer, jedenfalls bin ich hinter den beiden her. Deswegen bin ich ja draufgekommen, daß die Rothaarige ein Geist ist. Deine Joanna ist zum Gemüsehändler gegangen und der Geist zum Arzt. Genau wie's die andere mit dem roten Haar gemacht hat. Meine Tante Mary hat immer gesagt, es wäre empörend.«

Stonewall liebte es, den Klatsch der Erwachsenen weiterzuerzählen, der in seinen elfjährigen Augen nie etwas von seinem Glanz verlor, egal, wie unverständlich er auch sein mochte. Ihm gefiel einfach der Tonfall, er wußte, daß sie über Sex sprachen, wenn sie die Stimmen senkten und sich in irgendwelche Ecken zurückzogen. Zu Hause bei den beiden Babys hatte er keinen besonders guten Stand, war immer der letzte in der Reihe und hörte bloß zu. Unglaublich, sagte Rick manchmal aufrichtig erstaunt darüber, was dieses Kind, so still zu Hause und ihm gegenüber so gesprächig, an Wissen aus zweiter Hand alles mit sich herumschleppte. Stonewall spürte, daß Ricks Aufmerksamkeit nachließ.

»Wirst du mit deiner Freundin zusammen rausfahren?« fragte er, um das Interesse erneut anzufachen.

»Sie ist nicht meine Freundin, habe ich gesagt. Bist du taub?«

»Sie glaubt aber, daß sie es ist«, murmelte Stonewall.

»Sie und wer noch?« fragte Rick großspurig. Dann erhaschte er in dem zersprungenen Spiegel, der auf dem Kamin stand, einen Blick auf sein Gesicht und zog eine höhnisch grinsende Grimasse. »Sie und Granny Pardoe, aber so würde jede Frau mit mir den kürzeren ziehen«, murmelte er. »Wie wär's mit einem Eis unten am Strand?«

Der Junge verbarg seine Begeisterung hinter einem Achselzucken, nickte und folgte Rick mit einem kleinen Hüpfer und einem vergnügten Seufzer, der ihm irgendwie rausrutschte, bevor er ihn unterdrücken konnte.

»Und da ist noch was«, sagte er, als sie die Gasse entlanggingen.

»Ja, ja, ich weiß schon, noch ein Geist, was? Der mit dem weißen Haar? Der große Kerl? Ach, komm, den hat doch angeblich jeder schon gesehen.«

»Vielleicht kommen Geister immer zu zweit.«

»Nun, ich weiß nicht«, sagte Rick und zog ihn am Ohr. »Ich glaube, du brauchst eine Brille, Kleiner. Eine dunkle ohne Scheibenwischer, damit du nicht mehr soviel siehst.«

»Dieser Geist hat meinen Hund«, sagte Stonewall halsstarrig und zu Tode beschämt, als er merkte, daß sich seine Augen mit Tränen füllten. »Jawohl. Ich hab ihn gesehen, und dann ist Sal weggelaufen.«

Rick dachte an seine Verabredung am Abend und wünschte sich halbwegs, daß er sie nicht gemacht hätte. Dann dachte er an Jo und versuchte sie aus seinen Gedanken zu vertreiben.

Als Sarah zu ihrem Cottage zurückkehrte und sich fragte, ob es nicht besser wäre, ihre Sachen zu packen und einfach zu verschwinden, als darauf zu warten, daß man sie rauswarf, sah sie neben dem Hintereingang zweierlei. Das erste war Mrs. Pardoe, die im Kohlfeld lag und sich sonnte. Sie erinnerte sie an ein Heiligenbildchen, wie sie so dalag, in der Pose des Gekreuzigten, die Beine übereinandergelegt, das Kleid nach oben verrutscht und die Arme ausgebreitet. Die Erde schien ihr nichts auszumachen. Sarah trat vorsichtig näher, bis ihr Schatten über den Körper fiel. Es war sehr heiß. Sie selbst wäre schrecklich gern zum Strand gegangen.

»Hallo.«

»Sie stehen mir im Licht«, sagte Mrs. Pardoe und rutschte mißvergnügt hin und her. »Geben Sie mir meine Sonne wieder.«

»Kann ich Ihnen irgendwas bringen?« Der Körper, der da vor ihr lag, hatte immer noch ausgesprochen wohlgeformte Beine, während das seltsam alterslose Gesicht an einen Kobold erinnerte.

»Ein Eis«, sagte die Dame träumerisch und schloß die Augen.

Das zweite, was Sarah sah, war Joanna, die in der Küche stand und heulte. Joanna hatte nicht das Selbstbewußtsein ihrer Mutter, aber auch bei ihr hatte Sarah das Gefühl von Schönheit, sie war nur im Moment nicht zu sehen.

»Tut mir leid«, sagte Joanna. Offensichtlich war es ihr nicht einmal peinlich. »Tut mir leid. Ich kann nicht anders.«

»Ist es wegen Ihrer Mutter?«

»O nein, an die bin ich gewöhnt. Der geht's gut, wirklich. Richtig gut. Man paßt sich einfach an, verstehen Sie?«

Sarah verstand nicht, nickte jedoch.

»Ich meine, sie ist nicht in Gefahr oder so, wenn sie allein bleibt, und sie erwartet auch nicht viel, das hat sie noch nie getan. Ich meine, ich könnte heute abend problemlos ausgehen, obwohl Ed und Julian freitags abends ebenfalls weg sind. Ich glaube, Ma ist ganz gern ein bißchen für sich, und sie geht sowieso lächerlich früh zu Bett, also ist alles in Ordnung, sie braucht keinen Babysitter, aber ich kann nirgendwohin, verstehen Sie? Ich meine, nicht mal rüber zu Caroline. Obwohl sie schon zweimal gefragt hat und ich gesagt habe, ich würde...«

Sarah nickte immer noch.

»Denn ich bin anders, und Caroline macht man nichts vor, verstehen Sie? Sie weiß auch, daß ich mit Rick gegangen bin, und er ist nun mal der bestaussehende Junge hier in der Gegend, aber jetzt spricht er nicht mehr mit mir. Julian hat ihm gedroht. Und sie hat ihre Freunde eingeladen, und ich müßte so tun, als würde es mir nichts ausmachen, verstehen Sie, ein Glas Wein trinken und einen Witz drüber machen. Was ich vielleicht noch könnte, so grade eben könnte, auch wenn's gar nicht wahr ist und nur 'ne ganz kleine Party, aber nicht so: Nicht, wenn ich nicht mal was anzuziehen habe...«

Sarah nickte. Ein finsteres Dilemma, an das sie sich selbst noch gut erinnern konnte. Heinrich IV. hatte sein Königreich für ein Pferd geboten. Ein Teenager mit Liebeskummer würde es für die richtigen Sachen zum Anziehen hergeben. Wenn man genauer hinsah, war Joanna bemerkenswert schlecht, fast kindlich gekleidet. Sarah setzte sich auf einen unbequemen Holzstuhl und verabschiedete sich von ihren Träumen von einem einsamen Nachmittag am Strand. Sie zog ihre Zigaretten aus der Tasche und zündete sich eine an, ohne Joanna eine anzubieten.

»Was würden Sie denn brauchen?« fragte sie sanft.

»Was Klassisches«, sagte Jo fieberhaft. »Ich hab's in einer Modezeitschrift gesehen... Caroline liest sie auch. Sachen, in denen man elegant wirkt. Sie wissen schon, älter, schmaler, so was. Teure Sachen. Julian meint, ich soll sie mir kaufen, wenn ich will, aber Edward sagt, mach das nicht, es ist nicht gut, so schnell erwachsen zu werden. Ich lache immer nur und sage, ist nicht schlimm, aber es ist wohl schlimm.«

Sarah spürte, wie ihre spontane Abneigung Edward Pardoe gegenüber wieder hochkam.

»Was Klassisches? Ein bißchen Schmuck? Nur ganz wenig?« fragte Sarah nachdenklich.

»Genau. Edward würde mich umbringen. Ich kann es mir sowieso nicht leisten, ich hab ihm eine neue Angelrute zum Geburtstag versprochen, und die kostet ein Vermögen...«

»Stehen Sie mal auf.«

Joanna stand auf. Sie war größer als Sarah.

»Ich hab ein paar wunderbare Hemden, die passen immer. Und darunter Leggings? Kommen Sie mit.«

»Oh, das kann ich nicht, Miss Fortune, ehrlich. Tut mir wirklich leid, daß ich Sie so vollquatsche, ich kenne Sie ja kaum... Oh, es ist schrecklich...«

»Schwestern im Geiste«, sagte Sarah leichthin. Kleider eigneten sich entweder als Stoff zum Träumen oder als Vertrauensbasis. »Ich würde nicht auf Edward hören«, setzte sie freundlich hinzu. »Männer verstehen nichts von solchen Dingen. Eine hübsche, freche Farbe, keine Muster, das brauchen Sie.«

»Schwarz«, sagte Jo. »Dann würde ich es schaffen.«

Der Sand war weich. Seine schlechtsitzenden Schuhe rutschten plötzlich weg und kämpften um Halt, er schlug mit den Armen, verlor das Gleichgewicht und stürzte mit wehender Jacke den Hang hinab. Wieder und wieder überschlug er sich, bis er endlich, Haar und Mund voller Sand, am Strand liegenblieb. Zuerst kam ein unglaubliches Gefühl von Wut und dann Heiterkeit, als er losließ wie ein Kind und sich in einem seligen, ungehinderten Taumel ohne jedes Gefühl von Gefahr um sich selbst drehte. Am liebsten hätte er es gleich noch einmal gemacht. Der Himmel war strahlend blau, als er die Augen öffnete und lachte. Plötzlich beugte sich ein Gesicht über ihn.

»Das war nicht gerade elegant«, sagte Edward Pardoe.

Der Mann brummte, setzte sich auf und strich sich über das üppige weiße Haar, das sich im Nacken kräuselte. Er trug die bunt zusammengewürfelte Kleidung eines Vagabunden, viel zu dick für den Sommer. Jetzt zog er mit einem Anflug von Eleganz die langen dünnen Beine an und schlang die Arme um die Knie. Komisch, wie Kleider einen bis zur Bedeutungslosigkeit verändern konnten. Er fing an zu verstehen, daß eine Maske zur Gewohnheit werden kann. Früher hätte diese Transformation ihn erschreckt, doch das war vorbei.

Edward vermutete, daß das Gesicht unter dem Stoppelbart einmal schön, vielleicht sogar auffallend gewesen war. Eine Weile saßen sie schweigend nebeneinander.

»Ich würde dieses Stück Küste hier gern umgestalten«, sagte Edward. »Es ist so... unvollkommen.«

»Aber es ist da«, sagte der Mann.

»Ja, ich weiß. Doch das Meer müßte meine Füße umspülen. Die Bäume müßten exotischer sein als diese öden Kiefern. Ein paar ungewöhnliche Sträucher. Blumen im Winter. Ich könnte es schaffen. Ich werde es schaffen.«

»Erst die Kunst, dann die Natur«, murmelte der Mann. »Diese Art von Träumerei hat ihren Preis.«

Sie verfielen erneut in Schweigen. Das Meer blieb entrückt. Der Mann starrte wie verzaubert in die Ferne.

»Hat man Sie gesehen?« fragte Edward, als spielte es keine Rolle.

»Was glauben Sie? Vom Meer oder vom Land? Ich nehme es an. Ein widerlicher kleiner Junge mit seinem Hund. Der Hund ist hinter mir hergerannt. Ich hasse Hunde. Ich treibe mich rum, Strandhütten, Fischerboote, hin und wieder ein leerstehendes Cottage, in dem die Leute freundlicherweise ihre Seife vergessen haben. Das Dorf ist von Feriengästen überlaufen, dummen Trotteln. Sie bemerken einen nicht, wenn man so ehrwürdig aussieht.« Er berührte seine weißen Locken. »Die Leute beachten mich längst nicht mehr.«

»Vielleicht haben sie es getan, als Sie noch jünger waren«, sagte Edward hämisch.

»Ich bin ein Mensch ohne festen Wohnsitz«, sagte der Mann ruhig. »Das ist meine eigene Entscheidung, kein Schicksal. Und das heißt nicht, daß ich ein Mensch ohne Bedeutung wäre.« Noch während er das sagte, fragte er sich, ob es stimmte, und sah hinab auf seine Hände. Natürlich konnte er sich noch daran erinnern, wie man sich die Nägel schnitt.

»Wie sind Sie den Hund wieder losgeworden?«

Die Art, wie der Mann mit seiner aristokratischen Stimme und seinem völlig gleichgültigen Gebaren trotz seines Aussehens Überlegenheit ausstrahlte, war beunruhigend. Er sah aus wie ein Ausgestoßener und benahm sich wie ein Fürst.

»Mit dem Köter? Habe ihn begraben. Es war nur ein Hund.«

Edward schluckte. »Sie sind nicht unsichtbar«, sagte er scharf. »Ich habe im Dorf Gerüchte über einen Geist mit weißen Haaren gehört, der kleinere Einbrüche verübt. Offensichtlich sind Sie dabei, Ihr Talent zu perfektionieren.«

»Mrs. Tysall hatte ein Talent für das Aufbrechen von

Schlössern«, sagte der Mann plötzlich aus heiterem Himmel. »Schlüssel konnte sie nicht ausstehen, aber sie kam überall rein – oder raus.«

»Ich habe Mrs. Tysall nicht gekannt«, sagte Edward irritiert. »Das war mein wunderbarer Bruder, wie ich Ihnen bereits ausführlich erklärt habe.« Beide starrten auf das Meer, ohne sich anzusehen.

»Ich muß sicher sein«, sagte der Mann.

»Wie Sie in die Praxis gelangen, müssen Sie schon selbst rauskriegen«, fuhr Edward fort. »Aber wie ich gestern schon gesagt habe: Sie brauchen die Schlüssel zu seinem Schreibtisch.«

Er ließ ein Schlüsselbund in den Sand zwischen ihnen fallen. Der Mann wandte den Blick nicht vom Horizont, als er mit langen, trägen Fingern danach tastete.

»Übrigens – bleiben Sie von unseren Cottages weg, hören Sie? Wir haben einen Gast im letzten der drei. Meine Schwester hält sie für eine blöde Kuh, aber sie scheint ziemlich gewieft zu sein.«

»Ahh, Ihre süße Schwester.«

»Lassen Sie Joanna in Ruhe, sie gehört mir«, sagte Edward scharf.

»Aber sicher. Ich habe keinen Augenblick daran gezweifelt. Ahh, die Liebe einer Schwester. Warum sollten Sie sich dessen schämen? *Sag, wir hatten einen Vater, einen Schoß. Sind wir nicht dieserhalb auf ewig eins? Und noch viel mehr durch die Natur? Das Band des Blutes und des Geists? Eine Seele, ein Leib, eine Liebe, ein Herz, ein alles?*«

Erneutes Schweigen.

»Wer hat das geschrieben?« fragte Edward sanft. »Das gefällt mir.«

»Schade, daß sie eine Hure ist.«

Edward ballte die Fäuste.

»John Ford. Ein Stück. War nicht persönlich gemeint.«

Edward entspannte sich wieder.

»Hier«, sagte er schroff. »Seien Sie dankbar für die Liebe einer Schwester. Sie hat die Sandwiches für mich gemacht. Das tut sie jeden Tag. Schade, daß Sie Ihr Essen nicht angeln können. Ich würde Ihnen eine Rute leihen.«

Der Mann nahm die Sandwiches, ohne sich zu bedanken, packte sie aus und schlang sie mit der Gier eines Hundes vor dem Futternapf hinunter. Seine Zähne waren braun. Die Stille wurde nur vom Mahlen der Kiefer unterbrochen, dem sanften Rauschen der Bäume hinter ihnen und dem fernen Rufen der Touristen am Strand. Edward konnte sich vorstellen, daß der Mann sogar Aas verzehren würde, mit Knochen und allem. Ein leichter Schauer lief ihm über den Rükken.

»Essen ist eine völlig irrelevante Angelegenheit«, erklärte der Mann. »Ich verachte das vulgäre Geschäft der Nahrungsbeschaffung. Dennoch nehme ich an, es wäre nützlich, wenn ich angeln gelernt hätte. Können Sie angeln?«

»Nicht besonders gut. Ich gehe nachts raus, um es zu lernen«, sagte Edward kläglich. »Wenn keiner zuguckt. Mein Vater konnte angeln«, setzte er schließlich noch hinzu, ohne zu wissen, warum. »Er hat immer gesagt, es macht einen zum Mann.« Das Schweigen dehnte sich unerträglich lange.

»Wie bin ich bloß auf jemanden wie Sie gestoßen?« fragte Edward halb im Spaß, nur um es zu brechen. »Sie haben ganz schön Schwung in meinen Sommer gebracht.«

»Träume«, sagte der Mann abrupt. »Wir sind alle in Träumen verloren.« Aus seinem Mund klang das Wort merkwürdig obszön.

»Ach, ja?«

»Sie sind auf mich gestoßen, weil ich mich in einem Ihrer Cottages verkrochen hatte«, fuhr der Mann gleichmütig fort. »Und es schien Sie zu belustigen. Sie haben gesagt, Sie würden mich nicht gleich rauswerfen, wollten mir sogar noch ein anderes leerstehendes Plätzchen zeigen, vorausgesetzt, ich wäre so gut, ein Feuerchen drin zu machen, gerade groß genug, um es unbenutzbar zu machen. Nicht zuviel verlangt von einem Mann, der über eine Menge Freizeit verfügt.«

»Wir scheinen eine ziemliche Entwicklung genommen zu haben«, murmelte Edward.

»Träume, alles Träume. Sie träumen davon, die Landschaft zu verändern. Und dafür müssen Ihr Bruder unschädlich gemacht und Ihre Mutter getötet werden.«

So brutal hätte Edward es nie ausgedrückt. Er spürte das Prickeln auf seiner Kopfhaut und ein fürchterliches Brennen in den Gliedern.

»Und Sie?«

»Ich träume von einem Beweis für Niedertracht und Ehebruch. Ich träume von Rache und Wiederherstellung meiner Ehre. *Tod, Ihr seid ein lang erwarteter Gast, ich heiße Euch und Eure Wunden willkommen.*« Edward rappelte sich leicht benommen auf. Genug war genug.

»Erzählen Sie mir nichts über meine Träume. Wir treffen uns morgen oder übermorgen um die gleiche Zeit hier wieder.«

Der Mann nickte, und der Wind wehte sein langes weißes Haar aus dem einst markanten Gesicht. Rache und Ehre. Erst die Rache für Elisabeth. Und dann sollte Sarah, die rothaarige Sarah, die sich wie Elisabeth bei den Pardoes eingeschlichen hatte, endgültig Sühne tun. Erst dann würde er Ruhe finden. Seine Augen starrten noch immer auf das Meer.

Sarah Fortune hatte ihren Koffer für alle Eventualitäten gepackt, ohne allerdings an die Extreme des Landlebens zu denken, sofern sie noch existierten. Schwarz war kein Problem. Eine kleine Jacke aus Veloursleder und Seide mit ellbogenlangen Ärmeln, die sie ständig trug. Die Jacke hatte leicht gepolsterte Schultern und wirkte über den Leggings kühl und elegant. Vervollständigt wurde das Ganze von einem kirschroten Gürtel und einem diskreten, aber schweren Halsband und passenden Ohrringen aus Silber. Die Kleine wirkte auf einen Schlag zehn Jahre älter, wie umgewandelt in eine geschmeidige schwarze Katze und mit einer gehörigen Portion Selbstbewußtsein ausgestattet.

»Das Hemd müßte gebügelt werden. Wo ist ein Bügeleisen?«

»Ah, im Schrank. Oh, Sarah! Diese Jacke ist einfach toll!«

Eine Anwältin, die ihre Mandantin für die Party bei einer Freundin ausstaffiert. Wenn das die schlimmsten Ausschweifungen eines Lebens auf dem Land sind, könnte ich Gefallen daran finden, dachte Sarah. Im Verlauf der ausgiebigen Inspektion ihres Koffers hatte sie eine Menge Familiengeschichten gehört, denn Joanna redete wie ein Wasserfall. Zum Beispiel, daß ihr Vater ein so liebenswerter Tyrann gewesen war, daß sie alle aus dem Heulen gar nicht mehr rausgekommen waren, daß Julian dagegen aber bloß ein Scheusal war. Und daß Mutter sich nie hatte durchsetzen können, als Vater noch am Leben war, das arme Ding. Daß Edward phantastisch war, aber ständig falsch beurteilt wurde, und Joanna Pardoe sich nicht mehr vom Leben wünschte, als richtig kochen zu lernen, zu heiraten und jede Menge Babys zu kriegen.

Sarah hatte ihr darin zugestimmt, daß der Feminismus überbewertet wurde und, nein, eine Karriere nicht immer der Weg zum Glück war und, ja sicher, eine Familie ein ausgezeichnetes Lebensziel sein konnte, wenn man das Temperament dafür mitbrachte. Dann erfuhr sie alles über Rick, und wie wunderbar er war und daß er Joanna nicht mehr liebte, nachdem Julian ihm gesagt hatte, daß er die Finger von ihr lassen sollte.

»Ich nehme an, das ist ein besserer Vorwand für eine Abfuhr, als einem zu sagen, daß man zu dick ist«, schloß Joanna versonnen und schlüpfte in die frisch gebügelte Bluse, der man ihren Preis durchaus ansah. »Lieber Himmel, wie spät ist es eigentlich?«

»Dick? Wer ist hier dick?« antwortete Sarah. Sie hatte einen Spiegel aus dem Schlafzimmer geholt, und Joanna drehte sich kichernd und schon halb überzeugt davor hin und her. Noch besser aber, sie war sicher, daß andere keinen Augenblick an ihrem ausgezeichneten Geschmack zweifeln würden.

»Was haben Sie mit meinem Haar gemacht?« Es war auf dem Kopf zu einem Schwanz gebunden und würde den ganzen Abend anmutig herunterfallen. Um die Ohren lösten sich einzelne blonde Locken. »Meinen Sie wirklich, daß ich das tragen kann?«

»Darauf können Sie einen lassen, wenn Sie wollen. Caroline, oder wie sie heißt, wird vor Neid erblassen. Sie sehen umwerfend aus. Ich würde alles tun für solches Haar«, setzte Sarah inbrünstig hinzu.

»Aber Ihres ist doch wunderschön!«

»Nicht immer«, antwortete Sarah.

Mrs. Pardoe hatte mittlerweile am Fenster im oberen Stockwerk Stellung bezogen, wo sie manchmal bis zum späten Nachmittag wartete, ob der Eiswagen vorbeikam. Das war nicht jeden Tag der Fall, aber häufig genug, um ihr Ausharren zu rechtfertigen.

Sie beobachtete ihre Tochter, die von den Cottages zurückkam, wo sie vorher mit der Anwältin hingegangen war. Als sie Joanna wie eine moderne Prinzessin heranstolzieren sah, den Kopf hoch erhoben, das Gesicht von rosiger Zuversicht erfüllt, lehnte sie sich zurück und stieß einen vergnügten Seufzer aus.

Ernest Matthewson war ein alter Freund, einer, auf den man zählen konnte. Er hatte wirklich gute Ideen.

Ernest erinnerte sie an Essen: Eis, Schokoladenkuchen, Steaks und Champagner. Und an all die Jahre, in denen man sie »Mouse« genannt hatte.

Fünf

Malcolm Cook saß mit seinem Stiefvater und seiner Mutter beim Abendessen, wie alle vierzehn Tage. Manchmal war es eine Qual, allerdings nie, als Sarah noch dabeigewesen war. Doch es gab keine Chance, sich davor zu drücken. Das Essen war immer reichhaltig, denn die rundliche Mrs. Matthewson brauchte nie lange, um sich von einer Periode des Diäthaltens zu erholen. Ernest blieb an diesem Tag der fettarme Yoghurt um Malcolms willen erspart – nach Meinung seiner Mutter war der Junge viel zu dünn. Sie tat ihr Bestes, indem sie die Sahne in der Suppe versteckte und heißes Knoblauchbrot servierte, das angeblich mit einem kalorienarmen Belag bestrichen war. Ihr Mann ließ sich nicht nötigen, Malcolm dagegen nicht täuschen. Im Gegenteil, er spielte das Spiel zwar mit und machte ihr Komplimente, aß jedoch nur, was er für nötig hielt

»Möchtest du noch etwas, Malcolm, mein Junge? Noch eine Kartoffel?«

Bisher war alles ruhig geblieben. Es war ein ganz normales freitagabendliches Essen. Hauptsache, sie ließ die beiden nicht allzulange allein. Sie saßen beim Kaffee, tief in den weichen, mit Kolibris geschmückten Polstern vergraben, und taten, als wäre nichts, als im Flur das Telefon klingelte und Mrs. Matthewson glaubte, sie könnte ruhig einen Augenblick verschwinden.

»Vater«, fing Malcolm an. »Warum hast du Sarah weggeschickt?«

»Hab ich nicht«, antwortete Ernest entrüstet. »Es war ihr

eigener Wunsch. Sie hat darum gebeten. Konnte es kaum abwarten aufzubrechen. Sie wollte unbedingt ans Meer. Sie redet sowieso dauernd davon, auf dem Land zu leben, irgendwo in Meeresnähe. War 'ne prima Chance, es auszuprobieren, und hat überhaupt nichts mit dir zu tun.«

Malcolm griff in die Zigarrenkiste, die links von ihm auf einem reichverzierten und mit noch mehr Vögeln geschmückten Tischchen stand. Er nahm eine von Ernests feinsten Zigarren, steckte sie sich in die offene Brusttasche und zündete sich eine von den eigenen Zigaretten an, was sein Vater haßte. Ernest zuckte sichtlich zusammen.

»Du mußt meine Dummheit für grenzenlos halten«, fuhr Malcolm im ruhigen, strengen Tonfall eines Anwalts fort. »Aber manchmal setzt sie aus, und es kommt etwas zum Vorschein, das Intelligenz genannt wird. Vielleicht hast du im Hinblick auf Sarah und mich recht gehabt, was ich bezweifle, aber mußtest du so grausam zu ihr sein?«

»Grausam?« polterte Ernest los. »Was heißt hier grausam? Nun schön, ich dachte, ein bißchen Zeit zum Nachdenken könnte euch beiden nicht schaden, und es schien eine gute Gelegenheit. Und ja, ich muß einräumen, daß mir nicht ganz klar war, wohin ich sie schickte. Sie hat jedoch gesagt, es wäre ihr egal. Hatte wohl sowieso was in dem Teil der Welt zu tun. Wollte irgendwen besuchen, glaube ich.«

»Natürlich wußtest du es. Du warst einmal sehr gut mit den Pardoes befreundet. Ihr Vermögen auseinanderzudividieren, das könnte ein anderer in ein paar Stunden sicher besser als sie. Aber vor allem weißt du, was sonst noch in Merton passiert ist: Daß Charles Tysalls Frau dort Selbstmord begangen hat und er ihrem Beispiel gefolgt ist.« Malcolm hielt seine Stimme ruhig. Ernest war immer dann am unberechenbarsten, wenn er sich aufregte. Im Moment brachte er nicht mehr heraus als ein unwirsches Brummen.

»Was ist eigentlich aus dem Tysall-Imperium geworden, Vater?«

Ernest schnaubte verächtlich. »Es wird Jahre dauern, bis der Nachlaß gesichtet ist. Was weißt du schon von solchen Geschäften? Warum zerbrichst du dir darüber den Kopf? Du hast doch viel mehr Spaß, wenn du deine schmuddeligen Kriminellen jagen kannst...«

»Und was war Charles anderes? Der Inbegriff der Rechtschaffenheit etwa? Er war vielleicht in Eaton und stammte aus einer guten Familie, ja, aber er hat Geschäfte mit gestohlenen Ideen gemacht, Menschen in den Ruin getrieben, seine Frau mißhandelt...«

»Dafür gibt es keine Beweise«, murmelte Ernest. »Vielleicht hat er mir einiges erzählt, aber es ist gut möglich, daß da nur seine Phantasie mit ihm durchgegangen ist. Sprich nicht schlecht von den Toten.«

Die Perserkatze sprang von ihrem Kissen, als Malcolm sich über seinen Vater beugte. Ernest stieß mittlerweile ein leichtes Pfeifen aus, das nach einem Verdauungsschläfchen klang und möglicherweise vorgetäuscht war. Malcolm, der sich der Schande von Gewaltanwendung stets bewußt war, sich aber selbst nur im Zaum hielt, indem er zwanzig Meilen in der Woche lief, hätte nie Hand an einen Schlafenden gelegt, auch wenn die Versuchung groß war. Wenn dieser alte Mann doch bloß nicht so verdammt machiavellistisch wäre, wenn sie sich nur je wirklich darüber unterhalten hätten, was Sarah passiert war, kurz bevor Malcolm sie damals gefunden hatte. Wenn sich Sohn und Mutter im Interesse von Ernests Gesundheit bloß nicht verschworen hätten, ihn vor Informationen zu schützen, die ihn aufregen könnten. Aber jetzt war es zu spät.

»Ich denke an Sarah, nicht an deine verdammten Mandanten«, murmelte Malcolm, mehr zu sich selbst. »Denn sie hat mir einiges über die Liebe beigebracht, Dad. Ja, das hat sie. Ich meine nicht bloß Sex, ich meine die Liebe.«

Ernest fuhr aus einem Traum hoch und rieb sich den Bauch.

»Scharf. Das ist das Problem. Ein bißchen scharf«

»Was soll das heißen?« fragte Malcolm. »Ich spreche von Sarah.«

»Ich auch, aber was ich gerade meinte, ist, ich hätte diesen Pie nicht essen dürfen. Zu scharf«, grummelte Ernest und rieb sich immer noch den Bauch. Er warf seinem Stiefsohn einen flehentlichen Blick zu.

»Ist dir eigentlich klar, daß deine Loyalität Mandanten gegenüber geradezu lächerlich ist?« fragte Malcolm. »Du überspannst den Bogen einfach. Ich dachte, du wärst geheilt. Würdest du es mir zum Beispiel verraten, wenn Tysall noch lebte?«

»Nein«, sagte Ernest. »Tut er nicht, aber ich würde es dir auch nicht sagen, wenn es anders wäre. Nur damit du zu Ende brächtest, was du schon einmal versucht hast? Ihn wegen Betrugs zu verfolgen, wo er doch bloß ein paar Ideen übernommen hat? Das ist eine völlig normale Praxis. Das könnte ich einem meiner Mandanten nicht antun. Nicht mal einem toten.«

Wieder zuckten Malcolms Finger in schrecklicher Versuchung. Er ballte die Hände zu Fäusten und steckte sie in die Taschen. Seine Mutter stand wie angewurzelt in der Tür und wirkte plötzlich unendlich verloren. Trotz all ihrer Mühe, ihrer und Sarahs, lagen sich Vater und Sohn unablässig in den Haaren, und die Liebe, dieses gefährliche und explosive Gut, war vergänglicher denn je.

»Ich liebe es, verstehen Sie?« rief Rick über den Lärm hinweg. »Ich meine, so ist es nun mal. Möglich, daß ich nichts anderes kann und es deswegen so ist, aber ich liebe es. Kann nichts dran machen.«

»Darf ich mal versuchen?«

»Klar dürfen Sie. Schade, daß Stonewall nicht hier ist. Er ist ein absolutes As an den Dingern. Welche Maschine wollen Sie? Versuchen Sie die hier, die ist wirklich gut.«

Sarah war nicht verwirrt von den vielen Apparaten, nur ihr Krach ging ihr auf die Nerven. Sie hörte ein wüstes Durcheinander von donnernden Geräuschen, schrillen Pfeiftönen, Maschinengewehrfeuer, elektronischen Stimmen, die Befehle schnarrten, gedämpften Explosionen von einem Dutzend Bomben und dem Klimpern fallender Münzen. In einer anderen Ecke des großen Raums saß eine andere Generation und spielte Bingo. Man sah eine Reihe von eifrigen grauen Köpfen, Handtaschen auf dem Schoß, Spielerinnen, die mit der Hingabe einer Kirchengemeinde der Stimme lauschten, die klangvoll aus dem Lautsprecher hallte. »Nummer sechs, alte Hex', Nummer drei, voll dabei . . . kaum gelacht, steht die acht.« Über ihnen standen die geschmacklosen Preise, auf die sie sich konzentrierten. Als hinge ihr Leben davon ab, ob sie einen der limonengrünen Pelzbären, eine grellrosa Puppe, ein Plastikskelett oder Puzzlespiel gewannen. Auf dem obersten Brett, verstaubt und unbarmherzig grell beleuchtet, standen Tischlampen aus Glas und Messing mit angekrausten Nylonschirmen, schimmernde Vasen, ganze Sätze von billigen Gläsern, riesige Teddybären und grinsende Tonkatzen mit glitzernden Augen, doch nicht eines dieser Teile war den Preis für auch nur drei Spiele wert oder gar die Sehnsucht, die es entfachte.

Sarah saß auf einem Hocker, der so bequem wie ein Fahrradsattel war, steckte fünfzig Pence in den Schlitz und beobachtete einen maskierten Mann, der die Straße auf dem Bildschirm entlangrannte. Rechts und links von ihm taten sich Abgründe auf. Der Feind bewarf ihn mit Bomben und quoll in der Absicht, ihn zu erledigen, massenweise aus Türen und Fenstern. Wenn man in einer völlig perversen Koordinationsleistung einen Knopf drückte und gleichzeitig einen Hebel betätigte, flogen die Killer in die Luft, und man hatte den Flüchtling vor einer tausendköpfigen Gang gerettet. Sarah versagte schmählich. Innerhalb von Sekunden war der Ärmste tot und in einer grandiosen Explosion, die noch lauter war als die anderen, von der Bildfläche verschwunden. »Game over«, hieß es auf dem Bildschirm.

»Wissen Sie, was?« brüllte ihr Rick ins Ohr. »Sie sind zu nichts zu gebrauchen. Noch mal?«

Zu ihrer Linken stand ein Junge. Sein Körper war gespannt, und seine Hände bewegten sich so rasch, daß sie nur als verwischte Bewegung sichtbar waren. Die Augen starrten wie verzaubert auf die grünen Monster, die sein Haar in die gleiche Farbe tauchten. Der Bildschirm spuckte das schnelle Rattern eines Gewehrs und die stummen Laute künstlichen, unbeseelten Leidens aus.

»Nein, danke. Und wo gehen Sie hin, wenn Sie mal Luft holen wollen?«

»Warum?« rief er.

»Ist das hier alles?«

Er grinste. »Ist das nicht genug?«

Er liebte den Lärm, verstand jedoch ihre Botschaft und führte sie in den hinteren Teil des Spielsalons, wo man zwar immer noch seine Stimme erheben mußte, um sich verständlich zu machen, aber nicht mehr so stark. Eine Weile war sie taub und blind. Das Licht hier war unheimlich. Der Teppich endete in zwei Hinterzimmern. Das eine enthielt einen Tisch, einen Stuhl, eine Spüle, einen Kessel, ein paar Pappkartons und diverse »Außer-Betrieb«-Schilder, das andere noch mehr gegeneinandergelehnte Maschinen, die, so schmutzig und unbeleuchtet, merkwürdig leblos wirkten. Irgendwie erinnerten sie Sarah an den Friedhof.

»Ausrangiert«, sagte Rick. »Ich mag sie gar nicht ansehen. Die meisten sind aus der Mode gekommen. Es gibt ständig was Neues. Die Kids spielen so lange daran herum, bis sie sie in- und auswendig kennen, und dann wollen sie was anderes. Die alten interessieren sie nicht mehr. Ich bin meistens vorn. Sonst gibt's hier nichts mehr, nur noch den Hinterhof.« Er öffnete eine Tür hinter den stummen Maschinen. Der letzte Rest des rasch abnehmenden Tageslichts an der Grenze zwischen spätem Abend und Sommernacht wirkte düster nach dem grellen Schein der Bildschirme. Rick schien erschöpft. Die Prellungen waren im Spielsalon irgendwie weniger aufgefallen, hier draußen bildeten sie zusätzliche Schatten auf seinem hübschen Gesicht. Ein attraktiver Bursche, zehn Jahre jünger als sie. Sein Gesicht dürfte eigentlich nicht den kleinsten Kratzer zeigen. Die Welt müßte ihm zu Füßen liegen und er selbst voller Träume sein.

Nach einer Stunde in einem Pub namens Globe hatte er angeboten, ihr den Spielsalon zu zeigen – oder hatte sie danach gefragt? Er konnte sich nicht erinnern und hatte auch vergessen, welche Vorwürfe er sich wegen seiner in aller Herrgottsfrühe bereits ausgesprochenen Einladung zu einem Drink gemacht hatte. Er saß einfach gern mit ihr da, halbwegs hoffend, daß ihn jeder, der ihn kannte, so sah, bis auf Jo natürlich. Was auch der Fall war. Morgen würde es eine Menge Tratsch in der Stadt geben, und er würde dem armen kleinen Stonewall eine Menge erklären müssen. Als er zu den Sternen aufsah, die vom Hinterhof des Spielsalons aus sichtbar waren, fühlte er sich plötzlich traurig, leer und mutterseelenallein. Am liebsten hätte er sein ganzes Leben vor ihr ausgebreitet, all das Zeug, worüber er sonst nie sprach. Außerdem war er müde, die gequetschten Rippen und das frühe Aufstehen machten sich bemerkbar. Wahrscheinlich war es das Bier, die ungewohnte Stille, ihr Parfüm. Er glitt von der Mauer und blieb unten sitzen. Sie hockte sich neben ihn.

»Tut mir leid«, sagte er. »Manches setzt einem eben doch zu.«

»Du bist ganz blaß, Rick.«

Ohne nachzudenken, griff er nach ihrer Hand. Wahrscheinlich war er betrunken.

»Du bist wirklich nett, weißt du? Warum hast du meine Einladung überhaupt angenommen? Du wolltest doch nur einen Spaziergang am Strand machen. Ich bin ein Wrack, sieh mich an.«

»Ein nettes Wrack. Du hast 'ne Menge Freunde hier.«

Er rappelte sich auf. »Grund genug, sich durch die Hintertür davonzumachen, schätze ich. Was ich jetzt brauche, ist ein Kaffee. Ich wohne gleich um die Ecke. Gute Nacht. Tut mir leid.«

»Ich hätte auch gern einen.«

Irgendwie war es beschämend, sich an seinem freien Abend über den Hinterhof des Spielsalons durch die Gasse zu stehlen und dann die Straße rauf bis zum Swamp Cottage. Er nahm sie mit, damit sie sah, wie er lebte. Ordentlich, ein bißchen unaufgeräumt, aber sauber. Er konnte prima saubermachen, wenn er auch sonst nicht zu viel taugte. Komisch, wie sie gleich alles in die Hand nahm, aber deswegen kein bißchen bestimmend wirkte, genau wie heute morgen. Getoastete Käsesandwiches hervorzauberte, ohne zu fragen, wo was war, toll. Man hätte glauben können, daß sie schon ein dutzendmal hiergewesen war. Es war wie mit Stonewall, bloß ganz anders. Er mußte was essen, nachdem er den ganzen Tag schon nicht dran gedacht hatte. Wenn man ständig den Gestank von gebratenen Zwiebeln und Eis mit Schokosplittern in der Nase hatte, konnte man schon mal vergessen, selbst auch was zu essen. Der Raum wurde wieder klar, das löchrige Sofa und alles, und er war trotzdem stolz drauf. Sie hatte eine hinreißende Art zu essen, mit langen Fingern und spitzem Mund. Und er wollte ihr immer noch sein Leben erzählen. Kein guter Handel, wie? Sie hatte sich das Meer ansehen und über die Pardoes reden wollen, und er hatte nur sich selbst im Kopf. Und Jo. Komischerweise hatte er es überhaupt nicht als Verrat empfunden, über Jo zu reden. Es war sogar ein gutes Gefühl gewesen, als sie ihm erzählte, wie sie Jo ausstaffiert hatte, um mit den anderen auszugehen. Nicht mit einem anderen Typen. Das war der Augenblick, als der Raum plötzlich wieder klar wurde. Seit zwanzig Minuten sprach er nur von Jo.

»Warum hat Edward mir gedroht?« fragte er laut.

»Edward? Es war Julian. Du hast es ihr selbst gesagt.«

So war es, wenn man mit einer Frau zusammen war, die zuhörte. Man brauchte nichts zu erklären, alle zusammenhanglosen, betrunkenen, müden Gedanken fügte sie fein säuberlich zusammen.

»Nein. Ich hab sie danach nur noch einmal getroffen. Da habe ich ihr erzählt, daß ihr Bruder mir geraten hat, die Finger von ihr zu lassen. Ich meinte natürlich Edward. Julian ist in Ordnung. Er würde so was nicht machen. Er würde einem auch nicht drohen, wenn man mit der Miete im Rückstand wäre, genausowenig wie sein Dad. Edward hat mir gesagt, wenn ich sie nicht in Ruhe lasse, schmeißt er uns raus. Dabei gab es überhaupt keinen Grund. Ich liebe Jo, verstehst du? Wir haben schon im Sandkasten zusammen gespielt, und seit damals bin ich hinter ihr her, aber was soll's? Ich taug wohl nicht für so 'ne Wahnsinnsfrau, oder? Nicht mal, wenn ich sie liebe. Nicht mal, wenn ich sie mir so sehr wünsche, daß ich an nichts anderes denken kann.«

»Wieso nicht?«

Das war der einzige Punkt in der wirren Unterhaltung des Abends, den sie nicht zu begreifen schien, sie, die sonst alles zusammenzusetzen vermochte, was er sagte, und das noch, während er es sagte. Himmel noch mal, sie kannte sein halbes Leben, den Spielsalon, seine Träume, nur den allergrößten nicht. Sie war mehr als umwerfend, hatte sein Ansehen im Ort erheblich verbessert, auch bei seinem Dad, der in einer Ecke der Kneipe gehockt und sie mit offenem Mund angestarrt hatte. Geschah ihm recht. Trotzdem hatte sie keine Ahnung. Zum Beispiel davon, daß er in seinem Alter noch nie gebumst hatte. Aus Angst vor dem Versagen und nach einigen ungeschickten Versuchen hatte er nie mehr zustande gebracht, als ein Mädchen zu befummeln.

»Warum solltest du für Jo nicht taugen?«

»Dad hat mich einfach zu oft getreten!« schrie er so laut, daß er tausend Bildschirme mit computerisierten Morden und lauten Helden spielend hätte übertönen können. »Er hat's mir unmöglich gemacht. Glaub ich jedenfalls.« Er hielt ihre Hand und wußte selbst nicht genau, wieso. Es schien noch gar nicht so lange her, daß er nach ihr gegriffen hatte, als er an der Mauer herabglitt, und dann, ein oder zwei Augenblicke, bevor das Zimmer wieder klar wurde, hielt er sie immer noch. Er konnte sie riechen, wollte sie riechen. Käse, Toast, Parfüm. Lange Ärmel aus einem Stoff, den er gern berührte, fühlte sich an wie Wildleder. Hier war diese tolle Frau und sah, daß er heulte wie ein Baby. Wie Stonewall an jenem Nachmittag, als die Flut das Halsband seines Hundes angespült hatte. Als hätte er noch eine Bestätigung dafür gebraucht, daß Sal tot war.

Hand in Hand saßen sie auf seinem Sofa, er und diese ältere Frau. Er überließ sich einfach seiner bohrenden Verzweiflung und seiner Scham. Sie tat irgendwas, berührte ihn und sagte kaum ein Wort. Sie legte ihr Kinn gegen das seine, dabei war sie so winzig. Bestimmt, damit sie ihm in die Augen sehen und sich krank lachen konnte. Aber genau das tat sie nicht. Sie lächelte, statt zu lachen, und machte noch was. Anscheinend hatte sie ihre Bluse verloren. Ihre Arme waren mit hübschen kleinen Narben übersät, die aussahen wie eine Reihe sinnloser Tätowierungen.

»Treten schadet nicht«, sagte sie aus weiter Ferne. »Hat's noch nie getan. Einem Mann wie dir.«

Er dachte an den Mann, den er mit Stonewall gefunden hatte, mit weißer Haut und genauso leblos wie sein Pimmel. Es hatte ihm mehr ausgemacht als alle Stiefeltritte seines Vaters zusammen, und außerdem wußte er, daß es damit jetzt vorbei war. Aus und vorbei...

Später fragte er sich, wie er auf diesem durchhängenden Sofa aus dritter Hand mit seiner herausquellenden Füllung bloß seine Furcht und seine Jungfräulichkeit hatte verlieren können. Er hätte sich gern an die Einzelheiten erinnert, um sie im Geist Revue passieren zu lassen.

Rick erwachte, voller Bewunderung für das, was er zum erstenmal in seinen einundzwanzig Lebensjahren getan hatte. Er hatte eine Frau gebumst, langsam und schön. Eine Frau, die ihm die Decke bis zum Kinn gezogen und die Schuhe abgestreift hatte, bevor sie ihn mit einem klaren Kopf, dem Hauch ihres Parfums und einem Stolz allein gelassen hatte, für den er niemandem Dank schuldete.

Edward legte sich nach Einbruch der Dunkelheit hin und grübelte. Er hätte angeln gehen können, aber er tat es nicht. Angeln, um zu beweisen, daß er zu irgendwas nutze war, um einem toten Vater zu gefallen oder einfach nur Macht über die Kreatur zu erlangen – er wußte es nicht. Es war eine Sucht. Der alte Seidenüberwurf war zerknüllt, der Platz neben seinem Körper leer und kalt. Seit die kleine Joanna jeden Morgen in sein Bett gekrochen war, um ihn in einer Orgie von Unschuld wachzukitzeln, eine Gewohnheit, die sie vor langer Zeit von sich aus aufgegeben hatte, wachte Edward stets in der Erwartung auf, sie neben sich vorzufinden. Sie war in sein Bett gekommen in einem gefährlichen Alter für einen Jungen, der in der Schule gehänselt, von seinen Hormonen gequält und zu Hause wegen seiner Faulheit beschimpft wurde. Und so hatte er nichts dagegen getan, daß sie sich in sein Bewußtsein und seine Haut einbrannte als das einzige begehrenswerte Mädchen der Welt. Immer wieder übte er in feuchten Tagträumen seine Rolle bei ihrer Entjungferung. Er sah sie beide vor sich – sie blond und rund, er dunkel und schmal, wie sie im Sand der Dünen lagen, es miteinander trieben und danach nackt über ihren Privatstrand tollten. Das Ergebnis war, daß er, pingelig, wie er war, irgendwann aufstehen mußte, um die Bettwäsche zu wechseln.

Das Tageslicht war verloschen, das Puppenhaus zugedeckt. Edward stand mit der Staffelei vor dem Fenster. Ein Stück Aquarellpapier steckte im Rahmen und zeigte im Schein der Lampe einen Teil der Generalstabskarte, die er in größerem Maßstab kopiert hatte. Statt der markierten Pfade und Symbole hatte er Abbildungen der Dinge selbst eingefügt. Die Kiefern entlang der Küste bildeten einen Wald aus winzigen dunkelgrünen Bäumen. Die Fußwege wurden von Brombeersträuchern gesäumt, an denen winzige Früchte hingen. Und es gab auch kreative Neuschöpfungen auf seiner Karte, zum Beispiel war die Dorfkirche weiß wie im Mittelmeerraum, das Getreide auf den Feldern farbig, und die Gärten standen voller Palmen. Den Friedhof hatte er näher an den Strand gerückt und grellbunte, halbwegs menschliche Figuren wie seine Mutter darauf gemalt, die tanzten und sich ihr eigenes Grab schaufelten. Georgianische Prachtvillen mit makellosen Proportionen ersetzten die verwinkelten, wildwuchernden, schiefen Cottages im Ort. All das verschaffte Edward ein Gefühl von Macht. Dorf und Küste verwandelten sich in sein privates, elegantes Königreich. Doch all das entglitt ihm jetzt, wie die Rute beim Angeln, wie der Fisch, der ihm gar nicht erst an den Haken ging, so leidenschaftlich er sich mit seiner teuren Ausrüstung auch abmühte. Wie Jo.

Vielleicht war das aber einfach auch nur eine bequeme Sicht, an der er aus Trägheit festhielt. Jo sorgte für ihn. Jeden Tag Sandwiches, egal, ob er sie brauchte oder nicht, nachts eine Wärmflasche fürs Bett, gebügelte Hemden, saubere Pinsel. Selbst seine Angelausrüstung hielt sie in Schuß, wie ein Kind, das ständig seine Anerkennung suchte. Doch nein, das war die andere Joanna. Nicht die, die sich heute abend rausgeputzt hatte, nicht das kleine Mädchen, das ihn ihre Kinderkleider hatte aussuchen lassen, mittlerweile gegen seine Kritik aber immun war und so aussah, als könne sie jede Party sprengen, einfach, indem sie in der Tür auftauchte. In wessen Kleidern? Mit wessen Hilfe? Sarah Fortune. Die Frau, die Joanna zuerst eine Schlampe und Kuh genannt und die sie nun plötzlich zur Freundin, Vertrauten und modischen Beraterin erkoren hatte, alles an einem einzigen schrecklichen Tag.

Edward hatte jeden Gedanken ans Angeln aufgegeben und seiner kichernden Mutter einen mörderischen Blick zugeworfen, als sie Jo zum Abschied zuwinkte. Da sie wußte, daß er imstande war, sie zu schlagen, kicherte Mutter noch mehr, zog sich in die Küche und dann ins Bett zurück, während er in sein Zimmer ging und bis nach Einbruch der Dunkelheit vor sich hinbrütete. Jetzt hatte er Hunger.

Joanna hätte früher niemals das Haus verlassen, ohne ihm etwas zu essen zu machen. Ihm und nur ihm. Nicht seinem Bruder.

Sie prallten in der Küche aufeinander. Beide tasteten nach dem Lichtschalter, und beide schreckten vor dem anderen zurück.

»Tut mir leid, Julian. Hab nicht gewußt, daß du zu Hause bist.«

»Entschuldige, Ed.«

Beide suchten nach etwas Eßbarem und gelegentlich auch nach der Gesellschaft des anderen. Zwar gingen sie sich im allgemeinen aus dem Weg, so gut sie konnten, nicht aber beim Frühstück, beim Abendessen und dem gar nicht so seltenen nächtlichen Imbiß, der nach Joannas experimentellen Kochversuchen zuweilen notwendig war. Eine Angewohnheit, die ihr ein Dorn im Auge war, denn so wußte sie nie genau, was noch im Kühlschrank oder der Speisekammer war.

Julian starrte auf ein Stück Zeitungspapier am Boden der Speisekammer: Edwards Köder. Die Angelhaken lagen in der Küchenschublade, Angelschnüre und sonstige Gerätschaften waren überall verteilt. Julian konnte nicht hinsehen, ohne sich vorzustellen, wie die Würmer alle fügsam nebeneinanderlagen. Ein paar Tage konnten die Viecher in Zeitungspapier überleben, doch Edward hatte immer mehr als genug, als vergrößerte es seine Chancen, wenn er sich riesige Vorräte anlegte, die er dann doch nur sterben ließ. Julian konnte nie an den in Zeitungspapier eingeschlagenen Würmern auf dem kühlen Kachelboden der Speisekammer vorbeigehen, ohne sich zu fragen, warum es so viele Männer in seinem Bekanntenkreis auf sich nahmen, die armen Würmer brutal auf Haken zu spießen, nur um Schollen zu angeln, die sie auch ganz bequem im Laden kaufen konnten.

»Ich wünschte, du würdest sie woanders lagern, Ed«, sagte er und versuchte sich seine Gereiztheit nicht anmerken zu lassen.

»Sie können da nicht raus, keine Angst. Aber ich bringe sie woanders hin, wenn du willst.«

Edward gab sich versöhnlich, geradezu herzlich.

»Willst du einen Drink, Chef?«

»Ja«, sagte Julian. Er hatte sich nur deshalb überrumpeln lassen, weil er genau das wollte, was Edward ihm da vorschlug: einen Schluck Whisky, bei dessen Vorstellung sich sein Mund zusammenzog. Die Qualität war ihm egal. Julian hatte das Zeug normalerweise nicht im Haus, denn es hatte sich in der Vergangenheit als gefährlich erwiesen, seine Krankheiten nicht geheilt und Schlaflosigkeit in Alpträume verwandelt.

»Wo ist Jo? Und Ma?« fragte er, nicht weil er es wissen wollte, sondern um überhaupt irgendwas zu sagen.

»Ma schläft den Schlaf der Gerechten. Jo ist ausgegangen. Ich hab sie gesehen, als ich hereinkam, und wollte sowieso mit dir über sie reden. Und über unsere gebildete Anwältin.« Letzteres klang, als spucke er aus.

»Oh.« Julian war vorsichtig. Er hatte sich angewöhnt, allem, was Edward sagte, mit Mißtrauen zu begegnen, besonders, wenn sein Bruder ein ernstes Gesicht dazu aufsetzte. Natürlich konnte man Edward auch noch seine siebenundsiebzigste Chance geben, doch seit er klein war, hatte der Junge nie etwas anderes im Kopf gehabt, als zu lügen und zu betrügen. Charakterzüge, die Jo einfach nicht sehen wollte, während sie Julian ständig aufs neue ärgerten, genauso wie Edwards Faulheit. Sei fair, mahnte er sich. Mutter hat den Jungen immer verwöhnt, während Vater ihn zu hassen schien, seit er laufen konnte.

Der Versuchung, sich ein weiteres Mal überrumpeln zu lassen, würde er widerstehen können, nicht aber der Gelegenheit, über Miss Fortune zu reden, wie indirekt auch immer. Dieses beunruhigende Wesen, das er eben erst wieder gesehen hatte, als er am Spielsalon vorbeikam. Sie hatte auf einem der hohen Stühle gesessen wie eines der Kids, völlig ins Spiel versunken. Irgendein nicht identifizierbarer Bursche hatte sie offenbar unter seine Fittiche genommen. Und wieder hatte ihn dieser Blitz des Wiedererkennens durchzuckt wie gestern abend, als sie im Hauseingang stand. Soviel zu seiner ersten Bewertung... Die Grausamkeit seiner unausgesprochenen Beschreibung ekelte ihn an, so unfair war sie. Aber er suchte doch bloß nach Vorwänden.

»Paß auf, Julian«, sagte Edward. »Ich mag diese Frau einfach nicht. Sie ist viel zu charmant, um harmlos zu sein. Sie übt einen schlechten Einfluß aus.«

»Was? Auf dich?« witzelte Julian.

»Nein, auf Jo.« Julian wartete auf eine Erklärung und empfand allmählich so etwas wie Sympathie für das aufrichtig besorgte Gesicht seines Bruders. Vielleicht tue ich ihm unrecht, dachte er. Ich darf nicht so hart sein.

»Sieh mal, als ich nach Hause kam, war unsere Schwester gerade im Begriff zu gehen und plusterte sich dabei ganz gewaltig vor Mutter auf. In den Klamotten dieser Anwältin, ich bitte dich. Ganz in Schwarz, wie eine Edelnutte. Das ist nicht Jo. Das ist jemand anders. Im Grunde ihres Herzens ist sie immer noch ein Kind.«

Das würde dir so passen, dachte Julian sarkastisch. Wie

oft hatte er Jo gedrängt, sich wie eine junge Frau anzuziehen und nicht wie ein kleines Mädchen? Im Augenblick aber war er bereit, diese Gedanken beiseite zu schieben, sie würden ohnehin wiederkommen. Er war bereit, seine Kritik an Edwards verdächtiger Verstimmung zurückzustellen, denn er suchte ja selbst verzweifelt nach einem Vorwand, um sich Sarahs zu entledigen, weil er sie für gefährlich hielt. In Edwards Blick funkelte nichts als Falschheit und die geballte Tücke seiner perversen Phantasie. Julian beschloß, das alles zu ignorieren. Er rieb sich die Stirn.

»Tut mir leid, aber ich hatte einen schweren Tag. Ich komme gerade von Miss Gloomer, der Armen. Sie haben bei ihr eingebrochen. Wahrscheinlich einer dieser verfluchten Touristen. Hat ein Brot und ihren Gehstock geklaut, also wirklich. Sie behauptet, daß es ein Geist gewesen sei, aber das hat sie aus den Gerüchten, die im Moment die Runde machen. Ein Mann mit weißem Haar. Sie hat gesehen, wie er wegging, konnte sich aber nicht bewegen. Ein Beruhigungsmittel wollte sie nicht, also habe ich ihr einen Sherry empfohlen, und dann hatte ich plötzlich Hunger. Na ja. Was meintest du eben zu Sarah Fortune?«

Edward errötete leicht und schluckte.

»Ich glaube, wenn wir einen Anwalt brauchen, sollten wir uns um jemand anderen bemühen. Diese Frau ist zu ... umstürzlerisch. Aufdringlich, übertrieben familiär. Sie macht Mutter ganz hysterisch vor Aufregung und Jo aufsässig.«

Sie warfen sich einen Blick seltenen Einverständnisses zu. Julian nickte.

»Einverstanden. Morgen sagen wir's ihr.«

»Gut.« Edward machte Anstalten, sich zu erheben.

»Ed? Du solltest mehr mit mir reden, hörst du? Es lohnt sich. Ich weiß, du glaubst, du hättest es besonders schwer. Es tut mir leid. Es war kein leichtes Jahr.«

»Nein«, sagte Edward, überrascht und gerührt. »Nein, wirklich nicht.«

Der Geist mit dem weißen Haar und dem allzu menschlichen Gesicht flüchtete nicht weiter als bis in den Garten gleich hinter Miss Gloomers winzigem Rasenstück. Auf diese Weise konnte er beobachten, wie der Arzt kam und ging, und warten, bis sich die Aufregung gelegt hatte. Er saß auf der stillen, warmen Erde und verschlang mit großen Bissen das Brot, immer drei Scheiben auf einmal, die er sich in einem Klumpen in den Mund stopfte. Er brauchte dringend einen Zahnarzt für seine Backenzähne und noch einiges andere. Wahrscheinlich war es nicht ungefährlich zu bleiben, wo er war. Die Strandhütte, die er sich für die Nacht ausgesucht hatte, lag ein gutes Stück entfernt. Seit rund einem Jahr hatte er keinen Wagen mehr gefahren, keine warme Mahlzeit zu sich genommen, keinen Laden betreten oder einem Menschen in die Augen gesehen. Ganz langsam wurde er von innen zerfressen, wie von einem Wurm, der ihn damit jedoch zugleich auch am Leben erhielt.

Das Jahr war vergangen wie im Flug oder, besser gesagt, versunken seit dem Tag, da ihn die Flut erfaßt hatte. Er hatte sich im kalten Wasser unter der wärmenden Sonne treiben lassen, und das hatte ihn gerettet. Zuerst war er überrascht gewesen, daß er schon sterben sollte, doch dann hatte sich Empörung darüber geregt. Er hatte sich der Strömung überlassen, sich so wenig wie möglich bewegt, um seine Kräfte zu schonen, und sich fünf Meilen von seinem Ausgangspunkt entfernt mühsam an die Küste zurückgekämpft. Seine Nacktheit und die Erleichterung, die er darüber empfand, hatten ihn Schutz suchen lassen. Er versteckte sich in einer halb zerfallenen Kirche und zeigte Gott triumphierend das Siegeszeichen, unendlich stolz, das Meer überlistet zu haben. Er fühlte sich allmächtig und frei, unvorstellbar lebendig, eins mit der flachen, wilden Küste, die er nun entlangwanderte wie ein König, der sein Reich inspiziert.

Der Zeitung, mit gestohlenem Geld gekauft, denn Stehlen war immer das einfachste, hatte er entnommen, daß er tot war. Es belustigte ihn, daß offenbar ein Fremder an seiner Stelle gestorben war. Es steigerte sein Machtgefühl und die Gewißheit, tun zu können, was er wollte. Es war, als sei er imstande gewesen, den Tod dieses anderen Mannes anzuordnen. Alle weiteren Nachforschungen würden vermutlich schnell im Sande verlaufen. Plötzlich war es ihm als ausgezeichnete Idee erschienen, tot zu bleiben. So konnte er, was zu tun war, ungestört erledigen. Erst danach würde er sich wieder zu erkennen geben und seinen angestammten Platz einnehmen wie ein Phoenix aus der Asche. Er würde allen eine Todesangst einjagen. Edward hatte er erzählt, daß er Urlaub mache, doch die Zeit verstrich und entglitt ihm in seiner Zwischenwelt. Er versuchte sich zu orientieren, durchstreifte Küste und Hinterland, trieb von einem Dorf zum anderen und verschlief den größten Teil des Winters. Jeder Tag erschien ihm wie eine Minute. Im Frühjahr rief Merton. Er war faul gewesen, die Arbeit wartete. Auch die Erinnerungen waren unscharf geworden, bis auf eine.

Wer hatte sie beerdigt? Wer hatte sie berührt, sie begraben? Und da, im Schein des Lichts, das aus Miss Gloomers Fenster fiel, war der Feind. Ein liebgewonnener Feind, der sanft und mit sichtlicher Zuneigung auf die Bewohnerin einsprach, aber dennoch ein Feind. In der Tasche des Mannes befand sich der Beweis, den er aus dem Schreibtisch der Praxis entwendet hatte.

Nach einer Stunde entfernte er sich mit der Selbstverständlichkeit eines geladenen Gastes, der sich plötzlich an die Uhrzeit erinnert, schlüpfte hinaus auf die Straße, eine Gasse hinab und in den Hof hinter dem Spielsalon. Die Hintertür gab ohne Schwierigkeiten nach. Ein Stück bemooster Steinboden, stickige Räume voller stummer Maschinen, die dastanden wie Wachposten, das alles ließ ihn kalt. Ihm war übel. Er rülpste in der Dunkelheit. Er träumte, daß er durch die Dünen und ins offene Meer gejagt wurde. Das Wasser schlug über ihm zusammen, und nirgends war ein Boot in Sicht. Er träumte von einem Suchtrupp, angeführt von dem Jungen mit dem Hund, der ihm gefolgt und nicht mehr von der Seite gewichen war. Der Köter hatte mit der gleichen verstohlenen Hast von seinen kostbaren Vorräten gefressen, mit der er auch selbst aß. In plötzlicher Wut hatten seine Finger gezuckt und sich um den Hals des winselnden Tieres gelegt, in sein rotes Fell gekrallt. Der Hund versuchte ihm das Gesicht zu lecken, während er ihm mit einer Glasscherbe vom Strand die Kehle aufschlitzte. Zuerst aber löste er das Halsband, denn es hinderte ihn daran, den Hund richtig zu packen. Wie dumm von ihm, seine Kräfte auf diese Art zu verschwenden, aber er hatte diese Erinnerung gebraucht, für den Fall, daß er schwach werden sollte. Wie eine Frau mit rotem Haar, die sich seinem Griff entwand und noch atmend zu Boden gesunken war. Er dachte an Grabsteine, rotgefärbte Grabsteine, an Kastanienbäume, die ihre Tentakel unter einem begrabenen Körper ausstreckten. Er wünschte sich, daß alle Farben aus seinem Kopf verschwänden, doch keinen Augenblick zweifelte er an seinem Verstand.

»...ob alt, ob jung,
jeder bekam von ihr
dieselbe willige Ermunterung,
errötend wohl. Sie dankte Männern – gut!
Doch dankte sie,
ich weiß nicht wie... als werte sie
meinen neunhundertjähr'gen Namen so
wie jedes andere Geschenk.«

Seine Porphyria, Brownings letzte Herzogin – er konnte sie nicht mehr auseinanderhalten.

Die Luft war frisch und warm. Sarah begann an den Geräuschen zu erkennen, wann die Gezeiten wechselten, am melodischen Klirren der Boote in den fernen Kanälen, am nächtlichen Schrei der Möwen, an der Tatsache, daß es vollkommene Stille nicht gab, nur die unterdrückten Laute pulsierenden Lebens. Sie gewöhnte sich bereits daran zu laufen, statt den Wagen zu nehmen, doch seit sie hier war, was ihr eher wie ein Jahr als wie ein Tag erschien, hatte sie das ungebändigte Meer noch nicht gesehen. Nur diese geheimnisvollen Wasserläufe, die ruhig dalagen, aber bis tief unter den Kai reichten und in unsichtbaren, landeinwärtsziehenden Strömen gurgelten. Das alles war faszinierend, hübsch, geheimnisvoll und doch nicht genug, um die Sehnsucht nach einem weiten blauen Himmel und einer von mächtigen Wassern gesäumten Wildnis zu stillen.

Die Küste von Norfolk entsprach laut Karte in allen Punkten ihrer Vorstellung, und die Pardoes konnten bis morgen warten, wenn sie sie bis dahin nicht sowieso bereits vor die Tür gesetzt hatten. Heute nacht war sie wie berauscht. Zwar war die Flut noch weit draußen, doch sie rückte vor, Sarah konnte es spüren. Sie konnte wieder atmen, sie war eins mit sich. Hinter ihr lag ein Junge in tiefem Schlaf: Träum was Schönes, junger Mann, und träume morgen weiter.

Im Dunkel der Nacht war es sicher. Vor ihrem Cottage, wo die Rosen ein wenig traurig die Köpfe hängen ließen, angegriffen vom rauhen Wind des Meeres, den sie in der Hitze überhaupt noch nicht bemerkt hatte, betrachtete Sarah die einsame Terrasse, wie sie ein Heim betrachtet hätte. Das verrückte Schaf stand bereit, um sie zu begrüßen. Sie mußte lachen. Es stieß sie in die Seite, als sie die Tür öffnete und nach dem Lichtschalter tastete. Noch etwas, das sie bereits gelernt hatte: Auch vollkommene Dunkelheit war nur ein Hirngespinst.

Das elektrische Licht war brutal. Auf dem Küchenboden entdeckte sie ein Dutzend große Würmer, feuchtklebriges Fleisch, das unbeweglich auf einem doppelt gefalteten Stück Zeitungspapier lag. Sie waren träge ineinander verschlungen, wie der Kopf der Meduse. Nur einer bewegte sich, fast unmerklich, der Rest hätte lebendig, bis zur Unbeweglichkeit betäubt, tot oder kurz vor dem Sterben sein können.

Sie sollten sie zum Schreien bringen, füllten ihre Kehle jedoch mit Galle, die den Schrei erstickte. Sie würgte, und dann kam ihr das Schaf zu Hilfe. Hettie tappte durch den schmalen Eingang, versperrte ihr jede Möglichkeit zum Rückzug, schnüffelte mit allen Zeichen völliger Gleichgültigkeit an der feuchten Masse von runzligem, unterirdischem Fleisch und rülpste laut. Sarahs Herzschlag, der ihr anormal laut in den Ohren klang, beruhigte sich langsam wieder. Ihre Haut war erhitzt, das Leben kam zurück und mit ihm die Erinnerung an das Wohlgefühl, das sie auf dem Weg nach Hause begleitet hatte, und ein vager Sinn dafür, wie lächerlich das Ganze war. Sie war doch nicht so weit gekommen oder hatte so lange gelebt, um sich jetzt von ein paar Würmern einschüchtern zu lassen. Sie hatte das Landleben gewollt – hier war es.

Mit abgewandtem Blick und zusammengebissenen Zähnen, um die Übelkeit zu unterdrücken, suchte sie nach einem Plastikeimer, packte das Zeitungspapier an zwei Ecken und warf die ganze Kollektion in den Eimer. Dann nahm sie ihn, ging raus, über die Straße und schleuderte ihn von sich, so weit sie konnte. Sie hörte, wie er aufprallte und noch ein Stück weiterrollte, und verspürte eine absurde Genugtuung. Am Schluß bearbeitete sie den Küchenboden mit Scheuerpulver. Erst dann fand sie Zeit für ihre Wut.

Drüben im Haus, auf der anderen Seite des Rasens, brannte Licht. Eine Lampe am Vordereingang, direkt gegenüber von ihr, und noch eine irgendwo im Inneren. Zwei Autos standen vor dem Haus. Jo war also zu Hause, jedenfalls sollte sie es sein, um zwei Uhr morgens. Ihre Wut trieb Sarah über das mittlerweile taufeuchte Gras. Es war ein seltsam hinderliches Gefühl an den nackten Beinen, es zerrte an ihrem Rock und verlangsamte ihre Schritte. Schließlich stand sie zögernd und verstohlen vor dem Küchenfenster auf der Rückseite des Hauses.

Die Pardoes waren eine Familie, deren Mitglieder in der Gewißheit zu Bett gingen, daß ihre Autos draußen wie Wachposten standen. Allerdings nicht alle. Durch das Küchenfenster erspähte Sarah Mouse Pardoe am Tisch: im Morgenmantel, ohne Ballkleid, Schmuck oder sonst was, mit einer Brille auf der Nase. Mouse Pardoe sah aus wie die Königin Mutter ohne Hut – der Inbegriff konzentrierter Aufmerksamkeit. Sie verspeiste ein appetitlich aussehendes Sandwich, das sie sich offensichtlich selbst gemacht hatte, und las ohne jede Schwierigkeit den Guardian. Keine Spur von Theatralik, übertriebener Zurschaustellung, ewigem Lächeln.

Mrs. Pardoe blätterte weiter, faltete die Zeitung mit müheloser, aus langer Praxis gewonnener Routine und nahm einen Schluck Wein. Sie wandte sich um, stellte den großen, schweren Kessel auf den Herd, rieb sich die Hände und las weiter.

Als Frau kannte Sarah keine Vorsicht, als Anwältin schon. Sie ging zurück zu ihrem Cottage.

Sechs

Joanna war aufgedreht wie sonstwas. Ohne den üblichen Schmatz auf die Wange fegte sie an Edward vorbei, der am Küchentisch saß.

»Du bist gestern spät gekommen«, sagte er mürrisch und vorwurfsvoll.

»Wirklich? Nicht besonders spät. Oh, ist es nicht herrlich, daß heute Samstag ist?«

»Was ist denn so herrlich an einem Samstag?«

»Die Wolken verziehen sich, sagt Caroline, aber das ist nur, weil sie einen Job hat. Vielleicht sollte ich mir auch einen suchen. Caroline sagt, sie könne mir helfen, einen zu finden. Das bringt einen auf andere Gedanken, sagt sie. Egal, jedenfalls hab ich dir deine Sandwiches gemacht, falls du angeln gehen willst. Ich bin den ganzen Tag einkaufen und komme erst am Abend wieder...« Sie wandte sich ab, die Luft ging ihr aus.

»Ich dachte, du kommst vielleicht mit mir. Hör mal, es tut mir leid, daß ich dich wegen deiner Aufmachung gestern abend ausgelacht habe.«

»Ist schon gut. Mach dir keine Gedanken. Ich muß los.« Diese neue, beispiellose Unabhängigkeit, ihr trotziger Mut, die mit kühner Entschlossenheit hervorgebrachten Worte, das halsbrecherische Tempo und die allem zugrundeliegende Nervosität, falls er Einwände erhob, streiften ihn wie der Hauch eines eisigen Windes.

»Ed«, sagte sie. »Was habt ihr denn letzte Nacht wieder gegessen? Es ist überhaupt nichts mehr da.«

»Würmer«, sagte er bissig. Er haßte es, wenn sie ihn Ed nannte.

»Gegrillt oder gebraten?«

Die Würmer beunruhigten ihn, beunruhigten ihn immer mehr, als er so in der Küche saß und beobachtete, wie die Sonne durch die Tür strömte. Die Köder auf einen unerklärlichen, kindischen Impuls hin aus der Speisekammer zu holen, war etwas, das er bereute wie einen Drink zuviel. Alles hatte sich gegen ihn verschworen, sogar der Schlaf. Das einzige, was noch seine Ordnung hatte, war, daß Stonewall Jones in aller Frühe schon neue Würmer angeschleppt hatte. Am liebsten wäre Edward explodiert. Seine Mutter und Julian verachtete er, solange er zurückdenken konnte. Seit seinem ersten kindischen Streich, nicht unähnlich dem, den er letzte Nacht Sarah gespielt hatte, war er daran gewohnt, daß man ihn nicht mochte, trotzdem fühlte er sich an diesem Morgen ausgesprochen unwohl. Der Mann mit dem weißen Haar hätte Miss Gloomers Stock nicht nehmen sollen, Jo hätte sich nicht so in den Mittelpunkt stellen und Julian nicht die Hand auf seinen Arm legen und sagen sollen, es tue ihm leid. Gleich würde seine Mutter die Treppe herabschweben, ihm eine Kußhand zuwerfen und sein ganzes mühsam erbautes, bequemes, haßerfülltes Kartenhaus endgültig zum Einstürzen bringen.

»Hier«, sagte Jo und warf ihm eine Tüte in den Schoß. »Tu mir einen Gefallen, ja? Bring die Sachen zurück zu Sarah, ich meine, Miss Fortune, und mach nicht so ein langes Gesicht. Sag ihr tausend Dank und frag sie, ob sie heute abend mit uns essen will, okay?«

»Julian hat sich doch wohl klar genug ausgedrückt, oder?« sagte er streng.

»Aber ich mag Sarah, und ich lebe auch hier.«

Damit hatte er wenigstens etwas zu tun, auch wenn es ihm im Grunde unangenehm war. Als er über den Rasen ging, hoffte Edward insgeheim, daß Miss Fortune bereits gepackt hatte und abgereist war. Wenn das die Konsequenz seiner nächtlichen Überraschung sein sollte, würde er wenigstens nicht wieder den grotesken Drang verspüren, sich zu entschuldigen.

Auf halbem Weg entdeckte er, daß ihr Wagen weg war. Er ging weiter und spähte durch die Scheiben des Cottages, die jemand geputzt zu haben schien. Drinnen hatte sich alles verändert. In der Spüle lag ein Blumenstrauß, und weiter hinten sah er ein Tuch, das sie über das häßliche Sofa gebreitet hatte. Hettie, das Schaf, bewachte laut blökend den Eingang. Edward gab ihr einen Tritt und spürte, wie sein Fuß in dem wolligen Flies versank, bevor sie davonsprang. Hettie verstand sich auf solche Manöver und war Edwards gelegentliche Brutalitäten gewöhnt. Er ließ die Kleidertüte vor der Tür stehen und hoffte, daß das blöde Vieh sie auffraß.

Mit den Sandwiches, die er so häufig in den Abfalleimer warf, hätte er den ganzen Tag am Strand verbringen können. Sollte er gehen, den Mann mit dem weißen Haar treffen und seinen Plan weiterverfolgen, der ihn von allen familiären Fesseln befreien würde? Ihm ein Geschenk machen? Nein, es war bereits zu spät. Er konnte warten. Morgen oder übermorgen würde die Schlampe aus dem Cottage wieder abgereist und alles wie früher sein.

Sarah betrachtete die Auslage. Brötchen, Hörnchen und süße Scones, Teekuchen und riesiges, butterstrotzendes Gebäck, und alles so krumm und schief, wie es nur echtes Hausgemachtes sein kann. Die Kuchen standen hinter Glas. Das Café lag in der High Street, und hinter dem Tresen mühte sich ein rundliches Mädchen mit dicken, dreieckig geschnittenen Weißbrotscheiben ab. Ein Dutzend Gäste und ihre fetten Köter warteten auf Sandwiches. Auf der anderen Straßenseite gab es ein Schaufenster voller Strickgarn, eine nüchterne Erinnerung daran, was eine rechtschaffene Frau mit ihren langen Winterabenden anfangen konnte.

Sarah wäre wohl von niemandem als »rechtschaffene« Frau bezeichnet worden, außer von sich selbst, hatte nur selten im Leben einen Kuchen gebacken und wußte, daß sie anders war als die meisten ihrer Geschlechtsgenossinnen. Backen hatte nie zu ihren Verpflichtungen gehört, bei keinem Mann, und der Gedanke daran erfüllte sie mit sarkastischer Belustigung.

»Iß noch was«, drängte eine Frau ihren Mann. »Es tut dir gut.« Sarah senkte den Kopf. Ihr Körper war ebenso leicht wie ihr Herz. Würde Julian sie wegen ihres mangelnden Taktgefühls zurückschicken, und machte es ihr etwas aus? Ja, tat es. Mit größter Sorgfalt hatte sie die umfangreiche Vermögensliste der Pardoes studiert. Sie besaßen dieses Café, ein oder zwei Boote, den Grund, auf dem ein Pub stand, den Friseur, den Spielsalon, die Hälfte der Geschäfte und mehr als ein Dutzend Häuser. Sie kontrollierten sozusagen die Lebensader der Stadt. Sie konnten diesem Mini-Imperium am Meer, das wie ein Halbedelstein im sandfarbenen, vollgesogenen Land lag, jederzeit den Hahn abdrehen.

Sarah saß da und dachte an Träume. Sie stellte sich Ernest vor, der einen mit Würmern garnierten Kuchen aß, und hoffte, daß er daran erstickte. Sie dachte an Malcolm, der niemals Kuchen aß, und vermißte ihn mit einer Heftigkeit, die sie bisher ganz gut in Schach hatte halten können. Sie stellte sich ihn hier in Merton vor, mit seiner Vorurteilslosigkeit. Der Hund, ein wunderbar schlankes Tier im Vergleich zu den hiesigen, würde wählerisch in der Gosse schnüffeln. Gestern abend hatte Rick in dem Gespräch, das dem zweiten Bier voranging, von Stonewall und seinem Hund erzählt. Und wie Stonewall sich ein Taschengeld verdiente, indem er Würmer ausbuddelte, die andere dann als Köder benutzten. Später war sie froh gewesen, das zu wissen.

Der Kaffee kam. Er war dünn und fade, wurde aber dennoch triumphierend serviert. Er war nicht das, wovon Sarah träumte, aber sie hatte ja auch nur noch diesen einen, der sich hartnäckig hielt: die Vision von einem selbstgenügsamen, unschuldigen Leben auf dem Land. Den Blick immer noch auf die imposante Vermögensliste geheftet, empfand sie einen Moment lang heftigen Neid, für den es nicht die geringste Veranlassung gab, wenn sie an das Dilemma der Pardoes und ihr nervöses Warten auf irgendwelche Reichtümer dachte. Niemand durfte soviel erben und dann den Rest seines Lebens mit Schmollen verbringen. Hin und wieder hatte Sarah Wohlstand als ein Ziel an sich gesehen, als Möglichkeit, etwas zu verändern und sich Freiheit zu verschaffen. Sie lehnte sich in ihrem unbequemen Sessel zurück, beobachtete, wie rundum die Sandwiches verspeist wurden, und wünschte, sie wäre hungrig. Träume waren Nahrung, die man zu sich zu nehmen vermochte, indem man anderen einfach nur zuschaute. Obwohl sie ihre Ambitionen schon lange nicht mehr definieren konnte, ganz zu schweigen von erfüllen, und weder ausdauernd genug war, um Millionärin zu werden, noch das Zeug zu einer Diebin hatte, konnte sie immer noch andere dabei beraten, wie man sein Vermögen verfallen ließ, es benutzte, genoß oder aber, und das wäre das Allerbeste, verschenkte.

Ein rotgesichtiger Mann in der Ecke brach in brüllendes Gelächter aus. Er war billig gekleidet und stopfte sich mit Eis voll. Auf seine laute, polternde Art war er zufrieden. Dieser Mann war nicht reich. Die Pardoes müßten eigentlich glücklicher sein als er. Sie müßten die Welt als Kuchen sehen, von dem sie nach Belieben kosten konnten, statt sich lustlos, von der Liebe enttäuscht und verbittert, mit ihren privaten kleinen Problemen herumzuschlagen. Ihr Geld war ein Privileg, ihr Verhalten eine Schande, und irgendwann im Lauf des Tages würden sich die beiden Brüder zusammensetzen und beschließen, sie, Sarah, zum Teufel zu jagen.

Ein Schatten fiel über ihren Tisch, und Sarah, das Mädchen mit dem Kaffee, kicherte. Rick stand vor ihr. Seine Prellungen gingen zurück, und er grinste über das ganze Gesicht.

»Keine Angst, wir bleiben nicht«, sagte er. »Ich wollte Stonewall bloß kurz zeigen, daß du kein Geist bist.«

»Daran habe ich nicht die geringsten Zweifel«, sagte sie geziert, und als sie lächelte, vertieften sich ihre Grübchen.

»Nein«, sagte er. »Ich auch nicht.« Dann lachte er laut. »Ist das etwa ein Geist, Stoney?«

»Nein«, sagte der Junge, »aber der andere auch nicht.«

»Oh«, flüsterte sie. »Zwei Geister?«

Stonewall wand sich, hin und her gerissen zwischen dem Wunsch zu schweigen, der Angst, etwas zu verlieren, und dem Verlangen, alles mitzumachen, was Rick vorschlug. Und im Moment spürte er eine Schwingung, die seine gewöhnliche Angst noch steigerte.

»Was hättest du denn gern?« fragte sie Stonewall.

Rick lachte schon wieder. »Das darfst du ihn nicht fragen.«

»Eis?« sagte Stonewall düster.

»Zwei«, schlug sie munter vor.

Rick ging, um es zu bestellen. Das höfliche Rumsitzen war nichts für ihn, solange er wußte, daß er sich mit seinem Grinsen in jeder Schlange vorpfuschen konnte. Er schwankte ein wenig.

Stonewall sah Sarah an, und Sarah sah Stonewall an. Sie ist in Ordnung, dachte er verzweifelt, sie muß in Ordnung sein, Rick mag sie, und sie ist anders als alle Frauen, die ich kenne. Sie wiederum fand einfach nur, daß er ein hübscher Kerl ist.

»Es ist ein Geist«, sagte Stonewall, als sein Eis kam – auf einem großen Glasteller und mit Waffeln bestückt wie ein Schiff mit vollen Segeln. »Er war bei Miss Gloomer.«

»Ich hatte dir doch gesagt, du solltest nach Hause gehen

und auch da bleiben«, sagte Rick. Der Junge ignorierte die Unterbrechung. Kaum zu Hause, war er wieder zum Fenster raus, und wozu war ein Fenster auch sonst gut?

»Ich hab gesehen, wie er reinging. Und gestern abend hab ich ihn gesehen und dann unten am Strand, als ich zum Würmersammeln war. Ed Pardoe kennt ihn auch, diesen Geist.«

Rick wirkte besorgt.

»Erzähl mir was über mich«, neckte Sarah den kleinen Stonewall, nicht ganz so obenhin, wie es klang. »Über mich, als ich noch ein richtiger Geist war. Wessen Geist war ich? Was habe ich gemacht?« Zuviel kaltes Eis auf einmal im Mund. Stonewall schluckte und schnappte nach Luft. Sie warteten – warteten tatsächlich auf seine Antwort.

»Sie sind viel zum Arzt gegangen. Sie waren verheiratet. Mit diesem anderen Geist, glaube ich. Der immer mit Edward Pardoe dasitzt und quatscht. Sie sind von einem Bus überfahren worden. Dann sind Sie ins Meer gelaufen und nicht mehr wiedergekommen. Ich hab Sie gesehen, aber das waren nicht Sie, sondern jemand anders.«

Stonewall konnte sich denken, was Rick sagen würde. Er würde sagen, iß dein Eis nicht so schnell, das weicht dir bloß die Birne auf, doch die Frau mit dem Haar lauschte aufmerksam. Ihre Haut war plötzlich blasser, so daß das rote Haar noch kräftiger leuchtete als vorher. Rick grummelte bloß: »Und warum hast du nichts unternommen, als du gesehen hast, wie der Geist bei Miss Gloomer reinspaziert ist, du Heini?«

Stonewall zog den Kopf ein. »Weil meine Mum dann gewußt hätte, daß ich schon wieder mal zum Fenster raus bin, klar? Sei doch nicht so blöd.« Er sah hoffnungsvoll auf den leeren Teller und schluckte den letzten Löffel Eis runter.

Für mehr würde die Fremde auch mehr bezahlen müssen.

Als sie gegangen waren, rieb sich Sarah die Arme unterhalb der weiten, ellbogenlangen Hemdsärmel. Instinktiv tasteten ihre Finger dabei nach den winzigen Narben, mit denen ihre Oberarme übersät waren. Sie werden mit der Zeit kleiner, hatte der Chirurg mit manischer Fröhlichkeit erklärt, dann fallen sie gar nicht mehr auf.

Genug. Samstag nachmittag, Ferienzeit: für Familien, Geister, moralische Verpflichtungen und düstere Erinnerungen war hier kein Platz. Am liebsten hätte sie die gesamte Menschheit mit ihrem Unglück und ihrem Elend abgeschüttelt und zusammen mit den eigenen Unzulänglichkeiten im Meer versenkt.

Als sie schließlich wieder auf der belebten Straße stand, überfiel sie das alte Verlangen, sich und ihre Ängste tatsächlich in der Weite des Meeres reinzuwaschen. Sie hatte sich so danach gesehnt. Sie stieg in den Wagen. Die glühende Sonne brannte auf das Verdeck und verstärkte das Gefühl des Eingeschlossenseins noch mehr. Sie fuhr quer durch die Stadt auf die flache, verlassene Küste zu. Sie war auf der Suche nach etwas, das sie hier sicher finden würde: eine Stelle, wo andere nicht hingingen. Eine Wüste mit Wasser, die Leere, die sie brauchte, um ihre Krankheit zu heilen.

Sie fuhr schnell und bog schließlich in einen schmalen Feldweg ein. Auf den Böschungen rechts und links wucherte Mädesüß, dessen Ranken übers Verdeck streiften. Sie hatte die Küste direkt vor sich, als sie über die Piste holperte, die für Schmuggler und Vogelbeobachter gedacht war, bis das Land plötzlich zu Ende war. Die Stadt hinter sich lassend, hatte sie einen Ort gefunden, wo Cola oder Eis überflüssig waren.

Zwei andere Wagen parkten ebenfalls auf diesem letzten Fleckchen festen Landes. Vier Leute, eingemummelt trotz der Hitze, hockten auf Jagdstühlen und hielten die Ferngläser aufs Hinterland gerichtet. Alle vier sahen so aus, als seien Frühstück und Mittagessen verstrichen und als warteten sie immer noch auf den Anblick jenes seltenen Vogels, der sie hergelockt hatte. Sie schienen mit der Landschaft verwachsen zu sein. Sarah ignorierte sie ebenso, wie die vier Sarahs Wagen nicht beachtet hatten. Sie schob Handtasche und Schlüssel unter den Fahrersitz und lief, ohne abzuschließen, Richtung Meer. Ein Jahr unerbittliches Training hatte ihren Körper schlank, schön und fest gemacht. Hundert Meter von den gleichgültigen Zuschauern entfernt blieb sie stehen und zog aus, was sie am Leib hatte. Sie legte die Kleider zu einem Häufchen zusammen und stellte die Schuhe als Markierung obendrauf. Allein schon das in der Sonne schillernde knallrote Seidenhemd würde ihr den Weg zurück weisen.

Sie lief weiter, auf die blaue, waagerechte Linie zu. Der Sand sah aus wie weicher Flanell und bildete kleine Mulden, die sich unter den Füßen wie Samt anfühlten. Je weiter sie lief, um so mehr schien das schmale blaue Band zurückzuweichen. Als sie schließlich stolperte und in eine mit seichtem Wasser gefüllte Senke fiel, gab sie die Verfolgung auf. Das Wasser war sanft wie Seide und die Brise ein leiser Ventilator. Sie lag da und überließ ihre nackten Gliedmaßen dem prickelnden Gefühl des Salzes. Es war ein völlig natürlicher, zugleich aber selig dekadenter Zustand. Die schmale Senke war eine Couch und paßte sich der Form an, die sich Sarahs Körper gesucht hatte, während ihr das weiche Wasser über den Nacken ins Haar kroch. Ein genußsüchtiger Millionär würde ein Vermögen für ein solches Erlebnis zahlen. Während sie träge Wasser auf ihren flachen Bauch und die Schenkel spritzte, spürte sie erneut und mit einem kleinen Schauer des Widerwillens die winzigen weißen Narben auf ihrem Unterleib, die gleichen wie auf Armen und Rükken. Sie erinnerten sie an Würmer. Am liebsten hätte sie sich die Haut mit Sand gescheuert, bis sie verschwanden, doch im Wasser waren sie irgendwie weniger auffällig, und sie konnte sich plötzlich nicht mehr vorstellen, daß sie sich verschoben und bewegten wie Maden in einem Kadaver, die alles Gesunde und auch den Willen zu leben zerstörten. Von der barmherzigen Glut der Sonne eingelullt, verlor sie allmählich ihre düstere Stimmung. Sie räkelte sich wie eine Katze vor dem Feuer und döste zum Geräusch der sanften Brise und der Stille.

Zehn Minuten, eine Viertelstunde, sie hatte keine Ahnung, wie lange sie schon so dalag. Noch wußte sie nicht, was sie geweckt hatte, ob es der Klang ferner Stimmen war oder das plötzliche Gefühl einer ungeheuren Kälte, die um sie herumwirbelte.

Als sie die Augen öffnete, war überall Wasser. Gierig leckte es an ihren nackten Brüsten, stieg ihr bis über die Knie und zog daran, als wollte es sie einladen, sich davontragen zu lassen. Einen Moment lang war sie versucht, sich treiben zu lassen wie ein Boot, doch dann setzte sie sich auf. Alarmiert, verwirrt, noch halb im Traum verstrickt. Sie sah, wie ihre Senke gewachsen war und das Wasser von der Brise gekräuselt wurde. Sie rappelte sich auf. Vom Rand der Erhebung, auf der sie stand, erschien das Band des Wassers jetzt plötzlich unheimlich viel näher und klarer und der Wind in ihrem Gesicht rauher. Sie suchte die Küste nach ihren Kleidern ab und fand sie nicht. Zwei stecknadelgroße Figuren standen neben einem Spielzeugauto, sprangen hektisch auf und ab und winkten und schrien dabei, als jubelten sie einer unsichtbaren Mannschaft zu. Sie erschienen ihr sehr weit weg und der Rand des Meeres jetzt noch näher als erst Augenblicke zuvor.

Sarah rannte los. Der Weg zurück war kein Vergleich mit dem sorglosen Laufen zuvor, als sie sich die goldene Oberfläche unter ihren Füßen noch flach vorgestellt hatte. Jetzt gab es überall kleine Erhebungen und Kuhlen, Rinnen, in denen sich das Wasser sammelte und reißende Bäche bildete, die an ihren Knien zerrten wie ein hysterisches Kind. Der erste Kanal war kein Hindernis, beim zweiten stockte ihr der Atem, während ihr das Blut wie Feuer in den Adern brannte, und der dritte warf sich auf sie wie eine von Maschinen angetriebene Welle von Haß. Sie blieb nicht wieder stehen, um nach ihren Kleidern zu sehen, sondern kämpfte mit über den Kopf erhobenen Händen gegen die peitschende Flut. Sie krümmte sich, und das Wasser zerrte an ihren Hüften, bis es sich neckisch zurückzog, gerade als sie glaubte, sich dem erbarmungslosen Sog nicht länger entgegenstemmen zu können. Endlich wurden ihre Schritte fester, sie platschte durch eine langsam nachlassende Strömung, die nur noch sanft um ihre Waden rauschte, und stieg dann unsicher den Hang zu ihrem Wagen hinauf. Das Prickeln der Disteln und des Sandes, die die Grenze der Flut markierten, war wie ein Segen. Oben stand eine Frau. Sie hatte den Gurt des Fernglases um den Hals, kräftige Schuhe an den Füßen und Tränen der Bestürzung im Gesicht.

»Wie konnten Sie bloß so dumm sein?« rief die Frau. »Er wollte schon hinter Ihnen her«, und damit deutete sie auf den Mann, der, zitternd auf einen Stock gestützt, neben ihr stand. »Ich mußte ihn zurückhalten! Wir stehen seit Stunden hier und rufen Sie, und er hätte fast einen Herzanfall bekommen, aber Sie hören ja nicht! Ich könnte Sie umbringen!« Doch dann entspannte sich ihr Gesicht vor Erleichterung. »Oh, Sie dummes, dummes Ding. Kennen Sie sich denn nicht aus mit den Gezeiten? Sie müssen schreckliche Angst gehabt haben.« Sarah stand tropfend und zitternd, gedemütigt und beschämt da.

»Ich hätte es wissen müssen. Es tut mir leid, daß ich Ihnen so einen Schreck eingejagt habe. Danke. Sie haben mich geweckt. Das Rufen war nicht umsonst. Danke Ihnen beiden.«

Ihr Zittern wurde stärker.

»Ihre Kleider«, sagte die Frau noch freundlicher als zuvor. »Ihr hübsches rotes Hemd.« Soviel zu der Annahme, sie hätten sie nicht ankommen sehen.

»Sie werden sie wahrscheinlich zurückkriegen«, sagte der Mann. Irgendwas mußte er einfach sagen, um sich von seinem Schock zu erholen. »Wahrscheinlich werden sie irgendwann hier wieder angeschwemmt. Oder woanders.«

Sie spürte das schreckliche Bedürfnis, einfach loszukichern, und hob die Hand vor den Mund. »Ich glaube, ich steige lieber in den Wagen, da ist es warm.«

»Wollen Sie eine Decke oder so was?«

»Nein, danke, danke.«

Sie mußte einsteigen, den Motor anlassen und losfahren, sonst würden die beiden sie nur weiter beobachten, nicht lüstern oder neugierig, sondern aufrichtig besorgt, was das Gefühl der Blöße noch verstärkte. Die Hitze vom Fahrersitz ging wohlig in ihren Körper über, sie tropfte auf den Bezug, das Lenkrad war warm unter ihren weißen Knöcheln, und durch die Windschutzscheibe sah sie die nahende Flut, die auf das Land zurollte wie eine ungeheuer große Armee mit weißen Hellebarden und einem unhörbaren Schlachtruf, unaufhaltsam, unwiderstehlich, der älteste Feind der Menschheit überhaupt. So saß sie da, bis die Kälte nachließ und sie die Finger wieder bewegen konnte. Das Ehepaar beobachtete sie von seinem Wagen aus.

Die Hinterreifen drehten sich im sandigen Kies, es klang wunderbar. Auf der holprigen, rüttelnden Rückfahrt zur Hauptstraße bekam sie Lust zu singen. Aus schierer Freude am Überleben und den damit verbundenen Offenbarungen.

Erstens, wenn Elisabeth Tysall in einem solchen Wasserloch gelegen hatte, warm, betrunken, mit Medikamenten vollgepumpt, um ihren Tod in einen seligen, sanften Schlaf zu verwandeln, hatte sie eine verlockende, sehr würdevolle Methode gewählt, und das war irgendwie tröstlich. Die Art, wie Elisabeth gestorben war, hatte Sarah schon immer beschäftigt. Zweitens wußte sie jetzt, daß sie nie ein wirkliches Verlangen nach dem Tod gehabt hatte, obgleich man die Verlockungen selbst an beiden Händen nicht mehr hätte abzählen können. So oft hatte sie sterben wollen. Sie fand eine Zigarette, zündete sie unbeholfen an und genoß diesen wilden, warmen Augenblick der Euphorie.

Am späten Samstag nachmittag zuckelten die Leute von den Stränden zurück. Sie überholten Sarahs Wagen und entdeckten, auch ohne erst lange zu ihr hinüberstarren zu müssen, den nackten Busen in Lenkradhöhe. Und da war noch etwas: Angesichts von Tod und Gefahr erschienen Kleider völlig überflüssig. Ein Mann hielt inne und pfiff dann durch die Zähne, während sie beide darauf warteten, nach rechts abbiegen zu können. Seine Kinder auf dem Rücksitz kicherten und purzelten durcheinander. Sarah winkte ihnen gelassen zu und lachte dann über den kleinen Verkehrsstau vor der Spielhalle, wo Feriengäste nach Parkplätzen suchten. Noch immer grinsend, fuhr sie links ran. Ein kleiner Kugelkopf mit Stoppelhaaren schob sich neben ihr Fenster. Ricks Gesicht erschien auf der anderen Seite. Während der Junge den Blick abwandte, sah er sie an.

»Hast du dich etwa schon wieder verirrt?« Sie hatte ausreichend Zeit, um zu bemerken, daß die Prellung um das eine Auge in dunkelrote Striemen übergegangen war. Eindeutig auf dem Weg zur Besserung. »Oder was ist es sonst?« fragte Rick und grinste. »Deine Art juristischer Service?«

»Das bezweifle ich. Sie werden mich feuern. Ich war schwimmen.«

»Wenn du so bei ihnen reinmarschierst«, sagte Rick, »behalten sie dich für immer.«

Der frühe Abend war warm, doch der Himmel hatte sich zugezogen. Edward liebte dieses Bild – wenn sich der Himmel bezog. Wenn er erst sein Geburtsrecht erlangt hatte, würde er einen zugezogenen Himmel malen, mit Engeln zwischen den Wolken, die herabschwebten, um ihn zu segnen. Er schloß die Augen und dachte noch darüber nach, als Julian alle im schaurigen Halbdunkel ihres edwardianischen Eßzimmers zusammentrommelte, wo einem die Stühle die Schienbeine ruinierten und tote Fliegen aus dem violetten Samt der Vorhänge fielen, wenn man sie zuzog.

Edward schwieg, während Julian die Versammlung leitete wie ein Schuldirektor und allen, einschließlich Mutter, auch wenn sie sicher nur die Hälfte verstand oder sich kaum für das alles interessierte, erklärte, daß die von Vaters Testamentsvollstrecker geschickte Anwältin für ihre Zwecke nicht geeignet sei. Ob sie ihm zustimmten? Mutter lachte bloß und sagte nichts außer: »Nein, nein, nein, das siehst du ganz falsch.« Joanna regte sich auf und fragte sich, ob Julian so unerbittlich war, weil sie ihren Gast anfänglich als Kuh bezeichnet hatte, oder ob es an den Auseinandersetzungen beim Frühstück gestern morgen lag. Edward nickte nur und dachte an seine Staffelei, die oben auf ihn wartete, und den Mann, der morgen am Strand warten würde. Sie brauchten keine lästige Anwältin, die seine Schwester zum Weinen brachte.

Als er Joanna so schluchzen sah, verspürte er eine Gereiztheit, die sich über den ganzen Körper ausbreitete und das krasse Gegenteil von Verlangen war. Wenn er doch bloß für eine Sekunde an jemand anders denken könnte: Junge, Mädchen oder Frau, egal was für einen Körper, Hauptsache, es war nicht dieses rundliche, schniefende, schöne Kind.

»Dann sind wir uns also einig«, sagte Julian, und das klang keineswegs wie eine Frage.

Edward saß vor den hohen Fenstern, von deren Rahmen die Farbe blätterte. Die Scheiben waren getrübt vom Salz des nahen Meeres. Es trieb über die Küste, die sie besaßen, die öde Marsch, die sie besaßen, zu dem Haus, das sie besaßen, und er besaß gar nichts. Bitterkeit stieg wie quälender Husten in ihm auf. Es war mild und stickig im Eßzimmer, da die Fenster ständig klemmten. Mutter saß in ihrem Abendkleid da und zupfte an dessen Saum. Schließlich hob sie ihn so hoch, daß man ihre Knie sah, und kaute an einem Faden. Und als dann ein Auto vor dem Eingang vorfuhr, sprang sie auf und eilte zum Fenster.

»Oh«, sagte Mutter überrascht. »Oh, meine Lieben!« Joanna und Julian folgten ihr ans Fenster, wo Edward stand und lachte, aber wie versteinert.

»Wer immer das ist, sie braucht einen Drink und ich auch«, sagte Mutter. Sie stand ganz still, keine Spur von ihren sonstigen Zuckungen und dem ewigen Zupfen an irgendwas, und in ihrer Stimme schwang ein sehnsüchtiger Unterton. Julian sah sie an, und es war mehr als nur ein Anflug von Wärme darin.

Sarah Fortune stieg aus dem Wagen und präsentierte den perfekten Halbmond ihres Hinterteils, als sie sich bückte, um nach ihrer Handtasche zu greifen. Sie hängte sie sich über den Kopf, so daß der Riemen zwischen den beiden hüpfenden Brüsten lag, als sie splitterfasernackt zurücktrat, um mit dem Fuß die Tür zuzuknallen. Ihr Haar war eine wilde Wolke, die Schultern waren gebräunt und ihre Bewegungen beherrscht. Joanna hatte das Gefühl, nicht hinsehen zu können, starrte ihr jedoch mit angehaltenem Atem nach.

Sarah ging quer über den Rasen auf die Cottages zu, eine Hand auf der Handtasche, als trüge sie ein Kostüm und sei auf dem Weg zu einem Geschäftstermin. Kein Anzeichen von Eile oder Angst lag in ihrem Gang; entweder machten ihr die neugierigen Blicke nichts aus, oder sie bemerkte sie gar nicht. Julian biß sich in einem Anflug von Mitgefühl auf die Lippe. O Gott, wie schrecklich für sie, nicht zu wissen, daß sie alle dawaren, um wie eine Jury auch die kleinsten Einzelheiten ihres Körpers mit kritischem Blick zu begutachten. Doch während er noch hinsah, blieb Sarah stehen, warf einen Blick auf die lächerliche Handtasche und warf sie ins hohe Gras. Sie hob die Arme. Das Gras war warm und feucht, und sie schien das Gefühl um ihre Füße zu genießen.

Teures dunkelbraunes Leder flog über den Rasen, und immer noch konnten sie den Blick nicht abwenden. Der Himmel schimmerte rosig im frühen Sonnenuntergang.

Sarah selbst schien zu glühen, als sie plötzlich mit unerträglicher Leichtigkeit und Präzision eine Reihe von perfekten Rädern schlug und vor ihren Augen so geschickt eine Hand über die andere setzte, daß nur das feuchte rote Haar anzeigte, wo sie gerade war. Dann hob sie die Handtasche wieder auf, legte sie sich auf den Kopf und ging, sie dort oben balancierend, auf ihr Cottage zu, langsam und mit ausgestreckten Armen. Ihre nackten Füße streiften durchs Gras. Hettie, das Schaf, folgte ihr auf den Fersen und blökte jämmerlich. Ein Büschel hellgelber Kapuzinerkresse hing aus ihrem Maul, als sie hinter Sarah hertrottete. Und dann versank die Sonne wie ein großer roter Stein im Wasser.

Sie standen da wie verzaubert, bis Edward in entzücktes Lachen ausbrach. Joanna stieß die Luft aus, die sie so lange angehalten hatte, und stimmte in seine überschäumende Fröhlichkeit mit ein, bis ihr erneut Tränen in die Augen stiegen.

»Nun«, sagte Julian und schüttelte sich, »das beweist nur, wie recht ich habe. Was ihre Eignung betrifft.« Doch Edward entging der Ausdruck schierer Verzweiflung im Gesicht seines Bruders nicht.

Mouse Pardoe wandte sich zu ihm um und ließ den Kleidersaum sinken, auf dem sie gekaut hatte. Ihre Stimme war sanft und einschmeichelnd, als spräche sie mit einem Baby.

»Wird mein kleiner Junge etwa eine Dame entlassen, nur weil sie sich auszieht? Würde er das tun? Würde er so dumm sein? Er müßte es besser wissen. Kein Mann würde dafür entlassen, nicht mal ein Arzt.« Ihre Stimme hatte sich um eine volle Oktave gesenkt und kam dann als hohes Quäken wieder, quengelnd, aber unmißverständlich: »Wenn Julian diese Dame feuert, wird seine Mummy alles zerdeppern, was sie zu fassen kriegt. Haben wir uns verstanden?«

Er drehte sich scharf um, starrte einen Augenblick lang in ein Paar entschlossener Augen und machte eine Bewegung auf sie zu. Sie sprang zurück und fing wieder an auf dem Saum ihres Kleides zu kauen, stumm und mit abgewandtem Blick. Er sah zu Edward hinüber, als brauche er moralische Unterstützung, und bemerkte, daß auch der den Blick abgewandt hielt. Edward betrachtete offenbar die Fußspuren im hohen Gras. Joanna wich Julians Blick mit schmollend verschränkten Armen aus. Noch schimmerten die ewigen Tränen in ihren Augen, doch ihr Körper war voller Trotz. Er hatte das Gefühl, daß das Treffen ohne eindeutige Entscheidung ausgegangen war. Merkwürdigerweise machte ihm das aber nichts aus.

»Ich denke«, sagte Joanna, verzweifelt entschlossen, das Eis zu brechen, »ich gehe lieber mal nachsehen, ob alles in Ordnung ist. Ich nehme ihr was zu essen mit.« Und setzte dann nervös hinzu: »Ich meine – vielleicht hat sie einen Unfall gehabt.«

»Das bezweifle ich«, sagte Edward trocken.

»Halt den Mund«, antwortete Joanna weit ruhiger, als sie tatsächlich war. Edward hielt sich immer abseits, fühlte nichts, mußte ständig alles analysieren. Ihm war völlig egal, wie einem zumute war. Außerdem starrte er sie auf eine Weise an, die ihr schon seit Urzeiten unangenehm war. Lässig kam er auf sie zu und legte ihr den Arm um die Schultern.

»Was würdest du für einen solchen Körper geben, Jo?« Sie drehte sich um, wütend und erhitzt, nahm den Arm von ihren Schultern und schleuderte ihn von sich.

Aus der Küche kam das Geräusch eines klirrenden Glases. Mouse unterstrich ihre Drohung.

Sieben

»Sie hat dich verlassen, was?«

»Könnte man sagen.«

»Dacht ich mir's doch.« Detective Sergeant Ryan, Malcolms ehemaliger Kollege, kniff die Augen zusammen und betrachtete ihn. Malcolm Cook saß ihm gegenüber. Weder Ryans Blick noch seine Stimme waren mitfühlend, weniger aus mangelnder Sympathie für seinen Freund als aus langjähriger Erfahrung mit Männern, die sich Anwälte schimpften. Das war ein Menschenschlag, dem es – besonders im Hinblick auf Frauen – ganz einfach an gesundem Menschenverstand fehlte. Ryan wußte, daß seine eigenen Leistungen da alles andere als perfekt waren. Seine Einstellung dem schönen Geschlecht gegenüber reichte von besitzergreifender Leidenschaft und reiner Lust, bei der man sich nicht mal an Namen erinnerte, bis hin zu alltäglicher Zuneigung und der Einsicht, daß man nichts tun konnte, um jemanden zu halten, weil das Leben und die Frauen sich nun mal gegen den Rest der Welt verschworen hatten. Das einzige, was er für Malcolm Cook tun konnte, war, so viel Alkohol zu besorgen, wie der Mann verkraften konnte.

»Eines muß ich dir sagen, Malc, du warst entschieden besser drauf, bevor ihr beiden euch zusammengetan habt. Es gab eine Zeit, da warst du ein großer, fetter Kerl, der sein Bierchen trank und den Arsch nicht vom Stuhl kriegte. Dann hast du angefangen durch die Gegend zu rennen, hast dich in diesen Rotschopf verknallt und deine Speckschwarte verloren. Und seitdem verstehst du keinen Spaß mehr, kannst du keine Minute mehr stillsitzen, sondern zappelst ständig nur rum. Die hat dich ganz schön fertig gemacht, alter Junge.«

»Hol mir noch einen.«

»Mach ich. Einen doppelten. 'ne Tüte Chips dazu?«

»Nein.«

Ryan gefiel es nicht, wie Malcolm so ins Leere starrte, alle fünf Minuten Nachschub bestellte und nicht das geringste Anzeichen von Unternehmungslust zeigte. Nicht mal seine Hand zitterte, wenn er sie hob. Das deutete auf eine kostspielige Nacht hin, selbst hier in dieser billigen Kneipe, die sie beide bevorzugten. Malc war ein Kumpel, soweit sich das von einem Anwalt sagen ließ, aber das hieß noch lange nicht, daß er sich an seiner Schulter ausweinen sollte. So was versaute einem nur das Jackett.

Der Drink war im Nu runter, wenn auch nicht ganz so schnell wie der davor. Malcolm lächelte. Wenn er das tat, war er ein anderer Mensch.

»Hör mal, ich bin nicht hier, um zu jammern, sondern um mich zu betrinken, verstehst du? Und ich würde gern über ein altes, beinahe vergessenes Thema sprechen: Charles Tysall, unser gemeinsamer Freund. Mein Vater hat mich mal wieder genervt. Nein, nicht offen, sondern durch die Blume, damit es richtig schön unter die Haut geht. Dem Mann geht's nicht gut, er verträgt keine Aufregung, und Charles Tysall stilisiert er zum Heiligen, bloß weil er tot ist und sein Mandant war. Alle Mandanten sind für ihn Helden, diese Heuchelei macht mich ganz krank. Ich will ihm erzählen, was Charles mit Sarah gemacht hat, und wenn er einen Herzanfall kriegt – ich hab dir ja gesagt, daß wir meinem ehrenwerten Dad damals die Details vorenthalten und nur gesagt haben, was sein Mandant mit *anderen rothaarigen Frauen* gemacht hat. Ich will aber, daß er Bescheid weiß. Alle Leute sollten die Wahrheit wissen, selbst kranke alte Männer.«

»Du bist nicht besonders glücklich mit ihm, wie?« fragte Ryan spöttisch.

»Er hat Sarah fortgeschickt. Noch dazu nach Merton, stell dir das vor. Er hat... die Sache etwas überstürzt.«

»Ah, ich verstehe. Rache ist süß... Du verlierst die Frau und verpaßt dem armen alten Kerl dafür einen Herzanfall. Schlag dir das aus dem Kopf Malc, es würde doch auch nichts ändern, oder?«

»Nein.«

»Was dieser Charles mit deiner Sarah angestellt hat, ist doch auch nie vor Gericht gekommen. Weil sie sich geweigert hat, als Zeugin auszusagen. Mit deiner Zustimmung. Ich hätte dich dafür umbringen können.«

Malcolm hob eine Hand, wie um zu protestieren, und ließ sie wieder sinken.

»Sie hatte ihre Gründe. Ich wollte nicht, daß irgendwer ihre Motive auseinandernimmt, und will es auch heute noch nicht. Im übrigen hat Tysall uns die Mühe erspart. Als die Leiche seiner Frau gefunden wurde, ist er los und hat's ihr nachgemacht. Mich würde interessieren, wie er dazu kam? Das habe ich nie richtig verstanden. Ich hätte nie gedacht, daß er der Typ eines Selbstmörders ist. All die Male, die wir versucht haben, ihn wegen Betrugs festzunageln, und du wegen der Frauen, die er mißhandelt hat... Er schien so lebenshungrig.«

Ryan machte ein selbstgefälliges Gesicht.

»Ich habe nichts damit zu tun. Ich habe den Mistkerl bloß in einem Café getroffen und ihm den Vorschlag gemacht, rauszukriegen, wer denn wohl seine Frau beerdigt hat. Hätte ja auch sein können, daß es gar nicht die Flut war, die sie unter sich begraben hat, verstehst du? War wahrscheinlich so, aber ich hab ihm diesen Floh ins Ohr gesetzt. Daß womöglich die großen, groben Hände eines anderen Mannes ihrem lilienweißen Körper die Sterbesakramente verpaßt hatten. Ich wußte, das würde ihn zum Platzen bringen. Möglich, daß er seine Frau wieder und wieder vermöbelt hat und sogar mit dem Messer auf sie los ist, aber die Vorstellung, daß irgendwer anders sie berührt hatte, die brachte ihn absolut auf die Palme. Wie du sagst: Ich hätte nicht damit rechnen können, daß er einfach so ins Meer marschiert. Ich wollte ihn bloß ein bißchen auf Touren bringen.«

Ryan nahm einen Schluck, und sein Glas war leer. Zeit, zu Bier überzuwechseln. Whisky war nur in kleinen Dosen gut, er würde später darauf zurückkommen. Irgendwas machte ihm zu schaffen, etwas, das ihm nicht gefiel und Malcolm sicher auch nicht.

»Also ist Sarah jetzt am Meer, wie? Paßt irgendwie nicht zu ihr, würde ich denken. Die Gegend hat einfach keine Klasse. Fish and Chips, eine Spielhalle und Wohnwagen unten am Strand. Ich kann mir deine Sarah da einfach nicht vorstellen.«

Malcolm lächelte. Ryan fand das Lächeln noch trauriger als den finsteren Blick.

»Du kennst Sarah nicht. Sie hat... bescheidene Ansprüche.« Er schien zu zögern, fast davor zurückzuschrecken, mehr zu sagen, fuhr dann jedoch fort: »Ich würde nur zu gern alles wissen, was ihr etwas ausmachen oder sie aufregen könnte. Worüber die Leute da in Merton möglicherweise heute noch tratschen. Es könnte sie unvorbereitet treffen, dabei soll sie das Ganze doch vergessen. Du hast den örtlichen Polizeibeamten kennengelernt, als du deine Nachforschungen angestellt hast. Du weißt, was die Leute so geredet haben – ich hab da nie was mitgekriegt: wie's Anwälten ja immer geht. Wie lange haben sie gebraucht, um Charles Tysall zu finden, und wie sah er aus?«

Ryan machte ein durchtriebenes Gesicht. Malcolm kannte ihn so nur allzu gut, und ihm lief ein Schauer über den Rücken. Es war das Gesicht eines Polizeibeamten, der die Fakten nicht preisgeben will und einzuschätzen versucht, welche Konsequenzen die Wahrheit haben könnte, ein kurzes Zögern, das schon in der Sekunde vorüber war, die er brauchte, um einzusehen, daß es nichts zu verlieren gab.

»Die Burschen haben mich angerufen, als sie die Leiche gefunden hatten«, sagte Ryan vorsichtig. »Ich habe ihnen eine Beschreibung gegeben, und sie paßte. Tysall war zuletzt gesehen worden, als er bei steigender Flut zu Fuß das Dorf verließ, also war die Sache mehr oder minder klar. Dann tauchte dieser Arzt auf der Bildfläche auf, der Tysall wohl flüchtig gekannt hatte und, ach ja, den lokalen Gerüchten zufolge seine Frau noch um einiges besser.« Er wartete, bis das gesackt war. In Ryans Augen besaßen alle Toten ein paar Tugenden, waren aber ansonsten eine einzige Last, besonders Frauen.

»Na ja, jedenfalls war der Arzt schon vorher darüber aufgeklärt, daß es vermutlich Tysalls Leiche war, also war sie es auch. Stell dir vor«, setzte er hinzu und rutschte noch unbehaglicher auf seinem Stuhl hin und her als zuvor, »an der Küste da werden drei bis vier Leichen pro Sommer angeschwemmt. Nicht identifizierbare Leichen. Von irgendwelchen gecharterten Kolchern. Fischer, die Selbstmord begangen haben. Gott, ich fände es schrecklich, in so einem Kaff zu leben. Drei Pubs, eine Kirche und sonst nichts zu tun. Aber die Frau fand es herrlich.«

Er wußte, er hätte den Mund halten sollen. Seine Vorbehalte gegen die fadenscheinige Identifizierung hätten bleiben müssen, was sie waren – sein Geheimnis. Aber wenn er lange genug weiterredete, würde Malcolm vielleicht vergessen, was er gesagt hatte. Keine Chance, dachte Ryan, als er das ruhige, vom Alkohol nur leicht gerötete Gesicht vor sich sah, während sein eigenes glühte. Er hätte es besser wissen müssen. Malcolm starrte ihn an. Wenn du die Katze einmal aus dem Sack gelassen hast, kannst du sie nicht wieder reinstopfen.

»Ich würde die Identifizierung eines Ertrunkenen durch einen flüchtigen Bekannten nicht unbedingt als zweifelsfrei ausreichend bezeichnen«, sagte Malcolm und ließ sich nicht mehr als höfliche Neugier anmerken. Ein Polizist konnte steif wie ein Brett werden, wenn man ihn angriff, selbst wenn es ein alter Freund war. »Wußtest du, daß sogar nächste Verwandte mit großer Regelmäßigkeit ihre Toten falsch identifizieren? Wenn du jemanden für tot hältst und siehst dann eine Leiche, scheint sich der Kreis zu schließen. Ich glaube, wir brauchen noch einen Drink.« Er ging mit den federnden Schritten eines Läufers zum Tresen und tastete mit der Hand nach seiner Brieftasche. Ich sollte mich einfach nicht mit Anwälten einlassen, dachte Ryan, besonders wenn sie was vertragen. Er tätschelte den seidigen Kopf von Malcolms Hund, der ihn anzugrinsen schien. Braves Mädchen, immer gehorsam, zutraulich, stellte keine Fragen und belog einen nicht.

»Nur noch eines«, sagte Malcolm, als er sich wieder hinsetzte. »Du hast den örtlichen Behörden eine Beschreibung von Charles Tysall gegeben, die auf die Leiche paßte. Wie sah die aus?«

Ryan legte sein Gesicht in Falten und strengte sich an, um sich zu erinnern. Er kannte Charles Tysall, ja, aus den Akten, von seinen Gaunereien und Frauengeschichten. Er wußte, daß er nichts anderes als ein Mörder war, ein Mann, der süchtig war nach Zerstörung. Der auf Vollkommenheit aus war, und wenn er sie fand, schlug er sie in Stücke. Doch wenn Ryan sich recht erinnerte, war er dem Mann höchstens zweimal im Leben begegnet. Die tote Frau dagegen, die er in seinem Wagen ins Krankenhaus gebracht hatte, hatte er mehr als zweimal gesehen, und jedesmal war sie weniger wiederzuerkennen gewesen als zuvor. Manchmal hatte sie etwas gesagt, manchmal nicht. Sein Gesicht entspannte sich.

»Ich habe ihnen die Beschreibung gegeben, die ich von

Elisabeth Tysall hatte. Das war, als ich mit ihr auf der Unfallstation war. Sie erzählte mir, wie er aussah.«

»Wie denn?«

»Sie sagte, er sei behangen wie ein Esel.«

Der Mann im Strandhaus kochte Tee. Er hatte einen kleinen Gasofen aus einem leerstehenden Wohnwagen geklaut, Wasser besorgte er sich aus einem See, unweit des kleinen Campingplatzes, und der Aluminiumtopf stammte aus einem anderen verlassenen Strandhaus. Er liebte diese Holzhütten über alles, sie erinnerten ihn an Puppenhäuser. Sie säumten den öffentlichen Badestrand von Merton und zogen sich dann weiter die Küste entlang wie eine Leine voller nasser Wäschestücke bei Regen – unregelmäßig, bunt, schwer und reizlos, nach dem persönlichen Geschmack ihrer Besitzer gestrichen, als wären sie für die Ewigkeit bestimmt.

Außerdem gab es noch eine Reihe von Gartenhäuschen mit zweiteiligen Türen. Sie standen auf Stelzen und wurden im Sommer vermietet. Sie standen so hoch, daß die Flut, der sie kaum hätten widerstehen können, ihnen nichts anhaben konnte. Einige behaupteten sich mehr schlecht als recht und mehr aus Glück als aus Logik. Ihre Farbe blätterte ab, und ihr Zauber war längst verflogen. Die Besitzer waren weggezogen an Orte, wo die Kinder bessere Alternativen hatten als eine Spielhalle im Regen und die Eltern nicht die Nase voll von der Kälte, vom Heulen des Windes und dem spartanischen Glanz des Strandes. Mertons Anspruch auf Ruhm als Ferienparadies richtete sich an Leute, die altmodisch waren und zäh, die Pommes, klebrige Süßigkeiten, Bier und Becher mit dampfendem Tee zu schätzen wußten. Dafür war der Mann mit dem weißen Haar dankbar.

»Ich heiße Charles, und doch hab ich keinen Namen«, sang er vor sich hin und wippte im Inneren der kleinen Hütte hin und her. Es war Sonntag morgen, und er beobachtete die Dämmerung. »Ich bin aus dem Meer erstanden wie Christus von den Toten. Der Sonntag ist ein Tag der Vergebung für alle Sünder, aber zu denen gehöre ich nicht. Ich heiße Charles.«

Es gab Zeiten, da er das beinahe vergaß. Genauso, wie er vergaß, wer er gewesen war, als er diesen Namen geführt hatte; bis es ihm wieder einfiel. Das Strandhaus, es war das letzte in der Reihe, stand ein wenig schief, wie auch der Stuhl, so daß er ständig zur Seite geneigt dasaß. Der Stock mit dem geschnitzten Entenkopfgriff half ihm, das Gleichgewicht zu halten. Es verstieß gegen die örtliche Gemeindesatzung, in einer Strandhütte zu nächtigen. Es konnte Wind aufkommen, und der konnte den unersättlichen Hunger des Meeres verstärken. Die Leute hier hielten sich an die Regeln. Charles hatte dafür nur Verachtung übrig. Wie auch für Leute, denen die kleinen Dinge, die er stahl, so am Herzen lagen; die sie aber trotzdem zurückließen, damit er sie stehlen konnte.

Leute ohne Namen, die sich tagsüber am Strand vor der Hütte herumtrieben, ihren Spielen und Vergnügungen nachgingen, ihre Hunde ausführten oder ihre kostbaren Kinder, aber nie nach rechts oder links blickten und schon gar keinem Alten Beachtung schenkten. Er konnte sich unter ihnen bewegen, als wäre er unsichtbar. Wenn es viele waren, hörte sich die erregte Menge an wie der Gänseschwarm, der im vergangenen Herbst über ihn hinweggezogen war. Damals war er zu der Erkenntnis gelangt, daß ihm seine neue Existenz ans Herz gewachsen, daß sie besser war als seine frühere. Wer brauchte Prestige, wenn man nur die Hand ausstrecken mußte, um es zurückzuverlangen? Wer brauchte eine schöne Wohnung, wenn es auch ein leeres Feriencottage tat? Häuser wie das, in dem Edward ihn gefunden hatte. Er war auf der Suche nach Elisabeth und dem, der sie begraben hatte. Und Sarah, diese Hure, würde er gleich mit erwischen. Selbst hier ließ sie ihm keine Ruhe. An Elisabeths Grab hatte sie gestanden, hatte ihn zu Tode erschreckt, als sie nackt über den Strand gelaufen kam, auf der Flucht vor der heranrollenden Flut. Starr vor Entsetzen war er hinter die Kiefern zurückgewichen, so stark war der Eindruck, daß da Elisabeth dem Meer entstieg. Sie wollte ihn quälen, von seiner Rache abbringen, aber er wußte, wie er ihr begegnen würde. Wenn das erledigt war, wenn er seine Version von Gerechtigkeit in die Tat umgesetzt hatte, war immer noch Zeit, nach Hause zurückzukehren.

Ein Mann ohne Namen brauchte ein Motiv. Den zufälligen und verächtlichen Beobachtungen nach, die er von der Menschheit gemacht hatte, brauchte das sonst niemand. Die Leute existierten einfach nur, wie schwerfällig sich dahinschleppende Tiere.

Ein Kind versuchte die wackligen Stufen seines Strandhauses zu erklimmen. Ein plumpes kleines Ding mit einer Windel und lockigem Haar, das vor Anstrengung keuchte. Charles spähte durch die obere Hälfte der Tür, zischte, bleckte die Zähne und sah, wie das Kind ihn entdeckte und weinend davonwatschelte. Gut. Oh, was für ein sauberes kleines Geschöpf. Er hätte es fressen können. Allein bei der Vorstellung wurde ihm schwindlig.

Die Flut, diese launische Schlampe, hatte sich wieder zurückgezogen und eine weite Fläche voller Schlamm und Sand hinterlassen, auf der die Dummköpfe ihre Spielchen treiben konnten. Wenn sie wüßten, wie schwer es war, sich sauberzuhalten. Es war allein das Verlangen nach frischem Wasser, das ihn immer wieder zwang, die halbe Meile bis zum Dorf zu laufen, das ihn unvorsichtig werden ließ.

Ja, das war das schlimmste Problem, schlimmer als etwas zu essen aufzutun. Er tastete sich mit dem Stock die Stufen hinab und verschwand hinter der Hütte in Richtung Dünen, um die Stelle zu finden, wo er Edward treffen würde – falls der junge Mann geruhte zu erscheinen. Ein paar Sandwiches wären nicht übel; er hätte allein von Sandwiches leben können, das würde ihm auch seine ständigen Beutezüge ersparen. Nur wenn er hungrig war, wurde die Zerstörungswut übermächtig. Eine Folge von Hypoglykämie hätte er gesagt, als er noch einen Namen hatte. Das war jetzt nicht der Fall. Er verfügte nicht mal mehr über die Hälfte seines ursprünglichen Wortschatzes. Fetzen von Gedichten, das war alles. Die unvergeßliche und zynische Stimme Brownings war das einzige, was er aus tausend Büchern behalten hatte.

»Heut war sie mein, ganz mein – und war
Vollkommen rein und gut – und drum
Mußt' ich es thun!... Ich wand ihr Haar
Zu einem Strang und schlang ihn stumm
Dreimal um ihren Hals herum
Und schnürt, ihn zu...«

Er sang die Worte zur Melodie eines Kirchenlieds.

Aus den löchrigen Taschen seines Trainingsanzugs, den er hinter dem kirchlichen Gemeindesaal gefunden hatte, zog er die verknitterten Briefe, die Krankenblätter und Umschläge, die er mit methodischer Sorgfalt aus Dr. Pardoes Schreibtisch entwendet hatte.

»Mein liebster Julian«, äffte er mit hoher, heiserer Stimme nach, was er las, »wie wunderbar zu wissen, daß wir uns bald wiedersehen... Deine Dich liebende Elisabeth.«

O ja, er hat dich geliebt, Elisabeth, der gute Arzt hat dich zu Tode geliebt. Sieh nur, was er für dich getan hat, für den Fall, daß du einen Skandal anzettelst. Lies auf dem Krankenblatt nach, was er für dich getan hat. Der letzte Liebesbrief war ein Rezept für so viel Diazepam, daß es eine ganze Horde Frauen außer Gefecht gesetzt hätte.

Der namenlose Charles sah hinaus aufs Meer. »Mir entkommen?« murmelte er. »Nie.«

Kleine Flammen tanzten vor seinen Augen, die Sonne funkelte in den seichten Tümpeln, die die Flut zurückgelassen hatte, brach sich darin und blendete ihn. Er konnte das Haus der Pardoes in Brand stecken, ja, das konnte er, ein Haus, das er schon ein dutzendmal heimlich betreten und wieder verlassen hatte. Seine Bewohner waren so verrückt oder geistesabwesend, daß sie ihn nicht bemerkten. Charles hatte das Prasseln der Flammen bereits im Ohr, den Anblick vor Augen, wie sie ins Dunkel herausgerannt kamen und er sie einen nach dem anderen mit dem Messer oder seinem Stock erledigte, bis er schließlich auf den Händen herumtrampeln konnte, die seine Frau berührt und ohne Erlaubnis begraben hatten. Und dann noch Sarah, die sich wieder in seine Pläne drängte...

Die Bilder waren beruhigend. Sonntag war ein Tag der Vergebung. Der namenlose Charles lauschte auf die Kirchenglocken, hörte jedoch nur den Wind in den Kiefern hinter sich und das trostlose Kreischen der Möwen am Strand. Eines Tages, bald, würde er nach Hause zurückkehren. Dabei fragte er sich, wie er je wieder sauber genug werden sollte, um nach Hause gehen zu können – und wo zu Hause war.

Edward haßte allein den Gedanken daran, in die Kirche zu gehen, und bezeichnete jede Art von Religion als Opium fürs Volk. Joanna begleitete ihre Mutter, schon um frische Blumen auf das Grab ihres Vaters zu legen. Natürlich hatte es für Mr. Pardoe keine normale Grabstätte gegeben. Undenkbar, daß er in den dichtgeschlossenen Reihen lag, die mittlerweile bis zu dem Feld dahinter vorgerückt waren. Nein, für ihn kam nur ein Grab auf dem alten Friedhof in Frage, den er dem Pfarrer vor langer Zeit als Gegenleistung für seine Barmherzigkeit abgeschwatzt hatte. Daran dachte Joanna jetzt, als sie mit ihrer Mutter in der Kirche saß und ihr zum erstenmal aufging, wie sehr die Leute ihnen Daddys privilegierte letzte Ruhestätte womöglich verübelten. Sie dachte auch daran, wieviel besser ihr eigenes Leben sein könnte, wenn ihre Familie nicht so reich wäre, wie angenehm, wenn sie sich ganz normal um eine Freundschaft zu jemandem bemühen könnte, statt über Gesellschaftsschichten hinweg. Jedesmal, wenn sie ein Geschäft betrat, erinnerte sie irgendwen unweigerlich daran, daß er ihnen noch die Miete schuldig war. Wenn sie nichts besäße, würde Rick sie vielleicht lieben, doch so, wie es jetzt stand, konnte sie nie auf gleicher Stufe mit ihm stehen, nie, nicht mal hier, um gemeinsam ein Kirchenlied zu singen.

»Da, da, da, da, da, daah«, sang ihre Mutter inbrünstig. Ihre Stimme war laut und heiser, sie sang ohne Worte, und die Federn ihres Hutes tanzten vor ihrem Gesicht hin und her. Ein purpurrotes Abendkleid lugte unter dem Regenmantel hervor und fiel bis auf die rosabeschuhten Füße. Ihr Gesicht war noch leicht gerötet von der gestrigen Sonne. Niemand stört sich daran, dachte Joanna ein bißchen trotzig, warum sollte ich es also tun? Mutter war beliebt, war es immer gewesen. Die Männer kamen in Scharen, um sie nach der Kirche zu begrüßen. Auch das war immer so gewesen, erkannte Joanna plötzlich, erstaunt über ihre Beobachtung. Arme kleine Mouse – alle bedauerten sie.

Auf der anderen Seite der Federn nahm Julian Mutter sanft das Gesangbuch aus der Hand und drehte es richtig herum, damit sie wenigstens so tun konnte, als lese sie den Text. Sie ignorierte seine Geste. Beim letzten Lied des Gottesdienstes spürte er mehr, als daß er es sah, wie Sarah Fortune aus der Bank hinter ihnen schlüpfte. Erst kam sie zu spät, dann ging sie als erste. Beim Segen schloß er die Augen und sah nichts als die Vision ihres radschlagenden Körpers auf der Wiese – wie sie eine Hand geschickt über die andere setzte.

Die Sonne blendete sie mit grellem Glanz, als sie blinzelnd aus der Kirche traten und das Brausen der Orgel im Läuten der Glocken unterging. Auf den Pfaden zwischen den Gräbern bildeten sich kleine Grüppchen, Frauen mit

Frauen und Männer mit Männern, eine Trennung, die so alt war wie die Zeit.

Julian überblickte die kleine Gemeinde meist höheren Alters, die mehr von der Gewohnheit und Regelmäßigkeit ihres Lebens zusammengehalten wurde als vom Glauben an den Wert der Tugend. Das traf mit Sicherheit auf Ricks Vater zu, den Mann von der Spielhalle, der ihm immer auf eine überfreundliche Art begegnete, obwohl ihm doch klar sein mußte, daß Julian als Arzt bestimmte Merkmale an Rick aufgefallen waren, Beweise für Gewaltanwendung unter Alkoholeinfluß. Sie hatten es immer damit erklärt, daß der Junge die Treppe hinuntergefallen war. Ricks Dad, sein Cousin, Constable Curl, der Dorfpolizist, und andere, die Gottes Vergebung vielleicht ebenso dringend gebraucht hätten wie Julian, die jedoch nie darum beteten, vielleicht weil sie, anders als er, glaubten, schon der bloße Besuch der Kirche genüge, um ihre Seele reinzuwaschen. Plötzlich murmelte jemand neben seinem Ellbogen: »Haben Sie einen Augenblick Zeit für uns, oder müssen Sie gleich wieder weg, Doktor?«

Gut, daß sie glaubten, er sei immer beschäftigt, würde immer gebraucht; das einzige, was ihm nicht gefiel, war ihre Unterwürfigkeit. Würde sie ihm wegen seiner Qualifikation und seiner Leistungen entgegengebracht, würde er sich darüber freuen, doch sie verbeugten sich vor einem Pardoe nur deswegen, weil sie ihn mit Geld und Einfluß gleichsetzten. Das aber, nichts anderes, nicht mal seine Grobheit, die sie tolerierten, schloß jede Form von Gemeinschaft mit ihnen aus.

»Was meinen Sie, Doktor? Ist es nicht an der Zeit, daß wir die Sache mit dem Geist ernst nehmen? Ich meine, nach Miss Gloomer – das geht doch zu weit, finden Sie nicht? Es könnte dieser Weißhaarige sein, der hier immer wieder auftaucht. Jede Wette, daß er echt ist. Keine Spur von einem Geist.«

»Er hat doch niemanden verletzt, oder?« gab Julian zurück. Die Sache interessierte ihn nicht im geringsten, abgesehen von dem Zwischenfall bei Miss Gloomer. Sollte sich da draußen ein armer Schlucker rumtreiben und Sachen mitgehen lassen, die andere nicht mehr brauchten, war es weder der erste noch der letzte. Die Vorstellung, diesen Mann zu jagen, war Julian irgendwie zuwider, im Gegensatz zu Ricks Dad oder Constable Curl, die sich immer als Hüter von Recht und Ordnung aufspielen mußten.

»Mein Neffe hat ihn mehrfach gesehen«, murmelte Curl.

Julian lachte. Stonewall Jones war ihm das liebste der Kinder im Dorf. Er war eigensinnig, verschwiegen und unglaublich tapfer angesichts von Schnittwunden, Windpokken und all den anderen Krankheiten, die er schon gehabt hatte, aber mit Sicherheit keine zuverlässige Informationsquelle.

»Das iss nich komisch, Doc. Es muß was geschehen.«

»Und was, zum Beispiel?« sagte er leichthin, ohne die Verantwortung übernehmen zu wollen. Sie schwiegen. Im Grunde wollte keiner mehr, als das Maul aufreißen. »Abgesehen davon, daß man die Türen verschließt, die Augen offenhält und ihn in Ruhe läßt?«

Sie nickten und zogen einer nach dem anderen ab. Es weitersagen, das war es, mehr verlangte die Bürgerpflicht nicht an diesem neuen Tag, der so schön und warm war, daß man nicht umhin konnte, ihn zu genießen. Zu Hause wartete der Sonntagsbraten als Präludium zu einem Mittagsschläfchen. Die Hitze machte die Männer träge und lenkte ihre Gedanken auf anderes. Ricks Vater tastete nach seiner Krawatte, sie zwängte ihm die Kehle ein, war lästig. Die ohnehin nur mäßig entschlossene Stimmung löste sich in Nichts auf.

Joanna rief nach ihrem Bruder. Der Pfarrer stand neben ihr, und der Küster drückte Mutter gerade einen Kuß auf die Wange, während sie ihn umarmte. Ihr Puder rieselte auf sein dunkles Jackett, ohne daß er Anstoß daran nahm.

Wir könnten im offenen Wagen durch die Straßen fahren, dachte Julian in einem plötzlichen Anfall wilder Belustigung, und Mama winkt den Leuten zu wie die Queen. Sie ist die einzige von uns, die sie lieben können, weil sie so genügsam ist. Gemeinsam traten sie durchs Friedhofstor. Keine Spur von Sarah Fortunes Wagen mit dem verbeulten Kotflügel.

»Einen Augenblick noch«, sagte Julian. Er ging zurück zum Tor und lief quer durch den alten Friedhof in den neueren Teil, wo Elisabeth Tysall begraben lag.

Derselbe behelfsmäßige Grabstein, der wie ein Makel auf ihm lastete. Alles andere war sauber. Seine Rosen waren verwelkt, doch zu ihren Füßen und über ihrem Herzen standen Vasen mit frischen Blumen.

Das Bimmeln des Eiswagens tröstete die Gläubigen über das Verstummen der Kirchenglocken hinweg. Die Reaktion ließ nicht lange auf sich warten; nachmittags bildete sich gelegentlich sogar eine Schlange. Rick und Stonewall parkten am Rand des Campingplatzes, neben dem größten Fußpfad, der über die Dünen zum Wasser führte. Hier kamen alle Leute vorbei, die zum Strand wollten oder zurückkamen, und sie scharten sich um den Eiswagen, als wäre er verlokkender als eine Fata Morgana in der Wüste.

»Was ist denn bloß los mit dir, Stoney? Hast du einen Hitzschlag oder was?« Rick streute großzügig Schokostreusel über eine Doppelwaffel und sah sie schmelzen, noch während er sie durchs Fenster reichte. Der Bursche mußte sich beeilen, wenn er was davon haben wollte. Rick sprach über die Schulter nach hinten, wo Stonewall herumhing und darauf wartete, ins Tiefkühlfach zu tauchen, um ein Mivvi oder Himbeersplit oder einen von den gefrorenen Lollys rauszufischen. Die sahen aus wie Raumschiffe und waren in diesem Jahr äußerst beliebt, erinnerten aber so stark an einen Penis, daß Rick und er bei jeder Bestellung kichern mußten, vor allem, wenn sie von Mädchen kam. An diesem Nachmittag jedoch war gar nichts komisch.

»Nichts ist los«, antwortete Stonewall störrisch.

»Aber immer, wenn du das sagst, weiß ich, daß du lügst.« Oh, Rick war gut drauf heute, er lachte mit den Kunden, und die Prellungen um die Augen gaben ihm das Flair eines Piraten. Rasch und geschickt teilte er das Eis aus, sein Hemd war blitzsauber, und wenn ihm das Haar in die Stirn fiel, warf er es zurück und blinzelte dabei. Die Schlange war zu Ende. Später, wenn es alle wieder in ihre Wohnwagen zurücktrieb, würde das Geschäft noch einmal aufblühen. Rick überprüfte ihre Bestände und pfiff vor sich hin.

»Na, komm schon, Stoney, sag schon was.« Draußen hörte man ein schlurfendes Geräusch. Stonewall sah aus dem Fenster.

»Gehst du mit der Rothaarigen aus, Rick? Machst du das?«

Das war es also, ein kleiner Stich Eifersucht, ein bißchen von der alten Unsicherheit, die ihn erneut beschlich; als wäre sie je ganz verschwunden, seit er seinen richtigen Vater verloren hatte.

»'türlich nicht. Ich mag sie, das ist alles. Sei ja nett zu ihr, wenn du sie siehst, Stonewall. Sie hat mir Freitag abend einen großen Gefallen getan.« Rick lachte wie eine Hyäne. Er hatte schon das ganze Wochenende rumgealbert, als platze er vor lauter heimlichen Witzen, die Stonewall nicht verstand.

»Und was ist mit Jo?«

Rick unterbrach seine Suche und hörte auf zu lachen. »Das ist was anderes«, sagte er schroff.

Stonewall trat mit seinem ausgelatschten Turnschuh gegen die Tür. Er fühlte sich erbärmlich, ohne eigentlich zu wissen, warum.

»Jetzt mach nicht so ein Gesicht. Wir haben anderes zu tun, wenn wir hier fertig sind. Mein Dad sagt, wir sollten uns hinter den Geist klemmen. Deinen weißhaarigen Geist. Typisch, hat natürlich keine Lust, sich selbst drum zu kümmern, deshalb überläßt er es uns.« Rick fing wieder an zu pfeifen.

»Du glaubst mir also?« fragte Stonewall mit zitternder Stimme. »Nein, tust du nicht. Du hast in dem Café nur so getan, um ihr zu gefallen. Du glaubst mir nie, bis andere es tun. Du hast ja auch nicht geglaubt, daß der Geist meinen Hund hat.«

Er trug das steife, zerrissene Halsband schon seit zwei Tagen in der Hosentasche. Rick konnte sehen, wie es aus den Shorts lugte, über den dünnen, leicht gebräunten Beinen, die mit Sommersprossen übersät waren.

»Und wenn du den Geist suchen gehst«, sagte er, und seine Stimme war schrill vor Nervosität, »dann schickst du mich weg. Wenn du ein Mädchen hast, auch. Das ist alles, was du tust. Genau wie die anderen.«

Jetzt liefen sogar Tränen über sein verschwitztes Gesicht und hinterließen Rinnsale, die noch schlimmer wurden durch die schmuddelige Hand, mit der er sie wegwischen wollte. Im Fenster erschien das Gesicht eines Kunden. Rick reichte ihm drei von den phallusartigen Lollys, nahm das Geld und knallte das Fenster wieder zu. Dann zog er Stonewall neben sich auf den Boden. Man hörte nichts als das Summen der Kühlanlage. Er nahm ein Stück Küchenpapier und fuhr damit über das Gesicht des Jungen, um Schleim und Tränen wegzuwischen. Schließlich legte er seinen Arm um die schmalen, zitternden Schultern.

»Jetzt hör mir mal zu, du kleiner Dummkopf, und paß genau auf. Du bist mein Kumpel, mein bester Kumpel, verstehst du? Und wenn ich mich nicht ständig um dich kümmern kann, dann ändert das gar nichts daran. Ich bin mit Jo Pardoe gegangen, als ich so in deinem Alter war, es war ein bißchen so wie mit dir und mir, ich mochte sie auf die gleiche Art, aber dann hat sich was verändert, und alles mußte aufgeschoben werden. Wahrscheinlich war es meine Schuld.«

Stonewall griff nach dem Küchenpapier und putzte sich die Nase, konnte die Tränen jedoch nicht zurückhalten.

»Du liebst sie mehr als mich«, flüsterte er. Vor lauter Scham blieb ihm das Wort beinahe im Halse stecken. »Fikken« oder »Möse« zu sagen war leichter.

»Nun, nun, nun«, sagte Rick erstaunt und fuhr mit der freien Hand durch Stonewalls Stoppelhaar, eine Geste, die dem Jungen nur scheinbar unangenehm war, in Wirklichkeit liebte er sie genauso, wie Sal es geliebt hatte, wenn er sie streichelte. »Das ist ein Topschnitt, den sie dir da verpaßt hat, mein Freund. Und was die Liebe angeht, also, das sehe ich so: Ich liebe dich für immer, und nichts steht zwischen uns, verstehst du? Und wenn ich noch jemand liebe, muß er dich auch lieben. Jo würde es tun, sie tut's ja jetzt schon, obwohl ihr Bruder dich nie dafür bezahlt, daß du die Würmer für ihn ausbuddelst. Er fängt sowieso nie was, also laß es einfach, hörst du?« Er hielt inne. Ein Gesicht preßte sich gegen das Fenster des Wagens. Rick hob zwei Finger. Erst mußte er zu Ende bringen, was er gerade sagte, denn es war wichtig.

»Es gibt Gelegenheiten, wo ich was zu tun habe und du was anderes, aber du bist immer da, der erste und der letzte, in schlechten wie in guten Zeiten. Und jedem verdammten Wichser, der dir was will, reiß ich den Kopf ab. Denn ich liebe dich, Stoney, mehr als jeden anderen. Und so wird es immer sein, bis du *mir* sagst, daß ich abhauen soll. Verstehst du? Ich liebe dich bis zum letzten Blutstropfen, mein Kleiner, und nichts wird da was dran ändern.«

Es klopfte am Fenster. Rick stand auf, stellte sein Lächeln wieder an und pfiff dabei vor sich hin. Der Himmel hatte sich verdunkelt; wenigstens einmal würden sie früh Schluß machen können. Eine Woche Hitze und überhaupt ein trokkener Sommer. Selbst wenn er ans Geschäft und an seinen

Vater dachte, konnte er nicht traurig sein über ein bißchen Regen. Eines Tages würden Stonewall und er ein richtiges Imperium aufbauen. Und dann wären sie nur noch nett zu Leuten, die sie wirklich mochten.

»Drei Mivvis«, rief er über die Schulter. »Doppelte!« Stonewall trat ihm gegen das Schienbein, wie um zu beweisen, daß er noch lebte, drehte sich cool wie ein Barmixer zum Kühlfach und erledigte die Bestellung mit Feuereifer. Vier Mivvis noch, dann waren alle weg, zwei Doppeldecker, fünf Pimmel, vier Karamelltorpedos, fast genauso schlimm von der Form her, sechs einfache Vanillebecher und eine Eisbombe. Stonewall konnte gar nicht mehr aufhören zu grinsen. Dann spürte er eine Hand auf der Schulter, die nur Rick gehören konnte, klar, für wen anders gab's ja auch weder Platz noch Bedarf.

»Setz dich wieder, Junge, und bleib, wo du bist. Ich glaub, ich hab deinen Geist gesehen.«

Auffallend wegen seiner Größe, marschierte der Weißhaarige unter dem sich verdüsternden Himmel entlang, der sein Haar noch heller erscheinen ließ. Wäre er mit lauter Badezeug unter dem Arm, eingerolltem Windschutz, Thermosflasche, Handtuch, feuchten Kleidern und Plastikflaschen vorbeigeschlurft, wäre er nicht weiter aufgefallen. Aber die anderen hatten ein Ziel. Er wirkte verloren.

»Groß«, flüsterte Rick abgehackt seinem kleinen Kumpel zu, der dasaß und seine Beine umklammerte. »Ich meine, echt groß.« Er sagte nicht gutaussehend, sondern schmal, groß, mit gleichmäßigen Zügen, Gesicht und Gestalt hatten was Leichenhaftes. Rick und Stonewall glaubten beide nicht, daß man jenseits der fünfzig noch gut aussehen konnte, in dem Alter zählte man einfach nicht mehr. »Volle weiße Haare, kann die Ohren nicht sehn, bißchen Stoppelbart, aber nicht viel, 'ne Hose, die nicht paßt. Sieht aus wie 'ne Trainingshose, aber zu kurz.«

Stonewall nickte in ekstatischer Freude darüber, daß Rick

ihm endlich glaubte. Der weißhaarige Mann blieb vor dem Fenster stehen. Das erste, was an ihm auffiel, waren die eingefallenen Wangenknochen, dann kam die tiefe, aristokratische Stimme.

»Ich hätte gern etwas von dem, was ihr zu verkaufen habt«, begann er. »Bloß habe ich kein Kleingeld.«

Rick beugte sich vertraulich vor, so daß er halb aus dem Wagen lehnte und es so aussah, als gäbe er ein Geheimnis preis. Er legte die Hand an den Mund und zischte leise: »Ich will dir was sagen, Kumpel. Wir hatten einen guten Tag, und es schmilzt uns sowieso weg. Du kriegst eins umsonst. Geht aufs Haus«, setzte er noch hinzu und blinzelte dem Alten verschwörerisch zu. Er selbst fand sich nicht sehr überzeugend, anders als Stonewall, der immer noch seine Beine umklammerte und dabei krampfhafte Lachanfälle unterdrückte.

Der Eisbehälter stand auf der rechten Seite. Rick füllte eine Doppelwaffel und reichte sie dem Mann, der keinerlei Anstalten machte, sich zu bedanken oder auch nur zu lächeln. Rick wußte, daß er sich verraten würde, wenn er ihn weiter so anstarrte, also tat er so, als warte er auf den nächsten Kunden. Gleichzeitig beobachtete er aus dem Augenwinkel, wie die sahnige Masse in der Kehle des Mannes verschwand wie eine Maus im Staubsauger, das ganze Eis auf einmal, in einem Rutsch, schrecklich, der Adamsapfel hüpfte auf und ab, und dann war auch die Waffel weg. Der Bursche hätte einen ganzen Hund auf einmal verschlingen können. Bei dem Gedanken mußte auch Rick unwillkürlich schlucken. Irgend etwas stimmte nicht mit den Zähnen des Weißhaarigen, hinter dem sich erneut eine Schlange gebildet hatte, aber dann war die Vorsicht doch stärker als das offensichtliche Verlangen des Mannes, um einen Nachschlag zu bitten, und er ging ohne Gruß davon.

»Ich glaube, der hat Hunger«, murmelte Rick.

»Dann ist er also kein Geist«, sagte Stonewall, ließ seine Beine los und stand auf.

»Es sind noch vier Bananensplits übrig«, sagte Rick. »Die hätte er haben können.«

»Vielleicht hat er Sal gefressen.«

»Hol mal den Spiegel, Stoney. Ich glaube, mir stehen die Haare zu Berge.«

Ihr Haar sah aus wie Stacheldraht, und es gab nichts, was sie dagegen tun konnte. Mrs. Pardoe stopfte es unter einen Hut oder Turban, je nach Gelegenheit und Jahreszeit. Sie legte ihre Federboa um, setzte den gräßlichen Hut auf und trippelte durch das Gras zu den drei kleinen Cottages am Ende der wildwuchernden Wiese. Ohne die hochhackigen Schuhe, mit denen sie bei jedem Schritt steckengeblieben wäre, war es ganz leicht.

Die Rosen um die Tür sahen aus, als freuten sie sich über den Regen, der in blütengroßen Tropfen vom Himmel fiel, den Hut niederdrückte und die Federn durchnäßte. Mrs. Jennifer Pardoe klopfte heftig an die Tür ihres eigenen Hauses. Sie trat ein, am ganzen Körper flatternd, doch wie bei einem Spielzeug, dessen Batterie zu Ende ist, hörte das auf, als die Tür hinter ihr ins Schloß fiel.

Sarah Fortune erhob sich hinter einem Stapel von Papieren im Wohnzimmer. Sie wirkte müde, als wäre sie erschlagen von der Hitze und froh über den Regen. Genauso ging es Mouse Pardoe. Sie legte Hut und Mantel ab und machte es sich bequem.

»Lieber Himmel, was für ein Segen«, sagte sie. »Wollen Sie uns nicht einen Tee machen? Ich halte das nicht länger aus.«

Ihre Bewegungen waren rasch und energisch. Keine Spur von der Zappelei, dem unkontrollierten Kichern. Sie war eine ganz normale alte Dame von fünfundsechzig Jahren, ein wenig seltsam gekleidet vielleicht, aber das ging als exzentrisch durch. So saß sie gemütlich zwischen Sarahs Papieren, griff beiläufig danach, warf einen Blick auf die Kopie von Mr. Pardoes Testament und legte sie lächelnd wieder hin.

»Sie arbeiten, Liebes? Das ist schlecht für Ihre Augen. Wie gefällt Ihnen dieses schlichte Testament? Es war meine Idee.«

»Soll ich die Vorhänge zuziehen?« fragte Sarah. »Für den Fall, daß wir Besuch bekommen?«

»Die sind alle ausgeflogen. Machen Sie sich keine Sorgen, ich habe Ohren wie ein Luchs, und warum wohl, glauben Sie, bestehe ich auf dem Schaf? Ich habe meine Gründe. Sobald ein Wagen vorfährt oder jemand zur Tür kommt, wird Hettie uns warnen. Dann setze ich meine Senilen-Nummer fort, und Sie ertragen mich mit Geduld, einverstanden?«

»Aber sicher«, murmelte Sarah. »Ich verstehe.«

Mouse Pardoe strahlte. »Ich weiß. Ernest hat es mir gesagt.«

Acht

»Der verstorbene Mr. Pardoe war ein richtiger Tyrann«, erklärte Jennifer Pardoe. »Voller Charme, aber auch voller Scheiße.« Sie rülpste leicht nach diesem Kraftausdruck, dessen Klang ihr offensichtlich passend erschien. »Er war sehr liebenswert und sehr energisch, und mich kannte alle Welt nur als Mouse. Ich habe ihn über alles geliebt, leidenschaftlich, aber auch realistisch. Meine Stimme zählte wenig, selbst wenn ich grundsätzlich gegen etwas war und damals wie heute die Meinung vertrete, daß Eigentum Diebstahl ist. Doch meine Meinung galt nichts, meine Wünsche wurden nicht respektiert; bis er dann im Alter irgendwann über alle Versuchungen erhaben war. Da fing er plötzlich an auf mich zu hören, und ich gewann allmählich die Oberhand. Ehrbarkeit faszinierte ihn, obgleich er selbst nicht im geringsten ehrbar war. Es ist eine Schande, daß so vieles so spät kommt.« Sie schlürfte ihren Tee ungefähr so stilvoll wie ein durstiger Arbeiter und blickte Sarah über den Becherrand hinweg an.

»Nein«, sagte sie und beantwortete damit die Frage, die in der Luft hing. »Ich selbst bin nicht im geringsten ehrbar. Und Sie auch nicht. Allein die Vorstellung von Ehrbarkeit habe ich schon immer für reine Zeitverschwendung gehalten.«

Sarah nickte zustimmend.

»Jedenfalls haben wir uns bestimmte Dinge gebeichtet, mein Mann und ich«, fuhr Mrs. Pardoe fort. »Das war lange vor seinem Tod, und irgendwie hat uns das endlich auf dieselbe Stufe gestellt. Ich möchte darauf aber jetzt nicht näher eingehen. Er hörte auf, sich für den Besitz zu interessieren, und machte sein Testament so, wie Sie es gelesen haben – weil er mir vertraute. Er vertraute auch Julian, aber der war damals nicht ganz zurechnungsfähig. Das hatte nichts mit Alkohol zu tun, verstehen Sie mich richtig, es war eine andere Art von Sucht, irregeleitete Liebe. Dann starb mein Mann auf seine typisch dumme Art. Und sofort schwirrten alle möglichen Leute um mich herum und erklärten mir, was ich nun am besten machen sollte. Dabei engten sie mich nur ein. Zwar hatte ich meinen Mann am Ende dazu bewegen können, auf mich zu hören, sonst aber tat das keiner. Die Kinder dachten gar nicht dran. Mir wurde klar, daß sie mich in alle möglichen Richtungen stoßen und zerren würden, dabei wußte ich ganz genau, was ich mit all dem Zeug machen wollte, das sich in unserem Besitz befand. Er übrigens auch – es sich anzueignen, war für ihn nur eine Art Spiel gewesen. Aber ich konnte mich nicht durchsetzen.«

»Wer hätte Sie daran hindern wollen?« fragte Sarah.

»Ich habe bloß eine Andeutung darüber fallenlassen, was wir mit unserem Besitz machen könnten, und Edward hat mich schon geschlagen. Ich habe Edward als Kind verdorben, weil ich ihm alles habe durchgehen lassen. Er war ein so hübsches Kind.« Jennifer Pardoe sagte das, als bedürfe es keiner weiteren Erklärung. »Wie gesagt, niemand wollte auf mich hören. Das hatte sich bei uns schon so eingebürgert, und ich bin kein Mensch, der für Konfrontationen und Konflikte gemacht ist. Also habe ich beschlossen, verrückt zu spielen. Mich unbedarft zu geben und trotzdem beachtet zu werden. Man bekommt eine Menge Beachtung, wenn man verrückt ist. Ich genieße das, obgleich es gelegentlich auch anstrengend wird. Als Verrückte kann man seinem Exhibitionismus freien Lauf lassen, und das war mir bisher nie gestattet. Man kann tragen, was man will, machen, was man will – herrlich, Sie sollten es auch mal probieren.«

»Zum Beispiel im Kohlfeld liegen?« fragte Sarah.

»Ja. Wunderbar. Wenn ich das täte, ohne verrückt zu sein, würde irgendein Dummkopf garantiert einen Krankenwagen rufen. Zudem habe ich eingesehen, daß ich wahrscheinlich sowieso ein bißchen verrückt bin. Ich gehe gern mit dem Schaf spazieren und rede mit den Vögeln, warum auch nicht? Das alles könnte ich nicht tun, wenn ich gesund wäre, oder?«

»Warum nicht?«

Mrs. Pardoe beugte sich vor und tätschelte Sarahs Knie. »Ich weiß, daß Sie die unheimliche Gabe besitzen, fast alles zu verstehen, meine Liebe, aber eines können Sie in Ihrem Alter einfach noch nicht wissen, und zwar, wieviel Macht man auf dieser Welt verliert, wenn man alt wird. Und wenn die alte Macht zerbröselt, muß man sich eine neue Basis schaffen. Das sind die Grundlagen der Politik. Übrigens stand ich immer etwas links von der Mitte. Ernest Matthewson billigte das ganz und gar nicht.« Sie warf einen Blick auf ihre Micky-Maus-Uhr. »Ich glaube, ich gehe jetzt besser. Wir müssen uns ein andermal weiter unterhalten. Ich frage mich, ob Rick heute mit dem Eiswagen und mit meiner Zeitung kommt. Wahrscheinlich nicht, bei dem Regen.«

Sie trank den Tee aus und reichte den Becher zurück. Geständnisse sind meist mit dem Genuß der einen oder anderen Flüssigkeit verbunden. Ein trockener Mund redet nicht gern.

»Dieser Rick liebt Ihre Tochter«, sagte Sarah. »Und sie ihn.«

Mrs. Pardoe nickte. »Eine jugendliche Schwärmerei, hoffe ich.«

»Eine jugendliche Schwärmerei kann sehr real sein.«

»Nun ja, einen besseren Kandidaten kann sie sich im Grunde auch gar nicht wünschen. Ein netter Junge aus der Arbeiterklasse, genau wie Mr. Pardoe. Wenn er die entsprechenden Möglichkeiten bekommt, kann er es weit bringen.

Ich muß jetzt los.« Sarah wollte sie daran hindern, doch gegen so viel Entschlossenheit konnte sie nichts ausrichten.

»Wenn ich meine Tatterich-Rolle weiterspielen will, sollte ich mir vielleicht allmählich einen Stock zulegen. Übrigens, Kleines, wissen Sie eigentlich, was mit dem Vermögen geschehen soll?«

»Sie haben es doch gerade erst gesagt, oder? Und Sie waren auch diejenige, die Ernest Anweisung gegeben hat – nicht Julian?«

»Natürlich. Bloß sollte es so aussehen, als sei es Ernests Idee. Sie hätte von jedem stammen können, bloß nicht von mir. Ich habe ihm erklärt, die Kinder sollten einsehen, daß sie alles haben, was sie brauchen. Daß wir diesen Riesenbesitz nicht brauchen. Nur möchte ich, daß sie es selbst erkennen, ohne daß es ihnen irgendwer erklärt. Sie sollen lernen, ihr Schicksal selbst in die Hand zu nehmen, und Geld macht alles nur schwieriger. Es reißt Gräben auf.«

»Und warum hat Ernest mich vorgeschlagen?«

Mrs. Pardoe wandte den Blick ab, setzte ihren Hut auf und ließ die Federn vor dem Kinn auf und ab wippen.

»Eigentlich gehört er andersherum«, erklärte sie. »Die Federn nach hinten. Aber so macht es mehr Spaß, finden Sie nicht?« Mouse sah Sarah jetzt an.

»Mein alter Freund Ernest tut nie etwas, ohne ein Dutzend Gründe dafür zu haben, wußten Sie das nicht?«

»Ich wußte nicht, daß er so clever ist.«

»Das ist er gar nicht, nur listig. Was er wirklich über Sie sagte, war...« Sie zögerte, zum erstenmal, als sei ihre Verrücktheit mit dem Hut zurückgekehrt.

»Ja?«

»...daß Sie ein Katalysator sind. Ist das so was wie eine geschmeidige Katze? Könnte ein Katalysator Hettie, dem Schaf, helfen? Das Tier treibt mich noch in den Wahnsinn.«

Mrs. Pardoe schlurfte über den nassen Rasen und sang im Regen vor sich hin.

Katalysator ist nicht das, was Ernest gesagt hat, dachte Sarah. Ein solches Wort hätte er nie benutzt. Und er hat auch nicht begriffen, daß jemand, der in eine andere Rolle schlüpft, sowie Mrs. Pardoe, womöglich zu dem wird, was er spielt.

Miss Gloomer lag im Sterben. Julian kam von seinem nächtlichen Krankenbesuch. Zurück zu dem Haus, das er seit dem Tod seines Vaters nie mehr so ganz als Zuhause hatte akzeptieren können, obwohl er dessen Individualität jenseits aller Klassengegensätze früher einmal geliebt hatte. Er bog in die Einfahrt und blieb mit den Händen am Steuer sitzen, um durch den Regen die Fenster zu betrachten. Mutter stand mit den Hühnern auf und ging auch früh zu Bett. Aus Edwards Zimmer mit dem Ausblick über die Küste drang ebenfalls kein Licht. Ich darf ihn nicht immer als Spion und Versager sehen, dachte Julian. Ich darf mich nicht darüber freuen, daß Joanna und er wahrscheinlich in entgegengesetzter Richtung das Haus verlassen haben, bloß weil ich Angst habe, was sie sich einfallen lassen könnten, um es sich in einer nassen Nacht wie dieser gemütlich zu machen. Ich habe eine schmutzige Phantasie.

Er betrachtete die Wiese. Die Nacht kühlte rasch ab, und das Gras glänzte im Nieselregen. Morgen würde er es mähen, vorausgesetzt, er hatte die Zeit dazu, im Moment aber sah er nur die gespenstische Vision einer nackten Sarah Fortune in all dem Grün. Er stieg aus und schlug wie mechanisch den Weg zu den Cottages ein. Seine Füße tappten weich durchs Gras. Er konnte sagen, daß er geglaubt habe, einen Eindringling gehört zu haben, daß er gekommen sei, um sich nach ihrem Zustand zu erkundigen, nachdem Joanna ihm die Geschichte mit dem überraschenden Einbruch der Flut erzählt hatte, oder auch, daß er keine Zeit gehabt habe, früher zu kommen, was nicht stimmte. Er konnte Elisabeth Tysalls Grabstein erwähnen und Sarah um Rat fragen, aber er hatte immer noch Angst. Es war lächerlich, und er wollte sich gerade abwenden, um zurückzugehen, doch da sah er, daß die Lampe an der Tür ihres Cottages nicht nur die kümmerlichen Rosen beleuchtete, sondern gegen den rechteckigen Lichtschein, der durch die Tür fiel, auch Sarahs vornübergebeugte Gestalt. Er hörte das jämmerliche Blöken des Schafes und Sarahs Stimme, die es beruhigte. Julian trat auf sie zu. Sie schien nicht im mindesten überrascht, ihn zu sehen.

»Oh, Sie sind es. Sehen Sie nur, wir müssen etwas wegen diesem Schaf unternehmen.«

»Warum?« Jetzt klang seine Stimme ebenfalls wie ein verzweifeltes Blöken.

»Es macht schon den ganzen Abend diesen Krach, darum... und auch den ganzen Nachmittag. Es rennt mit dem Kopf gegen die Tür. Es hat eine Weile gedauert, aber jetzt weiß ich, daß es nicht nur das Bedürfnis nach Gesellschaft ist. Eines der Hörner wächst ihm ins Auge.«

Julian ging neben ihnen in die Hocke. Das Schaf zappelte, doch Sarah hielt es fest und drängte es gegen den Eingang. Er sah, daß das linke Horn mit einem heißen Lappen umwickelt und die Spitze so schief gewachsen war, daß es nicht über der Stirn endete, sondern auf den blutunterlaufenen, tränenden Augapfel drückte. Darunter hatte sich eine gräßliche, entzündete Wunde gebildet.

»Sie hat Schmerzen. Morgen früh wird sie von Fliegen übersät sein«, erklärte Sarah sachlich. »Ich habe versucht das Horn zurückzubiegen, und Hettie war auch sehr geduldig, aber es ist zu hart. Deshalb habe ich ein heißes Küchentuch drumgewickelt. Ich dachte, das hilft vielleicht, es aufzuweichen. Aber ob es das Richtige ist? Hettie scheint es nicht besonders zu gefallen.«

Julian fluchte leise und versuchte sich an irgendwelche weisen Ratschläge zur Tieraufzucht zu erinnern, die sein Vater beim letzten seiner vielen Hobbys erfahren hatte.

Was war es noch, was Vater damals hatte tun wollen – oder war es Mutters Idee gewesen, seltene Schafe zu züchten? Wir müssen dem Land etwas zurückgeben, hatte sie gesagt.

»Ich kann nicht genug sehen«, murmelte er und spürte, wie das Tier unter seiner Hand zitterte. »Macht es Ihnen was aus, wenn wir sie mit zu Ihnen reinnehmen?«

Es wirkte bizarr, wie sie im grausamen Licht der Küche standen. Der Kessel blubberte auf dem Kocher, und das Schaf versuchte sich dem Druck von Julians Beinen zu entziehen.

»Die Hitze scheint es zu erweichen. Hier, halten Sie es am Maul.« Sarah gehorchte mit beiden Händen. Die Angst in den Augen des Tieres schien den ganzen Raum zu erfüllen. Langsam und mit beträchtlicher Kraft drehte Julian mit beiden Armen am Horn und bog es ein Stück nach hinten, außer Reichweite des kranken Auges. Rasch wischte Sarah die Feuchtigkeit weg, die sich um die Wunde gebildet hatte. Hettie schlug aus und wich zurück. Genug war genug. Sie ließen sie hastig zur Tür poltern. Das Küchentuch hing ihr noch am Horn.

»Sie sieht aus wie eine Frau, die vom Friseur kommt, aber nur halb fertig ist. Ich wußte gar nicht, daß Schafe soviel Aufmerksamkeit brauchen.« Sie hatte sich abgewandt, um sich die Hände zu waschen, bis hoch zu den Ellbogen. Julian tat es ihr nach.

»Ich hätte Sie mir nie in der Rolle einer Krankenschwester vorgestellt«, sagte er leichthin.

»Oh, ich hatte selbst keine Ahnung«, sagte Sarah mit gleicher Beiläufigkeit. »Möchten Sie einen Drink? Ich habe jede Menge da.«

Die Animosität zwischen ihnen war verflogen. Er spürte, wie er zitterte, als er an das verwachsene Horn dachte, das sich in den Kopf des Tieres bohrte wie die Erinnerungen in seinen eigenen Schädel. Im Inneren des Cottages war es kalt. Es war so gebaut, daß es im Sommer kühl blieb und im

Winter die Wärme hielt. Sarah trug einen kurzärmeligen, butterblumengelben Baumwollpullover mit tiefem V-Ausschnitt. Ihr Haar war frisch gewaschen, und der Duft nach Seife, Shampoo und Parfum überdeckte mühelos die Reste von Komposthaufen, Schaf und auch den durchdringenden Medizingeruch von Miss Gloomers Krankenbett. Sie setzten sich in das kleine Wohnzimmer. Ein großes buntes Tuch lag über dem Sofa. Die häßliche Tischlampe stand auf der Erde, wo sie ein diffuses Licht verbreitete und den Raum dermaßen veränderte, daß selbst die falsche Kohle im elektrisch beheizten Kamin anheimelnd wirkte. Sein erster Schluck schon sagte ihm, daß ihr Whisky ausgezeichnet war. Sie trank mit dem unübersehbaren Behagen eines Connaisseurs.

»Haben Sie den Umweg hierher gemacht, um mir zu sagen, daß ich gefeuert bin?« fragte sie ohne Bitterkeit, als spiele die Antwort keine große Rolle.

»Nein. Wir behalten Sie aufgrund Ihrer Geschicklichkeit im Umgang mit einem gewissen Schaf. Wo haben Sie das bloß gelernt?«

Sie zuckte mit den Achseln. Der Pullover verschob sich ein wenig, und er bemerkte zwei kleine reliefartige Narben an ihrem Hals, als hätte man ihr da vor kurzem zwei Leberflecke entfernt.

»Ich weiß es nicht. Tiere sind wohl einfach unkomplizierter als Menschen. Noch einen?«

Das Glas war leer gewesen, ehe er sich versah. Er nickte. Sie stand auf. Das Licht fiel auf ihren Arm, und er bemerkte drei weitere Narben über dem Ellbogen; sie erschienen fast weiß auf dem goldenen Braunton ihrer Haut. Es lag nichts Entstellendes in diesen Narben, doch ihr Anblick erfüllte ihn mit einer seltsamen Unruhe.

»Wir haben uns am Freitag unterhalten«, sagte er plötzlich. »Über die verstorbene Elisabeth Tysall. Was wissen Sie über sie?« Sarah folgte der Richtung seines Blickes zu den

Narben und zog den Pullover mit beiden Händen enger um den Hals.

»Nichts, solange sie lebte. Aber dann hörte ich von ihr. Ich weiß, daß ihr Mann mich für eine Doppelgängerin von ihr hielt. Ich weiß, daß er sie schrecklich mißhandelt haben muß und sie sich hier am Strand umgebracht hat. Besser gesagt, sich dem Wasser überließ. Gestern hätte ich um ein Haar entdeckt, wie. Wenn es damals so warm wie gestern war und sie betrunken genug oder berauscht genug, um sich einfach hinzulegen und einzuschlafen, dann war es vielleicht ein friedlicher Tod, ein schlichtes Loslassen. Ohne Schmerzen.«

»Glauben Sie?«

»Vorausgesetzt, sie geriet nicht in Panik. Und hatte genügend genommen, um sich einfach treiben lassen zu wollen.«

Julian betrachtete sie aufmerksam und suchte nach Zeichen von Leichtfertigkeit. Mittlerweile begriff er, daß sie ziemlich verschieden waren, Elisabeth Tysall und diese Frau. Abgesehen von ihrem Haar und der Zugehörigkeit zur gleichen Klasse weiblicher Schönheit hatten sie wenig Ähnlichkeit.

»Ich würde gern mehr über Elisabeth Tysall erfahren«, sagte Sarah sehnsüchtig. »Niemand scheint je wirklich nach ihr gefragt zu haben.«

Julian nahm einen großen Schluck Whisky und stellte das Glas wieder ab. Die Aussicht, sein schlechtes Gewissen zu erleichtern, löste dieselbe Reaktion wie bei Hettie am Ende des unerklärlichen Schmerzes aus. Er kam sich dumm vor und auch ein wenig unruhig...

»Die Tysalls hatten ein Cottage hier bei uns«, fing er an. »Besser gesagt, sie machten es mit lauter Verschönerungen zu ihrem, dabei gehörte es nach wie vor uns. Sie wirkten enorm wohlhabend, dabei vermute ich, sie gehörten zu der Klasse von reichen Leuten, die eigentlich nur sehr wenig besitzen. Nicht wie wir hier. Merton ist zwar alles andere als glanzvoll, aber Elisabeth Tysall gefiel es. Charles, ihr Mann, ließ sie auch allein herkommen, obwohl er sonst extrem besitzergreifend war. Vermutlich glaubte er, daß es in einer so kleinen Küstenstadt keine Versuchungen geben würde. Mit Vergnügungsmöglichkeiten für Erwachsene sind wir nicht gerade gesegnet. Keine Kasinos, keine Möglichkeiten, ins Rampenlicht zu treten. Und man landet sicher nicht im County-Kalender, wenn man in der Spielhalle rumhängt.« Er betrachtete sie bedeutungsvoll und wurde mit einem Unschuldsblick belohnt.

»Sie ging gern spazieren, genau wie ich damals, als diese Landschaft mir noch wie verzaubert erschien.«

Er nahm sich vor, langsamer zu trinken, denn er fühlte sich bereits leicht berauscht.

»Also begleitete ich sie. Ich hatte Charles zweimal getroffen, als Vater sie auf einen Drink zu uns eingeladen hatte. Charles hielt mich für einen Bauerntrampel, einen unbedarften Provinzler. Und genau das bin ich wohl auch. Elisabeth hatte ich in der Praxis näher kennengelernt, als sie wegen eines Rezepts nachfragte. Ich weiß nicht, wie es kam. Ich konnte den Blick einfach nicht mehr von ihr abwenden, und zwischen unseren Verabredungen erschien mir das Leben wie ein Vakuum. Eine Woche, in der ich sie nicht sah, und davon gab es viele, war eine Woche voller Höllenqualen. Zwischendurch schrieb sie mir Briefe, neckte mich, ließ mich schmoren. Sie war sehr vorsichtig und warnte mich immer wieder vor Charles' rasender Eifersucht. Ich sagte, verlaß ihn, und ich nehme es mit der ganzen Welt auf für dich, aber sie sagte, nein, du kennst mich nicht, und niemand auf der Welt kommt gegen Charles an. Und dann gab sie ganz unerwartet an einem Wochenende einfach nach. Ich kann es nicht beschreiben«, sagte er. »Ich würde mich sicher anhören wie ein kleiner Junge, wenn ich es versuchte.« Julian lehnte sich zurück, erschöpft von der Erinnerung.

»Ich weiß noch, wie ich ihr gesagt habe, du bist so schön, daß ich von nun an gegen jede andere Frau immun bin. Was soll ich tun, wenn du nicht für immer bei mir bleibst? Verlaß ihn, heirate mich. Ich werde nie wieder eine Frau so lieben, du bist die Erfüllung meiner Träume. Sag das nicht, hat sie mich immer wieder gebeten. Bitte, sag das nicht.« Er fing an zu zittern, griff nach dem Glas und verschüttete dabei ein wenig von dem guten Whisky.

»Zwei Wochen später kam sie wieder. Sie wissen vielleicht, wie es ist, wenn man einen Menschen so sehr vermißt, daß es weh tut. Ich war mittlerweile rasend vor Wut, denn sie hatte sich die ganze Zeit nicht gemeldet, kein Brief kein Anruf, nichts, und natürlich konnte *ich* sie nicht erreichen, wegen Charles, aber ich war einfach verrückt danach, sie zu sehen. Meine vollkommene Elisabeth, die Erfüllung meiner Träume. Aber als sie kam, war sie alles andere als vollkommen schön. Im Gegenteil, als sie in die Praxis platzte, war sie höchstens noch an ihrem Haar zu erkennen. Ihr Gesicht war völlig entstellt. Vielleicht mit Glas zerschnitten, schwierig zu sagen, bei all den Nähten und Schwellungen. Ich konnte gar nicht hinsehen.«

Einen Augenblick stützte Julian den Kopf in die Hände, dann spielte er wieder mit dem Glas. Seine Handflächen waren schweißnaß.

»Natürlich fragte ich, warum und wieso. Mein schlechtes Gewissen meldete sich, vielleicht war ja unsere Affäre schuld daran, was ihr zugestoßen war. Es fiel ihr schwer, deutlich zu sprechen; ein Mundwinkel war aufgeschlitzt. Sie sagte, es habe nichts mit mir zu tun gehabt, Charles habe es aus einer Laune heraus getan. Ich glaubte ihr nicht. Ich war wie betäubt, angewidert und erschreckt, und deshalb benahm ich mich wie ein ungeduldiger und sehr verantwortungsloser Arzt. Ich verschrieb ihr eine hohe Dosis Tranquilizer, also Schlafmittel, und erklärte, das beste sei, wenn sie erst einmal vierundzwanzig Stunden schlafe. Ich habe in der Apotheke angerufen und ihr nicht mal angeboten, bei ihr zu bleiben. Statt dessen bin ich losgegangen und hab mich betrunken, bis ich sternhagelvoll war.«

Er trank sein Glas aus.

»Könnte ich noch einen davon haben? Ich versichere Ihnen, daß ich nicht vorhabe, diese Übung heute abend zu wiederholen. Ich bin seitdem nie wieder betrunken gewesen, obwohl ich es weiß Gott versucht habe.«

Er schloß die Augen und lauschte dem Geräusch der Flüssigkeit, die ins Glas gluckerte. Großzügig bemessen, genug, um ihn aus seinen Träumereien zu reißen. Die Hand, die ihn berührte, als er nach dem Glas griff, war warm und ermutigend.

»Ich glaube, einen Tag später ist sie verschwunden. Ich kam nicht aus dem Bett und mußte die Samstagssprechstunde in der Praxis absagen. Später erfuhr ich, daß sie vorbeigekommen war, um mich zu sprechen. Möglich, daß man sie nicht gerade freundlich behandelt hat, trotz ihres Zustands. Alle glaubten, sie sei schlecht für mich, und mochten sie nicht besonders. Sie konnte sehr arrogant sein, um es freundlich auszudrücken. Aber eine so schöne Frau hat wohl das Recht, grob und abweisend zu sein – wahrscheinlich sind zu viele Leute darauf aus, sich ihr zu nähern.«

Er hielt sich mehr am Glas fest, als daß er trank. Sarah sah, daß er nicht aus Vergnügen trank, sondern um zu vergessen.

»Ich nahm an, daß sie zu ihrem Mann zurückgegangen war. Wenig später erhielt ich einen Brief von ihm, mit dem er den Vertrag für das Cottage kündigte. Ich fühlte mich so wie jeder andere an meiner Stelle auch: schuldbewußt, aber auch erleichtert. Diese Schuld war allerdings nichts im Vergleich zu dem, was ich erlebte, als sie ein Jahr später eine halbe Meile vom Kai entfernt in der Sandbank gefunden wurde. Eine Tote, bereits bestattet, die ins Reich der Lebenden zurückkehrte.«

»Wie kam es, daß sie dort ›begraben‹ worden war?«

»Keiner weiß es – und wenn es jemand weiß, sagt er es nicht. Die Wasserläufe da draußen verändern sich ständig. Möglich, daß sie tatsächlich der Sand unter sich begraben hatte, um sie dann nach Monaten wieder freizugeben. Einen Tag, bevor sie gefunden wurde, hat es eine Sturmflut gegeben. Vor allem von den Haaren konnte man darauf schließen, wie lange sie dort gelegen hatte. Dann kamen die polizeilichen Ermittlungen. Ihr Mann behauptete, sie sei nie wieder in London aufgetaucht und er habe geglaubt, sie sei nach Amerika zurückgekehrt, woher sie stammte. Elisabeth hatte praktisch seit dem Tag, an dem sie mich nicht in der Praxis angetroffen hatte, dort draußen unter dem Sand gelegen. Ich wünschte, das wäre nicht so deutlich geklärt, aber so ist es. Ich werde mir mein Leben lang vorwerfen, daß ich derjenige war, der sie da hingebracht hat. Sie hatte mich um Hilfe gebeten, und ausgerechnet ich, ihr Liebhaber, mußte derjenige sein, der ihr die Mittel zum Selbstmord verschaffte. Ihr letzter Halt...«

Der Whisky stand unberührt da, und im Zimmer war es still. Julian hustete gequält.

»Charles kam natürlich, um die Leiche zu identifizieren... Er rief mich an, und ich sagte, er könne in seinem alten Cottage wohnen, wenn er wolle, doch ihn interessierte bloß, wie seine Frau so lange hatte im Sand vergraben sein können. Woher sollte ich das wissen? Ich war ärgerlich, kurz angebunden. Ich sagte, ich wolle es gar nicht wissen, und schrie ihn an, daß er sie mehr hätte lieben sollen. Es war die Woche, in der mein Vater starb, und mein Verhalten in den letzten Tagen vor seinem Tod erklärt vielleicht, warum er mir nicht mehr traute. Charles akzeptierte keine der Erklärungen, die man ihm gab, er wollte sogar, daß ich mitkam, um ihm die Stelle zu zeigen. Ich konnte es nicht, wollte es auch nicht. Kurz danach wurde ich gerufen, um seine Leiche abzuholen. Sie war an Land gespült worden. Ich wußte, es konnte nur er sein. Wissen Sie, was ich gemacht habe? Ich habe dem nassen Bündel in die Rippen getreten und damit auch noch den letzten Nagel in den Sarg meiner Selbstachtung geschlagen. Dann bin ich nach Hause gegangen, um meinen Vater zu beerdigen. Damals wurde mir etwas klar, und ich habe es seitdem nicht wieder vergessen: Daß ich nämlich nicht dazu tauge, ein menschliches Wesen unter all den anständigen Leuten hier zu sein, ganz zu schweigen von einem Arzt. Ich habe Elisabeth getötet, verstehen Sie? Und genausogut hätte ich mich selbst umbringen können.«

Sarah stand auf und ging in die Küche. Er sah, wie sie den Kessel aufsetzte und den Herd anzündete. Eine Motte kam durchs Fenster und flatterte vor den Spiegel, den Joanna zur Anprobe benutzt hatte. Jetzt reflektierte er das Licht der Lampe, wohin sich nun auch die Motte wandte. Julian konnte das Geräusch der flatternden Flügel um die Lampe kaum ertragen.

»Kaffee?« fragte Sarah.

»Ja.« Er wartete, beugte sich vor und fing die Motte mit beiden Händen ein. Dann stand er auf und trug sie zum offenen Fenster. Sarah kam zurück, stellte den Kaffee auf den Boden neben die Lampe und ließ sich, wie zuvor schon, zu seinen Füßen nieder. Es lag keine Spur von Unterwürfigkeit in dieser Pose, nur die Aufforderung zuzuhören.

»Jetzt will *ich* Ihnen etwas erzählen«, sagte sie. »Es gibt etwas, das Sie wissen sollten. Fragen Sie nicht nach den Quellen dieser Information, glauben Sie mir einfach, daß Elisabeth Tysall sich nicht Ihretwegen umgebracht hat. Sie hatte alles bereits geplant, bevor sie dieses letzte Mal herkam, und nichts hätte sie davon abbringen können. Sie hatte einen Brief an Ernest Matthewson geschrieben und ihn bei ihrer Bank deponiert, mit der Bitte, ihn weiterzuleiten, sobald ihr Tod offiziell bestätigt war. Die Bank befolgte ihre Anweisungen. Ernest war krank, seine Frau öffnete den Brief und gab ihn schließlich mir. Ich habe ihn einem Freund gezeigt – sonst niemandem. Auf Seite eins erläuterte Elisabeth, was sie vorhatte, wie und wo sie es tun würde. Sie schrieb, daß sie mehrere Affären gehabt habe, alle aus Rache an Charles, der sie nicht mehr liebte; der Selbstmord aber sollte die Rache für ihre Entstellung sein. Sie hatte ihn nicht anzeigen können, solange er sie bedrohte, doch sie hatte bis ins Detail geplant, daß ihr Körper gefunden, ihre Verletzungen untersucht und ihr Mann angeklagt würde. Sie hatte nicht viel Ahnung von juristischen Verfahren, vor Gericht wären wir nie damit durchgekommen. Außerdem hatte sie keinen Funken Lebenswillen mehr, der war ihr längst verlorengegangen. Sie brauchte auch Ihre Tranquilizer nicht, da sie sich nach und nach bereits ein ganzes Pillenarsenal angelegt hatte. Eigentlich hätte noch ein versiegelter Brief an ihrem Körper entdeckt werden müssen, aber der war nicht aufzufinden.«

Sarah richtete sich träge auf und lehnte sich auf die andere Hüfte. Julian spürte eine wilde Hitze in seinem Blut, Ärger, Erleichterung, ein präzise erinnertes, unausgelebtes Verlangen, das bis jetzt bei den Toten geruht hatte. Wut, Schuldgefühle.

»Was nicht heißt, daß Ihre Reaktion auf ihr Gesicht nicht schrecklich grausam war«, fuhr Sarah mit weicher Stimme fort, »etwas, wofür Sie sich schämen sollten. Aber es heißt, daß Sie die Ereignisse nicht beeinflußt haben. Sie haben sie nicht getötet. Charles hat sie getötet. Und was den Fußtritt angeht – Leichen haben keine Gefühle, die lassen sie bei den Lebenden zurück. Ihr Vater war gerade gestorben. Im Schmerz sind wir alle zu allem möglichen fähig. Als mein Mann gestorben ist, hätte ich am liebsten jemand umgebracht, verstümmelt oder gefoltert. Das haben Sie zumindest nicht getan.«

Julian beugte sich in seiner verzweifelten Sehnsucht nach einem Hoffnungsschimmer vor. Er starrte in ihre gesprenkelten Augen und fand sie bodenlos, großzügig, einsam, doch ohne Traurigkeit. Er rührte sich nicht, als sie sein Gesicht in die Hände nahm und ihn küßte. Der Kuß hörte nicht mehr auf. Julian wich ein wenig zurück, stöhnte dann auf und gab sich mit einem langen, schaudernden Seufzer der Umarmung hin.

»Sarah, Sarah ...«

»Nicht denken«, murmelte sie. »Hör auf zu denken. Vertreiben wir die Dämonen.«

Er glaubte auch, sie sagen zu hören, daß man Charles Tysall einfach nicht erlauben dürfe, so vielen das Leben zu nehmen, doch nichts von dem, was sie sagte, erschien ihm sicher. Er hörte nur das Rascheln von Kleidern, sah sich selbst hinter ihr die Treppe hinaufsteigen, das dunkle Schlafzimmer betreten, in das der Mond schien, sich das Hemd ausziehen, und dann ein wildes Durcheinander geschmeidiger Glieder. Und wieder verschmolzen sie in einem Kuß, der scheinbar nicht wieder aufhörte. Er erinnerte sich an ihre schmale Gestalt, spürte ihre Stärke und versuchte sich zurückzuhalten. Er zitterte. Sie beruhigte ihn und lenkte ihn sanft auf den überwältigenden Augenblick hin, in dem er aufschrie. Das wußte er noch. Als er die Erde wieder berührte, hätte er am liebsten geweint. Statt dessen schlief er ein wie ein Kind.

Die Reifen von Edwards Wagen knirschten im Kies. Es war aber nicht das satte Geräusch einer wohlgeharkten, dick beschichteten Einfahrt, nur das Scheuern von abgefahrenem Gummi auf ausgetretenen Kieseln, die nach dem warmen Regen im Schlamm versanken. Angeln: Was war denn eigentlich dran am Angeln? Und dann die Art, wie er es tat: heimlich, versteckt, nachts. Wegen des romantischen Mondscheins auf den Wellen, ja, ja, hauptsächlich aber aus

Scham, denn er angelte, weil er eine Fähigkeit erwerben wollte, um die andere Männer ihn möglicherweise beneideten. Ein Mann nach seiner Vorstellung mußte ebenso imstande sein, einen Fisch aus dem Wasser zu holen, wie es die anderen, unbedeutenderen Männer waren. Er hatte seine Versuche auf nachts verlegt, weil sie, zumindest bisher, völlige Reinfälle waren. Die Fische bissen einfach nicht an. Sie blieben unter der Oberfläche und lachten ihn aus. Die Angelruten waren auf dem Stand neuester Technik, und die Köder stimmten auch, jedenfalls laut Lehrbuch. Edward begriff, daß er einen Lehrer brauchte, war aber nicht unterwürfig genug, um etwas zu lernen. Er konnte die Rute auswerfen, aber er konnte nichts fangen. Es war wie mit allem anderen – sein Versagen stand in deutlichem Mißverhältnis zu seinen Bemühungen. Wenn Vater ihm das Angeln doch bloß beigebracht hätte.

Das Haus schien leer. »Joanna!« rief er am Fuß der Treppe. Es war ihm gleich, ob er sie weckte. Wie konnte sie schlafen, wenn er Gesellschaft und etwas zu essen brauchte, und zwar genau in dieser Reihenfolge. Schweigen. Ihr Wagen war weg, wahrscheinlich war sie mit einer ihrer Freundinnen unterwegs, und weiß der Teufel, ob es dabei blieb. Er knallte sein Angelzeug auf den Küchentisch, leerte Schachteln, Schwimmer, Bleigewichte, sämtliche Utensilien seines Mißerfolgs aus den Jackentaschen und dazu auch die in Pergamentpapier gewickelten Sandwiches; blöde Kuh. Die Kunststoffverpackung der Haken splitterte, und sie fielen auf den Tisch, kleine Dinger, nicht größer als ein Daumennagel. Edward schob ein paar in die Küchenschublade. Das ganze Haus wimmelte von Zeichen seiner Ungeduld und seines Verlangens. Neue Ruten, neue Rollen, Haken in sämtlichen Schubladen. Mutter, Julian und sogar Vater hatten ihn überall seinen Mist ausbreiten lassen. Sie hatten geglaubt, daß die Angelei einen Mann aus ihm machen würde. Hunderte von Malen hatte er das gehört.

»Joanna!«

Nichts. Hungrig und gelangweilt ging Edward hinauf in sein Zimmer und sah aus dem Fenster. Der Regen war in ein sanftes Nieseln übergegangen, und der Himmel klarte auf, so daß die Hitze tagsüber erträglicher sein würde. Edward kam sich sehr verloren vor und war immer noch ärgerlich. Das Puppenhaus stand zugedeckt da. Mit der geballten Faust schlug er in das Dach aus Sperrholz, hörte es splittern und krachen und die Gegenstände im Inneren durcheinanderrollen, als der ganze Bau ins Wanken geriet und schließlich ächzend wieder zur Ruhe kam. Eine Inspektion des Gemetzels würde zuviel sein, also wandte er sich erneut dem Fenster zu, und weil er den Blick aufs Meer nicht ertragen konnte, betrachtete er die Cottages.

Ein Licht in einem der Fenster da drüben. Hettie, das Schaf, graste vor der einzigen mit Rosen bewachsenen Tür. Ein Licht oben und eines unten. Julians Wagen parkte vor der Einfahrt des Hauses, wie üblich. Plötzlich wußte Edward, wo sein Bruder war, und ihm wurde übel.

Er polterte nach unten, vielleicht hatte er sich ja geirrt, und pirschte zur Rückseite des Hauses, wo Julians Zimmer gleich neben dem von Jo lag. Beide Türen standen halb offen, beide Zimmer waren leer. Er kehrte in sein eigenes Zimmer zurück und sah erneut zum Fenster hinaus. Er sah eine nackte Sarah Fortune vor sich, die wie ein spöttischer Geist vor ihm zurückwich. Was für ein Modell für ein Gemälde – die Handtasche auf dem Kopf und die Arme ausgestreckt, um das Gleichgewicht zu halten. Welch perfekte Pose. Erlöse mich von meinem Verlangen, flehte er mit der Inbrunst eines Betenden, für die er sonst nur Verachtung übrig hatte. Rette mich.

Er lief in die Küche hinunter, stolperte über seine Angelrute, fluchte, stolperte über die Zeitung auf dem Boden der Speisekammer und fluchte erneut. Als er nach einem Stück Brot griff, spürte er ein Kitzeln im Nacken und wandte sich um. Mutter stand hinter ihm, noch immer mit dem Federhut vom Morgen und einem dicken Mantel über dem Kleid. Sie war sichtlich überrascht. Und was noch besser war, sie hatte Angst. Wie eine Sklavin wich sie vor ihm in die Küche zurück und fuhr mit der Hand über die Haken auf dem Tisch. Sie gab schrille kleine Schreie von sich, wie ein Papagei, und hob die Hände, als wollte sie beten, bevor er sie schlug. Ein Schlag nur auf die Seite ihres albernen Hutes, aber er war fest. Sie krümmte sich und klammerte sich, ein, zwei Haken in der Hand, an der Rückenlehne des Stuhles fest. Sie schnappte nach Luft, stürzte jedoch nicht, sondern richtete sich wieder auf, griff mit der anderen Hand nach der Tischkante und stand aufrecht, wenn auch leicht schwankend da. Der Hut war noch weiter zur Seite gerutscht, die Federn bogen sich und streiften ihr linkes Ohrläppchen, aus dem ein Tropfen Blut quoll, der langsam herunterfiel. Sie öffnete die Handfläche, in die sich zwei Angelhaken gebohrt hatten, und seufzte theatralisch.

»Was hab ich denn getan, Ed, mein Kleiner, was hab ich denn getan?«

Von der Hintertür kam ein kalter Luftzug. Joanna stand da, mit feuchtem, vom Regen gekräuseltem Haar, und betrachtete die Szene. Mutter setzte sich umständlich an den Tisch und fing an, sich die beiden Haken aus der Hand zu ziehen, wobei sie nur leicht zuckte und leise vor sich hin murmelte. Es waren Widerhaken, die sich in die Haut bohrten und in den Knochen eines Fisches drangen, ohne ihm Schmerz zuzufügen. Joanna hatte Edwards Demonstrationen und Erläuterungen dazu schon so oft gehört, daß sie sie beinahe auswendig konnte. Im Inneren einer Hand wirkten sie allerdings weniger harmlos.

»Da!« sagte Mutter triumphierend, zog vorsichtig den ersten Haken aus dem Fleisch und wandte sich dem anderen zu. »Erst so und dann so, siehst du? Kinderleicht.« Joanna war beruhigt. Unfälle passieren nun mal, und Angeln war sowieso ein alberner Sport. Doch da war auch dieser Blutstropfen, ein einzelner Tropfen, der hinter dem Hut hervor auf den Tisch fiel, wo Mutter ihn mit ihrer verletzten Hand abwischte und gierig aufsaugte. Weg war er, der hellrote Fleck, völlig verschwunden. Jetzt erst entdeckte sie Joanna. Ihre Stimme wurde abwehrend. Furchtsam blickte sie zu Edward hinüber.

»Weg!« sagte sie munter und zog auch den zweiten Haken aus der Hand. »Höchste Zeit zum Schlafengehen. Hätte gar nicht mehr aufstehen sollen.«

Edward füllte den Kessel am Becken. Joanna warf einen langen und harten Blick auf seinen gebeugten Rücken und führte dann ihre Mutter aus dem Raum.

»Möchtest du ein Sandwich, Ma?« fragte sie, als sie langsam die Treppe hinaufgingen. »Hast du vielleicht Hunger?«

»Nein, danke, danke, nein«, antwortete ihre Mutter und setzte dann, wie in einem nachträglichen Einfall, noch hinzu: »Ich sollte wirklich keine Ohrringe tragen, Liebling, sie tun so weh, wenn man fällt.«

Joanna war froh, daß ihre Mutter nichts mehr essen wollte. Sie hatte keine Lust, in die Küche zurückzugehen, wo ein Gemisch aus Körpergeruch, drückender Hitze, Anschuldigungen und ein angeschlagenes Vertrauen in Bruder und Mutter in der Luft hingen.

Die Flut zog sich zurück. In einem Schiffstau am Kai hatte sich ein rotes Hemd verfangen. Es sah lustig aus im Mondschein, wie ein Kirchengewand, das man am Ende des Sabbats zum Trocknen aufgehängt hat. Zwei Sandalen tanzten auf den Wellen und sanken dann tiefer, wo sie mit den Fischen anderswohin trieben.

Julian Pardoe regte sich in Sarahs Armen ohne jeden Anflug von Schuld oder Schmerz.

»Sarah?«

»Ja?« Sich enger an ihn kuschelnd.

»Wenn der Schmerz einen wahnsinnig macht, was tut man dann? Was hast du beim erstenmal getan?«

»Das«, murmelte sie schläfrig. »Nur das.« Dann später noch ein Murmeln. »Ich war nie eine gute Juristin, weißt du, noch nie gut in irgendwas. Das Recht ist so langsam. Es macht überhaupt keinen Spaß. Es sollte mehr sein als reine Arithmetik... Es gibt so viele bessere Arten, eine Krankheit zu heilen.« Er verstand sie nicht, aber das war egal. Er zog sie näher an sich heran, fand zurück in den Kuß. Als er die merkwürdigen Narben auf ihrem Arm spürte, war es längst zu spät für Fragen, und er versank in der ältesten Medizin der Welt.

Neun

Sie könnten den Geist aufspüren und sich verdient machen. Stonewall und Rick saßen unten im Boot, einem arg lädierten alten Ruderboot mit einem kleinen Motor, eine halbe Pferdestärke, wie Rick sagte, aber gut genug für die Priele, und wenn man sich von der Flut treiben ließ, hätte es gar bei den Olympischen Spielen mitmachen können. In der milchigsüßen Morgendämmerung, die Stonewall immer erzittern ließ, warteten sie auf das Wasser. Das Boot lag dicht an der Hafenmole. Stonewall beugte sich mit seiner Schnur über die Kante und suchte nach Krabben, die er als Köder verkaufen oder, was wahrscheinlicher war, zurückwerfen konnte, wenn er sie fing. Statt dessen entdeckte er ein dunkelrotes Hemd, das an einem Schiffstau hing, wickelte es sich um den hageren Bauch und empfand ein absurdes Glücksgefühl über seinen Fund. Rick lag auf dem Rücken und starrte in den Himmel.

Er stand auf, um sich die Beine zu vertreten und zu gähnen. Sein Kopf war von der anderen Seite der Mole nicht sichtbar. Plötzlich hörte er Edward Pardoe in seinen unangemessen schweren Schuhen vorbeipoltern. Rick stellte sich auf die mittlere Bank des Bootes, packte das Ende der Mole und schwang sich hinauf Edward, der geistesabwesend vor sich hin marschierte, warf nur einen kurzen Blick auf die Schwäne, die auf den Wellen schaukelten, und bemerkte sonst nichts. Als Stonewall neben ihm auftauchte, legte Rick einen Finger auf den Mund. Beide wußten, was der andere dachte. Stumm stützten sie sich mit den Ellbogen auf die Motorhaube eines Wagens und beobachteten durch die Windschutzscheibe und das Heckfenster, wie Edward auf die Straße zuging, die zum Strand, zum Campingplatz und dann zum Wäldchen führte.

Rick schnippte mit den Fingern und nickte in Edwards Richtung. Es sah aus wie die Parodie eines militärischen Befehls und stieß auf entsprechenden Anklang. Stonewall salutierte spöttisch und trabte mit seinen schmutzigen Tennisschuhen hinter der sich entfernenden Gestalt her. Rick beschattete die Augen mit der Hand und setzte das Spiel fort. Die Sonne stieg von Minute zu Minute höher. Stonewalls Mutter würde es ihm übel ankreiden, wenn der Kleine nicht pünktlich zum Frühstück zurück war, doch bis dahin war noch viel Zeit. Viel wichtiger war, was dieser Mistkerl von Edward vorhatte. Er stand doch nicht umsonst in aller Herrgottsfrühe auf. Er würde überhaupt nicht aufstehen, wenn er nicht müßte. Rick wandte sich ab und spuckte auf die Erde. Es tat gut auszuspucken, auch wenn es eine Gewohnheit war, die er erst kürzlich angenommen hatte und derer er sich eigentlich schämte.

Erst vor wenigen Wochen war Edward in der Spielhalle erschienen und hatte ihm geraten, die Finger von Joanna zu lassen. Was geht dich an, mit wem sie ausgeht? hatte Rick gefragt. Ich tue ihr schon nichts an. Schlag sie dir aus dem Kopf das ist alles, sie kann dich sowieso nicht leiden, sie tut bloß so, und hinter deinem Rücken lacht sie über dich, hatte Edward hervorgestoßen. Also laß sie in Ruhe, oder wir ziehen andere Saiten auf mit der Spielhalle, deinem Job und dem Lebensunterhalt deines Vaters. Da hatte Rick zum erstenmal ausgespuckt, mehr als Reaktion auf die erste Hälfte der Warnung als die zweite, machtlos, wie er sich fühlte – es war die Geschichte seines Lebens.

Pardoes und Väter hatten immer das letzte Wort. Aber damit war jetzt Schluß. Er blickte über die Straße auf das Königreich seiner Spielhalle. Selbst mit einem Dad wie seinem war er gut genug für jedes Mädchen der Welt. Er hatte über alles nachgedacht. Heute war der Tag, an dem er Jo wiederfinden mußte.

Rick stieß die Tür zum Spielsalon auf, trat ein und ging von Schalter zu Schalter. Plötzlich war der Raum voller funkelnder Lichter und jenem wunderbaren Dröhnen, das ihm neue Kraft schenkte.

Stonewall glaubte in etwa zu wissen, wo Edward hinwollte, da es auf dieser Straße nicht viele Möglichkeiten gab. Wollte der faule Sack etwa zur Abwechslung mal selbst nach Würmern buddeln? Aber er hatte ja nicht die nötigen Utensilien dabei. Die Straße führte tatsächlich nur zum Campingplatz, zum Strand und zum Wäldchen, und Stonewall konnte sich nicht vorstellen, was ein Pardoe auf dem Campingplatz zu suchen hatte. Edward ging jetzt über den Deich, der parallel zur stumm daliegenden Straße verlief. Stonewall folgte ihm. Selbst mit dem roten Hemd um den Bauch fiel er kaum auf. Er war erregt, mehr ärgerlich als freudig, und zum erstenmal ein wenig gekränkt darüber, so unscheinbar zu sein. Er hatte Hunger, aber er beschattete Ed, der ihm Geld schuldete, und ihm gefiel diese Verfolgung. Stonewall nahm eine Abkürzung. Er lief quer über den Campingplatz, flitzte wie ein Schatten zwischen den schläfrigen, schneckenähnlichen Wohnwagen hindurch, in denen das morgendliche Leben gerade erst begann, und weiter in den Wald, wo der Wind leise seufzte. Ed mußte zum Strand gegangen sein, er würde ihn abfangen. Stonewall folgte einer Reihe von Wegen, die den duftenden Kiefernwald durchzogen. Sie führten durch sandige Täler, hoben und senkten sich bis zur letzten mit Bäumen bewachsenen Erhebung vor dem Strand, auf der sich ein Fußpfad entlangschlängelte, immer wieder unterbrochen von künstlichen und natürlichen Durchgängen zum Strand. Stonewall suchte den Strand ab und bewegte sich langsam nach links.

Da draußen hatte er den Geist zum erstenmal gesehen, der sich mit Edward unterhielt. Mitten in der Wildnis hatten sie sich getroffen, wie zwei Männer, die zu einem Duell verabredet waren.

Das war Wochen her. Heute hörte er zuerst die Stimmen und wäre dann fast über die beiden Männer gestolpert. Sie saßen auf halber Höhe des Hangs, der sich vom Wald zum Strand hinzog, Edward und der weißhaarige Mann, der in seinen alten Klamotten dahockte und mit den Händen den Griff eines Stocks umklammerte, den Stonewall ebenfalls wiedererkannte. Es war Miss Gloomers Stock. Stonewall ließ sich flach auf den Boden fallen, als hätte jemand auf ihn geschossen. Dann stützte er den Kopf in die Hände. Er konnte sie kaum hören, kein Wunder bei dem Wind in den Bäumen und dem Kreischen der Möwen unten am Strand. Dennoch strengte er sich an, etwas zu verstehen. Sein Magen knurrte, er furzte und hätte sich um ein Haar laut entschuldigt. So was machten die Leute in seinen Videos nicht, und die Aussicht, daß es ihm noch mal passieren könnte, hinderte ihn daran, näher heranzukriechen.

Rick liebt mich: Er hat es gesagt.

Die Sonne sickerte allmählich durch die Äste über ihm und wärmte seinen Hinterkopf, nicht jedoch den Sand, auf dem er lag. Der Himmel schwankte zwischen Hell und Dunkel, es war wie in der Disco über dem Ark Royal mit ihrer Lichtorgel. Stonewall zitterte, ein unbehagliches Gefühl. Er hatte Angst, als er beobachtete, wie die Sandflöhe vor seiner Nase herumhüpften. Was hast du mit meiner Sal gemacht, du mit dem weißen Haar wie der Schuldirektor? Sals Halsband drückte noch immer gegen seine Leiste, und dann wich die Angst zunächst der Wut und dann dem Gefühl der eigenen Bedeutung, weil er den Geist vor sich hatte, an den die anderen nun auch glaubten. Sie würden ihn zu gegebener Zeit schon schnappen, Rick und er.

Rick liebt mich. Zusammen packen wir alles.

Eine Spinne kroch ein vom Morgentau sichtbar gemachtes Stück ihres Netzes entlang, das nicht weit von Stonewalls Nase hing. Eines war nicht zu übersehen: Edward und der alte Mann gingen nicht gerade wie zwei alte Kumpel miteinander um. Die Unterhaltung verlief abgehackt, zögernd, mit vielen Pausen, in denen sie aufs Meer hinausstarrten. Man sah, daß sie sich nicht wohl fühlten, nicht wie Rick und er.

»Sie haben ja einen neuen Stock«, sagte Edward gerade. »Wo stammt der her? Ich dachte, Sie hätten kein Geld.«

»Oh, ich habe eine gute alte Seele zum Tee besucht, und wir haben ein wenig geplaudert. Irgendwie fiel mir der Stock beim Hinausgehen in die Hände.«

Edward schnalzte mißbilligend mit der Zunge und drehte einen Grashalm in der Hand. »So was sollten Sie nicht tun«, sagte er verdrießlich.

»Ein Mann muß essen. Ich sollte auch nicht in die Praxis Ihres Bruders einbrechen, aber das hat Ihnen weniger Sorgen gemacht.«

Schweigen, das Seufzen des Windes, ein verschwommenes Rauschen.

». . . Sie gefunden?«

»Die medizinischen Berichte einer gewissen Elisabeth Tysall. Einzelheiten eines umfangreichen Rezeptes für diverse Schlafmittel. Indizien für Ehebruch und Mord, wenn Sie mich fragen.«

»O nein, das nicht«, protestierte Edward. »So einfach ist das nicht.«

»Doch, ist es. Es gibt Briefe von ihr. Bittere Briefe von ihm, die er nie abgeschickt hat. Warum bewahrt er die eigentlich nicht zu Hause auf?«

»Vermutlich weil meine Mutter so neugierig ist.«

»Ich könnte ihn umbringen«, sagte der Mann ruhig. »Darum geht's doch, oder?«

»Sie meinen, Charles Tysall könnte ihn umbringen?«

»Mit bloßen Händen«, sagte der Mann lakonisch. »Obgleich ich sagen würde, daß er ein bißchen raffinierter vorgehen würde.«

Edward rutschte unbehaglich hin und her. Der Mann veränderte seine Stellung und rückte ein Stück weg. Seine durchdringenden blauen Augen wandten sich endlich von der Küste ab und suchten Edwards Blick. Sie schienen ein wenig verschleiert, und der Mann selbst sah einem Landstreicher ähnlicher als je zuvor. Nur seine Sprache war vollkommen beherrscht.

»Was Ihren Zielen entgegenkäme, nehme ich an – die wir bereits erörtert haben, wenn auch indirekt. Und Ihnen wäre sogar noch lieber, wenn Ihre Mutter gleich mit umkäme. Dann wären Sie und Ihre geliebte Schwester Herr und Herrin über alles, was Sie überschauen. Ist das nicht eine hübsche Vorstellung?«

»Mag sein«, murmelte Edward. Er fühlte sich immer noch unbehaglich, doch sein Körper brannte vor Erregung. Allerdings hätte er es vorgezogen, wenn seine Wünsche nur erraten, wenn sie unausgesprochen geblieben und ohne sein Wissen ausgeführt worden wären. Im Licht dieses Morgens erschienen ihm seine Träume plötzlich vulgär und grausam; am liebsten hätte er nur darin geschwelgt und sie dann verschoben.

»Wir haben immer noch diese Frau zu Besuch«, sagte er hastig. »Das macht die Sache ein bißchen schwierig.«

»Die mit den roten Haaren ...«

»Hören Sie, wir sollten noch einmal über alles nachdenken.«

»Aber selbstverständlich. Ich denke die ganze Zeit darüber nach.«

»Ich meine, wir sollten noch warten ...«

»Wollen Sie Ihre Meinung etwa ändern?«

»Nein, nein.«

»Aber Sie würden es vorziehen, nichts zu wissen?«

»Können wir nicht einfach ein neues Treffen ausmachen, sagen wir, in zwei Tagen? Ich habe Ihnen den Schlüssel zu einem Wohnwagen mitgebracht, supermodern eingerichtet, vierte Reihe links, ganz am Ende... Was ist denn los?«

Der große, hagere Mann lachte, aber es klang nicht eben fröhlich. Es war ein unangenehm pfeifendes Belfern, das seinen ganzen Körper durchschüttelte und selbst den Stock erzittern ließ.

»Nichts. Aber es ist zu spät, um die Meinung zu ändern. Und glauben Sie wirklich, ich würde mich an einem Ort einrichten, den Sie aussuchen und wo Sie mich immer finden könnten?«

»Ich könnte Sie jederzeit der Polizei übergeben«, platzte Edward heraus.

»Weswegen? Damit ich unsere Gespräche wiederhole? Wirklich!«

Wieder einmal wurde das Machtgleichgewicht zwischen ihnen deutlich. Edward tat so, als existierte es nicht, dabei hatte es von Anfang an bestanden, vom ersten Augenblick an. Es verhinderte, daß er den Mann unter Kontrolle hatte, und strafte die kleine Illusion Lügen, daß er der große Wohltäter und der andere sein dankbarer Diener war.

»Dann unternehmen Sie wenigstens nichts, bis ich es Ihnen sage.«

Der Mann hob die Augenbrauen und breitete die Arme aus. »Wie könnte ich? Hat Ihre süße Schwester Ihnen heute eigentlich gar keine Sandwiches gemacht?«

»Doch – tut mir leid, ich habe sie vergessen.«

Edward brach auf, ohne sich noch einmal umzusehen, und fing bald schon an zu laufen. Er rannte unbeholfen, verstört, als könne er es kaum erwarten wegzukommen. Auch der Mann stand auf und ging zur anderen Seite davon.

Stonewall hatte das meiste nicht verstanden, abgesehen von dem merkwürdigen Gerede über Wohnwagen. Irgend etwas lähmte ihn vom Bauch an abwärts. Es war die Trägheit des Hungers, die ihn davon abhielt, aufzustehen und dem Geist zu folgen, aber auch die Sonne auf seinem Hinterkopf, das lange Schielen auf die Spinne, das Licht, das unregelmäßig durch die Bäume fiel. Er dachte an seine Mutter und fragte sich, ob es nicht besser war, hier zu warten, bis ihr Zorn durch Angst gemildert wurde, und kam dann nach zehn Minuten Unschlüssigkeit zu der Einsicht, daß das die Sache nur noch schlimmer machen würde. Er dachte auch daran, welche Lügen er erfinden konnte, um zu erklären, warum er sich an einem Montagmorgen in aller Herrgottsfrühe aus dem Haus gestohlen hatte. Es war die verlockende Aussicht auf eine Ausfahrt mit Rick gewesen, aber davon durfte er nichts sagen, denn das konnte unter Umständen Hausarrest nach sich ziehen. Und trotzdem, bei all dem Hin und Her nagte etwas an ihm, das mehr war als nur die Erinnerung an Sal. Es war so ähnlich, wie auf halbem Weg zur Schule zu merken, daß man seine Turnschuhe vergessen hatte, obwohl doch Sport war. Stonewall haßte alle Montage, auch wenn er keine Schule hatte, so wie heute: Es waren die Tage für Gewissensbisse.

Rick liebt mich.

Zögernd rappelte er sich auf und machte kehrt, um den Hang hinab und zurück in den Wald zu laufen. Im selben Augenblick hielt er inne, zu Tode erschrocken, stolperte, stürzte rückwärts und blieb atemlos liegen. Wie aus dem Boden gestampft stand der weißhaarige Mann vor ihm und sah auf ihn herab. Er stützte sich auf seinen Stock, allerdings wie einer, der es gar nicht nötig hat.

»Ich kenne dich«, sagte der Mann. »Nicht wahr? Und du kennst mich.«

Stonewall schüttelte heftig den Kopf und versuchte sich aufzurichten, doch der Sand war so weich, daß er keinen Halt fand. Doch ja, jetzt erkannte er ihn. Fast auf den Tag genau war es ein Jahr her, daß dieser Mann über die Priele hinaus Richtung Meer gegangen war. Stonewall hatte versucht ihn daran zu hindern und ihn vor der Flut gewarnt, die schneller kam, als man rennen konnte, doch der Mann hatte ihn bloß beiseite gestoßen. Er schien größer und dünner geworden zu sein und hatte sich obendrein diesen Heiligenschein aus weißem Haar zugelegt. Wahrscheinlich hatte er wie ein Tier gelebt, um sich dermaßen verändern zu können. Seine Arme waren dünn wie Stöcke, außerdem war er sehr schmutzig.

»Du bist ein Spitzel für den guten Doktor«, sagte der Mann sanft. »Ein billiger Schnüffler. Hast du ihm geholfen, sie zu begraben? Habt ihr sie mit euren dreckigen kleinen Pfoten betatscht, du und der Doktor? Ist das ihr Hemd, das du dir um den Bauch gewickelt hast? Hast du ihre Titten angefaßt? Ja?«

Der Junge öffnete den Mund, um zu protestieren: Ich hab nie was gemacht! Ich weiß gar nicht, wovon Sie reden, hauen Sie ab, lassen Sie mich in Ruhe! Und was haben Sie mit meinem Hund gemacht? Doch es kamen keine Worte, nur ein einziger gellender Schrei.

Stonewall hob die Hände zum Kopf, doch da hatte ihm der Griff von Miss Gloomers Gehstock bereits drei Finger gebrochen. Der zweite Schlag traf seinen Schädel. Er spürte ein schmerzloses Knirschen wie beim Zahnziehen, und den dritten Schlag merkte er kaum noch. Sein Körper, der sich halb aufgerichtet hatte, brach zusammen, fiel und rollte über Kiefernnadeln und Gestrüpp den Abhang hinunter. Dornen und Stacheln zerrten an seinen Shorts, doch er merkte es nicht, empfand keinen Schmerz. Die Augen sahen, wie das Licht durch die Kiefern funkelte, bevor das Seufzen des Windes in ein Rauschen und dann in gewaltige Stille überging. Endlich sah er auch die Sonne nicht mehr, empfand jedoch leichtes Erstaunen, als sein Körper noch einmal zuckte und dann reglos liegenblieb, zusammengerollt wie ein Fötus. Rick hatte ihm beigebracht, so zu fallen.

Das letzte, was er wahrnahm, war, daß seine Wange sich gegen die Rinde eines braunen Baumstamms preßte, und ganz zum Schluß erzeugte dieses Kratzen Schmerz, Erniedrigung, ein vages Gefühl, zur falschen Zeit am falschen Ort zu sein, blöd wie ein Baby, das einfach nur weinen wollte, statt sich so quälen lassen zu müssen. Er konnte die Augen nicht schließen, aber er sah auch nichts mehr.

Rick liebt mich.

Der Mann blickte gleichgültig nach unten. Wenn er ihm folgte, um sein Werk zu beenden, würde er sich die Kleider wahrscheinlich endgültig ruinieren, und andere hatte er nicht. Er hatte nicht mal welche, um nach Hause gehen zu können. Wo immer das war.

Ein selten gemütliches Frühstück. Ihr großer Bruder hatte ausnahmsweise gute Laune, wie Joanna auffiel. Mutter saß draußen in der Sonne, von Edward keine Spur, und niemand war böse auf den anderen. Mutter trug ihren besten Montagsstaat und einen Turban mit Brosche. Mit zögernder Fairness, bei der sie sich stets verrenken mußte, um den jüngeren ihrer beiden Brüder in Schutz zu nehmen, gestand Joanna sich ein, daß Julian wohl am besten mit Mutter umgehen konnte. Er paßte sich ihrem kindischen Niveau an und machte ihre Spiele mit, außer wenn sie dem Herd zu nahe kam. Auf der Wange ihrer Mutter hatte sie eine Prellung bemerkt, da, wo sich gestern der Ohrring ins Fleisch gebohrt hatte. Heute schien sie nicht ganz so verrückt zu sein wie sonst und auch weniger Aufmerksamkeit zu brauchen, merkwürdig. Das war ungewöhnlich: Normalerweise ließ sie sich keine Gelegenheit entgehen, den anderen ihre Ticks unter die Nase zu reiben. Das Kleid unter dem Turban glänzte türkis und hatte Puffärmel. Die rosafarbenen Turnschuhe waren die von gestern. Joanna konnte sie sehen, vor der Küchentür, wo Mutter die Vögel fütterte, indem sie mit unnötigem Getue ihre Krümel ausstreute. Joanna spürte ihre Ruhelosigkeit. Sie war selbst unruhig und wollte Julian von der Szene erzählen, die sie in der vergangenen Nacht zu sehen geglaubt hatte. Doch die Loyalität Edward gegenüber vereitelte jede Enthüllung, sogar vor sich selbst. Edward würde so etwas nie tun, ihre Phantasie ging mit ihr durch. Das alles schien Teil jener Vorgänge zu sein, die ihre Familie erfaßt hatten, seit Sarah Fortune vor drei langen Tagen bei ihnen angekommen war.

»Jo, mach dir nicht die Mühe, heute abend zu kochen«, sagte Julian heiter. »Mutter ist es ohnehin egal, also wäre es reine Zeitverschwendung. Übrigens, ich wollte dich schon lange danach fragen: Was ist eigentlich aus dem Jungen geworden, mit dem du immer ausgegangen bist? Hieß er nicht Rick? Der aus der Spielhalle. Netter Bursche. Hab letztes Jahr sein Knie zusammengeflickt, und er war unheimlich tapfer. Ich weiß, wir reden nie über so was. Ich hab dir, glaube ich, nicht mal gesagt, daß ich ihn mochte...«

»Das ist das erste Mal, daß ich das höre!« Sie war so überrascht und nervös, daß es wie ein Fauchen klang.

»Was in aller Welt meinst du damit?«

Mutter kam wieder herein. Den Rock ihres türkisfarbenen Kleides hatte sie sich auf einer Seite in den Schlüpfer gestopft. Sie drehte sich im Walzertakt einmal um sich selbst und winkte dem Schaf, ihr zu folgen.

»Darf Hettie reinkommen?« erkundigte sie sich honigsüß. Das Schaf schien zu kichern, es war genauso albern wie sie. »Es ist bloß, weil's ihr heute soviel besser geht – da hab ich sie zum Kaffee eingeladen.«

»Montags nicht, Mutter, das weißt du doch«, antwortete Julian ruhig. »Joanna, was meinst du damit? Was ist los mit Rick? Habt ihr euch verkracht? Ich hatte gehofft, na ja...«

Joanna explodierte vor Wut. Wie konnte er so ruhig und gelassen sein? Er hatte doch bloß eines im Sinn: Mutter in ein Heim zu stecken, wo sie niemals ihre eigenen Kleider würde tragen dürfen. Außerdem war er doch derjenige gewesen, der ihre Chancen bei Rick ruiniert und ihn mit seinen Drohungen eingeschüchtert hatte.

»Ich meine ... nein, wir haben uns nicht verkracht«, stieß sie hervor. »Aber es ist ein bißchen schwierig für einen Mann, weiterhin mit einem Mädchen zu gehen, wenn ihr großer Bruder ihm geraten hat, die Finger von ihr zu lassen, weil er sonst seinen Job verlieren könnte. Verstehst du, was ich meine? Fang jetzt bloß nicht an, dich rauszureden.«

Mit zitternden Händen beförderte sie das Frühstücksgeschirr in die Spülschüssel mit der Seifenlauge. Julians Ruhe heizte ihre Wut immer noch mehr an.

»Jo«, begann er.

»Nenn mich nicht Jo!« schrie sie zurück. Mutter brach in Gelächter aus und ging wieder nach draußen, wobei sie seltsam zufrieden vor sich hinsummte. Julian ließ Joanna eine volle Minute gewähren, bis ihre heftigen Bewegungen langsamer wurden, dann trat er zu ihr ans Waschbecken und half ihr beim Abtrocknen. Plötzlich tat es ihm leid, daß er das nicht häufiger tat. Er mußte an Sarah denken. Das Leben ist zu kurz, um es zu vertrödeln, hatte sie irgendwann am frühen Morgen gesagt. Er lächelte. Ich liebe meine Schwester, dachte er, nur sage ich es ihr nie. Ich liebe dieses Dorf und auch das Haus, und ich bin bestimmt nicht der schlechteste Arzt, den sie je hatten. Ich kann leben, wenn ich mich leben lasse.

»Da ist die Tür«, sagte er. »Ich schlage vor, du gehst und fragst deinen Rick, welcher von deinen Brüdern ihn so eingeschüchtert hat. Ich war's jedenfalls nicht. Ach ja, und vergiß nicht, daß es auch reine Nervosität sein kann, die einen Mann dazu treibt, ein großartiges Mädchen wie dich aufzugeben. Ihr schönen Frauen scheint keine Ahnung zu haben, welche Angst ihr einem einjagen könnt. Ihr erschreckt uns zu Tode.«

Sie war immer noch bockig und schrecklich unsicher. Es war soviel einfacher, jemand anders die Schuld in die

Schuhe zu schieben als selbst zu handeln, soviel einfacher, sich in Selbstmitleid zu ergehen.

»Großartig!« fauchte sie.

»O ja, genau, einfach großartig«, sagte Mutter und nickte wie das Schaf im Türeingang.

»Großartig und gutaussehend«, sagte Julian. »Sieh dich doch bloß mal so wie andere.«

»Wer zum Beispiel?« gab sie trotzig zurück und warf das Haar aus der Stirn. Er tat, als ob er nachdenke und einen Menschen suche, dessen Meinung ihr etwas bedeutet. Nicht der Vikar, nicht der höfliche Küster, der Mutter nach der Kirche auf die Wange küßte, es gab überhaupt keinen Mann in ihrem kleinen Kreis, den er zitieren konnte.

»Sarah Fortune zum Beispiel. Sie hat es mir von sich aus gesagt, ich habe sie nicht danach gefragt. Eine gutaussehende Frau erkennt eine andere auf den ersten Blick.«

Die Vordertür knallte. Edwards charakteristisches Husten hallte im Haus wider. Joanna hätte Edward jetzt nicht ertragen können. Sie machte eine Geste grob in Richtung Hettie, doch für alle Anwesenden bestimmt. Sie war sprachlos, besänftigt, geschmeichelt, unfähig, mit Anstand ein Wort rauszubringen, und versuchte noch immer die Warnsignale in ihrem Kopf abzustellen, die mit der Gewalt von Kirchenglocken alles übertönten, was Edward je gesagt hatte.

»Komm rein und trink deinen Kaffee, Mutter«, sagte Julian. Er versuchte sie davon abzubringen, Hettie in die Küche zu locken: Damit wollte er auch von Joanna ablenken, denn solange sie im Mittelpunkt stand, würde sie nie eine Entscheidung treffen. Sieh dir die beiden doch an, dachte Joanna, würde er Ma wirklich in ein Heim stecken, wie Edward immer sagt? Doch am Ende hatte sie keine Lust, weiter über die beiden nachzudenken – sie wollte nur weg.

Die kräftigen Streifen auf ihrem leichten Baumwollrock tanzten, als sie rasch die Straße entlangschritt. Das Gehen hatte eine beruhigende Wirkung. Dank Sarah Fortunes Einfluß hatte sie ihren Kleiderschrank und die Geschäfte im Ort nach Sachen durchforstet, die ihr wirklich gefielen. Wenn sie Sarah wäre, wie würde sie Rick dann anpacken? Ruhig, direkt, ohne rot zu werden oder großes Theater. Sie würde sagen: Kann ich bitte mal mit dir reden? So hatte Sarah es angefangen. Und weiter hatte sie zu ihr gesagt: Finde die Wahrheit heraus, und wenn es sein muß, such dir einen anderen. Es war ein langes Gespräch gewesen.

Die Spielhalle war ein leerer, dröhnender Saal, noch nicht ganz bereit für die Leute, die später hereinströmen, die Bürgersteige am Kai mit ihren Autos vollstellen, wie Zombies dasitzen und Pommes essen. Joanna strich weder ihren Rock glatt, noch fuhr sie sich durchs Haar, sondern trat – für einen Augenblick wie geblendet – in die relative Dunkelheit. Rick war dabei die Geräte auf Hochglanz zu bringen. »Thunderbirds V«, las sie, »Street Fighters«, »Space Wars X«, »Kung Fu«, ein echter Vergnügungsfriedhof. Er hielt inne und sah sie an.

Dann breitete sich langsam ein Lächeln über sein Gesicht. Aus der Dunkelheit hinter ihm tauchte der große rote Kopf seines Vaters auf. Eine knorrige Hand legte sich warnend um den Arm seines Sohnes, während er mit der anderen die Mütze vor Joanna zog. Heuchler, dachte sie, Tyrann und Heuchler. Ricks Prellungen waren noch immer ziemlich deutlich zu sehen. Ihr Blick wanderte zu dem alten Mann und wieder zurück, herausfordernd. Er schien vor ihren Augen zu schrumpfen.

»Wir nehmen den Wagen«, sagte Rick.

Als sie zum Wald draußen am Strand fuhren, ließ Rick sein Glöckchen bimmeln und ignorierte die frühen Aufgebote winkender Kinder. Joanna saß aufrecht wie die Queen. Hinter dem Campingplatz, wo ein verwittertes Straßenschild, »Für Fahrzeuge ungeeignet«, den Weg in den Wald anzeigte, bog Rick nach links ab und blieb zweihundert Meter weiter stehen. Der menschliche Herdentrieb hatte ihn schon immer verwundert: Kaum verließ man die ausgetretenen Pfade, begegnete man keiner Menschenseele mehr, dabei tummelten sich in nächster Nähe mindestens zweitausend Leute. Man könnte auf die Idee kommen, daß Menschen einander wirklich lieben, sowie sie sich verhalten, hatte er zu Stonewall gesagt.

»Ich wollte auch mit dir reden«, sagte Rick zu Joanna und blieb hinter dem Lenkrad sitzen. »Aber du bist zu mir gekommen, also hast du den Vortritt.« Ihre Hände lagen in ihrem Schoß, und er konnte sehen, daß sie an den Nägeln gekaut hatte. Jetzt holte sie übermäßig tief Luft.

»Magst du mich wenigstens ein kleines bißchen, Rick? Oh, ich weiß, das ist eine dumme Frage, natürlich kannst du jetzt nicht nein sagen ...«

»Doch, könnte ich, aber es wäre nicht wahr. Natürlich mag ich dich.« Er ärgerte sich über das Zittern in seiner Stimme. »Du und Stonewall, ihr seid alles, was ich habe.« Dann holte auch er tief Luft, ohne sich im mindesten zu verstellen. »Aber dein Bruder Edward hat mir erklärt, daß du nur mit mir spielst, und das konnte ich doch nicht einfach so hinnehmen, oder?«

»Edward?« sagte sie langsam.

»Wer denn sonst? Außerdem hat er gesagt, daß er uns die Spielhalle wegnehmen könnte. Ich hätte nicht auf ihn hören dürfen, stimmt's, Jo? Hätte ich nicht, oder?«

Sie hatte angefangen zu weinen, ob aus Erleichterung oder dem Gefühl eines Verrats heraus, wußte sie nicht genau. »Nein, hättest du wirklich nicht. Wir würden doch so was nicht tun. Dad hätte es nicht getan, und Julian würde es auch nicht tun. Edward... Weißt du, was wir mit all dem Zeug, das wir besitzen, machen sollten, Rick? Es zurückgeben, alles, es endlich loswerden und anderen Leuten überlassen.« Die Tränen waren ihr peinlich.

Draußen im Wald war es kühl. Schweigend gingen sie nebeneinander her, instinktiv in Richtung Meer. Man konnte noch so lange hier draußen leben, man wurde doch immer wieder von ihm angezogen: Alle Schritte führten in seine Richtung, sommers wie winters. Am liebsten hätte Rick auf der Stelle mit ihr geschlafen, gleich hier auf den Tannennadeln. Seit Monaten träumte er davon, aber er war zu nervös, um es zu versuchen, denn es bedeutete so viel, und er hatte schreckliche Angst, daß es nicht klappen würde. Statt dessen umfaßte er ihre Taille. Das Weinen verebbte langsam.

»Mir ging's so schlecht, Rick«, sagte sie schließlich mit einem großen, zittrigen Seufzer. »Ich hab versucht, drüber wegzukommen, aber es hat einfach nicht geklappt.«

»Dir und mir auch.« Er verstärkte seinen Griff. »Du bist bald nur noch Haut und Knochen. Werd bloß nicht noch dünner.«

Sie wollte lachen, wollte immer noch weinen und drehte sich im selben Augenblick ihm zu, als er sich ihr zuwandte. Sie schmiegte sich an seine Brust, und ihr Haar strich über sein Gesicht. Er streichelte es zärtlich und sah auf ihren Kopf hinab. Schließlich gingen sie Arm in Arm weiter, auf der Suche nach einem verschwiegenen Plätzchen, einer sandigen Kuhle, in der sie sich niederließen. Die Sonne war noch erträglich.

»Ich könnte deinen Bruder Edward umbringen«, murmelte Rick. »Übrigens war er heute morgen schon in aller Herrgottsfrühe auf den Beinen. Ich hab ihm Stonewall hinterhergeschickt, aus Jux.« Joanna wollte nichts von Edward hören. Lieber festhalten an dem Glauben, daß die Verbindung von Edward und diesen kleinen Lügen eine Art Irrtum war, der sich zu einem späteren Zeitpunkt aufklären würde.

»Dann hat Stonewall ihn wohl verloren. Edward kam nach Hause, als ich gerade ging, und ich habe den Jungen nirgends gesehen.«

Rick hielt inne, vage beunruhigt, doch nicht genügend, als daß es ihn von seinem Herzklopfen abgelenkt hätte. Wenn es so weiterging, würde er noch sterben; doch solange er hier mit ihr sitzen und ihre Hand halten durfte, hatte alles andere Zeit.

Seine Füße spielten im weichen Sand ihrer Kuhle, die links vom Weg lag, abgeschirmt durch einen verwachsenen Baum und auf halbem Weg die letzte Erhebung hinauf. Dahinter erstreckte sich die Weite des Strandes, nichts für zwei Sucher nach sanfterem Licht. Sie saßen nebeneinander, friedlich, aber verlegen. Er hatte plötzlich alle Geduld der Welt, er wollte so gern alles richtig machen, und die Zeit war seine Verbündete.

»Willst du mich, Jo? Bist du sicher?«

Aus seinem Mund war die Kurzform ihres Namens in Ordnung, sie hörte es gern. Sie betrachtete ihn, ließ den Blick wandern, und plötzlich veränderte sich ihr schönes Gesicht. Der faszinierte, träumerische Ausdruck wich, und ihre Pupillen verengten sich, leugneten die Liebe in ihren Augen, verwandelten sich in eine verwirrte, wenn nicht gar panische Maske.

»Da ist einer, der uns beobachtet«, murmelte sie. »Da drüben.«

Rick sprang auf und rief laut: »Wer ist da?« Er versuchte sich in dem durch die wogenden Baumwipfel verursachten Wechsel von Hell und Dunkel zurechtzufinden, lauschte und hörte doch nichts als das Seufzen des Windes. Mißtrauisch und mit geballten Fäusten sah er sich um. Da entdeckte er etwas Rotes.

Ein Ärmel und eine Hand, die hinter einem Baum hervorschauten, ein dünnes Rinnsal Blut, das in einem hellroten Tropfen an den Fingerspitzen endete. Der Tropfen sah aus, wie kurz vor dem Herabfallen erstarrt. Eine bloße Hand hätte Rick nie erkannt, doch die Farbe des seidenen Strandguts hatte er nicht vergessen. Stonewall, der dumme

Schnüffler, der immer nur Unsinn im Kopf hatte. Kleiner Mistkerl.

»Komm da raus, du Verrückter!« brüllte Rick.

Ganz langsam rutschte die Hand herab. Beide beobachteten sie gebannt, bereit loszulachen. Dann erschien Stonewalls Gesicht, völlig entstellt, mit schmutzigroten Striemen übersät und weit aufgerissenen Augen. Die Hand bewegte sich wie zu einem majestätischen Gruß, vollführte eine langsame, theatralische Geste, ein wenig Schaum trat ihm aus dem Mund, und dann rutschte Stonewall ihnen, sanft und heftig zugleich, vor die Füße.

Kurz nachdem Julian gegangen war, noch vor acht, schätzte Sarah, ohne auf die Uhr zu sehen, verspürte sie einen so brutalen Schmerz, daß sie sich auf den Rand der altmodischen Badewanne setzte und mit beiden Händen ihren Kopf umklammerte. Das Zischen der Wasserleitungen, die eher zufällig als nach physikalischen Gesetzen kochendheißes Wasser zu produzieren schienen, Rohre, die in den Wänden widerhallten wie eine Orgel beim Stimmen, betäubten die Erinnerung und erstickten jeden Gedanken. Sie hätte schreien können. Der Schmerz war durchdringend, verebbte nur zögernd, und sie wußte, daß es nicht ihr eigener war und sie nichts dagegen machen konnte. Sie würde weder seine Ursache noch ein Gegenmittel finden, sie konnte ihn nur durchstehen, hoffen, daß er wieder verschwand.

Es war immer das gleiche, ein Übermaß an Wissen, das nicht ihr gehörte, sondern einem anderen. Schon immer hatte sie die Fähigkeit besessen, Einsamkeit in einem anderen Zimmer, auf der anderen Straßenseite aufzuspüren, wie eine Exocet-Rakete auf der Suche nach Wärme, doch jetzt schien es umgekehrt, als sei aller Schmerz, der physische ebenso wie der psychische, auf der Jagd nach ihr. Von einem fremden Körper floß er in ihren, nistete sich in ihren Gliedern ein, und sie konnte sich nur mit ihrer Art von Gebeten, die sich an keinen bekannten Gott richteten, gegen ihn zur Wehr setzen. Häufig waren sie ein Fluch gegen die allzu große Empfindlichkeit, die sie auf irgendeine Weise erworben hatte.

So was wie Telepathie, hatte Malcolm gesagt. Sehr nützlich in jenen Tagen vor Charles Tysall und Malcolm, als sie ihr Einkommen durch ausgesuchte Männerbekanntschaften verbessert hatte, wobei sie weniger der Verdienst interessierte als der Spaß und die Freiheit. Sie war eine Frau, die ihr Talent auslebte, ohne konventionelle Moral, die einerseits irrelevant und andererseits hinderlich schien. Im übrigen schlief sie gern mit Männern, vorausgesetzt, sie gefielen ihr. Zuneigung oder Respekt waren die Schlüsselworte, eines davon genügte. Manche unterhielten sich lieber mit ihr, aber nicht viele. Eine Hure mit Herz zu sein bedeutete, entweder vorher oder nachher zuzuhören, dabei spielte es keine Rolle, was sie wollten, Hauptsache, sie enttäuschte sie nicht, und nicht selten hatte auch sie etwas davon gehabt.

Sarah badete ausgiebig und bedauerte, dabei den Geruch nach Sex zu verlieren. Daß sie die Gewohnheit diskreter Promiskuität im Zusammenleben mit Malcolm aufgegeben hatte, bedeutete nicht, daß sie auch das Gefühl oder den Instinkt dafür nicht mehr besaß. Malcolm und seinesgleichen lebten nach bestimmten Regeln, sie nach anderen, das war alles. Sie konnte nichts Schlechtes an ihren entdecken und wußte auch nicht, warum sie nicht so weiterleben sollte.

Bis sie in den Spiegel sah, wie jetzt. Der Dampf zerfloß, der Hauch von Sex war verschwunden und der Schmerz zu einem dumpfen Gefühl in Kopf, Rippen und Hand geschrumpft. Sie wollte sich nicht so anstarren und konnte doch die Augen nicht abwenden. Sie schienen wie gelähmt und blickten ins Leere. Sie drehte den Hahn am Waschbekken auf, um den Dampf wieder zu verstärken, und kratzte an den kleinen Larven auf ihren Armen, die sie an Charles Tysall erinnerten. Sie wußte, daß er am Leben war, er, der seine Spuren auf ihrer Haut hinterlassen hatte, wie bei Elisabeth und jetzt vielleicht auch bei einer anderen. Erneut ballte sich der Schmerz zusammen. Sie starrte in den Dampf. Einen Moment lang wünschte sie, daß irgend jemand, egal wer, aus dem Spiegel zurückstarren würde, daß eine Hand über ihrer nackten Schulter erscheinen und die Würmer wegwischen würde, was noch niemandem gelungen war, nicht mal Malcolm, trotz all seiner Anstrengungen, niemandem, weil es unmöglich war.

Sarah rührte sich nicht, sondern starrte auf das verschwommene Spiegelbild ihres Gesichts und konzentrierte sich darauf, die Augen offenzuhalten, damit sich andere, unschuldigere Augen nicht auch schlossen.

Zehn

»Alle ausgeflogen! Keiner zu Hause!« Wenn sie sich selbst überlassen war, neigte Mrs. Jennifer Pardoe dazu, herumzuwerkeln und Selbstgespräche zu führen, ein leicht exzentrisches Verhalten, wie sie fand, aber auch eine Methode, sich die geistige Gesundheit zu erhalten angesichts des ewigen Versteckspielens. Das Problem war, es wurde allmählich schwierig, ihre verschiedenen Persönlichkeiten auseinanderzuhalten. Gelegentlich ertappte sie sich dabei, daß sie selbst, wenn sie allein war, in ihr sonderbares Verhalten verfiel. Eine tägliche Haushaltshilfe kam schon seit langem nicht mehr in Frage. Mouse Pardoe war es jedoch mehr als zufrieden, ihre Existenz durch mehr als nur ihre Verrücktheit zu rechtfertigen. Sanft, aber nicht allzu gründlich polierte sie die Möbel, backte aus einer Laune heraus einen Kuchen, wenn ihr danach war, und machte gelegentlich eine Runde mit dem Staubsauger. Es war ja nicht so, daß sie Joanna zur Sklavin hatte machen wollen. Sie hatte gehofft, ein Übermaß an häuslichen Pflichten würde das Kind womöglich dermaßen zur Rebellion herausfordern, daß es die Männer dazu brachte, ebenfalls mitzuhelfen. Der Plan hatte aber nicht funktioniert: Joanna nahm ihre Aufgaben als Haushälterin weit ernster, als es ihrem Alter entsprach.

Mouse seufzte. Ein hübsches Mädchen von achtzehn sollte was Besseres zu tun haben, als über die Küche nachzudenken oder ihrem Bruder zu erlauben, sich mitsamt seinem dämlichen Angelzeug überall breitzumachen. Sieh dir das an, immer muß er zumindest eine Hälfte des langen

Tisches mit Beschlag belegen. Rollen, Gewichte, lauter häßlicher Kram, der nur dazu bestimmt war, die Macht des Mannes zu demonstrieren. Mr. Pardoe war genauso gewesen. Mouse Pardoes träges Aufräumen in der Küche diente mehreren, nicht genau definierten Zwecken. Zum einen verschaffte es ihr die Möglichkeit, die Spuren ihrer nächtlichen Beutezüge in die Speisekammer zu beseitigen. So konnte sie die eigene Gefräßigkeit um so leichter den Männern in die Schuhe schieben. Außerdem würde sie womöglich dem Verlangen nachgeben, einen ihrer wahrhaft gräßlichen Kuchen zu backen, die nie jemand anrührte und die damit reichlich Gelegenheit boten, die anderen zu ärgern. Kein Mensch hatte den Kuchen probiert, den sie zu Sarah Fortunes Ankunft gebacken hatte.

»Sie haben ihre eigene Welt, Liebes«, sagte sie zu Hettie, die an der Hintertür Wache schob wie ein aufmerksamer Wachhund. Mrs. Pardoe mußte bei ihrem gedämpften Blöken immer an Husten in der Kirche denken – es klang wie ein höfliches, unterdrücktes Räuspern ins Taschentuch. Wobei ihr einfiel, daß der Küster, der sie am Sonntag so liebevoll begrüßt hatte, heute nachmittag zum Tee kommen würde. Das war wirklich sehr nett von ihm, er kam seit Jahren jeden Montagnachmittag. Mrs. Pardoe lachte. Zuerst klang es wie ein Schnüffeln, dann wie ein Kichern und zum Schluß wie eine Trompete, die sie mit ihrem Handtuch dämpfte, wobei ihr Kinn auf dem Tisch ruhte. Ich komme zum Tee, o ja. Es gab mehrere solcher Ausdrücke, der Pfarrer zum Beispiel sagte immer: Ich läute Sie an, wenn er meinte, daß er anrufen würde, oder Joanna mit ihrer Frage: Wo ist bloß wieder das Rohr vom Staubsauger? Rüde Beschreibungen, aber mit einer solchen Unschuld vorgebracht. Mouse saß am Ende des Tisches, den Kopf auf die Knöchel gestützt, und gluckste in sich hinein, bis die gewöhnlich auf einen ihrer Lachanfälle folgende Nüchternheit einsetzte. Nur bei besonderen Gelegenheiten, die eigentlich

Schweigen erforderten, konnte sie manchmal einfach nicht mehr aufhören zu kichern.

Da war etwas, das sie Sarah Fortune noch hatte erzählen wollen. Etwas Wichtiges. O je, o je, o je. Ihr Gedächtnis ließ nach. Vielleicht drehte sie wirklich allmählich durch.

Sie machte den Tisch sauber und brachte dabei eine Sammlung von Päckchen mit Angelhaken durcheinander. Ähnlich wie die federleichten von gestern abend, aber etwas größer. Sie betrachtete sie vorsichtig und mit dumpfem Abscheu. Edwards kleine Spielzeuge, Edward, der angeln mußte, um sich mit seinem Vater zu messen. Plötzlich kam die alte, unterdrückte Leichtfertigkeit und Verspieltheit wieder in Mouse Pardoe auf. Ein boshafter Impuls. Sie würde alle Rollen verstecken, die Gewichte wegwerfen, die Angelschnüre verknoten und die Haken einsammeln. Und dann sagen, oh, ich habe gespielt, mein Kleiner. Ich habe nur gespielt, so wie du, als du mich geschlagen hast.

Auf dem Tisch neben der Milch stand ein Teller mit weicher Butter, in der Speisekammer gab es Leberpastete und Käse und im Brotkorb geschnittenes Weißbrot. Sie würde den Männern ein Sandwich machen. Und nein, keine Torte, aber ein paar Teekuchen zur Begrüßung. Sie würden sie niemals essen, und die Verschwendung dessen, was sie nicht essen wollten, würde sie zur Weißglut treiben.

Julian wußte, daß er das Bimmeln des Eiswagens nie wieder würde vergessen können. Es war ihm entgegengeschallt, als er die Straße vom Friedhof zurückgekommen war, wo er seinen Frieden mit Elisabeth Tysall hatte machen wollen. Er hatte Länge und Breite des Grabes ausgemessen, um gegenseitige Vergebung gebetet und über den Grabstein nachgedacht. Das verrückte Big-Ben-Geläute, das von der Geschwindigkeit des Wagens verzerrt wurde, erwischte ihn auf dem Rückweg in die Praxis. Als er in den Wagen kletterte, schockiert von dem vielen Blut auf den Kleidern seiner

Schwester und beeindruckt von der Art, wie sie den Jungen gebettet und zugedeckt hatten, um ihn warm zu halten, schien es das beste zu sein, den Weg einfach so fortzusetzen. Es hätte womöglich eine ganze Weile gedauert, bis der Krankenwagen eingetroffen wäre. Das Krankenhaus lag ein paar Meilen entfernt, doch der Wagen war stabil und er selbst pragmatisch. Von einem Arzt erwartete man, daß er stets wußte, was zu tun war, aber er wußte es nicht. Alles verschwamm in Blut und Angst, doch um der anderen willen mußte er wenigstens so tun, als sei er Herr der Lage. Die Wege, die sie entlangfuhren, standen voller Mädesüß, und das Fahrzeug rollte dahin wie ein Leichenwagen. Joanna war eine vorsichtige, gute Fahrerin. Rick hielt Stonewalls Hand, während der Arzt ihm ein feuchtes Tuch auf die Stirn legte und einen Kommentar von Fachausdrücken zu dem unzusammenhängenden Gemurmel des Jungen abgab, das von dessen geschwollener Zunge halb erstickt wurde.

»Rede mit ihm«, sagte Julian zu Rick. »Erzähle ihm etwas. Sorge dafür, daß er die Lider einmal schließt.«

Die Augen des Jungen waren weit aufgerissen und verdreht. Rick sprach auf ihn ein.

»Was denkst du, Stoney, hm? Ich finde, Omen III ist ein Haufen Scheiße. Ich dachte, wir würden das mit den Tigern kriegen. Street Fighters VIII? Bißchen einfach, findest du nicht? Aber du bist wirklich auf Zack, mein Kleiner, du knackst sie alle. Ich sag dir was, das nächste suchst du ganz allein aus. Und ich besorg dir ein Spezialkissen für den Hokker. Wie die Queen. Nein? Na schön, dann kriegst du ein Pin-up-Foto von Madonna. Wer hat das getan, Stoney?«

»Geist«, sagte der Junge laut und deutlich. »Der eine. Ertrunken.«

»Du hattest recht mit Omen, sag ich dir«, fuhr Rick ruhig fort, als unterhielten sie sich ganz normal. »Ein Scheißspiel. Ein Spiel übers Ertrinken wär nicht schlecht. Geist, hast du gesagt? Das kenne ich noch gar nicht.«

»Geist«, sagte der Junge. Er hob die Hand, wie um zu protestieren, und schloß die Augen. Rick wandte den Kopf ab, zitternd vor Wut.

»Bringt das was?« murmelte er. »Dieses Schwein! Bringt das was?«

»Wunderbar«, sagte Julian. »Ganz wunderbar. Mach weiter. Egal, wie. Red einfach. Frag ihn was.«

»Nach Geistern?«

»Hauptsache, er bewegt die Augen.«

Der Tag war lang gewesen, die Leute waren gereizt. Wählerische Feriengäste, die, passend zum Wetter, die Würze des Mittelmeeres verlangten und gegen die ewigen Pommes frites rebellierten. Um ein Haar wäre es am Campingplatz zu einem Handgemenge gekommen, als im Laden dort das Eis ausging und der Eiswagen einfach nicht auftauchte. Beim Friseur war die Hitze unerträglich, genauso wie der Klatsch, abgedroschene Wiederholungen uralter Geschichten ohne aktuellen Bezug. Keiner wollte ein Gewitter, aber jeder brauchte es, nicht den sanften Regenschauer vom Tag zuvor, sondern ein richtiges Gewitter mit richtigem Krach.

Als die ersten Gerüchte durchsickerten, daß Stonewall Jones gegen einen Baum gelaufen war und Rick ihn im Eiswagen ins Krankenhaus gefahren hatte, weil Mr. Pardoe meinte, das ginge schneller, als auf den Krankenwagen zu warten, nahm das niemand ernster als den Unfall morgens auf der Norwich Road oder die Tatsache, daß einer der Fremden Mr. Walsingham sein gemietetes Fahrrad nicht zurückgebracht, sondern es betrunken vom Kai geworfen hatte. Irgendwer ging los, um Stonewalls Mutter zu benachrichtigen, aber sie war nicht zu Hause, sondern hatte irgendwas zu tun, wie alle Frauen um die Zeit. Beim Friseur, wo unter den drei Trocknern der Schweiß in Strömen floß (jeden Montag vierzig Prozent Ermäßigung für Senioren), sehnte man sich nach Mrs. Pardoe, schon wegen ihrer Farben und ihres Geruchs, wegen ihrer Vorliebe für Türkis, Gold und Silber und dem schwachen Hauch von Yardley's Lavendel.

Sie warteten um zwölf auf sie und dann noch mal um eins, dann sahen sie zum Himmel und warteten auf Regen.

Charles, der vom Strand zurückkam, bemerkte früher als alle anderen die Vorzeichen gespenstischer Düsterkeit. Von der Tür seiner Strandhütte aus beobachtete er sie, englische Urlauber, die hätten wissen können, daß Regen und Kälte nie weit waren an einer Küste, die über kein »Klima« verfügte, sondern höchstens über Wetter. Er beobachtete, wie sie das Bleiben über Gebühr lang ausdehnten. Er starrte in die Luft empor und machte Bemerkungen über den Himmel, der sich so tief über das Land senkte, daß er mit ihm zu verschmelzen schien. Und immer noch sah er ihnen zu, und erst als die ersten großen Tropfen fielen und es viel zu spät war, suchte er Schutz. Es traf ihn genau wie all die, die jetzt mit ihm zusammen vom Strand wegstrebten. Charles fragte sich, ob er unterwegs noch ein Eis schnorren sollte, solange seine weißen Haare an den Kopf geklatscht waren, die Ärmel aufgekrempelt, die Hose umgeschlagen, das Jackett über dem Arm, die Augen gerötet und voller Sand.

Aber kein Eiswagen, nichts zu essen, nur ein stetiges Brennen, das sich von den Eingeweiden bis ins Hirn ausbreitete und wieder zurück, eine Infektion, die ihren Lauf nahm. Wie ein Sträfling setzte er sich wieder in Gang, inmitten der anderen, die sich in ihre Wohnwagen verkrochen, und der wenigen Durchnäßten, denen das Lachen noch nicht vergangen war und die über den Deich in Richtung Dorf marschierten.

Im Grunde war er längst über alles Essen hinaus. Das Papier in seiner hinteren Tasche knisterte, wenn er es berührte, sein Hunger war dem Haß gewichen. Visionen, Hirngespinste von Rache, geplatzte Träume. Wie sie sich im

Dunkeln hin und her wälzte, stöhnte und der Mann nicht aufhörte, sie zu treten. Wie er den Hals der rothaarigen Schlampe mit einer Glasscherbe traktierte. Der Hund am Strand, der sich unter seinem Griff gewunden hatte. Was hatte er mit Sarah gemacht?

Neben dem Fußweg standen vereinzelt Bänke. Irgendwann setzte er sich hin. Der Himmel war schwarz, jedes einzelne Gebäude scharf umrissen. Der kurze, heftige Schauer ließ nach, vorübergehend seiner Kraft beraubt, und nur das Licht blieb zurück, das phantastische, verheißungsvolle Licht kurz vor einem Gewitter.

Sarah, diese Hure! Sie hatte ihn verzaubert, als er sie durchs Foyer von Ernest Matthewsons Büro hatte rauschen sehen. Der Inbegriff unschuldiger Vollkommenheit. Gegrinst hatte sie wie ein kleines Mädchen, das im Leben nichts anderes sah als einen herrlichen Spaß, in ihrem roten Mantel, der mit dem Haar kontrastierte. Bewußte Anarchie, die sich mit einem unglaublichen Stil paarte – offenbar ihr Wahrzeichen – und damit eine glänzende Verbindung schuf. So hatte Ernest es ihm jedenfalls versichert, nachdem Charles mehrere Schichten von Mißtrauen hatte abtragen müssen. Ernest beantwortete alle Fragen wichtiger Mandanten, wie Charles Tysall einer war, wenn auch nicht immer wahrheitsgemäß. Unsere Sarah, hatte er gesagt, so eine anständige junge Frau, geht ganz in ihrer Karriere auf. Und Charles hatte angebissen. Hatte sich mit ihr zum Essen verabredet, hatte sie warten lassen und dann eine irritierende Gleichgültigkeit in ihr entdeckt. Er war ihr gefolgt, hatte sie beschatten lassen. Dabei war es eigentlich umgekehrt – sie hatte ihn verfolgt. Sie war das Ebenbild seiner früheren Frau, das ideale Modell einer neuen und bisher nur von Loyalität berührt. Vollkommen rein und gut, elegant, charmant... Andere Frauen sprangen durch seine brennenden Reifen wie Zirkustiger und reagierten auf ein Fingerschnippen. Sarah nicht. Nicht diese Hure, die mit alten Männern schlief und mit jungen, mit Richtern, Kronanwälten und Halbwüchsigen, die sich befleckte mit den Einsamen und am Leben Gescheiterten, ihr leichtfertiges, schmutziges Dasein seinen exquisiten Geschenken vorzog und ihn damit entehrte. Unvollkommen rein, unvollkommen gut.

Die Vorstellung nagte an ihm wie eine Ratte an einem Stück Leder. Von da an hatte nichts mehr seinen Hunger stillen können. Charles betrachtete seine Hände, sah die Adern und die Knöchel, die jetzt, da er so abgemagert war, noch deutlicher hervorstanden als früher. Seine ineinander verschlungenen Finger umklammerten den Griff von Miss Gloomers Gehstock wie die eines alten Mannes. Töricht, unklug, und mit Tapferkeit hatte es auch nichts zu tun, daß er hier am Rand eines Dorfes saß und mit einem Gegenstand spielte, den er gestohlen hatte. Er hatte ihn genommen, weil er ihn haben wollte: wie eine Frau, eine Geliebte oder Geld. So war es immer gewesen. Bis sich eine geweigert und ihn zu dieser düsteren Hölle verurteilt hatte. Ein anderer Mann hatte ihn ausgestochen. Charles hatte seine Macht verloren, bis das Meer ihn tot an Land trieb.

Verächtlich zog er sein Jackett über, knöpfte es über der dünnen Brust zu und versteckte den Stock darunter. Der Griff bildete eine Ausbeulung an der Schulter, und das Ende lugte unten heraus. Er setzte seinen Marsch fort, über den Kai, der jetzt verlassen dalag, bis auf die wenigen, die in ihren Autos saßen, dem Blick entzogen durch den Regen draußen und die beschlagenen Scheiben drinnen, und gequält versuchten sich die Laune nicht verderben zu lassen. In der Spielhalle mischten sich Menschen, Musik und elektronische Geräusche. Der Geruch von Zuckerwatte und gebratenen Zwiebeln ließ Charles schlucken, er schlug den Kragen seines Jacketts hoch und ging den Kai weiter in Richtung Osten.

»Noch etwas Tee, Liebster? Ich bringe ihn dir.«

Mouse Pardoe lag auf dem Bett, neben dem Küster. Beide hatten eine Tasse Tee in der einen Hand und eine Zigarette in der anderen. Über ihre Knie hatten sie eine Decke gebreitet. Alle Welt lobte den Küster für seine guten Taten, etwa die Besuche bei Kranken und Alten. Zwar gehörte er auch selbst längst zu letzteren, doch war er körperlich noch erstaunlich fit. Allerdings wußten nur er und seine Freundin Mouse, daß diese Montagsbesuche nicht aus reiner Menschenliebe erfolgten. Die beiden hatten einander ganz einfach erkannt, im biblischen Sinne. Das war schon lange, sehr lange her und hatte zu einer Selbsterkenntnis geführt, die Mrs. Pardoe während der langen Geschäftsreisen von Mr. Pardoe mit mehreren Männern aus dem Dorf teilte, vorausgesetzt, sie verfügten über die richtigen Qualifikationen. Dazu gehörte, daß ihre Zuneigung frei von jeglichem Besitzanspruch und ihre Diskretion größer war als ihr Körpergewicht. Sie mochte Männer, die klein und schlank waren, im Gegensatz zur mächtigen Statur Mr. Pardoes. Ihre unbedeutenden Seitensprünge hatten als kleine Racheakte begonnen – wie du mir, so ich dir –, waren mit der Zeit jedoch zu einer angenehmen Gewohnheit geworden. Irgendwie mußte man ja zurechtkommen.

Heutzutage genügte es dem Küster und ihr normalerweise, sich aneinanderzukuscheln und sich an dem tröstlichen Gefühl ihres heimlichen Bündnisses zu erfreuen. Ihrer beider Ansicht nach bedeutete wahre christliche Haltung nichts anderes, als sich des Urteils über andere zu enthalten, niemanden zu verletzen und Gottes Gaben anzunehmen, wo immer sie sich anboten.

Der Küster wollte soeben einer weiteren Tasse Tee und angesichts des prasselnden Regens draußen vielleicht auch einem Schuß Alkohol zustimmen, als Mouse, deren Instinkt ebenso einwandfrei funktionierte wie ihr Gehör, das warnende Blöken des Schafes unter ihrem Fenster vernahm. Schließlich verwöhnte sie Hettie nicht umsonst. Sie legte sich einen Finger auf die Lippen. Der Küster stellte die Tasse mit größter Sorgfalt auf die Untertasse zurück und grinste sorglos, denn es war keineswegs das erste Mal, daß sie unterbrochen wurden. Er brauchte bloß vom Bett in den Sessel zu wechseln und die weniger bequeme Haltung eines Trostspenders der Kirche von England einzunehmen, während Mouse ihr Kleid glattstrich und den Hut geraderückte. Dann würde sie anfangen, mit lauter Stimme zu ihm zu sprechen, und schon hätte alles wieder seine Ordnung. Doch diesmal schüttelte sie den Kopf.

»Warte«, sagte sie. »Das ist kein Wagen. Ich gehe runter und sehe nach.«

Der Schmerz in Sarahs Kopf hatte sich verflüchtigt, als der Himmel anfing zu rumpeln wie der Bauch eines Riesen und die Erde mit Regen überzog. Sie hatte den Vormittag damit verbracht, an der Vermögensaufstellung zu arbeiten, Listen für die verschiedenen Grundstücke angelegt, notiert, wann Pachtverträge ausliefen, ob es Verkaufsmöglichkeiten gab, und die jeweiligen Marktwerte eingesetzt. Das Ganze lief auf ein ziemliches Rätselraten hinaus, was durch die Stiche hinter ihren Augen nicht gerade einfacher wurde. Mehrere Exkursionen in die Küche ergaben, daß nach wie vor nur ihr eigener Wagen vor dem Haus stand. Ein zweiter parkte außerhalb des Grundstücks, wahrscheinlich gehörte er einem Spaziergänger. Vielleicht fürchtete sich Mrs. Pardoe vor dem Donnergrollen, wenn sie allein war. Doch Sarah machte sich nicht vor, die nasse Wiese allein aus Nächstenliebe zu überqueren, es war auch die Lust auf Gesellschaft, auf Fortsetzung des gestrigen Gesprächs, das mehr Fragen aufgeworfen als beantwortet hatte. Mouse hatte etwas, das Sarah an eine Art Seelenverwandtschaft mit ihr denken ließ, etwas, das ihr gefiel, und obendrein einen Grad an Skrupellosigkeit, den sie nur bewundern konnte.

Das Schaf galoppierte auf sie zu und wanderte dann wieder davon, als sehe es in ihr mehr eine Freundin als eine Fremde. Sarah trat durch die offene Hintertür in die Küche des Hauses, das in der einschläfernden Stille des späten Nachmittags vor sich hindöste. Ein Stapel ziemlich ungewöhnlicher Sandwiches lag auf dem Tisch. Das Brot war zentimeterdick geschnitten, und gelber Käse und Leberpastete quollen unappetitlich und starr aus dem weißen Teig. Der Stapel erinnerte an einen überzogenen Witz, eine Karikatur, es waren Sandwiches, wie sie ein Kind nach seiner ersten verzwickten Lektion in Hauswirtschaftslehre fabriziert hätte. Daneben lag eine Reihe mißratener Teekuchen, wogegen die aus dem Tea Shop der Inbegriff an Vollkommenheit waren.

Sarah hatte noch ein anderes Motiv für ihren Besuch, abgesehen von dem teils persönlichen, teils professionellen Bedürfnis, mit Mrs. Pardoe zu sprechen, solange sie allein war: Sie brauchte Milch. Aber zuerst Mrs. Pardoe. Sarah trat in die Halle, die zum Vordereingang, dem Eßzimmer und den Wohnräumen führte. Sie nahm eine Wärme wahr, die auf die kürzliche Anwesenheit eines Menschen schließen ließ, den Duft unregelmäßig aufgetragener Möbelpolitur, die verwelkten Blumen auf dem Tisch, die noch vom Abendessen am Donnerstag übriggeblieben waren, die halbgeschlossenen Vorhänge und auf der ersten Stufe der Treppe, die nach oben führte, eine Feder von Mrs. Pardoes Hut. Sarah wußte, daß sie ein Eindringling war, trotzdem stieg sie hinauf und blieb auf dem oberen Treppenabsatz stehen. Aus einem der vorderen Schlafzimmer hörte sie Stimmengemurmel, wich zurück und blieb dann wieder stehen. Eine andere Tür stand halb offen. Sarah ging darauf zu und spähte hinein.

Edwards Zimmer, das sah man sofort. Neben dem Fenster, das die schönste Aussicht im ganzen Haus hatte, stand eine Staffelei. Es war diese Aussicht, die sie vor allem anlockte, und dann die Staffelei, auf der eine absonderliche, fotografisch getreue, von Düsternis inspirierte Version des Ausblicks prangte. Verstört wandte sie sich ab. Dann blickte sie in das Puppenhaus, dessen Dach zusammengebrochen war, während die Räume noch intakt schienen. Kleine groteske Figuren, die sich aneinanderklammerten. Bücher auf dem Boden, das Zimmer eines Träumers. Mit einemmal überwältigte sie Scham, sie benahm sich wie eine Spionin und konnte jetzt unmöglich noch nach Mouse Pardoe rufen. Leise schlich sie die Treppe hinab und zurück in die Küche.

Sie hätte die Milch für ihren vierzehnten Kaffee an diesem Tag einfach so mitnehmen können. Ein großer, ehrwürdiger Kühlschrank brummte in der Ecke vor sich hin, Baujahr irgendwann in den Fünfzigern, mit abgerundeten Kanten und einem verrosteten Griff. In seinem Inneren ein Durcheinander von Lebensmitteln und Resten, aber keine Milch, und die vom Tisch mitgehen zu lassen, brachte Sarah irgendwie nicht fertig. Dann fiel ihr ein, daß Joanna die Flaschen immer aus der Speisekammer holte.

Überrascht blieb sie gleich hinter der Tür stehen. Die Kammer schien für einen Belagerungszustand ausgerüstet. Dutzende von leeren und vollen Marmeladengläsern, Honig, Lemon Curd, stapelweise Pakete mit Zucker, Tee für ein ganzes Jahr, sechs Flaschen Milch, zwei davon offen und sauer, ein paar welke Salatköpfe, zwei schon leicht angeschimmelte Kohlköpfe aus dem Garten, vier Brote, eine Schinkenhälfte, eine Dose Leberpastete, ein halb aufgegessenes Biskuitdessert, ein gutes Dutzend Pfirsiche, Ananas, Thunfisch, Sardinen, Mais und Bohnen in Dosen. Es sah aus wie der vorgeschriebene Lebensmittelvorrat für private Schutzräume. Der schiefe Schokoladenkuchen, den sie bereits kannte, war nicht angerührt und durchs Aufbewahren auch nicht besser geworden. Auf dem Kachelboden lag Zeitungspapier, aufgeweicht und zerknüllt, irgendwie fehl am Platz zwischen all den Vorräten.

Plötzlich fiel die Tür hinter ihr zu, und die Kammer lag im Dunkeln. Nur ein schwaches Licht vom gewitterschweren Himmel drang durch das einzige kleine Fenster, das mit einem feinen Maschendraht bespannt war, um die Fliegen draußen zu halten. Einige hatten trotzdem hereingefunden und summten träge herum. Sarah verspürte das Verlangen, das Papier vom Boden aufzuheben, nur um ihre Stärke und Neugier zu testen. Es wäre eine Mutprobe, denn sie wußte, was da unten in einem Zustand der Reglosigkeit lauert. Die Verwandtschaft hatte auf ihrem Küchenboden gelegen.

»Verdammt...«, fluchte jemand auf der anderen Seite der Tür.

Dieser Jemand war in der Küche. Ein abgehacktes Husten. Sarah erstarrte, denn plötzlich wurde ihr bewußt, wie unmöglich sie sich benahm. Sie war zwar eingeladen, Sir, so würde das Gesetz es ausdrücken, nach allgemeiner Ansicht besaß sie die Erlaubnis, als Gast das Haus zu betreten, ganz sicher aber nicht, auf dem Kachelboden der Speisekammer herumzuschnüffeln. Die Aussicht, hier in der Kammer ertappt zu werden, war alles andere als angenehm.

Aber da war noch etwas anderes. Sarahs Gespür für Klang sagte ihr, daß das Husten und Herumschlurfen da draußen weder zu Edward noch zu Julian, Joanna oder Mouse paßte. Jede Stimme hat eine bestimmte Höhe, einen Tonfall, der unverwechselbar ist. Diese hier klang zwar entfernt vertraut und aristokratisch, aber nicht so, als habe Sarah sie in jüngster Zeit gehört. Vor dem Kammerfenster blökte Hettie geradezu rührend in ihrer Aggressivität, zuerst fern und vom Regen gedämpft, dann jedoch ganz nahe, als sei sie um die Ecke gebogen und schrie nun vor Überraschung.

»Herrgott!« Das klang nicht nur nach einem Fluch, sondern auch nach Verwunderung. Jemand stieß heftig gegen den Küchentisch. Dann hörte man etwas rascheln, Papier, einen Stuhl, der über den Fußboden scharrte, plötzliche Stille, ein würgendes Geräusch, zufriedenes Rülpsen; alles im Abstand von wenigen Sekunden. Sarah trat vorsichtig an die Kammertür. Die Tür schloß nicht richtig, war vom jahrzehntelangen Gebrauch verzogen, und nie hatte irgendwer darauf geachtet. Es war eine Tür, die zwar knallte, aber nicht schloß. Sie versuchte durch den Ritz zu spähen, der den Blick aber nur auf eine Hälfte der Küche freigab. In der verzweifelten Anstrengung, den Mann am Tisch zu erkennen, schob Sarah die Tür ein kleines Stückchen weiter auf. Ein großer, hagerer Landstreicher. Sein weißes Haar endete in einem Rattenschwänzchen, dennoch war er nicht die freundliche Ratte aus dem Comic-Heft. Im selben Moment griff er nach dem letzten überdimensionalen Sandwich, nahm einen Schluck aus der Milchflasche und beäugte die Teekuchen, nicht um ihren Geschmack oder ihre Form abzuschätzen, nur ihre Größe...

Mouse Pardoe polterte die Treppe hinab und drückte sich dabei den Hut fester auf den Kopf. Sie schien eine Feder verloren zu haben, hob sie von der letzten Stufe und steckte sie in ihren Ausschnitt. Schließlich verwandelte sie ihren Gang in den einer würdevoll senilen Frau und näherte sich der Küchentür. Am Tisch saß ein Mann, bohrte den Finger in einen der Teekuchen und steckte dann die ganze Faust auf einmal in den Mund. Er trug ein Jackett, das sie schon einmal gesehen hatte, vielleicht hatte er es aus dem Kleiderschrank oben mitgehen lassen, wo noch immer die Anzüge des verstorbenen Mr. Pardoe hingen. Aber das fiel ihr erst später ein. Im Augenblick konnte sie nur an ihren Text denken. Sie schob den Hut in einen kecken Winkel, drehte die Feder, die sie auf der Treppe gefunden hatte, zwischen den Fingern, hob den Rock ihres Abendkleids bis über die Knie und betrat leichtfüßig die Küche.

»Hallo-oo«, gurrte sie. »Hallo-oo, hallo-ooo!« Es war die Begrüßung einer Taube, sanft, einschmeichelnd und dennoch fordernd.

»Machen Sie gerade Tee?« fragte sie und bewegte sich auf die Spüle zu. »Oh, bitte seien Sie so nett. Ich hätte auch gern welchen, bloß weiß ich nicht, wie ich es anstellen soll. Es geht doch nichts über einen richtigen Mann, wenn man Hilfe braucht.«

Sprachlos stand er auf, hob den Kessel vom Rand des Herdes und schüttelte ihn. Sie grinste manisch, riß ihm den Kessel aus der Hand und knallte ihn zurück auf den Herd. Ihre üppigen Hüften wiegten sich in einem unhörbaren Takt, und die ganze Zeit summte sie vor sich hin, bis das Summen in eine Art Operngesang überging, der von theatralischen Gesten begleitet wurde.

»Sagt, edle Damen«, trällerte sie, »wenn ihr die Liebe kennt... Ist es Liebe, dieses Fieber, das mich quält... Ist es Lie-be, was mich quält?«

Erneut strahlte sie ihn an. Und während der Kessel, der noch warm war, zu summen begann, beugte sie sich vor, zog den Mann neckisch am linken Ohr und flüsterte ihm ins rechte: »Ich hab einen Freund bei mir oben, wenn Sie verstehen, was ich meine.« Dabei blinzelte sie ihm schelmisch zu. Sie spielte ihre Rolle wirklich gut. So gut, dachte Sarah von ihrem Ausguck aus, daß es beinahe absurd war. Mouse Pardoe verdiente einen Oscar, doch der Mann hatte keine Lust auf kokette Spielchen.

»Kommen Sie öfter her?« trällerte sie. »O ja, natürlich. Ich hab Sie ja schon mal gesehen. Sie sind ein Freund meines Sohnes Edward, und ich glaube, Sie tragen das Jackett meines Mannes. Oje, oje, Sie haben diese Sandwiches gegessen, Sie dummer Kerl!«

Sie stand mit dem Rücken zum Herd auf der anderen Seite des Tisches, beugte sich darüber und sammelte mit heftigen Bewegungen die Teekuchen ein.

Das brachte das Faß zum Überlaufen. Der Eindringling war schon zusammengezuckt, als sie ihn am Ohr gezogen hatte, die Berührung war zuviel für ihn gewesen und hatte ihn aus der Trance gerissen, in der ihn ihre Vorstellung versetzt hatte: als sei Mouse Pardoe plötzlich aus dem Rampenlicht getreten und zu einem Menschen, das heißt, einer Bedrohung geworden. Daß sie vor seinen Augen das Essen wegpackte, obwohl sein Hunger bei weitem nicht gestillt war, stachelte seine Wut nur noch mehr an. Er packte sie grob an den Trägern ihres Kleides und zog sie an sich, bis sie auf Zehenspitzen und an ihn gepreßt dastand. Dann drehte er sie um und ergriff mit einer einzigen raschen Bewegung ihre Hände, die er gegen den Kessel drückte und dort festhielt. Die Reaktion kam verzögert, während beide vor Anstrengung keuchten.

Von ihrem Versteck aus verstand Sarah erst überhaupt nicht, was los war. Bewußte Grausamkeit kann man sich nur schwer vorstellen, zudem lähmt sie einen eher, als daß sie eine impulsive Reaktion auslöst. Mouse Pardoe stieß einen schrillen Angst- und Schmerzensschrei aus und fing an zu zappeln, doch Charles hielt ihre zusammensackende Gestalt aufrecht, indem er mit seinen Knien ihre Schenkel stützte und ihre Hände wie ein Schraubstock gegen den Kessel gepreßt hielt, der langsam zu kochen begann. Erst da begriff Sarah.

Sie reagierte, ohne nachzudenken, stürzte durch die Tür und schleuderte ihm den Inhalt des Zeitungspapiers ins Gesicht, während Mrs. Pardoes Schrei zu einem Wimmern verebbte. Etwas Braunes, Feuchtes, Starres bewegte sich über den Hals des Weißhaarigen, zuckendes Leben landete zischend auf Herdplatte und Kessel, Armen und Füßen des Mannes. Er machte einen Satz zurück, glitt auf dem Gewürm aus und mußte sich am Tisch festhalten. Als er auf den Fußboden starrte, sah er Schlangen.

Langsam hob er die Augen, fing Sarahs Blick auf, die nur einen Meter von ihm entfernt war und noch immer die Zeitung in der Hand hielt. In ungläubigem Wiedererkennen musterten sie sich. Sie hätte es wissen müssen, dachte sie später, vom ersten Augenblick an hätte sie wissen müssen, wer er war, von der Art dieser Umarmung, dem Ansichreißen dessen, was er quälen wollte. Sie hätte es wissen müssen, aus eigener Erfahrung.

Mouse Pardoes Wimmern schwoll zu einem Crescendo und flaute dann wieder ab. Von oben hörte man das Geräusch schwerer Tritte. Der Mann wich vor den beiden Frauen und den Würmern, die sich auf Herd und Fußboden wanden, zurück, ohne den Blick von Sarahs Gesicht zu nehmen. Gleichzeitig griffen seine Hände nach den Teekuchen und der Milch auf dem Tisch, blind, aber dennoch präzise, als hätten sie sich deren Position genau eingeprägt, und stopften alles in seine Taschen. Erneut stieß der Gehstock gegen ein Stuhlbein und machte dabei ein lautes Geräusch. Sarah merkte, wie sie gegen ihr besseres Wissen langsam auf ihn zuging, besessen von einer Wut, die keine Furcht kannte, kein Risiko sah, nichts anderes verlangte als grausame Rache. Ein Knurren stieg in ihrer Kehle auf. Ihre Hände wurden zu Krallen, und ihre Stimme klang wie die einer fauchenden Katze.

»Charles … du Mistkerl.«

Die Tür zum Flur tat sich auf, der Küster platzte herein und prallte gegen Sarah, die mit kampflustig erhobenen Händen dastand. Ihr Gesicht war weiß vor Wut. Der Küster packte ihre Handgelenke und rief: »Was ist hier los?« Er platzte fast vor Spannung, sie aber wand sich nur unter seinem Griff. Charles tauchte durch die Tür und in den Regen. Sarah sah, daß der kräftige kleine Mann sie zurückhielt, und schrie: »Laß mich los, du verdammter Kerl, laß mich verdammt noch mal los!«

»Nein«, rief Mouse Pardoe plötzlich entschieden, obgleich sie immer noch zitterte. »Nein, tun Sie das nicht. Noch nicht. Es wäre das Schlimmste, was Sie tun könnten.«

Endlich kam Sarah wieder zur Besinnung und wußte, daß Mouse recht hatte. Einen Geist sollte man nicht verfolgen.

Der Donner rollte davon, doch der Regen hielt an und prasselte in schierer Ungeduld auf die Erde. Miss Gloomer mochte den Regen. Nach einem besonders wohlschmeckenden Tee war sie aus dem Sessel aufgestanden, um nach ihrem Stock zu greifen, eine mechanische Reaktion, für die sie sich ausschalt. Es gab noch den Ersatzstock, doch den mochte sie nicht sehr, und so beschloß sie, sich gar nicht zu bewegen, sondern lieber eine Decke über die Beine zu legen. Der nette Arzt, der gar nicht wußte, was für ein guter Mann er war, wollte gegen sechs wieder hereinschauen. Es war nicht nötig, daß er das tat, und wahrscheinlich würde er auch nicht lange bleiben, denn er drängte sich nie auf. Er war energisch und respektierte ihre Privatsphäre. Der Einbruch hatte sie sehr mitgenommen und auch geschwächt, aber nicht so, daß sie nicht mehr denken konnte. Was man im Leben braucht, erklärte sie einem imaginären Publikum, wie sie es auch dem Arzt sagen wollte, wenn er kam, ist die unerschöpfliche Gabe zu verzeihen. Menschen sind nur kleine, geschäftige Wesen, verstehen Sie, Babys und Tiere, sie tun, was sie können, sind gedankenlos und selbstsüchtig und lieben nichts so sehr wie ihr eigenes Fleisch und Blut, aber so sind sie nun mal. Wenn sie dabei mitmachen wollen, lieber Doktor, legen Sie sich eine Familie zu.

Mit diesem Gedanken gab Miss Gloomers kleiner, zäher Körper sein Leben auf. Sie starb in ihrem Sessel mit der geraden Lehne, während sie über Kinder nachdachte und wie wenig im Leben sie wirklich bereute, nicht mal ihre Unfähigkeit, einen Kuchen zu backen. Warum sich die Mühe machen, wenn man einen besseren beim Bäcker kaufen kann? Das war eines der Geheimnisse des Lebens.

Julian fand sie. Er saß da, hielt ihre erkaltende Hand und rief dann den Krankenwagen. Er drückte ihr die Augen zu, schloß ihr den Mund und beobachtete die unmittelbare, erlösende Wirkung des Todes.

Rick brachte Joanna nach Hause und verabschiedete sich mit einem gedankenabwesenden Kuß, was Joanna instinktiv verstand. Dann fuhr er den Wagen zurück und parkte ihn vor der Spielhalle. Klar, er würde überleben, der freche kleine Nichtsnutz, er mußte überleben, hart wie Stahl, hatte der Arzt gesagt, noch ein Schlag auf diesen Kopf, und der Stock wäre abgeprallt. Erschöpfung und Übelkeit waren so groß, daß er kaum aussteigen konnte, doch der Lärm, der Gestank, das Spektakel und die Ablenkung zogen ihn unwiderstehlich an. Allerdings ging er nicht gleich hinein, sondern war vernünftig genug, weiter den Kai hinunterzugehen, um sich erst eine Portion Fish and Chips zu kaufen. Er aß, ohne das Geringste zu schmecken, stand im Regen, ohne daß es ihm aufgefallen wäre. Das Essen runterzukriegen und im Magen zu behalten war das Wichtigste. Er stieß auf, behielt den Fisch und die Pommes frites aber unten und ging dann zur Arbeit.

»Du bist spät dran, Junge, wir haben jede Menge zu tun, wo, zum Teufel, hast du gesteckt?« fuhr ihn sein Vater an. Rick packte ihn am Jackenaufschlag, schüttelte ihn heftig und setzte ihn auf die Erde. Dieser kurze Meinungsaustausch verlief ohne Worte, ein Präzedenzfall war geschaffen. Beide keuchten, das reichte.

»Hör mal, Dad«, sagte Rick und half ihm gedankenabwesend beim Aufstehen. »Morgen kannst du dich echt nützlich machen.«

»Ja ... worum geht's denn, Junge?« fragte sein Vater beinahe respektvoll.

Rick zögerte. »Wir müssen ein eigenes Haus finden, damit wir von niemandem mehr abhängig sind. Aber zuerst müssen wir uns zusammentun und diesen Geist ausfindig machen. Er hat Stonewall um ein Haar umgebracht. Wir müssen ihn finden.«

Malcolm Cook stand verzweifelt und ein wenig trotzig in Sarahs Wohnung und sah sich um. Geradeaus hing der elegante Spiegel, der den schmalen Flur beherrschte. Malcolm erwartete nie, die Wohnung genauso vorzufinden, wie er sie beim letzten Mal gesehen hatte, denn Sarah, die schöne Dinge liebte und ständig irgendwas einkaufte, gab sie mit der gleichen Leichtigkeit auch wieder weg oder stellte sie unermüdlich um. Da war Malcolm ganz anders; er bevorzugte spartanische Gegenstände, die ewig hielten.

Eng an ihn geschmiegt, stand die rothaarige Hündin neben ihm, die sonst so immun gegen die Schwingungen dieser Wohnung war, und konnte seiner nachdenklichen Stimmung nicht widerstehen.

Noch mal von vorn. Mach die Tür auf und stell es dir vor. Sieh es von ihrem Standpunkt. Hatte die neue Farbe an den Wänden etwas an ihrer Meinung ändern können? Würde sie angesichts dessen, was passiert war, diese Wohnung überhaupt vermissen? Wenn er sie je verstehen wollte, würde er sich zwingen müssen, jeden Schritt dieser Zerreißprobe nachzuvollziehen. Aber im Moment konnte er nur sich selbst in der Wohnung sehen, wie er die Flecken beseitigte, so viel Blut, daß er es kaum fassen konnte. Er zwang sich, sein Denken zurückzudrängen, es nur zu spüren, und zitterte.

Das war es, was er zuerst für sie getan hatte – er hatte die Wohnung gesäubert, während sie sich erholte, hatte alle Spuren mit Kitt und Lack ausgebessert, drei Schichten jeweils. Vielleicht war es falsch gewesen, genauso falsch, wie sie zu ermuntern, die Einzelheiten zu vergessen, die ganze Episode beiseite zu schieben wie einen nutzlosen Gegenstand. Vielleicht hätte er sie zwingen sollen, das Ganze wieder und wieder zu durchleben, den Schmerz der Ohnmacht auszutreiben, mit sich ins reine zu kommen. Statt dessen hatte er gesagt: Sieh mich an. Sieh mich an, bitte. Nimm mich, statt zurückzublicken. Ich bin für dich da.

In der Wohnung war es stickig wie überall, wo im Sommer nicht gelüftet wird. Am liebsten hätte er die Fenster aufgerissen, aber er widerstand der Versuchung und stellte sich statt dessen die Wohnung im Dunkeln vor. Er zwang sich zum Nachdenken. Was war das Allerschlimmste an jener Nacht im letzten Juli gewesen, die für ihn so wichtig war, weil sie ihm Sarah in die Arme getrieben hatte?

Er ging zurück zur Eingangstür und drehte sich um, als trete er gerade erst ein. Wie sie es damals getan hatte, im Dunkeln, seine sorglose, zauberhafte, unmoralische Sarah. Ein Anflug von Angst hatte sie überkommen, als sie ihre eigene Wohnung betrat und im Flurspiegel Charles Tysall entdeckte, der ihr im Wohnzimmer auflauerte. Als sie viel zu spät kehrtmachte, um zu fliehen, war Charles schon hinter ihr gewesen, hatte sie an den Haaren gepackt und gezwungen, sich im Spiegel zu betrachten und sich vor ihrem eigenen Spiegelbild auszuziehen. Hatte sie verspottet, erniedrigt, eine Flut von Haß losgelassen und sie als Hure beschimpft. Dann den Spiegel von der Wand gerissen, der in tausend Stücke zersprang, große Scherben, scharfkantige Stücke und Splitter, die überall funkelten. Charles, der Sarahs Körper in dieses Bett aus Blut und Schmerz stieß und dort festhielt. Sarah, die sich im Glas wälzte, während er es kaum abwarten konnte, das Ganze zu beenden, ihr Gesicht zu zerschneiden, ihr die Kehle aufzuschlitzen mit irgendwas, das ihm gerade in die Finger kam. Doch sie riß sich los, und er schlug zu, ohne darauf zu achten, ob er seine eigenen Finger zerschnitt.

Malcolm schauderte erneut, mit offenem Mund, und seine Augen sahen wieder, was er damals entdeckt hatte. Angeführt von seinem Hund und dessen segensreicher Leidenschaft für offene Türen, abwegige Orte und rohes Fleisch. Charles hatte das größte Stück Glas in den Hals der Hündin gebohrt und sie beinahe getötet. Hundeblut, vermischt mit menschlichem Blut. Der Geruch war der gleiche.

Soviel Blut, soviel Glas. Er hatte nicht gewußt, wie er sie bewegen sollte. Es war wie in einem Schlachthaus. In weiße Badetücher hatte er sie gehüllt, die im Nu durchtränkt waren. Jede Berührung ihrer Haut löste kleine, atemlose Schreie aus, die sie so eisern unterdrückte, daß schließlich auch ihre Lippen bluteten. Sie konnte weder stehen noch sitzen oder liegen – ein von Glas zerfetztes Geschöpf, dessen Wimmern gegen die Wände des Raumes prallte.

Woran würde sich Sarah am meisten erinnern, wenn sie ihre Narben berührte? Unzählige Glassplitter waren in sie eingedrungen, ihre Arme, Teile ihres Unterleibs, ihr Rükken und die Schultern waren mit Narben übersät. Sie berührte sie häufig. Sie jucken, sagte sie entschuldigend wie jemand, der einen Schluckauf hat. Er versuchte ihren Schmerz zu analysieren. Viel zu lang war er nur damit beschäftigt gewesen, Trost, Wärme, Vergessen und das Allheilmittel Liebe anzubieten, statt sich in sie einzufühlen.

Die Erniedrigung, daran würde sie sich am meisten erinnern. Ihre Unfähigkeit, sich zu wehren, ihre Feigheit, die verlorene Kontrolle, die obszönen Bitten, die sie ausgesprochen hatte, nur um ihre Qualen zu beenden. Da war die Scham, geweint, um ihr Leben und einen letzten Rest von Würde gebettelt zu haben. Die Scham, nichts getan zu haben, nicht gesehen zu haben, was auf sie zukam, erst zurückzuschlagen, als es zu spät war, die Lage falsch eingeschätzt zu haben, vollkommen hilflos zu sein. Das mußte die Seele töten, und das entstandene Vakuum füllte sich mit Haß.

Er stand vor dem Spiegel und fühlte wie sie. Malcolm hatte sich seiner eigenen verdammten Unbeholfenheit geschämt, obwohl das sicher nichts im Vergleich zu ihrer Scham war. Er hätte sie zum Reden zwingen müssen. Niemand gewinnt eine Zukunft, indem er die Vergangenheit unterdrückt.

Morgen war Dienstag. Ein harter Arbeitstag. Der Tag danach ebenfalls. Er mußte sein Leben so arrangieren, daß er sie suchen konnte, eine angemessene Aufgabe für einen Mann, der zu lieben behauptet.

Wenn er ruhiger war. Wenn er sie sich vorstellen konnte, nicht so, wie er sie haben wollte, sondern wie sie wirklich war. Unvollkommen rein und gut nur nach eigenen Maßstäben.

Elf

Zitternd kam Edward nach Hause. Die beinahe tropische Feuchtigkeit weckte ein Verlangen nach fernen Ländern und einem Bad, aber dann brachte er es nicht über sich, das Haus zu betreten. Den ganzen Vormittag hatte er im Büro gesessen und an den weißhaarigen Mann gedacht. Wenn er auf die Straße blickte, sah er nur weißhaarige Männer. Selbst sein weißhaariger Chef erschien ihm heute eher bedrohlich als verächtlich.

Edward haßte die Arbeit bei dem Grundstücksmakler, haßte es generell zu arbeiten, Punktum. Seine augenblickliche Stellung war zwar einträglich, doch konnte er sie noch weniger leiden als andere, schon deswegen, weil sie ihn die ganze Zeit daran erinnerte, wie viele Grundstücke seine Familie besaß. Dann kam er auf die schlimmsten Ideen. Dabei besaßen die Pardoes kein einziges wirklich repräsentatives Gebäude – die gab es hier ohnehin nicht. Sonst hätte ihm seine Arbeit vielleicht Spaß gemacht. Am besten riß man den ganzen Ort ab: Wie sollte ein Mensch mit Geschmack sich hier wohlfühlen können?

Heute jedoch schienen sich seine Aggressionen und Abwehrmechanismen verflüchtigt zu haben. Er fühlte sich nackt, verletzlich und böse. Es spielte keine Rolle, daß er in einem Büro arbeitete, das die Pardoes praktisch besaßen. Gegen Gewissensbisse half auch kein Geld.

Edward wußte, er hätte den Einbrecher, den er auf frischer Tat ertappt hatte, besser unter Kontrolle halten müssen. Mit seinen Maklerinformationen hatte er dem Weißhaarigen seit drei Monaten ein Dach über dem Kopf und häufig auch etwas zu essen besorgt. Alles der leicht grausamen, leicht romantischen Träumerei wegen, mit der er sein tägliches Leben würzte und es lebenswert zu machen versuchte. Zuerst war er stolz auf sich gewesen, doch jetzt hätte er sich am liebsten vor sich selbst versteckt. Die Wirklichkeit, jener Ausdruck des Hasses im Gesicht dieses Mannes, trieb das Ganze über die Grenze hinaus, die seine Feigheit ihm gesteckt hatte. Es konnte sein, daß er seine alberne Mutter gelegentlich schlug und seinen Bruder verabscheute, aber der Wunsch, sie aus dem Weg zu haben, hieß noch lange nicht, daß er sie tatsächlich tot sehen wollte.

Das Unbehagen, das mit dem Einbruch bei Miss Gloomer begonnen hatte, wurde durch die Anwesenheit Sarah Fortunes noch verstärkt und hatte sich nach der Unterhaltung am Morgen zu einem unverdaulichen Kloß in seinem Magen zusammengeklumpt, wie es ihm häufig nach Jos Essen und den neckischen Kuchen seiner Mutter ging. Und dieser Kloß wuchs noch um ein Vielfaches, als zwei seiner Kollegen von einem billigen Lunch im Pub zurückkamen, den die Pardoes ebenfalls besaßen, und über den »Geist« redeten. Ein durchdringender Gestank nach Käse und Zwiebeln breitete sich im Büro aus, nach Bier, das sie zum Essen getrunken hatten, und aus ihrer Unterhaltung erfuhr er, daß der Weißhaarige in den Dünen Stonewall Jones begegnet war und ihm den Schädel eingeschlagen hatte. Die Frau hinter dem Tresen des Pubs arbeitete vormittags in der Arztpraxis, bevor sie sich in eine weniger sterile Atmosphäre flüchtete. Dank ihrer so unterschiedlichen Informationsquellen war sie die ergiebigste Tratschtante im Ort.

Edwards Blut fing an zu rasen. Je mehr sich die Neuigkeiten setzten, um so stärker schwitzte er unter seinem Baumwollhemd, das Joanna so perfekt gebügelt hatte und das jetzt nur noch ein verknittertes Etwas war. Es juckte ihn am ganzen Körper, als sei er von tropischen Insekten gestochen und mit ihrem Gift infiziert worden. Nicht daß er je in den entsprechenden Breiten gewesen wäre: Das hätte er gar nicht gewagt. Er hatte weder das Geld noch den Mut oder das nötige Durchhaltevermögen. Jetzt hockte er vor dem Haus und sehnte sich ans andere Ende der Welt. In einen fernen Dschungel, wo ihn niemand kannte.

Vor dem Eingang parkten wie üblich mehrere Wagen – Jos, Julians, der ihres Gastes und noch einer. Offenbar war das Haus zum Schauplatz einer Konferenz geworden. Der Regen war beruhigend. Edward hatte das Gefühl, auf alles und jeden allergisch zu reagieren, besonders auf Joanna. Über dem feuchten Gras des Rasens sah er den unheimlichen Schatten der nackten Sarah Fortune, das einzig Schöne, was er seit Wochen gesehen hatte. Ach was, sagte er sich, während der Regen sanft auf die Windschutzscheibe pladderte, hör auf damit. Sei ein Mann. Ein Mann schämte sich nicht seiner Natur, selbst wenn sie ihn träge, gekünstelt, egoistisch und inzestuös machte. Ein Mann mußte groß sein, nicht schwächlich, unentschlossen und ängstlich. Edward betrachtete seine gepflegten Hände in einer Aufwallung von Einsichten, die er sich lieber erspart hätte. Seine Hände bebten, mehr noch als gestern abend, als er die Beherrschung verloren und seine Mutter geschlagen hatte. Ein Mann mußte sich besser unter Kontrolle haben. Und außerdem brauchte er jemanden zum Reden.

Schwankende Lichter dort draußen. Er saß da und blickte hinaus aufs Meer. Er wünschte, es käme auf ihn zu, auch wenn seine Nähe ihn mit Angst erfüllte, ebenso wie das Haus, das erleuchtet war wie ein häßlicher Weihnachtsbaum. Eines war klar: Er haßte diese Gegend, seit er denken konnte. Er blinzelte durch die Scheibe und sah zweierlei: Erstens, daß der fremde Wagen Constable Curl gehörte, dem einzigen hauptamtlichen Polizisten Mertons, und zweitens, daß das Licht vor Sarahs Cottage aus der Nähe blinkte wie ein flackernder Stern.

Er warf einen Blick auf seine Uhr. Neun Uhr dreißig, da fing eine Sommernacht doch gerade erst an. Bei näherem Hinsehen erschien ihm Sarahs Licht mehr ein Verbots- als ein Willkommenszeichen, eine Waffe gegen das frühe Dunkel, das aus dem langen, spöttischen Gewitter entstanden war. Eine Ironie des Schicksals, dachte er in seiner anhaltenden Nervosität, daß er so lammfromm den Spuren seines Bruders folgte, den gleichen Weg mit ähnlicher Ergebenheit einschlug. Er klopfte laut an der Tür und machte eine kleine Melodie daraus, rat-a-tat, rat-a-tat, statt einfach nur kräftig zu pochen. Er wollte beweisen, wie lässig er war, und würde pfeifend wieder verschwinden, wenn sie nicht aufmachte. Dennoch wartete er.

Sie kam erst nach einer Weile, weniger einnehmend als in seiner Erinnerung, aber immer noch schön. Eine Frau, die erst ungehalten aus dem Fenster sah und dann »Kommen Sie rein« sagte.

»Welchem Umstand verdanke ich das Vergnügen?« sagte Sarah. »Alle Mitglieder ihrer Familie haben mich bereits besucht. Sie machen den Eindruck, als fühlten Sie sich anderswo wohler als zu Hause. Setzen Sie sich.« Da waren sie wieder, der Charme und die Wärme, vor allem aber der spöttische Unterton. Die Gereiztheit war schon fast verflogen.

»Waren Sie schon drüben?« fragte sie auf ihre gleichmäßige, beruhigende Art. Edward verströmte genau wie seine Kollegen heute mittag einen leichten Geruch nach Pub. Tatsächlich war er nach einer ergebnislosen, zögernden Suche auf dem Campingplatz und in den Dünen, die keine Spur von dem Weißhaarigen zutage gefördert hatte, einen Schluck trinken gegangen. Nachdem er die Suche angesichts des menschenleeren Strands und des Sonnenuntergangs abgebrochen hatte: Insgeheim fürchtete sich Edward vor dem Dunkel. Er schüttelte den Kopf.

»Ich habe jemanden gesucht«, murmelte er. »Warum?«

»Nun, dann wissen Sie es vielleicht noch nicht. Der Dorfgeist hat heute nachmittag menschliche Form angenommen. Er ist hergekommen und hat Ihre Mutter angegriffen. Aber es geht ihr gut«, setzte sie hinzu und beobachtete ihn aufmerksam, während sie mit verschränkten Armen vor ihm stand. Edward ließ sich schwer auf die Couch fallen und rieb sich mit einer rührenden Geste die Augen, was ihn aussehen ließ wie ein überdimensionales Baby.

»Es war nicht das erste Mal, daß er hier war, stimmt's?«

Edward antwortete nicht, doch sein Schweigen war wie ein Geständnis.

»Ich war dabei, verstehen Sie«, fuhr sie fort, »als dieser Nichtgeist auftauchte. Ihre Mutter hat zu ihm gesagt – ich zitiere: ›Sie sind ein Freund meines Sohnes Edward, ich habe Sie schon mal gesehen.‹ Sie kriegt eine Menge mit, Ihre Mutter. Wahrscheinlich nehme ich deshalb an, daß Sie sein Verbindungsoffizier sind. Man kann sich ja kaum vorstellen, wie ein Mensch, selbst wenn er so einfallsreich wie Charles Tysall ist, unentdeckt überleben kann, wenn er für tot gehalten wird. Ohne Hilfe ist das unmöglich. Wenn auch nur eine kleine Hilfe, er ist schließlich ein Einzelgänger.«

»Was soll das heißen?« fuhr Edward auf »Charles Tysall? Der ist letztes Jahr ertrunken. Mein ... Bekannter sagte, er sei von der Familie geschickt worden, von der Familie der Frau, heißt das. Vielleicht dem Bruder der Frau. Er verbringt einen längeren Urlaub hier, hat er gesagt, und experimentiert mit Überlebenstechniken. Außerdem wollte er wissen ...«

»... wer Elisabeth Tysall im Sand vergraben hat«, beendete Sarah den Satz.

»Ja«, erwiderte Edward verdutzt. »Woher wissen Sie das?«

»Ich fange langsam an, Sie für einen Dummkopf zu halten, Edward. Nicht einen völligen Trottel, aber so was Ähnliches.« Sie ließ die Arme sinken. Er sah zu ihr auf wie ein Tier, das auf die Peitsche wartet. Sie lächelte leicht, was ihre Strenge keineswegs minderte.

»Ihrem Bruder habe ich einen Drink angeboten: Wollen Sie auch einen?« Es war nicht zu fassen. Edward fühlte sich wie gelähmt von seiner Schwäche und jenem ekelhaften, geradezu körperlichen Verlangen, von dem er wußte, selbst in diesem Moment, daß es seine Zunge lösen würde.

»Ich kenne Charles Tysall«, sagte sie. »Ich weiß auch, wie besessen er war vom Schicksal seiner Frau. An seiner Identität besteht nicht der geringste Zweifel. Welche Rolle spielen Sie also?«

»Heute morgen hat er Stonewall Jones angegriffen«, platzte Edward heraus, ohne die Frage zu beantworten. »Ich kann einfach nicht glauben, daß er das getan hat. Ich kann mir nicht vorstellen, warum. Er ist kein Geist, sondern ein Ungeheuer. Der Junge ist schwer verletzt. Gott, ich habe das nie gewollt. Ich schwöre, das habe ich nie gewollt.«

Sarah stieß einen kleinen Schrei aus und fuhr sich mit der Hand an den Kopf. Sie tastete über ihr Gesicht, wo der Schmerz gewesen war. Tränen stiegen ihr in die Augen. »Der arme Kleine! Oh, ich wünschte, ich könnte ihm helfen.«

Edward nippte an seinem Drink und fragte sich, ob er darauf antworten sollte, da er selbst nichts für Stonewall Jones empfand, sondern vor seinem inneren Auge nur die Umrisse eines großen Mannes über einem hilflosen kleinen Jungen sah. Julian würde jetzt bestimmt gern hier sitzen und diesen vorzüglichen Glenfiddich schlürfen, dachte er, um sich abzulenken. Der Gedanke kam ihm ohne jede Spur von Bitterkeit. Nur die Eifersucht wollte nicht weggehen.

»Ich sollte keine Spielchen treiben, nicht wahr?« sagte er jetzt. »Ich hab ihn im Cottage nebenan aufgestöbert, wo er sich eingenistet hatte.« Er deutete mit dem Kopf zur Seite und wand sich ein wenig. »Es schien amüsant, ihn nicht anzuzeigen. Diesen Sommer wollte ich keine Mieter hier bei uns, ich hasse sie: Kinder, Eimer, Schaufeln, Autos, die den Blick verschandeln. Also hat Charles, wenn wir ihn denn so nennen wollen, ein kleines Feuer für mich gelegt. Nichts Großes. Nichts, was sich ausbreiten konnte.«

Sie senkte den Kopf, als würde sie vollkommen verstehen.

»Es gab auch ein paar Gemälde von mir da drin. Akte von Joanna. Ich wollte nicht, daß sie die bei ihrem Frühjahrsputz entdeckte, wußte aber auch nicht, wie ich sie sonst loswerden sollte. Sie waren ein bißchen... anzüglich. Aquarelle, ganz einfach zu verbrennen. Sie waren natürlich aus der Phantasie gemalt. Wunschdenken, wenn Sie so wollen.«

»Sie lieben sie?« Eine sanfte Frage, ohne Kritik oder Verurteilung. Dafür war er dankbar.

»Tue ich das? Ich weiß es nicht mehr.«

»Aber Sie sind eifersüchtig auf andere Männer?«

»Ja.«

»Auf Julian?«

»Ja! Ja! Ja!« rief er. »Er ist so verläßlich, so verdammt erwachsen, so scheißdiszipliniert, und mein Vater hat ihn geliebt.«

Er verstummte ebenso schnell, wie er die Stimme erhoben hatte, und warf sich verdrießlich auf das von einem Tuch verhüllte Sofa zurück. Die angeborenen Rechtfertigungsmechanismen meldeten sich zurück. Er sah ihre erbarmungslosen Augen und wandte den Blick ab.

»Jedenfalls war es ein netter Zeitvertreib, eine Weile einen Geist zu besitzen«, murmelte er. »Meist langweile ich mich einfach nur. Und dann fing er an, sich nach Julian zu erkundigen, wie gut er Elisabeth gekannt hätte. Nun ja, da wußte ich natürlich Bescheid. Julian hatte geradezu den Verstand verloren wegen dieser Schlampe, ich hab's mit eigenen Augen gesehen. Mein Geist wollte einen Beweis, daß Julian etwas mit ihrem Tod zu tun hatte. Ich tat so, als ob es einen gäbe, wußte aber, daß es nicht so war. Julian ist viel zu schwach, um jemanden umzubringen.«

»Elisabeth Tysall ist übel mitgespielt worden«, sagte Sarah scharf. »Wagen Sie es nicht, Sie zu beschimpfen. Sie haben ja keine Ahnung, wer sie war.«

»Nein«, gestand Edward. Ein schlechtes Gewissen war etwas Schreckliches, es steckte ihm im Hals wie eine Gräte.

»Also haben Sie Charles zu Ihrer Kreatur zu machen versucht und ihm was vorgegaukelt?« fragte Sarah. »Glaubten, Sie müßten die Oberhand behalten, was? Wo steckt er, Ed?«

»Keine Ahnung«, flüsterte Edward. »Ich weiß es nicht. Ich habe ihm den Schlüssel zu einem leerstehenden Wohnwagen gegeben, aber da ist er nicht. Vielleicht in einer der Hütten am Strand. Er liebt den Strand.«

Er zappelte an ihrem Haken wie ein Fisch, der nicht mehr fliehen konnte. Sie stand noch immer vor ihm und zog plötzlich ihr Hemd hoch. Hübsche Farbe, rostbraune Seide, dachte Edward, und im nächsten Augenblick: O Gott, sie ist verrückt, sie wird mich mit dem Ding erwürgen. Doch sie zog das Hemd nur bis zu den Schultern, ließ es um den Hals liegen und drehte ihm den Rücken zu. Er keuchte hörbar auf und fuhr zurück.

»Sehen Sie sich meinen Rücken an«, befahl sie. »Na los, machen Sie schon. Mit Ihrem künstlerischen Auge. Sehen Sie genau hin und sagen Sie mir, was Sie sehen.«

Er wollte den Blick abwenden und der Situation entfliehen, und doch blieb er unbeholfen sitzen. Ein anmutiger Rücken, der in einer schmalen Taille endete, doch die seidige Oberfläche war mit Narben übersät, drei, vier größere Schnitte, die Mehrheit aber kleine Pockennarben, die sich weiß und häßlich von der braunen Haut abhoben. Mit einer abrupten Bewegung zog sie sich das Hemd wieder herunter.

»Ich wollte Ihnen nur etwas demonstrieren«, sagte sie und zog eine Grimasse. »Schnitte wie diese sind die Strafe dafür, wenn Sie mit Charles Tysall spielen. Er wälzt Sie in

Glassplittern, preßt Sie in die Scherben eines zerbrochenen Spiegels. Und wenn Sie aufhören zu bluten, obwohl solche Wunden niemals ganz verheilen, läßt er Sie auch noch mit dem Gedanken zurück, es sei alles Ihre eigene Schuld gewesen.«

Edward saß nur da und starrte sie an. Übelkeit stieg in ihm auf. Er hatte ein Auge für Farben und konnte sich lebhaft vorstellen, wie das Blut aus diesen Wunden quoll, wie Fleisch und Haut wie in einem Ritual zerschnitten wurden. Er sah das kühle Lächeln des Mannes heute morgen vor sich, die Präzision seiner Bewegungen, sein selbstbewußtes Auftreten.

»Das war er?«

»O ja. In aller Ruhe.«

Plötzlich war es zuviel. Edward stolperte in die Küche und übergab sich ins Spülbecken, doch es kam nur Galle. Er hatte den ganzen Tag nichts gegessen. Es hatte keine schwesterlichen Sandwiches gegeben, um die Leere in seinem Magen zu füllen, nichts bis auf zwei Bier, drei Schluck Whisky und eine Diät aus reiner Angst. Er trank ein wenig Wasser, sah hinaus ins Dunkel, riß sich zusammen und kam mit einer gemurmelten Entschuldigung zurück in das kleine Wohnzimmer.

»Ist schon gut«, sagte Sarah ruhig und trocken. »Ich muß allerdings zugeben, daß ich normalerweise keine so schmeichelhaften Reaktionen bekomme, wenn ich mich ausziehe.«

Edward wurde rot, sichtlich erleichtert. Selbst wenn sie so war, ernst und furchteinflößend, konnte sie einem Mann doch das Gefühl geben, daß noch Hoffnung für ihn bestand.

»Was soll ich tun, Sarah? Was, um alles in der Welt, soll ich tun?« fragte er ergeben.

Ihr fiel auf, daß er nichts über die Narben wissen wollte. Da war nichts, das Interesse für irgendwen außer sich selbst gezeigt hätte. Männer *in extremis* waren immer so. Sarah war die erwachsene Version gewöhnt, Edward war noch ein

Junge. Sie musterte ihn und dachte an ihre ganz persönliche Methode, Leiden durch das einfache, wenn auch flüchtige Mittel körperlicher Wärme zu heilen. Die Männer, die dafür in Frage kamen, mußten jedoch Zuneigung oder Respekt in ihr hervorrufen, was dieser hier beides nicht tat. Alles, was er verdient hatte, war eine Chance, Buße zu tun.

»Ich weiß es nicht. Hören Sie auf, von Reichtum zu träumen und die Landschaft in etwas verwandeln zu wollen, das Ihnen gefallen könnte. Wenn Sie die Gegend hier hassen, gehen Sie woandershin. Sie sind der jüngere Sohn, der ganz im Schatten seines Bruders steht. Sie werden hier immer machtlos bleiben. Gehen sie weg, bevor auch Ihre letzte Verbündete Sie durchschaut.«

»Weg von hier? Ohne einen Penny?« fragte er ungläubig und warf einen Blick auf die Papiere, die sauber geschriebenen Notizen, Aufstellungen und Listen, die auf dem Tisch lagen.

»Ja. Vielleicht auch mit genug, um Sie eine Weile über Wasser zu halten. Das Erbe wird ohnehin nicht groß sein, wenn Ihre Mutter damit fertig ist.«

Er sah sie an. Die rosigen Flecken auf seinen Wangen waren eine monströse Version derer seiner Schwester. Sarah erklärte es ihm geduldig: »Sie will alles zurückgeben, mein Freund. Sie will den gesamten Grundbesitz an die Leute hier verteilen, die ihn nötiger haben. Das ist ihr Plan.«

Da fing er an zu lachen, ein wieherndes Glucksen, das gar nicht mehr aufhören wollte, bis seine Augen tränten.

»Sie brauchen was zu essen und vor allem eine gehörige Dosis Vernunft, Edward Pardoe. So haben Sie sich wohl noch nie gefühlt, seit Sie Ihren Job bei dem Grundstücksmakler aufgenommen und entdeckt haben, was da womöglich auf Sie wartet, nicht wahr? Sie können nicht ihr ganzes Leben damit vertun, zu träumen, zu malen und mit Puppenhäusern zu spielen. Vielleicht könnten Sie ja sogar davon leben, aber mit einem Mord kommen Sie nicht davon.«

Essen. Der Gedanke war nicht mehr verlockend. Charles torkelte durch die schmale Gasse, die sich an der Rückseite von Miss Gloomers Cottage entlangschlängelte und in die High Street mündete. Das Dorf war durchzogen von ähnlichen Vierteln, alten Wegerechten, Kohle- und Fischanlieferpfaden, die noch aus einer Zeit stammten, da man sich im Traum nicht hatte vorstellen können, einmal mit Pferd und Wagen vor den kleinen Häusern vorzufahren, in denen ganze Familien wie Sardinen zusammengepfercht gelebt hatten, Häusern, die in Ricks Augen gerade groß genug für eine Person waren.

Essen war nicht mehr das Problem für Charles: nicht nach den Sandwiches, die seine faulen Zähne kaum berührt hatten. Irgend etwas Spitzes, Leichtes im festen Teig der Teekuchen, wie Haare, die im Hals kitzelten, reizte ihn zum Husten. Er blieb stehen und würgte. Außerdem hatte er Durst, trotz der Milch, mit der er das alles runtergespült hatte.

Auf dem Campingplatz gab es Trinkwasserhähne, die im Dunkeln, wenn ihn niemand sah, leicht zu finden waren. Doch es war zu früh, um zum Strand zurückzukehren, und zu weit ohne Wasser.

»Gebt mir Wasser, und es gibt keinen Ort, an den ich nicht gehen könnte, selbst wenn ich von Weibern besiegt worden bin, vom schwachen Geschlecht außer Gefecht gesetzt. Dabei hätte ich ihnen den Hals umdrehen können wie ein paar Hühnern, einfach so.«

Er hatte keine Pläne, es war sinnlos, etwas zu planen, nur das verschwommene Gefühl, daß ihm nicht viel Zeit für seine Rache blieb. Das Bild Sarah Fortunes, die ihn wütend angefaucht hatte, schob sich über Elisabeths Gesicht, aber die beiden Bilder waren für ihn immer schon schwer auseinanderzuhalten gewesen. Rotes Haar, rote Schlampen; ein Gefühl von Schwäche. War ich immer schon so? War ich denn nie stark? Wer hat mich je geliebt?

Auf dem Friedhof gab es einen Wasserhahn. Wenn er zum zweiten Grab seiner Frau ging, da, wo er die Disteln niedergelegt hatte, vielleicht würde sie ihn zum Schlafen hereinlassen. Zu ihm zurückkehren, geläutert und schön, so wie sie vorher gewesen war. Porphyria. Vollkommen rein und gut. Er wollte ihr sagen, daß er ihr vergab, wollte sie von den Toten erwecken, so wie sie selbst aus dem Meer auferstanden war.

Seine Schritte waren in der Dunkelheit kaum zu hören, ein alter Mann, der durch ein Dorf tappte, unfähig, sich zu seinem gewohnten raschen Marschschritt zu zwingen, träge und von seiner Kraftlosigkeit irritiert. Aus Verachtung für den eigenen Zustand spuckte er auf die Straße neben der Friedhofspforte, ohne das Blut im Schleim zu bemerken. An ihrem Grab hatte er das Gefühl, daß sie tatsächlich jeden Moment auferstehen und ihn begrüßen könnte. Demütig sank er auf die Knie und tastete nach ihr.

Seine Hände streiften die Blüten. Irgendwer war vor ihm dagewesen. Die Erde war bedeckt mit frischen, regenfeuchten Blumen, die himmlisch dufteten. Geschenke für eine holde Dame.

Irgendwer. Ein Mann, ein Dieb in der Nacht hatte ihr diese Huldigung erwiesen. Außer sich vor Wut traktierte er die Blumen mit flatternden Händen, achtete nicht auf den zunehmenden Schmerz, als er sich bückte und Rosen und Margeriten zerfetzte, die Stiele knickte und wegschleuderte, so weit er konnte. Ohne sich darum zu kümmern, wieviel Lärm er machte, versetzte er der Vase einen heftigen Fußtritt und trampelte auf den Blüten herum, als müsse er ein Feuer löschen mit seinem rasenden Tanz. Schließlich legte er sich auf die nackte Erde, die Elisabeth bedeckte. Ein unschuldiges Stück Erde. Selbst über den Tod hinaus, noch jetzt, da er ihr verziehen hatte, machte ein anderer seinen Anspruch geltend, genau wie zuvor. Alles war umsonst gewesen.

Mouse Pardoe gefiel die eigene Unschlüssigkeit nicht, kein bißchen. Zudem gestattete man ihr immer nur einen Verbündeten, und die meisten verließen sie schließlich aus diplomatischen Gründen. Der Küster zuerst, Sarah später. Sie hatten noch ein wenig über den Geist geredet und wer er war, und die ganze Zeit hatte Mouse ihre Hände in Eiswasser gehalten. Der Küster, der aus einer Fischerfamilie stammte, hatte sich um die Würmer gekümmert. Noch jetzt hing der ekelhafte Gestank nach verbranntem Fleisch im Raum, der sich um den Herd konzentrierte und nur zögernd aus den Fenstern abzog.

Der Himmel hatte noch immer die Farbe dunklen Metalls. Mouse wußte, daß sie all die Farben nie im Leben vergessen würde – die schwarze Robe des Küsters, die sich von seiner rosigen Haut abhob, Sarahs Blässe, ihre Sommersprossen, das Dunkelrot ihres Hemdes, dann die Farben des besten Pardoe-Hutes mit den alten Federn, den Tisch, dessen Oberfläche schmutziggelb zu glühen schien. Und erst jetzt fiel ihr auf, daß die hellgelben Teekuchen mit den runden verbrannten Sultaninen allesamt verschwunden waren. Sie mußte verrückt gewesen sein. Wie hatte sie das bloß tun können? Sie stand da und hielt die Stelle im Blick, wo die Teekuchen gelegen hatten. Niemand hatte ihr beim Backen zugesehen, aber sie hatte sie gemacht.

Mouse fröstelte in ihrem Abendkleid und dem wollenen Bademantel, einer Kombination, die sie normalerweise genossen hätte. Sie dachte daran, wie zurückhaltend und praktisch zugleich die gute Miss Fortune auf die Frage reagiert hatte, ob man die Polizei rufen sollte. Beim Wählen hatten sie einen Blick des Einverständnisses getauscht, der auf beiderseitigem Mißtrauen gegenüber Obrigkeiten gründete. Mouse dachte daran, daß die Polizei womöglich die Qualität ihrer Backkünste in Zweifel ziehen würde. Und auch ihre Motive, an die sie sich im Moment nicht erinnern konnte.

Endlich war auch Joanna nach Hause gekommen. Und

dann kam Constable Curl. Nach einer halben Stunde Befragung, einem Prozeß, der ebenso zäh gewesen war wie Sarahs Antworten prompt, hatte sie ihm den Kuli aus der Hand genommen und alles für ihn aufgeschrieben. Dann ging auch Sarah, kurz bevor Julian kam. Seine Neuigkeiten rückten alles in ein neues Licht, und so saßen sie dann da, »en famille« und mit allen damit verbundenen Schwierigkeiten.

Das Problem war, Mouse Pardoe wußte nicht, ob sie weiterhin die bemitleidenswerte Verrückte spielen oder eine deutliche Besserung zeigen sollte. Es war so angenehm gewesen, trotz der verbrannten Hände, mit den einzigen beiden Leuten auf der Welt zu sprechen, die von ihr wußten, daß sie bei Sinnen war. Das fehlte ihr plötzlich sehr, und so konnte sie sich nicht entscheiden, ob sie ihre Rolle vor den Kindern weiterspielen sollte. Sie wußte nicht mal mehr, wann alles angefangen hatte und warum – und wie sollte sie jetzt die monatelange bewußte Täuschung rechtfertigen?

Julian beobachtete sie aufmerksam. Ihr war nicht entgangen, daß er die Brandsalbe außergewöhnlich zärtlich aufgetragen hatte. Nein! Lieber Himmel, nein! Sie konnte nicht weitermachen mit ihrem närrischen Vogelzwitschern, nicht, nachdem sie gehört hatte, was dieser Mann mit dem kleinen Stonewall Jones gemacht hatte, der ihr immer gewunken hatte und für sie durch den Garten getanzt war, wenn er die Köder für Edward brachte. Was bedeuteten schon ihre Hände und ihr Schicksal im Vergleich dazu, und außerdem hörten ihre Kinder ihr mit einemmal zu, statt höchstens so zu tun, als ob.

»Ich glaube, der Schock hat dir gut getan, Mutter«, sagte Julian, und es war das erste Mal seit langer Zeit, daß er nicht so mit ihr redete, als wäre sie taub. Sie warf ihm einen verstohlenen Blick zu. Er schien keine Spielchen zu treiben: Genau wie Joanna war er einfach und aufrichtig besorgt und hörte aufmerksam zu, wenn sie etwas sagte. Jo sauste in der

Küche herum und stellte alles mögliche zu essen auf den Tisch. Essen war schon immer ein Allheilmittel gewesen. Julian holte Wein. Jedesmal, wenn Jo vorbeikam, drückte sie ihre Mutter kurz. Mouse hatte derlei Zärtlichkeiten vermißt, wenn nicht beim Küster, so doch bei ihren Kindern.

»Ja, mein Lieber«, antwortete sie zurückhaltend. »Ich glaube, es geht mir besser. Was wird Constable Curl denn jetzt machen?«

»Er schickt uns einen Streifenwagen für heute nacht, und morgen früh organisiert er einen Suchtrupp. Dieser Mensch ist langsamer als eine Schnecke, er kann einfach nichts sofort erledigen.«

Sein Vater war nicht so langsam, dachte Mouse heimlich lächelnd. Oh, er war ein gutaussehender, gelenkiger Kerl gwesen, und immer hatte ihm der Schalk aus den Augen gesehen. O ja. Dienstag nachmittags war er gekommen, lange Zeit.

»Eine Geisterjagd«, murmelte sie und vergaß, das verrückte Kichern anzuhängen. Sollte sie sagen, daß sie wußte, wer der Geist ist? Daß sie ihn zusammen mit Edward gesehen hatte? Am besten blieb sie auf der Hut, bis sie rausgekriegt hatte, was die anderen wußten. Die Regungen ihres Gewissens waren unzuverlässig, doch Edward lag ihr immer auf der Seele, egal, was er tat.

»Rick sollte besser nicht daran teilnehmen«, sagte Jo. »Weiß der Teufel, auf welche Ideen er noch kommt. Hör mal, Julian, wieviel Hoffnung gibt es für Stonewall? Rick hat ihn so gern.«

Sie saßen gemütlich am Tisch, Ellbogen an Ellbogen.

»Nun, ich kann nur sagen, daß allein das schon eine Menge ausmacht.«

Sie legte den Kopf kurz an seine Schulter. Es war das erste Mal, so weit sie zurückdenken konnte, daß sie sich berührten. Zärtlich fuhr er ihr durch das blonde Haar, und sie ließ es sich gefallen.

Mouse sah die beiden an. Kinder, liebt einander. Und wo ist mein kleines Sorgenkind Edward. Liebt mich, liebt einander, aber hört gelegentlich auch auf mich. Das war doch alles, was ich je wollte. Glaube ich. Sie kicherte.

»Wenn dieser Stonewall mit dem Eiswagen nach Hause kommt, tanze ich wie Tallulah Bankhead.«

Die Küche war erfüllt von einem köstlichen, hysterischen Gefühl der Erleichterung. Julian schenkte nach. In diesem Augenblick, vereint in ihrer Achtlosigkeit allen Außenstehenden gegenüber, dachte keiner an Sarah Fortune, dafür aber jeder für sich und unterschiedlich besorgt an Edward.

»Wahrscheinlich ist er beim Angeln«, sagte Joanna plötzlich.

Mouse blickte auf den Tisch, wo die Teekuchen gelegen hatten, und dachte daran, wie eng Glück und Trauer beieinander lagen und daß Wahnsinn nicht immer nur vorgetäuscht war.

Das Schweigen zog sich hin. Sarah fiel plötzlich der Geruch der Würmer ein.

»Werden sie es erfahren?« fragte Edward. »Ich meine, Jo, Julian oder sonst jemand. Daß ich diesen Charles kenne? Den Geist?«

»Ja. Wenn Ihre Mutter auspackt. Wenn sie erzählt, daß Sie Charles schon früher ins Haus und ins Cottage nebenan gelassen haben. Und wenn der kleine Stonewall wieder gesund wird und sich erinnert, wo er Sie überall zusammen gesehen hat, wird er es auch wohl sagen.«

»Lieber Himmel!«

»Nicht, daß einer wüßte, worüber Sie gesprochen haben«, fuhr sie gleichgültig fort. »Vielleicht hat er Ihnen ja nur leid getan. Vielleicht haben Sie sich die Zeit mit einem interessanten Fremden vertrieben.« Sie sprach ohne den geringsten Anflug von Bitterkeit.

»Und was werden *Sie* sagen?«

»Nichts, was Ihrer Aussage widersprechen wird. Ich bin Anwältin: Wir wiederholen nur das, was wir sollen. Darin habe ich Übung.« Ernest Matthewson kam ihr wie ein böser Spuk in den Sinn. »Das hat natürlich seinen Preis. Helfen Sie mir, Charles zu finden. Helfen Sie, Ihre Familie und sich selbst zu retten.«

»Ist das alles?«

»Es ist genug und nicht zuviel verlangt. Sie haben Charles ermuntert. Sie haben den Plan ausgeheckt, die Welt von Ihrem Bruder und Ihrer Mutter zu erlösen, selbst wenn es nur ein mieser Tagtraum war. Oder etwa nicht?«

»Ja.« Seine Stimme war trocken.

»Nun«, sagte sie mit einer Entschiedenheit, die weder eine Drohung noch ein Versprechen enthielt, »ich glaube, es wäre das beste, wenn niemand je davon erfahren würde.«

»Ich glaube, ich würde gern von hier weggehen«, sagte Edward scharfsinnig, »und versuchen, woanders zu leben.«

»Eine wirklich gute Idee«, antwortete sie so gelassen und anerkennend, daß er um ein Haar geglaubt hätte, selbst auf die Idee gekommen zu sein. »Und jetzt gehen Sie besser nach Hause.«

»Wollen Sie nicht mit rüberkommen? Ich meine, Sie sollten nicht unbedingt allein hier im Cottage bleiben. Zu Ihrer eigenen Sicherheit.« Sein Anflug aufrichtiger Sorge verwirrte ihn, aber das Gefühl war so angenehm wie ein heißer Schluck Tee. Sie schien einen Augenblick nachzudenken.

»Nein, danke. Flucht ist nicht unbedingt die beste Art, mit seiner Angst umzugehen. Es könnte zu einer Gewohnheit werden.«

»Soll ich bei Ihnen bleiben? Aus demselben Grund?« Sie zögerte und schüttelte dann den Kopf.

»Nein.«

»Als Garantie für gutes Benehmen in der Zukunft?«

»Oder um Standfestigkeit zu üben?« fragte sie ironisch.

»So was ähnliches.«

Mit der Flut war Wind aufgekommen, der das Wasser in Bewegung brachte und den Wellengang verstärkte. Kein heulender Wintersturm, der die Wogen draußen aufpeitschte, sondern ein unbeständiger Wind, vom Regen angeschwollen, der die Küste unsichtbar machte und die Wellen sanft vorwärtsschob. Er drängte gegen den Kai, schlug über den Rand, fuhr über den Parkplatz, zögerte am Anfang der Straße, kroch in die Eingänge von Spielhalle und Souvenirläden, fegte den Müll der Nacht zusammen und trug ihn davon. Hinter dem Rumpf eines vergessenen Bootes eingeklemmt, lag der aufgeblähte Kadaver eines Tieres, der sich jetzt löste und an einen anderen Teil der Küste trieb. Zwei holländische Jungs von einem Trampschiff borgten sich das Beiboot und ruderten an Land, auf der Suche nach hellen Lichtern.

Die Flut knabberte am Strand, dem Wind ohne große Begeisterung folgend. Die Schlafenden in den Wohnwagen regten sich im Dunkeln, irgendwie erschien der Erdboden unter ihnen plötzlich weicher, ihre Zuflucht nach dem Regen fester im Untergrund verankert. Das Meer kroch bis zum Rand der Dünen vor, weit über die Fluthöhe des Nachmittags hinaus, die sich an der starren Grenzlinie der verschiedenen Seegräser ablesen ließ und unvorsichtige Spaziergänger zu der Annahme verleitete, weiter könne es nicht vordringen. Als milde Strafe für die Arroganz der Menschen umspülte das vordringende Wasser die Pfähle der beiden äußersten Strandhütten, die von ähnlichen Attacken bereits stark mitgenommen waren. Diejenige, die der Geist requiriert hatte, stürzte mit einem langgezogenen Ächzen auf die Seite, wie ein Betrunkener auf Krücken. Charles Tysalls gestohlene Decke und andere Souvenirs wirbelten mit den zurückweichenden Fluten davon.

Eine Jacht mußte für den Stolz ihrer Besitzer büßen, die alle Markierungen ignoriert hatten und auf eine Sandbank gelaufen und gekentert waren. In den frühen Morgenstunden ließ das Rettungsboot seine schauerliche Sirene heulen, aus Ärger über soviel Dummheit.

Julian hörte sie in der Tiefe eines Schlafes, der ihm Träume von einem schrecklichen Mord, von seiner Familie, der Unzulänglichkeit der medizinischen Versorgung in der Gegend und Sarah Fortunes Körper brachte. Er hörte es wie ein Requiem für die Toten, hielt sich die Ohren zu und verschloß sich allen Botschaften, die nicht von Hoffnung sangen.

Zwölf

Rick rannte. Rannte unbeholfen in Richtung Rettungsstation, während das Dorf hinter ihm im Morgenlicht glänzte. Die Hafeneinfahrt war nur halb mit Wasser gefüllt, und die Dämme der Wellenbrecher lagen in ihrer schlammbedeckten Pracht bloß. Watschelnde, kreisende Vögel, deren Namen ihn nie interessiert hatten, fielen ihm ins Auge, Vögel, die hüpften, liefen und wie zum Hohn kreischten, Teil der Landschaft, *seiner* Landschaft, und er hatte sie nie bemerkt. Stonewall war in die Hocke gegangen, um mit den Vögeln zu reden, damals, als er ihn gelehrt hatte, die Priele zu schätzen, und Rick hatte ihn ausgelacht. Ein Junge, der mit den Vögeln redet... Wie lange braucht man, um jemanden richtig kennenzulernen?

Er rannte, setzte einen Fuß vor den anderen, begann zu keuchen und hätte gern einen Vorwand gehabt, um stehenzubleiben.

Eine Meile bis zur Rettungsstation, wo die Hafeneinfahrt in den breiteren Strand überging. Zu Fuß war es viel weiter als mit dem Wagen. Stoney wußte das alles, obwohl er nur halb so groß war wie Rick, wußte alles über die Vögel und die Bienen auch. Rick rannte und sah dabei die Welt mit anderen Augen, die Brachvögel, die Fußspuren im Schlamm, Dinge, die sonst nur Stonewall sah.

Er rannte, um zu vergessen, bis seine protestierenden Muskeln, die solche Übungen nicht gewöhnt waren, ihm alles andere aus dem Kopf trieben: die jüngsten Unterhaltungen über Geister und Vergeltung, die Gespräche mit seinem

Onkel, dem Polizeibeamten, das Ausbleiben tröstlicher Nachrichten und Jos tränenreiches Flehen: Geh nicht mit ihnen, Rick, bitte. Wenn Liebe eine Frage von widerstreitenden Forderungen war, konnte er nur auf die stärkste hören, und das war noch nicht die ihre. Deshalb rannte er jetzt die eine Meile zum Strand, machte einen Bogen um den Wald, passierte schließlich die Rettungsstation und sprang vom Deich aus direkt in den Sand. Dort lief er langsamer, der Sand war weich, und seine Füße waren naß von den seichten, mit Schlamm gefüllten Tümpeln. In seinen Ohren sang eine leichte Brise. Es war ein Tag mit einer launischen Sonne, Aussicht auf Wind und ein paar Unverbesserlichen, die trotz allem an den Strand gekommen waren. Ein guter Tag zum Jagen.

Er lief an den Strandhütten zu seiner Linken vorbei und registrierte, daß zwei davon zusammengebrochen waren, hätte aber nicht sagen können, wann das passiert war. Er notierte es sich im Geiste als Faktum, beschleunigte seine Schritte auf einem glatten Sandstreifen und wurde allmählich wirklich müde. Der Schweiß rann ihm in die Augen, und er wischte ihn abwesend und erfolglos mit dem Handrücken weg, blinzelte, stolperte und blinzelte wieder.

Da kam ein Hund auf ihn zu, und einen Augenblick lang hielt er ihn für Stonewalls Sal. Der Anblick erschreckte ihn derart, und die Erwartung, Stonewall im nächsten Moment auftauchen zu sehen, war so stark, daß er schwankend und keuchend stehenblieb.

Der Hund verharrte ebenfalls und sprang dann bellend um ihn herum, als wolle er ihn zum Spielen auffordern. Trotz seines heftig klopfenden Herzens und des Kloßes im Hals spürte Rick, wie sich sein Gesicht zu einem breiten Lächeln verzog. Natürlich war das nicht Stonewalls dunkelroter Köter, sondern ein langhaariger roter Spaniel, der mit Sal nur das ausgelassene, spielerische Temperament gemeinsam hatte, das Stoney so gefiel. Das brachte Rick auf eine Idee, den ersten positiven Gedanken in all dem verwirrenden Durcheinander. Man sollte dem Burschen einen neuen Hund schenken, dann würde es ihm bestimmt bessergehen.

Ein Mann folgte dem Hund und lief mit der Sonne im Rücken. Er bewegte sich mit der geübten Lässigkeit, die Rick nie beherrscht, dafür aber um so stärker bewundert hatte, weil sie so ganz anders war als die ungeschickt schlingernden Bewegungen, mit denen er selbst nur Energie und Atem verschwendete. Der Mann hatte einen völlig anderen Stil, seine Bewegungen waren sparsam und mühelos, so daß es beinahe erleichternd war, sein schweißtriefendes Gesicht zu sehen, als er jetzt stehenblieb.

»Morgen.« Eine angenehme Stimme. »Sie tut nichts. Sie mag einfach nur jeden.«

Der Kloß in Ricks Hals wollte nicht weggehen. Er hatte die Leidenschaft des Jungen für seinen Hund nie ganz verstanden, doch jetzt, als er die weichen Ohren des Spaniels streichelte und spürte, wie er sich an seine feuchten, bloßen Beine drückte, war es plötzlich anders. Begeisterte Hingebung lag darin und unendliches Vertrauen.

»Das hat Stonewalls Hund auch getan«, platzte er heraus. »Menschen geliebt. Viel zuviel geliebt.«

Der Hund stupste die Schnauze gegen seine wackligen Knie. Nachdem er nun einmal angefangen hatte, mußte Rick auch weitermachen, sonst wäre dieses seltsame Stück Information, das er dem Fremden so willkürlich hingeworfen hatte, noch seltsamer geworden. Er stellte seine Stimme schroff, so als wären die ersten Worte mehr der Erinnerung entsprungen als seiner Schwäche.

»Passen Sie nur gut auf Ihren Hund auf«, warnte er. »Es gibt einen Verrückten hier in der Gegend, der sie zum Frühstück ißt und dazu versucht, kleine Jungs umzubringen.«

»Du machst wohl Witze.« Der Mann pfiff seinem Hund, der sich neben ihn setzte. Rick war gekränkt.

»Nein, mache ich nicht. Der Constable organisiert gerade einen Suchtrupp hier am Strand. Wir haben diesen Kerl den ›Geist‹ genannt, aber er ist keiner. Passen Sie also auf, wenn Sie ganz allein hier langlaufen. Auch wenn Sie so schnell sind wie eben.«

Er war neidisch und quasselte zuviel. Aber er mußte quasseln, und mit einem Fremden zu reden, war einfacher als der Versuch, mit sich selbst klarzukommen. Plötzlich streckte der Mann die Hand aus. Rick warf einen ungläubigen Blick darauf.

»Malcolm«, sagte der Mann mit einem Lächeln, das keinen Widerspruch duldete.

Es war eine so unpassende Geste, sich mitten am Strand einander vorzustellen und die Hand zu schütteln, daß Rick tatsächlich einschlug, obgleich er am liebsten laut gelacht hätte. Jedenfalls fühlte er sich schon viel entspannter. Vielleicht lag das ja am Laufen. Sie gingen nebeneinander den Strand hinunter, bis sie die Stelle erreichten, wo sich auf einer Sandbank neben der Rettungsstation der Suchtrupp formierte. Es war eine bunte Mischung von entschlossenen Männern, denen klar war, was sie zu tun hatten.

»Vielleicht kann ich helfen«, sagte Malcolm.

»Wahrscheinlich. Sehen Sie sich die Mannschaft nur an. Alles Tattergreise. Da ist jeder willkommen. Sogar mit einem Hund wie Ihrem.«

Es gab keinen einzigen jungen Mann in dem Trupp. Rick musterte die Gruppe verbittert. Dieser Malcolm war neben ihm der jüngste. Besser, man spannte ihn ein. Der Rest sah aus wie eine Auswahl der Kirchengemeinde.

Immerhin waren sie Manns genug, um ohne Murren ihre Arbeit zu tun, mit der gleichen Gründlichkeit, die sie ansonsten auf ihre Gärten verwandten. Vielleicht hatte Onkel Curl gewußt, was er tat, als er sie aussuchte, doch am Ende des langen Tages hatten sie den weißhaarigen Mann immer noch nicht gefunden. Weder Rick noch der Fremde aus London, der sich als so hilfreich erwies, und auch die drei Dutzend anderen nicht, die durch den Wald streiften, in Wohnwagen eindrangen, Strandhütten auseinandernahmen, von denen eine leerer war als die andere, die durch die Priele stapften und in die Boote sahen. Die ins Dorf schwärmten, den belebten Kai meidend, weil sich dort ohnehin niemand verstecken konnte, und von der Küste aus vorrückten, um in leere Ferienhäuser zu spähen, und noch tiefer ins Landesinnere drangen, an der Wohnsiedlung und der Kirche vorbei zu den Scheunen im Hinterland. Malcolm und Rick marschierten über den Friedhof, schüttelten beim Anblick der zerfetzten Blumen den Kopf, beobachteten, wie der Steinmetz einen Grabstein aus feinem weißen Marmor aufstellte, und blieben sogar kurz stehen, um ihn zu bewundern. Ansonsten brachte die Suche nach dem Mann mit dem weißen Haar und dem Gehstock, einem Schemen ohne Bedürfnisse, ohne Gestalt, wenig Belohnung und noch weniger Ruhm. Schließlich glaubten sie tatsächlich an einen Geist, der geflohen war oder dahin zurückgekehrt, woher er gekommen war: in die Arme des Meeres.

Am Ende saßen Rick und sein Verbündeter Malcolm in der Bar des Crown on the Green, Mertons einzigem Hotel, einem Ort, den Rick in seinem Leben nur zweimal betreten hatte. Malcolm hatte ihn eingeladen, er wohnte hier. Edel. Sollte Dad sehen, wie er in der Spielhalle zurechtkam.

Stonewall Jones träumte vom Meer, der Spielhalle, seinem Hund und erinnerte sich daran, daß ihn jemand liebte, mehr als alle anderen.

Lautlos senkte sich die Nacht über das Land. Sarah Fortune packte ihre Koffer, ohne Bitterkeit und ganz in ihr Tun vertieft. Sie spürte, daß sie hier nicht mehr gebraucht wurde. Sie war in die Stadt gegangen und hatte erneut vor dieser wenig anregenden Kuchenauslage gesessen. Sie wußte, was um sie herum vor sich ging, und mehr wollte sie nicht wissen. Wahrscheinlich würden sie ihn finden, in seiner Verzweiflung würde er unvorsichtig werden. Sie wollte aber nicht, daß er gefunden wurde. Außer vielleicht von ihr selbst, als Abrechnung für ein Jahr voller Alpträume. Sie wollte ihm zeigen, was er ihr angetan hatte, wie es sich anfühlte, wenn man so erniedrigt wird. Ihn zu finden, würde das Brennen vielleicht mildern, das sie von innen her auffraß, dieses Verlangen, ihn kriechen zu sehen, sein Gesicht mit langen, polierten Nägeln zu zerkratzen und ihn um sein Leben betteln zu hören. Nackt, wie sie es gewesen war, schreiend und schluchzend wie sie, in einem leeren Haus, leidend, wie sie ihn leiden sehen wollte, im Wissen um das Gefühl der Ohnmacht, wenn man allen Stolz verliert.

Sie spürte einen Schmerz im Magen und begriff ihn als Folge all ihrer Selbstbeherrschung, der guten Manieren in ihrem täglichen Leben. Lieber sollte sie nach der Unbekümmertheit schreien, die sie einmal besessen hatte. Es war ein Schmerz, der mit der Trauer um Elisabeth Tysall und um sich selbst begonnen hatte und nie wieder verschwunden war. Ein Sehnen wie der angestrengte Versuch eines Agnostikers zu beten, der letzte Widerhall all ihrer gewalttätigen und bösen Phantasien. Wenn ein Zuhause das war, woran das Herz hing, dann gab es so was für sie nicht. Sie packte lustlos, halbwegs auf irgend etwas wartend, doch niemand beachtete sie.

Mouse Pardoe riß sich unter dem Vorwand, schlafen zu gehen, vom Busen ihrer Familie los, verschwand in Wirklichkeit aber zur Vordertür hinaus. Die weiß verbundenen Hände zeigten ihr den Weg durchs Dunkel. Die Rücksichtnahme der Kinder den ganzen Tag über, ihre Zuneigung und überwältigende Sorge lösten ein verrücktes Schuldbewußtsein bei ihr aus, eine Art emotionales Bauchweh, das sie beunruhigte. Ein schlechtes Gewissen gehörte sonst nicht zu ihren hervorstechendsten Eigenschaften, doch jetzt sorgte es dafür, daß sie auf Zehenspitzen über die Wiese schlich. Dabei nahm sie es Sarah Fortune bereits übel, daß sie sie brauchte. Sarah wußte bereits zuviel über sie alle, und jetzt sollte sie, nur weil es sonst niemanden gab, dem Mouse Pardoe es erzählen konnte, noch mehr erfahren. Hettie, das Schaf, folgte ihr, doch Mouse hatte keine Angst. Nur der Grund für ihre Furchtlosigkeit, im Hinblick auf den Geist, machte ihr zu schaffen.

»Was machen Sie?« rief sie, als sie vor dem Cottage stand und die Tür sich ohne Zögern öffnete. »Ich wollte bloß sehen, ob mit Ihnen alles in Ordnung ist«, setzte sie ohne große Überzeugungskraft noch hinzu. Beide wußten, das stimmte nicht. Sarah hatte ihre Aufgabe erfüllt, und Mouse hatte allen Grund, ihr dankbar zu sein. Sich zu verstellen, war nicht mehr notwendig. Das Tuch, mit dem Sarah das häßliche Sofa bedeckt hatte, war verschwunden, die Tischlampe stand wieder an ihrem Platz, und die Blumen, die den Raum so anheimelnd hatten wirken lassen, hatten ebenfalls dran glauben müssen. Alles wirkte wieder so anonym wie in einem x-beliebigen Feriencottage.

»Ich packe mein fahrendes Bordell zusammen«, antwortete Sarah lächelnd. Sie macht es einem so leicht, sie zu mögen, dachte Mouse. Das war keine Frau, die einen erst küssen und es dann überall rumerzählen würde. Sie war hart, aber irgendwie auch schrecklich beruhigend. Sie hatte alle möglichen Ideen in den Augen und im Kopf, aber nie einen Anflug von Kritik.

»Sie packen? Aber warum denn, Kleines? Wir brauchen Sie doch!«

»Nein, das tun Sie nicht. Ich bin fertig hier.« Sarah deutete auf einen sauberen Stapel Papiere am Boden. »Meine Aufstellungen. Edward hat mir gestern abend geholfen, deshalb habe ich ihn so lange hier festgehalten.« Ihre Blicke trafen sich und wandten sich dann im Wissen um eine beiderseits akzeptierte Lüge ab. Mouse nahm eine Flasche aus der Spüle, zwei Gläser vom Abtropfständer und goß ohne Aufforderung ein. Sie nahm an, daß der Claret für sie bestimmt war: Sie war bereits leicht beschwipst und keineswegs gewillt, mit dem Trinken aufzuhören. So war das mit dem Gewissen. Warum sollte sie sich Gedanken machen? Wenn ein Dieb ihre Teekuchen klaute und ihr die Hände verbrannte, hatte er sich selbst um seine Verdauung zu kümmern.

Sie setzten sich, und Sarah sagte ohne den Hauch eines Vorwurfs: »Die Pardoes neigen zum Übertreiben. Wie auch immer, wenn Sie meine Notizen lesen können – und meine Handschrift ist deutlich –, werden Sie sehen, daß ich mir erlaubt habe, die Grundstücke aufzulisten, die Sie am raschesten abstoßen können. Das heißt, Sie können sie zu absoluten Spottpreisen und lächerlichen Bedingungen an die Leute verkaufen, die sie momentan nutzen. Ich denke da an den Pub, die Spielhalle und die übrigen Geschäfte. Geben Sie der Stadt ihre Lebenskraft wieder. In Ordnung?«

Mouse nickte und trank den Wein, ein guter Jahrgang.

»Sie werden natürlich nicht mittellos dastehen«, fuhr Sarah fort. »Eine weitere Ausbildung für Edward und Jo, ein bescheidenes Nest für die Familie sowie ein guter Tropfen und rauschende Feste für Sie selbst lassen sich mit den Feriencottages finanzieren. Selbst wenn Sie sie zu sehr niedrigen Preisen verkaufen, an Familien aus dem Ort, mit Kindern zum Beispiel, bleibt immer noch genug für Ihr eigenes Alter. Vorausgesetzt natürlich, Sie legen das Geld richtig an.«

Mouse gefiel diese Art. Sie streckte ihr Glas aus, damit Sarah nachschenke.

»Wir brauchen Ernest Matthewson nicht, um das alles auseinanderzudividieren?«

»Sie brauchen ihn nicht, nein. Es wird ihm zwar nicht gefallen, aber Sie brauchen ihn nicht. Nur einen Steuerberater von hier und einen ehrlichen Grundstücksmakler ... das ist Ihrer übrigens nicht.«

»Eine Katastrophe im Bett, dieser Ernest«, sagte Mouse wehmütig. »Immer in Hektik.«

Sarah nippte ohne Kommentar. Mouse seufzte zufrieden. »Was für eine Erleichterung«, sagte sie munter. »Ich meine, wirklich: Wir haben heute darüber gesprochen, und sie sind einverstanden. Sie leben hier, sie wollen dazugehören. Was für wohlerzogene Kinder. Genau die richtige Einstellung. Sie sind einstimmig der Meinung, daß sie nicht mehr wollen als unbedingt nötig. Genug ist genug, finden Sie nicht auch?«

»Absolut«, sagte Sarah gerade so inbrünstig, daß Mouse weitersprach. Das Brennen in ihrem Unterleib wurde immer schlimmer, da half auch kein Wein, es war ein jagender Schmerz, der nach anderen Angriffspunkten suchte.

»Aber wäre es nicht schrecklich gewesen, wenn ich es ihnen hätte sagen müssen, damit sie zustimmen?« fuhr Mouse fort und nahm noch ein Glas, als sei sie ein besonders gern gesehener Gast. »Widerlich!«

Mouse steckte wieder in der Rolle der Empfangsdame, die, wie Sarah bemerkte, nicht ganz gespielt gewesen war.

»Widerlich!« stimmte sie lächelnd zu.

»Ich meine, wenn sie nicht auf mich gehört hätten? Ich hätte damals, als Mr. Pardoe sein Testament machte, nicht gedacht, daß sie mir jemals zuhören würden, verstehen Sie? Wir kamen so gut miteinander aus, Mr. Pardoe und ich, ich wußte, er würde gar nicht merken, wie das Ding formuliert war. Allen meinen Kindern ...«

O doch, das hat er, dachte Sarah. Vielleicht hatte er Stonewall Jones vorne in der Einfahrt gesehen, wenn er seine Köder ablieferte, hatte ihn gesehen und Bescheid gewußt. Der Junge würde groß und stark werden, genau wie sein richtiger Vater, mit Augen wie Julian Pardoe. Seine stämmige Figur, Haut und Haare würden sich zu einem

Spiegelbild seines weit älteren Bruders entwickeln. Wer mit einem Mann ins Bett geht, kennt die Farbe seiner Augen, weiß, ob er sie in einem anderen Gesicht schon mal gesehen hat – wie bestimmte Gesten oder eine Art, zu essen und zu trinken. Man weiß es einfach.

»Ich hätte es ihnen gesagt«, fuhr Mouse fort, »ganz bestimmt. Wenn sie nicht selbst zu dem Schluß gekommen wären, daß wir allen Grundbesitz zurückgeben sollten, und zwar so schnell wie möglich.« Sie seufzte. »Ich meine, ich hatte mir diese Szene tausendmal vorgestellt, bevor ich beschloß, verrückt zu werden. Daß wir alle mit Ernest Matthewson als Testamentsvollstrecker um den Tisch sitzen würden, und keiner würde zuhören. Wie hieß es noch? Ich müßte es wissen, ich habe es selbst formuliert: ›... allen meinen Kindern ...‹ Das heißt, seinen Kindern. Nicht seinen und meinen, *seinen.*« Sie bekam einen Schluckauf, wartete, bis sie ihre Haltung wiedergewonnen hatte, und fuhr fort. »*Seinen* Kindern? Nun, ich nehme an, Julian ist sein Sohn. Jedenfalls habe ich allen Grund, das zu glauben. Die anderen? Joanna wahrscheinlich. Edward nicht. Das scheint mir offensichtlich. Vielleicht ist das auch der Grund, warum Mr. Pardoe und er nie miteinander auskamen. Es ist so schwierig, es zu erklären. Aber das muß ich nun auch nicht mehr.«

»Müssen Sie nicht?« Sarahs Stimme klang traurig.

»Nein«, sagte Mouse. »Genausowenig wie man dem Menschen, mit dem man gerade im Bett ist, erklären muß, mit wem man vorher geschlafen hat. Es ist völlig in Ordnung, wenn ihr jungen Leute die Pille nehmt. Mir hat die Natur geholfen: Ich hätte oft schwanger werden können, wurde es aber nicht. Was gut ist, denn ich hätte nie gewußt, von wem die Kinder sind.«

»Ich habe einen Zusatz für Ihr neues Testament entworfen«, murmelte Sarah. »Die Hälfte dessen, was von Ihrem Vermögen übrigbleibt, einschließlich eines anständigen

Hauses und eines eigenen Stück Strandes, soll nach Ihrem Tod an Stonewall Jones übergehen.«

Mouse nickte bloß, ohne eine Frage zu stellen. »Ich bin vollkommen einverstanden«, sagte sie. »Ich hatte bereits selbst daran gedacht. Kann sein, daß ich egoistisch bin, aber ganz gewiß nicht unredlich.«

»Ende gut, alles gut«, sagte Sarah und goß den Rest aus der Flasche in Mouse Pardoes Glas.

»Nicht ganz«, sagte Mouse. »Obwohl wir uns nun mehr oder weniger geeinigt haben. Wegen meiner Familie habe ich allerdings kein schlechtes Gewissen, was bei mir ohnehin selten ist. Aber da ist noch das hier.«

Sie fummelte in der Tasche ihres Morgenmantels herum, den sie, bis zum Hals zugeknöpft, über einem krausenbesetzten Nachthemd trug, dazu Ohrringe, die über einem kuchenverschmierten Kragen baumelten. Schließlich zog sie eine aufgerissene Schachtel heraus. »Größe 2/0«, las Sarah. »Superscharfer feiner Draht, speziell zum Küstenangeln geeignet.« Sie drehte die Schachtel um und las weiter: »Erstklassige Haken aus Edelstahl.« Sie schnippte einen davon auf ihre Handfläche. Die Spitze war scharf und mit einem sauberen kleinen Widerhaken versehen. Der Haken war schwarz. Viele schwarze Haken mit schmalen Ösen am Ende des Schafts, die sauber ineinander verschlungen in ihrer unschuldigen Plastikhülle lagen.

»Die machen mir Sorgen«, sagte Mouse Pardoe leichthin. »Ich habe jede Menge davon in den Sandwiches verteilt. Und in den Teekuchen auch.«

Sie hielt sich das Glas an die Nase und spielte damit.

»Für mich war es natürlich bloß ein Spaß. Edward hat sie überall rumliegen lassen und mich damit auf die Palme gebracht. Höchstens Hettie hätte aus Versehen einen davon fressen können. Sonst ißt keiner das Zeug, das ich fabriziere: Ich mache es bloß, um sie zu ärgern. All die Jahre, in denen ich kochen mußte, jetzt kann ich nach Lust und Laune experimentieren; wie bei den Sandwiches. Ich hätte ihnen von den Haken erzählt, wenn sie ihnen zu nahe gekommen wären. Nur um Ed etwas klarzumachen, damit er nie wieder was in der Küche rumliegen läßt. Genau wie sein Vater früher. Oder mich schlägt. Was haben *Sie* eigentlich mit Edward gemacht, meine Liebe? Er ist plötzlich so nett.«

Sarah sah Charles Tysall vor sich, wie er rückwärts aus der Küchentür stolperte und sich die Taschen mit Teekuchen vollstopfte.

»Und dann hat dieser Mann alle Sandwiches gegessen«, fuhr Mouse lässig und mit einer Spur von Genugtuung fort. »Ich weiß zwar nicht, wie, aber er hat es getan. Den ganzen Haufen.«

Sarah betrachtete den Haken, der auf ihrer Handfläche lag, und erinnerte sich daran, wie Charles die Sandwiches verschlungen hatte. Der Haken maß höchstens zwei Zentimeter und war gerade so klein, daß ein halbverhungerter Mann ihn runterschlucken konnte. Sie preßte den kleinen Widerhaken zwischen Daumen und Zeigefinger und spürte, wie er in die Haut eindrang.

»Scharf, nicht wahr, Kleines?« bemerkte Mouse.

Der Schmerz in Sarahs Unterleib nahm zu.

»Schlafen wir mal drüber, würde ich vorschlagen«, sagte Mouse und verzichtete lächelnd auf irgendeine Art von Entscheidung. »Er hat verdient, was er bekommen hat.«

Rick vertrug keinen Alkohol, ein Glas reichte für den ganzen Abend. Deshalb hatte er aufgepaßt und war jetzt nicht betrunken, sondern nur geschwätzig. Wie seltsam, in einer Nacht wie dieser und in seinem eigenen Dorf auf die Gesellschaft eines Fremden angewiesen zu sein. Von Stonewall gab es keine Neuigkeiten, das hatte er von Jo und dem Arzt erfahren. Also konnte er auch mit diesem Mann zusammensitzen. Beide waren so verdreckt, daß die anderen Gäste in dieser feinen Bar Abstand von ihnen hielten.

Zwei Bier brachten die Gefühle etwas mehr an die Oberfläche. Am liebsten hätte Rick in Jos Armen Trost gesucht, doch er blieb, um Malcolm zu erzählen, was Onkel Curl und andere hatten durchsickern lassen. Malcolms sanfte Kreuzverhörtechniken funktionierten in einer Bar ebensogut wie in einem Gerichtssaal, besonders wenn das Opfer aus dem inneren Gleichgewicht gebracht, verwirrt und beeinflußbar war, Malcolm kannte Namen, Identität, Geschichte und Persona des Mannes, den sie jagten. Wie Sarah Fortune war er kein Geist, sondern im Gegenteil nur allzu echt.

»Dein Vetter Stonewall hat geglaubt, daß diese Sarah Fortune Mrs. Tysall ist, stimmt's?« fragte Malcolm.

»Nur am Anfang. Wie mein anderer Vetter beim Friseur auch. Was glauben Sie, wollte der Geist bei den Pardoes? Abgesehen davon, daß das Haus ziemlich einsam liegt und er vielleicht was zu essen gesucht hat? Ein Haus, das nur von einem Schaf bewacht wird.« Bei der Erwähnung von Sarah Fortunes Namen war er rot geworden. Er dachte mit schuldbewußter Zärtlichkeit und einem kleinen Ziehen in der Leistengegend an sie und merkte, wie er unwillkürlich den flachen Bauch einzog. »Sie meinen, er könnte wegen Sarah hingegangen sein?« fuhr er jetzt fort. »Ach, kommen Sie, das macht doch keinen Sinn. Er konnte ja nicht mal wissen, daß sie da war.«

»In seinem anderen Leben war Charles Tysall besessen von Sarah Fortune«, sagte Malcolm.

»Ach, wirklich?« murmelte Rick leicht benebelt. »Das kann ich verstehen.«

Sie tranken nachdenklich weiter. Nicht mit diesem Burschen, dachte Malcolm, ganz sicher nicht. Nicht mal Sarah.

»Vielleicht kommt er noch mal zurück. Aber das ist okay. Sie haben jemand da, der das Haus bewacht. Jo hat es mir am Telefon erzählt. Außerdem gibt es zwei Männer in der Familie, na ja, anderthalb, wenn man Edward mitzählt. Ich schätze allerdings, daß der Kerl längst über alle Berge ist. Er hat es geschafft, Monate ohne eine Menschenseele zu überleben, warum sollte er jetzt jemanden brauchen?«

Rick trank sein Bier aus, mehr wollte er nicht sagen.

»Oh, ich glaube nicht, daß es darum geht, ob Charles zurückkommt, um Sarah zu finden«, sagte Malcolm. »Eher umgekehrt.«

»Wie meinen Sie das?«

»Ich meine, daß Sarah uns zu Charles führen wird. Sarah wird ihn finden.«

Rick verstand nicht. »Ich sag Ihnen was«, sagte er. »Wir treffen uns vor der Spielhalle. Um sieben, wenn die Sonne scheint. Wenn's regnet, um acht. Einverstanden?«

Malcolm schwieg. Sein guter Whisky hatte plötzlich einen bitteren Nachgeschmack.

Der Raum, in dem er saß, wurde unheimlich. Wie ein Mantra sprach er immer wieder vor sich hin: »Ich heiße Charles und habe keinen Namen.« Als er sich schließlich bewegte und auf den gesprungenen, unbenutzten Spiegel zuging, der im Nebenzimmer an der Wand lehnte, auf gleicher Höhe wie die hohe Steinspüle, sah er nicht mehr als sein gelbglühendes Gesicht, die braunen Zähne und Augen, die rosig und stumpf waren. So lange hatte er in keinen Spiegel mehr gesehen, daß ihn der Anblick ziemlich aus der Fassung brachte. Er begriff, wie unmöglich es war, je wieder in sein altes Leben zurückzukehren. Er fing an zu stinken. Nach Blut, Schmutz und Kälte, Schweiß und Verwesung. Irgendwas in seinem Inneren war tödlich verwundet. Tritt zur Seite und betrachte mich, Liebling. Ich sterbe. Immer wieder machte er den Mund auf und hob die Hand, um sich den Schaum abzuwischen, der sich auf den schmerzverkrampften Lippen sammelte. In der Stirn pochte das Wissen um seine Hilflosigkeit. Sein langer, hagerer Körper rollte sich wie ein Fötus zusammen. Da, wo er aufgewachsen war, hatte es Bilder an den Wänden gegeben. Porträts von rothaarigen Frauen mit dem bedrohlichen weißen Teint seiner Vorfahren. Dagegen war er selbst ein düsterer Wechselbalg.

Schließlich brüllte er vor Wut und Frustration wie ein hysterisches Kind und hörte dann, wie das Schreien in Weinen überging. Als er wußte, daß die Dämmerung eingesetzt hatte, tappte er mühsam auf die Fensteröffnung zu. Das Licht fiel auf sein Gesicht und das schmutzigweiße Haar. Er war nur Meter von Hilfe entfernt, doch niemand sah oder hörte ihn, denn der Saal war voller Lärm.

Das Rattern von Maschinengewehren, unheimliche Musik, hallende Gongs, Popsongs in voller Lautstärke, Jahrmarktslärm, das Klirren von Münzen und Kinder, die triumphierend kreischten. In den Pausen eine monotone Stimme: »Noch ein Bier, Super-Vier, sei vernünftig, fünfundfünfzig, nach Belieben eine Sieben ...« Mystische Lockrufe von Maschinen, die Besessenen ihre Ware andrehten.

Die Anstrengung des Schreiens verebbte in einem Anfall stummen Gelächters, das die Tränen entschuldigen sollte. Welche Ironie des Schicksals, daß ein gebildeter Mensch wie er ein solches Konzert vulgärer, elektronischer Klänge ertragen mußte. Und dazu die roten Lichter, die über seine gelbe Haut huschten. Er hatte das Gefühl, sie einfach abziehen zu können, während er mit seinen schmalen Händen den Unterleib umklammert hielt.

Ein Gast auf der Suche nach einer Toilette, die gar nicht existierte, stolperte über die Füße, die aus dem Eingang des Vorraums ragten, fluchte und ging zurück. Später kam noch einer, der Charles nicht beachtete, obgleich sich dessen Mund erneut zu einem stummen Schrei öffnete. Er hielt ihn für einen Betrunkenen, nicht für einen Sterbenden. Der Gedanke an etwas zu trinken schnürte Charles die Kehle zusammen, er war durstig, war nur wegen des Wassers hergekommen, an das er nicht herankam. Vor einer Ewigkeit.

Charles döste. Als er die Augen öffnete, waren alle Geräusche verstummt, und er starrte in die Stille absoluter Dunkelheit. Die Gelegenheit zur Rettung war verpaßt. Voller Panik sah er das Blut im Urin, der seinen Trainingsanzug durchnäßte. Sein Geruch ekelte ihn an. Auf allen vieren kroch er vorwärts.

Weg von den toten Maschinen, die wie Särge im Hinterzimmer standen, über den unheimlichen, mondübergossenen Boden zur Vordertür, die auf die Straße hinausging. Er packte den Türgriff und spürte, wie er klapperte und die ganze Tür in ihren Grundfesten bebte, als er sich halb hochzog und flehend in die Nacht hinaussah, auf der Suche nach dem Mond und nach Erlösung.

Er sah eine Gestalt, die sich umdrehte, mit den Füßen aufstampfte, sich wieder umwandte und eine Zigarette ausdrückte, als jemand vorbeikam und »Guten Abend, Officer« sagte. Eine Frau, die einen Polizeibeamten mit gebührender Hochachtung grüßte, während ihr Hund sich gelangweilt seinem Hinterteil zuwandte. Besser sterben wie ein Hund, als wie einer zu leben.

Er schleppte sich zurück, ganz langsam, und lehnte sich gegen Omen III und Street Fighters W. Durst, Durst, Durst. »Raum für Raum«, wisperte er, »werd ich das Haus durchsuchen ... Und dann sie selbst! Nicht die Wirrnis hinter ihr.«

Browning auf den Lippen. Die Strophen waren wie eine Litanei für einen kraftlosen alten Mann, der sich an nichts erinnerte als Obszönitäten. Längst kein Heimatloser aus freien Stücken mehr, sondern ein echter. Als er das Hinterzimmer wieder erreichte, konnte er dem Drang, sich zu entleeren, nicht mehr widerstehen. Seine Scham war so unerträglich und der Akt selbst so schmerzhaft, daß ihm die Tränen übers Gesicht liefen.

Stonewall Jones wachte auf mit dem Gefühl, dringend aufs Klo zu müssen, und schämte sich dafür. Er war verwirrt, doch seine Bedürfnisse waren klar: Cola, nicht Milch, die Zärtlichkeit seiner Mutter, nicht die der Krankenschwester.

Sarah hatte die Kunst, mit leichtem Gepäck zu reisen, noch nie beherrscht. Außerdem schaffte sie es bei der Abreise nie, auch alles wieder einzusammeln, was sie mitgebracht hatte. Selbst im trüben Licht des Morgengrauens sah sie, was fehlte: ein rotes Hemd, Hose und Schuhe, die dem Meer geopfert worden waren, und eine schwarze Jacke mit Leggings. Sie hoffte, daß Joanna etwas damit anfangen konnte. Das Mädchen war nicht mehr bei ihr aufgetaucht, aber das wunderte Sarah nicht. Sie wußte, daß sie ihre eigene Art von Gift verbreitete, eine versteckte, moralische Verwirrung, die Menschen mit normalen Neigungen Unbehagen einflößte.

Schmerz durchzog sie. Charles hatte ihre Träume beherrscht, das Gefühl seiner Gegenwart war überwältigend. Das Wissen um die tödlichen Haken in seinem Körper verzehrte Sarah. Sie war zum fröhlich schrillen Klang zwitschernder Vögel erwacht. Vielleicht war es das Signal, daß sie ihn gefunden hatten.

Der Dunst über dem Meer hatte sich gesenkt. Die Luft war weich und feucht, und das erste Licht kämpfte sich hindurch.

War es feige, so zu verschwinden, sich im kühlen Dunst des Morgens davonzustehlen, zu einem Heim, das keines war, seit Charles den sorglosen, heimlichen, herrlich ungebundenen Lauf ihres Lebens unterbrochen und sie als Hure beschimpft hatte? War es feige zu gehen, bevor ihn jemand fand und sie bat, die Beute zu identifizieren? Mit derselben Furcht zu gehen, demselben Mangel an Entschlossenheit, derselben Scham, zurück in dasselbe angeschlagene Leben?

Sie schloß die Tür des Wagens mit dem eingebeulten Kotflügel, nachdem sie ihre Sachen darin verstaut hatte. Hettie, das Schaf, blökte zufrieden. Und sie hatte Zeit.

Zu Fuß ging sie in das stadtgewordene Dorf und lauschte dabei dem Gurgeln verborgener Wasserläufe. Ging über den Kai und hinaus auf den Deich. Das rote Dach der Rettungsstation war kaum sichtbar, und die Sirene, die ihre Warnung vor dem Nebel bereits verkündet hatte, blieb stumm. Sarah wandte sich um und suchte den Kai ab. Er war klein und leicht zu überblicken. Harmlos. Sie konnte sehen, wie sich die Schiebetüren der Spielhalle einen Spalt öffneten. Dann sah sie einen Mann, der lustlos die Fenster putzte. Ein Sonnenstrahl bohrte sich durch den feinen Dunst, setzte die Fensterscheibe in Flammen und verschwand ebenso rasch, wie er gekommen war. Es war wie ein Signal. Plötzlich wußte Sarah mit völliger, unlogischer Sicherheit, wo Charles Tysall war. Langsam ging sie zurück, beobachtete ihre Füße, spürte den zunehmenden Schmerz in ihren Eingeweiden und lauschte dem Pochen ihres Herzens.

Dreizehn

Einen Augenblick lang verbargen sie die Autos, die wie feste Bestandteile des Parkplatzes waren, die Schellfischbude und ein langsam vorbeirumpelnder Lastwagen mit Tierfutter. Das Brummen des Motors wirkte unheimlich in der Stille. Als Malcolm den Kai erreichte, um Rick zu treffen, wobei er davon ausging, daß Rick sich verspäten würde, war Sarah bereits verschwunden. Ein älterer Mann bog wütend um die Ecke. Seine Mütze hing ihm schief über einem Auge.

»Entschuldigen Sie, haben Sie einen Burschen namens Rick gesehen, der hier arbeitet?« fragte Malcolm.

Das klang wie eine Anklage. Ricks Vater schreckte zurück.

»Nein.«

»Ich war hier nämlich mit ihm verabredet«, sagte Malcolm und fühlte sich ziemlich albern.

Der ältere Mann lachte nervös. »Er mag den frühen Morgen nicht, unser Rick. Hat mir erklärt, ich soll die Fenster putzen, nicht er. Dachte, er hätte die Frau dafür angestellt. Ich hab sie gesehen. Sah echt gut aus.«

»Wo ist sie hingegangen?«

»Die sucht nach Rick, schätze ich. Das tun sie doch alle.« Ricks Dad lachte, stolz auf seine Erklärung. Vielleicht hatte er seinen Spaß an Ricks Eroberungen.

»Wo ist sie hingegangen?« wiederholte Malcolm geduldig.

Ricks Dad dachte nicht viel, doch langsam dämmerte ihm eine Erkenntnis, Reste einer anderen Unterhaltung kamen zurück und erinnerten ihn an die im Augenblick wichtigste Sache, die Jagd auf den männlichen Geist, nicht auf Frauen. Er nahm an, daß die Frage damit zu tun hatte, wußte aber nicht, warum, und redete einfach ins Blaue, nur um diesem Kerl zu gefallen und ihn sich vom Hals zu schaffen.

»Ich glaub, ich hab grad jemand die High Street raufgehen sehen.«

Beide wandten sich um und suchten unsicher den Hügel ab.

Das erste, was Sarah bemerkte, war der Geruch. Ein Tier in seinem Bau, das den Gestank von Fäkalien und Angst ausströmt. Er lehnte mit dem Rücken an einer der leblosen Maschinen, als brauche er eine Stütze. Im fahlen Licht waren zunächst nur seine jämmerlichen Umrisse erkennbar, dann erst er selber. Die Trainingshose hatte er beim Kriechen verloren, und die dünnen Hände umklammerten den Bauch über den Genitalien. Auf dem Gesicht, das schmutzig und voller Tränenspuren war, lag ein starres Lächeln.

Sie versuchte ihre Stimme hart klingen zu lassen und ihren ganzen Haß hineinzulegen.

»Hast du was Falsches gegessen?« Sie stand über ihm und wünschte, er würde sie mit seinen leeren Augen ansehen, die statt dessen aber ins Licht blickten. »Schäm dich, Charles Tysall, erst hast du dich wie ein Schwein benommen, und jetzt siehst du aus wie eins.«

Was für eine erbärmliche Beleidigung. Plötzlich liefen ihr die Tränen übers Gesicht. Er war einmal ein gutaussehender Mann gewesen, geschmeidig wie ein Tiger, mit feinen Gliedmaßen, breiten Schultern, ein Herumtreiber von unendlicher Eleganz, ein Räuber, ja, aber ein wirklich schöner Mann, stolz, besessen und anspruchsvoll, böse und dennoch schön. Kein Mann, der zu kriechen verstand: Das bekam ihm so schlecht wie einem verwundeten Raubtier, einem bösartigen Elefanten, der nichts ahnte von menschlicher

Qual. Sie dachte an die Haken, die das verbrauchte Gewebe dieses hageren, halbverhungerten Flüchtlings mit dem schrecklichen Glitzern in den durchdringenden blauen Augen von innen zerfetzten. Sein starres Grinsen ging in ein erkennbares Lächeln über, er streckte die Hand aus, die langen, biegsamen Finger zuckten und fingen dann bei dem Versuch, einen Rest seiner alten Arroganz in eine kleine Geste zu zwingen, an zu zittern.

»Unvollkommen rein und gut«, flüsterte er. »Sieh mich an, Elisabeth. Bist du zufrieden?«

Sie erinnerte sich an die Hände, lang und schmal, weich und gepflegt, die ihren Körper liebkosten, ihren Hals umfaßten, und die Schnalle seines Gürtels preßte sich gegen ihr Rückgrat, seine weichen Genitalien schmiegten sich wie ein Kissen an sie, und dann splitterte das Glas und mit ihm alle Schranken seiner berechnenden Grausamkeit. Sie spürte einen letzten großen Schwall von Wut, und dann erstarb mit den eigenen Schreien in den Ohren auch aller Haß. Sie versuchte ihn zurückzuholen, das Bedürfnis nach Rache festzuhalten, am Ende jedoch siegte der Ekel, vermischt mit Mitgefühl, einem verräterischen, sinnlosen Mitleid mit ihm. Dieser Körper da vor ihr war kaum mehr ein Mann, war ein Ding, das zuckte und Grimassen schnitt und jetzt versuchte sich in einem jämmerlichen Anfall von halberinnerter Scham die Hose hochzuziehen. Sie hockte sich neben ihn, ohne auf den ekelhaften Gestank von Blut, Schweiß und Kot zu achten, und half ihm. Er war warm und klebrig, und er schrie, als sie ihn berührte, doch nicht einmal das bedeutete Genugtuung.

Sie brauchte Wasser für den Speichel, der eine Kruste um seinen Mund gebildet hatte, denn sie wollte nicht, daß jemand ihn so sah. Als sie aufstand, um das Waschbecken zu finden, stöhnte er vor Verzweiflung. Sie feuchtete einen alten Lappen mit Wasser aus dem Hahn im Nebenraum an. Als sie sich wieder neben ihn kniete und damit sein Gesicht abwischte, stöhnte er erneut, doch diesmal vor Gier, und saugte an dem Lappen wie ein hungriges Baby.

So verharrten sie, wortlos. Sie legte ihm den Arm um die Schultern und spürte jeden Knochen. Sie preßte den Lappen auf sein Gesicht, sprach beruhigend auf ihn ein und fragte sich, was sie als nächstes tun sollte. Tränen rannen ihr über das Gesicht und fielen auf seine Haut.

»Vergibst du mir, Porphyria?« röchelte er, und seine Stimme klang, als sprudelte sie aus der Brust hervor.

Sie konnte es nicht sagen, brachte kein klares Wort heraus. Sie verzieh ihm nicht, weder das, was er ihr, noch das, was er ihrer Freundin Elisabeth angetan hatte, aber sie konnte es auch nicht ertragen, ihn so leiden zu sehen.

In diesem Augenblick öffnete sich knarrend die Tür zum Hinterhof. Sie hörte leise Schritte, sah ein Paar Turnschuhe, mehr Licht im Raum und dann einen langen Schatten, der über sie fiel. Charles hatte ihre Hand genommen, ihr Arm lag über seiner Brust. Jetzt verstärkte sie den Griff und spürte die pergamentartige Haut seiner Hand. Im selben Moment vernahm sie ein ungläubiges Keuchen, spürte die unheimliche Spannung von Knochen und Muskeln, das tiefe Luftholen vor einer Anstrengung und den Hauch einer grausamen Wut, die niemals von Charles stammen konnte. Sie drückte ihn fester an sich und sah auf wie ein wildes kleines Tier. Malcolm stand über sie gebeugt, mit geballten Fäusten und gespreizten Beinen, wie ein Kämpfer, der nur darauf wartet loszuschlagen. Er sprach mit zusammengebissenen Zähnen.

»Sarah? Ist das Charles? Was ist los mit ihm? Lieber Himmel, er ist um zehn Jahre gealtert. Ist er verletzt? Das Schwein! Was tust du da? Laß ihn los, um Gottes willen.«

Sie sah ihn abwesend an. Wie er hierhergekommen war, interessierte sie nicht. Ganz ruhig sagte sie: »Wenn du ihn anrührst, bringe ich dich um.«

Ihre Stimme kam aus großer Entfernung. Malcolm hustete, versuchte sich zu kontrollieren. Bitterkeit schnürte ihm den Hals zu. Er hatte mit dieser Frau geschlafen. Sie hatte ihn berührt. Und jetzt mußte er mit ansehen, wie sie diesen Kerl ebenso umarmte wie ihn.

»Ach, so ist das, mein Engel. Wie kannst du das nur tun? Gibt es eigentlich irgendwas, wovon du die Finger lassen kannst? Irgendwen den du letztlich nicht verachtest? Wie kannst du mir das antun?«

Sie brachte nicht mal Hohn zustande. Konnte nicht sagen, sieh her, er ist ein Gejagter, der unter unsäglichen Qualen stirbt, und nur das zählt jetzt für mich. Konnte in ihrer Verachtung für Malcolms geballte Fäuste nicht mal versuchen, etwas zu ihrer Rechtfertigung vorzubringen.

Der Schmerz verging, und sie hielt ihn weiterhin schützend umfangen. Sie wußte nur, daß er einmal der gutaussehende, stolze Charles gewesen war, der ihre Hand gehalten hatte wie einen Talisman. Und daß es nichts gab, das sie tun konnte, nur ausharren und ihm ihre Wärme schenken. Niemand verdiente es, allein zu sterben.

Nachdem sich immer mehr Leute in den Raum gedrängt hatten und das Rasseln in seinem Hals endgültig verstummt war, löste sie vorsichtig ihren Griff und beobachtete, wie sein erhitztes Gesicht wächsern und bleich wurde und wie sich die Spuren von Alter und Schmerz im Tod auflösten. Sie trat aus der Spielhalle und ging an einer schweigenden Schlange von Männern aus der Stadt vorbei, von denen sie einer vorwurfsvoller musterte als der andere. Mit hocherhobenem Kopf bewältigte sie diesen Spießrutenlauf, während der Nebel Locken in ihr wildes Haar zauberte. Sie hatte Blut an den Händen, und ihre frischen Kleider waren verschmutzt. Sie passierte die raunende Menge, das steigende Wasser in den Kanälen und die anmutigen Schwäne. Als sie außer Sichtweite war, fiel sie in Trab. Feucht legte sich der Dunst auf ihr Gesicht, die Meeresvögel waren stumm, die

Erde still, und ihr Lauf wurde nur von einem verzweifelten Schluchzen begleitet.

Hettie, das Schaf, stand an der Tür und trug seine ungleichen Hörner und seine endlos gutmütige Natur zur Schau. Wie schön, ein Schaf zu sein, gefügig, sorglos und zufrieden, bis das spitze Horn des Lebens einem ins Auge wuchs. Sarah pflückte ein paar Rosen, die um die Tür wuchsen, das schuldeten sie ihr, und legte sie in den Kofferraum. Dann wühlte sie im Koffer auf dem Rücksitz nach frischen Kleidern. Da, wo sie gerade stand, unsichtbar im feinen Nebel, streifte sie die alten ab, wischte sich die Hände daran ab und knöpfte schließlich mit zitternden, aber geschickten Händen die saubere Bluse zu. Mit einem Fußtritt beförderte sie, was sie getragen hatte, zur Seite. Sie war schon immer achtlos mit ihren Kleidern umgegangen, gleichgültig, was sie gekostet hatten. Kleider spielten keine Rolle, hatten es nie getan und würden es auch in Zukunft nicht tun. Genüßlich machte sich Hettie über ihre zweite Ausstattung in dieser Woche her.

Spätes Frühstück in der von allem Angelzeug befreiten Küche der Pardoes. Edward gab das Angeln auf, er wollte von Merton weggehen. Irgendwohin, hatte er erklärt. Joanna sagte sich längst, daß er bei allem, was er getan hatte, immer nur das Beste im Sinn gehabt habe, obgleich sie seine Vorstellung vom Besten nicht länger teilte. Es war schwieriger, aufzuhören, jemanden zu bewundern, als aufzuhören, jemanden zu lieben. Irgendwann würde alles gut werden.

Julian und Edward stritten sich. Nichts hatte sich geändert, nur der Ton, der Tenor und das Ergebnis. Edward hatte noch immer diesen schwer zu ertragenden Unterton in der Stimme, den er wohl nie ablegen würde, und wenn er je rauskriegen sollte, warum, würde es nur noch schlimmer werden.

Ich muß mich verabschieden, dachte Sarah an der Tür,

und Edward in die Augen blicken, damit er meine Drohung ernst nimmt. Julian hielt sich bei dem Streit zurück. Joanna stand am Herd, erhitzt und munter, mit diesem Anflug von Nervosität, der so typisch für sie war. Mouse saß an einem Ende des sauber aufgeräumten Tisches, aß Nüsse zum Frühstück und trug einen Badeanzug unter ihrem Morgenmantel. Sie hatte später noch was zu erledigen. Und sie würde nie Konzessionen an Kleiderordnungen machen oder sich gar neue kaufen. Allerdings würde sie sich unter Umständen dazu überreden lassen, ihre Hüte aufzugeben, wenn auch widerwillig.

Sarahs Erscheinen, frisch und blaß, sonnig und rein, zog die Aufmerksamkeit auf sich und zauberte eine leichte Röte auf die Gesichter. Joanna errötete nur deshalb, weil sie ihrem Gast gegenüber so unaufmerksam gewesen war angesichts größerer Dramen, doch es bedurfte ohnehin keiner großen Dinge, um ihr schlechtes Gewissen gegenüber dieser Frau zu aktivieren, die ihr für ganz kurze Zeit eine intime Freundin und ein Vorbild gewesen war. Sie wurde rot wie eine reife Erdbeere.

Bei Julian war es nicht ganz so offensichtlich, obwohl auch er bis zu den Ansätzen seines sandfarbenen Haars errötete und das gleiche beißende Schuldgefühl angesichts seiner mangelnden Gastfreundschaft empfand wie Jo, doch schämte er sich auch für seine Geständnisse, für alles, was er mitten in jener Nacht so unbekümmert gesagt und getan hatte. Die leichte Verfärbung von Edwards fahler Haut dagegen war nichts weiter als das Resultat der flüchtigen Sorge, ob ihr Gast gekommen war, um ihn zu verraten, eine aufflackernde Panik, die er rasch wieder abschüttelte. Und Sarahs Lächeln, ihre gewollte Fröhlichkeit, die mehr an das nette Mädchen von nebenan als an eine dynamische Anwältin erinnerte, die nach Tagessätzen bezahlt wurde, sorgte mit dafür, daß alle sich schnell besserfühlten. Sie saß da, als könne nichts auf der Welt sie je verletzen, als sei sie auf dem Weg zum Korbballspiel mit ihrer Mannschaft. Joanna schob ihr einen Becher Kaffee hin, für den Sarah ihr dankte. Alle beruhigten sich. Nur Mouse steckte ihre Nase immer noch in die Zeitung.

»Alles in Ordnung«, sagte Sarah leichthin, ohne dabei jemanden anzusehen, und ignorierte den Kloß in ihrem Hals. »Sie haben ihn gefunden. Armer Kerl, er ist tot. Hatte sich im Hinterzimmer der Spielhalle verkrochen. Er muß irgendwas Schlechtes gegessen haben.«

Rund um den Tisch waren Seufzer der Erleichterung zu hören. Julian erhaschte Sarahs Blick und lächelte beschwörend. Sarah wünschte, sie könnte Abneigung gegen blanke Schwäche aufbringen, aber das war genau wie Haß und Kritik reiner Luxus.

Und jetzt fahre ich nach Hause, wollte sie sagen, doch da kamen ihr die Glocken von Big Ben dazwischen, erst von fern und dann immer lauter, schriller: dah-da, dah-da! Und der Wagen selbst fuhr nicht etwa nach vorn zum Eingang des häßlichen alten Gebäudes, sondern am Gemüsebeet vorbei und hielt vor der Küchentür. Offensichtlich hatte sein Fahrer eine neue Beziehung zu diesem Terrain gefunden. Bald würde es keine landbesitzenden Pardoes mehr geben, und jeder war willkommen.

»Ernest wird die Rechnung schicken«, rief Sarah Julian über den Lärm zurückrückender Stühle zu, während sich der Rest der Familie, allen voran Mouse Pardoe, erleichtert über die Ablenkung, der Tür zuwandte.

»Natürlich. Danke für alles.« Mehr sagte er nicht.

Als der rote Wagen mit der Beule im Kotflügel langsam am Haus vorbeifuhr, bimmelte die Glocke des Eiswagens immer noch, wie Kirchenglocken bei einer Hochzeit, ein Überbringer guter Nachrichten, und das so fordernd, daß niemand das Geräusch des Motors hörte, der sich entfernte. Ricks Neuigkeiten wurden endlos wiederholt, genau wie die

Melodie der Glocken. Stonewall war auf dem Weg der Besserung und verlangte ein Video. Ob er das Schaf ausleihen könnte, um ihn zu besuchen? Und was für einen Hund sollten sie ihm schenken? Dabei war es Rick längst klar. Und dieser Irre, der Geist, diesmal hatte es ihn wirklich erwischt.

Eine halbe Stunde nach dem Eiswagen fuhr ein anderes Auto, klein, blau, tadellos in Schuß und gut gepflegt, zögernd vor dem Haus vor. Malcolm Cook quälte sich heraus und ging in Richtung des feierlichen Läutens. Rick war zu benebelt von zuviel Wein und Kaffee, um ihn vorzustellen. Im Moment war dieser große dunkle Mann, der so traumhaft laufen konnte, nichts weiter als ein Fremder.

»Ich wollte Miss Fortune abholen«, sagte er im halb entschuldigenden, halb feindseligen Ton eines Taxifahrers.

»Die ist schon weg«, antwortete irgendwer, er war nicht sicher, wer. »Sie kommen zu spät.« Rick warf ihm einen Blick von der Seite zu und fragte sich zum erstenmal, wer dieser Malcolm eigentlich war.

»Zu spät«, wiederholte er, und er klang genauso wie Stonewall.

Sie hatte die Stadt hinter sich gelassen und fuhr, bis sie die Abzweigung fand und den Weg hinunterholperte, den sie damals entdeckt hatte. Sie fuhr bis zum äußersten Rand der flachen Küste, wo der grobe Kies in feinen Sand überging. Der Nebel hatte sich aufgelöst. Sie blickte auf das zurückweichende Meer und den Streifen warmen Sandes, aber sie blieb im Schutz des Wagens sitzen, mit ihrem Bordell auf dem Rücksitz, dem Tuch für ein Sofa und der Tugend, um ein Leben zu schmücken, den diversen Flaschen in der Kiste und den zusammen mit den Kleidern im Koffer verstauten Überbleibseln ihrer Angst. Sie fühlte sich nicht länger zum Meer hingezogen. Mit vager Befriedigung dachte sie an Elisabeths Grabstein. Wer liebt dich, meine Schöne? Ich.

Sie dachte an ihr Flehen vor einem Jahr, als sie vor dem

Spiegel in ihrer Wohnung gestanden und Charles Tysall sie beschimpft hatte. Du verfügst über keine Moral, die es zu schützen lohnt, nicht wahr? hatte er gesagt und das Angebot ihres Körpers für ihr Leben verächtlich abgetan. Du bist nichts wert: Eine Frau ohne Tugend ist nichts wert.

Sie blickte aufs Meer und dachte daran, was sie geantwortet hatte und was sie heute wohl sagen würde. Du täuschst dich. Ich quäle oder mißbrauche niemanden. Ich gehe, wenn ich nicht willkommen bin. Ich dringe nirgendwo ein und nehme niemandem etwas weg, höchstens meine Bezahlung, die nicht unbedingt in klingender Münze erfolgen muß. Ich wahre Geheimnisse, die mir anvertraut werden. Ich weiß nicht mal genau, was Bosheit ist. Ich lebe gern ohne Regeln, das ist alles, und das ist eine Art von Tugend, die niemand zu schätzen weiß.

Aber es ist eine Tugend. Sie ließ den warmen Sand mit seinen Verlockungen hinter sich und wandte sich von der Küste ab. Fand einen verlassenen Feldweg, wo das Mädesüß so verschwenderisch und von Menschenhand unberührt blühte, daß der Wagen völlig darunter verschwand. Sie nahm eine Flasche warmen Champagner aus der Kiste und einen Becher aus dem Handschuhfach und streckte gemütlich die Beine aus dem Seitenfenster. Dann zündete sie sich eine Zigarette an und fragte sich: Und wohin jetzt? Wer soll ich als nächstes sein, jetzt, da ich frei bin?

Es schien nichts dagegen zu sagen zu sein, wenn sie genauso weitermachte wie bisher.